और पसीना बहता रहा

और पसीना बहता रहा

मौरीशस के मजदूर-नेता पं. रामनारायण के आंदोलन पर आधारित

अभिमन्यु अनत

राजकमल प्रकाशन

ISBN : 978-93-89598-38-4

मूल्य : ₹ 895

पहला संस्करण : 1993
तीसरा संस्करण : 2020

प्रकाशक : राजकमल प्रकाशन प्रा. लि.
1-बी, नेताजी सुभाष मार्ग, दरियागंज
नई दिल्ली-110 002

शाखाएँ : अशोक राजपथ, साइंस कॉलेज के सामने, पटना-800 006
पहली मंजिल, दरबारी बिल्डिंग, महात्मा गांधी मार्ग, इलाहाबाद-211 001
36 ए, शेक्सपियर सरणी, कोलकाता-700 017

वेबसाइट : www.rajkamalprakashan.com
ई-मेल : info@rajkamalprakashan.com

मुद्रक : बी.के. ऑफसेट
नवीन शाहदरा, दिल्ली-110 032

AUR PASINA BAHATA RAHA
Novel by Abhimanyu Unnath

भारतीय आप्रवासी मजदूरों के संघर्ष की त्रिकथा (Triology) का यह अंतिम चरण समर्पित है मजदूर-अधिकारों के लिए हड़ताल करनेवाली अंजलि और मजदूर-इतिहास के तमाम शहीदों को!

और पसीना बहता रहा

1

हरि से कहा गया था कि वह उन बातों का विरोध न करे। बुजुर्ग लोग भी यही कहते रहे थे कि खेतों में जो होता रहता है उसे खेतों का कानून मानकर ही चलना चाहिए। रामबरन चाचा ने तो यहाँ तक कहा था कि वक्त के साथ वह भी उन्हीं लोगों की तरह उन सारी बातों का आदी हो जाएगा और तब उसे क्रोध आना अपने आप बंद हो जाएगा। इस पर हरि अपने आपसे पूछता रह गया था कि सात वर्षों से उन खेतों से जुड़े रहना क्या कम है ? दूसरे बहुत से लोग चुप रहना सीख गए थे, पर हरि यह मानने को तैयार नहीं था कि दस-पंद्रह सालों के बाद वह भी चुप्पी साध लेना सीख लेगा। अपने मजदूर दोस्तों का यह कहा जाना भी उसे अच्छा नहीं लगता था कि ऐसा तो आदि काल से होता आ रहा है और अंतिम घड़ी तक होता रहेगा।

ऐसे लोग अपनी-अपनी मृत्यु को अंतिम घड़ी माने हुए थे। हरि ने रामबरन और सुग्रीम चाचा से कहा था कि अगर उस तरह के कानून को अंतिम घड़ी तक ही चलना है, तो उस अंतिम घड़ी के आने में देर नहीं होनी चाहिए। उसके साथियों को उसकी ऐसी बातें बहुत ही फिजूल की लगतीं, इसलिए वे उसके साथ तर्क करने की जरूरत तक नहीं महसूसते। हरि चाहता था कि वह उन लोगों से अधिक से अधिक बातें करे ताकि उन्हें यथास्थिति के खिलाफ खड़ा कर सके।

ईख के हरे-भरे खेतों के बीच से निकलकर कभी-कभी जब वह किसी पिड़की या मैना को आसमान में उड़ जाते देखता तो खयालों में खो जाता। न जाने कितने मजदूर उससे पहले इन खेतों से नाता जोड़े हुए थे और फिर एक दिन वे भी इन परिंदों की ही तरह इन खेतों को छोड़कर चले गए। ये परिंदे तो कभी न कभी फिर भी अपने इस विस्तृत घोंसले में लौट आते होंगे, पर मजदूर कभी इन खेतों को अपना स्थाई घोंसला नहीं बना पाए। एक बार छोड़कर गए तो फिर कभी नहीं लौटे। पंछियों और मजदूरों के बीच एक बड़ा अंतर और भी था। खेतों से उड़कर जानेवाले पंछी न तो हवा में लकीरें खींचते हुए जाते और न ही आकाश में लीकें काटते हुए, लेकिन मजदूर तो इन खेतों में जीते-मरते विदा होकर भी चप्पे-चप्पे पर अपने श्रम और सपनों की छाप छोड़ जाता है। यह सोचते हुए हरि का दुख और अधिक गहरा हो जाता था कि उस छाप के बावजूद वे खेत न उसके हुए, न उसकी संतानों के। पीढ़ी-दर-पीढ़ी खेतों को वह जोतता रहा, हरियाली देता रहा, चीनी के रूप में सफेद सोने की फसल उगाता रहा, पर सिर्फ औरों के लिए। बदले में खुद जो फसल काटी तो सिर्फ तंगहाली, सजाओं और गालियों की !

सबसे ताज़ा घटना है कल सुबह की। रामबरन चाचा को उसकी उस पचहत्तर साल की उम्र का लिहाज किए बिना कोठी-मालिक ने ढेरों गालियाँ सुना दी थीं। हरि को उन गालियों से तो दुख हुआ ही था, पर सर्वाधिक दुख इस बात से हुआ था कि रामबरन चाचा उन चुनिंदा गालियों को शरबत की तरह हलक के नीचे उतार गया था, जबकि उनमें माँ-बेटी तक की नौबत आई थी। हरि समझ नहीं पाता कि लोग उन्हें इतनी आसानी से कैसे पचा जाते हैं।

धूपीली दोपहर उष्णता लिए हुए थी। पिछले तीन-चार दिनों की भारी बरसात से जमीन चार-पाँच इंच भीतर तक भीगी हुई थी। कुदाली में लेसदार माटी के चिपकने के कारण उसने कमर से बँधी खँखोरनी से माटी की उस परत को खँखोरा और फिर उस खुरपे को कमर में खोंस लिया। वह खुरपा अगर उसकी कमर से खुँसा हुआ नहीं होता तो रस्सी के सहारे झूल रहा होता। साफ होकर कुदाली के कुछ हल्का हो जाने पर हरि उससे फिर ईख के पौधों के इर्दगिर्द की घास निकालने लगा था। गन्ने के उन खेतों में नई घटनाएँ कम ही घटा करती थीं। प्रायः दोहराव ही उनमें होता था। पिछले सात वर्षों से वह उन्हीं चार-पाँच घटनाओं को दुहरते हुए देखता आ रहा था।

मालिक के खेतों में आ पहुँचने की खबर सब ओर फैल चुकी थी। सोम और मंगल को मालिक कोठी के दूसरे इलाकों में मुआइने पर था। आज जब आया तो हमेशा की तरह पहले के कामों का भी निरीक्षण करता हुआ। वह एक-एक मजदूर के आगे-पीछे चक्कर काटते हुए हरि के पास आकर ठिठक गया। आज के काम को देख चुकने के बाद उससे पूछा—

"परसों और कल तुमने किस भाग में काम किया था ?"

"ये ही बगलवाली दोनों कतारें हैं।"

आंद्रे रोबियार ने बगल की दोनों कतारों को कुछ दूर जाकर देखा और अपने छाते सहित फिर से हरि की बगल में आ गया। उसके छाते की छड़वाली नोक इसलिए कुछ ज्यादा तेज थी, ताकि उससे वह मजदूरों को हुड़-हूरकर काम करवा सके। एक बार जब उसने हरि को छाते से हुड़हुराने की कोशिश की थी तो हरि ने अपनी कुदाली से छाते को ऊपर उछाल दिया था। उसके बाद आंद्रे रोबियार ने फिर कभी उसे छाते से हूरने का साहस नहीं किया।

हरि अपने पिता से अधिक अपने मामा पर गया था। उसी की तरह लंबा और पुष्ट। नाक-नक्श भी उसने मामा के ही पाए थे। दोनों में जो एक बात बहुत भिन्न थी, उसकी चर्चा करते हुए उसकी माँ कहा करती थी—

—तुम्हारा मामू तो बात-बात पर नाराज हो जाता था। उसकी खिस तो बस उसकी नाक पर होती थी। अच्छा हुआ कि तुम उससे बच गए हो।

लेकिन हरि जानता था कि क्रोध उसे भी आता है, पर वह उसे उसी तेजी से दबा भी लेता है।

एक बार उसने कोठी के एक सरदार से कहा भी था—

—मैं तुम्हारी हर गाली, और अपने अपमान को चुपचाप सह लेता हूँ इसका यह

मतलब नहीं कि मुझे उबलना नहीं आता। जिस दिन मैं बिगड़ूँगा उस दिन सारा कर्ज चुकाना पड़ जाएगा तुम्हें !

आंद्रे रोबियार के कानों तक भी यह बात पहुँची थी। वह जानता था कि हरि एक प्रसुप्त ज्वालामुखी है, जो कभी भी विस्फोटक हो सकता है। हरि को देखता हुआ वह चुपचाप बीच में बनी पत्थरों की मुँडेर पार करके रामबरन चाचा के बेटे की ओर चला गया। लेकिन मालिक की परछाईं भी अभी उसके पास नहीं पहुँची थी कि उसने सिर से अपना फूलदार रूमाल उतार कर कहा— "बोंजूर मीस्ये!"

उसके अभिवादन का उत्तर आंद्रे रोबियार ने सवाल से दिया—

"तुम इतने आगे कैसे आ गए ?"

"साहब, सुबह से कमर सीधी नहीं की है।"

"तुम्हारा पिछले दो दिनों का काम कहाँ है ?"

"दाईं ओर साहब !"

वह मुँडेर पार करके उधर गया। घुटनों तक उठ आए ईख के पौधों के हरे कोमल पत्तों को अपने छाते से हटा-हटाकर देखने के बाद वह चिल्ला उठा—

"कहाँ हुआ है इसमें काम ? दरियों में घास अब भी बनी हुई है। इधर आओ।"

संतोष को अपने सामनेवाले काम को छोड़कर पिछले दो दिनों में किए गए काम की ओर लपकना पड़ा। आंद्रे रोबियार लंबे-लंबे पगों से कोई सात-आठ डग चला। फिर छाते से पौधों को हटा-हटाकर संतोष को दिखाते हुए चिल्लाता रहा—"अगर कल और परसों तुमने इन दरियों से घास निकाला था तो फिर ये सब क्या है ?"

संतोष के पास उत्तर था, पर मालिक को उत्तर देने का कोई मतलब ही नहीं था, इसलिए वह चुपचाप खड़ा रहा।

"साले, कामचोर, मुँडेर पर बैठकर मुफ्त में तनख्वाह क्यों नहीं ले लेता !"

"साहब, यह तो लोयों घास है और यह हर दूसरे दिन उग आती है।"

"मुझे बनाने की कोशिश मत करो। उधर काम छोड़ो। पिछले दो दिनों के इस काम को ढंग से करके ही उधर का काम पूरा करोगे।"

"लेकिन मालिक, इस लोयों घास को फिर से निकालने में पूरा दिन लग जाएगा। मेरा आज का ठेका पूरा नहीं हो पाएगा।"

"तुम अगर पिछले दिनों के इस काम पर फिर से हाथ नहीं फेरोगे तो तुम्हारी दोनों दिन की तनख्वाह जब्त कर ली जाएगी।"

"और आज का काम पूरा नहीं हुआ तो आज की भी पूरी मजूरी नहीं देंगे आप।"

"तुम जानो कि तुम कौन-सी तनख्वाह खोना चाहते हो, एक दिन की या दो दिन की ?"

संतोष से अब कुछ कहा नहीं गया। पिछले काम को दोबारा करने के लिए उसे विवश होना पड़ा। कुदाली उठाकर अब उसे पूरे छह सौ फुट जगह की लोयों घास निकालनी थी।

आखिर मरे मन से वह उस ओर बढ़ा। उसे इस तरह चलते देखकर आंद्रे रोबियार

गरजा—"साला, तुम्हारे पेट में बच्चा है क्या जो चला नहीं जाता!"

अपने काम को करता हुआ हरि सभी कुछ सुन और देख रहा था। पर इसमें कुछ भी नया नहीं था। शायद ही कोई सप्ताह ऐसा होता था, जब कोठी के मजदूरों को पूरे हफ्ते की तनख्वाह बिना किसी अड़चन के पूरी मिली हो। उसके अपने साथ जब पहली बार ऐसा हुआ था तो उसने विरोध तो किया था, लेकिन उसका कोई असर नहीं हुआ था। उससे कहा गया था कि वह चाहे तो काम करे और न चाहे तो न करे। तीन दिन पहले सुग्रीम चाचा-जैसे कोठी के सबसे फर्माबरदार मजदूर को खेतों से इसलिए लौटा दिया गया था, क्योंकि वह सुबह छह से पाँच-दस मिनट देर से पहुँचा था। इसके कुछ दिन पहले रामबरन चाचा की पत्नी को, जोकि खाद के ढेर से टोकरी में खाद भर रही थी, छोटे मालिक ने यह कहते हुए ढकेल दिया था कि तुमसे कहा गया है, खाद उठाते समय ईख की पत्तियों को हटा दिया करो। और तुम खाद छोड़कर केवल सूखी पत्तियाँ उठा रही हो। धक्का खाकर हमेशा बीमार रहनेवाली देवंती खाद के ढेर पर मुँह के बल जा गिरी थी।

इस सबको देखते हुए हरि जब अपने साथी मजदूरों से पूछता कि आखिर कब तक वे लोग इस तरह सारे जुल्मों को चुपचाप सहते रहेंगे तो लोग कहते—जब तक किस्मत में लिखा है।

इस तरह के उत्तर से हरि तिलमिला उठता। लोग कोठी द्वारा किए जा रहे शोषण को किस्मत माने बैठे थे, इस बात का दुख हरि को अत्याचारों से भी कहीं अधिक था। उसने एक-एक करके लोगों से बात करके देख ली थी। बैठका में समूह-रूप से बातें की थीं। एक बार नहीं, कई बार। लेकिन एक बार भी कोई उसकी माँग पर विशेष ध्यान देने को तैयार नहीं हुआ। जो उसके करीबी थे, वे उसे यह समझाते कि पानी में रहकर मगरमच्छ से बैर करने की बात सोचना पागलपन है।

एक बार तो वह काम छोड़कर चला भी गया था, पर घर की हालत और दूसरी जगह नौकरी के अभाव में अगले ही सप्ताह लौट आया था। यह देखकर संतोष ने कहा था—

—यार, अगर पूरे परिवार के लिए दो जून रोटी कमानी है तो मुँह, आँख और कान बंद करके काम करते रहना होगा।

हरि ने तब से मुँह तो बंद कर लिया था, पर कान और आँख को भी उसी तरह बंद किए रहना उतना आसान नहीं था। घर में विधवा माँ थी, दो छोटी बहनें थीं और पाँच छोटे भाई। अपने समेत नौ पेटों को भरने की जिम्मेवारी नहीं होती तो उतनी सरलता से अपना मुँह भी बंद नहीं कर लेता। ग्यारह वर्ष की उम्र से ही वह नौकरी कर रहा था। इन खेतों में सबसे पहले वह माँ के साथ पहुँचा था। तब रोजाना दस-पंद्रह पैसों में काम करता था। नौकरी निराई के काम से शुरू की थी। तीन महीने बाद उसने लड़कों की टोली में शामिल होकर गन्ने काटने और लादने का काम आरंभ किया था। उस काम के लिए तीस पैसे मिलते थे। पहले दिन जब उसकी अपनी हथेली पर वे तीस पैसे आए थे तो वह झूम उठा था। माँ ने उसकी उस पहली कमाई से रोट और

पेड़े बनाकर हनुमान जी को चढ़ाए थे। आँगन के हनुमान-चौतरे पर हरि ने लाल ध्वजा फहराई थी। हल्दी और दूध का अर्घ्य देते समय उसने माँ को बिनती क़रते सुना था—

—हे महावीर सामी, हमर बेटा के अपन ही जैसन बल ताकत दिमाग दीहअ, ताकि ऊ हम सबन के बोझ सम्भाल सकी।

पूरे दो वर्ष बाद वह बड़े लोगों के साथ पहले दर्जे के मजदूरों के साथ काम करने योग्य समझा गया था। आज से दो वर्ष पहले उसने माँ को नौकरी करने से रोक लिया था। माँ कहती रही थी कि नौ जनों का पेट एक बच्चे की कमाई से कैसे भरा जा सकता है, पर हरि को पंद्रह-सोलह की उम्र में ही अपने को मर्द मान लेना पड़ा था। उसने माँ से कहा था कि एक अकेला मर्द नौ तो क्या, चाहे तो बीस पेट भी पाल सकता है। माँ ने उसकी बात नहीं मानी थी। इसलिए अधिया पर गाय लेकर पालने लगी थी, ताकि कुछ आमदनी बढ़ सके। हरि ने गाय को पालने का पूरा बोझ अपनी माँ पर नहीं रहने दिया। काम से लौटते हुए वह भी एक खेवा घास सिर पर लिए ही घर लौटता था।

फसल के दिनों में गाय के लिए आहार जुटाने में अधिक कठिनाई नहीं होती थी। कटाई के वक्त हरि कोमल अगौरे की पुलियों को चुनकर अलग रख लेता था। खाने के समय कभी-कभार फायदा उठाकर वह उन गेंड़ों को टुकड़ियाकर गोनी के बोरे में रख लेता। गाय उन बुकनियायी गेंड़ों को चाव से खा लेती, पर बाड़े की दोनों बकरियाँ उसे खाने से इन्कार कर देतीं। उनके लिए पंजे-भर घास जुटा पाना आसान था, लेकिन वह आसानी कटनी के दिनों तक ही सीमित रहती थी। कटाई हो जाने के बाद गन्ने की पत्तियाँ मिलना बंद हो जातीं और वैसी हालत में काम के बाद जंगल से घास काटकर घर लौटने में कभी-कभी रात के सात भी बज जाते।

देर से घर पहुँचने के कारण वह बस्ती की बैठका में होनेवाली हिंदी की पढ़ाई और बाद में रामायण के होनेवाले सत्संग में नहीं पहुँच पाता। बैठका का प्रधान उसे कई बार टोक चुका था। एक बार तो उसने यहाँ तक कह दिया था—

—तुमने तो वायदा किया था हरिप्रसाद कि जिस तरह तुमने बैठका में निःशुल्क हिंदी का ज्ञान पाया, उसी तरह तुम भी बच्चों को हिंदी पढ़ाओगे। बस चार ही महीने पढ़ाकर अपना वायदा पूरा कर दिया ? रामायण के सत्संग में भी अब नहीं आते !

महेंदर सिंह की बात हरि को लग गई थी। उसे भी कई बार इस बात का मलाल होता रहा था, पर एक ओर गाँव की बैठका, बच्चों की पढ़ाई और धर्म का सवाल था, तो दूसरी ओर माँ, भाई-बहनों तथा गाय-बकरियों की जिम्मेवारी थी। वह किसी को भी कम महत्व देना नहीं चाहता था। परिवार की देख-रेख तथा गाय की सेवा से उसे जहाँ संतुष्टि थी, वहीं इस बात का पछतावा था कि वह बैठका से अपना संपर्क तोड़े बैठा है। महेंदर सिंह की उस चुभनेवाली बात को अपने जेहन में बोझ की तरह ढोते हुए उसने उसी रात अपने छोटे भाइयों में सबसे बड़े विजय से बात की थी। विजय तेरह साल का था। सरकारी स्कूल की छठी कक्षा में पढ़ रहा था। हरि और विजय के बीच की दो बहनें थीं। एक तो रसोई में काम करते हुए जल जाने पर तीन सप्ताह तक ही

जीवित रह सकी थी। वह अगर आज जीवित होती तो हरि से दो बरस ही छोटी होती। अब तो हरि के बाद देवी आती है। वह उससे तीन साल छोटी है। वीणा विजय के डेढ़ साल बाद जनमी थी। बाकी तीन भाइयों में बड़ा नौ साल का था और दोनों जुड़वाँ आठ साल के। सबसे छोटा सात साल का होने को था। महेंदर सिंह हरि के पिता का भी गुरु था और उसका भी, इसलिए उसकी बात को महत्व दिए बिना नहीं रह सकता था। उसी रात उसने विजय से कहा था—

—हफ्ते में सिर्फ दो दिन, भाई ! मैं जानता हूँ, स्कूल पहुँचने में तुम्हें तीन मील चलना पड़ता है और लौटने में भी उतना ही लंबा फासला तय करना पड़ता है। फिर भी अगर तुम दो दिनों की जिम्मेवारी अपने ऊपर ले लोगे तो मैं उन दो दिनों में बैठका जा सकता हूँ।

विजय ने भाई की बात मान ली थी। मंगल और शुक्रवार को वह स्कूल से लौटते हुए गाय के लिए घास का प्रबंध किए हुए आता। इन दो दिनों में हरि बैठका में बच्चों को पढ़ा भी लेता और रामायण के सत्संग में हिस्सा भी ले लेता। एकाध बार उसे सोचकर दुःख होता कि विजय को उसने उसकी उम्र से कहीं ज्यादा जिम्मेवारी दे दी है। पर फिर अपने आपको आश्वस्त करने के लिए वह यह सोच लेता कि अच्छा है, जो उसे इसी उम्र से पारिवारिक दायित्व निभाने का अवसर मिल गया है।

यह बात हरि ने उस दिन अपनी माँ से भी कही थी, जब घास काटते समय विजय को बिरनियों ने जमकर काटा था और सूज आए उसके मुँह और बंद हो गई आँखों को देखते हुए माँ दुखी हो उठी थी।

लाबूर्दोने कोठी के दूर-दूर तक फैले ईख के हरे-भरे खेत काटेज-बस्ती से बहुत अधिक दूर नहीं थे। हरि दो अलग-अलग रास्तों से खेतों तक पहुँचता और घर लौटता था। जब कभी जल्दी नहीं होती, तो चक्करदार पगडंडियों से होकर खेतों पर जाता था; और जल्दी होती तो रेल की पटरी से होकर जाने का आदी था। स्कूली दिनों में इन्हीं पटरियों से स्कूल आने-जाने में उसे दोगुना समय लगता था, क्योंकि रास्ते-भर मित्रों के साथ खेल-खिलवाड़ करते हुए चलना पड़ता था। आज हरि को जल्दी नहीं थी, फिर भी उसने खेतों से घर लौटने के लिए पटरीवाला रास्ता चुना था। बचपन के वे दिन याद आने के कारण मन में चाह पैदा हो गई कि उसी मौज-मस्ती से चले और पटरी पर चलते हुए इधर-उधर खड़े आम और जामुन के पेड़ों पर पत्थर उछालता जाए।

आम के पेड़ों पर मौसम के आखिरी फल बचे हुए थे। खाने की इच्छा न होते हुए भी, जहाँ पके आम दिखाई पड़ जाते, वह अपने हाथ के छोटे-से पत्थर को निशाना साधकर चला देता। निशाना चूक जाने पर दूसरा पत्थर उठाता। इस तरह तीन बार में अगर आम नीचे नहीं आता तो वह उसे चिड़ियों के लिए छोड़कर आगे बढ़ जाता। बचपन में वह इससे एकदम विपरीत करता था। जब तक पके या कच्चे आम पेड़ से नीचे नहीं आ जाते थे, वह मित्रों के साथ पत्थर चलाता जाता था। पेड़ों पर चढ़ने के लिए कोई इसलिए तैयार नहीं होता था, क्योंकि एक बार उसके दो साथियों को कोठी के रखवार ने पकड़कर मालिक के सामने खड़ा कर दिया था। और एक बार जब पेड़

से गिरकर सोम की गरदन की हड्डी टूट गई थी, यहाँ तक कि वह बच नहीं सकता था तो लोग यह कहने लगे थे कि उन पेड़ों पर भूत-प्रेतों का वास है। बच्चों से कहा जाता था कि दिन के बारह बजे वे उन पेड़ों के नीचे न जाएँ, क्योंकि सोम ठीक बारह बजे ही पेड़ से गिरा था।

इसके बाद गाँव की कुछ औरतें वहाँ दीये जलाकर रखने लगी थीं। एक बार सुखदेव की पत्नी के यह कहने पर कि उस जगह मनौती करने से ही उसका पति कोठी का सरदार बन सका है, कई औरतें वहाँ मनौतियाँ करने पहुँच जाती थीं!

जहाँ रेल की पटरी मुड़ती थी, वहाँ से एक पगडंडी बस्ती तक जाती थी। पिछवाड़े जो टीला था, उसकी बगल में एक दूसरी पगडंडी थी जिससे गाँव की औरतें कुएँ पर आती थीं। उसी पगडंडी से हरि ने संतोष को आते देखा। वह ठिठक गया। संतोष अभी दूर ही था कि हरि ने उससे पूछा—"खरगोश के पीछे दौड़ रहे थे क्या ?"

"नहीं तो!"

"तो फिर मधुमक्खियों के छत्ते खोजने निकले होगे ?"

पास आने पर दोनों साथ-साथ चल पड़े। कुछ कदम चलने पर संतोष ने कहा—

"तुम जानते हो हरि, इस सप्ताह मुझे सिर्फ चार दिन की तनख्वाह मिली है। दो दिन के पैसे काट लिए गए।"

यह कोई नई बात नहीं थी, फिर भी हरि चलते-चलते एकाएक खड़ा हो गया और बोला—

"लेकिन उस दिन तो तुम एक घंटे में पिछला काम पूरा करके फिर से अपने काम में लग गए थे, जिसका मतलब यह हुआ कि तुमने पूरे छह दिन काम किया था।"

"सरदार ने बताया कि सोम और मंगल के मेरे काम से मालिक संतुष्ट नहीं हुआ। तीन और लोगों की तनख्वाह काटी गई है।"

"तो वह पुराना खेल फिर शुरू हो गया।"

"मुझे अपनी औरत को डाक्टर के पास ले जाना है। बच्चे को जन्म दिए आज उसे आठवाँ दिन हो गया है और शरीर से खून का जाना अभी तक नहीं रुका है। जो पैसा मिला है उससे तो हफ्ते-भर का अनाज भी नहीं आ पाएगा। जासो मौसी कह रही है कि उसे जल्द से जल्द डाक्टर के पास ले जाना चाहिए।"

हरि कुछ नहीं बोला। दोनों चुपचाप चलते हुए बस्ती तक आ पहुँचे। बगल के खुले मैदान में गाँव के बच्चे गुल्ली-डंडा खेल रहे थे। खेल से कहीं ज्यादा शोर मचा हुआ था। कंधे पर ढोलक लटकाए और मन मारे पँवरिए को गाँव से निकलते देख हरि को यह जानते देर नहीं लगी कि संतोष की पत्नी की बीमारी के कारण उसे सोहर-ललना गाने नहीं दिया गया है। बच्चा जनमनेवाले घर से खाली हाथ लौटने का दुख था—उस पँवरिए के चेहरे पर।

उसकी ओर देखते हुए हरि का पाँव जमीन पर जमे गँदले पानी में जा पड़ा। उसने अपने पाँव से लगी कीचड़ को घास में पोंछते हुए संतोष से कहा—घर आकर तुम मुझसे दवा का पैसा ले जाना।

2

सीता ने पहले ही परकाश को कोठीवालों के विरुद्ध जाने से रोका था। गन्ने के खेतों और शक्कर-कारखानों में काम करनेवाले मजदूरों को छोटी-सी भूल की उतनी बड़ी सज़ा मिलने का वह पहला अवसर नहीं था, लेकिन उन दो दंडित मजदूरों के पक्ष में कोठी-मालिकों के खिलाफ खड़े होने का परकाश के लिए वह पहला ही अवसर था। सभी मजदूर अगर उसकी बातों को मान लेते और तीन सौ के तीन सौ मजदूर उसके पीछे चलकर कारखाने तक पहुँचते, तो मालिकों को मजबूरन अपना निर्णय बदलना पड़ता। पर यदि वैसा नहीं हुआ तो इसका सबसे बड़ा कारण यही था कि परकाश के साथ केवल पचास मजदूर जुट पाए थे। इसीलिए उसकी माँ ने अपनी मीठी भोजपुरी में कहा था— हिराना मरे विराना फिकिर। जिनके लिए खतरा मोलते हो, वही साथ नहीं देते। यह मत भूलना कि जिन लोगों के साथ तुम लड़ना चाहते हो, वे हम जैसे नहीं हैं। उनके पास ताकत भी है और पैसा भी। वे इस मुल्क के खुद न्यायालय हैं, खुद न्यायाधीश और खुद ही न्याय। इन लोगों के खिलाफ लड़ाई मोल लेकर क्यों अपनी तबाही करने पर तुले हुए हो ?

मीरा ने भी तब सीता के स्वर में स्वर मिलाकर उन्हीं बातों को उसके सामने रखा था। उसकी उन बातों में हिदायत नहीं, आग्रह था। अनुग्रह था कि वह अपने को औरों के संकट में न डाले। इस पर परकाश ने हँसकर उससे कहा था—

—चाची, तुम मेरी चिंता मत करो। मेरी मिट्टी बड़ी ठोस गूँधी गई है। जो भी संकट आएगा, झेल लेंगे।

शहर में होनेवाले जमाव में हिस्सेदारी के लिए जब परकाश ने कोठी-मजदूरों का आवाहन किया था, तो गन्ने के खेतों के बीच खड़े बेशुमार टीलों में से एक के ऊपर खड़े होकर। उस समय उस चिलचिलाती धूप में उसके आगे-पीछे फैले हरे-भरे खेतों में उस तरह के टीले सौ से ऊपर की संख्या में थे—करीब पचास फुट ऊँचे सैकड़ों टीले, जिनकी ओर अपना दायाँ हाथ उठाते हुए उसने अंगुली से संकेत किया था। उनकी मूक गवाही में अपने सभी मजदूर साथियों को उसने उन खेतों के पहले मजदूरों की व्यथा-कथा सुनाई थी, जिनके पसीने की बूँदों से तरावट के लिए माटी तरसती थी।

अपने से पहलेवाले मजदूरों की वह व्यथा-कथा उन लोगों ने पहली बार नहीं सुनी थी। बचपन से ही वे अपने बाप-दादों की नंगी पीठों पर उन कोड़ों और बाँसों की बौछारों के बारे में सुनते आए थे। उनमें अब भी एक-दो मजदूर ऐसे थे, जिन्होंने स्वयं उन दारुण यातनाओं को सहा था। कुछ उन तमाम यातनाओं के गवाह रह चुके थे। उस दिन जब परकाश ने उनके सामने वे बातें रखी थीं, तो अतीत के वे तमाम दृश्य उनके सामने सजीव हो गए थे। फिर भी शहर में होनेवाले जमाव में हिस्सेदारी के लिए कई मजदूर डर-झिझक गए थे।

बाद में कुछ जवान मजदूर अपने बीच के, अपने से बड़े और अपने समकालीन उन गवाहों से कई सवाल कर बैठे थे—

—क्या परकाश का यह कहना सही है कि इस देश में चारों ओर इस तरह के सैकड़ों-हजारों टीले हैं ?

—इन तमाम भारी-भरकम पत्थरों को उतने ऊपर कैसे ले जाया गया होगा ?

—अगर इन सारे पत्थरों को धरती की छाती चीरकर बाहर नहीं निकाला गया होता तो क्या यह पथरीली ज़मीन इतनी उपजाऊ हो पाती ?

मजदूरों में बहुत कम ऐसे थे जो कभी पास-पड़ोस की चंद बस्तियों से आगे जा पाए थे। जो जा पाए थे वे अपने को अधिक अनुभवी बताने के लिए अपने-अपने ढंग से जवाब दे गए थे। खेतों के बीच पत्थरों के उन ऊँचे-ऊँचे टीलों के खड़े होने के सौ साल बाद परकाश मजदूरों से बातें कर रहा था। इन सौ सालों के दौरान मजदूरों के जीवन में कोई विशेष परिवर्तन नहीं आया था। परकाश ने इसी बात पर जोर देते हुए कहा था कि जब तक सभी मजदूर एकसूत्र में नहीं बँध जाते तब तक उनके जीवन में कोई सुधार नहीं आ सकता। दिन-रात मजदूरों के पीछे पागल देखकर ही उसकी माँ उसे हिदायत देती रहती थी और सीता के साथ-साथ मीरा भी यह अनुरोध करती रहती थी कि वह अपने को इतना अधिक खतरे में न डाले। माँ और चाची की हिदायतों के आगे वह चुप रह जाता था। जिस दिन परकाश के घर एक सरकारी चिट्ठी यह सूचना लेकर आई कि मजदूरों को भड़काने और राजनीतिक मामलों में हिस्सा लेने के कारण उसे नौकरी से बरखास्त किया जा रहा है, तो मीरा तो चुप रही थी लेकिन सीता शाम से सुबह तक यही बोलती रही थी कि मेरी बातों को न सुनने का ही नतीजा है यह।

उसकी सारी बातें इसी एक वाक्य के इर्द-गिर्द घूमती रही थीं। उसके बेटे को जब सरकारी स्कूल में बच्चे पढ़ाने का काम मिला था तो वह सोचती थी कि सबसे अधिक खुशी उसे ही हुई है। इसी तरह वह यह सोचती थी कि नौकरी चले जाने का सबसे अधिक दुख भी उसे ही हुआ था, लेकिन परकाश जानता था कि उसके अध्यापक बनने पर सबसे अधिक खुशी मदन और मीरा को हुई थी और नौकरी चले जाने से भी वही सबसे अधिक दुखी हुए थे।

लेकिन जिस व्यक्ति को नौकरी के चले जाने का सबसे कम पछतावा हुआ था वह कोई और नहीं, परकाश ही था। सरकारी नौकरी से हटाए जाने के बाद जब उसने खेतों में नौकरी की, तभी तो उसने मजदूरों के दुखों को देखा और झेला। उसका कलेजा फटा, उसका खून खौला और तभी वह उन सब मजदूरों के पक्ष में खड़ा हो सका। एक बार जब वह पड़ौसी गाँवों के कुछ मजदूरों से मिलकर लौट रहा था तो अपने गाँव के पास ही उसे अठारह-उन्नीस साल का वह नौजवान मिला था, जिसने हाथ जोड़कर उससे कहा था—मैं आपसे पढ़ने आया हूँ।

—मुझसे पढ़ने ? मैं तो गन्ने के खेतों में मजदूरी करता हूँ। और ··· और इस उम्र में तुम पढ़ने की सोच रहे हो ! भाई, तुम रहते कहाँ हो ?

—मैं काटेज रहता हूँ।

—तुम स्कूल कभी नहीं गए क्या ?

—छठी तक की पढ़ाई की है मैंने ··· ।

—तो फिर ?

—मुझे इस देश के कुछ खास लोगों से सवाल करने हैं और उनके सवालों के उत्तर देने हैं। वे लोग मेरी भाषा नहीं समझते और मैं उनकी भाषा इतना कम जानता हूँ कि न तो मुझमें सवाल करने का दम है और न ही उनके सवालों के उत्तर देने का।

—कौन हैं ये खास लोग ?

—इस देश के पूँजीपति। मैं उनकी भाषा सीखकर उनसे उन्हीं की भाषा में सवाल करना चाहता हूँ।

इस जवाब पर परकाश चुपचाप सोचता रह गया था। फिर उसने उसके कंधे पर हाथ रखकर आगे कदम बढ़ाते हुए उसका नाम पूछा था।

—तुम्हारा नाम क्या है ?

—हरि।

—किसके बेटे हो तुम ?

—शिवचरण रामनारायण का।

इस पर परकाश ने उसे हैरत से देखा था और चंद मिनटों की चुप्पी के बाद बोला था—

—मैं उन्हें जानता था।

दोनों के बीच और भी बातें हुई थीं और जब दोनों गाँव के करीब पहुँचे थे तो हरि ने परकाश के दोनों प्रश्नों का उत्तर एक ही वाक्य में दिया था—

—हाँ, मुझे आपका घर मालूम है और मैं हर शनिवार की शाम आपके यहाँ पहुँच जाऊँगा।

सप्ताह बाद जब दोनों दूसरी बार मिले थे, तो परकाश के घर पर। उस दिन परकाश ने हरि के बारे में उसी से उसकी पूरी जानकारी पाई थी। उस दिन शक्कर कारखाने की अपनी नौकरी से घर न जाकर हरि सीधे परकाश के यहाँ आ गया था। उसे अंग्रेजी और फ्रेंच सिखाने से पहले परकाश ने उससे लगातार कई प्रश्न किए थे—तुम जिन लोगों का सामना करना चाहते हो क्या उनका सामना कर सकते हो ? तुम जानते हो, वे कितने ताकतवर हैं ? मेरी असफलता को अच्छी तरह जानते हुए भी मेरे छोड़े हुए रास्ते पर चलने की हिम्मत कैसे जुटा रहे हो ?

हरि ने उन तमाम सवालों का एक ही सीधा-सा जवाब दिया था—

—मैं आपकी असफलता को नहीं, आपके संघर्ष को आगे बढ़ाना चाहता हूँ।

उस दिन से हरि नियमित रूप से हर शनिवार की शाम परकाश के घर पहुँच जाता। अपने घर होकर जाता तो गाँव की किसी साइकिल पर चला आता था और अगर सीधे फैक्टरी से जाता तो पैदल ही। एक दिन जब हरि ने परकाश से जानना चाहा कि उन्होंने किस गुरु से उतनी अच्छी बातें सीखी हैं, तो पहले तो वह हँस पड़ा था और फिर गंभीर होकर कहा था—

—यों तो मेरे गुरु का नाम प्रेमसिंह है, लेकिन मेरा सही गुरु कोई और था।

—मदन जी ?

परकाश ने उसकी ओर हैरानी के साथ देखकर पूछा था—

—तुम्हें मदन चाचा की जानकारी कैसे मिली ?

—मैं तो यह भी जानता हूँ कि आप उन्हें मदन चाचा नहीं, बल्कि मन चाचा कहा करते थे!

—हाँ ··· मैं उसे मन चाचा ही कहा करता था ···

और इसके साथ ही परकाश खो गया था उन घड़ियों में, जब उसने मदन को हमेशा के लिए खो दिया था।

··· उसके अपने कंधे पर गन्नों का बोझ था, जब उसने मदन की मृत्यु की खबर पाई थी। ठीक उसी तरह उसके दूसरे मजदूर साथियों को भी अपने कानों पर विश्वास नहीं हुआ था। परकाश को तो उस समय तक उस खबर पर यकीन नहीं हुआ था, जब तक वह खुद मदन के शव के सामने नहीं पहुँच गया था ···

··· समय ठिठक गया था। माहौल की उस गतिहीनता के बीच परकाश के अपने भीतर से उसका हृदय बहुत ज़ोर से चीत्कारा था—मन चाचा ! ··· पर आवाज़ बाहर नहीं आई थी। उसका अपना वही आंतरिक हिस्सा मदन के शव से जा लिपटा था और लिपटकर बिलख उठा था, लेकिन अपने शरीर के उस असह्य बोझ के साथ परकाश दहलीज के पास खड़े का खड़ा रह गया था ··· न आगे बढ़ सका था और न ही झुक सका था। उस सामीप्य की सुदूरता को लाँघ नहीं पा रहा था वह।

··· झोंपड़ी के भीतर बिछी चटाई पर एक आकुल सन्नाटा लेटा हुआ था। पीतल के लोटे में रखे फूलों के पास मिट्टी का टिमटिमाता दीया एक दूसरे बुझे हुए दीए की निगरानी कर रहा था। उस सन्नाटे को कुछ ही दूरी से कुछ आत्मीय जनों के बोखार मारकर रोने की आवाज तोड़ रही थी। सिसकियाँ ··· फिर भी परकाश के जेहन के भीतर का सन्नाटा उतना ही निश्चल था, जितना कि चटाई पर रखा शव। मदन के माथे पर अक्सर चमकनेवाला वह टीका उससे पहले कभी उतना चमकीला नहीं था।

उस गहरी खामोशी के बीच से एक दूधिया ध्वनि उसके अंपने कानों में आई—

—तुमने पहुँचने में देर कर दी परकाश ! तुम्हारे हाथों पानी की आखिरी बूँद की उम्मीद लिए हुए तुम्हारा नाम रटता-रटता मदन हमें छोड़ गया !

··· मदन ! किसनसिंह का बेटा मदन ! बस्ती का सबसे आत्मीय जन, जो अपनी आबदार आँखें गँवा देने के बाद तो देख नहीं पाता था पर जिसके साहस, जिसके शब्द, जिसकी आवाज़ से बेशुमार मजदूरों को अपनी स्थिति-परिस्थिति को सही परिप्रेक्ष्य में देखने की शक्ति मिली थी ··· परकाश ने रुदन और सिसकियों के बीच उस आवाज़ को सुना तो जरूर, पर जान नहीं सका था कि कहनेवाला कौन है। जिधर से आवाज़ आई थी, उधर उसकी नज़र भी नहीं उठ पाई थी। और फिर जब उसके पाँव हिले, तभी उसे अपनी धड़कनों का एहसास हुआ था और तभी वह अपने गालों पर आँसुओं की गरमी को महसूस करते हुए मदन के पार्थिव शरीर पर झुक सका था। तब उसे

अपनी दस अंगुलियों से जिस ठंडेपन का एहसास हुआ था, उससे उसका निचला होंठ सूखे पत्ते की तरह काँपता रह गया था ···

पिछली तमाम घड़ियाँ उसकी आँखों के सामने सिमट आई थीं और फिर एक बहुत भारी घटाटोप में विलीन होती चली गई थीं। बस, इर्द-गिर्द की आवाज़ों को सुनता रहा था वह और फिर रोते हुए पूछता रह गया था—

—मन चाचा ! अब हौसले कहाँ से मिलेंगे ···

यादों की अंतहीन झलकियाँ जेहन से उतर-उतरकर आँखों से गुजरती रही थीं।

··· मीरा की चिता जल रही थी। मदन की प्रकाशहीन आँखों से एक बूँद आँसू भी नहीं टपका था। दाह-संस्कार के बाद मदन ने बड़े ही रहस्यात्मक ढंग से परकाश से कहा था—

—सात दिन और ठहर जाती !

··· वह बात जो तब परकाश की समझ में नहीं आई थी, अब आकर साफ हुई थी। अब, ठीक सात दिन बाद वह अपने हाथों मदन की चिता को आग दे रहा था। तब उसका अपना हृदय किसी बच्चे द्वारा घुमा-घुमाकर छोड़ी हुई रस्सी की तरह ऐंठ गया था ···

हरि अपने सामने बैठे परकाश को अतीत की स्मृति में खोए हुए देख रहा था। उसका ध्यान भंग करने की हिम्मत उसे नहीं हुई थी। उस दिन दोनों में उससे आगे कोई बात नहीं हुई थी। हाँ, दूसरे दिन परकाश ने पढ़ाई के बीच सवालिया लहजे में कहा था—

—मन चाचा ने किसनसिंह को उन लोगों के सामने टूटते हुए देखा। मैं मन चाचा को सभी कुछ खोते हुए देखता रहा। इधर कुछ दिनों से खुद को कहीं का भी नहीं पा रहा हूँ; और अब तुम भी उसी प्रण के साथ सामने आए हो। शुरू-शुरू में सोचा था कि दो-तीन मुलाकातों के बाद तुम्हें इस सनक से रोक लूँगा। पर अब लगता है, तुम्हें मुझसे नहीं रोका जा सकेगा।

—परकाश भैया, मैं मजदूरों का एक संघ बनाना चाहता हूँ।

—बना पाओगे ?

—क्यों ?

—इन मजदूरों को, जो मालिकों से भी अधिक अपनी परछाइयों से डरते हैं, एक सूत्र में बाँध पाना आसान नहीं।

—आपने कठिन तो नहीं कहा। कहा है कि आसान नहीं।

—अब भी कह रहा हूँ, उतना आसान नहीं।

—कोशिश करके देखना चाहता हूँ।

—मैं देख चुका हूँ।

—मुझे भी करके देख लेने दीजिए। किसन दादा, मदन चाचा और आपकी कोशिशें अगर बेकार चली गई होतीं तो मजदूरों के जीवन में आज जो यह थोड़ा-बहुत परिवर्तन आ सका है, आ नहीं पाता। मेरी अपनी कोशिश भी अगर बेकार नहीं गई, तो मैं भी

उनकी हालत में थोड़ा-बहुत सुधार ला ही सकता हूँ। बस, आपका हाथ मेरे सिर पर होना जरूरी है।

परकाश ने अपने हाथ को बिना कुछ कहे हरि के सिर पर रख दिया था। यह एक महीने पहले की घटना थी।

आज दोनों फिर उसी इमली के पेड़ के नीचे बैठे हुए थे। घर के भीतर चक्की चलने की आवाज़ आज भी आ रही थी। जाँते की घड़घड़ाहट के साथ सीमा के धीमे स्वर में जंतसार की कुछ पंक्तियाँ गाने की आवाज़ भी रह-रहकर आ जाती थी। हरि आज अपने गाँव से साइकिल के जरिए आया हुआ था, इसलिए लौटने की जल्दी नहीं थी। परकाश के सामने इत्मिनान के साथ पालथी मारे वह उसे ध्यान से सुन रहा था। परकाश उसे छठी कक्षा की फ्रेंच किताब से विक्टर ह्यूगो की एक संक्षिप्त रचना भोजपुरी में समझाता रहा—

"उन्नीस साल की कैद की सज़ा भुगतने के बाद जाँ-वाल-जाँ की रिहाई हुई। अपने परिवार को भूखों मरने से बचाने के लिए उसने एक रोटी चुराई थी। उसी के जुर्म में उसे पाँच साल कैद की सज़ा सुनाई गई थी, लेकिन कैद से भागने की चेष्टा में उसकी सज़ा उन्नीस साल की कर दी गई थी।"

कहानी के इस हिस्से पर आकर परकाश ने पुस्तक बंद कर दी और हरि को देखते हुए पुनः बोला—

"एक रोटी के लिए एक आदमी की पूरी जवानी उससे छीन ली गई! वह समाज उन्नीसवीं सदी का था। आज हम बीसवीं में पहुँच गए हैं। पर वही कानून सौ साल बाद आज भी बना हुआ है। रोटी आज भी मुट्ठी-भर लोगों की मुट्ठियों में कैद है और हजारों लोग आज भी रोटी के मुहताज हैं।"

यह कहकर कुछ पल के लिए वह चुप रहा और फिर पुस्तक को नीचे बिछे अँगोछे पर रखकर बोला—

"आज के लिए बस।"

हरि खयालों में खोया रहा। परकाश ने उसे सजग करने के लिए फिर कहा—

"आज के लिए यहीं बस करते हैं।"

थोड़ी देर इधर-उधर की बातें करने के बाद हरि अपनी जगह से उठ खड़ा हुआ और बोला—"तो फिर चलूँ ?"

"अगले शनिवार को मेरा मन खुद तुम्हारी ओर आने का है। क्यों कैसा रहेगा ?"

"नेकी और पूछ-पूछ ! मूसा भाई ने आपको सलाम कहा था।"

"मूसा ?"

"कभी इसी गाँव में रहता था।"

"अरे मूसा, वही हनीफ चाचा का बेटा न ?"

"हाँ।"

"मुझे मालूम नहीं था कि वह काटेज रहता है। कैसा है ?"

"अच्छा है।"

‘कितने बच्चे हैं उसके ?”

“दो।”

“यहाँ था तो नई-नई शादी हुई थी। कोई बच्चा भी नहीं था। तुम दोनों साथ ही काम करते हो ?”

“मेरा तो सबसे अच्छा दोस्त है वह।”

“तब तो मुझे तुम्हारे गाँव जल्द से जल्द पहुँचना होगा। मेरा भी सलाम तुम उससे कहना, और कहना कि समय मिले तो मुझसे मिलने जरूर आए।”

3

वह उसकी पहली जहाज यात्रा थी। लेकिन उसके लिए जो पहली थी, इतिहास के लिए वह एक अंतिम यात्रा भी थी। कोई सत्तर वर्ष पहले शुरू हुई थी वह यात्रा। पहले जहाज ने बिहार के मजदूरों को कलकत्ता बंदरगाह से उठाया था और उन्हें समंदर पार मारीच के मॉरिशस द्वीप में जा फेंका था। तब से सत्तर वर्षों तक वह सिलसिला लगातार चलता रहा। जहाँ बेशुमार लोग देश में फैली भुखमरी, शोषण, बेकारी और जिल्लत-भरी जिंदगी से बचने के लिए अपनी जन्मभूमि, अपने गाँवों, अपने घरों, अपने आत्मीय जनों से विलग होकर रोटी की तलाश में निकले, वहीं कुछ लोग ब्रिटिश साम्राज्य की क्रूरता और यातनाओं से बचने के लिए देश छोड़ने को विवश हुए। भारतीयों के हुजूम अपने देश से विदा लेकर उस अनजान द्वीप में पहुँचते रहे जहाँ उन्हें पत्थरों के नीचे से सोना मिलने की उम्मीद थी। उस यात्रा में बिहार के लोग बहुत बड़ी संख्या में निकले। उनके साथ जुड़ते गए मद्रास, आंध्रप्रदेश तथा महाराष्ट्र के लोग। कलकत्ता से बंबई, और बंबई से हिंद महासागर के मॉरिशस द्वीप पर वे हुजूम पहुँचते रहे। पहले जहाज से पहुँचे व्यक्ति ने बाद में पहुँचे एक यात्री से सवाल किया था कि हम लोग तो जहाज में भेड़-बकरियों की तरह लाए गए थे, तुम कैसे आए ? उत्तर मिला था—

—हम लोग आटे-चावल के बोरों की तरह लाए गए और गोदामों में फेंक दिए गए। लोगों को यह पता नहीं था कि जो जहाज उन्हें ले जाता है, वह लौटाता नहीं। वह खाली होकर लौटता और आदमियों को माल की तरह भरकर ले जाता। कोई उधर से लौटता, तभी तो पता चलता कि उस द्वीप में पत्थरों के नीचे सोना नहीं, बल्कि मजदूरों के अस्थिपंजर दबे हुए हैं।

सहदेव ठाकुर की वह पहली यात्रा थी, पर जो जहाज उसे मॉरिशस की ओर ले जा रहा था, वह अपने वर्षों पुराने यात्रा-क्रम में था। भारतीय मजदूरों को कुलियों के रूप में ले जाने का आखिरी खेवा। कुली-इतिहास की अंतिम यात्रा। सत्तर वर्षों में पाँच

लाख से ऊपर भारतीयों को बंजर पड़े उस द्वीप में पहुँचाया जा चुका था। उन्हीं पाँच लाख लोगों में सहदेव ठाकुर का अपना बाप भी था, भाई भी थे, पर इधर वर्षों से जिनका न कोई पत्र मिला था न कोई खबर।

सहदेव ठाकुर जहाज के अन्य भारतीय यात्रियों से कुछ अलग तरह से यात्रा कर रहा था। उसका यात्रा-खर्च मॉरिशस के फ्रांसीसी पूँजीपतियों की ओर से नहीं चुकाया गया था, बल्कि उसने खुद अपना खर्च वहन किया था। वह अन्य यात्रियों की तरह गन्ने के खेतों में मजदूरी करने नहीं, बल्कि अपने पिता और भाई की तलाश में निकला था। चार दिनों से उसका जहाज झाग-झाग लहरों को चीरता हुआ हिंदमहासागर की मौजों से टकराता आगे बढ़ रहा था और वह लगातार अनुबंध पर यात्रा कर रहे उन मजदूरों की हालत को देख रहा था। उसका अपना केबिन था, लेकिन वह उसमें सो नहीं पाया। बाकी लोगों को उस दयनीय स्थिति में देखकर उसकी हिम्मत नहीं हुई कि वह खुद ठाठ से सोए।

करीब साढ़े-चार सौ मजदूर थे उस जहाज में। जहाज ने जब कलकत्ता बंदरगाह छोड़ा था तो वह संख्या तीन सौ थी। डेढ़ सौ लोग बंबई बंदरगाह से सवार हुए थे। जो लोग कलकत्ता से यात्रा पर थे, उन्हें ऊपर डेक पर जगह दी गई थी। वे लोग गठरी और बिस्तर लिए उसी पर सोते थे। जिन लोगों ने बंबई में जहाज पकड़ा था, उन्हें चावल-दाल के बोरों के बीच पनाह दी गई थी। उनकी अपनी हालत भी बोरों-जैसी ही थी। पहले ही दिन जब उन मजदूरों को खाना परोसा गया, तो सहदेव ठाकुर दहल गया था। उसने तुरंत जहाज के खरे गोरे रंग के फ्रांसीसी कप्तान से भेंट की थी और बिना किसी भूमिका के पूछा था—

—यह किस तरह का खाना इन लोगों को दिया जा रहा है ?

उस फ्रांसीसी कप्तान को अंग्रेजी आती थी । उसने कहा था—

—यह जो कुछ इन्हें दिया जा रहा है, हम अपनी ओर से दे रहे हैं। इनके यात्रा-भाड़े के साथ खाने का पैसा नहीं चुकाया गया है।

—बिन पसाए चावल, और उबले हुए आलू का एक टुकड़ा, वह भी अधसीझा। इसे तो जानवर भी खाने से इन्कार कर देगा।

—यह शिकायत आप मुझसे क्यों कर रहे हैं ?

—तो फिर किससे करूँ ?

—जो आदमी इन्हें अपने साथ लिए जा रहा है, वह भी तो जहाज में है।

सहदेव ठाकुर उस आदमी से मिला। वह भी कोई बिहारी ही था।

सहदेव ठाकुर के प्रश्न के उत्तर में उसने बड़ी ही बेरुखी के साथ कहा था—

—मैं क्या कर सकता हूँ। मैं तो अपना ठेका पूरा कर रहा हूँ।

और उस ठेकेदार ने इससे आगे किसी भी प्रश्न का उत्तर नहीं दिया था। सहदेव ठाकुर ने दोबारा जहाज के कप्तान से भेंट की थी। उसने माँग की थी कि अगर मजदूरों को दिए जा रहे भात के साथ पतली-सी दाल की भी व्यवस्था हो जाती, तो उसकी ओर से उसे वह श्रेष्ठ मानवीय व्यवहार मानता। घंटा लग गया था उसे कप्तान को

समझाने में। अंत में उसने बात मान ली थी और तब कहीं सात दिन बाद ही मजदूरों को थोड़ा जायज खाना मिलना शुरू हुआ था। उनके सोने के लिए भी ठाकुर ने बेहतर व्यवस्था की माँग की थी, पर उसके लिए कप्तान ने अपनी असमर्थता जताई थी। कहा कि बहुत पहले ही उसने कलकत्ता स्थित मॉरिशस के पूँजीपतियों के दलाल को यह बता दिया था कि बहुत ज्यादा माल लादे जाने के कारण जहाज में जगह कम रह गई है, इसलिए वह ढाई सौ से ज्यादा यात्रियों को ले जाने की स्थिति में नहीं है। पर कंपनीवाले उसे आखिरी खेवा मानकर ज्यादा बोझ के लिए तैयार हो गए थे।

—जब कंपनी खुद ही बात मान गई थी तो मैं क्या कर सकता था!

अपने केबिन में जाने से पहले सहदेव ठाकुर काफी देर रात तक उन मजदूरों के बीच ठहरा रहता। पीछे छोड़ आए घर-द्वार, परिवार, रिश्ते-नाते सभी की यादों से पैदा हुए दर्दों को भुलाने के लिए वे धीमे स्वर में कजरी-बिरहा गाकर मन को मना लेते। उनमें से कुछ लोग उसके अपने इलाके के भी थे। औरत, मर्द, बच्चे—सभी को सिमटकर सोना पड़ता था। सुबह की औपचारिकताओं को पूरा करने के लिए कतारों में खड़ा होना पड़ता था। नहाने-धोने का कोई विशेष प्रबंध न होने के कारण बहुत कम पानी से उन्हें हाथ-मुँह धोने को बाध्य होना पड़ता। डेक और गोदाम, दोनों जगहों से दुर्गंध आती रहती थी और सभी को उसका आदी होकर रहना पड़ रहा था। उसके अपने इलाके के एक आदमी ने उससे भोजपुरी में कहा था—

—ठाकुर साहब, हमें तो कहा गया था कि बड़ी ठाठ की यात्रा होगी। खाने-पीने का कोई कष्ट नहीं होगा जहाज में। ई त सभी कुछ नरक जैसन लगत बा भैया!

जहाज में चार-पाँच बच्चे भी थे। यात्रा के दसवें दिन से ही कुछ यात्री बीमार पड़ने लगे थे। पहले दो बच्चे बीमार हुए थे। ठाकुर से उसी के इलाके के रामदास ने बताया था—

—दूनों लयकवन के पेट झरत बा।

अगले दिन से बड़े लोग भी बीमार होने लगे थे। किसी को बुखार, किसी को उल्टी। दवा-दारू का कोई भी प्रबंध नहीं था। जहाज में जो डॉक्टर था, वह हर वक्त नशे में रहता था। सभी मर्जों की एक ही दवा उसके पास थी, वही सफेद रंग का कोई सीरप।

यात्रा के बीसवें दिन तीन लोगों की मौत हो गई थी और तीनों मुर्दों को पानी में फेंक दिया गया था। दाह-संस्कार के लिए जोर देने पर कप्तान ने कहा था—

—इन लाशों को अगर तीन दिन और जहाज में रखा गया तो इनकी बीमारी जहाज के तमाम लोगों को लग सकती है।

लोग डर गए थे और कप्तान की मर्जी के सामने चुप रह गए थे। दो दिन बाद एक बच्चे और दो भाइयों की फिर मौत हुई। इन तीनों को पहलेवालों की तरह हैजा नहीं हुआ था बल्कि न्यूमोनिया हो गया था। जोरों की बारिश में भी जहाज के डेक पर रहने से वे लोग भीग गए थे और दो ही दिन बाद उनके फेफड़ों में सख्ती आ गई थी।

ठाकुर उन दो भाइयों की लाशों को अपने हाथों समुद्र के हवाले करते समय आरा जिले के बारे में सोचने लगा था। उस जगह को वह बहुत अच्छी तरह जानता था।

उसका ननिहाल था वहाँ। उसकी किसी एक बस्ती की किसी झोंपड़ी में उन दोनों भाइयों की बूढ़ी माँ अब भी आस लगाए होगी कि उसके दोनों बेटे मारीच देसवा से बहुत-सा धन कमाकर लौटेंगे। छोटे भाई की मृत्यु बाद में हुई थी। उसका सिर ठाकुर की गोद में था। उसने अपनी आखिरी साँसों को पल-भर थामे रखने की कोशिश करते हुए ठाकुर से कहा था—

—माँ बोली थी कि चाहे कुछ भी हो, हम दोनों भाई उसकी मौत से एक दिन पहले जरूर उसकी आँखों के सामने पहुँच जाएँ। ऐसा तो नहीं हुआ ठाकुर जी ··· पर, काश, मेरी इन चंद साँसों के पूरा होने से पहले मेरी माँ मेरी आँखों के सामने आ जाती!

आज ये सारी बातें सहदेव ठाकुर को इसलिए याद आ रही थीं, क्योंकि पूर्वी इलाके का दौरा करते हुए उसे उसका वह जहाजी दोस्त रामदास मिल गया था और कोठी में काम करनेवाले भारतीय मजदूरों की दयनीय दशा और अपनी हालत सुनाते हुए रो पड़ा था—

—ठाकुर साहब, ई सभी कुछ लालच के फल होवेला। वहाँ अपनी भूमि पर जो मिल जाता था उससे गुजारा तो हो ही जाता था। रूखल-सूखल ही सही, भूखे त नै मरत रहली स। स्वरग के लालच में नरक में आ गईल स ठाकुर साहब!

जिस समय वह यह सब सोच रहा था, उसकी आँखों में भी आँसू डबडबा आए थे। मियाँ फरीद ने उससे पूछा था—

—क्या बात है सहदेव भाई! आज पहली बार तुम्हारी आँखों में आँसू देख रहा हूँ।

लेकिन वे आँसू बहे नहीं। आँखों के भीतर ही सूखकर रह गए। सहदेव ठाकुर उस 'मक्का-मदीना' को अपने हाथ की साफी से पोंछता रहा। बच्चों को चित्र दिखाने वाला यह यंत्र उसी कमरे के एक कोने में पड़ा हुआ था, जिसे वह फरीद से किराए पर लिए हुए था। गन्ने के खेतों से जुड़ी जिंदगी से ऊबकर जब फरीद शहर आ गया था, तो दाऊद के दिए हुए पचहत्तर रुपए उसके पास थे। अपने परिवार की जीविका चलाने के लिए उसने इस यंत्र को बत्तीस रुपए में खरीदा था। तब बहुत बड़ी रकम थी बत्तीस रुपए। पूरा परिवार उस पैसे से महीनों जी सकता था। उस भारी यंत्र को कंधे पर लादे वह गाँव-गाँव घूमा करता था। एक पैसे में दो बच्चों को पंद्रह मिनट तक देश-विदेश के साथ मक्का-मदीने की तस्वीरें भी दिखाता था। गोलाकार शीशों के इर्द-गिर्द अपने दोनों हाथों को रखे, बाहर के उजाले को घेरे, उन शीशों से बड़े हो जानेवाले तमाम चित्रों को देख-देखकर बच्चे मुग्ध होते रहते थे और ठाकुर अपने सुर में बोलता जाता था—

—देख लो बच्चो, मक्का-मदीना। देख लो दुनिया-भर का मेला। तुम भी खुदा की इबादत न भूलो। बोलो बच्चो, अल्लाह-ओऽख्बर। देख लो बच्चो, राम-रावण की लड़ाई। देखो, आ गया हनुमान। जो भोले-भाले लोगों को सताता है वह रावण की मौत मरता है। बोलो बच्चो, जय सियाराम की, जय हनुमान की।

पहले दिन उस बाइस्कोप को लेकर फरीद और सहदेव के बीच खूब बातें हुई थीं। सहदेव ने पूछा था—

—तो इस धंधे को छोड़ा क्यों ?

—एक तो भारी थकान हो जाती थी और फिर इसकी भी शान जाती रही।

—शान जाती रही से मतलब ?

—बच्चे एक ही चीज़ कितनी बार देखते। उन्हीं दिनों एक दोस्त की मेहरबानी से दूध का काम शुरू करने का मौका मिल गया। दूध बेचकर तीन गुनी आमदनी हो जाती थी, इसलिए इस धंधे को बंद कर दिया।

—मगर दोस्त बच्चों के साथ मिलनेवाली वह खुशी · · · ।

—हाँ, वह तो अब नहीं मिलती। पर इतने बड़े परिवार को पालने के लिए वैसी खुशियों को गँवाना ही पड़ता है। सचमुच वह खुशी बहुत बड़ी होती थी। घर लौटता था तो मेरी ढौंकरी में कठिनाई से बीस-पच्चीस पैसे होते थे, पर खुशियों से मन बड़ा चुहड़गर होता था।

तभी अनायास सहदेव ठाकुर के मुँह से निकल गया था—

—मैं तुमसे यह मक्का-मदीना खरीदना चाहता हूँ।

—क्या करोगे खरीदकर ?

—गाँव-गाँव का दौरा करूँगा।

—पागल हो गए हो क्या ?

—बिलकुल नहीं। गाँव-गाँव घूमकर बच्चों का मनोरंजन करूँगा। थोड़ी-बहुत कमाई भी होती रहेगी और शायद अपने परिवार में से किसी न किसी एक को ढूँढ़ निकालने में भी कामयाब हो जाऊँ।

—तुम अब भी सोचते हो कि उन्हें ढूँढ़ निकालोगे ?

—इसीलिए तो भारत से यहाँ आया हूँ।

दूसरे ही दिन फातमा की मदद से वह उस बाइस्कोप की सफाई में लग गया था। दो दिन लगे थे सिर्फ उसके ऊपर का जंग छुड़ाने में। तीसरे दिन वह उस पर रंग चढ़ाना शुरू कर चुका था। दुकान से चार-चार रंग खरीद लाया था। फातमा की पसंद से ही उसने रंगों का इस्तेमाल किया था। एक बार जब फातमा के रसोई में चले जाने पर उसने शीशे के घेरे को पीले रंग से रँग दिया था और फातमा को वह पसंद नहीं आया था तो उसने उसे साफ करके फिर से लाल रंग चढ़ाया था, और तब फातमा खुश हो गई थी।

फातमा मियाँ फरीद की छह बेटियों में सबसे बड़ी होकर भी तेरह-चौदह साल के बीच थी। सहदेव ठाकुर जब नया-नया आया था, तो उसके सामने अपनी बड़ी बेटी का परिचय देते हुए फरीद ने कहा था—

—यह मेरी बड़ी बेटी है। महाराजीन है पूरी।

—क्या है ?

—महाराजीन !

—महाराजीन का क्या मतलब हुआ ?

—सधुवाईन भाई !

– सधुवाईन ?

—याने कि यह लड़की मांस-मछली कुछ नहीं खाती।

—अरे भाई, यह बात है तो फिर मेरा खाना-पीना यही तैयार करेगी। मैं भी इसी की तरह शाकाहारी हूँ। तुम चाहो तो कमरे के किराए के साथ एक अठन्नी ज्यादा ले लेना। आज से यह तुम्हारी नहीं, मेरी बिटिया है।

—वाह भाई जान! क्या सचमुच ही तुम हिंदुस्तान से आए हो ?

—क्यों ?

—रिश्ता बाप-बेटी का बनाते हो और बात अठन्नी देने की करते हो!

उस दिन से साठ बरस से ऊपर के सहदेव ठाकुर की पूरी देख-रेख फातमा के जिम्मे थी।

एक रात फरीद मियाँ यों ही बातों-बातों में ठाकुर से पूछ बैठा था—

—सहदेव भाई, तुम मुझे एक बात बताओ। इस मुल्क में आज हजारों हिंदुओं के घर हैं, पर क्या वजह है कि तुमने उनमें से कोई घर न चुनकर एक मुसलमान के घर को पसंद किया ?

इस पर ठाकुर मुस्कुराता रह गया था और फरीद को अपना सवाल दोहराना पड़ा था। दूसरी बार वही सवाल सुनकर ठाकुर ने कहा था—

—बहुत बड़ी भूल हो गई यार !

फरीद की समझ में यह जवाब आया ही नहीं। उसे अपनी ओर जिज्ञासा-भरी दृष्टि से देखते हुए ठाकुर ने आगे कहा—

—मुझे तुमसे पहले ही पूछ लेना चाहिए था।

—क्या ?

—यही, जो तुम अभी कह गए। मैं तो यही सोचता रहा कि तुम भी हिंदुस्तान से आए हो!

फिर अपनी उसी गंभीरता को बनाए रखकर ठाकुर ने पूछा—

—क्या तुम हिंदुस्तान से आए हो ?

—क्या बात करने लगे तुम !

—पूछ रहा हूँ, क्या तुम सचमुच हिंदुस्तान से आए हो या अरब से ?

—तुम्हीं अरब से आए होगे ठाकुर, मैं तो हिंदुस्तान से आया हूँ ··· भारत से।

—मैंने भी यही सोचा था पर ···

—पर क्या ?

—यार, तुम्हें हिंदुस्तानी जानकर, अपना देशबंधु जानकर तुम्हारे पास आया और तुम हिंदू-मुसलमान की बात करने लगे। याद है एक बार तुम खुद मुझसे पूछ बैठे थे—वाह भाई जान! क्या सचमुच ही तुम हिंदुस्तान से आए हो ! इसीलिए आज मैं भी तुमसे यही सवाल कर रहा हूँ। कुछ मामलों में तो भारत में अड़े हुए अंग्रेजों को हमारी पहचान हमसे अधिक है। जब वे हिंदुस्तानियों पर गोलियाँ दागते हैं तो हिंदू-मुसलमान का सवाल किए बिना हर हिंदुस्तानी को बराबर का निशाना बनाते हैं।

—भाई जान, भूल हो गई !

और फरीद मियाँ ने हाथ जोड़ लिए थे।

एक बार जब किसी एक पड़ोसी ने फरीद मियाँ से शिकायत की कि क्यों भाई, तुम कैसे मुसलमान हो जो तुम्हारे घर से पूजा की घंटी सुनाई देती है, तो फरीद ने अपने उस पड़ोसी से पूछा था—

—क्यों, तुम्हें मेरे घर से नमाज की आवाज नहीं सुनाई पड़ती क्या ?

—वह तो सुनाई पड़ती है।

—तो फिर क्या ?

एक दूसरे पड़ोसी को भी इसी तरह की शिकायत पर उसने छोटा-सा जवाब दिया था—मेरा घर हिंदुस्तान है।

4

बस्ती के तीन मजदूरों की तनख्वाह से एक-एक तिहाई रकम काटे जाने के मामले को परकाश के सामने रखकर हरि उसकी राय का इंतजार करता रहा, लेकिन उधर से कोई प्रतिक्रिया नहीं हुई। परकाश सभी कुछ सुनकर इस तरह चुप बैठा रहा, जैसे उसने कुछ सुना ही न हो। लंबी प्रतीक्षा के बाद जब हरि ने फिर पूछा कि क्या उन लोगों को शोषण के सामने जिंदगी-भर चुप्पी ही साधे रहनी होगी, तो परकाश के होंठों पर एक विचित्र मुस्कान थिरककर ओझल हो गई। हरि उसे देखता रहा। परकाश ने एक लंबी साँस ली और कहा—

"तुम्हारे इसी प्रश्न को करीब सौ साल पहले किसनसिंह ने अपने साथियों के सामने रखा था। यही प्रश्न एकदम इस तरह कभी मन चाचा ने भी किया होगा। अभी चंद दिनों पहले मैंने भी इसी प्रश्न को कई हजार मजदूरों के सामने रखा था और आज भी तुम वही सवाल कर रहे हो। इस सवाल का जवाब एक आदमी के दिए नहीं दिया जा सकता। जब तक पूरा मजदूर समुदाय एक होकर इसका उत्तर नहीं देगा, तब तक यह प्रश्न प्रश्न ही बना रहेगा। इस प्रश्न के किसी एक आदमी से मिले उत्तर को सही उत्तर नहीं माना जा सकता।"

वह चुप हो गया। बाहर बच्चों के खेलने का शोर कुछ अधिक बढ़ गया था। उसके धीमा होते ही उसने आगे कहा—

"तुम यह प्रण किए हुए हो हरि, कि तुम मजदूरों पर ढाए जानेवाले जुल्मों को मिटाकर रहोगे। शायद तुम ऐसा करने में कामयाब हो सको, पर यह कामयाबी तुम्हें उस वक्त मिल सकती है जब तुम्हारे इस प्रश्न का उत्तर देश के सभी मजदूर सामूहिक

स्वर में दे सकें, अन्यथा · · · ।"

यही बात कभी मदन ने किसनसिंह से सुनी थी और जब उसने यही बात परकाश से कही थी, तो उससे आगे यह भी कहा था—

"कुछ अवसरों पर जब मजदूर एकसूत्र में बँधने लगते हैं तो उन्हें डरा-धमकाकर फिर से अलग कर दिया जाता है। यही नहीं, कई बार तो यह भी देखने में आया है कि एक होते हुए मजदूरों में से ही कुछ को प्रलोभन देकर अन्य मजदूरों को भड़काने और विभाजित करने के कामों में लगा दिया जाता है।"

हरि सुनता रहा। सामने ही दो चितकबरे मेमने कुलाँचें भर रहे थे। हरि के अपने मानसिक विचार भी उसी तरह कुलाँचें भरते रहे।

सीता चाय लिए हुए आई। हरि अपनी जगह से उठा और सीता के पाँवों को छूकर माथे से लगा लिया। आशीर्वाद के बाद सीता ने पूछा—

"कैसे हो बेटे ?"

"ठीक हूँ चाची!"

"घर पर सभी लोग अच्छे हैं न ?"

"सभी अच्छे हैं।"

दोनों को चाय के कटोरे थमाकर सीता चली गई। परकाश ने गरम-गरम चाय की चुस्की लेकर फिर कहा—

"मैं तुमसे बस इतना ही कह रहा था कि तुम्हारा सवाल एकदम जायज है। उसका सही जवाब तुम्हें मिलकर रहेगा, पर यह जरूरी है कि तुम उसकी उम्मीद, अपने सामने के आदमी से न करके देश-भर के उन सभी दिखाई और न दिखाई देनेवाले आदमियों से करो जोकि जुल्मों को चुपचाप सहे जाने को मजबूर हैं।"

हरि जब परकाश के यहाँ पहुँचा तो वह कोई हस्तलिखित किताब पढ़ रहा था। उसके पास बैठते हुए हरि ने पूछा था कि वह क्या पढ़ रहा है। पर उसके इस प्रश्न का कोई उत्तर न देकर परकाश ने अपने हाथ की पुस्तक को नीचे रख दिया था और अपनी गंभीरता को उसी तरह बनाए रखकर हरि से पूछा था—

—तुम्हारे गाँव में आज भी किसनसिंह की चर्चा होती है क्या ?

—वह तो होती ही रहती है।

यह उत्तर पाकर उसने उस पुस्तक को फिर से उठा लिया था, पर कहा कुछ नहीं था। पूरे एक घंटे तक हरि को फ्रेंच और अंग्रेजी का पाठ पढ़ाने के बाद उसके प्रश्नों के उत्तर देता रहा था। चाय पी चुकने के बाद हरि अपने कटोरे के साथ परकाश के कटोरे को भी उठाकर बाहर बरतन माँजवे के पास छोड़ आया। सूरज डूबने में अभी समय था। वह फिर से परकाश के पास जा बैठा। बच्चों का कोलाहल बना रहा। बच्चे खेल तो गुल्ली-डंडा रहे थे, पर शोर कर रहे थे कबड्डी-जैसा। बच्चों को उस तरह खेलते देखकर परकाश बचपन के दिनों को याद करने लगता था। जब-जब वह पड़ोस में बच्चों के साथ कबड्डी या दूसरे खेलों में शामिल होता, उसकी माँ उसे पुकारकर घर में बुला लेती। कहती—

—उस तरह की उछल-कूद से हाथ-पाँव तोड़वाना चाहते हो क्या ?

इसके बावजूद चोरी-चुपके वह खेल ही लिया करता था। जिस दिन गोरे मालिक के लठैतों ने उसके पाँव तोड़े, उस दिन उसने अपनी माँ से कहा था—

—खेल-कूद में तो पाँव नहीं टूटे माँ, पर तुम्हारा वह डर सही था। इन्हें टूटना था, टूट गए।

किसी से भी बातें करते हुए बीच-बीच में अपने अतीत की कुछ घटनाओं को याद कर लेना परकाश की आदत-सी थी। उसने उन घटनाओं की चर्चा हरि से भी की। दोनों के बीच कोई दस-पंद्रह मिनट बातें हुईं और फिर अपनी जगह से उठते हुए परकाश ने कहा—

"चलो, तुम्हें अपना छोटा-सा खेत दिखा दूँ।"

हरि भी अपनी जगह से उठा। नीचे से परकाश की बैसाखी उठाकर उसे थमा दी। दोनों घर से बाहर निकले। घर की बगल से पिछवाड़े तक पहुँचे, जहाँ परकाश की अपनी छोटी-सी खेती थी। कुछ ही दूरी पर सीमा चौलाई का साग ओंट रही थी। हरि ने उसे प्रणाम किया। परकाश ने अपनी पत्नी के पास पहुँचकर कहा—

"चौलाई का साग बनाने जा रही हो, तब तो आज पराँठे भी बनेंगे!"

सीमा के मुस्कुरा देने पर उसने हरि की ओर देखकर कहा—

"तुम्हारी भौजी कमाल के पराँठे बनाती है। मैं तो कहूँगा आज चखकर ही जाना।"

"चखकर क्या, मैं तो पेट-भर खाकर ही जाता पर माँ ने आज कुछ जल्दी आ जाने को कहा है।"

"खैर, देखते हैं कब खाओगे हमारे यहाँ। यह जान लो कि हम लोग डोम नहीं हैं।"

"परकाश भैया, मैं तो डोम के यहाँ भी खाने में नहीं झिझकूँगा। घर पर भी बिल्ली और कुत्तों की जूठन खाकर पचा लेने को मजबूर हुआ हूँ !"

"मुझे बताया गया है कि तुम्हारे पिता किसी के यहाँ जलपान नहीं करते थे।"

"मेरे पिता को अपने ब्राह्मण होने का बहुत फक्र था। पर आपको यह भी तो बताया गया होगा कि एक ब्राह्मण के ही कारण खून-पसीना एक करके हासिल की हुई थाड़ी-बहुत जायदाद देखते ही देखते गँवा दी थी।"

"सुना है। और यह भी सुना है कि जिस आदमी ने अपने घर का आटा गीला करके तुम्हारे पिता को जायदाद की नीलामी के बाद जेल जाने से रोका था, वह बस्ती का ही कोई तँतवा चमार था।"

"शायद इसीलिए मेरे पिता मरते-मरते भी मेरी माँ से कहते रहे थे कि उन्होंने कई मौकों पर ब्राह्मणों को चमार पाया है और चमार को ब्राह्मण।"

"अच्छी बात है हरि कि तुम आदमी और आदमी के बीच भेद-भाव नहीं मानते।"

"मैं तो मानता हूँ भैया!"

"क्या ?"

"मजदूरों का खून चूसनेवाला पूँजीपति और पूँजीपतियों के लिए खून बहाते रहनेवाले मजदूरों के बीच के अंतर को मैं कैसे न मानूँ ?"

परकाश उसे गौर से देखता रहा। फिर कहा—

"वह भेद-भाव और उससे उपजे अंतर तो अब मिटते जा रहे हैं, लेकिन यह अंतर जो तुम बता रहे हो, इसे पाटना बहुत कठिन है। मैं सोचता हूँ, जब तक पैसा और पैसे की शक्ति रहेगी, तब तक यह अंतर भी बना रहेगा।"

"आप यह कहना तो नहीं चाह रहे कि मैं एक नितांत असंभव काम को सिर पर लिए हुए हूँ।"

'नितांत असंभव तो मैं नहीं कहूँगा। मैं तो बस यही कहना चाहता हूँ कि हर बार तुम जैसे लोग बहुत सारे संघर्षों के बाद जो हासिल करोगे, उससे अंतर मिट तो नहीं जाएँगे। हाँ, इतना जरूर है कि अंतर कुछ कम होगा और . . ."

"इसी तरह काम करते हुए हम उसे मिटा देने में भी तो सफल हो सकते हैं।"

"नहीं हरि! इस अंतर को तुम हर बार थोड़ा-सा मिटाओगे और वह हर बार फिर पैदा होता रहेगा। काम करनेवाला वर्ग जब-जब कुछ हासिल करके सोचेगा कि अंतर कुछ कम हुआ और संतुष्ट होगा, तब-तब उधर से कुछ न कुछ इस तरह का होता रहेगा जिससे जो कुछ उसने खोया है, उसे हासिल किया जा सके। खैर, छोड़ो इन बातों को। इसका यह मतलब कतई नहीं कि अंतर को कम करने की चेष्टा नहीं होनी चाहिए। मेरा कहना यह है कि जब-जब मजदूरों के लिए तुम एक पैसा अधिक प्राप्त करने में सफल होओगे, तब-तब तुम्हें इस बात के लिए भी सतर्क रहना होगा कि अपना पसीना बहाने के बदले एक पैसा अधिक पानेवाले मजदूर को अपनी जीविका कमाने के लिए कहीं चार पैसे खर्च करने को मजबूर न होना पड़े। ये लोग एक देकर दो लेनेवाले हैं। मजदूर को दो पैसे अधिक देने की घोषणा की जाती है, लेकिन देखते ही देखते अनाज, कपड़े सभी के दाम बढ़ जाते हैं और फिर कुछ दिन बीतने के बाद लगने लगता है कि वही हालत फिर हो गई।"

परकाश ने अपने सामने फैली लौकी की बेल को हाथ में लेकर ऊपर उठाते हुए कहा—'देख रहे हो कितने फूल हैं इसमें ? पर सभी में फल नहीं आते।"

कोई चालीस फुट लम्बी और करीब उतनी ही चौड़ी ज़मीन में सीमा और परकाश ने कई तरह की सब्ज़ियाँ उगा रखी थीं। उपज का एक हिस्सा जीविका के लिए गाँव से बाहर बेचा जाता था, तो दूसरा गाँव में बाँट दिया जाता था। बाँट देने की बात से सीता उतनी सहमत नहीं थी। कहती थी कि दान देते रहने की भी एक हद होती है।

"अपन झोंपड़ी के छप्पर उजाड़वे दूसर के घर छावे के काम कोई दानी नाही, कोई बोराईल आदमी ही कर सकेला।"

परकाश माँ की इस बात को हँसकर टाल देने का आदी था। कुछ आगे बढ़कर उसने हरि को बैंगनों के वे पौधे भी दिखाए, जिनमें कोमल फल आने लगे थे। हरि उस साफ-सुथरे और हरे-भरे खेत से प्रभावित हुए बिना नहीं रह सका। प्याज और धनिए की क्यारियाँ दो अलग रंग की हरियाली लिए उसे बहुत ही अच्छी लगीं। लेकिन उसका जेहन चंद मिनट पहले हुई परकाश की बातों से जकड़ा हुआ था।

सीमा चौलाई टूँगकर घर को लौट गई थी। परकाश ने उसे आवाज़ दी। जब वह

आ गई तो उसने कहा कि हरि के लिए कुछ सब्ज़ियाँ तोड़ दे। हरि ने मना किया पर परकाश ने उसकी बात नहीं मानी। हरि को चिचिंडे बहुत अच्छे लगे थे, इसलिए परकाश ने सीमा से पहले कुछ चिचिंडे ही तोड़ने की माँग की। फिर कुछ भिंडी, मुट्ठी-भर धनिया ··· और तभी हरि ने बस-बस कहकर उन्हें अधिक चीजें तोड़ने से रोक लिया।

जब वे लोग खेत से निकलकर घर तक पहुँचे, तो परकाश ने कहा—

"तुम साइकिल पर आए हो, इसलिए आज बिना खिलाए तुम्हें जाने नहीं देंगे।"

"बताया न कि आज माँ ने कुछ जल्दी आने को कहा है।"

"अभी तो सूरज डूबने में भी समय है। तुम हर हालत में पिछले शनिवार से पहले ही पहुँचोगे।" फिर उसने सीमा से बात की जो सब्ज़ियों को वाक्वा के पत्तों से बनी एक टोकरी में बड़ी सावधानी के साथ सजा रही थी।

"क्यों सीमा, घंटे-भर में खाना तैयार हो जाएगा न ?"

"क्यों नहीं, दाल तो पक ही चुकी है। बस साग और पराँठे तैयार करने हैं।"

हरि ने अब दूसरा बहाना सामने रखा—

"साइकिल में रोशनी की व्यवस्था नहीं है।"

"हम तुम्हें अँधेरा होने से पहले भेज देंगे।"

इस वाक्य को परकाश ने इस लहजे में कहा था कि हरि को लगा, वह बहुत बड़ा आदेश है और उसे ठुकरा पाने की हिम्मत उसमें नहीं है।

"देखो हरि, मुझे तुम्हें जो बातें बतानी थीं, मैंने बता दीं। इन बातों से तुम्हें निराश नहीं होना है। बताया इसलिए कि तुम पूँजीपतियों की उन साजिशों से अवगत रहो जिनके जरिए वे अंतर को बार-बार कम करने का एहसास कराकर उसे बरकरार रखने से नहीं चूकेंगे।"

दोनों फिर उसी कमरे में आ गए, जहाँ कुछ देर पहले बैठे थे। कमरे में एक खाट, लकड़ी की दो कुर्सियों और एक चटाई के अलावा और कुछ नहीं था। सफेद मिट्टी से लीपी गई पत्थर और गोबर की दीवार एक-दो जगहों पर दरार लिए हुए थी। गोबर और लाल मिट्टी से लीपे गए फर्श से गोबर की जो हल्की गंध नाक तक पहुँच जाती थी, वह बोझिल नहीं थी। हरि के अपने घर की लिपाई से कहीं अधिक बारीकी लिए हुए थी इस घर की लिपाई। खाट के पास लकड़ी का एक तख्ता था, जिस पर कोई दस-बीस बही और किताबें थीं। अपनी बैसाखी को खाट के सहारे छोड़कर परकाश खाट के छोर पर बैठ गया। उसका हाथ फिर से खाट पर रखी उस पुस्तक पर जा पड़ा, जो वह हरि के आने के समय पढ़ रहा था। उसने उसे पुनः हाथों में ले लिया। तब तक हरि सामनेवाली कुर्सी पर बैठ चुका था। अपने हाथ की उस पुस्तक के पन्नों को अनचाहे ढंग से पलटते हुए परकाश ने पूछा—

"जानते हो यह क्या है ?"

हरि को यह सवाल बड़ा बचकाना लगा, पर उसने भी उसी बचकाने ढंग से छोटा-सा जवाब दिया—"पुस्तक।"

"यह पुस्तक किसनसिंह द्वारा लिखी हुई, मजदूरों का दस्तावेज़ है।"

इसके बाद दोनों कुछ देर तक चुप रहे। बाहर खेलते हुए बच्चे आपस में शायद झगड़ पड़े थे, तभी तो उधर से भोजपुरी और क्रियोली दोनों बोलियों में गालियों की बौछार शुरू हो गई थी। गालियों की भनक आते ही परकाश ने अपने को खाट के सिरहाने की ओर बढ़ाया और अधखुली खिड़की को पूरा खोलकर बच्चों को डाँटा। डाँटे जाने पर बच्चों के बीच सन्नाटा छा गया। अब परकाश ने किसनसिंह की पुस्तक को फिर से हाथ में ले लिया।

"किसनसिंह की मृत्यु के बाद यह पुस्तक कई लोगों के हाथों से होते हुए जीनत चाची के द्वारा मुझे मिली है। मैं चाहता हूँ, इस दस्तावेज़ को तुम भी ध्यान से पढ़ो और· · ·"

"आप मुझे दे रहे हैं ?"

"अभी नहीं। वक्त आने पर दूँगा। तुम देख रहे हो मेरी इन पुस्तकों को, इनमें वह लाल जिल्दवाली पुस्तक रामचरितमानस है और वह अखबार चढ़ी हुई किताब है आल्हा। दोनों के बीच जो खाली जगह है, वही इस पुस्तक के लिए है। अब तुम समझ गए होगे कि इस पुस्तक को मैं कितनी अहमियत देता हूँ। जब तुम्हें सौंपूँगा तो इसी आशा के साथ कि तुम भी वही महत्व दो, जो मुझसे पहले इसे जीनत दीदी देती रही थी। वह इसे अपने साथ खेतों तक ले जाती थी और इसे गन्नों की जड़ में सुरक्षित रखकर काम में लगी रहती थी।"

"पुस्तक को खेतों में ले जाने की क्या जरूरत थी !"

"क्योंकि कोठी-मालिक और सरदार तुम्हें जला देने के लिए इसकी तलाश में रहते थे।"

"क्यों ?"

"इस बात का पता तुम्हें इसके पढ़ने पर चल जाएगा।"

"मैं इसे जल्द से जल्द पढ़ना चाहता हूँ।"

"जिस दिन तुम्हारी ओर आऊँगा, अपने साथ लेता आऊँगा। इस पुस्तक को मैं तुम्हें अपने हाथों से तुम्हारे घर जाकर सौंपना चाहता हूँ।"

"इसकी कोई खास वजह ?"

"कोई खास वजह तो नहीं, पर वजह जरूर है।"

"आप तो बहुत दिनों से मेरे घर आने की बात कर रहे हैं।"

परकाश कुछ नहीं बोला और अपनी बगल में रखी बैसाखी को देखने लगा। हरि ने शर्मिंदगी महसूस की। उसके चेहरे की ओर ध्यान से देखते हुए परकाश ने कहा—

"तुम एकाएक उदास दिखने लगे।"

"आपकी उन बातों के बारे में सोच रहा हूँ।"

"तुम नाहक उन बातों को अपने दिमाग में चिपका बैठे। मेरा मकसद बस तुम्हें आगाह करना था। तुम्हें इतना जान लेना जरूरी है कि कुछ लोग एक हाथ से देकर दूसरे हाथ से ले लिया करते हैं, पर इस मुल्क के धनी लोग तो तकाजों से मजबूर होकर जिस हाथ से देते हैं उसी से ले भी लेते हैं। इस सच्चाई को जान लेने के बाद

इस तरह उदास होने की क्या जरूरत है ?"

दोनों की बातें होती रहीं। कोई आधे घंटे बाद एक थाली को सीता और दूसरी को सीमा उठाए हुए सामने आईं। परकाश खाट से उठा। सीमा ने तब तक अपने हाथ की थाली को बगलवाली खाली कुरसी पर रख दिया था। अब उसने पानी भरे लोटे को उठा लिया। उसके कंधे का सहारा लेकर परकाश बाहर गया। सीमा के हाथ के लोटे से पानी लेकर उसने हाथ-मुँह खँगारे। उसके पीछे ही हरि भी दूसरा लोटा लिए आ गया। उसने भी हाथ-मुँह झपलाए। फिर जब दोनों खाने पर बैठे तो परकाश ने अपने लोटे से अंजुलि-भर पानी लेकर अपने सामने की थाली के आगे छिड़कते हुए हरि की ओर देखा।

"क्यों, तुम भोजन से पहले ऐसा नहीं करते ?"

"मेरे पिता ऐसा करता थे।"

परकाश ने मुस्कुराकर अपनी थाली से चुटकी-भर पक्वान्न उठाया। मंत्रोच्चारण किया, फिर उस अन्न को पानी छिड़के स्थान पर धीरे-से रखकर हरि से कहा—"शुरू करो।"

दोनों ने एक साथ खाना शुरू किया। हरि ने गरम पराँठे से टुकड़ा तोड़कर थाली में जो कटोरा था उसे उसमें डुबोया। फिर जब कौर उठाया तो दाल अँगुलियों से बह आई, जिसे उसने जल्दी से जीभ के सहारे नीचे गिरने से रोक लिया और मुँह में कौर रखने के बाद बोला—

"इतना मुलायम पराँठा तो हमारे यहाँ कभी नहीं बना।"

"ये सुनकर तुम्हारी माँ बुरा मान सकती है।"

"दाल भी बहुत स्वादिष्ट है।"

"अरे नहीं भाई, दाल अच्छी तरह बनानी न तो मेरी माँ को आती है, और न मेरी पत्नी को। तुमने अगर मीरा चाची के हाथ की पकाई दाल खाई होती तो जानते कि स्वादिष्ट दाल किसे कहते हैं।"

"चाची और भाभी सुन रही हैं। बुरा मान जाएँगी।"

दो गरम पराँठे लिए तभी सीता सामने आ गई। हँसकर बोली—

"ये तो मेरी कही बात दोहरा रहा है। सचमुच, जब मीरा दाल पकाती थी तो दाल खत्म हो जाने के बाद लोग बच्चों की तरह अँगुलियाँ चाटते रह जाते थे।"

उसने दोनों की थाली में एक-एक पराँठा और रख दिया। जब वह जाने लगी तो परकाश ने कहा—

"साग मेरी माँ बहुत अच्छा बनाती है। चखकर बताओ।"

"चख चुका, बहुत ही स्वादिष्ट है। बताने से इसीलिए झिझक गया कि कहीं आप फिर यह न कह दें कि अरे, यह क्या, साग तो मीरा चाची बनाती थीं।" दोनों हँस पड़े।

इसके बाद बिना बात किए दोनों ने खाना खाया। खा चुकने के बाद परकाश ने डकार ली। हरि ने कहा—

"मैंने तो बहुत खा लिया। उठा ही नहीं जाता।"

"तुम्हारी उम्र में मैं इससे दोगुना खाता था।"

सीमा आई और जूठे बरतनों को उठा ले गई, और जब इमली का टक्कर लिए आई तो हरि बोला—

"यह क्या! अब तो पेट में जगह ही नहीं!"

सीमा के हाथों से उन दोनों छोटे पात्रों को लेकर एक को हरि को थमाते हुए परकाश ने कहा—

"यह तो पचावन है।"

कोई पंद्रह-बीस मिनट बाद ही हरि जाने योग्य हुआ। लेकिन सब्ज़ी से भरी टोकरी लेना नहीं भूला। जैसे ही उसने साइकिल के पैडल पर पाँव रखा कि परकाश ने कहा—

"मूसा को मेरा सलाम कह देना। कभी उसे भी साथ आने को कहना।"

सूरज अस्त होने ही वाला था, जब हरि आम रास्ते पर पहुँचा।

5

खेतों पर छाई दोपहर की उस धूप में।

उस चीख को कुछ मजदूरों ने दो बार सुना, कुछ ने एक बार। जो लोग टीले के करीब थे, उन्होंने उसे एक बार सुना था, पर जो लोग उस दूसरे टीले के पास थे उन्होंने वह चीख सुनी थी और उसकी वह गूँज भी जो टीले से टकराकर प्रतिध्वनित हुई थी। लेकिन जो लोग टीले के पास थे, वे उस चीख से दहल गए थे। इस कदर दर्दनाक थी वह चीख। हरि जब घटनास्थल पर पहुँचा, तो वह बच्चा बेहोश हो चला था। उसे घेरे खड़े थे कोठी का मालिक, दो सरदार और चार - पाँच वे मजदूर जो एकदम टीले के नीचे काम कर रहे थे। बच्चे के माथे और घुटने से खून बह रहा था। उस घायल शरीर पर झुकने से पहले ही हरि उसे पहचान गया था। वह खेत-मजदूरों को पानी पिलानेवाला ग्यारह साल का गास्तों था, हरि के दोस्त गाब्रियेल का बेटा।

अपनी जगह से दौड़कर वहाँ पहुँचने में हरि को कम-से-कम तीन मिनट लग ही गए होंगे, फिर भी अब तक किसी ने गाब्रियेल और सोलांज़ के उस बेटे को छुआ तक नहीं था। हरि ने झट घुटनों के बल बैठकर बच्चे की नब्ज टटोली, उसके हृदय पर हाथ रखा और तब राहत की साँस ली। पाँव को पकड़ा तो वह घुटने के पास से झूल गया। हरि ने कहा—

"इसका पाँव शायद टूट गया है। इसे तुरंत अस्पताल ले जाना होगा।"

पीछे से कोठी-मालिक की आवाज़ आई—

"मैं कि सा कोसों ला ची आल फेर लाओ। (आखिर यह सुअर की औलाद ऊपर

करने ही क्या गया था !)"

एक सरदार ने कहा— "अपना काम छोड़कर मस्ती कर रहा था ऊपर !"

हरि ने पीछे मुड़कर देखा और कहा—

"आप लोग बातों में समय गँवाएँगे या इसे अस्पताल ले जाएँगे ?"

मालिक ने थोड़ी-सी घबराहट महसूस करके अपने दोनों सरदारों की ओर देखा। हरि की वह डाँट उसे तनिक भी नहीं भायी थी, पर चुप रह जाने के अलावा उसके अपने सामने कोई दूसरा चारा नहीं था। इस बीच वहाँ कोई बीस-पच्चीस मजदूर जमा हो गए थे। छोटे मालिक ने अपने एक सरदार को आदेश दिया कि वह दौड़कर ड्राइवर से कहे कि कार को अधिक से अधिक नजदीक लाने की कोशिश करे। हरि ने संतोष और एक दूसरे मजदूर के सहयोग से गास्तों के झूलते शरीर को उठाया और वे रास्ते की ओर लपके। रास्ता वहाँ से कुछ दूरी पर था। दो खेतों और एक पगडंडी को पार करके ही वे रास्ते पर पहुँच सके। रास्ता पथरीला था, इसलिए मोटरगाड़ी गुलैची के उस पेड़ के पासवाले मोड़ पर रुकी हुई थी।

कई मजदूर इधर-उधर से दौड़कर उस जगह आ गए थे, जहाँ गाड़ी खड़ी थी। ईख के खेतों के बीच जो पक्के रास्ते थे, वे इतनी अधिक दूरी पर थे कि कटाई के ठौर से गन्नों के बोझ को कंधों पर उठाए रेल के डिब्बे, बैलगाड़ियों और लारियों तक आते-जाते मजदूरों को कई बार लुढ़क जाना पड़ता था। हरि ने जब पहली बार कोठीवालों से माँग की थी कि मजदूरों को बेमौत मरने से बचाने के लिए उन फासलों को कम होना चाहिए, तो वे लोग हँसकर रह गए थे। उस लंबे फासले के कारण लदान करनेवाले मजदूरों को कई बार छटपटाते पाया गया था, फिर भी उस कठिनाई को मिटाने की जरूरत कभी नहीं समझी गई। आज गास्तों के घायल शरीर के साथ दौड़ते हुए हरि को फिर से मालिकों के वे सभी रूखे जवाब याद आ रहे थे। पिछली बार जब सुग्रीम का छोटा भाई बेहोश होकर गिरा था, तो हरि ने कहा था—

—इन खेतों के बीच रास्ते निकलकर रहेंगे, आज नहीं तो कल।

गास्तों को मोटर में लिटाए जाने के बाद मजदूरों ने चाहा कि हरि भी उसके साथ अस्पताल पहुँचे, पर छोटे मालिक ने मजदूरों की बात नहीं मानी। एक सरदार को वहीं छोड़कर दूसरे को अपने साथ लिए उसने कहा—

"तुम सभी अपने-अपने काम में लग जाओ। मैं मारतें को साथ लेकर जा रहा हूँ।" गाड़ी के घड़घड़ाते ही दूसरे सरदार ने सभी मजदूरों को हुक्म दिया कि वे तुरंत अपने-अपने काम पर लौट जाएँ। उसने उनके आधे दिन की तनख्वाह काटे जाने की भी धमकी दी। जब सभी लोग अपने-अपने काम पर लौटने लगे तो संतोष ने एकदम हरि से सटकर चलते हुए कहा—

"गास्तों अपने आप टीले पर नहीं चढ़ा था। मैंने सभी कुछ देखा और सुना है।"

"सच कह रहे हो ?"

"एकदम सच कह रहा हूँ।"

"बता तो क्या-क्या देखा और सुना।"

पीछे से सरदार ने चिल्लाकर दोनों को अलग कर दिया। अपने काम के ठौर पर पहुँचते हुए हरि ने सोचा—अगर सोलांज़ के बेटे को कुछ हो गया तो कोठीवालों के लिए तो कोई बड़ी बात होगी नहीं। उनके लिए तो जैसे बस किसी गली-कूचे में कोई कुत्ता मर जाएगा ··· बस खतम। पुलिस भी मान लेगी कि बच्चा अपनी लापरवाही के कारण मरा ···

मीठी चीनी पैदा करनेवाले इन खेतों में इस तरह की कड़वाहट, जिसे हरि एकाएक महसूस कर गया था, आए दिन मिलती रहती थी। परकाश ने बताया था कि इस द्वीप में नब्बे प्रतिशत से ऊपर आय चीनी के निर्यात से होती है। उसने यह भी कहा था कि चीनी ही इस देश की रीढ़ की हड्डी है। बाकी और भी बहुत-सी बातें गन्ने के खेतों में काम करते हुए हरि अपने आप सोचता रहा था।

··· देश की नब्बे प्रतिशत आमदनी शक्कर से होती है। शक्कर पैदा होती थी गन्नों से। गन्ना पैदा करनेवाले थे देश के इस छोर से उस छोर तक फैले हुए खेत-मजदूर। उस नब्बे प्रतिशत आय में से पचहत्तर प्रतिशत मुट्ठी-भर जमींदारों और मिल-मालिकों की जेब में चली जाती थी। दस प्रतिशत दफ्तरी लोगों को जाती थी और खेत-मजदूरों के हिस्से बचता था पाँच प्रतिशत। मजदूर जो हजारों में थे, जो देश का धन पैदा करते थे, वही देश के सबसे कंगाल, सबसे अभावग्रस्त थे। ··· उनके बच्चों के बदन पर मैले व फटे कपड़े, चेहरों पर पीलापन, उनकी पत्नियों की आँखों में अकाल का सूखा, धँसे हुए गाल और उभरी हुई हड्डियाँ ··· और जब उसने जानना चाहा था कि क्यों, तो परकाश ने कहा था—

"कुछ कानून के कारण, कुछ मालिकों के कारण और कुछ खुद अपने कारण।"

उसने कहा था कि जब तक खुद अपने कारण का सामना नहीं किया जाएगा, तब तक बाकी दोनों कारणों से लाख लड़कर भी उन्हें बने रहने से नहीं रोका जा सकता।

आक्षितिज फैले जिस खेत में हरि काम कर रहा था, उसमें तीन सौ के करीब औरत-मर्द मजदूरी कर रहे थे। छह या सात सरदार उनके कामों की निगरानी में लगे हुए थे। उन्हें जैसे चार-पाँच मिनट से अधिक चुप रहना मना था। हर चौथे-पाँचवें मिनट उनका मजदूरों पर चिल्लाना, गालियाँ देना जारी रहता था। हरि कल दोपहर घटी घटना के बारे में सोच रहा था। एक छोटा और एक बड़ा, दो गोरे मालिक मोटरगाड़ी में आए। चालक ने जब तक दोनों के लिए बारी-बारी से दरवाज़े नहीं खोले, तब तक वे बाहर नहीं निकले। पहले तो बड़े मालिक ने रास्ते ही में खड़े होकर अपने चारों ओर श्रमिकों को काम करते हुए देखा। फिर दोनों अपने-अपने छाते खोले खेतों में घूम-घूमकर मुआइना करने लगे। हुक्म देते, गालियाँ बरसाते एक मजदूर से दूसरे मजदूर तक जाते रहे। तीन सौ आदमी देश के लिए धन पैदा कर रहे थे और दो आदमी उन्हें वैसा करते देख रहे थे। कल को सारा धन वे दो आदमी बटोर ले जाएँगे और उसे पैदा करनेवाले तीन सौ मजदूर अधनंगे-अधभूखे रह जाने को विवश होंगे। इस विवशता में उनका अपना भी हाथ होता है। उस बेचारगी और लिजलिजेपन के सामने हरि कभी क्रोध से तिलमिलाया था तो कभी दुख से। लोगों के उस भय को समझने का प्रयत्न करके भी

वह उसे समझ नहीं पाता। लोगों से बातें करते हुए वह कहता था कि ठीक है, दो-चार आदमी आगे आने से डरते हैं क्योंकि उनके वैसा करने की सज़ा उन पर भारी पड़ती है, लेकिन अगर सभी लोग एक साथ आगे आने को तैयार हो जाएँ तो मजाल है कि वे सबको सज़ा दे सकें।

वह अपने आपसे पूछता—क्या सचमुच वह सज़ा का ही डर है या एक अंदरूनी कायरता भी है। मेहनतकशों में, जो इतने बड़े काम कर सकते हैं, ऐसी अंदरूनी कायरता के कारण क्या हैं ? वह यह मानने को तैयार नहीं था कि किसी तरह की अंदरूनी कायरता होती है। उस दिन उसने परकाश से तर्क किया था—

—क्या ऐसा संभव नहीं कि मजदूरों को एक साथ आगे लाने में नेतृत्व सही ढंग का न रहा हो। या कि आगे लाने का तरीका गलत रहा हो ?

परकाश ने मुस्कुराकर कहा था—

—क्यों नहीं ? ऐसा भी हुआ है। लेकिन जब भी ऐसा हुआ है, तो वह उधर से आनेवाले प्रलोभन और धमकी, दोनों के कारण। हमारे अपने ही लोग जब उन प्रलोभनों में आते रहे हैं तो फिर नेतृत्व किस बूते पर सफलता पा सकता था। किसनसिंह और मदन के टूट जाने के पीछे जितना शोषक ताकतों का हाथ रहा, उतना ही बिक जानेवाले अपने लोगों का भी।

कल संतोष ने उससे कहा था कि वह गास्तों के दुर्घटनाग्रस्त होने की सच्चाई को जानता है। पर शाम को जब हरि उससे मिलने गया, तो वह घर के भीतर छिपा रहा।

कोई दस-बारह दिन पहले इन्हीं खेतों में संतोष और उसके तीन अन्य मित्रों की तनख्वाह का एक हिस्सा हड़प लिया गया था। उन्होंने जब सवाल किया था तो जवाब में गालियाँ मिली थीं। कल पत्थरों के टीले से ग्यारह वर्ष का लड़का नीचे गिरकर चिंताजनक स्थिति में पहुँच गया था। मालिक और सरदार ने तो पहले ही यह कहकर अपने को निर्दोष जताया था कि उस लड़के ने अपना काम छोड़कर स्वयं उस खतरे को मोल लिया। आसपास के मजदूरों में संतोष अकेला ही था जो सही बात बताने की स्थिति में था , पर ··· इससे आगे हरि का सोचना एकाएक बंद हो गया।

अपने काम में फिर से जुट जाने के बाद ही वह स्वयं से पूछ सका कि क्या संतोष सच्ची बात बता पाएगा। बता भी सका तो क्या पुलिस उसे मान लेगी। फिर भी मानने न मानने की बात को भुलाकर हरि यही सोचता रहा कि आखिर संतोष ने क्या देखा और क्या सुना था ?

शाम को बैठका की ओर जाते हुए हरि की मुलाकात मूसा से हो गई। हरि ने उससे गास्तों की हालत के विषय में जानना चाहा। मूसा को भी खेत से आगे की बात मालूम नहीं थी। उसके अपने भीतर भी दुख और नाराजगी, दोनों थे। नाराजगी में ही उसने कहा—

"ये लोग सोचते हैं कि यह कहकर कि वह लड़का अपना काम छोड़कर स्वयं उस

टीले पर चढ़ा था, हरजाना चुकाने से बच जाएँगे। लेकिन वे यह क्यों भूल रहे हैं कि ग्यारह साल के बच्चे से काम कराना गैरकानूनी है।"

"संतोष बता रहा था कि गास्तों अपने आप ऊपर नहीं चढ़ा था।"

"तो · · ?"

"बस, इससे आगे वह कुछ नहीं बताता। भेंट करने उसके घर गया तो मिला नहीं।"

"ग्यारह बरस के बच्चे से काम करवाना जुल्म है न हरि ?" मूसा ने अपनी जानकारी को पुष्ट करना चाहा।

हरि कुछ नहीं बोला। मन ही मन सोचा कि उसने भी ग्यारह वर्ष की उम्र में ही काम शुरू किया था। कोठी में काम मिला था तो उसने और उसकी माँ ने कोठीवालों का एहसान माना था। मूसा के घर की ओर चले जाने पर भी हरि अपने बचपन के उन दिनों के बारे में सोचता रहा। आठ साल पहले जब वह प्राइमरी स्कूल की पढ़ाई के तुरंत बाद नौकरी करने को मजबूर हुआ था, तो खेतों के बीच कड़कती धूप में सरदारों की डाँट-डपट खाकर सप्ताह-भर अपनी माँ से छिप-छिपकर रोता रहा था। लेकिन फिर जब आदी हो गया तो खेतों के हर काम—कारखाने में गन्ने का रस पकाने से लेकर गंधक जलाने तक—को बारी-बारी करके ही रहा। पंद्रह की उम्र तक आते-आते कोई भी ऐसा काम नहीं था जो उसने नहीं किया। यही नहीं, दो पैसे अधिक कमाने के लिए गाड़ीवान भी बना। शायद खेतों में कोई चुंबक था, कोई आकर्षण, जिससे वह अपने को दूर नहीं रख सका था।

शाम को जब वह बैठका जाने के लिए घर से निकला तो संतोष के घर की ओर से, थोड़ा चक्कर काटते हुए। सोचा था, इस बार वह उसे जरूर मिल जाएगा और गास्तों की उस दुर्घटना के बारे में कुछ पता चलेगा। पर उसकी माँ ने बताया कि वह तो अपनी बारी का कोर्वे कर रहा था। कोर्वे शब्द हरि के अपने जेहन में देर तक चुभता रहा। उसने एक बार फिर अपने आपसे पूछा कि आखिर कब तक शक्कर कोठियों में कोर्वे के नाम पर मजदूरों को सप्ताह में एक दिन मुफ्त काम करना पड़ेगा ? सौ सालों से चला आ रहा है कोर्वे का यह बेईमान कानून।

बैठका पहुँचने पर बच्चों ने उसे घेर लिया। तीन दिन पहले उसने जो कहानी अधूरी छोड़ी थी, उसे सुनने के लिए सभी बच्चे मचल उठे। बच्चे जिद करते रहे, पर वह स्वयं को कहानी सुनाने की रौ में नहीं पा रहा था। कोई घंटे-भर बच्चों के बीच रहकर वह घर के लिए चल पड़ा। रास्ते में जो भी उसे मिला, उसी से उसने गास्तों की हालत जानने की कोशिश की, पर किसी को कुछ पता नहीं था। अस्पताल वहाँ से आठ-नौ मील की दूरी पर था। हरि ने चाहा कि वह सोलांज़ के घर जाकर उसे धीरज बँधा आए, पर फिर यह सोचकर हिम्मत नहीं कर सका कि अगर सोलांज़ अपने बेटे का हाल पूछ बैठी, तो क्या उत्तर देगा।

सोलांज़ यहाँ दूसरी बस्ती से आई थी और कुछ समय परकाश के गाँव में भी रह चुकी थी। हरि किसी सरदार के साथ उसके नाजायज रिश्ते के बारे में सुन चुका था। बक-बक करनेवाली कुछ जुबानें तो यहाँ तक कहती थीं कि गास्तों या तो हरखू सरदार

का बेटा है या मगनलाल का। ये लोग ऐसा शायद इसलिए भी कहते थे, क्योंकि गास्तों के नाक-नक्श मलगासी नहीं थे। सोलांज़ अब शादीशुदा थी। उसका पति गाब्रियेल भी जबसे बल-वी आरेल के कारखाने में काम करने लगा था, हरि से उसकी कम ही मुलाकातें होती थीं। गाब्रियेल से मिलना अब उतना आसान नहीं था, क्योंकि कभी-कभी वह रात-भर कारखाने में चीनी बनाने का काम करता था।

हरि घर पहुँचा तो संतोष को बाड़े के पास विजय से बातें करते पाया। हरि भी बाड़े तक पहुँच गया। और जब तक वह कुछ बोलता, संतोष ही बोल उठा—

"तुम मुझे ढूँढ़ने घर गए थे और मैं तुम्हें चारों तरफ ढूँढ़ रहा हूँ।"

संतोष के झूठ को ताड़कर भी हरि को खुशी हुई कि लुकाछुपी के बाद आख़िर वह उससे बात करने को तैयार हो ही गया है।

हरि कुछ देर चुप रहा। फिर गाय की पीठ सहलाने के बाद अपने भाई से बोला—

"माँ ढूँढ़े तो कहना मैं संतोष के यहाँ गया हूँ।"

उसने संतोष के कंधे पर हाथ रखे और उसे अपने साथ लेकर फिर उसी रास्ते पर आ गया, जिससे घर लौटा था। लेकिन अब दोनों बस्ती के दूसरे छोर की ओर न जाकर गन्ने के खेतों की ओर चल पड़े, जोकि तीन महीने पहले की कटनी के बाद फिर से लहलहाने लगे थे। जहाँ मिट्टी अच्छी थी, वहाँ पौधे कमर तक पहुँचने को थे और उनकी जड़ों में दो-तीन इंच के गन्ने भी दिखाई दे रहे थे। दोनों ओर घनी हरियाली के बीच जाती पगडंडी धुर पश्चिमी क्षितिज पर दम तोड़ती प्रतीत हो रही थी, जहाँ सूरज के ओझल हो जाने के बाद लालिमा फैली हुई थी। अब तक चलते हुए दोनों ने इधर-उधर की ही बातें की थीं।

नीम के पेड़ के नीचे सिमट आई कालिमा से आगे निकल जाने पर हरि ने पूछा—

"गास्तों के बारे में तुम क्या बता रहे थे ?"

"मेरी औरत कह रही थी कि उस बात को बताने में खतरा है।"

"कैसा खतरा ?"

"मालिक लोग बुरा मान जाएँगे।"

"तुम्हें फाँसी दे देंगे क्या ?"

"मैं तो नहीं डरता पर मेरी औरत · · ·"

"कोई कुछ नहीं बिगाड़ सकता। तुम बताओ तो तुमने क्या देखा और क्या सुना?"

"मैंने सभी कुछ देखा, सभी कुछ सुना।"

"क्या ?"

"छोटे मालिक सरदारों से बात कर रहे थे। कुछ दूर सोलांज़ का छोकरवा लोगों को पानी पिला रहा था। छोटे मालिक सरदारों के साथ टीले के नीचे खड़े थे कि तभी उनकी नजर टीले के ऊपर नागफनी के उस फूल पर जा पड़ी। वे लोग मेरे एकदम सामने थे, इसलिए उन्हें देखने-सुनने के लिए मुझे कमर सीधी करने की जरूरत नहीं थी। वह उसी तरह का फूल था जो हम दोनों ने एक बार तोड़ा था। नागफनी के सभी

फूलों से भिन्न। याद है तुम्हें ?"

"क्यों नहीं याद है, बिरनियों ने तुम्हारे चेहरे पर चार जगह काटा था।"

"हाँ, फिर भी तुमने वह फूल नहीं दिया था। फूल पर नजर पड़ते ही छोटे मालिक ने कहा था—

—यह तो कमाल का फूल है मारतें। इतना सुंदर फूल तो हमारी फुलवारी में भी नहीं।

—मारतें ने कहा था—जंगली फूल है साहब !

—जंगली फूल और इतना सुंदर! कमाल है, कभी-कभी तो गँवार औरत और जंगली फूल का मिशाल नहीं होता। मारतें गेते मो बिर्जे सा फलेर ला।

—साहब, आप यह जंगली फूल लेकर क्या करेंगे।

—मैंने कहा न मुझे चाहिए।

—टीले के ये सारे पत्थर बड़ी असावधानी से ऊपर पहुँचाए गए हैं, ऊपर जाना आसान नहीं। पत्थर भड़क-लुढ़क सकते हैं।

—पा जीस्कीते आवेक म्वा।

—अभी दो महीने पहले जामुनवाले उस खेत के टीले पर से कुम्हड़े का साग ओंटती एक औरत पत्थरों के नीचे दबकर मर गई थी।

—मो बीर्ज़े सा फलेर ला। आज मेरी पत्नी की सालगिरह है। मैं उसे यह फूल भेंट करना चाहता हूँ। ···

" पिछले दो वाक्यों को उसने फ्रेंच में कहा था। उसी समय सोलांज़ का छोकरवा दूसरी ओर जाने के लिए वहाँ से गुजरा था। उस पर नजर पड़ते ही मारतें ने छोटे मालिक से कहा था—

—यह लड़का बंदरों की तरह चट्टानों और पेड़ों पर चढ़ता है।

"इस पर छोटे मालिक ने उस छोकरे को सम्बोधित करके कहा था—

—ए पीची, तुम अपनी डोल को उधर रखकर यहाँ आओ।

"छोकरे ने तुरंत वैसा किया। छोटे मालिक ने उसे टीले का वह फूल दिखाते हुए क्रियोली में कहा—

—देख रहे हो उस फूल को ?

—व्ही मिस्ये।

—चलो ऊपर जाओ और उसे तोड़ लाओ मेरे लिए। पर देखना, फूल बिखरने न पाए, नहीं तो नीचे उतरते ही जान ले लूँगा। तो फिन तान्दे।

—व्ही मिस्ये।

"जी हुजूर! ··· कहकर सोलांज़ का छोकरवा टीले पर चढ़ने लगा था। उसने चार ही पाँच पत्थरों को पार किया था कि एक बड़ा-सा गोल पत्थर एकाएक लुढ़क गया था और उसके साथ ही वह छोकरा चीत्कार करता हुआ नीचे पत्थरों पर आ गिरा था !"

संतोष के चुप हो जाने पर हरि भी ठिठक गया। कुछ क्षण चुप रहकर उसने संतोष

की ओर देखा और पूछा—

"सच कह रहे हो ?"

"मेरी अगल-बगल के और भी मजदूरों ने देखा और सुना था।"

"इस सच्चाई को दोहरा सकोगे ?"

"दोहरा सकोगे का मतलब ?"

"मालिक और पुलिस के सामने ?"

"मालिक और पुलिस के सामने !"

"हाँ, तुम्हें पुलिस के सामने इस सच्चाई को रखना होगा।"

"पर मेरी औरत ···"

"तुम सच्चाई नहीं कहोगे तो गास्तों को अपने इलाज तक के लिए पैसा नहीं मिलेगा।"

"तुम्हें जो बता दिया। अब तुम जानो। तुम मेरा नाम न लेना।"

"तुम्हारा नाम न लूँगा तो यह बात सच कैसे मानी जाएगी। मैं तो वहाँ बाद में पहुँचा था।"

"पर ··· पर मेरी औरत ···"

अँधेरा छा गया। दोनों को बातों के दौरान इसका पता ही नहीं चला।

6

कभी नीम का पेड़ देखकर उसे अपने देश की सुध आई थी तो कभी आम के पेड़ों पर महकता बौर देखकर। कभी लोगों को भोजपुरी बोलते सुनकर उसे अपने गाँव की याद सताने लगती थी, तो कभी अहीरों को बिरहा गाते सुनकर। दिन-भर में उसे हरखू टोले से लेकर सोनपुर की याद दसियों बार आई थी। सुबह जब उसने मुहर्रम के मौके पर शहर की गलियों में लोगों को ढपली बजाते हुए देखा था, तो एक बार फिर उसकी यादें बिहार के गाँवों तक चली गई थीं। ढाई वर्षों से वह इस द्वीप में था। दोपहर की छनछनाती धूप भी उसे अपने खेतों की ठहटहाती धूप की याद दिला गई थी। भारत के शर्तबंदी मजदूरों को पोर्टलुई बंदरगाह पर ला उतारनेवाले उस आखिरी जहाज को जिसके जरिए वह इस द्वीप तक पहुँचा था, उसने गौर से देखा था। नई धरती पर पाँव रखते हुए भी उसने यही इच्छा जाहिर की थी कि जिस तरह तुम मुझे यहाँ ले आए, उसी तरह मुझे मेरी धरती को लौटा देना। वह औरों की तरह मजदूर के रूप में यहाँ नहीं आया था। उसने तो अपने खर्च पर यात्रा की थी। वह गिरमिटियों की तरह तो आ नहीं सकता था। उसकी उम्र साठ से ऊपर थी। उस उम्र के व्यक्ति को कौन मजदूर की तरह लेने को तैयार होता। और फिर उसे मजदूरी करने की जरूरत ही क्या थी।

वह तो एक बड़े मकसद के साथ मारीच देश आया था।

सुंदरी को भुलाने से भी बड़ा था वह उद्देश्य। सुंदरी की याद तो इस दूर देश में भी उसे तड़पा जाती थी। सुंदरी को पाने के लिए उसने कितने लोगों का सामना किया था, कितनी यातनाएँ सही थीं। किन-किन लोगों से बहिष्कृत हुआ था। लेकिन जब वह सहदेव के अपने जीवन में आ गई थी तो वह उन संघर्षों की सारी यातनाओं को भूल गया था। उसकी माँ ने सुंदरी को स्वीकार लिया था, सहदेव के लिए यही सबसे बड़ी बात थी। पर शादी के तीन ही महीने बाद गाँव में गोलियाँ चली थीं। चंदर सिंह ने पूरे गाँव को चुनौती दी थी कि अगर उसकी बेटी उसे लौटाई नहीं गई तो वह सारे गाँव में आग लगवा देगा।

फिर सुंदरी के बाहर न निकलने पर गोलियाँ चलनी शुरू हो गई थीं, और उस गोली को, जो सहदेव के सीने को भेद जाती, सुंदरी ने अपनी छाती पर झेल लिया था।

सोनपुर छोड़ने से पहले वह यह तय नहीं कर पाया था कि गाँव और बाकी जमीन-जायदाद को वह हमेशा के लिए छोड़ रहा है या कुछ ही महीनों के लिए। अपने हितु-मित्रों से विदाई लेते समय उससे यह भी नहीं कहा जा सका था कि वह उनके बीच लौटकर आएगा भी या नहीं। इसी अनिश्चितता के कारण उसने जो चौदह बीघा खेत बेचे थे, उनकी पूरी रकम को अपने साथ ले लिया था। वह जितना लेकर चला था उससे कोई चार गुना अधिक वह अपने गाँव के चौधरी के जिम्मे छोड़ आया था। सहदेव ठाकुर की यात्रा की बात सुनकर कई लोग हैरान हुए थे, कई लोग दुखी पर उनमें बहुत कम ऐसे थे जो उसकी यात्रा के उद्देश्य को जानते थे। साल-भर पहले जब नब्बे वर्ष की उम्र में सहदेव की माँ अपने जीवन की आखिरी घड़ियाँ जी रही थी, उसने अपने बेटे के सामने एक ही इच्छा जाहिर की थी—'जेतना बरिसवा तोहरा हावेल बेटा, ओतने ही बरिसवा से तोहर बाप के लौटे के हम राह देखत रहली।'

इस दर्द को सहदेव ठाकुर उसी समय से जानता था जब वह कुछ बोलने और कुछ बातें समझने लगा था। उसकी बूढ़ी माँ जब भी उसे कोई कहानी सुनाती, उसके लिए कोई गीत गाती तो उन गीतों और कहानियों के बीच उसके पति और बड़े बेटे की चर्चा भी जुड़ जाती। बहुत बाद में चलकर सहदेव ठाकुर को यह पता चला कि उन कहानियों और गीतों के बीच कुछ कहानियाँ और गीत माँ के अपने भी हुआ करते थे। चाहे नाम वह कुछ और ही क्यों न देती हो, पर कहानियाँ वह उसके पति और बड़े बेटे की ही होती थीं।

'··· सोनपुर के सोनवा अभागन के ओकर दूसरका लयकवा के जन्मे में अभी तीन महीनवा बाकी रहल···' फिर बाकी कहानी वह गीत में सुनाने लगती थी—

> '··· कवनवा बने खोजली, कवनवा बने ढूँढ़ली उसे साजनवा
> कैसे हम पोछे सकब अपना मँगवा के ई सिंदूरवा
> परदेसवा जाके मोर साजनवा ···'

परदेश जाकर मेरा साजन घर की सुध-बुध भूल गया। दिन, फिर सप्ताह, फिर महीना,

फिर बरस, और बीतती गई उमरिया ! पर आस अब भी नहीं टूटी। ··· तुम्हें देखने की चाह मेरी इन आँखों को बंद होने से रोके रहेगी ··· पर कब तक ···

और जब सहदेव ठाकुर जहाज से यात्रा कर रहा था तो जहाजिया भाई एक दूसरे को अपनी-अपनी कहानी सुनाते रहते थे। एक रात लोगों के बहुत हठ करने पर सहदेव को भी अपनी कहानी सुनानी पड़ी थी। पर वह कहानी जितनी उसकी थी, उससे कहीं अधिक उसके पिता और बड़े भाई की थी। उसकी अपनी कहानी तो अब कोई थी ही नहीं।

वह तो सुंदरी के साथ ही उस दिन उसकी चिता पर जल गई थी। अब तो उसके पास जो कहानी बची थी, वह तो वही थी जिसकी याद में वह अपनी कहानी को भुलाए रखने की चेष्टा करता रहता था। उसने अपनी माँ से सुनी कहानी को उसी की शैली में लोगों को सुनाया था—

—बात तब की है जब झांसी की रानी लक्ष्मीबाई अंग्रेजों से लड़ रही थी। उधर की उस क्रांति का असर हमारे इलाके में इसलिए बहुत अधिक पड़ा था, क्योंकि महारानी झांसी का एक घायल सिपाही अंग्रेजों की कैद से छूटकर हमारे गाँव में आ गया था। उसकी ओज-भरी बातों का प्रभाव मेरे पिता पर कुछ ऐसा पड़ा कि वे खुद उस क्रांति के साथ जुड़ गए। तब मेरे दादाजी जीवित थे। उन्होंने मेरे पिता को अंग्रेजों के विरुद्ध जाने से बहुत रोका, पर वे और मेरा भाई, जिसकी उम्र उस समय सत्तरह-अट्ठारह की थी, नहीं रुके। हमारी जागीर के जितने मजदूर थे, उन सभी को कुदाली की जगह बंदूकें और तलवारें थमा दी गईं। महारानी लक्ष्मीबाई के उस सिपाही के साथ स्वर मिलाकर हमारी जागीर के जितने मजदूर थे, उन सभी को कुदाली की जगह बंदूकें और तलवारें थमा दी गईं। महारानी लक्ष्मीबाई के उस सिपाही के साथ स्वर मिलाकर हमारी जागीर के हर आदमी ने बहादुरशाह जफर के इस नारे को बुलंद किया—'गाज़ियों में बू रहेगी जब तलक ईमान की / तख्ते-लंदन तक चलेगी तेग हिंदुस्तान की !' मेरे पिता ने सिर पर साफा बाँधे अपने सफेद घोड़े पर सवार होकर पास-पड़ोस के सभी गाँवों में क्रांति की लहर पैदा की। अंग्रेज सिपाहियों से कई बार मुठभेड़ें हुईं। अंत मेरे पिता अंग्रेजों के हाथों आ गए। तीन-चार दिन कैद में रखकर गोरों ने उन्हें चुपके से फाँसी पर झुला देने का निश्चय कर लिया। पर जब इस बात का पता मेरे भाई को चला, तो उसने अंग्रेज सिपाहियों की उस टोली पर धावा बोल दिया, जो मेरे पिता को नदी पार जंगल में फाँसी चढ़ाने ले जा रही थी। उस मुठभेड़ में पच्चास अंग्रेज मारे गए। मेरे पिता को मुक्त करके लोग घर ले आए, पर दूसरे ही दिन हमारे गाँव को चारों तरफ से घेर लिया गया। लोगों से कहा गया कि अगर वे गाँव को राख होने से बचाना चाहते हों तो मेरे पिता और भाई को चुपचाप सिपाहियों के हवाले कर दें। मेरे पिता मेरे भाई के साथ स्वयं को उन खूँखार सिपाहियों के हवाले करने को तैयार हो गए पर गाँववालों ने यह नहीं चाहा और महारानी लक्ष्मीबाई का वह सिपाही दोनों को अपने साथ लिए रात में वहाँ से निकल गया। वे जहाँ-जहाँ भी गए, अंग्रेज सिपाही उनका पीछा करते रहे। वे जहाँ भी मिलें, उन्हें गोली से उड़ा देने का एलान हो चुका था।

लेकिन एक दिन मेरे पिता और भाई दोनों बदले हुए वेश में उस जहाज पर सवार हो गए, जो कलकत्ता से मारीच देश के लिए निकला था और करीब सत्तर वर्ष बाद आज मैं भी उसी मारीच देश की यात्रा पर निकला हूँ।

ठाकुर के एकाएक चुप हो जाने पर किसी ने पूछा था—

—तो आप उन्हीं की खोज में जा रहे हैं ?

—हाँ।

—इतने वर्षों बाद !

—हाँ, यह जानते हुए भी कि शायद वे अब जीवित न हों।

—तो फिर ?

—मेरी माँ को इन साठ वर्षों में दो बार मेरे पिता और भाई के संदेश मिले। एक बार उनके न लौट पाने की मजबूरी की सूचना लिए हुए और दूसरी बार मेरे भाई की शादी की। मेरी माँ की बड़ी इच्छा थी कि मेरे भाई की कोई संतान हुई तो उसे हमारी जमीन-जायदाद का हिस्सा मिले।

—अगर कोई न मिला तो ?

—कोई तो मिलेगा।

चालीस दिन पहले जब वह घर से निकल रहा था तो उसने पास खड़े अपने आत्मीय जनों और मुंशी से कहा था—

—पता नहीं, लौटना हो या न हो। सुना है, मारीच देश से बिरले ही कोई लौटता है। हम यहाँ साठ साल से देश को आजाद करने के संघर्ष में जुटे हुए हैं। मेरे पिता या मेरे भाई दोनों में से अगर कोई भी मिला तो यही पूछेगा कि हम लोग अभी तक देश को आजाद क्यों नहीं करा पाए। माँ ने एक बार यह भी कहा था कि मैं मारीच जाकर अपने पिता और भाई को ले आऊँ। और यही कहते हुए घर लौट आने का आग्रह करूँ कि उनके बिना देश आजाद नहीं होगा। · · ·

सहदेव ठाकुर की पत्नी की मृत्यु माँ की मृत्यु से पहले ही हो गई थी। तभी से वह मारीच देश जाने की सोचता आ रहा था। जहाज पर सवार होने से पहले उसने अश्रुविगलित स्वजनों से कहा था—

—देश के स्वाधीनता-संग्राम के लिए उसके दो बेटों को लेने जा रहा हूँ। वे मिल सके तो इस प्रांत से हम लोग फिर एक बार उस अधूरी लड़ाई को लड़ेंगे और अगर नहीं मिले तो · · · मैं देश के आजाद होने पर लौटूँगा, शायद।

जिस समय शाम को वह अपने गाँव की सीमा पार कर रहा था उस समय जोरों की सर्दी पड़ रही थी। गाँव की ओर जाते नाले के इस पारवाली पगडंडी से उसने बारह मजदूरों और मछुओं की एक टोली को गाँव छोड़ते हुए देखा था। इस ओर आते अंग्रेजों के सिपाहियों को भी उसने देखा था। उस भारी ठंड में सिपाहियों ने पाँव से गरदन तक ऊनी कपड़े पहने हुए थे। ऊपर टोपियाँ और कंबल, जबकि मजदूर और मछुए कपड़ों के नाम बस एक लँगोटी पहने हुए थे।

सहदेव ठाकुर ने सोचा था—जिनका यह देश है वे नंगे हैं और जिनका यहाँ कुछ

नहीं वे मालिक ! फिर कुछ ही देर पहले उसे जिस ठंड का एहसास हुआ था, वह काफूर हो गई थी। खेसारी, गेहूँ और चने के मुर्झाए खेतों को वह बहुत पीछे छोड़ चुका था। गाँव की झोंपड़ियाँ, खलिहान —सभी पीछे छूट चुके थे, पर उनकी यादें नहीं छूट पा रही थीं। वह अपने आपसे पूछता रह गया था कि क्या अपनी सम्पत्ति और अपने तमाम रिश्तेदारों को वह केवल इसलिए छोड़े जा रहा है कि उसे अपनी माँ के अंतिम आदेश का पालन करना है। कहीं ऐसा तो नहीं कि यह अपनी पत्नी सुंदरी की मृत्यु के बाद अपनी गहरी उदासी और एकाकीपन से भाग रहा हो ? या वह सिर्फ इसलिए उस अनजान द्वीप को जा रहा है, ताकि वहाँ से अपने वंश के चिराग को लेकर लौट सके। कुछ ही दिन पहले की तो बात थी, चिलम-तंबाकू के बाद जब उसने चौधरी से कहा था—

—चौधरी ! हमर बाद हय सब जमीन-जायदाद के देखभाल के करी ?

चौधरी ने कहा था—

—काहे न पता लगावत बानी कि तोहर बड़ा भाई के कोई लयका-फयका बा या नहीं।

माँ भी यही कहती थी। तो क्या यही पता लगाने वह निकला है ? पर इस प्रश्न का जवाब उसके अपने पास भी नहीं था।

और जब मॉरिशस की जमीन पर उसके पाँव पहली बार पड़े थे, तब भी उसने अपने आपसे यही पूछा था कि आखिर वह यहाँ क्या करने आया है। लोग तो पिछले सौ वर्षों से इस देश में लगातार पहुँचते रहे हैं दो पैसे कमाने। पर वह तो इस खयाल से नहीं आया है। न ही उसके पिता और भाई इस उद्देश्य से आए थे। कई दिन इधर-उधर भटकने के बाद वह पोर्टलुई के मजदूर-रक्षक दफ्तर का पता लगा सका था। दुभाषिये को हटाकर उसने सीधे उस अंग्रेज अफसर से बात की थी। उसे ध्यान से सुनने के बाद वह बोला था—

—1857 ! याने कि साठ वर्ष बाद आप उनका पता लगाना चाहते हैं ! बहुत कठिन होगा यह। साठ-सत्तर वर्षों में छह लाख के करीब भारतीय यहाँ लाए गए हैं।

—मैं जानता हूँ, बहुत कठिन होगा, पर आप मदद करें तो ...

—आपके पिता तो शायद न रहे हों। भाई भी होगा तो करीब अस्सी वर्ष का। जिसका मतलब यह हुआ कि वह किसी कोठी में काम करता हुआ तो नहीं मिलेगा, जबकि हमारे पास केवल उन्हीं लोगों के नाम होंगे जो शक्कर कोठियों में काम कर रहे हैं।

—पुरानी बहियाँ तो होंगी ?

—वे तो हम दूसरे दफ्तर में भेज देते हैं। खैर, फिर भी हम आपकी मदद करना चाहते हैं। हम पता लगाएँगे। आप पंद्रह दिन बाद हमसे मिलें।

उस आश्वासन के बाद सहदेव ठाकुर लौट आया था। उसी दिन शहर की बनारस गली में उसे किराए पर एक घर मिल गया था। पहले महीने का किराया

साढ़े सात रुपए पेशगी देना पड़ा था। उसे जगह पसंद आई थी। पास-पड़ोस के लोग बिहार से ही आए हुए थे। उसकी सबसे पहली दोस्ती साथवाले कमरे के दूधिए फरीद मियाँ से हुई थी। फरीद मियाँ लगभग उसी की उम्र का था। वह गाँवों से दूध खरीदकर शहर के अपने ग्राहकों में बेचा करता था। उसे भी पान-तंबाकू का शौक था, इसलिए दोनों की दोस्ती में देर नहीं लगी थी। सहदेव ठाकुर ने पहले उसके बारे में जाना था, फिर अपने बारे में बताया था। फरीद मियाँ ने जब उसे अपना परिचय दिया था तो इस गर्व के साथ कि उसका अपना बाप दाऊद, किसनसिंह का बहुत ही घनिष्ठ मित्र था। फिर तो उसने सहदेव ठाकुर को अपने परिवार से अधिक किसनसिंह और उसके बेटे मदन के बारे में ही बताया था। बड़े ही दुखी मन से उसने कहा था—

—अभी कुछ दिन हुए, मदन की अर्थी को कंधा देकर लौटा हूँ।

बीस साल तक अपने अनुबंध की खातिर उसने शक्कर कोठी में काम किया था। अनुबंध से मुक्ति पाकर वह शहर आ गया था। तब उसकी दो बेटियाँ थीं, अब छह बेटियाँ हैं। कम से कम एक बेटे की चाह में उसने छह बेटियाँ पा ली थीं। सबसे छोटी की उम्र चार वर्ष की थी। सबसे बड़ी थी फातमा। वही फातमा दोनों को पान-तंबाकू बनाकर देती थी।

शहर के जिस उत्तरी क्षेत्र में सहदेव ठाकुर रहता था, उसकी गलियाँ भारतीय शहरों के नाम लिए हुए थीं। एक ओर थी कलकत्ता गली, तो दूसरी ओर बंबई गली। जिस गली में वह रहता था, उसका नाम था बनारसै गली। उन गलियों में सहदेव ठाकुर ने ताजिए का वह ठाठ देखा था, जो भारत के अपने इलाके में भी नहीं देख पाया था।

मियाँ फरीद ने बातों ही बातों में एक दिन उससे पूछ लिया था—

—भाई जान ! तुम्हें यकीन है कि तुम अपने बाप और भाई को ढूँढ़ निकालोगे ?

—तुम्हीं कह रहे थे न कि छोटा-सा देश है यह।

—यह तो सही है लेकिन ···

—लेकिन क्या ?

—मैं जो सोच रहा हूँ, वह तुम अभी नहीं सोच पाए।

—क्या ?

—जब वे लोग अंग्रेजों के चंगुल से बचने के लिए इधर आए थे, तो यहाँ की अंग्रेजी हुकूमत में क्या वे अपने सही नाम-पते से आए होंगे ? मुझे डर है कि अगर उन्होंने सचमुच अपने नाम बदल लिए होंगे तो फिर ···

वह चुप हो गया था, क्योंकि उसका वाक्य पूरा होने से पहले ही सहदेव ठाकुर के चेहरे पर उदासी छा गई थी।

7

दो दिन बाद खेतों में मजदूरों को गास्तों की हालत का पता चला। उसका एक पाँव और एक हाथ टूट गया था। माथे की चोट हल्की थी। खबर लानेवाला था सुग्रीम चाचा। उसने बताया था कि डाक्टर को विश्वास है कि हाथ की हड्डी जुड़ जाएगी पर पाँव की हड्डी का जुड़ना कठिन है। जुड़ भी गई तो गास्तों को जीवन-भर लँगड़ाते हुए चलना होगा।

"नाहक में टाँग गँवा बैठल। छोटा-सा छोकरा। किस्मत ही खोटी थी उसकी।"

हरि यह मानने को तैयार नहीं था कि उसकी किस्मत खोटी थी और न ही उसने नाहक में टाँग गँवाई थी। वह अपने दोस्तों से कहता रहा कि छोटे मालिक की वजह से उसका पाँव बेकार हुआ है। रामबरन चाचा ने उसे चुप रहने की हिदायत दी—

"क्यों ऊटपटाँग बातें करके अपना जीना हराम करना चाहते हो ?"

हरि ने सिर हिलाते हुए कहा—

"जब भी उधर से हुए अन्याय के बारे में कुछ बोलने की कोशिश की जाती है कि आप सभी लोग या तो उसे पागलपन करार देते हैं या ऊटपटाँग बातें बताने लगते हैं।"

हरि की देह काम और धूप के कारण आए पसीने से उतनी तर नहीं हुई थी, जितनी कि छोटे मालिक की उस हरकत के बारे में सोचकर, जिसकी वजह से गास्तों को टीले पर चढ़ने के लिए मजबूर होना पड़ा था। मजदूरों ने पहले दिन तो उस घटना पर बातें कीं, लेकिन दूसरे दिन वह उस तरह भुला दी गई, गोया मुद्दत पुरानी घटना हो। हरि ने इस मामले में दोनों सरदारों से बात की, पर उन्होंने कोई खास दिलचस्पी नहीं दिखाई। बस्ती में सुग्रीम चाचा के पड़ोस में जिन दो मुर्गियों की चोरी हो गई थी, उस पर तीन दिनों तक चर्चा होती रही थी। हरि ने सरदारों के सामने बड़े मालिक से बात करने की इच्छा जाहिर की तो दोनों ने उसे अपने-अपने ढंग से डाँट-डपट दिया।

हरि को उस इलाके में काम सौंपा गया था जहाँ नई नस्ल के गन्ने बोए जा रहे थे। औरतें आगे-आगे गड्ढों में खाद डाले जा रही थीं और हरि अपने अन्य साथियों के साथ ईख की गुलियों को इस सावधानी से बिछाए जा रहा था, ताकि अंकुर निकलनेवाले हिस्से, जिन्हें 'आँख' कहते हैं, ऊपर को रहें। फिर उन पर माटी भी उतनी ही सावधानी से चढ़ाई जा रही थी, क्योंकि थोड़ी-सी भी कम या अधिक माटी पड़ जाने पर गुलियों को फिर से बाहर निकालकर दोबारा रोपने को बाध्य होना पड़ता था। सरदार ने जब हरि को रोककर कहा कि वह दरियों में अधिक माटी चढ़ा रहा है, तो वह आवेश में आ गया। उसने अपने हाथ की कुदाली को जमीन पर फेंक दिया। सरदार औरतों की टोली का था। हरि के कुदाली फेंके जाने पर वह अपनी जगह ठिठका रह गया। उसने रोब झाड़ने के लिए गलती निकाली थी, इसलिए अपनी गलती का एहसास करके वहाँ से टल गया। हरि ने माथे का पसीना पोंछकर फिर से कुदाली उठा ली।

उसे अपनी नाराजगी पर पछतावा भी हुआ। गास्तों के मामले को लेकर अगर दिमाग भन्नाया हुआ नहीं होता तो वह इतनी जल्दी आवेश में आनेवाला नहीं था। सरदारों की इससे भी ज्यादा ज़लील हरकतों पर वह चुप्पी साध लेने का आदी हो चला था। लेकिन आपे से बाहर जब भी हुआ, मालिक को जवाब देकर ही माना। अभी पिछले ही दिनों जब बड़े मालिक ने उसे यह कहकर डाँटा कि गन्नों को वह एक इंच अधिक ऊपर से काट रहा है तो हरि ने काम रोककर बड़े ही शांत स्वर में कहा था—

—मैं इन खेतों में सात बोआई कर चुका हूँ, सात फसलें काट चुका हूँ। आप आगे आइए और कंकड़ों से भरी इस ज़मीन पर गन्नों को इससे नीचे काटकर दिखा दीजिए।

और अपने हाथ के गँडासे को उसने मालिक की ओर बढ़ा दिया था।

हरि की उस शांत, गम्भीर मुद्रा को देखकर मालिक से आगे कुछ बोला नहीं गया था और आँखें गुरेरकर वहाँ से चला गया था। शाम को जब वह अपने दो मित्रों के साथ कोठीदफ्तर के सामने की सान में गंडासे की धार तेज़ कराने पहुँचा था, तो मालिक भी वहाँ उपस्थित था। हरि को देखकर वह अपने उस क्रोध को, जिसे उसने भीतर-ही-भीतर पी लिया था, व्यक्त करते हुए बोला था—

—फ्रेर आतांस्यों प्रोसेन फ्वा काँ तो उबेर ला बूस आर म्वा।

आपने गलत बात की थी साहब, इसलिए मैंने मुँह खोला।

—इसीलिए कह रहा हूँ कि आइन्दा वैसा करने का साहस मत करना। एक बार खेतों से निकाले जा चुके हो।

गाँव से निकलते हुए हरि ने कुएँ से पानी निकालती औरतों के पास पहुँचकर अगर भर-पेट पानी नहीं पी लिया होता तो शायद फिर जेहन में गरमी आ जाती और वह चुप नहीं रहता। मालिक के चले जाने के बाद उसने सोचा—अच्छा ही किया जो चुप रह गया।

फिर उसने यह भी सोचा कि नए सरदार के सामने भी वह चुप रह सकता था, लेकिन चुप न रहकर उसने अच्छा ही किया। कम-से-कम वह आइन्दा तो उस तरह की दखलंदाजी की छूट नहीं लेगा।

खाने के समय वह संतोष और दूसरे दो मित्रों के साथ जामुन के जिस पेड़ के नीचे जाकर बैठा, वह एक ऊँची जगह थी, और वहाँ से उत्तरी प्रांत के खेतों की हरियाली दूर तक दिखाई पड़ती थी। विविधता लिए उस हरियाली के पार्श्व में एक ओर ग्रांगोब का समुद्र अपने ज्वार-भाटों सहित उफनता दिखाई पड़ता था, तो बाईं ओर समुद्र के भीतर दो छोटे द्वीप दूर होते हुए भी पास प्रतीत हो रहे थे। उन द्वीपों को देखते ही हरि को अपने पुराने और गहरे दोस्त गाब्रियेल की याद आ गई। गाब्रियेल उन दोनों द्वीपों में आने-जाने का आदी था। हरि की बहुत इच्छा थी कि एक दिन वह भी गाब्रियेल के चाचा की नाव में बैठकर उन द्वीपों पर पहुँचे। शाकाहारी न होकर अगर वह मछली और गोश्त खानेवालों में होता तो अब तक उन द्वीपों पर पहुँच गया होता। एक बार जब उसने संतोष और मूसा के सामने अपनी यह ख्वाहिश रखी थी तो दोनों हँस पड़े थे। संतोष ने कहा था—लोग कहेंगे कि ब्राह्मण का बेटा गाब्रियेल के साथ मछली फँसाने

गया है !

कुछ देर के लिए वह गास्तों की याद भुला सका था, लेकिन सामने के उन द्वीपों को देखकर उसे पहले गास्तों के बाप की याद आई थी, फिर गास्तों की। खाने के पहले कौर के साथ भी उसने यही सोचा कि अगर वह उस दिन सोलांज़ से मिलने का साहस नहीं कर सका, तो कम-से-कम गाब्रियेल से तो मिल लेता। उससे वह कोई दस-बारह वर्ष बड़ा था। उसका फर्ज था कि गाब्रियेल से मिलकर उसके बच्चे का हालचाल जान लेता। उसने सोचा, अब भी देर नहीं हुई। मन-ही-मन उसने तय किया कि काम से छूटते ही वह गाब्रियेल से मिलने जाएगा। ऐसा करके वह उसके शक्कर कारखाने के लिए निकलने से पहले ही उससे घर पर मिल सकता था।

उसने दाल-भात को सानकर मुट्ठी से उठाया और कौर को मुँह में डाल लिया। इसके बाद वह पात्र के कोने से इमली की चटनी को अँगुली पर लेकर कौर के गले से नीचे उतरने का इंतजार करता रहा और जब वह नीचे उतर गया तो अँगुली की चटनी को जीभ पर रख लिया। वह जितनी खट्टी थी, उतनी ही तीती। उसकी चटनी में माँ हमेशा अलग से मिर्च मिलाती थी। चावल के ऊपर भी दो-चार छोटी मिर्चें रख दिया करती थी। शुरू में तो वह उसे इस कदर मिर्च खाने से रोकती रहती थी। जब वह छोटा था और तरकारी में मिर्च पा जाने से रो उठता, तो उसके पिता उसे मनाने-चुपाने के लिए कहते—अरे ना बेटे ! मिर्च खाने से ही तो बच्चे जल्दी बड़े होते हैं।

और कुछ बड़ा होने पर जब वह खुद मिर्च लेकर बैठ जाता तो उसकी माँ डाँटते हुए कहती—

—बच्चों को मिर्च नहीं खानी चाहिए। मिर्च खाने से गुस्सा आता है।

लेकिन जब माँ ने देखा कि मिर्च के बिना वह पूरी खुराक नहीं खाता, तो उसने उसे मिर्च खाने से रोकना बंद कर दिया था।

गाब्रियेल का घर बस्ती के दूसरे छोर पर था। काम से छूटकर घर लौटते हुए हरि दाईं ओर की पगडंडी के बजाय बाईं ओर की पगडंडी पर चल पड़ा। सूरज डूबने से पहले वह गाब्रियेल के घर पहुँच जाना चाहता था, ताकि वह उसे घर पर ही मिल जाए। लेकिन ऐसा करके भी वह असफल रहा। गाब्रियेल के घर के सामने गड्ढा था, जिसके पानी में कुछ बत्तख चारा ढूँढ़ रही थीं। आँगन में फ्री-आर्पें का जो पेड़ था, उससे किसी बड़ी मछली का जबड़ा टँगा हुआ था। उसके नीचे केंकड़ों की सूखी टाँगें और सीपियाँ बिखरी हुई थीं। आँगन आज भी वही बिसाईंध लिए हुए था।

घर की ओड़ियानी लताओं और फूल-पौधों से सजी हुई थी। गमलों के रूप में टीन के पुराने बरतनों का इस्तेमाल हुआ था। घर पर सिर्फ सोलांज़ मिली। उसने बताया कि गाब्रियेल आज इसलिए कुछ पहले निकल गया है, ताकि अस्पताल होकर काम पर पहुँचे। अपने अन्य दोस्तों की तरह हरि भी सोलांज़ को 'तांचीन' कहता था। सोलांज़ इस तांचीन संबोधन पर बिगड़ जाती। कहती कि उसे लोग चाची न कहकर, मादाम

कहें। यह तो गाब्रियेल ने ही हरि को बताया था कि 'चाची' संबोधन से सोलांज़ अपने को अपनी उम्र से कहीं ज्यादा बूढ़ी महसूस करने लगती है। फिर दोनों हँस पड़े थे। हरि ने सोलांज़ को कभी मादाम कहकर नहीं पुकारा। वह उसे 'बेल-सेर' कहता था। 'भाभी' संबोधन से वह खुश रहती थी।

हरि ने ज्यों ही गास्तों की बात छेड़ी कि सोलांज़ रो पड़ी । उसने बताया कि उसका पाँव हमेशा के लिए बेकार हो गया है। गाब्रियेल के साथ वह छोटे मालिक से मिल आई थी। दोनों ने उससे अनुरोध किया था कि गास्तों को शहर के अस्पताल में दाखिल कराने में उनकी मदद की जाए। पर छोटे मालिक ने दोनों को फटकारकर बाहर निकलवा दिया था। कहा था कि गास्तों अपनी चुहलबाजी के कारण घायल हुआ है। ऐसी हालत में कोठी की ओर से उसे कुछ नहीं मिल सकता।

पिछली रात हरि को भी यह खयाल आया था कि गास्तों का अगर शहर के बड़े अस्पताल में इलाज हो तो संभव है, हाथ के साथ-साथ उसका पाँव भी ठीक हो जाए। छोटे मालिक के उस रवैए पर उसे क्रोध तो आया, पर सोलांज़ के सामने उसने उसे जाहिर नहीं होने दिया। सोलांज़ का घर गाँव का एकमात्र टीन की छतवाला घर था। बाकी तो सभी ईख के सूखे पत्तों के छप्परवाले थे। यह घर कभी मारतें सरदार का था, पर जब मारतें को कारखाने के अहाते में बेहतर घर मिल गया, तो बड़े मालिक की इजाजत से सोलांज़ उसमें रहने लगी थी। लेकिन इसी कारण गाब्रियेल अब किसी दूसरे कारखाने में नौकरी नहीं कर सकता था, भले ही वहाँ उसे दो-चार पैसे ज्यादा मिलने की उम्मीद होती। हरि के सामने जब उसने अपनी यह मजबूरी रखी थी तो हरि ने कहा था—

—पर यार, घर तो तुम्हें वहाँ भी मिल सकता है।

—वहाँ घर नहीं मिल सकता। अगर मिलता तो चला ही गया होता।

—अच्छा तुम एक बात बता सकते हो मुझे ?

—क्या ?

—हमें, धूप और बारिश में काम करनेवाले खेत-मजदूरों को, कोठी में घास के छप्परवाले घर ही मिलते हैं, जबकि तुम्हें टीन की छतवाले घर मिलते हैं। ऐसा क्यों ?

—यह तो तुम्हें मालिकों से पूछना चाहिए।

हरि लज्जित हो गया था। गाब्रियेल के उत्तर से जाहिर था कि यह प्रश्न उसे भाया नहीं था।

हरि ने एक बार अपने पिता से सुना था कि जो गोरों के धर्म के थे, उनके साथ मालिकों का व्यवहार उतना बुरा कभी नहीं होता था। हरि के माँ-बाप जब कोठीवाले घर में रहते थे, तब हरि तीन-चार वर्ष का ही था। बेल-वी आरेल की वह कोठी छोड़ने के बाद ही उसका पिता जीवन के चंद अच्छे वर्षों का लाभ उठाकर काटेज में एक घर बना पाया था। पर वह घर भी टीन का नहीं बन सका था। हाँ, कोठीवाले घरों से वह फिर भी अच्छा ही था। ईख के सूखे पत्तों की मुट्ठियों से बनी छाजन। पीछे की दीवार रावेनाल और पत्थरों की थी, अगली और बीचवाली सिर्फ रावेनाल की।

सोलांज़ के यहाँ से वह घर पहुँचा। कंधे से टोकरी और कुदाली उतारकर ओड़ियानी में रख दी। अमरक के पेड़ के नीचे मिट्टी का जो बड़ा-सा मटका था, उसमें से डोल-भर पानी लेकर उसने हाथ-पाँव धोए। कमीज़ उतारकर आधे बदन को झपलाया। शरीर की थकान कुछ कम हुई, पर सिर का बोझ कम नहीं हुआ। प्रौढ़ लोगों के साथ जुल्म होते देखना तो सभी के लिए सहज हो गया था। अपने इर्दगिर्द घटी घटनाओं को देखकर लोग फिर उसी सहजता से जीने लगते थे। लेकिन इस बार जब बच्चे के हाथ-पाँव मालिक की वजह से टूट गए थे और फिर भी वह अपने को बेगुनाह बता रहा था, साथ ही किसी भी तरह की मदद से इन्कार कर रहा था, तो इस सबको हरि इतनी आसानी से बिसार देने की स्थिति में नहीं था।

दूसरे दिन बैठका में उसने इस बात की चर्चा की। कुछ ने उसकी बातों को महत्व दिया, कुछ ने नहीं दिया। सुग्रीम चाचा ने कहा—

"ठीक है, ठीक है। तू जो कहत बानी, ठीक है; पर हम लोग मुँह खोलेंगे तो नौकरी से हटा दिए जाएँगे। नाहक में अपना खनवा में माटी डाल लेवे के बात हम लोग काहे करीं।"

फिर शनिवार को सुग्रीम ने ही उसे बताया कि लोर्यो घास के कारण इस सप्ताह चार मजदूरों की दो-दो दिन की मजूरी काट ली गई है तो हरि ने भी खीजकर कह दिया कि ठीक है चाचा, कटने दो ··· हम लोग नाहक अपने खाने में माटी क्यों डालें ? औरों पर जो बीत रही है, चुपचाप देखते रहें ! उस समय हरि सुग्रीम चाचा के घर सतुआ देने गया था। पिछली चार-पाँच रातों से पड़ोसी औरतों ने मिलकर उसके घर चक्की चलाई थी, जँतसार गाई थी और सत्तू पीसा था। और चूँकि जाँत चलानेवालों में सुग्रीम चाचा की पत्नी भी थी, इसीलिए उसे अपना हिस्सा तो मिलना ही था। हरि जब उसके घर पहुँचा, तो उसके यहाँ दाल छोंकी जा रही थी। फोरन के साथ जलती हुई सूखी मिर्च की तीखी गंध के कारण हरि खाँसता-छींकता रह गया था। रात में जब हरि दो की जगह एक ही रोटी खाकर उठने लगा तो उसकी माँ पूछ बैठी—

"क्या बात है हरि ?"

"आज पेट पहले ही से भरा-सा लग रहा है माँ !"

रात-भर अपनी खाट पर करवटें बदलते हुए वह कोई उपाय सोचता रहा। फिर यह भी सोचा कि ऐसा तो पहले भी कई बार कर चुका है। अगर कुछ अवसरों पर कुछ उपाय सूझे भी तो औरों के सामने रखते ही वे बेकार होते रहे थे। पड़ोस में हर रात देर तक चक्की चलती रहती थी, जिसके साथ सतुवे पीसती हुई औरतें जँतसार गाती थीं। वे आवाजें यों ही अनसुनी चली जाती थीं, लेकिन जब हरि का सिर बोझिल होता और किसी चिंता में उसे नींद नहीं आती तो लगता कि वे आवाजें उसके अपने ही घर में हैं। कभी ऐसा भी होता था कि जँतसारों में घुले दर्द के बावजूद उसके कानों और जेहन को एक मिठास का एहसास होता, लेकिन कुछ मौकों पर वही उसे असह्य कोलाहल जैसा लगता। ऐसे में वह एक कान को हाथ से और दूसरे को खाट से दाबकर

उसे अनसुनी करने की कोशिश करता। ऐसा करके औरतों के गानों को सुनने से तो वह अपने को बचा लेता, पर जाँते की घड़घड़ाहट से मुक्त नहीं हो पाता। जब भी उसके यहाँ चक्की चलती और औरतें कजरी गातीं तो वह उन गीतों की भीतरी पीड़ा से काँप उठता था। न जाने कब से ये औरतें उनमें घुले दर्द को सहती, देखती, सुनती, गाती चली आ रही हैं।

गर्मियों की रात होने के कारण जाँता देर तक चलता रहा। खाट पर बिछे गोनी के बिछावन सूखे कुश से भरे हुए थे, जिसके कारण हरि को और भी अधिक गरमी लग रही थी। दो दिन पहले ही उसकी शिकायत पर उसकी बहन देवी ने उस बिछावन की सिलाई खोलकर उसे धूप में रखा था, ताकि खटमल बाहर आ जाएँ। पर जो बचे रह गए थे, वे भी हरि को तंग करते रहे। गरमी हो या सर्दी, दोनों ही मौसमों में हरि नंगे बदन सोने का आदी था। इसलिए भी आज पसीने से तर उसकी नंगी कमर से खटमलों ने जी भरकर लाभ उठाया।

मस्तिष्क में घुमड़ती बातों को वह कई तरह से घुमा-फिराकर सोचता रहा। कभी किसी प्रश्न का उत्तर मिलता तो कभी वही उत्तर कोई दूसरा प्रश्न खड़ा कर देता। इस रस्साकशी से बचने के लिए उसने नींद की चाह में आँख बंद कर लीं। करवटें बदलते हुए वह नींद के लिए संघर्ष करता रहा। नींद तो नहीं आई, पर एक विचार ऐसा जरूर कौंधा, जिससे दिमाग की मांस-पेशियाँ अपने आप तनाव-मुक्त हो पाईं। अचानक आया वह खयाल उसे पसंद आया। उसने और आगे सोचा—कल रविवार होगा। क्यों न कल ही उस पर अमल किया जाये। उसने तय किया कि वैसा ही करेगा। मस्तिष्क की मांस-पेशियों में नरमी आने से गर्मी भी कुछ कम हुई। उसने जम्हाई ली और जब तक नींद नहीं आ गई, वह भावी योजना पर सोचता रहा।

सुबह उठते ही उसने हर रविवार की तरह स्वयं अपने हाथों से गाय-बकरियों को चारा-पानी दिया। फिर नित्यकर्म से निवृत्त हुआ। देवी जब चाय और पराँठे लेकर सामने आई तो वह कागज़ के एक टुकड़े पर कुछ नाम दर्ज कर रहा था। बहन के हाथ से दोनों चीजें लेकर उसने संदूक पर रख दीं। अब तक वह आठ नाम लिख पाया था। पराँठा खाकर उसने चाय पी। फिर जब घर से निकला तो सूरज की किरणें नारियल के चिलमनी पत्तों से छनकर आँगन में लोट रही थीं।

वह सीधे मूसा के घर पहुँचा। उसकी बीवी ने बताया कि वह इबादत कर रहा है। हरि आम के पेड़ के नीचे बैठ गया। मूसा की बीवी ने हाँडी साफ करने से पहले जो बासी भात और बची-कुची तरकारी बरतन-मँजवे के पास फेंकी थी, उस पर कुछ मुर्गियाँ टूटी हुई थीं। तभी एक काला कुत्ता पिछवाड़े से आया और मुर्गियों पर झपटा। मुर्गियाँ पंख फड़फड़ाती, कुड़कुड़ाती तितर-बितर हो गईं। कुत्ते को रात की वह तमाम जूठन चट कर जाने में मिनट-भर भी नहीं लगा।

मूसा बाहर निकला और अपनी काली टोपी को सिर से उतारकर हाथ में थामे हुए हरि के पास आया। इतनी सुबह हरि के इस तरह घर आने पर वह अपनी हैरानी जताता, इससे पहले ही हरि उससे पूछ बैठा—

"क्यों भाई, आज तुम्हें कहीं निकलना तो नहीं है ?"

"नहीं, घर ही पर हूँ। क्यों ?"

"बहुत जरूरी काम है तुमसे।"

"चाय पीकर आए हो ?"

हरि के हाँ कहने पर उसने अपनी बीवी से अपने लिए बाहर ही चाय ले आने को कहा। पेड़ के नीचे जो दूसरा पत्थर था, वह उसी पर बैठ गया। फिर पूछा—

"बताओ अपना जरूरी काम। गास्तों के मामले में तो मालिक से मिलने का कोई मतलब नहीं। जब उसने गास्तों के माँ-बाप की नहीं सुनी तो हमारी क्या सुनेगा।"

मूसा की चाय आ गई थी। बीवी के हाथ से गिलास को लेकर उसने उसे अपने दूसरे हाथ में सँभाला और गरम होने के कारण बार-बार उसे इस हाथ से उस हाथ में लेता रहा। हरि ने उसे पहली चुस्की ले लेने दी, तब कहा—

"हमें एक संघ बनाना है।"

"क्या बनाना है ?"

"मजदूरों का एक संघ।"

"यह क्या होता है ?"

"बन जाए, फिर देखना।"

चाय की दूसरी चुस्की लेकर मूसा बोला—

"मैं समझ गया।"

"क्या समझ गए ?"

"जिस तरह हिंदुओं और मुसलमानों की अपनी-अपनी जमात है, उसी तरह तुम मजदूरों की भी एक जमात बनाने की सोच रहे हो।"

"सोच नहीं रहा हूँ, बनाने जा रहा हूँ। आज ही। तुम्हारी मदद से। बोलो, तुम तैयार हो ?"

"पर मजदूरों की यह जमात बनाकर करोगे क्या ?"

"तुम्हारी जो जमात है, उससे तुम क्या करते हो ?"

"उससे तो हम मजहब की बातें करते हैं। एक-दूसरे के दुख-सुख में हिस्सा लेते हैं। बच्चों को पढ़ाते हैं और ··· "

"बस, मजदूरों की जमात का मकसद भी यही होगा—मजदूरों का हित, उनके दुख-सुख में भाग लेना, उनकी मदद करना, उन्हें संगठित करना।"

"अगर यह बात है तो मैं पीछे क्यों रहूँगा ! "

करीब दस बजे हरि उन आठों व्यक्तियों को चान-लोंग की दुकान के पास इकट्ठा करने में सफल हो सका, जिनकी उसने सूची बनाई थी। पास ही इमली का एक पुराना पेड़ था, जिसके नीचे जानू नाई हजामत बनाता था। वहीं शाम के वक्त गाँव के अधेड़ लोगों का जमाव होता था। कभी अखबार पढ़े जाते, कभी किसी घटना पर बातें होतीं और जब सुग्रीम चाचा रौ में होता तो आल्हा सुनाने लगता। वैसा न होता तो जानू नाई दुनिया-भर की बातें सुनाना शुरू कर देता। वह जिस आदमी के बाल काट रहा

था, उसे किसी दूसरे से सुनी एक अखबारी खबर को इस तरह सुना रहा था, गोया घटना के समय वह उसका चश्मदीद गवाह रहा हो। दो-तीन लोग अपनी बारी की प्रतीक्षा में बैठे थे। जानू नाई दूर तक खड़े-बैठे लोगों को भी वह कहानी सुनाने के खयाल से जोर-जोर से बोल रहा था। इमली के पेड़ से कुछ ही दूर गुलैची का वह पेड़ था, जिसके नीचे हरि ने आठ चुनिंदा लोगों की बैठक बुलाई थी।

जानू नाई को जोर-जोर से बातें करते सुनकर हरि ने अपनी बात रोककर उससे कहा—

"जानू भाई, हम भी जरूरी बात कर रहे हैं, तुम जरा धीरे तो बोलो।"

करीब घंटे-भर की बातचीत के बाद हरि ने अपने आठों साथियों से सवाल किया—

"तो हम मान लें कि आज इस गुलैची के पेड़ के नीचे हमने मजदूर संघ की स्थापना कर ली ?"

सबसे पहले मूसा ने उत्तर दिया—

"एकदम।"

फिर बाकी सात व्यक्तियों ने भी हामी भरी।

हरि ने संकल्प-भरे स्वर में सभी से कहा—

"तो फिर मजदूरों के इस पहले संघ का नाम भी हम तय कर लें। रामबरन चाचा, आप ही बताएँ।"

'मैं क्या बताऊँ ?"

"हमारे इस संघ के लिए एक अच्छा-सा नाम।"

"तुम जो कहो, वही रख लें।"

"तो हम इसका नाम रखते हैं—उत्तर प्रांत मजदूर संघ।"

इस पर सभी ने मंजूरी दी। हरि ने कहा—

"इस खुली जगह में हमने मजदूर संघ की नींव तो डाल ली, पर आगे की बैठकों के लिए गाँव में एक बैठका की जरूरत होगी, क्योंकि अब जो काम हमें करने होंगे, उन्हें लेकर खुले में बात नहीं की जा सकती।"

जानू नाई उसी बुलंदी के साथ अपनी धुन में बातें कर रहा था।

8

एक सप्ताह बाद उस बरसाती रविवार को, जब आकाश में काली बदलियाँ तो थीं पर बारिश शुरू नहीं हुई थी, परकाश काटेज पहुँचा। उसकी धारणा थी कि रविवार होने

के कारण हरि दोपहर में उसे घर पर ही मिल जाएगा। पर जब उसे मूसा भी घर पर नहीं मिला तो वह पुनः हरि के घर लौट आया। वहीं बैठे उसे कई घंटे हो गए थे और इस बीच वह हरि की उस मोटी-सी कापी को लेकर बैठ गया था, जिसमें वह अपने कुछ विचारों को लिखता रहता था। लेकिन उन विचारों से भी कहीं अधिक अच्छे परकाश को वे रेखाचित्र लगे जिन्हें व्यंग्य शैली में हरि ने बीच-बीच में बना रखा था। प्रायः सभी चित्र खेतों-कारखानों की उन भिन्न-भिन्न स्थितियों-परिस्थितियों का अंकन थे, जिन्हें हरि वर्षों से देखता आ रहा था। सभी चित्र खेत मालिकों और सरदारों के जुल्मों की कहानी सुनाते प्रतीत हो रहे थे। कारखानोंवाले चित्रों में मालिकों को पैसे बटोरते और मजदूरों को भूखे मरते दिखाया गया था। साढ़े चार बजने को थे। इस बीच जोरों की बारिश शुरू हो गई थी। हरि की माँ ने उससे खाने का अनुरोध किया था, पर वह यह कहकर टाल गया था कि घर से खाकर निकला है। अलबत्ता तब तक चाय उसने दो बार पी ली थी। हरि की माँ ने कहा था कि शायद वर्षा के कारण हरि कहीं रुक गया है। लेकिन परकाश को उसके इतनी देर तक घर न लौटने के कारण का अनुमान हो रहा था।

और जब करीब आधे घंटे बाद गोनी की घोघी ओढ़े हरि मूनसामी के साथ घर में आया तो परकाश ने पूछा—

"पाँच बजने को हैं। अभी तक काम कर रहे थे क्या ?"

हरि ने सिर की घोघी उतारकर देवी को थमाते हुए हामी भर दी। अपने अनुमान को सही मानकर परकाश ने फिर पूछा—

"कोर्वे कर रहे थे ?"

"हाँ। आप बहुत देर से बैठे हैं क्या ?"

"आखिर यह कोर्वे का सिलसिला क्या कभी रुकेगा नहीं ?"

"कैसे रुकेगा ?"

देवी द्वारा लाए गए कपड़े को उसने मूनसामी के हाथों में थमा दिया। मूनसामी ने उससे अपने ऊपर के पानी को पोंछकर हरि को लौटा दिया। उससे उसने अपना हाथ, मुँह, माथा तथा सिर पोंछते हुए एक बेबस-सी आवाज में कहा—

"अगर दो मजदूर कोर्वे को इन्कार करने का साहस कर भी जाएँ, तो उससे क्या होगा। शेष सब तो उसे नियति और कानून मानकर जिंदगी-भर करते रहने को तैयार हैं।"

देवी दो कटोरों में गरम-गरम चाय ले आई। पहले कटोरे को उसने मूनसामी के हाथ पर रखा और दूसरे को भाई के हाथ पर। परकाश से पूछा तो उसने यह कहकर मना कर दिया कि दो बार पी चुका हूँ। उसने हरि को चाय पी लेने दी। फिर कहा—

"यह कोर्वे खेत-मजदूरों को चूसने, लूटने के लिए जमींदारों की बहुत बड़ी साजिश है।"

"हमें तो सप्ताह-भर बाद ही इन मालिकों और सरदारों के लिए चार-पाँच घंटे काम

करना पड़ता है, लेकिन सुना है, दूसरी कोठियों में तो पूरे दिन मजदूरों से कोर्वे कराया जाता है। पर आखिर यह कोर्वे है कौन-सा शब्द ?"

"शब्द से कहीं ज्यादा वह पूँजीपतियों का अपना कानून है। फ्रेंच कोश में इसका अर्थ कुछ है, और मालिकों की अपनी किताब में कुछ और। वे इसे मजदूरों का फ़र्ज और फरमाबरदारी मानते हैं। उनका दावा है कि चूँकि उनकी कृपा से मजदूरों को नौकरी मिलती है, इसलिए वे उनके अन्नदाता हैं और कोर्वे अन्नदाता के प्रति अपनी कृतज्ञता प्रकट करना है।"

"छह दिन के थके-मांदे होने पर भी हमें विवश होकर उनके लिए मुफ्त काम करना पड़ता है। ईख को काटने, लादने से लेकर उनकी गाय-बकरियों के लिए चारा जुटाना और उस बाड़े तक छोड़ना पड़ता है।"

"और तुम इस तरह शोषण करनेवालों और अंधा कानून चलानेवालों के साथ होड़ करने की सोचते हो ?"

"अब सिर्फ सोचना ही नहीं है, बल्कि करना है।"

"याने ?"

"हमने मजदूर संघ बना लिया है।"

"मजदूर संघ बना लिया ··· मतलब ?"

"हम इसका दो-तीन दिनों में पंजीकरण कराने भी जा रहे हैं।"

"कितने लोग ···"

"हमने आठ सदस्यों से संघ की नींव डाली थी। पर अब हमारी बही में पंद्रह नाम हैं।"

"पागलों के ?"

"नहीं भैया ! साहस करके विरोध करनेवालों के।"

"इस साहस और इस विरोध का परिणाम ?"

"देख लेंगे।"

"और तुम्हारे भाई-बहन, तुम्हारी माँ ··· इनका क्या होगा, जब तुम्हें नौकरी से निकाल दिया जाएगा। बात मालिकों के कानों तक पहुँचने की देर है और तुम पंद्रह मजदूरों को नौकरी से हटाने में उन्हें दो मिनट नहीं लगेंगे। इस पर सोचा है कभी ?"

"हमने यह सोच लिया है कि अब किसी भी हालत में शोषण नहीं होने देंगे। पूरा हक न पाकर तो अब तक खामोश हो रहे हैं, लेकिन अब उनकी मनमानी और जुल्मों के आगे चुप नहीं रहा जा सकता।"

चाय पी चुकने के बाद मूनसामी अपनी जगह से उठा। गोनी की घोघी उठाई और बोला, "मैं चलता हूँ हरि ! कल त्रिओले की ओर जाना है न ?"

"हाँ, तुम घर पर ही रहना। मैं और मूसा उधर ही से निकलेंगे।"

घोघी ओढ़कर वह बाहर निकल गया। हरि ने परकाश को बताया—

"मूनसामी हमारा सबसे सक्रिय सदस्य है।"

बाहर वर्षा जोर पकड़ चुकी थी। छत दो-तीन जगह से रिसनी शुरू हो गई थी। हरि

ने व्यंग्यात्मक मुस्कान के साथ कहा—

"लोग कहते हैं यह पानी नहीं बरस रहा, सोना बरस रहा है पर यह कोई नहीं बताता कि किसके लिए ?"

"तो इस बही में बने इन व्यंग्य-चित्रों से तुम यही बताना चाहते हो क्या ?"

"आपने मेरी बही देखी है क्या ?"

"तस्वीरें तो तुम बहुत सटीक बना लेते हो, पर इनका करोगे क्या ?"

"मैं तो इन्हें बनाकर भीतर की खीज निकालता रहता हूँ।"

"इसमें तो तुमने किसनसिंह और मदन के बारे में भी तस्वीरें बना रखी हैं।"

"उनके संघर्षों को दिखाने की कोशिश की है।"

"किनको दिखाने की ?"

हरि ने इस प्रश्न का उत्तर न देकर बाहर की वर्षा के बारे में सोचते हुए कहा—

"अगर यह सोना इसी तरह बरसता रहा तो आपको यहीं रात बितानी पड़ेगी।"

"घर पर लोग चिंतित होंगे।"

"वे समझ लेंगे कि पानी की वजह से आप यहाँ रह गए। यों भी आपसे आज बहुत सारी बातें करनी हैं।"

वर्षा मूसलाधार होती गई। बाहर समय से पहले अँधेरा फैल चुका था। कुछ ही देर बाद घर में चिराग जलाने पड़े। देवी मिट्टी के तेल का चिराग ले आई। रावेनाल की पतली दीवार के पार हरि की माँ के बार-बार मना करने पर भी घर के दो सबसे छोटे बच्चे हुड़दंग मचाते रहें। देवी कई बार रसोई के काम को छोड़कर उन्हें चुप रहने की हिदायत दे गई थी।

बिजली कड़कने और बादल गरजने के समय जैसे घर में भारी खामोशी छा जाती, दूसरे ही क्षण बच्चों की सहमी हुई आवाज़ें फिर जोर पकड़ जातीं। रिस रही छत से पानी की कुछ बूँदें संदूक पर टपकीं, जहाँ चिराग रखा था। हरि ने उस जलते हुए चिराग को उसकी जगह से हटाकर दूसरी जगह पर रख दिया। वक्त से पहले रात गहरा गई थी। हरि की माँ ने दूसरी ओर से आवाज़ देकर उसे बुलाया। वह जब उसके पास पहुँचा तो दबे स्वर में उसने पूछा—

"क्या पकाना होगा ?"

"क्यों ? यह तो तुम मुझसे पहली बार पूछ रही हो। जो कुछ पकता रहा है, वही पके, हमसे पूछने की जरूरत कहाँ से आ गई।"

"आज घर में पहुना है।"

"क्या ? अच्छा-अच्छा ! तो तुम परकाश भैया की बात कर रही हो। लेकिन माँ, तुम उन्हें मेहमान न समझो। वे तो वही खाएँगे जो इस घर में पकेगा।"

"देवी बता गई है कि भात के साथ सिर्फ मटर की दाल होगी। बाहर बारिश है, वरना पड़ोस से · · · "

"पड़ोस से क्या चाहिए, बताओ मैं माँग लाता हूँ।"

"दाल के साथ कोई चटनी तो होनी ही चाहिए।"

"तो ?"

"सुग्रीम भाई के यहाँ इमली और पोदिना मिल जाएगा।"

"ठीक है, मैं लाए देता हूँ। पर क्या देवी उसे इस बरसात में पीस पाएगी ?"

"इसकी चिंता तुम मत करो।"

हरि को अपने बचपन की ऐसी अनेक बरसाती घड़ियाँ क्षण-भर में याद आ गईं। इस भारी बरसात में जब वह गोनी की घोघी ओढ़े घर से बाहर निकला तो अतीत की जो पहली घटना उसके जेहन में कौंधी वह थी एक अँधेरी रात ··· पिता की सारी जायदाद चले जाने के बाद घर में अनाज खत्म हुए चौथा या पाँचवाँ दिन था। माँ ने उसे एकांत में बुलाकर कहा था कि वह कहीं से तो कुछ ले आए ताकि छोटे बच्चे भूख की मार से बच सकें। एक बार उसकी माँ ने अपनी चाँदी की हँसुली और बिछिया उसके हाथों में रखकर कहा था कि वह उन्हें राम जी सरदार के यहाँ गिरवी रखकर कुछ अनाज ले आए। फिर एक दिन जब रसोईघर के चूहे तक अभाव से तंग आकर भाग गए और घर की जूठन पर पलनेवाले कुत्ते भी आँगन में आना बंद कर चुके थे, तो इसी तरह की एक बरसाती शाम में हरि को घर से निकलना पड़ा था। उसका सबसे छोटा भाई भूख से चिल्ला-चिल्लाकर अधमरा-सा हो गया था।

घर के पिछवाड़े फ्री-आ-पें का जो पेड़ था और उस पर जो बचे हुए फल थे, हरि की माँ उन्हें ही उबाल-उबालकर सुबह-शाम बच्चों को खिलाती रहती थी। पर जब वे रोटीफल भी समाप्त हो गए थे तो एक-दो अवसरों पर उसने कच्चे पपीते पका-पकाकर बच्चों का पेट भरा था।

एक के बाद एक, पड़ोस के तीसरे घर में जाकर कहीं हरि को इमली और पोदिने की पत्तियाँ मिलीं। उन्हें रसोई में रखकर जब वह परकाश के पास पहुँचा तो उसे उस पुस्तक के पन्नों को उलटते-पलटते पाया जिसे वह अपनी गोद में लिए बैठा था। हरि के बैठ जाने पर उसने उस हस्तलिखित पुस्तक को उसकी ओर बढ़ा दिया। हरि ने पुस्तक को अपने हाथों में थाम लिया। वह उसे पहले भी देख चुका था, इसलिए उसे खोले बिना ही जान गया था कि वह किसनसिंह की पुस्तक है। परकाश ने कहा—

"इस पुस्तक को हम लोग बारी-बारी से सँभालते आ रहे हैं। आज से यह जिम्मेवारी तुम्हारी है।"

हरि ने कुछ कहा नहीं। पुस्तक को माथे से लगाया और फिर उसके पन्नों को पलटकर उन पर सरसरी नजर दौड़ाई। इतना तो वह जानता ही था कि वह इस देश के मजदूरों की पहली पुस्तक है। चाहे वह एक ही मजदूर की लिखी हुई क्यों न हो, पर अब तक उसे सभी मजदूर अपनी ही पुस्तक मानते आए थे। चाँदनी रातों में जब उमस अपनी पराकाष्ठा पर होती थी, तो कई बस्तियों में मजदूर एक दूसरे को रामायण या आल्हा की कहानियों के साथ-साथ किसनसिंह की उस दर्दनाक कहानी को भी सुनाने के आदी हो गए थे, जो इस पुस्तक में लिखी हुई थी। परकाश जहाँ बैठा था, वहाँ भी छत से रह-रहकर बूँदें टपकने लगीं। हरि ने उन बूँदों को देखकर छत की ओर देखा और फिर परकाश से थोड़ा-सा पीछे हट जाने का अनुरोध किया। थोड़ा पीछे हटकर

परकाश ने मुस्कुराते हुए कहा—

"अभी अपने घर में होता तो अब तक सात-आठ जगह बदल चुका होता !"

तभी हरि की माँ पीतल के पुराने कटोरों के साथ भीतर आई। खाट और संदूक के ऊपर रिसनेवाली जगहों पर उसने उन तीनों पात्रों को रख दिया, ताकि बूँदों के उनमें टपकने से फर्श और बिछावन गीले होने से बच जाएँ। पीतल के उन कटोरों में रह-रहकर टपक जानेवाली बूँदों से कभी छन्न की आवाज आती तो कभी टन्न की। इन्हीं आवाजों के बीच हरि अपनी योजनाओं पर बात करता रहा और परकाश सुनता रहा। हरि ने जब अपनी बातें समाप्त कीं तो परकाश ने उसे उन दो व्यक्तियों की संघर्ष-गाथा सुनाई जिन्होंने मजदूरों के हित में आवाज उठाई थी, पर जिन्हें पूँजीपतियों और सरकार दोनों ने मिलकर कहीं का नहीं छोड़ा था। हरि के प्रण को जान लेने के बाद परकाश ने हताश करने के लिए उसे वे सारी बातें नहीं बताईं, बल्कि इसलिए बताई थीं कि वह उन सारी अड़चनों को पहले से ही जानकर उनके लिए तैयार रहे। असल में तो आज वह यही कहने आया था कि हरि, अगर तुम्हें विश्वास है कि तुम अपने मजदूर साथियों के हित में कुछ कर सकते हो, तो मेरी शुभकामनाएँ तुम्हारे साथ हैं। उसने कहा—

"तुम्हारा एक आदमी से मिलना बहुत जरूरी है।"

'किससे ?"

"डाक्टर मोरिस क्यूरे से।"

"सुना है उसके बारे में।"

'सिर्फ सुनने से काम नहीं चलेगा। तुम्हें उसके अधिक से अधिक करीब पहुँचकर उसके आंदोलन से जुड़ना होगा। डाक्टर मोरिस क्यूरे का मजदूरों के प्रति जो समर्पण है, वह सचमुच ही तुम्हारे लिए प्रेरक होगा। इस लड़ाई को अलग-अलग खेमों से नहीं लड़ा जा सकता। डाक्टर मोरिस को इस समय शक्ति की आवश्यकता है। तुम्हें भी उससे अपने लिए शक्ति और हौसला हासिल करना है और उसे भी वह शक्ति प्रदान करनी है, जिसकी उसे इस समय जरूरत है। पोर्टलुई में आजकल उसका एक दफ्तर है। मेरा एक दोस्त तुम्हें उससे मिला सकता है। मेरी जब उससे भेंट हुई थी तभी उसने मुझे यह बताया था कि अगर उसे कुछ उत्साही और समर्पित नौजवानों का सहयोग मिल जाए तो वह मजदूर ट्रेड यूनियन के साथ ही मजदूरों का एक दल, एक राजनीतिक पार्टी भी बना सकेगा। मैं चाहता हूँ कि इस दिशा में तुम उसके सबसे बड़े सहयोगी बनो।"

हरि ने यह सब बड़े ही ध्यान से सुना और बोल उठा—

"मैं अवश्य ऐसा करूँगा परकाश भैया !"

बाहर बारिश के शोर के बावजूद किसी घर से ओझाई की हाँकू-हाँकू और ढोलक की आवाजें आती रहीं। खाने के बाद रात में काफी देर तक हरि और परकाश के बीच बातें होती रहीं। गोनी के उभारे हुए बोरों के एक ही बिछावन पर दोनों सोते रहे। मुर्गे की पहली ही बाँग पर परकाश जाग गया था. फिर भी बिछावन पर उस वक्त तक पड़ा रहा जब तक हरि की नींद नहीं टूटी।

वर्षा सुबह तक भी हो रही थी। अब जैसे ही वह थमी, परकाश बैसाखी के सहारे उठ खड़ा हुआ। उसने अपनी जेब से एक चवन्नी निकालकर हरि की ओर बढ़ाई। हरि ने पूछा—

"यह किसलिए ?"

'मैं जानता हूँ कि तुम गाब्रियेल के बेटे की मदद के लिए पैसे जुटा रहे हो। मैं अपना हिस्सा दे रहा हूँ।"

"लेकिन ··· ।"

"मेरी हालत अभी ऐसी नहीं हुई कि मैं किसी के लिए अपनी जेब से चवन्नी भी न निकाल सकूँ।"

हरि ने उस चवन्नी को अपनी मुट्ठी में लेकर कहा—

"ठीक है परकाश भैया, गास्तों के लिए उगाही जा रही रकम का यह सबसे कीमती अंश होगा।"

फिर हरि ने परकाश से जरा रुकने के लिए कहा और वह संतोष के घर की ओर झपटा। दूसरे ही क्षण वह साइकिल लिए सामने खड़ा था।

परकाश को उसने साइकिल पर बैठने को कहा। परकाश पीछे बैठा। हरि ने पैडल पर बायाँ पाँव रखा और कुछ दूर तक साइकिल चलाकर दाएँ पाँव को भी दूसरे पैडल पर रखने में सफल हो गया। रास्ता पानी और कीचड़ से भरा हुआ था। जब साइकिल ने अपनी रफ्तार पकड़ ली तो परकाश ने कहा—

"अधिक तेज मत चलना। रास्ते में फिसलन है।"

हरि मुस्कुराकर बोला —'मैं तो इसका आदी हूँ।"

सूरज काफी देर बाद ऊपर आया था।

9

अगले शनिवार को सुबह मूसा को साथ लिए हरि शहर के लिए निकल पड़ा था। उसने सुन रखा था कि शनिवार के दिन डाक्टर मोरिस क्यूरे बारह बजे तक ही अपने दफ्तर में लोगों से मिलता है, इसलिए दोनों ने छह बजे की गाड़ी पकड़ी थी। पूद्रदोर तक दोनों पैदल आए थे। शहर में होनेवाली घुड़दौड़ के कारण स्टेशन पर काफी भीड़ थी। पास-पड़ोस की कोठियों के मजदूरों को घुड़दौड़ देखने की इजाजत नहीं थी, पर आज की घुड़दौड़ उन घुड़दौड़ों की तरह नहीं थी जो केवल बड़े और सभ्य समझे जानेवाले लोगों के लिए हुआ करती हैं। यह तो साल की आखिरी घुड़दौड़ थी, जिसके लिए टापू-भर के शक्कर-उद्योग में लगे मजदूरों को खास तौर पर छुट्टी दी जाती थी। भीड़

में औरतें और बच्चे भारी संख्या में थे। कोई बाप अपने बेटे को कंधे पर बिठाए टिकट लेने की कशमकश में था तो कोई माँ अपने बच्चों को सँभाले अपने मरद के टिकट लेकर लौटने की बाट जोह रही थी। कहीं डिब्बे में घुसने की ठेलाठेली में कोई बच्चा दबकर चिल्ला उठता था तो कहीं किसी बच्चे के छूट जाने पर माँ चिल्ला रही थी। उस हुजूम में कुछ लोग ऐसे भी थे जो दूध-दही, मिठाइयाँ या बच्चों के खिलौने बेचने शाँ-दे-मार्स जा रहे थे। वर्ष के अंतिम सप्ताह में आयोजित इस घुड़दौड़ में कोठी-मजदूरों के लिए अलग से मरियल घोड़ों की दौड़ का आयोजन होता था। देश के संपन्न और पढ़े-लिखे लोग उसे 'लेकूर्स मालबार' कहकर भारतवंशी मजदूरों की खिल्ली उड़ाते थे। इस घुड़दौड़ के बारे में हरि ने इतना कुछ सुन रखा था कि एक बार अपनी आँखों उस जिल्लत को देख लेना चाहता था। इसलिए शाम को जब मूसा के साथ बात हो रही थी तो दोनों ने यही तय किया था कि डाक्टर क्यूरे से मिलने के बाद वे भी उस नजारे को देखना चाहेंगे।

एक-दो बार तो रामबरन चाचा ने उस घुड़दौड़ की चश्मदीद गवाही देते हुए हरि और उसके साथियों से कहा था—

"जानवर ! कुत्ता ! सुअर के हालत होवेला गाँव के लोगन के। शहर के लोगन गभिया त मारे लन स ही। लोगन के ठग-ठग के सभी कुछ हड़प लेवल जाला। रामदरसवा के अपन औरत के बिना गाँव लौटे के परल रहल्र। आज तलक ओके ओकर औरत ना मिलत। घोड़वन पर हारे लोगन के त पड़ल बा पटरी पर सूते के और पीये ओला लोग शराब पी के एतना चूर हो जाला कि कुत्ता मुँह में मूत के चल जाला और ऊ जीभ लपलपाते रहेला ! "

हरि और मूसा भी किसी तरह टिकट खरीदकर गाड़ी में जगह पा सके।

डिब्बे की उस धक्कमधक्का और रेलपेल के बीच दोनों यह तय करते रहे कि डाक्टर मोरिस से कौन-कौन सी बातें होनी जरूरी हैं। कम-से-कम एक बात के लिए तो हरि निश्चिंत था। उसे फरीद मियाँ का घर ढूँढ़ने में किसी तरह की परेशानी का सामना नहीं करना था। वह तो जीवन में पहली बार शहर जा रहा था, पर मूसा पहले भी जा चुका था। यही नहीं, फरीद मियाँ मूसा का अपना खालू था; रिश्ते से ही सही, पर उसका घर उसके लिए अनजाना तो नहीं था। दो बार वह वहाँ जा चुका था। एक बार ईद के अवसर पर और दूसरी बार मोहर्रम का ताजिया देखने। हरि से उसने कहा था कि अगर वह स्टेशन से जुम्मा मस्जिद तक पहुँच गया तो फिर वहाँ से खालू का घर ढूँढ़ निकालने में दिक्कत नहीं होगी। वहाँ से सीधे उत्तर जानेवाली आम सड़क से कुछ आगे जाना होगा, फिर वहाँ से दाईं ओर। उसके बाद वह वहाँ से सीधे पहुँच सकता था—उस हरे रंगवाले घर तक।

रेलगाड़ी के जिस डिब्बे में दोनों को जगह मिली थी, उसमें कुछ मजदूर ऐसे भी थे, जो नए कपड़ों के अभाव में अपने मैले-कुचैले फटे कपड़ों में ही अपने पूरे परिवार के साथ घुड़दौड़ देखने निकल पड़े थे। पसीने से गँधाते शरीरों के बीच कुछ लोग बीड़ियों और गाँजे के दम लगाकर उस माहौल को और भी बोझिल बना रहे थे। वे केवल बच्चे

ही थे जो माहौल के उस भारीपन की परवाह न करते हुए अपने आपमें चहक रहे थे। कुछ डरे और सहमे हुए भी थे। हरि और मूसा यह सभी कुछ खामोशी से देख रहे थे। तभी हरि की नजर एक ऐसी लड़की पर पड़ी जिसकी मासूमियत उसे अनायास ही अपनी ओर आकर्षित करने लगी।

डिब्बे के भारी कोलाहल के बावजूद दोनों बातें करते रहे। रेलगाड़ी से छोटी-मोटी यात्राएँ तो हरि ने करीब सात-आठ की थीं, लेकिन पूद्रदोर से शहर की यह लंबी यात्रा वह पहली बार कर रहा था। इसलिए बातें करते हुए भी वह खिड़की से बाहर के दृश्यों को देख लिया करता था। गाड़ी जिस स्टेशन पर भी रुकी, लोग बाढ़ की तरह भीतर आते गए। हर व्यक्ति के भीतर घुड़दौड़ का बुखार था। लोगों को खड़े होने तक की जगह मिलनी मुश्किल होती गई। शहर पहुँचते-पहुँचते तो हरि ने पसीने से तर अकुलाहट भरे स्वर में मूसा से पूछ ही लिया कि वे रेलगाड़ी के डिब्बे में हैं या किसी भट्टी में ! उसने इस यात्रा के बारे में जो कुछ सुन रखा था, उससे कहीं अधिक अपनी आँखों से देख रहा था। सुग्रीम चाचा की बात मानकर दोनों ने बुद्धिमत्ता ही दिखाई थी। अगर वे सवेरे ही स्टेशन नहीं पहुँचते तो उस दूसरी गाड़ी के लिए रह जाते जो ग्यारह बज़े छूटती थी। सुग्रीम ने दोनों से कहा था—अगर आदमियों को भेड़-बकरियों से बदतर हालत में देखना हो तभी उस गाड़ी से यात्रा करना। लेकिन इस गाड़ी की हालत क्या कम़ है। हरि ने अपने सामने के हुजूम के बीच उस लड़की को आखिरी बार फिर देखा। वह उसी तरह चुपचाप सिमटी बैठी थी। एक-दो बार उसने भी भीड़ के बीच से हरि की ओर कनखियों से देखा। हरि सोचता रहा—काश, यह लड़की भी उसी शहर के स्टेशन पर उतरे ! लेकिन शहर पहुँच जाने पर भी उसे अपने पिता की बगल में उसी तरह बैठे पाकर निश्चित हो गया कि उसकी यात्रा समाप्त नहीं हुई है। हरि को अपनी यात्रा समाप्त हो जाने का भारी दुख हुआ।

गाड़ी स्टेशन पर रुकी तो उससे उतरने के लिए जो आपाधापी मची, उसमें बच्चे और औरतें दबे-कुचले जाते रहे। हरि देखता रहा अपने सामने के उस जानवरी जुनून को ! हो-हल्ला ! चीत्कार ! रोना-घिघियाना, गाली-गलौज ! कपड़े फट रहे थे, बदन में खरोंचें आ रही थीं। किसी से किसी को मदद का तो सवाल ही नहीं था। बस एक ही मकसद था सबका—हरेक को लाँघते हुए बाहर निकलना। करीब आधे घंटे बाद ही हरि और मूसा गाड़ी से उतर सके। दो औरतों को उन्होंने अपने बच्चों के लिए रोते-चिल्लाते पाया। दोनों मित्रों ने एक-दूसरे की ओर देखा, पर उस भीड़ में कुछ भी कर पाना कठिन था। दिल पर पत्थर रखे हरि वहाँ से आगे बढ़ा। रास्ते-भर सोचता रहा, पूछता रहा अपने आपसे कि क्या यह गरीब स्वयं भी अपने शोषित और अपमानित किए जाने का कारण नहीं है ? मूसा को भी उसने यह कहते हुए सुना कि यार, यह भी कोई शौक हुआ, कोई जिंदगी हुई ?

अपने दिलो-दिमाग पर भारी बोझ लिए हरि उस नर्क, उस घुटन से अपने आपको बड़ी कठिनाई से मुक्त कर सका। मूसा के साथ-साथ पहले वह जुम्मा मस्जिद की तलाश में निकला। पूछने पर कभी कोई कुछ बताता तो कभी दोनों 'गँवारों' की

सुनी-अनसुनी करके चुपचाप आगे निकल जाता। मगर मूसा को याद था कि अपने अब्बा के साथ जब वह रेलगाड़ी से उतरा था तो वहाँ से उत्तर की ओर ही चला था। उसे यकीन था कि मस्जिद की मीनारें दूर ही से दिख जाएँगी। उसने हरि से भी कहा था कि वह सफेद मीनारात की ताक में रहे। दोनों उत्तर की ओर चलते हुए भीड़ से बाहर आ गए थे। बाजार के पास से गुजरते ही मूसा का हौसला बढ़ा। गलियाँ जानी-पहचानी लगने लगीं। चाय की किसी दुकान से के. सी. डे के गाने का स्वर सुनाई पड़ा—' ' मन की आँखें खोल रे बाबा मन की आँखें खोल ! ' ' ' '

कुछ ही कदम पर उसे जुम्मा मस्जिद की मीनारें दिखाई दीं। सही रास्ते पर होने से उसे खुशी हुई। मस्जिदवाली गली में पहुँचकर दोनों उत्तर की ओर चल पड़े। मूसा ने तेल के कारखाने को देखते ही कहा कि अब वे लोग पहुँचने ही वाले हैं। थोड़ा आगे जाकर वे दाईं ओर मुड़े। नान बेचनेवाला जोरों से आवाज़ देता हुआ निकल गया। एक घर में ग्रामोफोन पर जोहरा का रिकार्ड बज रहा था। चौराहे पर आकर मूसा खड़ा हो गया। आगेवाली गलियों की ओर देखा। बगल की एक गली में बच्चे कंचे खेल रहे थे। उसकी बगल में जो तंग गली थी, दोनों उसी में घुसे। कुछ ही कदम चलने के बाद मूसा बोला—

"आ गए! वह रहा खालू का घर !"

आम सड़क पर से ही मूसा ने उस घर की ओर संकेत किया। मूसा के साथ हरि ने भी लंबी साँस ली। जल्दी-जल्दी अपने कपड़ों को ठीक किया। माथे का पसीना पोंछा। दसों अँगुलियों से बालों को ठीक किया और मूसा के पीछे-पीछे चलने लगा। आज पहली बार वह किसी शहरी के घर जा रहा था।

दोनों एक हरे रंग के घर के आगे पहुँचे। सफेद पत्थरों की दीवार के बीच लकड़ी का छोटा-सा दरवाज़ा था, जिसके साथ एक घंटी लगी हुई थी। मूसा ने घंटी बजाई। पहले तो कुत्ते ने भौंकना शुरू किया, फिर भीतर से आवाज़ आई—

"कौन है भाई !"

दरवाज़ा खोलनेवाले को देखकर मूसा हैरत में पड़ गया। सोचा, कहीं गलती से किसी दूसरे घर तो नहीं पहुँच गया है। जो आदमी उसके सामने खड़ा था, वह तो धोती पहने हुए था और माथे पर था चंदन का टीका। थोड़ी-सी घबराहट के साथ मूसा ने कहा—

"हम लोग फरीद मियाँ का घर तलाश रहे हैं।"

"यही है। वह दूध बेचने गया है।"

सपूरा बाहर आ गई। मूसा को पहचानकर सहदेव ठाकुर से बोली—

"हमारा भतीजा है भाई जान !"

वह दोनों को भीतर ले गई। सहदेव ठाकुर फिर से अपने 'मक्का-मदीना' को चमकाने में लग गया। सपूरा खाला से यह सुनकर कि उसका खालू लौटने में देर नहीं करेगा, मूसा ने राहत की साँस ली और सचमुच दोनों अभी चाय ही पी रहे थे कि फरीद मियाँ अपनी साइकिल के साथ आ पहुँचे। मूसा को देखकर सुखद आश्चर्य के साथ पूछा—

"तुम्हें घर ढूँढ़ने में परेशानी तो नहीं हुई ?"

"नहीं तो।"

"हनीफ कैसा है ?"

"ठीक है।"

"और तुम्हारी माँ ?"

"वह भी अच्छी है। आप लोगों की बातें आए दिन होती रहती हैं।"

"हम भी तुम लोगों के बारे में बातें करते रहते हैं। अभी पिछले ही हफ्ते तुम्हारी खाला तुम्हारी ओर जाने की बात कर रही थी। मेरे अपने काम कुछ इस तरह उलझे हुए थे कि उन्हें सुलझाए बिना मेरा इधर-उधर निकलना संभव नहीं था। खुदा की कुदरत है कि उसने तुम्हें भेज दिया।"

मूसा ने फरीद मियाँ को हरि का परिचय दिया और आने का मकसद बताया। अपने कोट की जेब से चाँदी की चेन से बँधी घड़ी निकालकर फरीद ने वक्त देखा। फिर पूछा—

"आज ही तुम्हें डाक्टर साहब से मिलना है ?"

"हाँ खालू, उनसे हमें आज ही मिला दो तो बहुत बड़ी बात होगी।"

"ठीक है, हम तुम्हें डाक्टर साहब से मिला देंगे। अभी तो दस बजे हैं। तुम लोग खा-पी लो, फिर चलेंगे।"

इस पर हरि ने कहा—

"नहीं चाचा जी, आप हमारे खाने की चिंता न करें।"

"क्यों न करें भाई ! इतनी दूर से आए हो। उस पर घुड़दौड़। सवारी की मुसीबत होती है। पता नहीं तुम कब शहर छोड़ पाओगे।"

"हम लोग रास्ते में कुछ खा लेंगे।"

"आज की यह भीड़-भाड़ और रास्ते-पटरियों का खाना! ··· नहीं-नहीं, ऐसा नहीं हो सकता।"

उसने अपनी बीवी को आवाज़ दी। वह आ गई तो कहा—

"फातमा से पूछो, खाना कब तक तैयार हो जाएगा। अगर देर है तो हम पहले इन्हें डाक्टर क्यूरे से मिला लाते हैं।"

अब्बा की आवाज़ सुनकर दूसरे कमरे से फातमा ने धीमी आवाज़ में कहा—

"खाना लगभग तैयार ही है, बस पंद्रह मिनट और।"

हरि ने एक बार फिर मना करने की कोशिश की, लेकिन बीच में ही मूसा बोला—

"खालू मेरा दोस्त ··· ।"

पर फरीद ने उसे भी अपना वाक्य पूरा नहीं करने दिया—

"तुम्हारा दोस्त मांस-मछली नहीं खाता, यही बताओगे न !"

जब मूसा ने सिर हिलाकर हामी भर दी तो फरीद मियाँ ने मुस्कुराकर कहा—

"अरे बेटे, हमारे घर भी दो-दो जने हैं जो घास-फूँस खाकर रहते हैं। फातमा, तुम्हारा चचा जान क्या कर रहा है उधर। उससे कहो इधर आने को।"

फरीद मियाँ ने बड़े ही प्रसन्नचित्त से सहदेव ठाकुर के बारे में दोनों को बताया।

सहदेव ठाकुर जब भीतर आ गया तो फरीद मियाँ ने अपने अब तक दिए परिचय को आगे बढ़ाते हुए कहा—

"जब हमारे घर के एक कमरे में कुरान की आयतें पढ़ी जाती हैं, तो दूसरे में ये रामायण की चौपाइयाँ गाते हैं।"

डाक्टर मोरिस क्यूरे का दफ्तर देफोर्ज़ गली में था। एक कमरा दवाइयों की बोतलों और शीशियों से भरा हुआ था और दूसरा कागज़ातों से। कागज़ातोंवाले कमरे में डाक्टर ने हरि और मूसा को बिठाया। कमरे में तीन ही कुर्सियाँ थीं, इसलिए फरीद मियाँ कोने में पड़े हुए साबुन के खाली डिब्बे पर बैठ गए। दोनों नौजवानों की बातों को डाक्टर क्यूरे ने बड़े ध्यान से सुना। हरि ने परकाश की चिट्ठी उसे दी। उसने उसे पढ़ने के बाद कहा—

"मुझे बहुत खुशी हो रही है तुम लोगों से मिलकर। उत्तरी प्रांत में मजदूर यूनियन की नींव डालकर तुमने सचमुच ही बहुत बड़ा काम किया है। अभी दो ही दिन पहले जब दक्षिण और पूर्वी इलाके में मैं मीटिंग कर रहा था तो एकाएक यह खयाल आया था कि उत्तरी प्रांत इतना शिथिल कैसे है। अब लगता है कि मेरा वैसा सोचना एकदम गलत था। इस पत्र में परकाश ने जो विश्वास तुम दोनों के प्रति दिखाया है, उससे मुझे भी पूरा यकीन है कि तुम उस प्रांत के मजदूरों को संगठित करने और संघ के कार्यों को अधिक गतिशील बनाने में कुछ भी बाकी नहीं रखोगे। मेरा दफ्तर तुम लोगों के लिए सदैव खुला रहेगा और मेरा सहयोग भी बराबर बना रहेगा।"

तब तक दूसरे कमरे में दो-तीन रोगी आ गए थे। घुंघराले बालोंवाली परिचारिका से उनकी सूचना पाकर डाक्टर क्यूरे ने कहा—

'मैं इन रोगियों को देख आता हूँ। तुम लोगों के लिए चाय मँगवाऊँ ?"

लेकिन फरीद मियाँ ने यह कहकर चाय के लिए मना कर दिया कि हम घर से सीधे खाकर आ रहे हैं। करीब आधे घण्टे बाद जब तीनों व्यक्ति डाक्टर से विदा लेने को हुए तो उसने उनसे कहा—

"इन रोगियों को दवा-दारू से अच्छा करने में उतनी कठिनाई पेश नहीं आती, जितनी कुछ अच्छे-खासे लोगों को यह समझाने में कि वे बीमार नहीं हैं। वे जिस जगह पड़े होते हैं वहाँ से उन्हें यह विश्वास देकर खड़ा करना और चलने के लिए तैयार करना कभी-कभी बहुत कठिन होता है। मजदूरों को आयोजित-संगठित करते समय यह जान लेना आवश्यक है। जो लोग इन बातों को नहीं जानते, भावी कठिनाइयों के लिए पहले ही से तैयार नहीं होते, वे ऐसी स्थितियों के आने पर हताश हो जाते हैं। कल की बात है, पंडित सहदेव बता रहा था कि दक्षिणी प्रांत के कुछ आयोजनकर्ता मजदूरों की झिझक और असहयोग के कारण बेहद निराश हैं। तुम दोनों को सबसे पहले मजदूरों के भीतर बैठे हुए भय को मिटाना होगा।"

हरि ने कहा—

"हम वैसा ही करेंगे डाक्टर साहब, जैसा आप चाहेंगे।"

जब हरि अपने साथ आए दोनों व्यक्तियों के साथ डाक्टर क्यूरे से विदाई लेने के लिए खड़ा हुआ तो डाक्टर ने कहा—

"ठहरो एक मिनट।"

दफ्तर की अलमारी को खोलकर उसने ट्रेड यूनियन संबंधी कुछ पत्र-पत्रिकाएँ हरि को थमाते हुए कहा—

"इन पत्र-पत्रिकाओं से तुम्हें ट्रेड यूनियन जगत की बहुत-सी बातें जानने को मिलेंगी।"

उन्हें लेते हुए हरि ने कहा—

"मेरसी दोक्तेर।"

फरीद मियाँ को किसी काम से निकलना था। पर हरि ने उसके सामने घुड़दौड़ के उन दृश्यों को देखने की इच्छा व्यक्त की थी, जिनकी दर्दनाक चर्चाएँ वह सुनता रहा था। इसलिए घर पहुँचकर फरीद ने सहदेव ठाकुर से कहा कि वह हरि और मूसा के साथ हो ले। सहदेव ठाकुर आज बच्चों को खेल दिखाने इसलिए नहीं निकल सका था, क्योंकि उसकी मशीन की चाबी अटक जाने के कारण तस्वीरें चल नहीं पा रही थीं। खाने के समय उसने हरि के साथ जो थोड़ी-बहुत बातें की थीं उससे उसके प्रति वह आकर्षित हुए बिना नहीं रह सका था और अब उन दोनों से कुछ अधिक बात करने के लाभ को वह नहीं रोक पाया। वह जब दोनों को अपने साथ लिए शाँ-दे-मार्स पहुँचा तो पहली दौड़ शुरू होनेवाली थी। पर हरि घुड़दौड़ देखने तो पहुँचा ही नहीं था। वह तो गाँव से आए मजदूरों की उस जिल्लत को देखना चाह रहा था, जिसकी चर्चा करते हुए परकाश की आँखों में बरबस ही एक पीड़ादायी भाव झलक आया था। उस दिन परकाश ने दर्द-भरे स्वर में कहा था कि यह सही है कि मजदूरों को अपमानित करने के पीछे मालिकों की एक साजिश है, लेकिन अगर मजदूरों को अपने मान-अपमान का भान हो और अपने स्वाभिमान की पहचान हो तो वे खुद अपनी बेइज्जती के लिए उस तरह नहीं दौड़ें।

शाँ-दे-मार्स के उस विशाल मैदान को लोगों से उस तरह खचाखच भरा पाकर हरि को आश्चर्य हुआ। उसने अपने आपसे सवाल किया कि क्या ये वही लोग हैं, जिनमें से कितनों के घर दो वक्त चूल्हा नहीं जल पाता, जिनके पास अपने बच्चों को स्कूल भेजने की क्षमता नहीं ? औरतों, मर्दों के उस हुजूम में बच्चे भी धूप में झुलस रहे थे। जिनकी औकात थी उनके बच्चे बाप के कंधे पर सवार मिठाइयाँ या बतासे खाते दिख रहे थे। पर ऐसे बहुत कम थे। प्रायः सभी बच्चे अपने माँ-बाप से कुछ खरीदने की माँग करते हुए ठुनकते-रोते दिखाई पड़ रहे थे। उन बच्चों के बदन पर न ढंग के कपड़े थे न चेहरे पर कोई रौनक। माँ-बाप उनकी जिद के कारण उन ठौरों पर भी नहीं जा रहे थे, जहाँ चर्खियाँ चल रही थीं और हैसियतदार बच्चे काठ के घोड़ों पर सवार मस्ती से झूम रहे थे।

शाँ-दे-मार्स के मैदान के बीच खड़े होकर हरि ने एक बार चारों ओर देखा। मैदान तो खचाखच भरा ही हुआ था, पर बगलवाली पहाड़ी पर भी लोगों की भीड़ थी। दूसरी

ओर ऊँचाई पर जो पुराना किला था और उसके इर्द-गिर्द खड़े जो लोग मैदानी भीड़ को देखकर लुत्फ उठा रहे थे, वे उसी इलाके के शहरी रहे होंगे। हरि ने ऐसा ही सोचा। गोरे और काले धनपतियों की सुविधा के लिए वह सफेद इमारत भी भरी हुई थी, जिस पर अंग्रेजी और फ्रांसिसी झंडे फहरा रहे थे।

सहदेव ठाकुर के साथ उस भीड़ के बीच घूमते हुए हरि ने एक जगह कुछ शहरी मनचलों को एक ग्रामीण परिवार को छेड़ते देखा। वे एक लड़की के दुपट्टे को खींच-खींचकर उससे छेड़खानी कर रहे थे। हरि ने जब वहाँ रुकना चाहा तो सहदेव ठाकुर यह कहकर उसे आगे खींच ले गया कि ये लोग जेब में चाकू-खंजर लिए रहते हैं !

एक दूसरी जगह हरि ने तीन-चार गुंडों को एक औरत के गले से चाँदी के हार को नोचकर भागते देखा। उनके पीछे दौड़ने की उसे इच्छा तो हुई पर देखते ही देखते वे भीड़ में खो गए। एक शराबी उन मजदूरों के बीच इस तरह गालियाँ बके जा रहा था गोया गाना गा रहा हो। सहदेव ठाकुर से टकराकर एक भीमकाय मलगासी ने गाली देकर कहा—"एता विर्ले मालबार लांगूची तालेर तो पू कीत तो लांगूची तो पू बूरे आवेक म्वा!"

यह सुनते ही हरि और मूसा दोनों अकड़कर खड़े हो गए। हरि ने क्रियोली में ही पूछा—"किसे धोती छोड़कर भागने को कह रहे हो ?"

"तुम्हारे बाप को!"

पर तब तक सहदेव ठाकुर उन तीनों के बीच आ गया। वह भीमकाय मलगासी गाली देता हुआ आगे बढ़ गया। अगली दौड़ शुरू होते ही लोगों का चीखना-चिल्लाना शुरू हुआ और जैसे-जैसे घोड़े आगमन-रेखा के करीब होते गए, वैसे-वैसे लोगों का चीखना-चिल्लाना बढ़ता गया। घोड़ों पर दाव लगानेवालों में जीतनेवाले तो पागलों की तरह चिल्लाते रहे, पर जिनके घोड़े पीछे रह गए थे उनका चिल्लाना एकाएक बंद हो गया था।

परकाश ने कहा था कि उन मरियल घोड़ों की दौड़ के समय बड़े लोग ठाठ से भवनों के भीतर बैठकर घोड़े की दौड़ से कहीं अधिक गाँव से पहुँचे उन हजारों मजदूरों के पागलपन का आनंद उठाते हैं। उसने यह भी बताया था कि घोड़े दौड़ानेवाले गोरे कागजों से भरे कई डिब्बे ले आते हैं, जिन पर घोड़ों के नंबर लिखे होते हैं। दाव लगानेवालों के हाथों उन कागजों को बेचकर जब आखिरी दौड़ के बाद वे घर लौटते हैं, तो कागजों की जगह डिब्बों में नोट ही नोट भरे होते हैं।

आखिरी दौड़ तक हरि सहदेव ठाकुर और मूसा के साथ इधर से उधर टहलता हुआ धनपतियों के मनोरंजन के साधन बने गाँव के पहुँचे उन मजदूरों को देखता रहा। तमाशा देखने पहुँचे वे मजदूर खुद भी दूसरों के लिए तमाशा बने हुए थे। हरि के अपने ही गाँव के ताम्बी, महादेव और दादिबल मिल गए। ताम्बी ने हरि को देखकर धीरे-से कहा—

"एक चवन्नी दे सकते हो ?"

"क्यों, घर से बिना पैसे के आए थे क्या ?"

'पैसा तो था पर ···"

"घोड़े पर हार गए ?"

"साले तीनों घोड़े बेकार निकले! रेल के टिकट का पैसा भी चला गया।"

हरि ने उसके हाथ पर चवन्नी रख दी। ताम्बी फिर से दादिबल और महादेव के पास चला गया।

सहदेव ठाकुर ने मुस्कुराकर कहा—

"ऐसे सैकड़ों लोग अभी गाड़ी के किराए के लिए छटपटा रहे होंगे।"

मूसा अपने इर्दगिर्द के लोगों के चेहरों की मुरझाहट को देखता हुआ सहदेव ठाकुर और हरि के साथ आगे बढ़ता रहा।

सहदेव ठाकुर से पुनः मिलने का वायदा करके हरि मूसा सहित स्टेशन की ओर बढ़ने को तैयार हुआ।

तभी सहदेव ठाकुर ने कहा—

"कल रविवार है न! कल मैं फरीद भाई जान के साथ तुम दोनों के गाँव पहुँचूँगा बच्चों को खेल दिखाने।"

"हमें बड़ी खुशी होगी चाचा, ज़रूर आना।"

इसके बाद हरि ने मूसा से कहा—"चलो झपटकर चलें, नहीं तो गाड़ी छूट जाएगी।"

उसने जितना देख लिया था, वही बहुत था। उसे यह भी बताया गया था कि सैकड़ों ऐसे लोग, जिन्हें आखिरी गाड़ी में जगह नहीं मिल पाती, वे शहर की गलियों और पटरियों पर बीवी-बच्चों के साथ रात बिताने को मजबूर होते हैं। उस रात चोरी-चपाटी के साथ मजदूरों की बीवी-बेटियों के साथ बलात्कार भी हो जाते हैं। मैदान से निकलकर आम सड़क तक पहुँचते हुए हरि जो कुछ देखता रहा, उससे ही वह यह अनुमान लगा सका कि उजाले के मिटते ही अँधेरे में वे शहरी गुंडे किस हद तक पहुँचते होंगे। गाँव से आई औरतों के शरीर पर आगे-पीछे हाथ फेरते हुए बड़े ही स्वाभाविक ढंग से उन मनचलों को आगे निकल जाते देख हरि का खून खौल उठता था।

रास्ते-भर उन शर्मनाक नजारों के गवाह बने दोनों दोस्त आगे बढ़ते रहे। स्टेशन की ओर लपकते हुए हरि ने मूसा से केवल इतना ही कहा—

"इस तमाशे को बंद करना होगा।"

10

कई दिनों से उसकी माँ कहती आ रही थी कि गोशाला के बाहर गाय के मूत्र के लिए जो गड्ढा है, उसे थोड़ा और गहरा कोड़ना जरूरी है। उसके उथला होने के कारण गाय

का मूत्र आँगन में दूर तक फैल जाता है। समयाभाव के कारण माँ के उस अनुरोध को हरि कई दिनों से टालता आ रहा था। लेकिन शहर से लौटने के बाद आज रात में जब माँ यह कहकर उस पर नाराज हुई कि दूसरों के लिए तो वह मारा-मारा फिरता रहता है और अपने काम को टालता रहता है तो उसने तय किया कि सुबह उठते ही वह उस काम को पूरा करके रहेगा। रविवार होने के बावजूद वह अन्य दिनों की ही तरह सुबह-सुबह उठ गया। सूरज उगने में अभी समय था। भोर के धुँधलके में वह अपने नित्यकर्म से निवृत्त हुआ। फिर नीचे दरवाजेवाली रसोई में सिर झुकाकर जा पहुँचा। भीतर दीए की रोशनी थी। देवी चाय बना चुकी थी। उसमें शक्कर घोलने के बाद उसने अपने भाई को कटोरा थमा दिया। पर जब पराँठे देने लगी तो हरि ने कहा कि अभी रख दे, बाद में खाएगा।

विजय भी उसी के साथ जाग गया था। उसने भी रसोई के भीतर आकर चाय पी। हरि के साथ बाड़े में पहुँचा। दोनों ने मिलकर गाय-बकरियों के नीचे रौंदे जा चुके घास-फूस को हटाया। जो गोबर ताजा था, उसे विजय ने अलग एकत्र कर दिया, क्योंकि रसोई से बाहर निकलते समय देवी ने कहा था कि वह सभी गोबर को घूरे पर न फेंक आए। घर लीपने के लिए उसे कुछ गोबर की आवश्यकता थी। बाड़े को अच्छी तरह साफ करने के बाद ही उसने गाय-बकरियों के सामने घास-पानी रखा। मूत्रवाले गड्ढे को खाली करने में हरि की मदद की। चार-पाँच बाल्टी मूत्र को वह खादवाले गड्ढे में फेंक आया। तीन बकरियों के बीच काले रंग का जो बकरा था, वह अपने सामने पड़ी हरी घास के बावजूद मिमियाता-घिघियाता रहा। उसके गले में जान-बूझकर छोटी रस्सी बाँधी गई थी, ताकि अपनी कूद-फाँद में वह बकरियों को सींग न मारता रहे। वह अंजलि ने उन्हें दिया और जब इस बाड़े में आया था तो कुलाँचें मारता हुआ एक मेमना था। अंजलि उसी गाँव की थी जिस गाँव की हरि की माँ। उसका पति त्वाकरण जब भी शराब पीकर घर में हंगामा खड़ा करता था, तो अंजलि अपने घर से हरि के घर आ जाती थी। जब उसकी शादी हुई थी तो उसकी माँ ने हरि की माँ के हाथों में उसके हाथों को रखकर बेटी से कहा था—

—तू रोती क्यों है ? माँ की गोद से निकलकर मौसी की ही गोद में तो जा रही है।

हरि जब उस गड्ढे को कुछ और चौड़ा और कुछ और गहरा कोड़कर बाहर निकला तो सूरज घंटे-भर से भी लंबी यात्रा पूरी कर चुका था। उसने अपनी माँ को बुलाकर गड्ढा दिखाया। उसके संतुष्ट हो जाने पर ही उसने कुदाली नीचे रखी। रोज़-रोज़ के तकाजे को जायज ठहराने के लिए उसकी माँ ने कहा कि गाय को गंदगी में रखना पाप है। माँ की उस खुशी को बाँटकर ही हरि नहाने-धोने के लिए वहाँ से हटा। पर नहाने से पहले उसे एक बात याद आ गई और उसने रसोई के पास जाकर बाहर ही से पूछा—

"देवी ! घर पर मटर की दाल तो है न ?"

"बस एक कटोरी-भर है।"

"देखो, आज दालपूरी पकनी चाहिए। आटा न हो तो हरीश को दुकान पर भेजकर मँगवा लो।"

"और तरकारी ?"

"आलू बना देना मसाले में··· पर हाँ, एकदम लटपट होना चाहिए। नारियल न मिले तो धनिए की ही चटनी बना देना।"

उसे फरीद मियाँ और सहदेव ठाकुर के आने का पूरा विश्वास तो नहीं था, फिर भी उम्मीद थी कि शायद वे आ जाएँ। फरीद के यहाँ से वह बहुत बढ़िया भात खाकर आया था। उसके यहाँ फूल गोभी पकी थी। मसूर की दाल थी और टमाटर की पकी हुई चटनी। उतना स्वादिष्ट खाना तो शायद वह उन दोनों को नहीं खिला सकता था, पर इतना यकीन उसे जरूर था कि देवी के हाथ की पकी दालपूरी खाकर वे दोनों खुश हो जाएँगे। उसकी माँ भी उतनी मुलायम दालपूरी नहीं पका पाती थी। एक बार जब बातों ही बातों में अंजलि ने देवी के ब्याह की बात छेड़ दी थी तो हरि ने कहा था—

—अभी नहीं भाभी··! अभी कुछ दिन और हमें इसके हाथ की दालपूरियाँ खा लेने दो।

वह नहाने चला गया। उसकी माँ गोमूत्र को बहुत ही पवित्र बताती थी, पर बहुत दिनों से जमा उस गोमूत्र की बोझिल गंध को वह जल्द से जल्द उतार देना चाहता था। बहुत पहले जब कबड्डी खेलते हुए एक बार गिर जाने से उसका माथा फट गया था तो घर लौटने पर उसके बाप ने उस पर गोमूत्र के साथ मिलाकर न जाने क्या लेपा था कि दो-तीन बार के लेपन से ही उसका वह घाव ठीक हो गया था। आज उसके माथे पर उसका कोई निशान तक बाकी नहीं है।

कुएँ पर हरि को अंजलि का पति मिल गया। हरि जानता था कि वह चीनी की दुकान पर जा रहा है—दिन की अपनी पहली गुड़की लेने, फिर भी अनजान बनते हुए उसने पूछा—

"कहाँ जा रहे हो सोंद्रों भैया ?"

उसका त्वाकरण नाम हरि को बड़ा अजीब लगता था । इसलिए वह उसे सोंद्रों कहकर पुकारता था। त्वाकरण ने भी उतने ही भोलेपन के साथ कहा—

"बोमली खरीदने जा रहा हूँ।"

हरि हँस पड़ा।

जब वह कुएँ से नहाकर लौटा तो हरीश रसोई का बाकी सामान लिए दुकान से लौट आया था। उसके भाई-बहनों में हरीश ही सबसे गोरे रंग का था। पर जितना गोरा था, उतना ही दुर्बल था। अक्सर बीमार होता रहता था। उसके गले में अब भी पुजारी का दिया वह जंतर-मंतरवाला धागा बँधा रहता था। विजय और हरीश दोनों के पीछे हरि की माँ को बार-बार अस्पताल दौड़ना पड़ा था।

हरि ने अपनी कमीज से पैबंद को उखड़े देखा। माँ के पास ले जाकर टाँके लगाने को कहा। माँ ने सुई-धागा उसे थमा दिया, क्योंकि अपनी कमजोर आँखों से अब वह सुई में धागा नहीं पिरो पाती थी। हरि ने धागा पिरोया और कमीज़ को माँ के पास

छोड़कर किसनसिंह की पुस्तक लेकर बैठ गया।

दो दिन पहले ही उसने इस हस्तलिखित पुस्तक को पढ़ना शुरू किया था। यह वह पहले ही सुन चुका था कि किसनसिंह ने सोमा और संतू की इस कहानी को बाँस की पतली कलम और जामुन से निचोड़े रंग की स्याही से लिखा था। आगे पढ़ते हुए हरि न जाने क्या सोचकर फिर से उसी अंश को पढ़ने लगा जिसे दो दिन पहले पढ़कर रुक गया था।

···· अरी हम सभी जानत बानी··· पर ई सबसे कुछ भी टस से मस नाहीं होई।

गोरे लोगन के डरावल न जा सकी।···· सोमा का भाई आज जो कर रहा है, उसे हमने बहुत पहले करना चाहा था, पर गोरे लोगन के चाबुक के सामने कुछ न होय सकी।

चाहे सभी मजदूर एक होके सामने खड़ा हो जाई, तब भी नहीं ?

तू भी उलटी बात करत बानी। भला मजदूर जाति कभी एक होके खड़ा हो सकी ?

भैया तो यही करने में लगा है बापू ! वह सभी भारतीय मजदूरों को संगठित करके अधिकार के लिए लड़ाई शुरू करेगा। ब्याह से दो दिन पहले ही तो पाँच सौ मजदूरों के साथ कोठी के मालिक के पास पहुँचा था। उसने सभी गोरों से कह दिया है कि अगर मजदूरों की माँग पर गौर नहीं किया गया तो वे सभी हड़ताल कर जाएँगे।

इससे गोरवन के का नुकसान होई। हड़ताल करके हम ही लोगन के मरे के पड़ी।

ठीक बा। ई देस में मरके ही जियल जा सकी। तोर भाई जैसे और भी जवान के चाहेला सामने आई के, तभी तो कुछ हो सकत है।

सुनी के नाम हम मारीच के दीपवा हो···
पहुँचे अरी हम पाने को सोनवा·· पाने को··
बदले में मिलेला भाई बाँसों की मार हो
छिलछिल गयले सब मजदूरन की पीठवा·· मजदूरन
कोल्हू के बैल बने इखवन पीसन को
छोड़ा था देस अपन कुली बनन को·· कुली···
बंद भी तो करो गाने को !

क्यों लछी··ई गाना तुम्हरे को चुभत है न ! तभी तो इसे बाहर फेंकता रहता हूँ!····

पहले दिन भी एकदम इसी वाक्य तक पहुँचकर हरि ने पुस्तक बंद कर दी थी और खो गया था अतीत के उन दारुण दंडों को अपने जेहन में झेलते हुए।

आज भी एकदम उसी ठौर पर पहुँचकर वह फिर से खयालों में गोता लगाता रहा। पूछता रहा अपने आप से—क्या सचमुच आज भी इतनी लंबी यात्रा के बाद मजदूरों को संगठित कर पाना कठिन है। 'हड़ताल' शब्द पर वह बार-बार सोचता रहा। यह

कौन-सा शब्द है, जिसका किसनसिंह ने सोमा-संतू की कहानी में इस्तेमाल किया है। जब डाक्टर क्यूरे से मिलने जा रहा था तो मन-ही-मन सोचा था कि उससे इस शब्द की जानकारी पाने का प्रयत्न करेगा। लेकिन वहाँ पहुँचकर भूल गया था।

तांबी और महादेव के बाप जब जीवित थे तो दोनों उन दिनों की कहानियाँ सुनाते रहते थे। महादेव का बाप तो कई बार अपनी पीठ पर कोड़ों के निशान दिखाता और कहता—

—यही काफी नहीं होता था। इन घावों पर नमक-मिर्च भी छिड़क दिया जाता था!

रसोई से मसाले की सोंधी गंध आ रही थी। वह फिर से किसनसिंह की पुस्तक में खो गया। पुस्तक की कहानी से कहीं अधिक तिलमिला देनेवाली थीं संतू के बाप की वे दर्दनाक बातें। उनमें उसके भोगे हुए यथार्थ, उसके जीए हुए दर्द की आहें होती थीं। वह सोचता रहा आखिर क्या बदला है तब से आज तक। यही न कि कुछ लोगों की अपनी थोड़ी ज़मीन-जायदाद हो गई थी। पर ऐसे लोग थे ही कितने! एक दिन उसने बड़े भोलेपन से अपनी माँ से पूछा था—

—ये कुछ लोगों के अच्छे-खासे घर कैसे बन गए ?

उसकी माँ ने अपने गांभीर्य को बनाए हुए कहा था—

—कुछ लोगों ने तुम्हारे बाप की तरह अपनी मेहनत और बुद्धिमत्ता से थोड़ा-बहुत धन कमाया है और कुछ लोगों ने हरखू सरदार के बेटों की तरह अपने लोगों को बेचकर पैसा कमाया है।

लेकिन तब वह बात हरि की समझ में नहीं आई थी। उसकी माँ ने उसे यह भी बताया था, कि हरखू सरदार के बेटों का धन बहुत दिनों तक नहीं रहेगा, क्योंकि वह गरीबों की आहों से पैदा हुआ धन है। इस बात ने हरि के दिलोदिमाग में एक खलबली-सी मचा दी थी। कई रात वह अपने आपसे सवाल करता रहा था—

—मेरे अपने पिता का धन भी नहीं रहा। तो क्या वह भी गलत तरीकों से कमाया हुआ था ?

और उसे पिता की जायदाद चले जाने का जो दुख हुआ था, वह इस खयाल से अपने आप कम हो गया था। वजह क्या थी, उसे समझने की उसने जरूरत नहीं समझी। माँ के कहने से पहले भी एक-दो बार हरि के मन में शंका पैदा हुई थी। खैर, उसके अपने गाँव में तो कोई धनी-मानी आदमी था ही नहीं, लेकिन गूडलेंस, फिर उधर पूद्रदोर और रीव्येर-जी रांपार में कई लोगों की ज़मीन-जायदाद थी। बड़े-बड़े घर थे। घोड़ागाड़ी थी। उसे देखते हुए हरि ने स्वयं से पूछा कि क्या वह सब गन्ने के खेतों में काम करके पाया गया है। धन-दौलत या उन ज़मीन-जायदादों को पाने के लिए धाँधलियाँ की गई थीं ? वह अपने आपको जवाब नहीं दे सका था, पर माँ जब हरखू सरदारवाली बात कह गई तो हरि हरेक धनी पर उसके इतनी जल्दी धन कमा लेने के लिए संदेह करता रहा। महादेव का बाप तो हमेशा यही कहता रहा था कि उसके देखते-देखते कई लोग रातों-रात धनी हुए हैं। तांबी भी यही कहता था।

मूसा के आवाज़ देकर भीतर आ जाने पर उसने पुस्तक को बंद कर दिया। खाट पर हरि की बगल में बैठते हुए मूसा ने पूछा—

"आ रहे हैं वे लोग ?"

"उम्मीद तो है, पर पता नहीं। फरीद चाचा के मानने पर है।"

"मुझे एक काम से निकलना था। पर मैं यह नहीं चाहता कि मैं उधर जाऊँ और फरीद खालू यहाँ आ जाएँ।"

"कहाँ जाना है तुम्हें ?"

"मापू ! हमारे पड़ोस में जो उस्मान है न, उसके छोटे भाई के लिए एक लड़की देखने जाना है।"

"कितने बजे ?"

"समय की तो कोई बात तय नहीं।"

"तो फिर ऐसा क्यों नहीं करते कि उधर चले जाओ और डेढ़-दो बजे से पहले लौट आओ, क्योंकि अगर उनका आना हुआ भी तो मुझे नहीं लगता कि वे बारह-एक से पहले पहुँचेंगे। वे ··· सहदेव चाचा कह रहे थे न कि वे इस इलाके में बच्चों को मक्का-मदीना दिखाने आएँगे। तो मुझे तो लगता है कि वे घूमते-घामते ही यहाँ पहुँचेंगे।"

"तो मैं हो आऊँ उधर ? उस्मान तो तैयार बैठा है।"

"कैसे जाओगे ?"

"साइकिल से ही जाना अधिक अच्छा रहेगा।"

"ठीक है, तुम हो आओ।"

"मसाले की बड़ी सोंधी गंध आ रही है !"

'जिनके लिए तैयारी हो रही है, पता नहीं वे आएँगे भी या नहीं।"

"वे आएँ या न आएँ, मैं तो आ ही रहा हूँ !"

और उसके चले जाने के बाद हरि ने फिर से पुस्तक खोल ली।

करीब आधे घंटे बाद उसे पुस्तक को फिर से बंद करना पड़ा, क्योंकि विजय ने भीतर आकर बताया कि दो आदमी उससे मिलने आए हैं। हरि ने समय का अंदाजा लगाया। साढ़े दस बजे होंगे। वह बाहर निकला। वही दोनों सामने खड़े थे, जिनकी उसे प्रतीक्षा थी। सहदेव ठाकुर के सिर पर बच्चों को चित्र दिखानेवाला बाइस्कोप था। दोनों को नमस्कार करने के बाद हरि ने चाहा कि सहदेव ठाकुर अपने सिर के बोझ को उतार दे, पर उसने हँसकर कहा—

"मैं तो काम से आया हूँ। भाई जान अपने रिश्तेदारों-दोस्तों से मिल लें, तब तक मैं गाँव के बच्चों को काशी, हरिद्वार तथा मक्का-मदीना दिखा आऊँ।"

"आप पहले कुछ पी तो लें।"

"हम तो तुम्हारे यहाँ से भर पेट खाकर ही जाएँगे, पर पहले पेट के लिए कुछ कमा भी लें। घर देख लिया, ठीक खाने के समय पहुँच जाऊँगा।"

और वह यह आवाज़ देता हुआ आगे बढ़ चला कि चले आओ बच्चो ! बड़े जन भी चले आओ ! एक ही पैसे में काशी, हरिद्वार, और मक्का-मदीना देख लो !

फरीद मियाँ की बगल में खड़ा हरि उस अद्‌भुत व्यक्ति को जाते हुए देखता रहा। जब वह दूर निकल गया तो उसने फरीद से पूछा—

"जवानों जैसी फुर्ती है इस आदमी में।"

वे दोनों घर में पहुँचे। घर के सभी लोग बारी से आकर फरीद मियाँ को अभिवादन कर गए। हरि की माँ उसे पहली बार देख रही थी, पर उसके बारे में सुन जरूर रखा था। चाय पीने के बाद फरीद गाँव के कई लोगों के नाम ले-लेकर उनके बारे में पूछता रहा। जब उसने हनीफ के घर हो आने की बात की, तो हरि ने बताया कि मूसा कहीं गया है और उधर से लौटकर वह खुद यहाँ पहुँचेगा। फिर उसी के साथ आप उसके यहाँ जा सकते हैं।

देवी द्वारा लाए गए पानी को पीने के बाद फरीद मियाँ ने अपने आसपास देखा। खाट पर रखी पुस्तक पर नजर पड़ते ही वह पूछ बैठा—

"यह किसन चाचा की पुस्तक····"

"आपको कैसे मालूम ?"

"यह पुस्तक लंबे अर्से तक मेरी माँ के पास थी।"

"आप हिंदी पढ़ लेते हैं ?"

"उतनी ही, जितनी उर्दू।"

"चाचा, एक बात समझ में नहीं आई।"

"क्या ?"

"यह सहदेव चाचा·· आप बता रहे थे कि कुछ ही समय हुआ है इन्हें भारत से यहाँ पहुँचे।"

"हाँ, गिरमिटिया मजदूरों को लानेवाले आखिरी जहाज से वह यहाँ पहुँचा है।"

"तो फिर दूसरों के साथ इन्हें कोठी के हवाले क्यों नहीं किया गया ?"

"यह बंधुआ मजदूरों की तरह थोड़े आया है।"

"तो फिर कैसे आए हैं ?"

"अपने खर्च पर।"

"गाँव-गाँव इस तरह सिर पर बोझा उठाए फिरते रहने के लिए ?"

"नहीं।"

"मतलब ?"

"यह मक्का-मदीना तो भाई, मेरा है। यह आदमी तो यहाँ अपने पिता और भाई को ढूँढ़ने पहुँचा है जो पहले वर्षों यहाँ मजदूरी करने आए थे। यह आदमी ठाकुर घराने का है और इसके, करीब एक लाख रुपए बैंक में पड़े हुए हैं।"

"यह कैसे हो सकता है ?"

"क्यों नहीं हो सकता ?"

"जब उनके पास इतनी बड़ी रकम है तो फिर वे गाँव-गाँव की खाक छानते क्यों फिर रहे हैं ?"

"दो कारणों से।"

"कौन-से ?"

"हाँ, पहला तो शौक · · · वह बच्चों को खुश करके खुद खुश रहना चाहता है। बेकार न रहने के लिए इसी बहाने कुछ कमा लेने का इरादा भी रखता है और दूसरा कारण यह है कि गाँव-गाँव घूमकर वह अपने खानदान के किसी सदस्य को ढूँढ़ निकालना चाहता है, जो नामुमकिन है। पर · · · · "

"नामुमकिन क्यों ?"

"सहदेव भाई के पिता और बड़े भाई दोनों हिंदुस्तान में इन्कलाबी थे। दोनों नाम बदलकर यहाँ आए थे। अब किसी को सही नाम से ही तो ढूँढ़ा जा सकता है, और जब नाम ही मालूम न हो तो इतने सालों बाद किस तरह उसे खोजा जा सकता है ?"

"इन्हें उनके बारे में कुछ तो मालूम होगा।"

"उनके असली नामों के अलावा कुछ भी नहीं। अगर उन दोनों के जिंदा होने की उम्मीद होती और सूरत से मिलते-जुलते होते तो मुमकिन था कि कहीं मिल जाने पर पहचान लिए जाते, पर इतने दिनों बाद तो अब सिर्फ भाई के बच्चों के ही होने की उम्मीद बँधती है। अब इस मुल्क के कितने लोगों से यह पूछते फिरा जाए कि किसका दादा या बाप फलाने इलाके से आया था !"

एक बार जब हरि की माँ ने उसे बताया था कि उसके भी दादा-दादी और नाना-नानी भारत के छपरा और आरा जिले के किसी गाँव से आए थे, तो हरि के अपने भीतर भी अपने पूर्वजों के बारे में जानने की इच्छा पैदा हो आई थी। उसने अपनी माँ से जानना चाहा था कि क्या भारत जाकर उन्हें ढूँढ़ा जा सकता है। उसकी माँ ने कहा था कि कोई भारत पहुँचे, तब तो !

कुछ क्षण चुप रहने के बाद फरीद मियाँ ने खाट छोड़कर उठते हुए कहा—

"मुझे नहीं लगता कि सहदेव भाई दो घंटे से पहले लौट पाएगा। वह तो हर दो बच्चों के पीछे दस मिनट खर्च बैठता है। अंत में दो-दो करके उन बच्चों को भी तस्वीरें दिखाने लगता है जिनके पास पैसे नहीं होते। कभी-कभी तो इन मुफ्त के ग्राहकों के पीछे उसे घंटे से भी ज्यादा लग जाता है। इसलिए क्यों न तब तक मैं कुछ जाने-पहचाने लोगों से मिल आऊँ ?"

"ठीक है चाचा जान, पर आप हर हालत में बारह से पहले आ जाएँ, और अगर रास्ते में सहदेव चाचा मिलें तो उन्हें भी साथ ही लेते आएँ।"

"ठीक है।"

फरीद को जाते हुए देखकर हरि की माँ ने आकर पूछा—

"भाई साहब को यों ही क्यों जाने दिया ?"

"कुछ लोगों से मिलकर आ रहे हैं।"

"तो मैं देवी से कह देती हूँ कि वह दालपूरियाँ अभी न पकाए।"

यह कहकर वह लौट गई और फरीद मियाँ घर से बाहर निकलकर हनीफ के घर की ओर बढ़ गए।

कुछ ही समय पहले हरि के जहन पर किसनसिंह की पुस्तक में लिखी वे बातें हावी

थीं, लेकिन अब उसकी जगह इस अद्भुत आदमी का खयाल आ बैठा था। वह उसी के बारे में सोचता रहा। उसे वह उसकी सनक माने या कुछ और, समझ नहीं पा रहा था। एक लखपति अपनी जन्मभूमि से इतनी दूर आकर सिर पर बोझा लिए गाँव-गाँव भटक रहा था। बातों से भी यह आदमी कोई विद्वान ही लगता है। इसके साथ शहर में कुछ ही घंटे बिताकर हरि ने इससे जो-जो बातें सुनी थीं, उनसे वह प्रभावित हुए बिना नहीं रहा था। रास्ते में उसने मूसा से कहा भी था कि यह आदमी तो बहुत ज्यादा पढ़ा-लिखा मालूम होता है। लेकिन सिर पर उतनी बड़ी पिटारी उठाए गाँव-गाँव खाक छाननेवाली उसकी यह बात हरि की समझ से बाहर थी।

उसने सोचा, इस आदमी को परकाश से मिलाना बहुत जरूरी है। वह घर के सामने खुले स्थान पर टहलता हुआ सहदेव ठाकुर के बारे में ही सोचता रहा। वह समझ नहीं पा रहा था कि ऐसी विद्वत्तापूर्ण बातें करनेवाला यह आदमी एक असंभव बात के पीछे बावला क्यों बना हुआ है ?

घर के आगे हनुमान चौतरे पर माँ ने सुबह जो खीर-पूरी चढ़ाई थी, उन्हें दो गौरैयाँ दोनों ओर से खड़ी खा रही थीं। एक बार जब ठीक इसी तरह उसने मैनाओं को प्रसाद खाते देखा था और उन पर चलाने के लिए कंकड़ उठा लिया था तो उसे उसके बाप ने यह कहते हुए रोक लिया था कि ना-ना, ऐसा कभी मत करना !

आकाश पर अकेले कबूतर को क्षितिज की ओर जाते हुए वह चुपचाप देखता रहा। उसकी उड़ान में गति भी थी और एकाकीपन की उदासी भी ·· लेकिन हरि उसे कैसे भाँप या माप सकता था। काफी देर बाद उसने क्षितिज की ओर से अपनी ओर आते एक दूसरे एकाकी पंछी को देखा। पर वह कुछ अधिक ऊपर उड़ रहा था, इसलिए न तो उसकी नस्ल का पता चल सका और न ही रंग का। धूप भी तेज थी। दूर कहीं किसी गिरजाघर के घंटे से बारह बजने का एलान हो रहा था। तभी हरि ने देखा कि सहदेव ठाकुर के सिर पर रखे बाइस्कोप के साथ फरीद मियाँ चले आ रहे हैं।

और अब रसोई से दालपूरियाँ सेंके जाने की भीनी गंध भी आने लगी थी।

11

दो अलग-अलग रास्तों से वे मजदूर काले पत्थरोंवाले उस घर के सामने पहुँचते रहे, जहाँ कोठी के तीन सरदार अलग-अलग सूची लिए उन्हें काम पर लगाने के लिए खड़े थे। सभी मजदूर अपने-अपने सरदार के इर्दगिर्द अपने जिम्मे के खेत का नाम सुनने और काम की हिदायत पाने के इंतजार में थे। कुछ मजदूर अब भी चले आ रहे थे। मारतें ने अपने हाथ की जेबी घड़ी की ओर देखा और एक-एक करके सात व्यक्तियों

के नाम पुकारकर कहा—

"तुम लोग कुएँवाले खेत में गन्ने के पौधों पर मिट्टी चढ़ाओगे।"

दूसरे दोनों सरदार भी अपने जिम्मे के मजदूरों को उनका काम बताते गए। मारतें ने दस औरतों के नाम पुकारे और कहा—

"जामुनवाले खेत में निराई करनी है।"

रात को हल्की बारिश हुई थी और सुबह से पहले जो झीसी पड़ी थी उसके कारण माहौल अब भी भीगा-भीगा था। ऐसे में लगता था कि सूरज शायद उगेगा ही नहीं, या अगर उगेगा भी तो काफी देर से। धुँधलका अब भी छँटा नहीं था। जिस टोली के साथ हरि को काम करना था, उसमें शामिल मजदूरों के नाम पुकारते हुए मारतें ने मूसा और हरि के नाम नहीं पुकारे। कल रात हरि काफी देर तक मूले-ओ-वाँ में हो रहे रामायण के सत्संग में था। परकाश के पड़ोसी के यहाँ था वह सत्संग। महादेव के साथ वह रात को बारह बजे के बाद घर लौटा था। पूरी नींद न सोने के कारण उसके पूरे बदन में एक कमजोरी-सी थी, इसलिए वह मुँडेर के सहारे टिका रहा। मारतें जब मजदूरों को उनके काम की जगह और ठेका बता चुका तो मूसा ने आगे जाकर धीरे से पूछा—

"मुझे और हरि को कहीं और लगा रहे हो क्या ?"

अपने हाथ की मोटी बही को झटके के साथ बंद करके मारतें ने भारी स्वर में कहा—

"पात्रों फिन दोन म्वा लोर्द··· मालिक ने मुझे यह हिदायत दी है कि तुम्हें यह बता दूँ कि तुम दोनों नौकरी से हटाए जा रहे हो। तुम्हें न तो कोठी, न खेतों और न ही कोठी की बस्ती में दाखिल होने की इजाजत है।"

"यह क्यों ?"

"सा ज़ोत आल जीमांद पात्रों।"

"हुकुम तुम दे रहे हो और कारण मालिक से पूछने को कहते हो ?"

मूसा के सवाल को अनसुना करके मारतें ने बाकी मजदूरों को उनका काम समझाया, उन्हें तुरंत काम पकड़ लेने का आदेश दिया और काले पत्थरोंवाली इमारत के भीतर चला गया। बाकी दोनों सरदार उन डेढ़ सौ मजदूरों के पीछे हो लिए। कुछ मजदूर आगे न जाकर ठिठके रहे। हरि ने उनसे अपने-अपने काम पर लग जाने को कहकर मूसा के कंधे पर हाथ रखा और दोनों चुपचाप सभी मजदूरों से विपरीत दिशा में चल पड़े। दोनों खामोश थे। पगडंडी के आसपास की घास अब भी सीत बूँदों को लिए हुए थी। दोनों उस पर नंगे पाँव चलते रहे।

सूरज पूरबी बादलों में मुँह छिपाए रहा।

चौराहे पर आकर दोनों रुक गए। मूसा की ओर देखते हुए हरि ने पूछा—

"मालिक इस समय कोठी के दफ्तर में आ गया होगा ?"

"पता नहीं।"

"चलो देख आते हैं।"

"वहाँ की रखवार ने गड़बड़ी की तो ?"

"देख लेंगे।"

छोटे मालिक का अभी दफ्तर पहुँचना नहीं हुआ था। यह छोटा मालिक बड़े मालिक का दामाद था, जिसे कोठी का पश्चिमी इलाका सौंपा गया था। हरि और मूसा उसके ग्रीष्मकालीन निवास की ओर बढ़ गए।

दोनों 'शातो-ओ-सोलेई' के सामने जा पहुँचे। खेतों के बीच एक ऊँचे टीले पर जंगल से घिरा कोठी के बड़े मालिक के दामाद का जो बड़ा-सा घर था, वह इतनी भव्यता लिए हुए था कि लोग उसे 'शातो-ओ-सोलेई' कहते थे। यों भी वह किसी महल से कम नहीं था। उसके अहाते में बहुत कम अवसरों पर ही कोई मजदूर प्रवेश पा सका था। वैसे तो बड़े मालिक का 'शातो लाबूदनि' भी कुछ ही दूरी पर था। वहाँ पहुँचने में उतनी दिक्कत भी नहीं थी, जितनी कि इस सूर्य-महल में। हरि जानता था कि दोनों का भीतर जाना तो संभव नहीं है, लेकिन बाहर निकलती या भीतर जाती मालिक की गाड़ी को रोककर कुछ कहा जा सकता है। शातो-ओ-सोलेई ऐसे सघन वृक्षों से घिरा था, जहाँ ऊँचे चीड़-वृक्षों के कारण सूर्य की किरणें भी देर से प्रवेश कर पाती थीं। फिर भी उसका नाम रखा गया था सूर्य-महल ! दोनों जब चीड़ के पेड़ों के बीच होते हुए अहाते तक पहुँचे, तो भीतर से कई कुत्तों के एक साथ भौंकने की आवाज़ आई। दोनों रुक गए। भीतर से एक रखवार ने पूछा—

"किसेनला सा ?"

हरि ने भी परिचय दिए बिना प्रतिप्रश्न किया—

"बड़े मालिक हैं क्या ?"

"ली पा आंकोर विनी।"

"कब तक आने की उम्मीद है ?"

"कौन हो तुम ?"

"मैं कोठी का मजदूर हूँ।"

"नाम बताओ।"

"हरि।"

"मालिक के आने का कोई खास वक्त नहीं होता। तुम लोग यहाँ मत रुको।"

दोनों अब वहाँ से थोड़ा पीछे हटकर खड़े हो गए। मूसा ने पूछा —

"क्या किया जाए ?"

"इंतज़ार करते हैं। गाड़ी को देखते ही रोक लेंगे।"

"गाड़ी रुकेगी !"

"हमें कुचल देगी क्या ?"

"पर हरि ! हमें इस तरह नौकरी से हटाने की वजह क्या हो सकती है ?"

"मुझे मालूम है, पर बड़े मालिक के मुँह से भी तो सुनें।"

चीड़ों के बीच जंगली बादाम का एक पेड़ था, जिसके नीचेवाली चट्टान पर दोनों जा बैठे। पंछियों का एक झुंड, जो अभी पेड़ को नहीं छोड़ पाया था, कलरव करता रहा। लेकिन कलरव से कहीं अधिक काँव-काँव टाँय-टाँय का शोर ही था वह, जिससे

हरि ने अपने तनाव को और भी बढ़ा पाया। फिर भी उसे अपने जहन में झेलते हुए वह बैठा रहा। पेड़ों के पीछे शायद सूरज भी उग आया था। तभी तो एक हल्की रोशनी उस घनेपन के भीतर भी उभर रही थी। अपनी व्यग्रता को छिपाने का प्रयत्न करते हुए मूसा ने कहा—

"हमने मजदूरों का संघ बना लिया, शायद इसीलिए यह नाराजगी है।"

"यह तो है ही, लेकिन इससे बड़ी नाराजगी इस बात के लिए है कि हम डाक्टर मोरिस क्यूरे से मिल आए।"

"मगर इसका पता मालिकों को कैसे लगा ?"

हरि ने एक व्यंग्य-भरी मुस्कान के साथ कहा—

"उन्हें तो हमारे वहाँ जाने से पहले ही शायद इसका पता चल गया होगा !"

"जब हम अपने हटाए जाने की वजह जानते हैं, तो फिर मालिक से मिलने की क्या जरूरत है ?"

हरि ने फिर से व्यंग्य भरी मुस्कान के साथ पूछा—

"क्यों, माफी माँगना जरूरी नहीं ?"

"माफी !· · · पर· · · पर किसलिए ?"

"इसलिए कि हमने उनकी इजाजत लिए बिना वैसा किया !"

"इजाजत क्यों लेने लगे ?"

"खैर, न माफी न इजाजत पर सवाल तो कर सकते हैं ?"

"क्या पूछोगे ?"

"क्यों, हमें कुछ भी पूछना नहीं है ? इतने वर्षों से काम कर रहे हैं और जब उनके मन में आए, वे हमें इस तरह जलील करें और हम चुप रह जाएँ ?"

वे दोनों जिस ऊँचाई पर पहुँच गए थे, वहाँ से खेतों के उस पार दोनों ओर समुद्र दिखने लगा था।

मोटरगाड़ी की आवाज़ कान में पड़ते ही दोनों खड़े हो गए। सामने से मालिक की काली गाड़ी आती दिखाई दी। अब दोनों बीच रास्ते में आ गए। चालक ने गाड़ी रोक ली। भीतर से चुरूट को दाँतों में दबाए मालिक ने कड़ककर पूछा—

"क्यों, गाड़ी के नीचे आना चाहते हो ?"

"बोंजूर मिस्ये।"

"क्यों क्या बात है ?"

इस बार भी मूसा ही ने बात की—

"मालिक, हमें आज काम पर नहीं जाने दिया गया।"

"तुम दोनों की जरूरत अब हमें नहीं रही, तुम नौकरी से निकाले जा चुके हो।"

इस बार हरि ने प्रश्न किया—

"हम जानना चाहते हैं कि हमें नौकरी से क्यों हटाया गया ?"

"भाड़ में जाओ। आवांसे कीत मो सीमें।"

"आप हमारे प्रश्न का उत्तर दें, हम आपका रास्ता छोड़ देंगे।"

"तुम मुझसे जवाब तलब करनेवाले कौन होते हो ? यह मेरी कोठी है और यहाँ हर चीज मेरी मर्जी से होती है। उसके लिए मुझे किसी को भी कोई जवाब नहीं देना है। समझे !"

"जवाब न सही, वजह तो बता सकते हैं।"

"कुछ भी नहीं बताना है। जिसे चाहा काम पर रखा, जिसे चाहा निकाल दिया।"

"आप तो सौ साल पहले की बात कर रहे हैं !"

"तुम हटते हो या ···"

चालक ने गाड़ी का भोंपू बजाना शुरू किया। अहाते के भीतर से कुत्तों का भौंकना शुरू हो गया और फाटक के खुलते ही चार खूँखार कुत्ते दोनों पर झपट पड़े !

पड़ोस के मुचीयें ने परकाश को यह खबर दी। उसी शाम मुचीयें ही के साथ उसकी साइकिल पर वह हरि के घर पहुँचा। हरि का बदन तब भी लहूलुहान था। कुत्तों के पंजों और दाँतों के निशान पूरे शरीर पर ही नहीं, चेहरे पर भी थे। उसकी माँ जहाँ-तहाँ गहरी खरोंचों पर मरहम लगा रही थी। परकाश को देखकर रो पड़ी। हरि ने एक बनावटी डाँट से अपनी माँ को चुप कराते हुए परकाश को बैठने के लिए कहा। वह कुछ पूछता, इससे पहले ही हरि ने कहा कि सारी खरोंचें सतही हैं। नाहक ही लोग तिल को ताड़ बनाने में लगे हुए हैं।

हरि के पास ही रामबरन और तांबी बैठे हुए थे। अपनी बैसाखी को नीचे रखकर परकाश उन्हीं की बगल में बैठ गया। घर में कपूर और लोबान की मिली-जुली गंध अब भी थी। कुछ ही देर पहले बोनोम सीरिल झाड़-फूँक कर गया था। हरि तभी से अपनी माँ से बिगड़ा हुआ था। जो औरतें उसे देखने आई थीं, सभी ने कहा था कि कुत्तों का काटा हुआ है, झाड़ फूँक जरूरी है। अंजलि की सास तो यहाँ तक कह गई थी कि पड़ोस के गाँव में कुत्ते द्वारा काटे जाने पर जहर उस आदमी के सिर तक पहुँच गया था और तीन ही चार दिन बाद वह चल बसा था। हरि की माँ ने तुरंत बोनोम सीरिल को खबर भिजवाई थी और वह आ गया था। हरि के लाख मना करने पर भी उसकी माँ ने उसकी बात नहीं मानी थी। बोली थी कि कुत्ते के दाँतों का जहर दवा-दारू से नहीं उतरता, उसके लिए झाड़-फूँक जरूरी है। एक बार उसके पति की टाँग में एक पागल कुत्ते ने दाँत घुसेड़ दिए थे और उस घाव को सूखने में कई महीने लगे थे। वह दोबारा उस तरह की लापरवाही करना नहीं चाहती थी। उसने तो तांबी के बाप को भी बुलवाया था। पर पुसारी तो मुड़ूगा की भक्ति में होनेवाली काबाड़ी के सिलसिले में दान-सहयोग लेने दूर गाँवों में गया हुआ था। वह तो अगर माथे पर टीका लगाकर भभूत छिड़क देता तो दूसरे ही दिन से घाव भरने लग जाते। अंजलि की सास यही तो कह गई थी।

परकाश के यह पूछने पर कि मूसा को भी उतनी ही चोट तो नहीं आई है, तांबी ने बताया कि वह उसी के यहाँ से आ रहा है। उसकी दोनों टाँगों पर ही कुत्तों ने नोचा

है। एक टाँग का घाव कुछ गहरा है। हरि ने होंठों पर एक कठिन मुस्कान लाकर कहा—

"लोग तो नाहक ही बात का बतंगड़ बना रहे हैं। इससे बड़ी बात जो हुई, उसकी कोई चर्चा नहीं कर रहा !"

जब परकाश ने जानना चाहा कि वह कौन-सी बात है, तो हरि ने कहा—

"एक घंटा पहले पुलिस के दो सिपाही आए थे। दोनों मूसा के यहाँ से होकर यहाँ आए। हम दोनों पर यह आरोप है कि हमने गैरकानूनी ढंग से कोठी के अहाते में घुसकर दो लोगों के सामने मालिक को गाली दी और उसे उसके दोनों भाइयों सहित जान से मार डालने की धमकी दी है। एक कुत्ते की हत्या का आरोप भी हमारे ऊपर है।"

"तुमने बयान दे दिया क्या ?"

"देना पड़ा।"

परकाश कुछ नहीं बोला, बस उसे गुजरे दिन याद आ गए। उलटा चोर कोतवाल को डाँटनेवाली प्रक्रिया का वह दो बार शिकार हुआ था। जहन में पुरानी यादें कौंध गईं। जब रोलां जमींदार के साथ मुठभेड़ में उसकी जीत हुई थी और मजदूरों को उनकी जमीन लौटाने की मजबूरी मालिकों के सामने आ गई थी, तभी वह पहली साजिश हुई थी। उस पर चोरी का आरोप लगाया गया था और पुलिस उसके घर से गहने और एक पिस्तौल बरामद करके उसी पर केस दायर कर गई थी।

एक आंतरिक भय से वह दबा रहा। वह जान गया था कि ठीक उसी की तरह हरि को भी नेस्तनाबूद करने की साजिश शुरू हो गई है। हरि के प्रति बहुत कम समय में अपनेपन का जो भाव उसमें पैदा हो गया था, उसके बारे में सोचते हुए उसे लगता था कि वह खुद मदन में परिवर्तित हो गया है और हरि ने उसकी जगह ले ली है। एकदम वही आत्मीयता उसकी हरि के साथ बन गई थी, जो कभी उसके और मदन के बीच थी। इसलिए हरि को उन खतरों में डालने से वह झिझक रहा था। लेकिन साथ ही स्वयं को इसके लिए भी तैयार नहीं कर पा रहा था कि हरि को आगे बढ़ने से रोक ले।

जब वह घर से निकलने लगा था तो सीमा ने उससे कहा था कि जिस सज़ा को वह भुगत रहा है, वही औरों को न भुगतने दे। उसकी माँ और सीमा दोनों जिसे सज़ा कहती थीं, परकाश के लिए वह सज़ा नहीं थी। सज़ा तो दी जाती है, पर उसने तो उस स्थिति को खुद चुना था। उसके अपने सामने दो बातें स्पष्ट थीं। एक उधर से बख्शी हुई जिंदगी को मंजूर कर लेने की और दूसरी इन्कार करके अपने रास्ते पर बढ़ते जाने की; और उस बढ़ते जाने की प्रक्रिया में ही उसका पाँव तोड़ा गया था और···

अपने बारे में उसने और अधिक सोचना नहीं चाहा और हरि के बारे में सोचते हुए स्वयं से कहा कि हरि को रोकने का मतलब होगा किसनसिंह से लेकर मदन तक और मदन से लेकर उसके अपने संघर्षों को मटियामेट कर देना। उसने तो मदन को वचन दिया था कि वह उस संघर्ष को कभी नहीं मिटने देगा। उससे उस वचन का

निर्वाह नहीं हो सका, फिर भी वह जानता है कि वह संघर्ष रुका नहीं है। हरि को रोक लेने का अर्थ होगा संघर्ष को खत्म कर देना। उसने स्वयं से कहा कि हरि को नहीं, बल्कि भावना को बुद्धि पर हावी होने से रोकना होगा।

उसने जब कभी विवश होकर अपने को रोका था तो यही सोचकर कि वह स्वयं को एक दमघोंटू स्थिति से हटा रहा है, लेकिन वह तो एक बदतर हालत में पहुँचा देनेवाली बात होकर रह गई थी। अपने आपसे घृणा हो जानेवाली बात थी वह। मन ही मन उसने कहा कि हरि को तो अपने आपसे प्यार करते हुए मरना है, न कि स्वयं से नफरत करते हुए जीते रहना।

वह मूसा के घर पहुँचा। उसके केवल दाएँ पाँव में कुत्ते के दाँत गहरे चुभे थे। हनीफ अपनी झुक आई कमर के सहारे अपने बेटे के सिरहाने चुपचाप बैठा था। बहुत दिनों के बाद परकाश से उसकी भेंट हुई थी। आँखों के सामने कई भूली-बिसरी यादें झिलमिला आईं। उससे बातें करके परकाश इसी निष्कर्ष पर पहुँचा कि कोठीवालों के उस रवैए के बाद हरि की तरह उसका भी आगे बढ़ने का निश्चय और दृढ़ हुआ है। हरि की तरह वह चारपाई पर नहीं था। लकड़ी की एक कुर्सी पर बैठे हुए उसने परकाश से कहा—

"अगर हरि नहीं होता तो कुत्ते मुझे जिंदा नहीं छोड़ते। उसने उन कुत्तों से जूझकर ही मुझे वहाँ से भाग जाने को कहा। उसके डाँटने पर जब मैं दौड़ा तो जिस कुत्ते ने मेरा पीछा किया उस पर मैंने अपनी कुदाली चलाई ··· पर वह मरा तो नहीं था। न जाने क्यों पुलिस ने हमारे ऊपर उसकी हत्या का आरोप लगाया है। कुछ भी हो परकाश भैया, अब तो हम लोग चुप बैठनेवाले नहीं। अगर हमारे पास भात की टोकरियाँ और कुदालियाँ नहीं होतीं, तो कुत्ते हमारी बोटी-बोटी नोंचकर जान से मार डालते।"

जो तर्क परकाश ने हरि से नहीं किया था, वह मूसा से किया—

"तुम सोचते हो वे लोग चुप बैठ जाएँगे।"

"वे अगर डाल-डाल चलेंगे, तो हम पात-पात।"

"ऐसा करके तुम उन लोगों को झुका लोगे क्या ?"

"हमारा मकसद मजदूरों को इज्जत और उनका हक दिलाना है।"

"सौ साल हो गए ऐसा सोचते, करते।"

"आप यह कहना चाहते हैं कि जो कोशिशें सौ साल से होती रही हैं, उन्हें बंद कर दें ?"

"बिना किसी उम्मीद के खतरों से खेलते रहने का भी तो कोई मतलब नहीं निकलता।"

"परकाश भाई, हमें तो आपसे हौसला पाना है।"

"आज कुत्तों के शिकार हुए, कल गोलियों के शिकार हो सकते हो !"

"कुछ भी हो, पर अब हम लोग रुकनेवाले नहीं।"

"हरि अपने घर का अकेला कमानेवाला है। अपनी नौकरी खोकर वह उन सब पेटों को कैसे भरेगा ?"

मूसा से जवाब देते नहीं बना। जुलेखा आई और परकाश की माँग पर उसे गिलास-भर

पानी देकर चली गई। कुछ सोचने के बाद ही मूसा ने कहा—

"यह तो आपने सोचनेवाली बात कह दी।"

"देखो, मैं तुम दोनों को अपने मकसद से हटाना नहीं चाहता। तुम दोनों आगे कोई भी ऐसा-वैसा कदम उठाने से पहले अच्छी तरह सोच लेना। जब तक तुम दोनों दूसरी जगह नौकरी नहीं ढूँढ़ लेते, तब तक इस पराई चिंता से अपने को मुक्त रखो। मानते हो मेरी बात ?"

कुछ क्षण सोचने के बाद ही मूसा ने जवाब दिया—

"ऐसा ही करेंगे।"

'मैंने सुना है कि सेंताँ-त्वान कोठी में मजदूरों की कमी है। जगह यहाँ से दूर भी नहीं है। हरि तो अभी तीन-चार दिन खाट से उठ नहीं पाएगा, इसलिए तुम पहले अपने और उसके लिए नौकरी तलाश लो, फिर जो भी करना हो सोच-समझकर ही करना। मैं अपनी जल्दबाजी के कारण नाकामयाब रहा। लेकिन तुम अगर मेरी जैसी नाकामयाबी से बचना चाहते हो तो सबसे पहले जल्दबाजी से बचना होगा।"

मूसा के बाप की छोटी-सी कुटिया उसके अपने घर के ठीक सामने थी। मूसा का जन्म उसी घर में हुआ था। इधर घर बना लेने के बाद मूसा ने बहुत चाहा था कि हनीफ भी इसी दो कमरेवाले घर में उनके साथ रहे, पर हनीफ हर बार यही कहता रहा था कि जिस घर के एक-एक पत्थर, एक-एक लकड़ी को उसने खड़ा किया है, उससे अलग रहकर उसे नींद नहीं आ सकती।

मूसा के यहाँ से निकलकर परकाश देर तक हनीफ से पुराने दिनों को याद करके बातें करता रहा।

मार्दे मुचीयें के साथ परकाश जब घर को लौट रहा था तो सूरज पश्चिमी आकाश पर लालिमा पोतकर ओझल हो चुका था। साइकिल की पिछली सीट पर बैठा हुआ वह अपने अतीत के धुँधलके से कुछ यादों को हेरता रहा। एक रात बस्ती के सभी लोग जब उमस के कारण बाहर बैठे झाल और ढोलक के साथ रामायण का पाठ कर रहे थे तो मदन अपनी कुटिया में परकाश को उस घटना के बारे में बता रहा था जब उसकी आँखें चली गई थीं—मैं और हमीद मालिक से मिलने कोठी पर पहुँचे थे। हमारे दो साथियों को कोठी में नजरबंद कर लिया गया था। हम उन दोनों की रिहाई माँगने गए थे। साहब से हम बातें कर ही रहे थे कि उसका इशारा पाकर चार सरदार और रखवारों ने हमें घेर लिया था। हमारे ऊपर कुत्ते दौड़ाए गए थे। हम बात करना चाहते थे, पर साहब ने हम पर प्रहार का आदेश दे दिया था। चारों सरदारों और रखवारों ने बड़ी बेरहमी से हमारे ऊपर लातों और मुक्कों की बौछार शुरू कर दी थी। मुझे सामने के सेंहुड़ की बाड़ पर इस तरह ढकेला गया था कि सेंहुड़ के काँटों और उसके जहरीले दूध ने मेरी आँखों को हमेशा के लिए ··· ।

वह दूसरी घटना जो उसके जहन में खलबलाई, उसके बचपन की थी। उसका तो वह चश्मदीद गवाह था। गाँव में करीब दस सिपाही आ धमके थे। सभी लोग डर गए थे। परकाश छोटा ही था। उसने मदन चाचा को उन सिपाहियों से बातें करते देखा

था। वे लोग देवराज की गिरफ्तारी के लिए आए थे। देवराज जब अपने छिपे हुए स्थान से निकलने को था तो परकाश ने चिल्लाकर कहा था—

'देवराज चाचा ! तुम इधर मत आओ ··· ! यहाँ सिपाही हैं ···! परकाश ने सभी कुछ देखा था। आदमियों पर कुत्ते लपकाने का यह पहला अवसर नहीं था। खूँखार कुत्तों ने पहली बार हरि और मूसा को लहूलुहान नहीं किया था। यह तो तब भी हुआ था, जब वह बच्चा था। उसने देवराज को गाँव के सभी लोगों की मौजूदगी में अपनी जान बचाकर भागते देखा था। तीन खूँखार कुत्ते उस पर झपटे थे। परकाश की आँखों के सामने ही उन कुत्तों ने देवराज को दबोचकर नोंचना शुरू कर दिया था। परकाश दौड़ा था उसकी मदद के लिए। मीरा उसके पीछे दौड़ी थी। कुत्ते परकाश पर भी झपटते, इससे पहले मीरा ने उसे अपनी बाँहों में छिपा लिया था। उस दिन परकाश ने उन कुत्तों को देवराज की लाश तक को नोंचते हुए देखा था और यह भी देखा था कि गाँव के सभी लोग वह बीभत्स दृश्य चुपचाप देखते रहे थे !

कब मूर्ले-ओ-वाँ आ गया, कब उसका घर आ गया—परकाश को तब पता चला जब मार्दे ने साइकिल रोक दी और गली के कुत्ते भौंकने शुरू हो गए।

12

चार दिन बाद ही हरि चारपाई छोड़ पाया था। सुग्रीम चाचा पड़ोसी गाँव में जा बसे वैद्य के यहाँ से जड़ी-बूटियों का जो लेप ले आया था, उसने जादू का काम किया था। सुग्रीम उस दिन गाँजे के नशे में था। गाँजे के नशे में सुग्रीम लोगों की मदद के लिए जितना उतावला हो जाता था, उतना होशो-हवास में कभी नहीं हो पाता था। वही अपने सभी गँजेड़ी दोस्तों के बीच गाँजा पहुँचाता रहता था। कब और किस जंगल से वह गाँजे की सूखी पत्तियाँ लिए आ जाता था, इसका पता किसी को नहीं चलता था। हर वक्त गंभीर रहनेवाला सुग्रीम गाँजे के दमों के बाद ही जमकर हँसता था। उसके द्वारा किए गए प्रबंध से हरि का दर्द तो जाता ही रहा, सारी सूजन भी उतर आई थी। अपने बुढ़ापे के कारण वैद्य खुद तो नहीं आ सका था पर अपने जिस सहयोगी को उसने भेजा था, वह कह गया था कि घाव भी जल्द ही भर जाएँगे। एड़ी के पास का जख्म कुछ अधिक गहरा था, इसलिए हरि जब चलता-फिरता था तो वह दुखने लगती थी। इसके लिए बहुत ही तीखी गंधवाला कोई तेल वह अलग से दे गया था। कह गया था कि थोड़ा चलना-फिरना जरूरी है, ताकि नसों का तनाव कम हो सके।

हरि ने देवी को माँ से धीमी आवाज में कुछ बातें करते सुना तो था, पर केवल भनभनाहट ही उसके कानों तक आई थी। बात क्या है, यह पूछने पर दोनों चुप रह

गई थीं। वह तो विजय ने उससे कहा था कि घर पर सिर्फ दो-तीन दिनों के लिए ही अनाज शेष है। पिछली शाम मूसा आकर कह गया था कि वह नौकरी ढूँढ़ने सेंताँ-त्वान कोठी गया था। मजदूरों की कमी के बावजूद बाहर से आदमी लेने की इजाजत सरदार को नहीं थी। गाँव के छोटे किसान रामावद ने कहा था कि कटनी शुरू हो जाने पर वह अपने खेतों में दोनों को सप्ताह में दो-तीन दिनों का काम दे सकता है। लेकिन गन्ने की कटनी शुरू होने में अभी महीनों बाकी थे।

सुबह जब मूसा आया था तो एक अच्छी खबर लेकर। हरि को भी वह खबर अच्छी लगी थी, लेकिन जब दूसरे ही क्षण उस नौकरी के साथ जुड़ी शर्त को उसने उसके सामने रखा तो हरि के चेहरे की मायूसी फिर से लौट आई थी। वह सरकारी नौकरी की बात थी। पत्थर तोड़ने और रास्ता बनाने का काम। तनख्वाह भी बुरी नहीं थी, लेकिन उसने स्वयं को वह शर्त मान लेने की स्थिति में नहीं पाया। मूसा ने कहा था—

—ठीक है। अगर तुम इसे रिश्वत मानते हो तो तुम न देना, मैं दे दूँगा तुम्हारी ओर से।

—यह क्या बात हुई! तुम दो या मैं दूँ, नौकरी तो मुझे ही मिलेगी। घूस देकर मिली हुई नौकरी मैं कबूल नहीं कर सकता।

—सिर्फ पंद्रह रुपये की बात है ··· ।

—रिश्वत पंद्रह की हो या सौ की, हुई तो रिश्वत ही। कह रहे हो कि ऊपर से एक मुर्गा और कोई बीस-पच्चीस अंडे भी देने होंगे!

—वह तो उस दूसरे अधिकारी के लिए।

—नहीं मूसा, यों भी मेरे पास न पंद्रह रुपए हैं और न मुर्गी और अंडे।

—मैं बंदोबस्त किए देता हूँ।

—नहीं।

—कब तक बेकार रहोगे ?

—अगर अधिकारियों को, और वह भी सरकारी अधिकारियों को रिश्वत देकर ही नौकरी मिलनी है तो मैं जिंदगी-भर बेकार रहने को तैयार हूँ।

—तुम खुद नहीं समझ पा रहे जो कह रहे हो।

—तुम्हें अगर वह नौकरी मिल रही है तो तुम ले लो।

मूसा के लौट जाने के बाद हरि गहरी चिंता में खोया रहा था। वह अपने आपसे यह जानना चाहता था कि उस नौकरी के लिए इंकार करके उसने अच्छा किया है या बुरा अथवा यह उसकी बुद्धिमानी है, नादानी है या खोखला आडंबर। हाँ, एक बात उसे जरूर समझ में आ रही थी। ऐसा करके उसका मन हल्का था। खुशी न सही, पर उसके दिलो-दिमाग में एक सुकून था जो शायद उस नौकरी को स्वीकार करने के बाद न होता।

सुग्रीम वहीं था, जब हरि ने उस नौकरी से इंकार किया था। उसने झट से हरि की पीठ थपथपाते हुए कहा था—

—मूत दो साली उस तरह की हराम नौकरी पर !

जब वह यह बोला था तो गाँजे की खुमारी में था। इसलिए दूसरे ही दिन दौड़ता हुआ हरि के पास पहुँचा था—

—अरे नहीं बेटे, वैसी नौकरी इस तरह नहीं जाने देते!

लेकिन हरि को वह नौकरी ठुकराने से जो सुकून मिला था, उसे किसी को समझा पाना कठिन था। फिर भी कुछ था, जो उसके भीतर एक अकुलाहट-सी पैदा किए हुए था। मन हल्का था, लेकिन दिमाग पर एक बोझ-सा भी था ··· आखिर कब तक बेकार रहा जा सकता ··· तीन दिन बाद घर में कुछ भी नहीं होगा पकाने के लिए। ··· क्या खाएँगे उसके भाई-बहन ··· उसकी माँ ··· इधर कुछ दिनों से उसकी माँ की हालत भी कुछ गड़बड़ है। लेकिन वह भी अजीब है। बीमारी उसे घेरती-दबोचती रहती है, पर चारपाई के हवाले करने में कभी सफल नहीं हुई। कहा करती है कि जिस दिन बीमारी चारपाई पकड़वा देगी, उस दिन के बाद फिर वह चारपाई छोड़ नहीं पाएगी! ··· बुखार में भी काम में लगी रहती है ···!

आँगन में साइकिल की घंटी की आवाज़ सुनकर वह बाहर निकला। मुचीयें ने साइकिल को आम के पेड़ के सहारे टिकाया और उससे एक बड़ी टोकरी को उतारा। पहले हरि से हाल-चाल पूछा, फिर कहा कि परकाश ने उसके लिए कुछ चीजें भेजी हैं। वाक्वा के सूखे पत्तों से बनी उस टोकरी को हाथों में लेकर हरि ने उसके भीतर झाँका। शकरकंद, सफेद कंद और कुछ मकई थी। बिना कुछ कहे हरि ने जब मुचीयें की ओर देखा तो उसने अपनी लंबी मूँछों के बीच मुस्कुराकर कहा—

"परकाश के अपने खेत की चीजें हैं।"

हरि कुछ बोला नहीं। और जब मुचीयें अपनी साइकिल की ओर लौटने लगा, तब जाकर उसने कहा—

"बैठोगे नहीं ?"

"काम पर हूँ। थोड़ा-सा समय निकालकर इधर आया था।"

हरि अपनी जगह खड़ा उस भारी टोकरी को हाथों में सँभाले मुचीयें को जाते हुए देखता रहा। टोकरी भारी थी। अपने बोझ से भी अधिक भारी। भीतर से उसकी माँ की आवाज़ आई—

"कौन था हरि ?"

"परकाश भैया ने कुछ कंद भेजे हैं।"

और वह अब भी अपनी जगह पर खड़ा रहा।

रास्ते के उस पार मैदान में बीस से भी कुछ अधिक बच्चे कबड्डी खेल रहे थे। दस-बारह बच्चे तीन मील दूर सरकारी स्कूल में पढ़ने जाते थे। पर अब साल के अंत में हुई छुट्टियों के कारण खेलनेवाले बच्चों की संख्या बढ़ गई थी और उसी के साथ शोर भी। हरि जब स्कूल जाता था, तो गाँव के ही चार बच्चे पढ़ने जाते थे। उसे याद है कि उसके पिता बार-बार गाँववालों से कहते थे कि वे अपने बच्चों को स्कूल भेजें। पर उसकी बात कुछ ही लोग सुन पाते थे, बाकी तो यही चाहते थे कि उनके बच्चे समय बर्बाद करने के बजाय उनके साथ रहकर दो-चार पैसे कमाएँ।

अपने पिता की तरह हरि भी बार-बार खेतों में काम करनेवाले साथियों से कहता था कि अपने बच्चों को वे खेतों में न लाएँ। पर यह माँग उसने उस दिन बंद कर दी थी जब अजोदा ने कहा था कि ए हरियो, तू अपन भाई-बहन के लाट साहब बनाइए ··· हमनी के लयकन के फिकिर तैं काहे करत बानी! ··· हरि अपने सभी भाइयों को तो पढ़ने भेजता ही था, दोनों बहनों को भी, माँ को समझा-बुझाकर, उसने स्कूल भेजा था। देवी कक्षा चार तक पढ़ पाई थी और छह साल की पढ़ाई उसने बैठका में की थी। सामने खेल रहे उन बच्चों में अनपढ़ों की संख्या ही अधिक थी। कुछ बच्चे ऐसे भी थे जिनके माँ-बाप उन्हें बैठका में हिंदी पढ़ाने तक की जरूरत नहीं समझते थे। अजोदा बोलता भी था कि अरे जो पढ़त वो भी मरत, जो ना पढ़त वो भी मरत। उसके दोनों बेटों को हरि आज भी अधनंगे दूसरे बच्चों के साथ खेलते देख रहा था। पिछली शाम अजोदा जब उसे देखने आया था तो नशे में था और उसने हरि को नसीहतें देनी शुरू की थीं—

—तू पढ़-लिखके का सीखले हरिया! ई सब पढ़ल के ही नतीजा ह कि नाहक में मुसीबत मोल बैठले। अरे हम अनपढ़ लोगन से सीख लेते ··· न झगड़ा न टंटा। मालिक जो दे देलक उहे बहुत।

हरि समझ नहीं पाया था कि मालिक से अजोदा का मतलब ऊपरवाले से था या नीचेवाले से। उसने जब अजोदा से अनुरोध किया कि वह मजदूर संघ का सदस्य बने, तो उसने हरि से पूछा था—

—काहे को ? का फायदा ? उसे दिन बदल जाए ? सरदार लोगन से जादा मजूरी मिले लगी का ?

हरि ने कभी यह नहीं सोचा था कि मजदूरों के हित की बातें उन्हीं के गले से नीचे उतारने में ऐसी कठिनाइयाँ आ सकती हैं। कुछ लोग तनिक भी नहीं समझ पा रहे थे और कुछ ऐसे भी थे जो समझकर भी समझना नहीं चाहते थे। मूसा की अपनी सहनशक्ति उतनी नहीं थी, जितनी हरि की। वह आवेश में आकर कह बैठता था—

—बैल को 'अईस' 'हो' कहो तो वह समझ लेता है। उसे आगे-पीछे दोनों ओर चला लिया जाता है। एक आप लोग हैं जो ठस पड़े हुए हैं। न आगे चलने को न पीछे होने को!

कोठी के लगभग ढाई सौ मजदूरों में से वह केवल तीस मर्दों और सात औरतों को संघ का सदस्य बना सका था। कुछ लोग ऐसे भी थे जो उस कुत्ता-कांड के बाद हरि और मूसा को ही कसूरवार बता रहे थे। कह रहे थे कि चुतर मोटाईल बकरी लकड़ी चबावेला। मूसा ने हिम्मत हारकर कहा था कि जिनके लिए जान दो, वही जान के पीछे। हरि उसे देर तक समझाता रहा था।

हरि ने देवी को आवाज दी। वह आई। उसके हाथों में उसने चुपचाप परकाश की भेजी हुई टोकरी रख दी और खुद खेलते हुए बच्चों की ओर बढ़ गया। उसे अपनी ओर आते देखकर बच्चों ने गाली-गलौज तो बंद कर दी, पर उनका शोर बना रहा। हरि सामनेवाले गुलमोहर के नीचे जा बैठा। एक बार ऊपर की ओर देखा, फिर नीचे।

पेड़ की डालियाँ लाल झोंपे लिए हुए थीं। सूरज की रोशनी में वे चटकीले सूल अंगारों जैसे लग रहे थे, लेकिन जो पंखुड़ियाँ नीचे बिखरी पड़ी थीं, वे अपने में एक ठंडक लिए हुए थीं। ऊपर आसमान लाल था, नीचे जमीन। पेड़ पर एक भी पत्ता नहीं दीख रहा था और जिस चट्टान पर वह बैठा था, उसके इर्द-गिर्द बिखरी पंखुड़ियों के कारण माटी नहीं दिख रही थी। उसने मुट्ठी-भर कोमल पंखुड़ियाँ उठा लीं और दूसरे हाथ की चुटकी से एक-एक पंखुड़ी पकड़कर नीचे गिराता रहा। हरि का सबसे छोटा भाई भी उन लड़कों के साथ खेल रहा था। बच्चों के इशारे पर जब उसकी नजर अपने भाई पर पड़ी तो वह घर को भाग गया। हरि को अपना बचपन याद आ गया। वह तो खेल छोड़कर तब भागता था, जब उसके पिता हाथ में छड़ी लिए आ जाते थे। वरना माँ तो चाहे जितना पुकारती रहती थी, वह खेल नहीं छोड़ता था।

कबड्डी का वह बहुत अच्छा खिलाड़ी था। दोनों पक्षवाले उसे हमेशा अपनी ओर लेने के लिए झगड़ पड़ते थे। गुल्ली-डंडे का भी वह अच्छा खिलाड़ी था। उस खेल के कारण उसकी जो एक बार पिटाई हुई थी, उसे वह भुला नहीं पाता। उसने जब एक बार अड़ंच कर गुल्ली को डंडे से उछाला था तो वह एक बच्चे के माथे पर जा लगी थी। खून निकल आया था माथे से। इंच-भर ही उसकी आँख बची थी। यही कारण था कि उसके पिता ने उसे बेरहमी से पीटा था। ··· घाम रह-रहकर लाल फूलों के बीच चमक रही थी। आगे-पीछे की सारी बातों को भूलकर हरि बच्चों का खेल देखता रहा। उसने अपने को बड़ी आसानी से उसमें खो दिया था। उसे लगा कि बचपन की यादों में फिर से लौट जाने में एक आंतरिक शांति है। उसने अपनी चिंता की भारी पिटारी को सिर से उतारकर नीचे रख दिया था। अपनी जगह बैठे-ही-बैठे वह बच्चों के खेल में जा शामिल हुआ था। उस आनंद को अपने भीतर उतारने के लिए उसने आँखें मूँद लीं। गुलमोहर की पंखुड़ियाँ हवा की छेड़छाड़ से रह-रहकर टपक रही थीं; और उसी तरह टपक गई थीं हरि के अपने जहन से बचपन की वे सुनहली घड़ियाँ। इतने ही रंगीन दिन थे वे। खेल-कूद, मौज-मस्ती के आलम में खोए हरि को पता भी नहीं चला था कि वे सारी खुशियाँ कब और कैसे उससे छीन ली गई थीं। गुलमोहर की पंखुड़ियाँ उसी तरह झरती रहीं और हरि अतीत की अनेक यादों को अपने सामने झिलमिलाते देखता रहा। तभी पीछे से किसी ने उसे पुकारा। वह चौंक उठा। मुड़कर देखा। गाब्रियेल था। कंधे पर बाँस रखे मछली पकड़ने जा रहा था।

कई दिनों से हरि बैठका नहीं पहुँच सका था। रविवार की सुबह बैठका-प्रधान महेंदरसिंह एक दूसरे सदस्य के साथ उसे लेने आ गया। महीने में एक बार जो रविवारीय सत्संग होता था, उसमें रामायण-पाठ और भजन-कीर्तन बड़ों के द्वारा नहीं, पाठशाला के बच्चों की ओर से होता था। वहाँ जाने के लिए वह अभी कपड़े बदल ही रहा था कि फरीद मियाँ और सहदेव ठाकुर आ गए। सामने आते ही फरीद मियाँ बोल उठे—

"अरे बेटे, कैसे हैं तुम्हारे जख्म ? हमें तो कुछ पता ही नहीं चलता अगर सहदेव भाई कल तुम्हारे बगलवाले गाँव में बच्चों को खेल दिखाने नहीं पहुँचता। सुना है बहुत ज्यादा जख्मी हुए हो।"

कमीज के भीतर हाथ डालते हुए हरि मुस्कुरा उठा। बोला—

"नहीं चाचा जान, कोई खास नहीं ···"

"कहीं जा रहे हो क्या ?"

"अब आप लोग आ गए हो तो कैसे जा सकता हूँ।"

उसने प्रधान की ओर देखा और इससे पहले कि वह कुछ कहता, प्रधान खुद ही बोल उठा—

"कोई बात नहीं हरि, हम लोग चलते हैं। हो सके तो तुम रात के कार्यक्रम में आ जाना।"

"बच्चों को निराशा होगी।"

"हम उन्हें समझा देंगे।"

कहकर वे दोनों व्यक्ति लकड़ी की पुरानी कुर्सियों से उठे और नमस्ते करके घर से बाहर हो गए। पर वे अभी आँगन ही में थे कि परकाश आ पहुँचा। बैठका-प्रधान का वह जाना-पहचाना था। दोनों ठिठक गए। फिर एक दूसरे का हाल-चाल पूछने के बाद अपनी-अपनी दिशा में बढ़ गए। परकाश को देखते ही फरीद दो कदम आगे आ गया—

"वाह भाई, इसे कहते हैं इत्तिफाक ! कैसे हो तुम ?"

'मैं तो अच्छा हूँ भाई जान, आप अपना बताइए ?"

फरीद ने सहदेव ठाकुर से परकाश का परिचय करवाया। घर के भीतर उन चारों व्यक्तियों में दो खाट पर बैठ गए और दो पुरानी कुर्सियों पर। घर के दूसरे कमरे से जोर-जोर की बातें सुनकर हरि ने आवाज दी—

'देवी ! विजय से कहो, सभी को बाहर भेज दे। बहुत शोर मचा रहे हैं।"

भीतर से देवी ने बताया कि बैठका जाने की जल्दी में शोर हो रहा है, और दूसरे ही क्षण वह घाँव-माँव बंद हो चला। सहदेव ठाकुर घर के छाजन को पहली बार की तरह ही ध्यान से देखता रहा। हर एक फुट पर बाँसों की लंबी कतारें थीं और उन्हीं के ऊपर ईख के सूखे पत्तों को बड़ी खूबी के साथ बिछाया गया था। पर शायद पुराना होने के कारण छप्पर में एक-दो जगह छेद हो गये थे, जिससे सूरज की किरणें छनकर भीतर आ रही थीं। सहदेव का ध्यान शायद इसीलिए एकाएक छत की ओर चला गया था, क्योंकि एक किरण सीधे उसके पाँव के पास चवन्नी-आकार की गोलाई बनाए हुए थी और जब उसने अपने पाँव को थोड़ा आगे किया तो किरण का वह टुकड़ा फर्श छोड़कर उसके पाँव पर आ बैठा !

फरीद ने कहा कि वे लोग एक काम से पूद्रदोर जा रहे थे। सोचा इधर से होकर चलें। तुम्हारा हाल-चाल जानना था। हरि ने उसके और ठाकुर के कई प्रश्नों के उत्तर दो ही तीन वाक्यों में दिए। पर उनसे संतुष्ट न होकर ठाकुर ने और कई प्रश्न किए, जिसके लिए परकाश को कुछ विस्तार से बताना पड़ा। परकाश से पूरी कहानी सुनने के बाद सहदेव ठाकुर ने हरि से पूछा—

"इसका मतलब है कि इस समय तुम और मूसा बेकार हो ?"

"मूसा कल से सरकारी नौकरी शुरू कर रहा है। पत्थर तोड़ने और रास्ते बनाने का

काम।"

"और तुम?"

"आस-पास की किसी कोठी में तो नौकरी मिलने की उम्मीद नहीं है।"

"तो फिर मूसा के साथ तुम भी ···"

सहदेव की बात को बीच ही में काटते हुए परकाश ने कहा—

"हरि तैयार नहीं था वह शर्त मानने के लिए।"

"कौन-सी शर्त?"

"रिश्वत।"

कुछ देर खामोशी रही। घर के दोनों भागों के बीच खुलनेवाली चटाई को थोड़ा-सा अलगाकर देवी भीतर आ गई। लोगों को प्रणाम किया और पूछा कि चाय लाए या शरबत? दिन अभी चढ़ा नहीं था, पर गरमी इतनी थी कि लगता था वक्त से पहले दोपहर हो आई है। माथे से पसीने की बूँदें पोंछते हुए फरीद मियाँ ने कहा कि शरबत ही ले आए। देवी चली गई। सहदेव ठाकुर हरि से बातें करता रहा और फरीद मुद्दत बाद मिले अपने दोस्त परकाश से घर का हाल-चाल पूछता रहा। बाहर से फेरीवाले की जोरदार आवाज तब तक आती रही जब तक कि वह दूर नहीं निकल गया। देवी जब नींबू का शरबत लिए आई तो हरि अपनी फतूही ऊपर उठाए फरीद और सहदेव को खरोंचें दिखा रहा था। फरीद ने जानना चाहा कि पीठ तक कुत्तों की पहुँच कैसे हो गई। हरि ने बताया कि वह किस तरह गिरा था और कुत्ते उस पर टूट पड़े थे।

"टोकरी और कुदाली न होती तो पता नहीं हम बचते या नहीं।"

ठाकुर ने कहा—

"यह तो तुम दोनों की हत्या करने की कोशिश थी।"

कई बार वे लोग उस हादसे की बातों से हटे भी, पर फिर उसी पर लौट आए।

फरीद ने कोट की जेब से घड़ी निकालकर समय देखा और अपनी जगह से उठ खड़ा हुआ। सहदेव ठाकुर भी अपनी जगह से उठा। हरि को बारी-बारी से हिम्मत बँधाकर दोनों बाहर हुए। परकाश भी अपनी बैसाखी के सहारे उनके साथ-साथ आँगन तक आया। आम के पेड़ के नीचे पहुँचकर उसने दोनों को रोककर बातें कीं। वह चाह रहा था कि हरि के लिए जल्द से जल्द किसी नौकरी की व्यवस्था हो जाए। हरि के घर की हालत बताते हुए उसने उसके स्वाभिमानी होने की भी चर्चा की। कहा कि खुद अपनी हालत न तो वह कभी किसी को बताएगा और न मुँह खोलकर किसी से सहयोग की माँग करेगा।

रास्ते में सब्जीवाला अपनी ठेलगाड़ी को ठेलता हुआ आवाज लगा रहा था—

—पका हुआ कुम्हड़ा ले लो! आलू, भिंडी, फूलगोभी ले लो! ताजा-ताजा! घीव का माल पानी के भाव लो!

सहदेव ठाकुर के दिमाग में एक नई बात आ गई। तुरंत कहा—

"क्यों फरीद भाई, तुम कह रहे थे कि अगले सप्ताह से तुम दूध का धंधा छोड़ रहे हो। ऐसी हालत में वह काम हरि को क्यों नहीं सौंप देते? तुम्हारे तो बने-बनाए ग्राहक

हैं। दूध देनेवाले और दूध लेनेवाले भी।"

"अगर हरि करने को तैयार हो तो।"

"क्यों, तैयार क्यों नहीं होगा ?"

"उसके जिम्मे यह काम सौंपकर मुझे खुशी होगी। मैं तो उसे अपनी दोनों टंकियाँ भी दे दूँगा, जब तक वह अपनी टंकियाँ न बनवा ले।"

'मैं उससे बात किए लेता हूँ। अगर उसने बात मान ली तो मैं कल ही उसे आप लोगों के पास भेज दूँगा।"

परकाश ने बैसाखी को काँख में दबाकर हाथ जोड़ लिए और उसी मुद्रा में दोनों को जाते देखता रहा।

13

विजय ने पहले अपनी माँ से बात की थी। फिर हरि के पास पहुँचकर कहा था कि सेंताँ-त्वान के शक्कर-कारखाने में उसे नौकरी मिल रही है। हरि ने जब जानना चाहा कि कैसी नौकरी, तो विजय तत्काल उत्तर नहीं दे सका और कुछ देर बाद जब उत्तर दिया तो हरि ने सिर हिला दिया। कहा कि वह उसके रुग्ण होने के कारण कारखाने में न तो गंधक जलाने के काम की इजाजत दे सकता है और न ही कड़ाहों में पकते रस को भारी-भरकम कलछे से घुमाते रहने की। हरि उन दोनों कामों को करके देख चुका था। विजय को बचपन से फेफड़े की शिकायत थी। बचपन में उसे दो बार ब्रोंकाइटिस और एक बार नीमोनिया हो चुका था। आज भी वह जरा-सी लापरवाही से बीमार पड़ जाता है। एक दिन जब माँ ने पूछा कि क्या वह विजय को कभी काम नहीं करने देगा, तो उसने कहा था—

—इसे कालेज भेजने का दम तो हम लोगों में नहीं है माँ, पर अगर इसे हम सप्ताह में तीन दिन ट्यूशन पर भेजते हैं तो इसी उम्मीद से न कि इसे किसी दफ्तर आदि में कोई नौकरी मिल जाए। अभी तो यह जो थोड़ी-बहुत घास काट लाता है, यही बहुत है। इससे न तो कारखाने में काम हो सकेगा और न ही खेतों में। याद है जब हम लोग पाखाने का गड्ढा कोड़ रहे थे और इसने चार-पाँच कुदाली चला दी थीं, तो सप्ताह-भर के लिए चारपाई पकड़ ली थी। और जब डाक्टर ने कहा था कि इसे ज्यादा मेहनत न करने देना तो तुम भी यही बोली थीं कि देखना हरि, डाक्टर की यह हिदायत हमेशा याद रखना।

हरि अपने घर की दिन-ब-दिन बिगड़ती जा रही हालत से परिचित था। कभी-कभी यह भी सोचता कि अगर माँ नहीं होती तो घर की न जाने क्या दशा हो गई होती।

उसकी माँ ने बड़े से बड़े अभाव में भी कभी अपने बच्चों को खाली पेट नहीं सुलाया। सब्जी की जगह कच्चे पपीते और सन के फूलों की पंखुड़ियाँ तथा कंद का भात और रोटियाँ तक पकाकर खिलाईं। एक बार की उबाली हुई चाय की पत्तियों को धूप में सुखाकर फिर से उबालकर चाय बनाई और बच्चों को पिलाई। दियासलाई की तीली को बीच से चीरकर उसने दो-दो बार चिराग और चूल्हा जलाने का काम लिया। हरि ने अगर इस घर में गरीबी को उसकी हद तक देखा था, तो माँ के प्यार की अगाधता को भी जाना था।

विजय और माँ को सोचते रहने के लिए छोड़कर हरि बाड़े की ओर बढ़ गया, जहाँ देवी गाय को नमक-पानी पिला रही थी। बाड़ा जर्जर होते हुए भी एकदम साफ-सुथरा था। देवी ने कुछ समय पहले गाय के नीचे ईख के सूखे पत्ते बिछाए थे। हरि जब उसके पास पहुँचा तो वह गाय की पीठ को सहलाते हुए उससे बातें कर रही थी। उसका रंग सफेद था, लेकिन गरदन पर एक काली रेखा थी, जिससे वह और प्यारी लगती थी। हरि ने उसी काली धारी पर अपनी हथेली रखकर देवी की तरह गाय से बात करने की सोची। उसने मन-ही-मन उससे पूछा कि वह और कितने दिनों में बच्चे को जन्म देकर दूध देना शुरू करेगी। गाय जुगाली करती रही। उसकी बगल में बँधी तीनों बकरियाँ भी उसी तरह जुगाली किए जा रही थीं। कुछ ही दिनों पहले एक बात सोचकर वह उसे फिर भुला बैठा था। उसके यहाँ बकरा नहीं था। सोचा था, सुग्रीम चाचा के यहाँ दो बकरियों को छोड़ आएगा। उसके यहाँ दो बड़े बकरे थे। सुग्रीम से बात भी कर ली थी, पर इधर मौका ही नहीं मिला। बकरियों के गाभिन हो जाने से कम-से-कम चार-पाँच मेमनों की संभावना तो बन ही जाती। यह बात वह फिर से न भूल जाए, इसलिए विजय को आवाज देकर बुलाया और कहा कि शाम तक वह काली और चितकबरी को दो-तीन दिन के लिए सुग्रीम चाचा के बाड़े में बाँध आए।

देवी जब दूसरी बाल्टी पानी लेकर आई तो हरि मुट्ठी-भर घास अपने हाथ में लिए गाय को खिला रहा था। उसने गाय के सामने जब बाल्टी रख दी तो हरि ने पूछा—

"हमारी गाय का पहला बच्चा बछिया होगा या बछड़ा ?"

"बछिया होगी !"

"तू वही क्यों चाहती है जो मैं चाहता हूँ ?"

"बछड़ा किस काम का ! बछिया होगी तो आगे चलकर दूध देगी !"

"देवी, मैं दूध बेचने का काम शुरू करना चाहता हूँ !"

यह बात सुनकर देवी उसे चुपचाप देखती रही।

दूसरे ही दिन हरि फरीद से मिलने पहुँच गया। दोनों के बीच देर तक बातें हुईं। फरीद ने उसे कई सुझाव दिए। कई नसीहतें दीं, कई हिदायतें भी। उसने उसे अपने जीवन की भूल भी बताई और कहा कि वह कभी भूल से भी वैसी भूल न करे। उसने हरि को इस बात से भी सचेत किया कि कुछ दूधवाले अब भी माप-तोल में बेईमानी कर

जाते हैं। कुछ बड़ी होशियारी से पानी मिला देते हैं। इस मुलाकात के दो दिन बाद फरीद ने उसे गाँव के उन लोगों से मिलाया, जिनसे वह दूध खरीदता था और फिर उसके दूसरे दिन उसे शहर के उन घरों और चाय की दुकानों में ले गया जहाँ वह दूध बेचता था। कहा कि अगले सप्ताह वह उसके यहाँ से उसकी दोनों टंकियों को उठा ले जाए। बिन माँगी इस मुराद के एहसान से हरि ने अपने को दबते तो पाया, लेकिन ऐसा करने में किसी समझौते या रिश्वत से नौकरी पाने जैसी ग्लानि नहीं थी। इसी बात से उसने अपने को संतुष्ट कर लिया। फरीद के घर काफी देर तक वह सहदेव ठाकुर के कमरे में बैठा रहा और उससे बातें कीं। पुस्तकों और जीवन-संबंधी उसके ज्ञान से वह बहुत प्रभावित हुआ। पर साथ ही उसके उस जुनून को वह नहीं समझ सका, जिसके चलते वह अपने किसी कुल-दीपक को ढूँढ़ निकालने का संकल्प किए हुए था।

उसके कमरे में जब हरि ने कृष्ण और दुर्गा की मूर्तियाँ देखीं, तो सहदेव ठाकुर की धार्मिकता और आस्था को तो उसने नमस्कार किया ही, पर इस बात के लिए और अधिक नतमस्तक हुआ कि फरीद मियाँ ने उस आस्था को अपने घर में पनाह दी हुई है।

विदा होते समय जब उसने सहदेव ठाकुर के पाँवों को स्पर्श किया तो फरीद मियाँ के चरणों को भी छूकर माथे से लगाया। वैसा उसने उस उपकार के लिए नहीं किया था, जो फरीद चाचा ने उस पर किया था, बल्कि उसकी उस महानता के कारण, जिसे वह देख चुका था।

गाँव लौटकर हरि सुग्रीम चाचा से मिला। वह जानू नाई की दुकान के पास महादेव के पिता तथा दो-चार दूसरे लोगों के साथ बैठा गाँजे की पत्तियों को हथेली पर मसल रहा था। यह दूसरी चिलम की तैयारी थी। हरि ने जब उसे दूध बेचने के धंधे की बात बताई तो उसने अपनी खुशी जाहिर करते हुए कहा कि वह गाँव के दस-पंद्रह गोपालकों के यहाँ से उसे दूध दिला देगा। इस बात से हरि को खुशी हुई, क्योंकि फरीद मियाँ की यही एक शिकायत थी कि शहर में उसके जितने ग्राहक बन गए थे, उस हिसाब से तीन गाँवों से बटोरा हुआ दूध पर्याप्त नहीं होता था। उसने हरि से कहा था कि उसे अपनी ओर से कोशिश करके तीस-चालीस लीटर दूध और जुटाना होगा। इसलिए शाम को ही उसने सुग्रीम चाचा के साथ गाँव का दौरा करके दूध की व्यवस्था कर ली। दूध देनेवालों ने यह भी मान लिया कि हरि उन्हें महीने के अंत में उनका पैसा चुकाए। सहदेव ठाकुर ने जब उसे आर्थिक सहयोग देने की बात की थी तो हरि ने अपने दोनों हाथ जोड़कर कहा था—

—नहीं चाचा ! आपका आशीर्वाद मिल जाए, यही बहुत है।"

हरि ने देवी को सारी बातें बड़ी खुशी के साथ बताईं। माँ घर पर होती तो हरि पहले उसे सारी बातें बताता, पर वह पड़ोस में किसी बीमार को देखने गई थी। हरि की खुशी से देवी को भी खुशी हुई। सबसे छोटे राजन ने जब सुना कि भैया दूध बेचने का काम शुरू करने जा रहा है, तो उसने वीणा से पूछा—

"तो दीदी, हमें भी दूध पीने को मिलेगा न ?"

"हाँ बबू, हमारी अपनी गाय भी कुछ दिनों में दूध देगी।"

"तब तो हम बिना दूध की चाय पीना भी बंद कर देंगे।"

देवी ने भी छोटे भाई की यह बात सुनी, पर कुछ बोली नहीं। रसोई में पहुँचकर उसने हाँडियों को देखा। उसके मन में भाई के दूध बेचने का काम शुरू करने की भारी खुशी थी, लेकिन उसे खयाल आया कि हरि के इस नए धंधे से तत्काल ही तो घर में पैसा या अनाज पहुँचनेवाला नहीं है। इसलिए वह ज़रा उदास हो गई और रसोई में जो तीन-चार दिन का अनाज बचा हुआ था, उसे उसने नहीं छुआ और परकाश के यहाँ से आए हुए सफेद कंद को उबालकर धनिए की चटनी पीस ली। सभी के लिए आज रात का वही भोजन रहा। खाने के बाद देवी रात देर तक हरि के पास बैठी बातें करती रही। बाद में उसने पूछा—

"कब गाँवों से दूध खरीदना शुरू करोगे ?"

"कल शहर से टंकियाँ ला रहा हूँ। परसों से शुरू कर दूँगा।"

"पर पैदल ही खरीदकर पैदल ही शहर जाओगे ?"

"साइकिल तो चाहिए।"

"पर वह है नहीं।"

"दो-तीन दिनों के लिए संतोष अपनी साइकिल दे रहा है।"

"फिर ?"

"खरीदनी पड़ेगी।"

"माँ कह रही थी कि वह अपनी दोनों चूड़ियाँ ···"

"माँ से मैं कह चुका हूँ कि किसी भी सूरत में उसकी चूड़ियों को बेचकर मैं साइकिल नहीं खरीदूँगा।"

कुछ देर चुप रहकर उसने फिर कहा—

"सुना है रामजतना अपनी पुरानी साइकिल बेचना चाह रहा है। उससे बात करके देखूँगा। अगर उधार में देने को तैयार हो जाए तो ले लूँगा।"

"माँ बता रही थी कि अगले सप्ताह तक हमारी गाय भी ब्याह लेगी।"

"मैंने माँ से कहा है कि उस आमदनी का एक पैसा भी हम नहीं छुएँगे।"

"क्यों ?"

"उसे रखना है तुम्हारे ब्याह के लिए।"

"लेकिन भैया, पहले तो तुम्हारा ब्याह होना है।"

"लड़कियाँ पहले ब्याही जाती हैं।"

"क्यों ?"

"अरी क्यों क्या ? ऐसा ही होता है। मैंने सहदेव चाचा से कह दिया है कि वह तुम्हारे लिए लड़का ढूँढ़ें।"

"कौन सहदेव चाचा ? वही जो मक्का-मदीना ··· ।"

"हाँ, वही।"

"मैं तो तुम्हारे ब्याह के बाद ही ब्याह कराऊँगी।"

"मैं अगर आज से दस बरस बाद शादी करूँगा तो क्या तुम दस बरस तक अनब्याही बैठी रहोगी ?"

"तो क्या हुआ ?"

"दस बरस के बाद तुम पच्चीस बरस की बुढ़िया हो जाओगी !"

"तो ठीक है, शादी नहीं करनी पड़ेगी।"

"तो ठीक है, शादी नहीं करनी पड़ेगी ··· तुम्हारी शादी में अगर थोड़ी-सी देर हुई न तो तुम सहेलियों के बीच रोती फिरोगी।"

ठुनककर देवी ने अपनी बाँहें भाई के गले में डाल दीं और अपने सिर को उसके कंधे के हवाले कर दिया। खिड़की खुली होने के कारण उमस-भरी उस रात में रह-रहकर बाहर से आ जानेवाली हवा एक राहत-सी लिए हुए थी। पड़ोस से जाँते की घड़घड़ाहट के साथ जँतसार की आवाज भी आ रही थी, जिसे कभी-कभार कुत्तों की भौंक दबा जाती थी। टीन का चिराग काफी देर तक जागने के कारण झपकियाँ लेने लगा था। तभी दूसरी ओर से माँ ने आवाज दी—

"देवी ! रात काफी जा चुकी है बेटी ! आकर सो जा। सुबह सवेरे ही उठना है तुम्हें।"

कभी देवी की माँ घर में सबसे पहले उठा करती थी, लेकिन इधर दो वर्षों से देवी ने कभी भी उसे उतने सवेरे उठने ही नहीं दिया। हरि के गले से अपने भुजबंधन खोलकर वह उठ खड़ी हुई। हरि उसे घर के उस हिस्से में जाते हुए देखता रहा, जो रावेनाल की पतली दीवार के उस पार था और जिसे पार करने के लिए बिना किवाड़ोंवाले दरवाजे से चटाई हटानी होती थी। देवी के चले जाने के बाद हरि चारपाई पर लेटा रहा। कुछ देर तक खिड़की से बाहर के अँधेरे को घूरता रहा और फिर अपनी आधी देह को आगे बढ़ाकर उसने चिराग को फूँक मारकर बुझा दिया। बाहर का वह गहरा अँधेरा अब भीतर भी चला आया। उस अँधेरे में भी उमस कम नहीं हुई थी। खिड़की खुली थी पर बाहर जब कोई पत्ता ही नहीं हिल रहा था, तो हवा कहाँ से आती। पसीने से तर हुआ हरि देर तक करवटें बदलता रहा।

मूसा हरि को यह बता गया था कि गास्तों अस्पताल से घर आ गया है। इस बात को भली-भांति जानते हुए भी कि कोठी बस्ती में प्रवेश करना उसके लिए मना है, उसने गास्तों को उसके घर जाकर देखना चाहा। बस्ती के घर उसके अपने गाँव से दो-तीन खेतों के बाद शुरू हो जाते थे, लेकिन गाब्रियेल का घर एकदम उस दूसरे छोर पर था। दोपहर की घाम उसके बदन को चुभ-सी रही थी। यही धूप खेतों में काम करते हुए कभी इतनी नहीं चुभी। हो सकता है काम में खो जाने के कारण उसे इसका एहसास न होता हो। सूरज की पहली किरण जब घर की दीवार की दरार से होती हुई उसके चेहरे पर पड़ी थी,, तो उसने एक गुदगुदी को महसूस किया था, और अब वही धूप

उसके शरीर को चुभ रही थी। कुछ दूर चलने के बाद उसका शरीर पसीने से तर हो गया।

बस्ती में प्रविष्ट होते ही रास्ते में मिले उसमान से उसने पता लगाया कि गाब्रियेल घर पर ही है। सोलांज़ से अकेले मिलने में उसे झिझक होती थी। घर के सामने पहुँचकर उसने गाब्रियेल को आवाज दी। वह मछली से चोंयटे उतार रहा था। हरि की आवाज सुनकर मछली को पूँछ से थामे हुए ही वह सामने आ गया। हरि को देखकर उसने सोलांज़ को पुकारा। मछली उसके सुपुर्द करके वह उसे अपने साथ लिए घर में वहाँ पहुँचा, जहाँ गास्तों चारपाई पर पड़ा हुआ था। देखते ही हरि ने पूछा—

"कैसे हो गास्तों ? कैसा है तुम्हारा पाँव ?"

जवाब गाब्रियेल ने दिया—

"पाँव तो एकदम बेकार हो चला है।"

हरि चारपाई पर ही बैठ गया। गाब्रियेल के बदन से मछली की जो बिसाइँध गंध आ रही थी, बंद कमरे पर वह हावी हो गई। सोलांज़ को मछली थमाकर गाब्रियेल बिना हाथ धोए, सिर्फ उन्हें पतलून से बाहर लटकी कमीज़ से पोंछकर, हरि के साथ हो लिया था। हरि के मन में जो बात उठ आई थी, उसे बाप-बेटों के सामने रखने से पहले वह सोचता रहा। वह इतना तो जानता था कि उस बात को दोनों के सामने रखना जरूरी है, लेकिन जिस बात पर वह स्वयं आश्वस्त नहीं था, उसे महज हमदर्दी की तरह प्रस्तुत करते हुए उसे अपने आपसे लड़ना पड़ रहा था। पर बात तो उसे करनी ही थी, इसलिए कहा—

"शहर के अस्पताल में अगर इलाज होगा तो यह पाँव एकदम ठीक हो जाएगा।"

अपनी इस बात पर वह गाब्रियेल की राय का इंतजार करता रहा। वह यह भी नहीं समझ सका था कि गाब्रियेल ने मालिक के सामने अपने बेटे के बेहतर इलाज का तकाजा क्यों नहीं किया। घर और नौकरी चले जाने के भय से तो ऐसा नहीं किया जा सकता। घर से निकलते हुए हरि ने यह भी सोचा था कि एक पंथ दो काज होगा। गास्तों को भी वह देख लेगा और गाब्रियेल से यह अनुरोध भी करेगा कि वह मजदूर-यूनियन का सदस्य बने इसलिए उसने फिर कहा—

"तुमने यह तो सुना ही होगा कि हमने एक यूनियन बनाई है। मजदूरों की अपनी यूनियन। हमारे इस संघ में जितने अधिक सदस्य होंगे, उतनी ही अधिक होगी हमारी ताकत। हम चाहते हैं कि तुम भी उसके सदस्य बन जाओ।"

गाब्रियेल अब भी चुप रहा। उसके चेहरे से लगा कि हरि का यह प्रस्ताव उसे जँचा नहीं। उसे यह यकीन दिलाने के लिए कि गन्ने के खेतों और कारखानों के मजदूरों का अपनी भलाई के लिए संगठित होना जरूरी है, उसने फिर आगे कहा, पर इस बार जरा मसीहाई लहजे में—

"हम लोगों को जितनी मेहनत करनी पड़ती है, उसका पूरा दाम नहीं मिलता। अगर हम इसी तरह अपने हक को खोकर चुपचाप बैठे रहेंगे तो खुद तो एक अभागी जिंदगी जीएँगे ही, साथ ही अपने बाल-बच्चों के भविष्य को भी अँधेरे में ढकेल देंगे।"

गाब्रियेल के चेहरे पर अपनी बातों का कोई असर न देखकर अंत में उसने कहा—

"जबरदस्ती नहीं है। हम सभी लोगों को सोचने का मौका दे रहे हैं। अगर आज हमारी एक दमदार यूनियन होती तो गास्तों को इस तरह बेबसी की हालत में नहीं रहना पड़ता।"

हरि ने गाब्रियेल की बगलवाली दीवार पर लगी उन दोनों तस्वीरों की ओर देखा जिनके नीचे मोमबत्ती बुझी पड़ी थी। उनमें से एक तस्वीर, जिस पर मोमबत्ती की लौ के धब्बे दिखाई पड़ रहे थे, सेंताँ-त्वान की थी और उसकी बगलवाली तस्वीर दैत्य को भाला मारते सेंजाँ की। हरि इन दोनों तस्वीरों से बहुत पहले से परिचित था। स्कूल में एक बार एक पादरी ने सभी बच्चों को जो तस्वीरें भेंट की थीं, उनमें ये दोनों तस्वीरें भी थीं। हरि को जो तस्वीर मिली थी वह सेंताँ-त्वान की ही थी। उसे लिए हुए जब वह घर पहुँचा था तो उसके पिता उस पर बिगड़ उठे थे। हरि उस नाराजगी को समझ पाने में असमर्थ था। हाँ, इतना जरूर समझ गया था कि वह दूसरे लोगों के देवता की तस्वीर थी। माँ ने बड़े प्यार से बातें करके उससे वह तस्वीर ले ली थी और पड़ोस के तांचीन सीमोन को दे आई थी। उसी शाम उसने हरि को अपने घर की देवकुटी के सामने ले जाकर हनुमान जी की तस्वीर दिखाकर कहा था—

—ये हमारे देवता हैं और हम सबकी रक्षा करते हैं।"

माँ के इस वाक्य को सही माने में तो वह नहीं समझ सका था, पर जो भी समझ पाया था, उसी के आधार पर वह उसी दिन से हनुमान जी के सामने हाथ जोड़े जा खड़ा होता था।

गाब्रियेल से विदाई लेने के लिए जब वह गास्तों की चारपाई से उठा तो गाब्रियेल ने उससे कहा—

"मैं यूनियन का सदस्य नहीं बन रहा हूँ। तुम इस बात का बुरा मत मान लेना।"

गास्तों की पीठ को हल्की थपकियाँ देकर हरि ने गाब्रियेल को देखा और मुस्कुराकर कहा—

"मैं तुम्हारी मजबूरी को जानता हूँ।"

"अभी कल ही मालिक ने कारखाने के मजदूरों को एक जगह जुटाकर हिदायत दी है कि जिसने भी मजदूर संघ के साथ जुड़ने की कोशिश की, उसे तत्काल नौकरी से हटा दिया जाएगा।"

"ठीक है गाँबी। देखते हैं, पहिए में लकड़ी डालने का यह सिलसिला कब तक चलेगा।"

"कोठी बस्ती में आते हुए तुमने एक चीज नहीं देखी होगी ?"

"कौन-सी चीज ?"

"बरगद की बगल में जो दीवार है, जाते हुए उस ओर देखना।"

"क्यों, क्या है वहाँ ?"

"उधर से जा ही रहे हो, अपनी ही आँखों देख लोगे, तो ज्यादा अच्छा रहेगा। फेर आंतांस्यों हरि ! नाहक ही ज्यादा मुसीबत मोल मत लेना।"

गाब्रियेल के इस परामर्श पर मन ही मन मुस्कुराकर हरि ने अपने आपसे कहा—ठीक है यार ! मैं पूरी सावधानी बरतूँगा।

कोई पाँच मिनट बाद वह बस्ती के उस छोर पर पहुँच गया, जहाँ बरगद का पुराना पेड़ था और जिसकी बगल में टीन की दीवार थी। उस दीवार पर एक इश्तिहार चिपका हुआ था। हरि ने ठिठककर उसे पढ़ा। मालिक की ओर से लोगों को सावधान किया गया था कि अगर कोई भी बिना इजाजत कोठी बस्ती, कारखाने और कोठी के किसी भी सुरक्षित इलाके में घुसने की कोशिश करेगा तो उसे पुलिस के हवाले कर दिया जाएगा। इश्तिहार के नीचे और ऊपर, दोनों ओर, लाल अक्षरों में 'त्रेसपास' शब्द लिखा हुआ था, यानी प्रवेश वर्जित !

किसी ने पीछे से उसके कंधे पर हाथ रखा।

हरि ने चौंककर पीछे देखा। जतन शाव का बेटा था। कह उठा—

"अरे उमदत्त तुम !"

"तुमने सोचा होगा कि आ पड़ा पुलिस का हाथ तुम्हारे कंधे पर !"

"अरे नहीं यार !"

वहाँ से दोनों एक साथ आगे बढ़े। उमदत्त ने बताया कि अगले रविवार को कालिमाई पर बहरिया पूजा होने जा रही है। उसी में भाग लेने के लिए वह बड़े मालिक को दावत देने जा रहा है। हरि को पिछले वर्ष की बहरिया पूजा याद आ गई। भारी सुखारी के बाद पड़ोसी बस्तियों की औरतों ने हरपरौरी गाई थी, धान रोपे थे और जब सातवें दिन वर्षा शुरू हो गई थी तो उसी खुशी में अहीरों ने कालिमाई की बहरिया पूजा ठान ली थी। कोठी-मालिक ने बलि के लिए दो बकरे दिए थे और खुद भी पूजा में उपस्थित हुआ था। पूजा के बाद प्रसाद की खीर-पूरी बाँटी गई थी और जतन शाव ने खुद आगे बढ़कर बड़े मालिक को वह प्रसाद दिया था। वहाँ उपस्थित सभी जनों ने यह देखा था, हरि ने भी देखा था और मालिक को प्रसाद स्वीकारते देखकर खुश हुआ था। लेकिन कोई पाँच मिनट बाद ही दस-पंद्रह कदमों की दूरी पर उसने जो देख लिया था, उसे और किसी ने नहीं देखा था। मुट्ठी में प्रसाद लिए बड़ा मालिक अपनी कार तक जा पहुँचा था। फिर उसने चारों तरफ देखा था और सभी की नजरें बचाकर प्रसाद को झाड़ी में फेंक दिया था !

14

दूध के खरीदने-बेचने का काम शुरू करने के तीसरे ही दिन अपने सभी ग्राहकों तक दूध पहुँचाने के बाद हरि डॉ. मोरिस क्यूरे से मिला था। दोनों देर तक मजदूरों की

स्थिति और मालिकों के जिद्दी रवैए पर बातें करते रहे थे। हरि की नौकरी चले जाने पर डॉक्टर ने अपना दुख तो व्यक्त किया था, लेकिन दूध बेचने के धंधे पर कोई खुशी जाहिर नहीं की। इतना जरूर कहा था कि जीविका के लिए तो वह काम ठीक है, लेकिन मजदूरों की बेहतरी के लिए आवश्यक यह है कि वह उन्हीं के बीच रहे। हरि अपने साथ जो फेहरिस्त लिए पहुँचा था, उसमें ढाई सौ मजदूरों के नाम थे। डॉक्टर क्यूरे ने उसे एक बड़ी उपलब्धि मानते हुए हरि और मूसा के प्रयत्नों और संघर्षों की सराहना की थी। हरि से कहा था कि दो-तीन दिन के भीतर मजदूर यूनियन का पंजीकरण करा ले। उसे इस बात का दुख था कि शुगर मिलों के मजदूर उस संघ में जुड़ने में पीछे रह गए थे। उसने इस बात पर जोर दिया था कि उन लोगों के आंदोलन को संयुक्त शक्ति की आवश्यकता है।

डॉक्टर क्यूरे से मिलने के बाद हरि जब फरीद मियाँ के घर की ओर बढ़ा तो अनायास ही उसका हाथ अपनी जेब से टकराया। आज पहला दिन था और उसे अपने कुछ ग्राहकों से पैसे मिलने थे। कल शाम देवी ने उससे कहा था कि हाँडी के लिए अब कुछ नहीं है। हरि रात-भर इसी चिंता में गोते लगाता रहा था कि अगर कल भी दूध के ग्राहकों से पैसे नहीं मिले तो घर पर चूल्हा नहीं जलेगा। अब जेब में उसे खनक सुनाई पड़ी तो कुछ संतोष-सा हुआ। कम से कम शाम को वह खाली हाथ तो घर नहीं लौटेगा। सोच रखा था कि फरीद के यहाँ सहदेव से मिलने के बाद वह बाजार से कुछ सामान भी खरीद लाएगा।

फरीद मियाँ के घर पहले उसे फातमा मिली। वही उसे सहदेव ठाकुर के कमरे तक ले गई। वह पढ़ रहा था। हरि को देखते ही उठ खड़ा हुआ। फातमा यह कहते हुए चली गई कि वह चाय लेकर आती है। सहदेव ठाकुर ने हरि को अपने पास फर्श पर बिछे बिस्तर पर बिठा लिया। वह महाभारत के किसी पर्व को फिर से पढ़ रहा था। उसने पहले हरि से उसकी सेहत के बारे में पूछा, फिर उसके काम के बारे में। वह यह जानकर खुश हुआ कि हरि अपने नए काम से खुश है। वास्तव में हरि ने तो अपना संतोष व्यक्त किया था, जिसे ठाकुर ने उसकी खुशी माना।

जल्दी ही फातमा दो कटोरों में चाय लिए आई और दोनों को थमाकर चली गई। हरि एक बार फिर सहदेव ठाकुर के उस साफ-सुथरे कमरे को देखता रहा। ठाकुर ने चाय की पहली चुस्की लेकर कहा—

"फातमा ही इस कमरे को सँवारती-सजाती रहती है।"

चाय पी लेने के बाद उसने हरि को उन बस्तियों के बारे में बताना शुरू किया, जिनका पिछले छह-सात दिनों में उसने दौरा किया था। उसने मुस्कुराते हुए बताया कि दो बस्तियों में करीब सौ से भी ज्यादा बच्चों को खेल दिखाने के बावजूद वह एक फूटी कौड़ी भी नहीं कमा पाया। कोठियों की उन बस्तियों की दयनीय स्थिति पर वह देर तक बातें करता रहा। फिर बोला—

"बड़ों की हालत तो खैर ··· पर बच्चों की हालत देखकर कलेजा फट जाता है। लगभग सभी चिथड़ों में थे। दुबले-पतले चेहरों पर गहरा पीलापन ··· कौन जाने कौन

उनमें से मेरा अपना कुलदीपक था · · · ! खैर, यह तो दूसरी बात हुई। अब तो उन कोठियों के मजदूरों की हालत को देखकर परेशान हूँ। अब मुझे तुम्हारा संकल्प समझ में आ रहा है। इधर कई रातें मैंने यही सोचकर बिताई हैं कि मजदूरों के जीवन में सुधार लाने की कोशिश होनी ही चाहिए पर कैसे, यह समझ में नहीं आ रहा है। मन करता है, स्वयं को तुम्हारे अभियान के साथ जोड़ लूँ।"

"पर चाचा, आपका वह उद्देश्य · · · भारत से तो आप इसलिए यहाँ आए हैं न कि · · ·"

"उन्हें भी ढूँढ़ता रहूँगा हरि · · ·"

"अब भी आपको विश्वास है कि वे मिल जाएँगे ?"

"विश्वास तो है।"

"एक बात कहूँ चाचा ?"

"कहो।"

"आप यह क्यों नहीं मान लेते कि यहाँ जितने भी भारतीय मूल के लोग हैं, सभी आपके अपने हैं।"

"यह तो है ही। तुम्हें अपना ही तो मानता हूँ।"

"लेकिन आप जिन्हें ढूँढ़ने आए हैं, उन्हें न पा सकने का पछतावा तो बना रहेगा। आप उस दिन जब मुझसे पूछ रहे थे कि मेरे दादा किस वर्ष में यहाँ पहुँचे और किस इलाके से आए थे तो मेरे उत्तर से आपको भारी निराशा हुई थी।"

'जिस इलाके से मेरे पिता और भाई यहाँ आए थे, वहाँ से बहुत कम लोग इधर आए हैं, इसलिए तो अब भी उम्मीद बनी हुई है कि इस देश के किसी न किसी कोने में हमारे इलाके का कोई न कोई कभी न कभी तो मिलेगा ही।"

"मिल जाने पर क्या करेंगे ? मेरा मतलब है आपके भाई या उनके बच्चे आपको मिल जाएँ तो क्या आप उन्हें भारत लौटा ले जाएँगे ?"

"वहाँ तो अब अपना कहने को कुछ है ही नहीं।"

"तो फिर ?"

"उनके जीवन को यहाँ थोड़ा-सा सुखी बना सकूँ, बस और क्या · · ·"

एकाएक रुककर वह कुछ सोचता रहा। फिर अपने सामने के शून्य को बेधते हुए कहा—

"तुम्हारी एक बात अचानक मेरे मन में एक विचार कौंधा गई है। अपने खून की तलाश में आया हूँ, मिल गया तो उसके जीवन में थोड़ा-सा सुख पहुँचाकर मुझे आत्मशांति मिलेगी, क्योंकि यही मेरी माँ की अंतिम इच्छा थी · · · लेकिन हरि बेटे, जैसा कि तुमने कहा, सभी को अपना जानकर उनके लिए भी कुछ कर सकूँ तो क्यों न वैसा तुरंत करूँ।"

दोनों के बीच कुछ देर तक लंबी खामोशी रही। खुली खिड़की से हरि बाहर एक वृक्ष की एक डाली पर दो पिड़कियों को अपने परों से पानी की बूँदें झाड़ते हुए देखता रहा। वे शायद कहीं जमा पानी में नहा आए थे। तभी ठाकुर के शब्दों ने उसका ध्यान

भंग किया—

"हरि, मैं तुम्हारे मजदूर संघ के तहत तुम्हारी मदद करना चाहता हूँ। बोलो, क्या कर सकता हूँ ?"

"अपनी शुभकामनाएँ देते रहिए !"

"तुमने अपनी निजी आवश्यकताओं के लिए मेरी मदद ठुकरा दी थी। तुम्हारे उस सिद्धांत का कायल होकर मैंने तुम्हें विवश नहीं किया था, लेकिन इस बार तो मैं तुम्हारे संगठन के लिए काम करना चाहता हूँ और इस तरह के काम में पैसे की सख्त जरूरत रहती है। तुम कहो तो ···"

"इस काम में पैसों से भी कहीं अधिक मनोबल की जरूरत हमें है। और आप जब इस काम को इतना महत्व दे रहे हैं, तो इससे जो ताकत हमें मिलेगी, उससे बड़ी कोई दूसरी मदद हो सकती है क्या ?"

दोनों फिर चुप रहे। इस चुप्पी को फिर हरि ने ही तोड़ा—

"आप हमारा हौसला बढ़ाते रहें, इससे अधिक हमें और कुछ नहीं चाहिए !"

"मुझे इस दिशा में कुछ अधिक सोचने दो। मैं किसी निष्कर्ष पर पहुँचना चाहता हूँ, पर किसी तरह की जल्दबाजी करके नहीं, बल्कि अच्छी तरह सोच-विचारकर ही !"

फातमा जूठे प्यालों को उठा ले गई। उसके चले जाने के बाद सहदेव ठाकुर हरि से उसी का गुणगान करता रहा। सुनते हुए हरि खिड़की से बाहर ताकता रहा। डाल पर दोनों पिड़कियाँ आपस में गूँ-गूँ कर रही थीं। ठाकुर की बातों को सुनते हुए भी हरि मन ही मन फरीद मियाँ की उन कामयाबियों पर सोचता रहा, जिन्हें अपने सामने देख रहा था और जिनके बारे में सुन चुका था। उसने अपने आपसे पूछा कि क्या गाँव में रहते हुए और गन्ने के खेतों से जुड़े रहकर वह इस मुकाम पर पहुँच सकता था, जहाँ आज है। हरि ने सुन रखा था कि इस शानदार घर के अलावा शहर में उसका एक और भी घर है, जिसे किराए पर दे रखा है। शहर के दस-पंद्रह वर्ष के जीवन में ही वह कहाँ से कहाँ पहुँच गया था। नौकरानी आकर उसका घर-द्वार साफ कर जाती थी। अब वह कपड़ों की दुकान चलाने की सोच रहा था। हरि ने अपने आपसे प्रश्न करके जानना चाहा—क्या कारण है कि खेतों में इससे तीन-चार गुना अधिक काम करके भी मजदूर संतोषजनक जीवन नहीं जी पाता।

उसने सुग्रीम चाचा से सुन रखा था कि गाँवों में दो-चार लोग, जो जमीन का एक टुकड़ा खरीदने में सफल हुए थे, आज भी कर्ज से दबे हुए हैं। जो धनी बन सका, वह किसी न किसी धाँधली के बाद ही, पर जो दिन-भर खून-पसीना एक करके ईमानदारी से जीता आ रहा था, वह तो आज भी अभाव और तंगहाली की ही जिंदगी बसर करने को मजबूर है। तो कारण क्या है ? क्या केवल जमींदारों और मिल-मालिकों का शोषण ही इसका कारण है ? हरि ने जब भी इस समस्या पर गहराई से सोचा, वह इसी निष्कर्ष पर पहुँचा था कि इसका एक कारण मजदूरों का अपना आत्मसमर्पण भी है। वे सभी कुछ मौन भाव से स्वीकारे हुए थे। सोचने की इस प्रक्रिया में हरि के भीतर एक अजीब बगावती खयाल कौंध उठा—ज़मीन और कारखानों से जुड़े सभी मजदूर फरीद चाचा

की तरह अगर गाँवों को छोड़ दें तो ये सभी धनपति कहीं के नहीं रह पाएँगे !

लेकिन अपने इस बचकाने खयाल पर उसे खुद हँसी आ गई। कहाँ तो वह स्वयं औरों को असंभव बातें सोचने से रोकता है और कहाँ स्वयं सोचने लगा।

दोपहर की धूप जब थोड़ी कम हो गई तो उसने ठाकुर से इजाजत ली और साइकिल पकड़ी। उसके सामने घंटे-भर से ऊपर का ही रास्ता था। आने के लिए तो जहाँ-तहाँ ढलानें थीं, लेकिन लौटने के लिए वैसा नहीं था। चढ़ान पर थकान अधिक होती थी। अलबत्ता एक बात अच्छी यह थी कि लौटते समय दोनों टंकियाँ खाली होती थीं। घर की चिंता उसे बनी ही हुई थी, इसलिए सीधे गाँव की ओर न जाकर बाज़ार की ओर बढ़ गया। करीब आधा घंटा रसोई का सामान जुटाने में लगा। शहर में उसने पहली बार खरीदारी की थी, इसलिए सही जगह ढूँढ़ने में भी वक्त लगा, पर सभी कुछ खरीदने के बाद उसे इस बात की तसल्ली हुई कि गाँव की चीनी दुकान से कहीं बेहतर भाव पर उसे सामान मिला था। शहर से बाहर आकर जब उसे खयाल आया कि उसके साथ भरी हुई टोकरी देखकर देवी खुश हो जाएगी, तो उसने पाँवों पर जोर देकर साइकिल को और भी तेज कर दिया और लगभग उसी तेजी से उसके खयाल भी दौड़ते रहे। सुबह-सुबह संतोष ने उसे बताया था कि कोठी-बस्ती में रहनेवाले जो मजदूर संघ के सदस्य बनने का साहस जुटा पाए थे, उनके साथ उनके मालिकों और सरदारों का बर्ताव निर्दय हो चला था। औरतों से मर्दों का काम करवाकर भी उन्हें मर्दोंवाली तनख्वाह नहीं दी जा रही थी। उसने सोचा, घर पहुँचते ही वह मूसा से बात करेगा और संभव हुआ तो कल ही मजदूर संघ का पंजीकरण करवा लेगा, ताकि उसे मालिकों से बात करने का हक हासिल हो जाए। उसे यह भी बताया गया था कि मजदूरों की तनख्वाह से एक-दो दिन के पैसे बड़े मनमाने ढंग से काटे जा रहे हैं। कोई वजह बताने तक की जरूरत नहीं समझी जाती। दो दिन बाद हरि को मूसा के साथ कोठी में गैरकानूनी तौर से प्रवेश और एक कुत्ते की जान लेने के आरोप में अदालत में हाजिर होना था। लेकिन इस बात से कहीं अधिक चिंता उसे मजदूरों पर बढ़ रहे जुल्मों की थी।

सूरज डूबने से पहले वह घर पहुँच गया। रसोई का सामान देखकर देवी की आँखों में जो चमक उसने देखी, उससे उसे खुशी हुई। चाय पीने के तुरंत बाद वह मूसा से मिलने पहुँचा। दोनों आँगन ही में पेड़ के नीचे बैठ गए। हरि ने बात शुरू की मूसा के रास्ता बनानेवाले उस सरकारी काम को छोड़ देने को लेकर—

"तुम्हें वह काम छोड़ना नहीं चाहिए था। तुमने दस दिन भी तो · · "

"दस दिन को दस साल की तरह जाना। अगर साले सरदार की मुट्ठी गरम नहीं करो तो मरो कड़कती धूपवाले सबसे सख्त काम में। मुट्ठी गरम करनेवाला पेड़ की छाँव में बैठकर सुनार की तरह हल्के-हल्के हथौड़ा मारकर पत्थर फोड़ता रहेगा और तुम बिना कमर सीधी किए धूप में खुदाई करते रहोगे। ऊपर से माँ-बहन की गालियाँ अलग। साले, दोनों सरदार एक जैसे हैं · · ।"

"तुम्हें वहाँ रहकर उनका सामना करना चाहिए था।"

"वहाँ रहता तो मैं उनमें से किसी को जरूर गरम कोलतार में ढकेल देता।"

हरि हँस पड़ा, पर मूसा गंभीर बना रहा। यों भी वह कम हँसनेवालों में ही था। स्कूली दिनों में उसके सहपाठी उसे गुदगुदी करके हँसाने की चेष्टा करते रहते थे। हरि उससे कहा करता था कि वह मिर्च कम खाया करे। आज खुद हरि भी बचपन के उन दिनों की बात-बात पर हँस देनेवाली आदत को गँवा चुका था। उसके इस बदलाव पर माँ दो-तीन बार हैरानी जाहिर कर चुकी थी। हरि को तो इतना भी याद नहीं कि वह कभी हर छोटी-बड़ी बात पर ठहाके लगाने का आदी था।

रात के लिए बैठका में एक जुटाव की योजना बनी। हरि और मूसा ने, जहाँ तक संभव हो सका, लोगों को सूचना पहुँचाई। बैठका पर सात बजे पहुँचने की बात कही गई थी। हरि को विश्वास था कि जिन बीस-पच्चीस लोगों से बात हुई थी, सभी आ जाएँगे पर साढ़े सात बजे तक केवल ग्यारह व्यक्ति आ पाए। हरि ने थोड़ा हताश हो आए मूसा से कहा कि देर से सूचना मिलने के कारण वैसा हुआ है। लेकिन मूसा जानता था कि लोग अपनी आंतरिक अनिश्चितता के चलते नहीं आए हैं, और कुछ भय के कारण रुक गए हैं। साढ़े सात बजे जब उपस्थित लोगों को लगा कि अब और कोई आनेवाला नहीं है, तो हरि से कार्य आरंभ करने की माँग की गई। हरि ने सबसे पहले संघ के पंजीकरण की बात उठाई, जिससे सभी लोग सहमत हो गए। हरि का नाम संघ के प्रधान-पद के लिए प्रस्तावित हुआ। इस पर उसने अनुरोध किया कि प्रधान का पद मूसा को दिया जाए। हरि का अनुरोध मानने में कुछ समय लगा, पर अंत में सभी ने इस शर्त के साथ उसकी बात मानी कि मंत्री-पद की जिम्मेदारी हरि को ही सँभालनी होगी।

इसके बाद हरि ने कोठी मालिकों की मनमानी और जुल्मों की चर्चा करते हुए कहा कि इस सबको तब तक नहीं रोका जा सकता, जब तक कि दो-तिहाई से भी अधिक मजदूर एक सूत्र में न बँध जाएँ। उसने सभी के सामने सदस्यों की वह सूची पढ़ी जो आसपास के आठों गाँवों और कोठी-बस्तियों से यूनियन में शामिल होनेवाले थे। सबसे कम संख्या में हरि के अपने ही गाँव और कोठी-बस्ती के मजदूर थे। पैंतालीस मजदूरों में से केवल चार औरतें थीं, जबकि दूसरे इलाकों में उनकी संख्या मर्दों की संख्या के प्रायः बराबर थी।

हरि के बाद मूसा ने इस बात पर जोर दिया कि सभी लोगों को आगे आकर गाँव और कोठी-बस्ती के मजदूरों को सदस्य बनाने की कोशिश करनी चाहिए। उसने कहा—

"आज यूनियन के ढाई सौ सदस्य हैं, लेकिन दुख की बात है कि जिस जगह से उसकी शुरुआत हुई, वहीं से सबसे कम सदस्य बने हैं। लोग अब भी इस बात से झिझक और डर रहे हैं कि मालिक बुरा मानेगा। अगर हम ऐसा सोचते रहे तो हमारे ऊपर मालिक के जुल्म बढ़ते ही जाएँगे। अब तो सुनते हैं, सरदारों की मनमानी इतनी बढ़ गई है कि वे औरतों पर भी लात उठाने की हद तक पहुँच गए हैं।"

उसने उपस्थित लोगों के बीच रामबरण की ओर संकेत करते हुए कहा—

"रामबरन चाचा यहाँ पर हैं। इनकी बीवी देवंती चाची पर जब उस सरदार ने लात

चलाई थी तो खेत में काम कर रहे सभी मजदूरों ने देखा था, पर किसी ने चूँ तक नहीं की। यह तो नामर्दीवाली बात है।"

15

दूध की खरीद के लिए हरि को फरीद मियाँ से जो तीन गाँव मिले थे, उनमें रोश-न्वार भी एक था, पर अधिक दूर होने के कारण उसने उसकी जगह नोत्रदाम को बेहतर माना था। यह नई जगह उसे सुग्रीम ने बताई थी। सुग्रीम का एक भतीजा भी वहाँ रहता था। उसी से बात करके उसने करीब पंद्रह-बीस गोपालकों से हरि को मिलवाया था और सभी उसे दूध देने को तैयार हो गए थे। पूद्रदोर, काटेज तथा पांप्लेमूस के बाद नोत्रदाम ही वह आखिरी गाँव था, जहाँ से हरि दूध लेकर सीधे शहर पहुँच जाता था। घर से वह सूर्योदय से पहले ही निकल पड़ता था। सबसे पहले वह पूद्रदोर से दूध खरीदता और वहाँ से काटेज होते हुए जब पांप्लेमूस पहुँचता तो सूरज की किरणें पेड़ों तक पहुँच गई होती थीं। रास्ते में हरि को पहाड़ों पर चढ़ता सुबह का सूरज बहुत मनोहारी लगता था। उसकी चमक में जीवन की कशिश होती थी। घर से वह कटोरा-भर चाय पीकर निकलता था। देवी छोटी-सी कंडी में एक रोटी और बोतल में चाय रख देती थी। पांप्लेमूस पहुँचने से पहले ही वह एक खुली जगह पर जंगली बादाम के पेड़ के पास अपनी साइकिल से उतरता। वहाँ की एक चट्टान पर बैठकर रोटी खाता और फिर चाय पीकर आगे बढ़ जाता।

रोज की तरह आज भी हरि ने अपनी साइकिल को जंगली बादाम के पेड़ के सहारे खड़ा किया। उसकी एक टंकी का पेंदा कुछ रिस रहा था। उसने साइकिल के पीछे बँधे बस्ते से साबुन का एक टुकड़ा निकाला, उसे अपनी हथेली पर मसलकर नरम किया और टंकी के उस भाग में चिपका दिया, जहाँ से वह रिस रही थी। फिर उसने साइकिल के आगे टँगी टोकरी को खोला। सफेद कपड़े में लिपटी जो रोटी थी, उसमें मसालेदार बैंगन के साथ अदौरियों को देखकर उसे एक ही साथ कई बातें याद आ गईं। रात में उसने इसी तरकारी को खाया था। यह सही था कि तरकारी देवी ने पकाई थी, लेकिन अदौरियाँ उसकी माँ की बनाई हुई थीं, क्योंकि देवी ही क्या, गाँव की शायद ही कोई अन्य औरत उतनी अच्छी अदौरियाँ तैयार कर सकती थी। रात में हरि सोचता रहा कि कुछ चीजें हैं, जिन्हें आजकल की लड़कियाँ सीख नहीं पातीं। उसे डर था कि उसकी माँ की पीढ़ी के साथ ही कहीं ऐसी तमाम चीजें हमेशा के लिए लुप्त न हो जाएँ।

उसकी माँ मटर की दाल को सिल पर पीसने के बाद उसकी वड़े-जैसी छोटी-छोटी अदौरियाँ बनाकर तवे पर सेंकती और उन्हें दो-तीन दिनों तक घाम में सूखने को छोड़

देती। वह बड़ी ही लगन से उस काम को करती थी और कई बार देवी को यह कहकर डाँटती थी कि काम में जितना मन लगाना चाहिए, उतना वह लगा नहीं पाती। दाल की अदौरियाँ जब सूख जातीं तो उसकी माँ उन्हें टीन के डिब्बे में बंद कर देती। फिर कभी उन्हें आलू के साथ पकाती, कभी सजीहन के डंठल के साथ और कभी बैंगन के साथ। क्या स्वाद होता था उनमें ··· इधर आज बहुत दिनों बाद घर में अदौरियाँ तैयार हुई थीं!

कुछ और भी चीजें थीं, जो केवल माँ के तैयार करने पर ही तैयार हो सकती थीं। अपने हाथ से वह जो दालपीठा पकाती थी, वह तो, हरि सोचता, देश-भर में शायद ही कोई और पका पाता होगा! अंगारों पर बैंगन भूनकर वह जो भर्ता तैयार करती थी, देवी से वह कभी नहीं बन पाया। हरि के पिता जब जीवित थे तो सर्दी के मौसम में माँ कॉफी को चीनी के साथ भूनती थी। फिर उसे ओखली में कूटकर महीने-भर के लिए रख देती थी। वैसे कॉफी भी हरि ने फिर कभी नहीं पी। जब वह देवी से पूछता कि आखिर वह भी उन चीजों को उसी खूबी के साथ क्यों नहीं तैयार कर पाती, तो देवी कहती कि माँ के हाथ में तो जादू है, वह उस जादू को उसे दे दे, तब तो! रोटी के साथ अदौरियों का लुत्फ उठाता हुआ हरि मन ही मन सोचता रहा कि शाम को घर पहुँचकर वह देवी से कहेगा कि वह उस कला को पूरी तरह सीख ले।

रोटी खा लेने के बाद हरि ने चाय पी। टंकी का मुआयना किया। साबुन चिपकाए जाने से उसका रिसना बंद हो गया था। साइकिल लिए जब वह सड़क पर पहुँचा तो उसने एक खुली लारी को सामने से जाते हुए देखा, जिसमें कोई पच्चीस-तीस मजदूर औरतें माल की तरह लदी हुई थीं। हरि को लगा कि अभी खाई हुई रोटी उसकी छाती पर अटक गई है। बहुत पहले से वह यह सोचता आ रहा था कि औरतों को यों जानवरों की तरह एक ठौर से दूसरे ठौर लाने-ले जाने का सिलसिला बंद होना चाहिए। पर जब भी उसने अपने से सवाल किया कि कैसे, तो उसे कोई जवाब नहीं सूझा। कई बार उसे यह भी खबर मिलती थी कि फलाँ ठौर पर कोई औरत लारी से गिर गई है। किसी की टाँग टूटने की खबर मिलती थी तो किसी के हाथ टूटने की। कई बार तो उन ऊँची लारियों पर चढ़ते-उतरते ही औरतें घायल हो चुकी थीं। पिछले ही मंगलवार को जब अदालत में हरि पर मूसा के साथ जुर्माना हुआ तो एक मुकदमे में पूर्वी इलाके के किसी गोरे मालिक को इस आरोप के लिए निर्दोष करार दिया गया था कि लारी से गिरकर अपना हाथ-पाँव तोड़ बैठी औरत के मामले में न तो कोठी मालिक का दोष है और न ही चालक का। दो लोगों ने इस बात की गवाही दी थी कि मालिक के आदेश और गाली-गलौज पर ही चालक ने जल्दबाजी और असावधानी से लारी को चला दिया था, जबकि वह औरत अभी चढ़ ही रही थी। इसके बावजूद अदालत ने उस औरत को ही कसूरवार ठहराया था।

हरि ने कई बार यह फैसला किया था कि आइंदा वह इधर-उधर की बातें सोचकर अपने दिमाग की मांसपेशियों में तनाव नहीं लाएगा, लेकिन अपने को रोक पाना उसके लिए कभी संभव नहीं हुआ। पांप्लेमूस के गोपालकों के घरों से दूध खरीदने के बाद

वह सरकारी रास्ते से अलग भीतर होकर जानेवाले रास्ते से नोत्रदाम की ओर बढ़ गया। ऐसा करने से उसका रास्ता कोई ढाई-तीन मील छोटा हो जाता था। नोत्रदाम वह आज तीसरी बार दूध लेने जा रहा था। नदी किनारे थी वह बस्ती। वहाँ से सामने ही थी वह पर्वतमाला, जिस पर चढ़कर देश में दूर-दूर तक फैली हरियाली देखने की उसकी इच्छा पहले ही दिन हो आई थी, जब वह सुग्रीम चाचा के साथ वहाँ पहुँचा था। छप्परोंवाले छोटे-छोटे घरों के बीच चक्कर काटता हुआ रास्ता नदी तक ले जाता था। वहाँ पहुँचकर हरि जैसे खो गया था। नदी और पहाड़ों के साथ वह छोटी-सी साफ-सुथरी बस्ती उसे बहुत पसंद आई थी। इधर तीन दिन से वहाँ दूध लेने पहुँचते ही उसकी थकान कम हो जाती थी। आज भी बस्ती में पहुँचकर नियत घर के सामने भोंपू बजाने से पहले वह दूर तक फैले पहाड़ों को देखता रहा। नदी की कलकल ध्वनि को सुनता रहा। फिर उसने पहले घर के सामने भोंपू बजाया। एक अधेड़ औरत दूध का बर्तन और बही लिए सामने आ गई। हरि ने उसके उस पात्र से दूध मापकर टंकी में भरा और उसके हाथ से बही लेकर उसमें माप की मात्रा और तारीख लिख दी। आगे बढ़कर उसने फिर वैसा ही किया। वह कोई सातवाँ या आठवाँ घर होगा, जहाँ उसका हाथ टंकी के ढक्कन पर जाकर रुक गया और वह हैरत के साथ सामने खड़ी लड़की को देखता रहा। पिछले तीन दिनों से इस घर पर जिस औरत ने उसे दूध दिया था, उसकी जगह आज यह · · · हरि को पहले तो अपनी आँखों पर विश्वास ही नहीं हुआ। उस पुरानी रेल-यात्रा की यादें उसकी आँखों के सामने झिलमिलाईं और फिर कई दृश्य साकार हो उठे। उसने तो दिलो-दिमाग से इस खयाल को पूरी तरह हटा दिया था कि वह लड़की उसे फिर कभी दिखाई भी देगी। आज भी वह उसी लहँगे में थी। वही गुलाबी ओढ़नी। बड़ी-बड़ी आँखों में वही लाज, जिससे पलकें जरा झुक आई थीं।

एकाएक उस लड़की के चेहरे के भावों को बदलते देखकर हरि को यह समझते देर नहीं लगी कि उसने भी उसे पहचान लिया है। हरि का तो हाथ जैसे टंकी के ढक्कन पर चिपक गया था और उस लड़की के पाँव चिपक गए थे ज़मीन से। बात करने का साहस हरि को ही करना था। उसी ने किया— “आप · · · आप यहाँ रहती हैं !”

लड़की बोली तो नहीं, पर उसके पाँव जमीन से जरूर उठ आए और वह सिर झुकाए दूध देने और पास आ गई। अपने प्रश्न का उत्तर न पाकर दूसरे सवाल के लिए हरि की हिम्मत नहीं हो सकी। जल्दी से उसने टंकी का ढक्कन खोला और दूध मापकर टंकी में डालता गया। इसके बाद लड़की के हाथ से बही ली और पिछले दिन की माप को बही में दर्ज न पाकर कहा—

“कल आपकी माँ ने बही नहीं दी थी, इसलिए इसमें माप नहीं लिख पाया। मैं तो भूल गया कि कितना था। आप जरा पूछ आएँ, तब तक मैं आज की माप लिखे लेता हूँ।”

हरि ने उस लड़की के सलज्ज स्वर को अपने कानों में गुदगुदी करते पाया—

“माँ घर पर नहीं है।”

उसने उसकी ओर देखा। आँखें टकराईं और पलकें झुक गईं।

"कोई बात नहीं, कल लिख लेंगे। आज का मैं लिख चुका हूँ।"

उसने बही लौटा दी। वह लड़की न रुकी, न मुड़ी, सीधे घर में चली गई। हरि क्षण-भर ठिठका रहा और फिर अगले घरों की ओर बढ़ गया। वापसी में जब वह फिर से उस घर के सामने पहुँचा तो मन हुआ कि एक बार भोंपू बजा दे, पर दूसरे ही क्षण उसने वैसा करने से स्वयं को रोक लिया। सोचा, शायद वह यों ही किसी कोने से झाँकती दिखाई पड़ जाए। पर वैसा नहीं हुआ और मन पर एक बोझ-सा लिए वह आगे बढ़ चला।

लेकिन सात मील लंबे रास्ते में वह उस लड़की के खयाल को बराबर अपने जहन में लिए रहा। रेलयात्रा में उस पहली भेंट के बाद वह उसके दिलो-दिमाग में इस कदर नहीं चिपकी थी। पर अब उसके भीतर एक चाह धधक उठी थी उसे देखने और उससे बात करने की। उसके साथ ऐसा पहली बार हुआ था। वैसे उसके अपने ही गाँव की रनिया थी, जो कभी-कभार उसे विचलित कर जाती थी। उसे याद है कि जिस दिन उसकी शादी हुई थी, उस दिन अनायास हरि के उदास हो जाने पर उसकी माँ ने उसे टोका था। लेकिन रनिया के लिए उसके मन में कोई चाह नहीं धधकी थी। वह सुंदर तो थी, पर उतनी ही अल्हड़ और चुलबुली भी थी। शायद यही कारण था कि हरि को दिल से वह कभी अच्छी नहीं लगी। उसके लिए उसके मन में कोई एक इच्छा उन मौकों पर जरूर आ जाया करती थी, जब किसी एकांत का लाभ उठाकर वह हरि के साथ बेशर्मी से पेश आती थी। उसकी उन बातों और हरकतों से हरि का चेहरा लाल हो जाता था, पर रनिया थी कि छेड़कानी में मस्त रहती थी। लेकिन इस गुलाबी ओढ़नीवाली लड़की और रनिया में बहुत अंतर था। उसमें मन को उत्तेजित करनेवाला आकर्षण था और इसमें बेचैन कर देनेवाली एक गहरी कशिश।

हरि स्वयं उस बेचैनी का अनुभव कर रहा था। कल सुबह उसे फिर से देखने की एक निःशब्द बेताबी!

सारी शाम हरि और मूसा ने पूद्रदोर और पितों में घूम-घूमकर यूनियन के लिए नए सदस्यों की तलाश में बिता दी। तीन घंटों की लगातार दौड़-धूप के बाद दोनों तीस नए सदस्य बनाने में सफल हुए थे, जिसे दोनों ने असाधारण उपलब्धि माना। इस प्रक्रिया में हरि ने अपने मन के बोझ से रिहाई तो नहीं पाई थी, फिर भी उसे कम अवश्य कर पाया था। मन में यह भी आया था कि मूसा के सामने हृदय की बात रखकर थोड़ा हल्का हो जाए, लेकिन फिर उस रहस्य को उसने रहस्य ही बनाए रखना उचित समझा था।

रात-भर वह करवटें बदलता रहा। पड़ोस में चल रही चक्की की घड़घड़ाहट जैसे उसके मस्तिष्क में होती रही। आँखें बंद करके भी जागता रहा। और जब चक्की चलने की आवाज बंद हो गई तो झींगुरों के स्वर उसके जहन में बजते रहे। फिर जब वे बंद हुए तो जैसे सन्नाटा उसके मस्तिष्क में गूँजता रहा। मुर्गे की बाँग की चाह में रह-रहकर

कुत्तों के भौंकने की आवाज सुनता रहा। अँधेरे कमरे में वह रात भी जैसे उसके साथ जाग रही थी। और फिर जब उसे नींद आई तो कहीं दूर सुबह की पहली सूचना मुर्गे की पहली बाँग ने दी। लेकिन हरि नींद की चपेट में आकर उसे सुन नहीं पाया। उसकी बगल में विजय और धनेश भी बेसुध सोए हुए थे।

फिर कोई तीन घंटे बाद मुर्गे की जिस बाँग को उसने सुना, वह उस सुबह की बाँग थी, जिसे फिर किसी मुर्गे ने दोहराने की जरूरत महसूस नहीं की। वह जल्दी से चारपाई छोड़कर उठ खड़ा हुआ। दूसरे भाग में पहुँचा, जहाँ देवी चटाई पर सो रही थी। उसने उसे जगाया। माँ तीन बच्चों के साथ बगलवाली चारपाई पर अब भी सो रही थी। उस धुंधलके में देवी ने खूँटी से अपनी ओढ़नी उतारी। उसे सिर पर रखा और अपने भाई के पीछे बाहर निकल आई। बाहर ठंड थी। आधे घंटे से अधिक ही लगा हरि को काम के लिए तैयार होने में। विजय ने शाम ही को दोनों टंकियाँ धो डाली थीं। हरि ने जल्दी से चाय पीकर रात में पकी रोटी पर खुद अपने हाथों देवी द्वारा गरमाई गई तरकारी रखी। फिर उसे कपड़े में लपेटकर चाय की बोतल सहित टोकरी में रख लिया।

रास्ते पर निकला तो माहौल एकदम शांत था। शीत अब भी पड़ रहा था। रसोईघरों की रोशनियाँ जहाँ-तहाँ रास्ते पर पड़ रही थीं। मर्दों के खाँसने-खँखारने की आवाजों के बीच वह सीधे पूद्रदोर की दिशा में बढ़ चला। भोर का धुंधलका मिटते न मिटते और ओस की बूँदों के समाप्त होते न होते वह पूद्रदोर के उस आखिरी छोर पर जा पहुँचा, जहाँ से उसे दूध लेना शुरू करना था। फिर वह सीधे काटेज के उन चन्द घरों तक पहुँचा और वहाँ से पितों होते हुए पांप्लेमूस और फिर नोत्रदाम। उसका बस चलता तो आज वह इन सभी ठौरों को भूलकर सीधे नोत्रदाम पहुँच गया होता। उसकी स्फूर्ति और हड़बड़ी को देखकर आज कई लोग पूछ बैठे कि आखिर इतनी जल्दी क्या है। पर उसके पास उन प्रश्नों का उत्तर नहीं था। मौसम गुमसुम हो चला था और आकाश बदलियों से आच्छन्न। बारिश कभी भी शुरू हो सकती थी।

पांप्लेमूस से पहले आज वह उस ठौर पर भी नहीं रुका। न रोटी खाई। न चाय पी।

लेकिन नोत्रदाम पहुँचने से पहले ही उसके हाथ-पाँव काँपने लगे। यह कमजोरी की वजह से नहीं था, बल्कि उस अधीरता के कारण था जिसे वह पूरे तीन घंटे से अपने भीतर दबाए हुए था। इसके बावजूद वह अपने धैर्य को बरकरार रखने में सफल रहा। अन्य सभी घरों से दूध ले चुकने के बाद जब वह उस ओर बढ़ा तो उसका हाथ भोंपू पर जाकर भी निष्प्राण-सा हो गया। फिर जब उसके हाथ की नब्ज चली और उसने भोंपू को दबाना चाहा तो वही लड़की, जिसकी याद पूरे चौबीस घंटे से उसकी साँसों में गुँथी हुई थी, दूध लिए सामने आ गई। इस बार उसके कंधों पर गुलाबी की जगह नीली ओढ़नी थी। उसका इस तरह स्वयं आ खड़े होना हरि के हौसले को बढ़ानेवाला था। वातावरण में उमस भर आई थी।

हरि का हाथ टंकी के ढक्कन पर पहुँचा तो जरूर, पर मस्तिष्क के किसी निर्देश से उसे खोला नहीं। लड़की की ओर देखा और कहा—

"आज हम तीसरी बार मिल रहे हैं !"

लड़की ने पलकें उठाईं और फिर झुका लीं। हरि ने पुनः कहा—

"कल आपसे बात करके मैं · · · लज्जित-सा होकर ही रह गया।"

लड़की ने अपने हाथ के पात्र की ओर देखा।

"आपने मेरे प्रश्न का कल कोई जवाब नहीं दिया था।"

वह चुपचाप खड़ी रही।

"आपने अपनी माँ से पूछा · · · वह परसों की माप · · · "

उसने सिर उठाया और हौले से गर्दन हिलाकर हामी भर दी।

"कितना था ?"

"पाँच लीटर।"

हरि ने चाहा कि आँखें बंद करके स्वर के उस माधुर्य को भीतर ही भीतर महसूसता रहे। पर चूंकि लड़की ने अपनी खामोशी तोड़ी थी, इसलिए हरि ने भी उस स्वर को दोबारा सुनने के लिए अपना प्रश्न आगे बढ़ाया—

"आपका नाम क्या है ?"

उसके चेहरे पर एक हल्की मुस्कान थिरकंकर ओझल हो गई। कुछ बोली नहीं। हरि ने हार नहीं मानी। उसने दोबारा सवाल किंया। और इस बार अपने स्वर को कुछ अधिक कोमल बनाकर—

"आप मुझे अपना नाम नहीं बताएँगी ?"

"प्रभा !"

"आप ही की तरह सुंदर है आपका नाम !"

प्रभा के गालों पर लाली दौड़ गई। एक हाथ से वह दूध का बर्तन थामे रही और दूसरे की अँगुलियों से अपने पल्लू के छोर से खेलती रही। हरि अपने जहन की दराज में कोई दूसरा सवाल ढूँढ़ता रहा। सवाल सूझे भी, पर उपयुक्त नहीं लगे। फिर वह नया सवाल खोजता रहा। इस प्रक्रिया में दोनों के बीच एक लंबी खामोशी पसर गई। प्रभा ने अपने हाथ से ओढ़नी छोड़कर दोनों हाथों से दूध के पात्र को थाम लिया और उसे टंकी तक उठा ले गई। हरि ने उस मूक आदेश को स्वीकारने की स्थिति में अपने को नहीं पाया। उसने अगला सवाल किया—

"उस दिन आप अपने पिता के साथ थीं न · · · मेरा मतलब रेलगाड़ी में ?"

उसने सिर हिलाकर उसे स्वीकारा।

"क्या काम करते हैं आपके पिताजी ?"

दुग्ध-पात्र को उस तरह थामे हुए उसके हाथ दुखने लगे थे। उसने उसे नीचे कर लिया और हरि की ओर देखा। उसे अपने प्रश्न के उत्तर की प्रतीक्षा में पाकर उसने धीरे से कहा—

"गन्ने के कारखाने में।"

"कहाँ के ?"

"बोप्लाँ के।"

उसने फिर से पात्र को ऊपर उठाकर दूध मापने का मौन संकेत किया।

"आप जल्दी में हैं क्या ?"

वह कुछ नहीं बोली। पात्र को उसने फिर नीचे कर लिया।

आकाश पर बदलियाँ घनी हो आ आईं। हरि ने उमड़ती बदली की ओर देखकर कहा—

"लगता है, जोरों का पानी बरसेगा।"

और यह कहने की देर थी कि बूँदा-बाँदी शुरू हो गई। प्रभा ने दूध के पात्र को बूँदों से बचाने के लिए जरा झुककर हवा की दिशा में पीठ कर ली। उसे वैसा करते देख हरि को अपनी भूल का एहसास हुआ। उसने झट से टंकी का ढक्कन खोलकर अपने हाथ के मापक पात्र को प्रभा के सामने बढ़ा दिया। उसने धीरे-धीरे उसमें दूध उँडेला। हरि ने पात्र भर जाने पर उसे टंकी में खाली किया और फिर से प्रभा के सामने कर दिया। छह मापों के बाद प्रभा का बर्तन खाली हो गया। बूँदा-बाँदी और जोर पकड़ गई थी। हरि ने जल्दी से टंकी को बंद करके आसमान की ओर देखा। काली बदलियों के कारण दिन-दहाड़े शाम का-सा धुँधलका छा रहा था। हरि ने प्रभा के हाथ से बही लेकर और उसे बूँदों से बचाते हुए परसों और आज, दोनों दिनों के माप को दर्ज किया और फिर प्रभा को लौटा दिया।

देखते-ही-देखते बूँदा-बाँदी बारिश में बदल चली थी। वर्षा की उसी झड़ी के बीच हरि ने प्रभा का स्वर सुना—

"आप भीग रहे हैं। आइए, छुप जाइए !"

वह घर के बरामदे की ओर झपट गई। बारिश पूरे जोर से होने लगी थी। प्रभा ने बरामदे में पहुँचकर दोबारा कहा—

"आइए, छुप जाइए।"

साइकिल को अमलतास के पेड़ के सहारे खड़ा करके हरि बरामदे में जा पहुँचा। इतनी देर में वह लगभग पूरी तरह भीग चुका था। प्रभा घर के भीतर से एक तौलिया ले आई और हरि को थमाते हुए बोली—

"आप सिर और बदन पोंछ लीजिए, नहीं तो सर्दी लग जाएगी।"

हरि को सभी कुछ एक सपना-सा लग रहा था। वह मन-ही-मन बारिश के प्रति अपना आभार व्यक्त करता रहा। प्रभा द्वारा दिए गए तौलिए से उसने अपना सिर और हाथ-मुँह पोंछे। पतलून तो खैर नहीं भीग पाई थी, पर उसकी कमीज चपचप हो चली थी। प्रभा को भीगी कमीज की ओर देखते पाकर उसने मुस्कुराकर कहा—

"इस तरह भीगते रहने का भी अलग आनंद है।"

अमलतास की एक डाल पर दो चोंचे अपने में सिमटे हुए बारिश की बौछारों को सह रहे थे। छप्पर का पानी ओड़ियानी से धाराओं में गिरने लगा था। तौलिए को प्रभा की ओर बढ़ाते हुए हरि ने पूछा—

"आपकी माँ भी कोठी में काम करती हैं क्या ?"

"नहीं।"

"तब तो घर पर ही होंगी।"

"घास लाने गई है।"

"अरे हाँ, यह बात तो मैं भूल ही गया था। आपके भाई-बहन भी हैं या ··· ?"

"एक बड़ी बहन है, एक छोटा भाई।"

"उस दिन रेलगाड़ी में आप ··· ?"

"मैं अपनी बहन के यहाँ जा रही थी। उसकी शादी मोका में हुई है।"

हरि दूसरा सवाल ढूँढ़ने लगा। न मिलने पर अपनी दाईं अंजुलि में ओड़ियानी के पानी को भरता रहा। पानी उसकी अधकसी अंजुलि में भरकर नीचे गिरता रहा। प्रभा भीतर गई और लकड़ी की एक छोटी कुर्सी उठाए आ गई। उसे हरि के पास रखकर बोली—

"आप बैठ जाइए। बारिश थमने में समय लगेगा।"

लगा करे··· हरि ने मन-ही-मन कहा। पर तभी उसे अपने शहरी ग्राहकों की याद आ गई। कल ही किसी ने शिकायत की थी कि वह देर से दूध लाता है। कुछ सोचते हुए वह कुर्सी पर बैठ गया। आँगन में पानी बहने लगा था।

बारिश के थमने में पूरा घंटा लग गया। लेकिन यह अवधि हरि को बहुत ही कम प्रतीत हुई। अमलतास के पेड़ से लगी खड़ी साइकिल को पकड़कर वह बरामदे में खड़ी प्रभा को देर तक देखता रहा और जब प्रभा अपनी निगाहें झुका लेने को विवश हो गई तो वह अन्य घरों की ओर बढ़ गया। फिर जब उधर से दूध बटोरकर वह दोबारा प्रभा के घर के सामने से निकला तो वह बरामदे के खंभे से लगी खड़ी थी। जरा आगे निकलकर हरि ने पीछे देखा। वह अब भी वैसे ही खड़ी थी।

आसमान की बदलियाँ छँटने लगी थीं। हरि खुश था। शहर पहुँच जाने के बाद उसे पता चला कि टोकरी में रखी चाय और रोटी वैसी ही रखी रह गई थी। न उसे भूख थी, न प्यास। वह तो आज नीचे से ऊपर तक लबालब भरा हुआ था—अचानक पैदा हो आई उस अनजान भावना से।

आज किसी ने शिकायत नहीं की कि वह देर से दूध लाया है।

16

पास में बैठी फातमा सहदेव ठाकुर के उन कागज-पत्रों को देख रही थी। कुछ की गिनती खुद ठाकुर कर रहा था, कुछ की फातमा। दोनों ने कोई घंटे-भर की दिमागी कसरत के बाद हासिल अंकों को जोड़ा। तीन महीने ठाकुर ने ढाई हजार बच्चों को मक्का-मदीना और काशी की तस्वीरें दिखाई थीं। पर पैसे चुकाए थे केवल सात सौ

बच्चों ने। इससे पहले दोनों ने मिलकर गाँवों और कस्बों की गिनती की थी। पैंतालीस गाँवों और कस्बों का दौरा वह कर चुका था। पूरब की ओर वह महानदी तक गया था। पश्चिम में बहुत ज्यादा नहीं जा पाया था। दक्षिण में दहाड़ते समंदर के तट पर बनी कोठी तक जा सका था और उत्तर प्रांत का तो उसने लगभग चप्पा-चप्पा छान मारा था।

फातमा के सामने उसने वह सूची भी रख दी, जिसमें उन आदमियों के नाम-पते दर्ज थे, जिनसे उनके बाप-दादों के बारे में वह पूछताछ करता रहा था। फातमा को पहले तो बड़ी हैरानी हुई थी यह सोचकर कि मक्का-मदीना का खेल दिखाते हुए सहदेव चाचा को ये सारी जानकारियाँ, नाम-पते और पैसों का हिसाब-किताब रखने-करने का समय कैसे मिल जाता है, लेकिन एक दिन जब वह शहर के उसी के इलाके की गलियों में उसके साथ रही तो उसकी हैरानी जाती रही। ठाकुर मक्का-मदीना के ऊपर एक कागज़-कलम रखे होता था। उस कागज़ पर दो हाशिए थे। दोनों में वह बारी-बारी से निशान लगाता जाता था। एक में पैसे देकर खेल देखनेवाले छोटे-बड़ों के और दूसरे में मुफ्त देखनेवाले बच्चों के। बच्चों के लिए वह एक छोटी-सी लकीर बनाता और बड़ों के लिए एक बिंदु। अलग-अलग जगहों का अलग पन्ना रखता था। एक दूसरा पृष्ठ था, जिसमें वह मजदूरों के बाप-दादा की जानकारी दर्ज करता था। सोनपुर के जिस इलाके से वह आया था, उधर के भी कोई आठ-दस नाम सूची में थे, पर वे उसके पिता और भाई के बहुत बाद की पीढ़ी थी।

सात-आठ पन्ने ऐसे भी थे, जिनमें अलग-अलग बस्तियों के मजदूरों के नाम के सामने सहदेव ठाकुर ने हिंदी में कुछ लिख छोड़ा था। फातमा ने जब जानना चाहा कि वह क्या है, तो ठाकुर ने गंभीर स्वर में कहा—

"वह तुम्हारे दोनों भाई जान हैं न, जो काटेज से आते हैं···"

"हरि और मूसा ?"

"हाँ! बस उन्हीं की सनक मुझे भी हो चली है। देख रही हो न, प्रत्येक मजदूर के नाम के आगे मैंने उसके अपने हालात लिख रखे हैं··· यह नाम देख रही हो! यह सावाना कोठी का प्रेमलाल है। पच्चीस वर्षों से कोठी में काम कर रहा है। कभी इसके पाँच बच्चे थे, अब सिर्फ एक लड़की जिंदा है।"

"चार बच्चे मर गए ?"

"हाँ। बच्चों की बीमारी फैली थी। दवा-दारू का कोई बंदोबस्त नहीं हो सका। यह दूसरा नाम बनारस कोठी का है। लछमन लाल। पैंतीस साल से शक्कर उद्योग में मजदूरी कर रहा है। पत्नी और दो लड़कों सहित आज तक उसका अपना कोई घर नहीं। बुढ़ापे में भी वह नौकरी से हटना नहीं चाह रहा, इस डर से कि वैसा करने से उसे कोठी का वह घर छोड़ देने को कहा जाएगा। इस सूची में जितने नाम हैं, सभी बरसों से सताए हुए लोग हैं। और यह देखो अम्मादेवी पोनामा। अस्सी साल की होने को है। आठ साल की उम्र से ब्रिटानिया कोठी में काम कर रही थी। पूरे पच्चीस साल तक काम करती रही। आज पास-पड़ोस के मजदूरों के घर खा-सोकर बाकी जिंदगी गुजार रही

है। यह है रशीद जमाल। बेटी खुदकुशी करके मर गई। दो बेटे सात साल से कैद की सज़ा भुगत रहे हैं।"

फातमा पूछ बैठी—

"क्यों ?"

"सरदार को मारने के जुर्म में।"

"और लड़की ने खुदकुशी क्यों की ?"

"यह तुम न जानो तो ही अच्छा है।"

"चाचा जान! ये सब जानकारियाँ बटोरकर आप करेंगे क्या ?"

"यह मैं खुद नहीं जानता।"

फिर उसने छह रुपए गिने और फातमा की हथेली पर रखकर कहा—

"यह रहा इस महीने का घर का किराया।"

उसने अलग से आठ रुपये और गिने और उन्हें फातमा के दूसरे हाथ पर रखते हुए कहा—

"यह रहा महीने के खाने-पीने का हिसाब।"

"चाचा जान, मैं एक बात कहे देती हूँ। आंइंदा इस हिसाब-किताब की बात आप या तो माँ से करें या अब्बा जान से।"

"क्यों ? तुमसे क्यों नहीं ?"

"मुझे अच्छा नहीं लगता।"

"इसमें अच्छे-बुरे की क्या बात है ?"

"है। बहुत ज्यादा है।"

"एक काम कर सकती हो ?"

"क्या ?"

"अगले महीने जब मैं तुम्हें पैसे देने लगूँ तो तुम हाथ आगे करके आँखें बंद कर लेना।"

"मैं कह रही हूँ, सचमुच मुझे यह अच्छा नहीं लगता।"

"अरे छोड़ पगली! यह बताओ कि मुझे उर्दू कब से सिखा रही हो ?"

"जब आपसे पूरी तरह हिंदी सीख लूँ, तब। आप बहुत धीरे-धीरे सिखाते हैं।"

"मैं धीरे-धीरे सिखाता हूँ पर तुम तो बड़ी तेज़ी से सीख रही हो।"

"आपकी इन पुस्तकों से एक पन्ना पढ़ने में एक घंटा लग जाता है।"

"तुम्हें एक बात बताऊँ ?"

"बताइए।"

"अब मुझे गाँव-गाँव खेल दिखानेवाला यह काम अच्छा नहीं लगता!"

"इतनी जल्दी ऊब गए! आखिर क्यों ?"

"हर गाँव में दुख ही दुख देखने को मिलता है। अधनंगे, अधमरे, बच्चे। जो देखकर आता हूँ, उसे झेलना बड़ा कठिन है।"

"तो फिर आपका वह मकसद ···"

"ऊपरवाले के हाथ में है। अगर पूरा होना लिखा होगा तो होकर रहेगा और नहीं लिखा होगा तो लाख चाहकर भी हम उसे पूरा नहीं कर सकते। जिस तरह बरसात हमारे चाहने से नहीं होती और तूफान हमारे रोकने से नहीं रुकता, ठीक उसी तरह · · · खैर, तुमने तो · · · मुझे जो बात कहनी थी वह भी भुला बैठा।"

"चाय ले आऊँ ?"

"उससे भूली हुई बात याद आ जाएगी क्या ?"

बाहर से साइकिल की घंटी की आवाज सुनकर फातमा बाहर निकली। डाकिए ने पूछा—

"सहदेव ठाकुर यहीं रहते हैं?"

फातमा के मन में आया कि पूछ बैठे—नए हो क्या, पर तभी उसे इस बात का अहसास हुआ कि यह तो सचमुच पहले कभी न दिखनेवाला डाकिया सामने है। इसलिए सवाल न करके उसने छोटा-सा उत्तर दिया—

"हाँ !"

यह सुनते ही डाकिए ने दो लिफाफे और दो अखबार फातमा के हाथों में थमा दिए। उन्हें लिए वह सहदेव ठाकुर के पास पहुँची और वे चिट्ठियाँ तथा अखबार उसे सौंप दिए। सहदेव ने पहले दोनों चिट्ठियाँ खोलीं। पढ़ने के बाद बोला—

"एक तो यहीं की है और दूसरी भारत से आई है।"

"भारत से !"

"हाँ।"

"किसकी चिट्ठी है ?"

"छापाखाना बेचनेवाले की।"

"छापाखाना !"

"हाँ, दो महीने पहले लिखा था। आज उत्तर आया है।"

"छापाखानावालों को लिखा था ?"

"हाँ, एक छापाखाना खरीदने का इरादा है।"

"चिट्ठियाँ छापने के लिए ?"

"नहीं, अखबार निकालने के लिए।"

"अखबार ?"

"हाँ। अभी तक मैंने यह बात किसी को नहीं बताई। सबसे पहले तुम्हें ही बता रहा हूँ। मैं जब हिंदुस्तान में था तो एक अखबार में लेख लिखता रहता था। इधर आकर भी उस आदत को छोड़ नहीं पाया। कई बार मुझे लिखते देखकर तुम पूछती रही हो कि मैं क्या लिखता रहता हूँ · · · "

"आप तो कहते थे, कहानियाँ लिखता हूँ।"

"बस यों ही कह दिया था।"

"इन दोनों बहियों में आप जो कुछ लिख रहे हैं, ये भी सब लेख हैं क्या ?"

"हाँ। यहाँ जो कुछ देखता रहा हूँ, उसी के बारे में।"

"पर चाचा, आप तो मुझे हिंदी सिखाते हैं फिर भी मैं आपकी लिखावट को पढ़ नहीं पाती।"

"मेरी लिखावट का आदी होना पड़ेगा तुम्हें, फिर पढ़ पाओगी।"

उसने दोनों अखबारों को खोलकर उसमें से एक फातमा के हाथों में थमाते हुए कहा—

"इसे तो पढ़ सकोगी न ?"

फातमा ने अखबार के पहले पृष्ठ से सुर्खियों को टटोल-टटोलकर पढ़ा—'जवाहरलाल की जिन्ना से भेंट।'

"तुमने एकदम ठीक पढ़ा।"

"तो फिर आपकी लिखावट क्यों नहीं पढ़ पाती हूँ ?"

"वक्त के साथ उसे भी पढ़ सकोगी।"

"ये अखबार आपको वहाँ से कौन भेजता है ?"

"मैं खरीदता हूँ। यहाँ से डाक द्वारा पैसा भेजता हूँ, वहाँ से वे लोग ये दोनों अखबार भेजते हैं।"

"यह तो 'आज' है ··· यह अखबार का नाम है क्या ?"

"हाँ।"

"पर जो आपके हाथ में है, उसका नाम तो मुझसे पढ़ा नहीं जाएगा।"

"अरे नहीं बिटिया ! यह भी उतना ही आसान है। यह देखो, यह है 'वि' ··· फिर ··· 'श्व' यानी के 'विश्व' और 'मि', फिर 'त्र', मतलब 'विश्वमित्र'।"

"पर चाचा, यह वि तो ठीक है, पर सुवा ·· क्या कहा आपने ?"

"इसे कहते हैं हलंत 'श'। आगे 'व' होने से 'श्व' हो गया। अगर पूरा 'श' होता तो शव होता। तो यह है विश्वमित्र।"

"यह विश्वमित्र क्या होता है ?"

"पूरी दुनिया का दोस्त।"

"यानी कि यह अखबार ?"

"हाँ। तुम तो बहुत जल्द समझ लेती हो।"

"आप इसी तरह का अखबार निकालेंगे क्या ?"

"इसी तरह का तो नहीं। यह तो बहुत बड़ा अखबार है। मैं तो छोटा-सा अखबार निकालना चाहता हूँ। वह भी जिन लोगों की मदद की ख्वाहिश है, उनकी मिली तब ··· "

"किनकी मदद ?"

"हरि की। एक तरह से मैं अपने अखबार से उसके आंदोलन की मदद करना चाहता हूँ। ··· पर इसके लिए मुझे उसकी मदद की जरूरत पहले होगी।"

रात में फरीद ने खुशी-खुशी ठाकुर को बताया कि कपड़ों की दुकान चलाने की उसकी

योजना बहुत शीघ्र सफल होकर रहेगी। कई महीनों से वह शहर के केंद्र में एक अच्छी-सी जगह ढूँढ़ रहा था। जो भी इमारतें उसने देखी थीं, वे उसे पसंद नहीं आई थीं। अगर जगह अच्छी होती थी, तो इमारत पसंद नहीं आती थी, और इमारत पसंद आती थी तो जगह दूर होती थी। अब जगह वह पसंद कर आया था, वह लाकोद्री गली में थी। इमारत भी अच्छी थी और जगह भी ऐसी थी जहाँ हजारों लोगों का रोजाना आना-जाना होता था। एक सप्ताह पहले वह उस जगह के बारे में सहदेव ठाकुर को बता चुका था, पर तब उसे उम्मीद नहीं थी कि वह उसे किराए पर मिल सकती है। तभी ठाकुर ने उससे कहा था कि अगर वह जगह उसे मिल गई तो उसका एक हिस्सा वह भी लेना चाहेगा, लेकिन क्यों, यह उसने फरीद को नहीं बताया था।

जब सभी कुछ तय हो गया तो फरीद ने उससे कहा कि इमारत जितनी बड़ी है, उसमें बड़ी आसानी से ठाकुर को एक हिस्सा मिल सकता है। यह कहने के तुरंत बाद उसने जानना चाहा कि वह उसमें कौन-सा धंधा शुरू करनेवाला है ? उसके इस सवाल पर ठाकुर ने फातमा की ओर देखकर कहा—

"तुम्हीं बता दो इसे।"

फातमा ने बताया—

"चाचा हिंदुस्तान से छापाखाना मँगवा रहे हैं।"

"छापाखाना मँगा रहा है! भाई जान, इसका क्या मतलब हुआ ?"

कुछ कहने के बदले ठाकुर ने अपनी ओर विस्फारित नेत्रों से देख रहे फरीद को फातमा से ही पूछने का इशारा किया। फरीद ने फिर-फिर अपनी बेटी की ओर देखा। दूसरे कमरे में बच्चों का शोर हो रहा था और सपूरा उन्हें चुप रहने के लिए डाँटे जा रही थी। फातमा को चुप पाकर उसके बाप ने सवाल किया—

"क्यों फातमा, यह छापाखाना किसलिए ?"

"अखबार निकालने के लिए।"

"कौन निकालेगा अखबार ?"

सहदेव ठाकुर ने हाथ में थामे कटोरे से दूध का लंबा घूँट लेकर कहा—

"क्यों भाई, हम अखबार नहीं निकाल सकते क्या ?"

"एक खेल तो कर ही रहे हो। बच्चों को मक्का-मदीना दिखाते रहते हो। अब अखबार निकालकर कौन-सा खेल दिखाना चाहते हो ?"

"तुम पहले हमारे सवाल का जवाब दो। उस इमारत का एक हिस्सा हमें मिलेगा या नहीं ?"

"बिलकुल मिलेगा पर ··· "

"पर क्या ? हम तुम्हें बाकायदा उसका किराया देंगे और ··· पर ··· तुम शायद एक बात से डर गए। तुम सोच रहे हो कि छापेखाने में पैसे खर्च करके हम तुम्हें वह रकम नहीं दे सकेंगे, जिसका हमने वायदा किया है।"

"अरे नहीं भाई जान, बात यह नहीं है।"

"तो फिर क्या बात है ?"

"बात यह है कि अखबार निकालकर आप करेंगे क्या ? आप कुछ · · ·"

"कुछ कमाने की बात सोचूँ। सही न ? हुजूर, हम छापाखाना मँगवाएँगे। उसे तुम्हारी इमारत में बिठाएँगे। अखबार निकालेंगे। अपने हिस्से का किराया देंगे और तुमसे किए वायदे को पूरा करने के लिए तुम्हें दो हजार रुपए भी उधार देंगे, जिससे तुम अपनी दुकान में माल भर सको। क्यों, अब भी तुम्हें मेरे अखबार निकालने की बात पर आपत्ति है ?"

"अगर ऐसा ही है तो हम दोनों एक साथ दुकानदारी के धंधे में क्यों न लग जाएँ ?"

"नहीं, यह बेहतर नहीं होगा। यों भी मुझे पैसे कमाने की कोई इच्छा नहीं है।"

"तो फिर अखबार क्यों ?"

"पैसा कमाने के लिए नहीं।"

"जनता की खिदमत करने के लिए ?"

"हमसे क्या होगी जनता की खिदमत। हमारा तो एक छोटा-सा मकसद है।"

"कैसा मकसद ?"

"मजदूरों की आवाज बुलंद करना।"

"यह क्या बात हुई ?"

"हाँ, कपड़े की दुकान चलानेवाली बात तो नहीं हुई !"

फातमा जोर से हँस पड़ी। फरीद ने उसे गंभीरता के साथ देखा और फिर खुद भी जोर से हँस पड़ा।

17

सुबह, जब सूरज निकलने में करीब दो घंटे शेष रहे होंगे और पेड़ों पर पक्षियों का कलरव पराकाष्ठा पर था, तभी देवी ने अपने भाई की साइकिल से उसकी चाय-रोटी लटकाते हुए कहा था—

—आज जल्दी घर लौटना। कालीमाई पर पूजा है।

यही कारण था कि हरि दस बजे के करीब घर लौट आया था। घर पर उसे केवल विजय मिला। बाकी सभी लोग पूजा में जा चुके थे। कालीमाई ठीक उस स्थान पर थी जहाँ गाँव समाप्त होता था और कोठी की अपनी जागीर शुरू होती थी। हरि को याद है, कालीमाई के उस चबूतरे के कारण कभी कितना बड़ा हंगामा हुआ था। कोठी मालिक उसे अपनी जमीन बताते हुए वहाँ गन्ने ढोनेवाली छोटी रेल-पटरी बिछाना चाहते थे। उनकी अपनी जमीन से शुरू हुई पटरी को शुगर-मिल की दिशा में सीधा चलाने

में बाधा आ गई थी, क्योंकि आगे भारी चट्टानें थीं और कोठीवाले अपनी सहूलियत के लिए उस जमीन को भी अपनी बताने लगे थे जिसमें कालीमाई थी। हरि के पिता ने कहा था कि ऐसा करना उनकी पहले ही से आदत रही है। मालिकों के दबाव पर गाँव के लोग कालीमाई का चबूतरा वहाँ से हटा लेने को तैयार हो गए थे और रामबरन अपने खेत में जगह देने को तैयार हो गया था। लेकिन गाँववालों की एक ही शर्त थी कि कालीमाई को वे अपने हाथों से वहाँ से नहीं हटाएँगे।

मालिक ने यह शर्त मान ली थी। मारतें को कहा गया था कि वह कोठी बस्ती से मजदूर लाकर यह काम करा ले, लेकिन बस्ती के मजदूर भी वैसा करने को तैयार नहीं थे। मालिक के क्रोध से कहीं अधिक उनको काली माँ के कोप का डर था। आखिर मारतें कारखाने में रस पकानेवाले चार मजदूरों को ले आया । पर यह बताकर उन्हें नहीं लाया गया था कि कालीमाई के चबूतरे को तोड़ना है। इसलिए उन्हें जब इसका पता चला तो उन्होंने भी इन्कार कर दिया। उनमें से एक क्लोद ने मारतें से कहा था—

—नों मूसे मारतें नों।

पड़ोस के एक गाँव की वह कहानी उसे भली-भाँति याद थी, जब वहाँ के मालिक ने कालीमाई के चबूतरे को लात मार दी थी। उसने उसी घटना की याद दिलाते हुए पुनः कहा था—

—मुझे न तो अपने परिवार को पागल करवाना है और न स्वयं को अपाहिज।"

बाद में उसी पड़ोसी गोरे मालिक ने जब उस कोठी-मालिक को परामर्श देते हुए कहा कि वैसा करने की भूल न करे, तो चबूतरे को वहीं छोड़ दिया गया था। यही नहीं, कालीमाई के प्रकोप से बचने के लिए कोठी की ओर से हर साल दो बकरे बलि के लिए दिए जाते थे और बड़ा मालिक पूजा में अपनी उपस्थिति भी दर्ज कराता था।

कालीमाई के चबूतरे के चारों ओर नीम और गुलैची के पेड़ थे। गाँव के लोग बारी-बारी से उस पर सफेद रंग पोतते थे और हर समय वहाँ झंडियाँ उड़ती रहती थीं और माटी के चिराग जलते रहते थे। हर रविवार को गाँव की औरतें उस जगह की सफाई करके सिंदूर चढ़ा जाती थीं। इस काम की अगवानी हरि की माँ तब से करती आ रही थी, जबसे वह दुल्हन बनकर आई थी। उसके लिए जब पहली बार बहरिया पूजा में जाने की बात आई थी तो उसने इस बात पर आनाकानी की थी कि जिस पूजा में बकरों की बलि देने की प्रथा है उसमें वह हिस्सा नहीं लेगी। यह बात वह अपने पीहर ही से सीखकर आई थी, क्योंकि उसका पिता मंदिर का पुजारी था। हरि के पिता ने उसे समझाया था और कहा था कि वह एकदम उसकी तरह करे। पूजा में उस समय तक रहे, जब तक कि जीव-बलि की घड़ी न आ जाए। हरि के पिता ने भी कभी इस बात पर आपत्ति की थी कि वह कालीभक्त जरूर है पर काली के लिए बलि-पूजा में भाग नहीं ले सकता। बाद में उसने अपनी यह धारणा बदल दी। अहीर टोले के सभी लोग उसका बहुत आदर करते थे। उनकी भावना को ठेस पहुँचाना उसने ठीक नहीं समझा था, पर शर्त यही थी कि वह उस पूजा में तभी तक रहेगा, जब कि जीव-बलि की घड़ी न आ जाए।

हरि भी काली-पूजा के पहले अनुष्ठान तक वहाँ रहता था और फिर खीर-पूड़ी का प्रसाद लेकर माई को प्रणाम कर चला आता था। वह जब कालीमाई-थान पहुँचा तो जतन शाव गोंइठों के कड़ाहों से गर्म दूध को दोनों हाथों में लेकर चारों दिशाओं में उछाल रहा था। गाँव तथा कोठी-बस्ती के प्रायः सभी लोग वहाँ इकट्ठे थे। भीड़ से जरा अलग कोठी का बड़ा मालिक अपने साथ लाए हुए सोफे पर बैठा था और एक सरदार ने उसके सिर पर काली छतरी तान रखी थी। उसके द्वारा भेंट किए गए दोनों बकरे गलों में फूलों की मालाएँ पहनते और रह-रहकर मिमिया उठते।

कुछ औरतें काली माँ का गुणगान करनेवाला गीत गा रही थीं। चबूतरे पर बिछे केले के हरे पत्तों पर खीर-पूरियों की पाँत पीली चादर से ढकी थी। एक औरत उस चादर को हटाकर उन पूड़ियों पर सिंदूर टीक रही थी। एक दूसरी औरत कोने में अर्घ्य दे रही थी। ढोल, ढपली और शहनाई के मिले-जुले स्वर पर जतन हिले जा रहा था। उस पर देवी को सवार जानकर महिलाएँ हाथ जोड़े शांत बैठी थीं। वह केवल जतन शाव की आवाज थी, जो कभी-कभार बकरों, ढोल-ढप और मोर-बाजे के स्वरों के बीच सुनाई पड़ जाती थी।

हरि बीच की एक खाली जगह पर जा बैठा। उसकी आँखें जतन शाव पर पल-भर को टिककर उस ठौर पर जाकर रुकीं, जहाँ कोठी-मालिक बैठा हुआ था और कोठी के मजदूर बारी-बारी से उस तक पहुँचकर अपना सिर झुका आते थे। हरि को लगा कि वह पूजा काली माता से कहीं अधिक कोठी-मालिक की तो नहीं ! वह अभी यह सोच ही रहा था कि नीम के पेड़ की बगल से एक आदमी गुलैची-फूलों का हार उठाए मालिक के सामने आया और उसने झुककर उसे मालिक के गले में डाल दिया। हरि ने उस आदमी को पहचाना। वह संतोष का चचेरा भाई सुरजवा था। हरि को हँसी आ गई। खुशी से नहीं, आत्मग्लानि से भरी हुई हँसी। संतोष का यह चचेरा भाई वही आदमी था, जिसकी तनख्वाह लगातार तीन हफ्तों से काटी जा रही थी और जिसको लिए संतोष हरि के घर पहुँचा था। सुरजवा ने हरि के सामने रोना शुरू कर दिया था। कहा था कि तीन हफ्ते में उसकी छह दिन की कमाई जब्त कर ली गई है। हरि भी उस दिन के बाद तीन बार उसके घर पहुँचा था और तीसरी बार उससे यहाँ तक कहा था कि अगर उसके पास संघ की वार्षिक सदस्यता के लिए पंद्रह पैसे नहीं हैं, तो कोई बात नहीं, वह अपनी ओर से उसका सदस्यता-शुल्क देने को तैयार है। सुरजवा ने कहा था कि उसे संघ का सदस्य नहीं बनना। मालिक को हार पहनाकर वह हरि के पास से होकर ही अपने चंद दोस्तों के बीच पहुँचा, लेकिन हरि को उसने कनखी से भी देखने का साहस नहीं किया।

दोपहर में जब हरि और मूसा घर से निकले तो पूद्रदोर को जाती हुई घनशाम की बैलगाड़ी उन्हें मिल गई। ये दोनों भी उधर ही जा रहे थे। गाड़ी में जगह पाकर दोनों उस पर जा बैठे। लूला होते हुए भी घनशाम बड़ी खूबी से गाड़ी में माल लाद और उतार लेता था। बातूनी भी वह खूब था। बैल भी उसका हर वक्त मस्ती से चलने का आदी था। मैडेगस्कर से लाया गया क्रियोली बैल था वह और उसके बाप को सेंताँ-त्वान

कोठी-मालिक की ओर से उपहार में मिला था। जंगली सुअरों के शिकार के दौरान एक बार घनशाम के बाप जोगिया भगत ने मालिक की जान बचाई थी। घनशाम इस कहानी को हर नए आदमी को सुनाए बिना नहीं रहता। हरि उससे यह कहानी कई बार सुन चुका था और जब भी सुना, तो कुछ ज्यादा मिर्च-मसाले के साथ।

घनशाम ने चुप रहना सीखा ही नहीं था। रास्ते-भर उसने अपनी ही बातें कीं और हरि एवं मूसा को मौका ही नहीं दिया कि वे आपस में कोई बात कर सकते। गाड़ी से उतरने के बाद दोनों ने राहत की साँस ली। मूसा ने कहा—

"पूद्रदोर में हमें पहले रामावद भैया से मिल लेना चाहिए। उसने इधर के कुछ मजदूरों से बात की है और यह भी संभव है कि उन्हें कहीं एक जगह जुटाने का बंदोबस्त किया हो।"

दोनों सीधे रामावद के घर पहुँचे। समुद्र-किनारे एक अत्यंत सुंदर जगह पर उसका घर था। मछली के कारोबार में वह कहीं से कहीं पहुँच गया था। पिछली बार हरि और मूसा को अपनी तीन नावें दिखाते हुए उसने कहा था—

—बीस साल गन्ने के खेतों से जुड़े रहकर कुछ नहीं कमा पाया। बस अपना और बच्चों का पेट भरने के लिए ही रहा वह काम। कभी-कभी तो पेट भी नहीं भर पाता था। आज मेरी अपनी जमीन है, अपना घर है, चार-पाँच मछुवारे मेरे लिए काम करते हैं··· यह सभी कुछ केवल तीन वर्षों की कमाई है। मेरे लिए तो इस माटी से अधिक दयालु यह समंदर रहा।

वह मूसा और हरि की मदद करनां चाहता था। कहा था कि अगर सचमुच सभी मजदूर अपने अधिकार को पहचान लेते हैं तो निश्चय ही माटी से उन्हें भी वही मिल सकता है जो समंदर से मिलता है।

दोनों को देखते ही रामावद उन्हें अपने घर में ले गया। बातें हुईं। चाय पी गई। फिर उन्हें वह समुद्र-किनारे उस टीले पर ले गया, जहाँ गाँव की बैठका थी। कोई तीस-चालीस लोग वहाँ प्रतीक्षा कर रहे थे। उन सभी से पहले मूसा ने यूनियन-प्रधान की हैसियत से बातें कीं। फिर हरि ने देश-भर की कोठियों के अत्याचारों से अवगत कराते हुए उनसे कहा—

"अब तो स्थिति यह है कि हममें से हरेक व्यक्ति को कम से कम दो- तीन व्यक्तियों को यूनियन का सदस्य बनाना ही होगा।"

अब तक मूसा और हरि करीब पचास-साठ जगहों पर बैठक कर चुके थे, पर यही पहला स्थान था जहाँ सभी उपस्थित लोगों ने स्वयं को सदस्य बना लिया। जिन दो-तीन लोगों के पास प्रवेश-शुल्क नहीं था, मूसा के अनुरोध पर हरि ने उन्हें भी सदस्य बनाया। वहाँ से दोनों को सेंताँ-त्वान की कोठी में पहुँचना था। हरि और मूसा से पहले ही कह दिया गया था कि कोठी-मालिक ने हुक्म दे रखा है कि दोनों को किसी भी हालत में कोठी के भीतर न घुसने दिया जाए। हरि ने हँसकर लोगों को आश्वासन दिया था कि वे घबराएँ नहीं। ऐसी बातें तो सभी कोठियों में थीं, इसलिए सारी धमकियों के बावजूद वे कोठियों में आते-जाते रहे थे।

शाम के करीब चार बजे दोनों मित्र सेंताँ-त्वान जा पहुँचे। रविवार होने के कारण वे जानते थे कि इलाका सरदारों और मालिकों से खाली रहेगा, फिर भी कुछ पालतू दरिंदों का खतरा तो था ही। लेकिन उनकी परवाह किए बिना दोनों कोठी-बस्ती में जा पहुँचे। घरों की दो कतारों के बीच बरगद का जो पेड़ था, उसके नीचे कोई सात-आठ मजदूर अंगूरी शराब का लुत्फ उठा रहे थे। दोनों को देखकर उन्होंने अनदेखा कर दिया। हरि ने मूसा से पूछा कि वह तांबी का घर जानता है या नहीं। मूसा ने बताया कि एक बार वह उसके यहाँ जा चुका है पर रात होने के कारण जगह की सही पहचान उसे नहीं है। कुएँ से सिर पर डोल रखे आती एक अधेड़ औरत को सलाम करने के बाद मूसा ने पूछा—

"आप हमें बता सकती हैं कि तांबी का घर कौन-सा है ?"

उस औरत ने हैरानी से दोनों की ओर देखा। उसके कानों में नीचे झुमके लटक रहे थे, पर थोड़ा ऊपर छोटी-छोटी बालियाँ थीं। उसने पूछा —

"कहाँ से आल हवउ स तू लोग ?"

मूसा ने हरि की ओर देखा और हरि ने उस अधेड़ औरत से कहा—

"हम दोनों पड़ोस के गाँव के हैं। तांबी के दोस्त हैं।"

"दोस्त होके दोस्त का घर नहीं जानते ? मुझे जानते हो तुम दोनों ?"

हरि और मूसा ने एक-दूसरे को देखा। जवाब मूसा ने दिया—

"नहीं तो।"

"मैं तुम्हारे दोस्त की माँ हूँ।"

यह कहकर वह आगे बढ़ गई। दो कदम बढ़ाकर उसने पीछे देखा और कहा—

"तुम उससे नहीं मिल सकते।"

दो कदम आगे बढ़कर वह फिर रुकी। मुड़कर पूछा—

"तू लोगन ई जाने नै चाहत बानी कि काहे ऊ तू लोगन से नैं मिल सकी ?"

हरि उसके एकदम पास जाकर बोला—

"वजह हम जानते हैं चाची ! सरदारों ने घर-घर घूमकर कहा है कि कोठी का कोई मजदूर बाहर से आए हुए आदमी के साथ नहीं मिल सकता। यही न ?"

"हाँ, यही बात है। वैसे भी तुम दोनों यह जान लो कि इस समय वह घर पर नहीं है। कारखाने में काम कर रहा है।"

यह कहकर तांबी की माँ आगे निकल गई। दोनों क्षण-भर अपने स्थान पर खड़े रहे। आपस में बातें कीं और गन्ने के कारखाने की ओर बढ़ गए। चारों ओर हरियाली से घिरी थी वह जगह। लेकिन चारों ओर खड़े उन पेड़ों से कहीं दोगुनी ऊँची थी मीनारनुमा वह चिमनी, जिससे भूरे रंग का धुआँ ऊपर उठ रहा था। दूर ही से कारखाने की घड़घड़ाहट सुनाई पड़ रही थी और रस के पकने की सोंधी गंध भी दूर-दूर तक माहौल में घुली हुई थी। अहाते के भीतर जाने के लिए लोहे का ऊँचा फाटक था। वह आधा खुला हुआ था। दोनों ने कुछ झिझक के साथ भीतर प्रवेश किया। हरि ने सिर उठाकर अपने सामने के पत्थरों की उस ऊँची मीनार को देखा। मन ही मन सोचा—इतनी

ऊँची मीनार बनानेवाले मजदूर इतने छोटे घरों में रहते हैं कि अगर कमर और सिर झुकाकर भीतर न जाया जाए, तो सिर के छत से टकरा जाने का भय रहता है।

पकते हुए रस की गंध और भी तेज होती गई। मशीनों की घड़घड़ाहट और भी जोर से सुनाई देने लगी। लेकिन तभी पीछे से एक और तेज आवाज गूँज उठी—

"ए ला ! कोत जोत पे आले ?"

दोनों ने मुड़कर पीछे की ओर देखा। एक लंबा-चौड़ा रखवार कंधे पर बंदूक लटकाए उनकी ओर लपक रहा था।

"कहाँ इस तरह धड़ाधड़ बढ़े जा रहे हो तुम ?"

"अपने एक दोस्त से मिलने आए हैं।"

"यहाँ दोस्तों से मिलने की इजाजत नहीं है।"

कारखाने की विस्तृत और ऊँची इमारतों के सामने तीनों व्यक्ति बौने-से दीख रहे थे। रविवार होने के कारण बहुत कम लोग कारखाने में काम कर रहे थे। सब मशीनें भी नहीं चल रही थीं। वह रखवार अब दोनों के एकदम करीब आ चुका था। अधिकार भरे स्वर में उसने कहा—

"चलो, पीछे हटो।"

तभी लोहे की सीढ़ियाँ उतरता हुआ सामने से तांबी दिखाई पड़ गया। मूसा ने उस मशीनी कोलाहल के बीच उसे आवाज दी। तांबी को आवाज सुनाई नहीं पड़ी। मूसा ने जब दोबारा उसे पुकारा तो कारखाने के उस भीमकाय रखवार ने ठीक उसके सामने आकर बंदूक की मूठ को उसके कंधे पर रख दिया—

"निकलो यहाँ से !"

हरि ने मूसा के कंधे से बंदूक की मूठ को हटाते हुए कहा—

"हमें तांबी से एक जरूरी काम है।"

"वह काम कर रहा है, तुम लोगों से नहीं मिल सकता।"

"वह कोई कैदी है क्या ?"

"तुम साले, हमसे सवाल करोगे या यहाँ से पीछे हटोगे ?"

"गाली मत दो।"

"क्यों, क्या कर लोगे··· कि तो कापाव फेर ?"

उसने गाली देकर इस बार मूठ से हरि को पीछे ढकेला। हरि ने अपने को सँभाला और बंदूक को दाएँ हाथ से थाम लिया। रखवार ने झकझोरकर बंदूक को हरि की पकड़ से मुक्त किया और क्रोध से तमतमाते हुए सामने आ गए आवारा कुत्ते पर गोली दाग दी ! कुत्ता एक दर्दनाक चीख के साथ उछलकर जमीन पर लुढ़क गया !

18

परकाश को जीवन का जो सबसे बड़ा पछतावा था, वह उसके अपने जीवन की असफलता या मजदूरों का मनचाहा सहयोग न मिलने को लेकर नहीं था। वह था मदन और मीरा को एक सूत्र में न बाँध पाने को लेकर। जितना आदर वह मदन का करता था, उतना ही मीरा का; लेकिन मीरा के त्याग को उसने जितना महत्व दिया था उतना मदन के त्याग को नहीं। उसे इस बात का बहुत दुख था कि मीरा को मदन की पत्नी न बना सका। मीरा की खुशी के लिए उसने मदन से झगड़ा कर कई दिनों तक बात नहीं की थी। मीरा तो चुपचाप सभी कुछ सह लेनेवाला जीव थी, और मदन उसकी उस वेदना से अनजान रह जानेवाला व्यक्ति। लेकिन मीरा की मृत्यु के बाद मदन का वह प्रायश्चित्त और सात दिन बाद ही स्वयं दम तोड़ जाना उसके अपने असाधारण प्यार का प्रतीक था।

परकाश को जब हरि ने अपने प्यार की बात बताई तो उसने उसी क्षण अपने आप से कहा कि यही वह क्षण है अपनी उस पहली असफलता के पश्चात्ताप को धो डालने का। उसी रात उसने सीमा से कहा था—इस बार इन प्यार करनेवालों को मैं मिलाकर रहूँगा, चाहे दोनों के बीच कितना ही बड़ा जाति-भेद क्यों न हो। सबसे पहले वह प्रभा के माँ-बाप से मिला। प्रभा के पिता ने तो उसके पाँवों पर अपने सिर का रूमाल रख दिया था। कहा था—

—परकाश भैया ! प्रभा तुम्हारी बेटी है। तुम जहाँ चाहो उसे ब्याह सकते हो, बशर्ते उधरवाले उसे स्वीकार करने को तैयार हों। तुम्हें तो पहले उस ओर बात कर लेनी चाहिए थी। वे बड़े लोग हैं, मैं छोटी जाति का हूँ। मेरे मान लेने से क्या होता है। वे मान जाएँ तो मेरे लिए उससे बड़ी खुशी और हो ही नहीं सकती।

प्रभा के पिता की परकाश से पुरानी जान-पहचान थी। वह परकाश से बड़ा था, पर उन दिनों उसी की बस्ती में रहता था। सुगुनवा और अनु को लेकर जब पंचायत बैठी थी, तो परकाश किशोर ही था, फिर भी वह उन तमाम घटनाओं का गवाह था। मनोहरसिंह सुगुनवा को अपनी बेटी का हाथ थमाने को तैयार नहीं हुआ था। दो रातों की बैठकों के बाद मदन ने सभी उपस्थित लोगों के सामने पंच-निर्णय को इन शब्दों में रखा था··· यह सभा—मनोहरसिंह से आग्रह करती है कि वह अपनी बेटी की शादी सुगून के भतीजे सुगुनवा से कर दें। जहाँ प्यार होता है वहाँ भेद-भाव नहीं होता··· गाँव के पुजारी के सहयोग से मदन मनोहरसिंह को राजी करने में सफल हो गया था। सुगुनवा और अनु की शादी तो हो गई थी, लेकिन उसके बावजूद सुगुनवा अपने को चमार संबोधन से मुक्त नहीं कर सका था, चाहे उसकी पत्नी अनुराधा मनोहरसिंह की बेटी थी। कुछ लोगों से बहिष्कृत होकर ही सुगुनवा ने वह बस्ती छोड़ी थी। उस घटना को आज पंद्रह वर्ष हो रहे थे और इतनी ही उम्र थी उसकी दूसरी बेटी की।

सुगुनवा से मिलने के दूसरे दिन परकाश हरि की माँ से मिला। उसकी माँ जब रिश्ते के लिए तैयार होती नहीं दिखी, तो परकाश ने उसी नीति का सहारा लिया, जिसे घर से सोचकर गया था—

"आप यह मत भूलिए कि प्रभा की माँ मनोहरसिंह की बेटी है।"

"परकाश बेटे, मुझे सोचने का समय दो··· मैं अभी कुछ नहीं कह सकती। हरि के चाचा से पूछना आवश्यक है।"

परकाश जब प्रभा के घरवालों से मिलकर लौट रहा था तो वहाँ से कुछ ही दूरी पर उसे एक पुराना दोस्त मिल गया था। उसी ने परकाश को पहले पहचाना था—

—अरे परकाश तुम ? तुम्हारे पाँव को··· यह बैसाखी के सहारे चल रहे हो··· क्या हुआ पाँव को ?

—बस, चोट आ गई थी और··· खैर··· तुम अपना बताओ, कैसे चल रहा है ?

—बस चल रहा है किसी तरह। तुम इधर कैसे भटक आए ?

—एक लड़की देखने आ गया था।

—लड़की ! काहे को ?

—कमाल है यार ! अपने एक दोस्त के लिए, और काहे को।

—ब्याह के लिए ? यहाँ छोकरी ढूँढ़ने आ गए ब्याह के लिए ?

—क्यों; इसमें ऐसी क्या बात है ? यह जगह ठीक नहीं क्या ?

—जगह तो ठीक है पर···

—पर क्या ?

—मैं यहाँ पंद्रह साल से रह रहा हूँ। इस इलाके में न कभी किसी बारात को आते देखा और न कभी किसी को जाते !

—क्या कह रहे हो ?

—एकदम सही कह रहा हूँ।

—अगर ऐसा है तो मैं पहला आदमी होऊँगा, जो इस बस्ती में बारात लेकर आऊँगा।

वहाँ से लौट आने के बाद परकाश इस बारे में ही सोचता रहा। सचमुच उसे यह बात थोड़ी विचित्र लगी कि आज तक उस बस्ती में न कोई बारात आई, न गई। मन में इसकी वजह जानने की जिज्ञासा पैदा होकर अपने आप मिट भी गई। उसने इसका कारण वहाँ की गरीबी को ही माना।

शाम को सीमा के साथ परकाश अपने छोटे-से खेत में रोज की तरह बागबानी में लगा था कि मार्दे मुचीर्ये घर के पिछवाड़ेवाली दूसरी पगडंडी से वहाँ आ गया। सप्ताह में एक-दो बार शाम के वक्त वह परकाश से इसी जगह बातचीत करने आ जाता था। इसी बहाने वह खेती के काम में परकाश का हाथ भी बँटा जाता था। पिछली बार उसने क्यारी में आए बैंगन के पौधों के प्रतिरोपण में परकाश की मदद की थी। उस

रात उसने परकाश के ही यहाँ खाना खाया था, पर खाने से पहले उसने अपने पुराने कोट की जेब से शीशी निकालकर दो गुड़की ओ-दे-वी पी थी। शुरू-शुरू में परकाश ने उसे अपने यहाँ वैसा करने से मना किया था, लेकिन फिर उसे उस आदत से मजबूर पाकर उसने कभी नहीं रोका। एक दिन मार्दे ने परकाश से कहा था कि क्यों न वह भी कभी शराब चखकर देखे।

—मेरी बात मानो परकाश भाई! यह ऐसी चीज़ है कि इसके सामने कोई दवा नहीं। दिन-भर की थकावट और जिंदगी के सारे ग़म गायब हो जाते हैं।

परकाश ने कहा था—

—मैं तो दोस्त, थकान में सुकून पानेवालों में हूँ और रही ग़म गलत करने की बात तो मुझे नहीं लगता कि गम गलत करने में गम को जीने से अधिक आनंद होता होगा।

परकाश की यह बात मार्दे मुचीर्ये की समझ से बाहर थी। पर हाँ, उस दिन के बाद उसने फिर कभी परकाश से शराब पीने की माँग नहीं की। लेकिन परकाश को जब भी मौका मिलता, वह उससे शराब छोड़ने की माँग अवश्य करता—

—तुम इन चंद घंटों की खुमारी के लिए रोज पंद्रह पैसे खर्च कर देते हो। इन पैसों को किसी मटके में डालते जाते तो दस-बारह वर्ष बाद अपनी बेटी की शादी पर वह रकम काम आ सकती थी।

मार्दे जब पिए हुए नहीं होता था तो परकाश से पूछ लेता था—

—परकाश भाई, तुम तो बिलकुल नहीं पीते। तुम्हारे मटके में अब तक कितना जमा हो पाया है?

परकाश ने एक ही बार उसके इस सवाल का जवाब दिया था—

—मुझे अपनी बेटी की शादी करनी होती तो जरूर जमा करके रखता।

परकाश चिचिंडे और तुरई के पौधों पर मिट्टी चढ़ा रहा था। मार्दे उसके हाथ से कुदाली लेकर खुद वह काम करने लगा। दूसरे पौधों पर माटी चढ़ाते हुए उसने कहा—

"हरि मिला था। आज इधर आनेवाला था पर उधर के जरूरी कामों के कारण नहीं आ पाएगा। उसने मुझसे तुम्हें एक जरूरी बात बताने को कहा है। कल वह डाक्टर लोरा के यहाँ से लौटा है। उसने कहा है कि मैं तुम्हें यह बात बता दूँ कि चार-पाँच दिनों से फलाक इलाके की कई कोठियों में मालिकों के जुल्म और मनमानी इतनी अधिक बढ़ गई है कि वहाँ के मजदूरों की हालत एकदम नाजुक हो चली है। मिल-मालिकों के अत्याचारों से उधर के छोटे किसानों का जीना हराम हो गया है। उन्हें जोबा नामक जो गन्ना रोपने को दिया गया था, अब उसे घटिया कहकर कारखाने के लिए लेने से इन्कार किया जा रहा है ···"

परकाश ने उसे टोकते हुए कहा—

"यह जोबा गन्ने की धाँधली तो बहुत पहले से चल रही है। मिल-मालिकों और जमींदारों की बहुत बड़ी साजिश है यह, जिससे वे छोटे किसानों को पनपने और विकसित होने से रोकना चाहते हैं। गन्ने की गुलियाँ उन्हीं लोगों ने छोटे किसानों को रोपने के लिए बेचीं और अब वही लोग यह कह रहे हैं कि उनमें रस और शक्कर

कम निकलती है।"

"हाँ, तो इन्हीं बातों के लिए हरि उस इलाके के मजदूरों और छोटे किसानों को जुटाने में लगा हुआ है।"

सीमा कुछ ही दूरी पर काम कर रही थी। अब वह टमाटर के नन्हे अंकुरोंवाली क्यारी की सिंचाई के बाद अपने हाथ के फव्वारे को कुएँ के पास छोड़ आई। पत्थरों की मुँडेर से उसने हँसुवे को उठाया और उसे लिए हुए एकदम बाईं ओर जा पहुँची, जहाँ भिंडियों के पौधे थे। उसकी सास ने कहा था कि आज रात पराँठे के साथ मसालेवाली भिंडी बनाए। उसे भिंडी काटते देखकर परकाश ने अपने स्वर को ऊँचा करते हुए कहा—

"देखना, सिर्फ छोटी-छोटी काटना। जो बड़ी हो गई हैं, उन्हें बीज के लिए छोड़ा है।"

सीमा ने जब पहली बार इस खेत से भिंडियाँ काटी थीं, तो बैंगन और करेले की तरह बड़ी-बड़ी चुनकर और उसकी सास उस पर बिगड़ उठी थी—

—यह तो तुम जुआईल-गोटाईल भिंडियाँ काट लाईं। कैसे पका पाओगी इन्हें ?

पर अब उसे हर कच्चे-पक्के का पता था। साग-सब्जी के अलग-अलग मौसमों से लेकर अब वह खेती के सभी कामों को जानती थी। परकाश से जब उसकी शादी की बात चली थी तो गाँव की लड़कियाँ उसके भाग्य पर जल उठी थीं। कहती थीं कि जब से परकाश उसके जीवन में आया है, तब से उसके पाँव जमीन पर नहीं पड़ते। लेकिन सीमा जानती थी कि लोगों का ऐसा सोचना गलत है। यह सही है कि उसे इस बात का गर्व था कि उसे प्यार करनेवाला इलाके का सबसे पहला अध्यापक है। सरकारी काम था उसका। लेकिन उसे इस बात का तनिक भी गुमान नहीं था। अपनी सहेलियों की बातों पर वह हँस दिया करती थी। उसकी माँ कहा करती थी कि वह जिस घर में दुल्हन बनकर जा रही है, वहाँ रानी की तरह राज करेगी ··· लेकिन फिर वह दिन भी आया जब उसकी माँ को यह कहना पड़ा कि वह किसी भी हालत में उसकी शादी उस घर में नहीं करेगी।

अपने इस छोटे-से खेत में काम करते हुए सीमा को कई घटनाएँ याद आ जाती थीं। एक दिन दोपहर को वह खेत में निराई कर रही थी कि उसके पिता आ गए थे। वह उसकी उस दशा पर कुछ बोले तो नहीं थे, लेकिन उसके चेहरे पर छलक आए दर्द को देखकर सीमा ने महसूस किया था कि उसके पिता यही सोच रहे हैं कि कहाँ तो बेटी को रानी बनाने की बात थी और कहाँ ·· आगे उसने इस प्रसंग पर सोचना बंद कर दिया था। एक बार उसने मायके में पिता को आश्वस्त किया था कि उस घर में वह उतनी ही खुश है, जितनी शादी के पहले उसने कल्पना की थी। उसे अपने पति की सरकारी नौकरी जाने और कोठी-मालिकों की साजिश से उसके अपमानित होने का दुख जरूर हुआ था, लेकिन उस घर में आने का नहीं। उसे आज भी अपने निर्णय पर भारी प्रसन्नता थी। जब भी परकाश उस बात को छेड़ देता, सीमा उसकी बाँहों में और भी गहरे खो जाना चाहती थी। अभी पिछली रात परकाश ने फिर उस बात को दोहरा

दिया था। मालिकों के षड्यंत्रों के कारण उस पर चोरी का आरोप था। उसी बीच वह सीमा से चोरी-चुपके मिल पाया था। दोनों में बहुत थोड़ी बातें हुई थीं, पर उन बातों को आज भी परकाश याद किए हुए था। वह तो रात में उन बातों को दोहरा जाता, पर सीमा दिन के समय भी, खेत में अकेले होने पर उन क्षणों की सुखद अनुभूति करती रह जाती। इस वीराने में अपनी और परकाश की वे आवाजें उसके कानों में आने लगतीं—

—तुम्हारे घरवाले मुझे चोर मानते हैं ?

—मानते तो नहीं हैं।

—तो फिर मेरे इस बहिष्कार का कारण ?

—तुम मेरी राय नहीं पूछोगे ?

—तुमसे क्या पूछना है ?

—तो फिर जब तुम्हें विश्वास है कि मैं तुम्हें निर्दोष मानती हूँ तो नाहक दुखी क्यों होते हो ?

सीमा को इसी एक बात का सबसे अधिक संतोष था कि उसने कठिन से कठिन परिस्थितियों में भी अपने पति को कभी दुखी नहीं होने दिया। सीमा और परकाश आज एक ही साथ अपने अतीत की यादों में उलझे हुए थे। फर्क सिर्फ इतना ही था कि सीमा अपने और अपने पति के बारे में सोच रही थी, जबकि उसका पति अपने और हरि के बारे में। वह सोच रहा था कि जिन परिस्थितियों में वह टूटा था, उन्हीं में हरि को भी टूटने के लिए छोड़ देना कहाँ तक उचित है। किए जा चुके निर्णय के बाद भी वह स्वयं को दुविधा में पड़े पा रहा था। अपने भीतर की छटपटाहट को अपने दोस्त के सामने रखते हुए उसने कहा—

"मैं समझ नहीं पा रहा मार्दे कि मेरा अपना क्या फर्ज है।"

"फर्ज ?"

"हाँ ! हरि मेरा शिष्य है, मेरा आत्मीय। और आज वह एकदम उसी रास्ते पर चल पड़ा है जिस पर चलकर मैं अपना सबकुछ स्वाहा कर चुका हूँ।"

"तो··· तो उसे रोका भी तो जा सकता है।"

"नहीं। उसे रोका भी नहीं जा सकता।"

अतीत के विचारों से बोझिल स्वर में परकाश ने आगे कहा—

"मेरा भी सीमा से उन्हीं दिनों प्यार हुआ था। आज हरि को भी एक लड़की से प्यार हो गया है।"

मार्दे ने अपनी कुदाली नीचे रखकर टेंट से बीड़ी निकाली। उसे होंठों में संभालकर चकमक को बाहर निकाला और उससे आग पैदा करके बीड़ी सुलगाई। फिर लगातार दो-तीन कश लेने के बाद उसने माथे के पसीने को बाईं बाँह से पोंछा और परकाश के पास एक पत्थर पर बैठ गया। सीमा जब अपनी काटी हुई भिंडियों को खोंयचे में लिए सामने से निकल गई तो परकाश ने अपनी चिंता को मार्दे के सामने रखते हुए कहा—

"तुम जो खबर लाए हो मार्दे, मैं उससे आगे की बात जानता हूँ। ··· अभी आज

सुबह ही यूनीते कोठी का मेरा एक मित्र मुझसे मिलने आया था। उसने जो बातें बताईं, उनसे यह बात साफ होकर सामने आती है कि उस ओर के मजदूर बहुत बड़ी संख्या में यूनियन के साथ जुड़ चुके हैं और अब इधर की सबसे बड़ी कोठी और सबसे बड़े कारखाने लीन्यों में हड़ताल कराने की तैयारियाँ शुरू हो चुकी हैं। लेकिन हरि और उसके साथी जिस खतरे को नहीं देख पा रहे, वह भीतर-ही-भीतर प्रचंड रूप लेने लगा है। देश-भर के पूँजीपति एक सप्ताह में कई बैठकें कर चुके हैं। उनके बीच तय हुआ है कि हड़ताल को बगावत का नाम दे दिया जाए। हरि ने तो इन गोरों को अभी तक केवल मालिक-मजदूर के रिश्ते में जाना है। उसे क्या मालूम कि मजदूरों की अगुवाई करनेवालों के साथ ये क्या कुछ कर सकते हैं। मेरा अनुभव कहता है कि मेरे लंबे आंदोलन से सबक सीख पानेवाले ये गोरे इस बार बड़ी बेरहमी से पेश आ सकते हैं। यह जानकर तो मुझे और भी चिंता होने लगी है कि लीन्यों फलैक के जिस कारखाने को मजदूर संघ ने निशाना बनाया है, वह भारतवंशी पूँजीपतियों के प्रभुत्व में है। मुझे पूँजीपतियों की यह बहुत बड़ी साजिश लग रही है। इन्होंने जो भी करने की ठानी है, उसे स्वयं न करके हमारी ही जाति के धनपति से करवाएँगे। मुझे लगता है कि कुछ भी हो सकता है।"

बीड़ी के टुकड़े को पत्थर पर रगड़कर बुझाने के बाद मार्दे ने सवाल किया—

"तो फिर इस हालत में क्या किया जा सकता है?"

"मुझे तो कुछ सूझ ही नहीं रहा।"

दोनों चुप हो रहे। कई क्षण उसी खामोशी में बीत गए। फिर परकाश ने ही कहा—

"यह भी सुनने में आ रहा है कि पूर्वी इलाके की कुछ कोठियों के मजदूर अपना विरोध-प्रदर्शन शुरू भी कर चुके हैं। ऐसी सूरत में तो हड़ताल होकर रहेगी और . . ."

"क्या उसे रोका नहीं जा सकता?"

मार्दे के इस प्रश्न पर परकाश ने सिर हिला दिया—

"हड़ताल रोकने से दो बातें होंगी और दोनों ही मजदूरों के पक्ष में नहीं जाएँगी। पहली बात तो यह होगी कि जो मजदूर अब हड़ताल को अपना हक और हथियार मानने लगे हैं, वे निहत्थेपन की स्थिति में आ जाएँगे और दूसरी यह कि गोरे मालिक उसे मजदूरों की कमजोरी मान बैठेंगे। यह मजदूरों के लिए बहुत गलत बात होगी।"

दोनों के बीच फिर खामोशी छा गई।

पीछे की ओर सन के पत्तों से बनी दीवार को पार करके कुछ मुर्गियाँ खेत में आ गई थीं। परकाश ने दो कंकड़ फेंककर उन्हें खेत से बाहर खदेड़ा। कुछ दिन पहले ये मुर्गियाँ टमाटर की पूरी क्यारी चौपट कर गई थीं। एक ढीठ मुर्गा भागकर फिर लौट आया। इस बार मार्दे ने उस पर एक पत्थर फेंका और वह कौं-कौं कौं-कौं करता हुआ दीवार पार कर गया। मार्दे ने परकाश से कहा—

"तुम हरि से बात क्यों नहीं करते?"

"तुमने मेरे मुँह की बात छीन ली। उससे बात करके देखते हैं।"

उसने पश्चिम की ओर देखा। सूरज अभी ऊपर था।

"क्यों न हम अभी उसके यहाँ चलें। सुबह तो वह जल्दी काम पर निकल जाएगा। हो सकता है, उधर से उधर लीनीते कोठी पहुँच जाए। मैं चाहता हूँ कि मजदूरों के बीच पहुँचने से पहले ही मैं उससे कुछ बातें कर लूँ। तुम अपनी साइकिल से आए हो या पैदल ?"

'पैदल आया हूँ। पर अगर चलना ही है तो मैं ले आता हूँ। चलना है ?"

"चलते हैं।"

"उधर से रात होने के पहले लौट आना होगा, क्योंकि मेरी साइकिल में फानाल नहीं है। अभी परसों ही संतोष का भाई साइकिल में लाइट न होने के कारण सवा रुपया जुर्माना भुगत आया है।"

"रात होने से पहले आ जाएँगे।"

मार्दे उठकर घर को चल पड़ा। परकाश ने बैसाखी उठाई और चलते हुए घर पहुँचा। सीमा को आवाज देकर पानी माँगा। सीमा बाल्टी लिए सामने आ गई। परकाश ने हाथ-पाँव धोए। मुँह पर पानी के छींटे दिए। तब तक मार्दे साइकिल लिए आ गया। परकाश जब बिना कपड़े बदले जाने को हुआ, तो सीमा ने रोक लिया—

"कपड़े मैले हैं। बदलकर ही जाओ।"

उसने कपड़े बदले और घर से निकलते हुए सीमा से कहा—

"माँ से कह देना, मैं हरि से मिलने गया हूँ। रात होने से पहले आ जाऊँगा।"

सीमा उसे जाते हुए देखती रही। सोचा, वह भी एक दिन था जब परकाश खुद साइकिल दौड़ाकर उसके घर आ जाता था। एक बार सीमा की मौसेरी बहन उसके घर आई हुई थी। उसने परकाश से कहा था कि वह उसे साइकिल चलाना सिखा दे। परकाश जब उसे सिखाने लगा तो सीमा की माँ ने उसकी मौसेरी बहन को डाँटते हुए कहा था—

—ई का छोकरा लोग के जैसे साइकल चढ़त बानी। खदमरी कैहीं की।

दूसरे दिन जब परकाश ने सीमा की मौसेरी बहन को साइकिल चढ़ना सिखाने से इन्कार कर दिया था, तो उसने मौसी पर आए क्रोध को परकाश पर उतारा था। उसकी साइकिल के दोनों पहियों की हवा निकाल दी थी। सीमा को उसकी इस हरकत से बहुत खुशी हुई थी, क्योंकि उस रात परकाश को मजबूरन उसके यहाँ टिक जाना पड़ा था। सुबह जब वह जाने लगा था तो सीमा की बहन की बाँह में चिकोटी काटते हुए बोला था—

—अगली बार अगर तुमने ऐसा किया तो मैं सीमा की बजाय तुम्हें ही अपने घर उठा ले जाऊँगा !

सीमा के होंठों पर यादगार भीगी मुस्कान थिरक उठी और परकाश को मार्दे की साइकिल के पीछे बैठे जाते हुए देखती रही। दूसरे ही क्षण वे दोनों मोड़ तक पहुँचकर ईख के खेतों की आड़ में ओझल हो गए। सीमा की मुस्कान फिर से उदासी में डूब गई। वह रसोई में लौट आई और चावल बीनने लगी। गाँव की कुलवंती दादी अपनी कमर पर हाथ रखे चलती हुई आ गई—उसकी सास को गाँव की बहू-बेटियों की ताजा

कहानियाँ सुनाने। लेकिन सीमा की सास तो जोखू मामा की बीमार पत्नी को देखने गई थी। अभी तक लौटी नहीं थी। कुलवंती दादी को तो यों भी कभी किसी तरह की जल्दी नहीं रही। वह बड़े आराम से बैठ गई और हमेशा की तरह बैठते ही चाय की दरख्वास्त की। सीमा अपने हाथ के सूप को नीचे रखकर चाय तैयार करने लगी। उसका मन बहलाने के लिए कुलवंती दादी ने गाँव के सास-ससुरों की कहानियाँ शुरू कर दीं—

"क्या बोलूँ बेटी, मुझे भी जोखू की पत्नी को देखने जाना था पर · · · क्या बोलूँ, वह औरत मुझे तनिक भी नहीं भाती। अपनी पतोहू को बहुत दुख देती है। चावल-दाल तो क्या, पानी तक मापकर देती है। उसने तो बेचारी की नाक में दम कर दिया है। मैं पूछती हूँ कि वह अगर उसकी अपनी बेटी होती तो उसके साथ उस तरह का सलूक कर पाती। उसे घर से बाहर नहीं निकलने देती। उसकी थाली में गिनकर चावल रखती है और · · ·"

तभी सीता खाँसते हुए भीतर आ गई। कुलवंती पर नजर पड़ते ही उसने पूछा––

"क्यों कुलवंती चाची, सीमा को क्या पाठ पढ़ा रही हो ?"

"इसे बस यही बता रही थी सीता कि यह गाँव की दूसरी बहुओं कीं तरह अपनी सास के साथ उसी तरह की बेरुखी का बर्ताव न करे। कह रही थी कि तेरी सास ने जीवन में बहुत दुख सहा है और बहुत मेहनत की है।"

कुलवंती के लिए चाय बनाती हुई सीमा अपने आपमें मुस्कुराती रही।

19

हरि ने बड़े ध्यान से परकाश की सारी बातें सुनीं। उन बातों को सुनाते हुए उसके स्वर में जो दर्द था, उसे आत्मसात करके हरि दुखी हुआ था। परकाश का वह दर्द इसलिए नहीं था कि वह टूटा था, विकलांग हुआ था और एक दयनीयता में ढकेल दिया गया था। उसका वह दुख इस बात के लिए था कि उसकी असफलता से मजदूरों के दिन बेहतर होने के बदले बदतर हो चले थे। अपनी असफलता के लिए वह अपनी जल्दबाजी को मजदूरों के असहयोग और मालिकों की धाँधलियों से कहीं अधिक बड़ा कारण मानता था। इसलिए वह हरि को केवल यही आगाह करने पहुँचा था कि वह किसी तरह की जल्दबाजी न करे। उसने हरि से कहा कि धनपतियों को तो आंदोलन की एक छोटी-सी भूल का इंतजार होता है। मजदूरों की ओर से छोटी से छोटी भूल का वे लोग नाजायज फायदा उठाना जानते हैं। जाते-जाते वह यह भी कह गया कि वह न तो मजदूरों को अपने अधिकार के लिए हड़ताल करने से रोकना चाहता है और न

ही उस हड़ताल से हरि को टूटते हुए देखना चाहता है। उसने कहा था—

—जितने मुझे तुम प्यारे हो, उतने ही ये मजदूर। मैं न तो तुम्हें हारते हुए देखना चाहता हूँ और न मजदूरों को। दोनों में से किसी को भी हारते देखना मेरे लिए बहुत पीड़ादायक होगा।

परकाश के चले जाने के बाद हरि उधेड़बुन की स्थिति में रहा। परकाश ने उससे यह भी कहा था कि मजदूरों को देखते हुए वह अपने परिवार की ओर देखना न भूले। हरि अपने परिवार के बारे में सोचता रहा। माँ की देखभाल, भाई-बहनों का पालन-पोषण, पढ़ाई-लिखाई, शादी-ब्याह सबकुछ उसी के जिम्मे तो था। परकाश ने यही तो कहा था कि कोई भी खतरनाक कदम उठाने से पहले उसे यह जान लेना आवश्यक है कि वैसा करने से कहीं उसकी वह जिम्मेदारी गिरवी तो नहीं रखी जा रही। हरि को भी सचमुच ऐसा लगा था कि अपने लिए, केवल अपने लिए तो किसी भी तरह का खतरा मोल लिया जा सकता है, पर क्या अपने परिवार को भी खतरे में ढकेल देना उचित है। इसी उचित-अनुचित के चक्कर में वह देर तक पड़ा रहा और एक भारी उधेड़बुन की अनगिन तहों में लिपटा उसकी घुटन से बचने के लिए अपने आपसे उलझता रहा।

इस बीच उसे प्रभा की भी याद आती रही। यादों के त्रिकोण में वह लगातार सफर करता रहा। मजदूरों के खयाल से छूटकर परिवार के बारे में सोचने लगता, परिवार की याद को बिसारकर प्रभा के बारे में सोचता और अपने भीतर एक सुखद एहसास से भर जाता। रात में माँ के सो जाने के बाद उसने देवी और विजय से देर तक बातें कीं। दोनों में से कोई भी उसके मालिकों से उलझने के पक्ष में नहीं था।

सुबह उठकर वह दूध खरीदने निकल गया। यूनीते के मजदूरों के साथ ग्यारह बजे मिलने की बात थी। मूसा के सहयोग से उसने आठ बजे से पहले ही सभी जगहों से दूध ले लिया। नोत्रदाम जाकर वह उतनी आसानी से समय की बचत नहीं कर पाता, इसलिए आज उसने वहाँ मूसा को भेज दिया था। दोनों ठीक साढ़े आठ बजे तेररूज स्टेशन के पास मिले। वहाँ से एक साथ शहर पहुँचे। दस बजे दोनों ने ग्राहकों से फारिग होकर अपनी-अपनी साइकिलें फरीद के घर छोड़ीं और थोड़ी दूर चलकर फलाक जानेवाली बस पकड़ ली।

आकाश पर दहकते सूरज के कारण गरमी बहुत तेज थी। बस में खिड़कियों से हवा आने पर भी लोग अकुलाहट का अनुभव कर रहे थे। इक्कीस सीटोंवाली बस में करीब पैंतीस लोग सवार थे, जिसके कारण भीतर की उष्णता और अधिक बढ़ी हुई थी। बस के फलाक पहुँचने से पहले ही दोनों सें-जूल्यें उतरे, जहाँ तीन-चार लोग उनकी प्रतीक्षा करते मिले। वहाँ से वे लोग पैदल चलकर यूनीते पहुँचे। मजदूर संघ के कोई दस से ऊपर कार्यकर्ता बैठका के आँगन में खड़े उनकी प्रतीक्षा कर रहे थे। उन सभी में जो उत्तेजना थी, उसे कम करने के लिए हरि ने बड़े शांत भाव से बात शुरू की। सबसे पहले उसने चाहा कि वह परकाश की हिदायतों के अनुरूप लोगों को जल्दबाजी के

उल्टे परिणाम से अवगत कराए। लेकिन अभी वह मुश्किल से पाँच-सात मिनट ही बोल पाया था कि उपस्थित लोगों में से तीन-चार लोग रामदरस का संकेत पाकर एक साथ चिल्ला उठे— "नहीं, हम लोग काफी इंतजार कर चुके।"

"अब हम अधिक इंतजार नहीं करेंगे।"

"हम लोग फिर से मालिकों से बात करने को तैयार नहीं हैं।"

"बारह सौ मजदूर परसों से हड़ताल के लिए तैयार हैं।"

मूसा ने भी बीच में उन उत्तेजित लोगों को समझाने की कोशिश की। लेकिन उनमें से कोई भी अपने निर्णय के विरुद्ध किसी से कुछ सुनने को तैयार नहीं था। मूसा और हरि ने कुछ देर के लिए स्वयं को उन लोगों से अलग कर आपस में विचार-विनिमय किया। इलाके के कार्यकर्ताओं और प्रतिनिधियों से बातें कीं। फिर सभी के साथ करीब घंटे-भर की बहस हुई और अंत में इस निष्कर्ष तक पहुँचा गया कि हड़ताल को एक सप्ताह के लिए स्थगित कर देने में ही उसकी सफलता की संभावनाएँ अधिक बनती हैं। जो लोग इस बात से सहमत नहीं थे, उन्हें समझाने में एक घंटा और लगा।

हरि और मूसा को जहाँ इस बात की खुशी थी कि परकाश की हिदायतों पर पूरी तरह अमल किया गया है, वहीं दोनों इस बात से दुखी भी थे कि बहुत ही मुश्किल और परिश्रम से मजदूरों को एक सूत्र में बाँधकर सामने लाने के सारे किए-कराए प्रयासों पर पानी फिर गया है। हरि सामने बैठे मजदूरों के बुझे-बुझे चेहरे और उनकी आँखों के निस्सहाय भाव को देखकर दुखी हुए बिना नहीं रह सका। अपने अंतर्द्वंद्व को भीतर ही छिपाए वह उन मलिन चेहरों को देखता रहा। उसे लग रहा था कि अपनी अनिश्चितता के भारी बोझ को अपने कंधे से उतारकर उसने मजदूरों के कंधों पर लाद दिया है। घर लौटते हुए मूसा ने हरि से पूछा था कि क्या सप्ताह बाद सभी को फिर से उसी तरह एक सूत्र में बाँध पाना संभव हो सकेगा ? हरि से जवाब नहीं बन पड़ा, क्योंकि वह सोच रहा था कि एक सप्ताह जहाँ मजदूरों के संकल्प के ढुलमुल हो जाने के लिए बहुत है, वहीं मालिकों के सँभलने तथा कोई नई साजिश रचने को भी पर्याप्त है।

यूनियन की पहली हड़ताली संभावना का गर्भपात हो गया था।

अब एक ही सप्ताह बाद दूसरी हड़ताल को जन्म देना आसान होगा क्या ? यही प्रश्न हरि रास्ते-भर अपने आपसे करता रहा। परकाश ने कहा था कि सभी कुछ समय से होना चाहिए और हरि इसी बात से परेशान था कि क्या वह समय को ही तो नहीं चूक गया ? जिस समय को इतनी आसानी से जाने दिया गया, उसे उतनी ही आसानी से फिर पाया जा सकेगा क्या ? लेकिन कुछ भी हो, हरि ने अपने को न तो हताश पाया था और न ही निराश। उसके सामने सात दिन थे, वे सात दिन जिनमें वह फलाक क्षेत्र के सभी मजदूरों को और भी सही ढंग से संयोजित कर सकेगा। पर इस आशंका से भी वह अपने को मुक्त नहीं कर पा रहा था कि ये सात दिन जमींदारों और मिल-मालिकों के पास भी हैं। वे और भी सजग होकर अपनी साजिश को संगीन बना सकते हैं।

परकाश ने यह भी कहा था कि तुम अगर डाल-डाल चलोगे, तो पूँजीपति पात-पात

चलेंगे। फिर भी हरि ने अपने हौसले को बरकरार रखा। मूसा से कहा—

"देखेंगे यार ! अगर वे लोग डाल-डाल चलते हैं तो हम भी पात-पात चलेंगे।"

घर पहुँचकर शाम को मूसा और हरि सीधे परकाश के यहाँ पहुँचे। परकाश ने पहले दोनों की बातें सुनीं। फिर मजदूरों के भावुक प्रण पर चिंता व्यक्त करते हुए कहा—

"इन लोगों को कुछ दिनों के लिए रोकना ही होगा। हड़ताल अवश्य होनी चाहिए, लेकिन सही समय पर। अभी जो समय है, वह मजदूरों का नहीं, मालिकों का है। उस दिन तुमने भी कहा था कि डॉक्टर क्यूरे भी तत्काल हड़ताल के पक्ष में नहीं है। पूर्वी इलाके के कुछ सहयोगी नेताओं की भावुकता में आकर सभी मजदूर हड़ताल के लिए तैयार हो गए हैं। मैंने जब विरोध-प्रदर्शन किया था तो इसी तरह की भावुकता में आकर। यह सोचने का समय भी मैं अपने आपको नहीं दे पाया था कि हम लोग जो कर रहे हैं, उसका सही मकसद क्या है। हड़ताल का उद्देश्य तो मजदूरों के बदतर जीवन में सुधार लाना होना चाहिए, लेकिन अगर जल्दबाजी में सारी बातों को ध्यान में रखे बिना हड़ताल की गई तो उसका परिणाम उलटा हो सकता है। मुझे जो सूचना मिली है उससे तो मेरा डर और भी अधिक बढ़ गया है। सुना है, कोठीवाले स्वयं कुछ मजदूरों को भड़का रहे हैं, ताकि हड़ताल हो। पुलिस को भी पूरी तरह से अपने पक्ष में कर लिया गया है, क्योंकि उनका दावा है कि हड़ताल गैर-कानूनी होगी। मैं तो दोनों को यही राय दूँगा कि अगर इस हड़ताल को कुछ महीनों के लिए स्थगित कर दिया जाए, तो ही अच्छा रहेगा, नहीं तो लेने के देने पड़ जाएँगे।"

"सात कोठियों के बारह सौ से ऊपर मजदूरों को, जोकि पूरे संकल्प के साथ हड़ताल के लिए तैयार हैं, रोक पाना कठिन होगा।"

"कुछ भी हो मूसा, उन्हें रोकने में ही उनकी भलाई है। और तुम लोग मजदूरों की भलाई चाहते हो, बुराई नहीं। कल ही तुम सेंजूल्यें और यूनीते के अपने सहयोगियों की एक बैठक बुलाओ। उन्हें सारी बातें समझाओ। वे यह जान और समझ लें कि हड़ताल होगी अवश्य, लेकिन उसके लिए यह समय गलत है। उन्हें सही समय का इंतजार करना होगा। हर काम के लिए एक सही समय होता है। असमय न तो गन्ने उगाए जा सकते हैं और न ही उन्हें काटा जा सकता है।"

"लोग जरूर पूछेंगे कि हड़ताल कब होनी चाहिए तो इसका क्या जवाब देंगे हम ?"

"तो फिर ऐसा करो कि उधर के नेताओं से मिलने से पहले तुम डाक्टर क्यूरे से मिल लो। वे जो सुझाव दें, वही करें।"

"परकाश भैया, रात में मैंने किसनसिंह की पुस्तक पढ़कर समाप्त की। इतने वर्षों में, लगता है सारा संघर्ष, सारे आंदोलन वहीं के वहीं हैं, जहाँ से शुरू हुए थे।"

"यह शायद इसलिए कि जहाँ मालिकों की क्रूरता और अमानवीयता ज्यों की त्यों है, वहीं मजदूरों का भय और विभाजन भी जैसे का तैसा है।"

"लेकिन आज जब उनका भय कुछ कम हो गया है और वे संगठित भी हुए हैं, तो हम उसका उपयोग करते हुए झिझक रहे हैं।"

"यह भी इसलिए, क्योंकि इधर मालिकों को सरकारी संरक्षण खूब मिल रहा है,

जिससे उनकी ताकत दोगुनी हो चली है। अभी जो स्थिति है, उसमें वे किसी को भी गोलियों से भूनकर कह सकते हैं कि उन्होंने आत्मरक्षा के लिए गोली चलाई। फिर तुम लोग जिस मजदूर संगठन की बात कर रहे हो, वह तो प्रांतीय रूप से ही बन पाया है। अभी तो तुम्हारे अपने ही इलाके के मजदूर एक सूत्र में नहीं बँध पाए हैं। जब तक तुम पूरे देश के मजदूरों को एक साथ नहीं कर लेते, तब तक अपने को मालिकों से अधिक ताकतवर नहीं मान सकते। जब तक मजदूरों के किसी एक जुटाव से निकला आदेश देश-भर में नहीं गूँज जाता, और सभी लोग उसे सुनकर दौड़ नहीं आते, तब तक अपने को पूँजीपतियों से शक्तिशाली समझने की भूल नहीं करनी चाहिए। मन चाचा मुझे यही सिखाता रह गया था, फिर भी अपने गरम खून के आवेश में मैंने उसकी बात नहीं मानी।"

परकाश ने दोनों को कुँवर महाराजसिंह के मॉरिशस आगमन के समय की बातें बताईं। इसके बाद उसने तब से अब तक चली आ रही स्थितियों पर स्थिरता से सोचने की माँग की। वह चाह रहा था कि जो भी कदम उठाया जाए, सोच-विचार के बाद ही।

मूसा और हरि देर तक परकाश के पास बैठे रहे। वहीं से दोनों ने सूरज को पश्चिमी क्षितिज पर ढलते देखा। घर के रास्ते में सिर पर घास के गट्ठर रखे औरतों को घर लौटते हुए देखकर मूसा ने कहा—

"मजदूरों की हालत बदलने की कोशिश तो सालों पहले से होती आ रही है, पर इन घास काटनेवाली औरतों की चिंता हम लोगों ने कभी नहीं की। तुमने पिछले हफ्ते की घटना सुनी ?"

"रूपचंद की पतोहूवाली न ?"

"हाँ, दो रखवारों ने मिलकर उसके साथ बलात्कार किया। लेकिन जिन दूसरी औरतों ने यह देखा, उनमें से एक भी सरदारों के खिलाफ गवाही देने को तैयार नहीं हुई। एक अँकवारी घास के लिए हर सप्ताह चवन्नी देकर रखवारों को पटाए रखना पड़ता है। जो देने की हैसियत नहीं रखतीं, उनसे ये रखवार दूसरी तरह लाभ उठाने की कोशिश करते हैं।"

"इस समस्या पर भी ध्यान देना जरूरी हो गया है।"

"हमारे यहाँ तो जिस जंगल से औरतें घास काटती थीं, उसे मालिकों ने चारों तरफ कँटीले तारों से घेर दिया है।"

"कल ही विजय बता रहा था। मुझे तो सारी बातें मज़दूरों को सताने की साजिश-सी लगती है।"

"इसलिए कहता हूँ कि उन लोगों के साथ कहाँ तक मुकाबला किया जा सकता है।"

मूसा ने यह बात पहले भी कही थी, पर तब भी हरि ने उसकी बात पर ध्यान नहीं दिया था और इस बार भी उसने अनसुनी कर दी। ढलान पर पहुँचकर दोनों की साइकिलें जब अगल-बगल आ गईं तो हरि ने कहा—

'मैं सोचता हूँ, कल हम लोग डॉक्टर क्यूरे से मिलकर अगर आगे के निर्णय लें तो ज्यादा ठीक रहेगा।"

" क्या तुम सोच पा रहे हो कि वे हमें क्या करने की कहेंगे ?"

'मैं तो सोचता हूँ कि वे हमसे कहेंगे कि हम किसी तरह जल्दबाजी न करें।"

"तुम मानते हो कि हम सचमुच ही जल्दबाजी कर रहे हैं ?"

"परकाश भैया की बातें सुन लेने के बाद तो मुझे भी वैसा ही लगने लगा है। वास्तव में यह जल्दबाजी हमारी ओर से थोड़े ही हुई है। लगता है, रामदरस के सामने जब जमाईका की हड़ताल की चर्चा की गई और उसकी कामयाबी की बात हुई तो उसमें उसी तरह के परिणाम की बेसब्री आ गई।"

आगे से आती हुई एक लारी के कारण दोनों फिर आगे-पीछे हो गए। पीछे आ जाने पर मूसा ने अपनी आवाज को कुछ तेज करके पूछा—

"कल तुम अकेले निबट लोगे या मुझे तुम्हारे साथ रहना पड़ेगा ?"

"डॉक्टर क्यूरे के यहाँ ?"

'मैं दूध खरीदने की बात कर रहा हूँ।"

'मैं सँभाल लूँगा। पर देखना, हमें ठीक एक बजे डॉक्टर क्यूरे के दफ्तर में मिलना है।"

"वो तो मैं आ जाऊँगा।"

काम पर जाते हुए गाब्रियेल दिखाई पड़ गया और दोनों तरफ से केवल हाथ उठे।

नोत्रदाम पहुँचने से पहले ही हरि उस सवाल के बारे में सोच रहा था जो प्रभा पूछनेवाली थी। उसका सोचना एकदम सही निकला। प्रभा ने उससे सीधे वही प्रश्न किया—

"कल क्यों नहीं आए ?"

"मेरे दोस्त ने तुम्हें बताया नहीं ?"

सारे जवाबों का रियाज वह रास्ते-भर करता आया था।

"क्या बताना था ?"

'मैंने उससे कहा था कि वह तुम्हें बता दे कि मुझे · · ·"

"उसने कुछ भी नहीं बताया।"

"बड़ा अजीब आदमी है !"

"खैर, तुम्हीं बताओ, क्यों नहीं आए ?"

"बात यह है कि बहुत जरूरी काम आ जाने से · · · "

"तुम तो बहाना भी नहीं बना पाते !"

तभी हरि का दिमाग साथ दे गया। चाय की खाली कटोरी प्रभा को लौटाते हुए उसने झट कहा—

"तुम अपने चेहरे से इस नाराजगी को हटाओ तो मैं तुम्हें एक जोरदार बात बताऊँ।"

"कौन-सी बात ?"

"चेहरे पर मुस्कान लाओ, फिर !"

प्रभा ने हल्के-से मुस्कुरा दिया।

"सुनकर खुश हो जाओगी !"

"बताओ तो सही, बात क्या है ?"

"मेरी माँ तुम्हें अपनी बहू बनाने की बात मान गई है !"

प्रभा ने सिर झुका लिया।

पूरे दो महीने लग गए थे हरि की माँ को परकाश के सामने हाँ कहने में। पूद्रदोर में रहनेवाला हरि का चाचा फिर भी इस रिश्ते के लिए तैयार नहीं हुआ था। वह यह कहकर हरि के घर से निकल गया था कि आइंदा इस घर में पाँव नहीं रखेगा। उस रात हरि की माँ रोती रही थी। हरि से तो कुछ नहीं बोली थी, लेकिन परकाश से बिना बोले नहीं रह सकी थी—

—बेटा और भंसूर के बीच हम बेटा के चून ली। हरि के बाप बगल के कोई परिवार अब हमनी के ना पूछी।

अपने पति के परिवार के सभी रिश्तेदारों से कट जाने की अपनी इस पीड़ा को हरि की माँ रात-भर रो-रोकर घोलती-पिघलाती रही। जब देवंती उससे मिलने आई तो वह उससे लिपटकर बस यही पूछती रही—

—दीदी, तू ही बताव हम अच्छा करली कि बूरा, तू ही बताव दीदी !"

रामबरन की पत्नी उसे यह कहकर समझाती रही थी कि अगर वह उसकी जगह होती तो वही करती जो उसने किया है। हरि की माँ सबसे अधिक चिंतित थी अपनी बेटियों के लिए। उसने देवंती से कहा भी था—

—अब तो कोई भी अच्छा घर मेरी बेटियों को नहीं मिल पाएगा।

—ऐसा क्यों बोलल हो दीदी ! तुम्हारी छोकरियाँ तो मुँह में चाँद, लिलार में तारा हैं। बात चलने दो, फिर देखना लोग कतार में खड़े हो जाएँगे।

रात में अपनी उसी चिंता को उसने अपने बेटे के सामने रखते हुए कहा था कि उसकी बेटियों को ब्राह्मण घर मिलना अब संभव नहीं है।

—तू नाहक चिंता कर रही है माँ ! ब्राह्मण घर में जाकर भी अगर तुम्हारी बेटियों को सुख न मिल सका, तो क्या उससे तुम खुश रह पाओगी। तुम ही बता रही थीं न कि चाचा की बेटी शारदा पर क्या-क्या गुजरती है। ब्राह्मण घर में अगर मेरी अपनी बहनों की वही हालत होनी है तो मैं उनकी शादी कहीं और कर देना ही अधिक पसंद करूँगा। और माँ ! अगर तुम सोचती हो कि प्रभा के इस घर में आ जाने से हमारी इज्जत जाती रहेगी तो मैं उससे ब्याह नहीं करूँगा।

—ना बेटा ! हमार मतलब ई नाहीं। मैं तो प्रभा को देख भी नहीं पाई हूँ। फिर भी तुम्हारी पसंद पर मुझे इतना ज्यादा भरोसा है कि मैं जानती हूँ, उसे बहू के रूप में पाकर मैं निहाल हो जाऊँगी।

—मैं तुम्हें एक बात बता देना चाहता हूँ माँ ! मुझे शादी की कोई जल्दी नहीं। मैं अपनी बहनों की शादियों के बाद ही शादी करूँगा। तुमसे वायदा भी कर रहा हूँ कि

तुम्हारी इच्छा-अनुसार उनको मैं ब्राह्मण परिवार की ही बहुएँ बनाऊँगा। उसकी माँ मुस्कुराई थी, पर उसकी आँखों से टप-टप आँसू बह गए थे··· । अतीत के खयाल से छूटकर हरि ने प्रभा की ओर देखा। प्रभा उसे न जाने कितनी देर से उस तरह खोए हुए चुपचाप देख रही थी।

"क्यों, कहीं खो गए थे?"

हरि के मन में आया कि दूध की टंकियों से लदी अपनी साइकिल की ओर बढ़ने से पहले वह प्रभा को अपनी बाँहों में लेकर उसके कान तक मुँह ले जाए और धीरे-से पूछे कि आखिर कितने दिनों तक वह उसकी प्रतीक्षा करने का सामर्थ्य रखती है। पर पूछ न सका। बस देखता रहा। कभी उसे लगता था कि उसकी बहनें दुनिया की सबसे सुंदर लड़कियाँ हैं। अब··· उस दिन मूसा ने भी तो यही कहा था।

मूसा के उस वाक्य ने जहाँ उसे एक अगाध आंतरिक उल्लास दिया था, वहीं वह हर रुकावट के सामने डटकर खड़े होने के हौसले को भी दोगुना कर गया था।

20

महीने से ऊपर ही लग गया था यूनीते से लेकर सेंजूल्यें और लालमाटी के पास-पड़ोस की कोठियों के मजदूरों को समझाने और शांत करने में। उफनते हुए उस जोश को दबाना बड़ा कठिन था। हरि ने जब अपनी डायरी खोलकर देखी थी, तो पाया था कि उन तीस-चालीस दिनों में पछहत्तर जुटाव करने पड़े थे। पहली बार हरि को लगा था कि उसकी बातों का मजदूरों पर भारी प्रभाव है। उसके कुछ सहयोगियों को उसके बोलने पर सुखद आश्चर्य हुआ था। कई ने पूछा भी—आखिर अचानक उसकी आवाज उतनी दमदार कैसे बन गई! खुद हरि को भी अपनी भोजपुरी पर हैरानी हुई थी। उतने आत्मविश्वास, उतनी दलीलों और उतने आकर्षक अंदाज में उसने अपने को कभी भी बोलते नहीं पाया था। मूसा ने ही शायद सही कहा था कि वह वक्त का तकाजा था, जिससे हरि की आवाज में उतना ओज आ सका था।

हड़ताल का उमड़ता उत्साह लिए बारह सौ मजदूरों की वह संख्या महीने-भर में करीब ढाई हजार हो चली थी। सभी ने अपने नेताओं की इस बात को मान लिया था कि हड़ताल फसल के मौसम में होनी चाहिए। लोगों को अवसर दिया गया था कि वे अपनी दृढ़ता को बनाए रखें और हौसला बुलंद रखें। यूनियन के कई प्रांतीय दफ्तर खोले जा चुके थे। मजदूरों को यह समझाया जा चुका था कि हड़ताल शुरू हो जाने पर उसकी अवधि का अनुमान लगा पाना कठिन होगा। क्योंकि जब तक मालिकों की ओर से उनकी शर्तों की मंजूरी नहीं होगी, हड़ताल चलती रहेगी। सदस्यों को खुद यह

समझने का समय दिया गया था कि मजदूर संघ के पास अनाज और चंदे का होना जरूरी है, ताकि हड़ताल के दिनों में भूखे रहने की नौबत न आए। तीन भारी जमावों के बाद मजदूरों ने यथाशक्ति अनाज और चंदा जमा करना शुरू कर दिया था। प्रांतीय दफ्तरों की बढ़ आई सक्रियता और जिम्मेवारियों को देखते हुए हरि मजदूर संघ का एक केंद्र रीव्येर-जी-रांपार में स्थापित कर चुका था।

हर महीने देश के पूर्वी इलाके से लेकर उत्तरी और दक्षिणी से लेकर पश्चिमी प्रांतों में विशेष जमाव होते रहे। मीटिंगें चोरी-चुपके होती रहीं। फलाक इलाके के मजदूरों के विद्रोह में नरमी आने के बाद अगले तीन महीने तक हरि के साथियों को क्षण-भर भी आराम करने का मौका नहीं मिला। देश-भर के सभी संघकर्मी डॉक्टर क्यूरे से संपर्क स्थापित किए रहे और उनसे आदेश लेकर अपने क्षेत्रों की सक्रियता बढ़ाते रहे, मजदूरों के बीच से झिझक को हटाते रहे।

मजदूरों की एकता को देखकर मालिकों की नींद हराम होनी तो शुरू हुई, पर वे मौन साधकर बैठनेवालों में नहीं थे। मजदूरों को उनकी संयुक्त शक्ति के बावजूद कमजोर करने की प्रक्रिया शुरू हो चुकी थी। उस सामंती साजिश पर विचार करने के लिए हरि और मूसा ने रीव्येर-जी-रांपार में एक भारी जमाव किया। सभी प्रांतीय यूनियनों को समझाते हुए हरि ने उन्हें डॉक्टर क्यूरे का संदेश दिया। फिर कहा—

"1922 में जो श्रम-कानून बना था, वह मजदूरों से कहीं अधिक मालिकों के हितों में था। उस कानून को आज पंद्रह साल बाद फिर से अमल में लाया जा रहा है। जैसा कि आप सभी जानते हैं, उस अंधे और पक्षधर कानून के तहत किसी भी स्थान पर पाँच आदमियों का जुटना कानून के खिलाफ समझा जाता है। इसलिए फिर से इसे इसलिए लागू किया गया है ताकि किसी भी बैठका या रास्ते के मोड़ पर हमें इकट्ठे पाकर पुलिस हिरासत में ले सके। इन कानून के अंतर्गत हमें कोई भी नया संघ या नई सभा बनाने का हक नहीं है। सरकारी मदद से इस देश के धनी जमींदारों और मिल-मालिकों के हाथ में दिया गया यह कानून मजदूरों को डराकर बेबस कर देनेवाला हथियार है और अगर हम सचमुच इससे डर गए तो मालिकों की मनचाही मुराद पूरी हो जाएगी।"

उस सभा में हिस्सा लेनेवालों में चारों दिशाओं के प्रतिनिधि मौजूद थे। देश के एकदम उस दूसरे छोर से आए शेमें-ग्रन्यें के पंडित बसगीत ने अपने प्रांत में हो रहे अत्याचारों की चर्चा करने के बाद कहा कि मालिकों के इस शोषणचक्र और अत्याचारों के बढ़ने के पीछे सबसे बड़ा कारण यही है कि हम लोग डरकर उनके सामने हाथ जोड़े खड़े हो जाते हैं। मजदूर सहायक सभा के अध्यक्ष रामदरस ने प्रतिनिधियों को बताया कि अगर हड़ताल महीने-भर भी चली तो सभी के पास पर्याप्त व्यवस्था है, जिससे पूरे महीने मजदूरों को जीविका दी जा सकेगी।

सभा में उन छोटे किसानों के प्रतिनिधि भी थे जो पूँजीपतियों के जुल्मों के शिकार थे। उसके गन्ने को नीरस और कम चीनी का बताकर पेरने से इन्कारी चल रही थी। मजदूर सहायक सभा में उन्होंने भी अपनी ओर से राशि दी। उस बैठक का विवरण

हरि और मूसा को डॉक्टर क्यूरे को देना था। डॉक्टर खुद उस जमाव में आनेवाला था पर स्वास्थ्य के एकाएक बिगड़ जाने से नहीं पहुँच पाया। दो दिन पहले क्यूपिंप के उसके घर पर यूनियन के सभी नेताओं की बैठक हुई थी। इस जमाव के बाद दोनों को वहीं पहुँचना था। जुटाव समाप्त हो जाने पर हरि और मूसा ने अपनी-अपनी साइकिल ली और जैसे ही वहाँ से निकलने को हुए कि मैली धोती और फतूही में एक अधेड़ आदमी उनके सामने आ खड़ा हुआ। हाथ जोड़ते हुए बोला—

"हरि भैया, मैं इसी इलाके की कोठी में काम करता हूँ। सात दिन होने को हैं; बेकार हूँ। मैंने पच्चीस साल इस कोठी में काम किया है और अब मालिक ने मुझे नौकरी से हटा दिया है।"

"क्यों ?"

मूसा के इस प्रश्न का उत्तर उस आदमी ने उसी की ओर मुड़कर दिया—

"मैंने दो दिन लगातार सुबह से शाम तक कड़ी मेहनत के बाद मालिक के लिए मुफ्त का कोर्वे किया था। उसके गाय-बैलों के लिए दोनों दिन मैंने दो खेवा घास काटकर बाड़े तक पहुँचाई थी। तीसरे दिन भी सरदार ने हुक्म दिया कि मैं दो खेवा घास बाड़े तक पहुँचाकर ही घर आऊँ। मेरी बेटी घर पर बहुत बीमार थी। इसलिए मैं उसके हुक्म को बिना माने घर चला आया। दूसरे दिन मुझे काम नहीं करने दिया गया। आज मेरी बेकारी का सातवाँ दिन है।"

हरि ने उसके कंधे पर हाथ रखा और पूछा—

"तुम कोठी में रहते हो या बस्ती में ?"

"कोठी में धांका में रहत हूँ हरि भैया !"

"तुम घर जाओ, हम लोग कल तुमसे मिलने आएँगे। क्या नाम है तुम्हारा ?"

"लालमन भगत। नौकरी नहीं मिलेगी तो कैसे जिएँगे हम लोग !"

"तुम्हारी नौकरी तुम्हें जरूर मिलेगी लालमन चाचा ! तुम चिंता मत करो। तुम अपने इलाके के तांबी को तो जानते होगे न ?"

"जानत हूँ भैया !"

"तो तुम आज ही उससे मिलो। कहना, हमने भेजा है। वह तुम्हारी कुछ मदद करेगा। हम लोग कल आकर तुमसे मिलेंगे।"

हरि ने जेब टटोलकर डेढ़ रुपया बाहर निकाला और दोनों सिक्कों को लालमन भगत की हथेली पर रखकर साइकिल चला दी। कुछ दूर आकर मूसा से पूछा—

"रास्ते के लिए तुम्हारे पास कुछ पैसे तो हैं न ?"

"तीन रुपए हैं।"

"ठीक है। काम निकल जाएगा। मेरे पास बस एक रुपया बचा है।"

दोनों बढ़ गए क्यूपिंप की लंबी राह पर। दोनों ने सुबह से कुछ भी खाया नहीं था। शहर पहुँचकर ठीक नगरपालिका के सामने बनवारी भाई की जो चाय की दुकान थी, वहाँ रुके। रोटी ली और उसके साथ कुछ भजिए। खाने के बाद चाय पी। फिर साइकिल उठाई और डॉक्टर क्यूरे के घर की ओर चल पड़े। रास्ते में जब दोनों चुप होते थे, तो

हरि मन ही मन सोचने में लगा रहता। वह उस प्रथम हड़ताल के आयोजन और उसके स्थगित किए जाने से आज तक की कई बातें सोचता रहा। रोक ली गई उस हड़ताल और अब नए सिरे से आयोजित हो रही इस हड़ताल के बीच पाँच महीने बीत चुके थे। इस लंबी तैयारी पर हरि को पूरा विश्वास था।

कटनी शुरू हुए दूसरा महीना था। डॉ. क्यूरे ने पिछली बैठक में कहा था कि हड़ताल के लिए वह घड़ी सबसे उपयुक्त रहेगी, जब ईख की कटाई अपनी पूरी रफ्तार पर होगी। वह समय मालिकों के लिए निन्यानबे के चक्कर में फँसे रहने का होगा। अपनी उस व्यस्तता में दूसरी बातों के लिए उन्हें कम समय रहेगा। वैसे मौके पर हड़ताल शुरू हो जाने पर वे कटनी को अधिक लंबे समय के लिए नहीं रुके रहने देंगे। अपने भारी नुकसान का खयाल उन्हें तिलमिला देने के लिए काफी होगा।

क्यूपिंप के समृद्ध इलाके से अलग रेल की पटरी के उस पार एक सँकरी गली में था डॉ. मोरिस क्यूरे का घर। पटरी को पार करते ही दूर से दोनों ने देखा कि डॉक्टर के घर के पास दो पुलिस सिपाही पहरे पर हैं। हरि और मूसा को बात समझने में देर नहीं लगी। डॉक्टर की पिछली गतिविधियों और मीटिंगों के कारण सरकार द्वारा उस पर कड़ी नजर रखी जा रही थी। दोनों किसी तरह अपने को पुलिस की नजरों से बचाते हुए पिछवाड़े की राह से आगे बढ़े। पीछेवाली वह गली और भी तंग थी। उसके दोनों ओर बाँसों का जो झुरमुट था, वह लंबे समय से काटे न जाने के कारण गली को जैसे ढाँपे हुए था। आगे जो अधसूखी नदी थी, उसे पार करके वे दोनों डॉक्टर के घर के सामने पहुँच गए। दरवाजे के पास पहुँचकर हरि ने दस्तक दी। दूसरे ही पल दरवाजा खुला। डॉक्टर क्यूरे दोनों को लिए भीतर जा पहुँचा। दोनों के कुर्सियों पर बैठ जाने पर उसने पूछा—

"पुलिस ने तुम्हें रोका तो नहीं ?"

"हम नजर बचाकर आए हैं।"

"कुछ पिओगे पहले या · · · "

"बस, ठंडा पानी।"

पानी पी चुकने के बाद हरि ने मूसा को बात शुरू करने का संकेत किया। उसने अपने हाथ के खाली गिलास को सामने की मेज पर रखते हुए कहा—

"रीव्येर-जी-रांपार का हमारा जुटाव बहुत अच्छा रहा। हरि ने सभी को आपका संदेश सुनाया। प्रमुख लोगों ने अपने-अपने विचार रखे। रामदरस की ओर से सभी तैयारियाँ एकदम उसी तरह हुई हैं जिस तरह आपने चाहा था। उसकी सभा की ओर से हड़ताल के दौरान मजदूरों को अनाज और पैसे से मदद पहुँचाने की व्यवस्था भी हो चुकी है। पूरे देश के प्रतिनिधि आपके हर आदेश का पालन करने का प्रण कर चुके हैं।"

"ठीक है। मैं चाहता था कि रामदरस को भी तुम लोग साथ लाते, क्योंकि हमारी पहली लड़ाई तो उसी के क्षेत्र से शुरू होगी।"

"हमने उससे साथ आने का अनुरोध किया था, पर उसे आज शाम दो जुटावों में

शामिल होना है।"

"खैर, कोई बात नहीं। अब मैं जो बातें तुम दोनों से करूँगा, उन्हें तुम ध्यान से सुनोगे। पहली बात तो यह है कि यह हमारे संघ की पहली महत्वपूर्ण हड़ताल है। अब तक जो भी छोटे-मोटे विरोध होते रहे हैं, उन्हें पूँजीपतियों ने कोई खास गंभीरता से लिया ही नहीं। हमें एक बात अच्छी तरह जान लेनी चाहिए कि हमारा इस हड़ताल में केवल एक ही मकसद है—वह है मजदूरों के हकों के लिए मजदूरों की जीत। इस जीत की कीमत बहुत भारी भी हो सकती है पर हमें हर तरह के बलिदान के लिए अभी से तैयार रहना चाहिए। और चूँकि मुझे एक तरह से नजरबंद रखने की कोशिश की गई है, इसलिए आगे जो कुछ होगा उसमें मेरा सक्रिय भाग ले पाना संभव नहीं है। आगे के काम को मैं हरि के जिम्मे छोड़ रहा हूँ। जिस बात पर तुम्हें सबसे अधिक ध्यान देना है, वह है मजदूरों को किसी भी तरह की उत्तेजना और दंगे-फसाद से मुक्त रखना। मजदूरों को अपने हक के लिए डटे पाकर पूँजीपति वर्ग हर कोशिश करेगा कि उन्हें उत्तेजित करके हमारे शांतिपूर्ण कार्य को हिंसात्मक रूप दे दिया जाए। हमें इसी एक बात से बचना है। मैंने सुना है कि उस प्रांत में दो-तीन दिन से कुछ लोग काम पर नहीं जा रहे। इस तरह से अलग-अलग और छोटे-छोटे रूपों में हम पूँजीपतियों का विरोध नहीं कर सकते। हमारा निशाना है यूनिते, कोठी और कारखाना। हमारे लिए यह अत्यंत आवश्यक हो जाता है कि फलाक क्षेत्र के खेतों और कारखाने के सभी मजदूर सौ प्रतिशत हड़ताल में भाग लें। ऐसा नहीं हुआ तो वे लोग दबनेवाले नहीं। यह उनके लिए पहला जबरदस्त सबक होना चाहिए। मजदूर इन लोगों को अपना बहुत खून-पसीना पिला चुका है। सबकुछ सहते रहने की हद हो गई है। इस अवसर को चूक जाना हमारे लिए एक सुनहले अवसर को चूक जाना होगा। मुझे तुम पर पूरा विश्वास है हरि! जितनी कुशलता और तेजी के साथ तुम यूनियन के आंदोलन को आगे बढ़ाते रहे हो, उसे सोच-सोचकर मैं मन ही मन तुम्हारी सराहना करता रहा हूँ। यों इस आंदोलन से और भी कई नेता जुड़े हुए हैं, लेकिन तुम जैसे साहसी और समर्पित लोग बहुत कम मिलते हैं। मैं कल ही किसी को बता रहा था कि मजदूर आंदोलन तुम्हारे लिए महज एक आंदोलन नहीं, बल्कि तुम्हारा अपना जीवन बन गया है।

हरि ने कुछ नहीं कहा, केवल अपने दोनों हाथों को जोड़ दिया।

डॉक्टर क्यूरे ने आगे कहा—

"अब जबकि सभी कुछ वैसे ही हो रहा है जैसी हमने उम्मीद की थी तो मैं चाहूँगा कि जमींदारों और मिल-मालिकों को मौका न दिया जाए कि वे सचेत होकर मजदूरों के खिलाफ कोई कदम उठा सकें। यूनिते कोठी में जो अस्त-व्यस्तता अभी चल रही है, उसे ये मालिक लोग बहुत साधारण विरोध समझे बैठे हैं। मैं चाहूँगा कि ये लोग ऐसा ही समझते रहें और फिर एकाएक यह देखकर अवाक् रह जाएँ कि दूसरे ही दिन पूरे इलाके के करीब ढाई हजार मजदूर और छोटे किसान एक साथ हड़ताल कर बैठे हैं।"

"हमें तो अब आपकी आज्ञा की प्रतीक्षा है।"

"बस, अगले सप्ताह। लेकिन सारा निर्णय रात में लेकर दूसरे ही दिन हड़ताल। न कोई मजदूर खेतों में पहुँचे, न कारखाने में। गोरे और काले, दोनों पूँजीपतियों के पाँवों के नीचे से जमीन खिसक जानी चाहिए।"

"आप विश्वास रखें, ऐसा ही होगा।"

"एक बात और है हरि! तुम्हें अभी इससे भी बड़ी जिम्मेवारी अपने ऊपर लेनी है। इसलिए मैं नहीं चाहता कि तुम एकदम सीधे अपने को इसमें शामिल करो। पीछे से तो सारा कुछ तुम्हीं को करना होगा, लेकिन मैं चाहूँगा कि सारे आयोजन में तुमसे आगे नारायड्रू, रामदरस, रामपरसाद, देवकरण तथा बसगीत रहें। तुम जो काम पीछे रहकर कर सकोगे, वह आगे रहकर नहीं कर पाओगे।"

"मैं आपकी बात समझ गया। आप जैसा चाहते हैं, सबकुछ एकदम वैसे ही होगा।"

जब दोनों ने लौटने के लिए डॉक्टर क्यूरे से हाथ मिलाकर अपनी-अपनी साइकिल उठाई तो सूरज की किरणें क्यूपिंप के प्रसुप्त ज्वालामुखी मृगकंड के निकटवर्ती पेड़ों की फुनगी तक पहुँच चुकी थीं। दोनों ने सोचा कि धुँधलका छा जाने में दो घंटे भी नहीं लगेंगे। घर का रास्ता दो घंटों से अधिक का था, इसलिए वे तेजी से चले। दोनों को इस बात की खुशी थी कि वापसी सफर अधिक आसान है, क्योंकि पोर्टलुई तक तो ढलान ही ढलान थी।

लेकिन दोनों की वह खुशी लंबे समय तक नहीं रही। बोबार्से पहुँचते ही मूसा की साइकिल का पहिया खराब हो गया। करीब आधे मील चलने के बाद उन्हें पहिया ठीक करनेवाला मिल सका। वहाँ से निकलकर जब वे शहर पहुँचे तो अँधेरा छाने लगा था। रायल गली में मूसा की साइकिल का वह पहिया फिर खराब हो गया। हवा जाती रही। इस समय, जबकि सारी दुकानें बंद हो चुकी थीं, पहिया ठीक करनेवाले का मिलना नामुमकिन था। कोई आधे घंटे तक कुछ गलियों के चक्कर काटने के बाद दोनों ने तय किया कि यहाँ से सीधे फरीद चाचा के घर चलें। वहाँ पहुँचते ही दोनों ने पहिए को ठीक कराने की बात की। फरीद मियाँ ने कहा कि पहिए को ठीक करनेवाले को ढूँढ़ने और पहिया ठीक करने में घंटा-भर लग सकता है। उसकी अपनी साइकिल भी बिगड़ी पड़ी थी। इसलिए उसने दोनों से वहीं रात बिता लेने को कहा।

कोई दूसरा चारा भी नहीं दिख रहा था, इसलिए दोनों मान गए। हरि ने कहा—

"कल शहरवालों को दूध देर से मिलेगा।"

रात में खाना खाने के बाद ठाकुर ने हरि को खुशखबरी सुनाई—

"मैंने जिस छापाखाने के लिए पत्र-व्यवहार किया था, वह बंबई से लद गया है!"

महीने के पहले ही सप्ताह से फलाक के मजदूरों के बीच सरगर्मी शुरू हो चुकी थी। सभी जानते थे कि सात तारीख से पहले उन्हें हड़ताल का आदेश मिल जाएगा। हर गाँव और हर बस्ती के मजदूर महीना पहले से ही कुछ बचाकर रखते आ रहे थे। उनसे कहा गया था कि हड़ताल की अवधि का अनुमान पहले से नहीं लगाया जा सकता,

इसलिए आगामी दिनों के लिए अपनी ओर से भी सावधानी बरतते हुए थोड़ा-बहुत निजी प्रयत्न होना ही चाहिए। लोगों ने हर सुझाव, हर आदेश को स्वीकारा था, उसका पालन किया था। कोठी में रहनेवाले भी चोरी-चुपके अपने को हड़ताल के लिए तैयार किए बैठे थे। उनसे कहा गया था कि जिस रात पास-पड़ोस के मंदिरों से ठीक नौ बजे घंटे बजेंगे, वही वह रात होगी!··· सुबह के लिए तैयार रहने की रात! बैठकाओं में चल रहे रामायण-पाठ और आल्हा की धुनों के बीच भी लोग मंदिरों के घंटे की आवाज के लिए कान खोले रहें।

काँ-सोनार नाम की छोटी-सी बस्ती थी वह—हरियाली के बीच।

नूर मुहम्मद नमाज के बाद अपनी पत्नी से बोला—

"आज क्या पकाया है बीवी ?"

"चौलाई की भूँजड़ी है, दाल है, और इमली की चटनी।"

"वाह! तीन-तीन चीजें!"

बीवी मुस्कुरा-भर दी।

"देखो आज खाने के बाद मैं जरा जल्दी सोना चाहूँगा। आज दिन-भर काम के बाद भी दो घंटे मालिक के लिए कोर्वे करना पड़ा। देह थकान से टूट रही है। बच्चों से कहना, ज्यादा शोर न करें।"

खाने के बाद नूर मुहम्मद चूल्हे के सामने पत्नी के पास बैठा आग तापता रहा। ठंड अपनी चरम सीमा पर थी। जब उसे झपकियाँ आने लगीं तो अपनी जगह से उठकर खाट पर जाते हुए उसने बीवी से कहा—

"देखना, नौ बजे तक तुम जरूर जागती रहना। नौ बजे अगर मंदिर का घंटा बजने की आवाज सुनाई दे तो सुबह उठते ही बता देना। भूलना मत।"

और नूर मुहम्मद गोनी ओढ़कर सो गया।

वह नींद में बेसुध था, जब उसकी बीवी ने पड़ोस के मंदिर से घंटे की घनघनाहट सुनी।

कां-दे-मास्क का अच्छी-खासी आबादीवाला गाँव।

नंदू काम से लौटकर अपने हाथ-पाँव धो रहा था, जब गाँव की मस्जिद से अजान की आवाज आई। उसे सुनकर उसे एक बात याद आ गई और उसे अपने जहन में लिए अपनी छोटी-सी झोंपड़ी में पहुँचा। उसकी माँ ने जब उसके सामने चाय का कटोरा रखा तो कटोरा थामने से पहले टेंट से कुछ सिक्के निकालकर माँ के हाथों में थमाते हुए कहा—

"इस हफ्ते की कमाई।"

"आज मिल रही है!"

"शनिवार को मैं बुखार में होने से काम पर नहीं जा सका था न।"

माँ ने पैसे गिने। फिर उसकी ओर देखते हुए पूछा— "इतने ही हैं ?"

"दो दिन के पैसे काट लिए गए हैं।"

"क्यों ?"

"सरदार की मर्जी, मालिक का हुक्म।"

उसने चाय पी और अपनी माँ से कहा—

"अगर रात को नौ बजे मैं सो रहा होऊँ और मंदिर का घंटा बज उठे तो सुबह मुझे बताना मत भूलना।"

"क्यों ?"

"अगर नौ बजे घंटे बजने की आवाज आई तो सुबह काम पर जाते हुए खाने की टोकरी और गंडासे की जरूरत नहीं होगी।"

लेकिन बात उसकी माँ की समझ में नहीं आई।

रात नौ बजे नंदू जाग ही रहा था, जब कुछ ही दूर मंदिर का घंटा टनटना उठा।

बोनाकेई नामक विस्तृत गाँव।

रात के पौने नौ बज रहे थे, जब मार्देमूतू बरगद के नीचे जल रही आग के आसपास अपने दोस्तों के बीच बैठा गांजे का आखिरी दम लगा रहा था। तभी उसके एक दोस्त ने पूछा—

"आज क्यों नखरा कर रहे हो। कम से कम ठंड भगाने के लिए तो गहरा कश मारो।"

"देखो, आज तुम लोग मुझे ज्यादा नशा मत कराओ। नशे में आ गया तो घर न जाकर सीधे जोगना सरदार के यहाँ चला जाऊँगा।"

किसी दूसरे ने पूछा—

"क्यों, आज फिर उसने तुम्हारी औरत को छेड़ा क्या ?"

"आज फिर उस हरामी ने अपनी मौत को ललकारा है।"

"यह तो तुम रोज कह जाते हो मूतू।"

"इस बार मेरी औरत को इशारे से गाली दी है साले ने।"

"भूल जाओ उस बात को और जमकर लगाओ एक आखिरी दम।"

मार्देमूतू चिलम को अपने एक साथी को थमाकर खड़ा हो गया। आज रात वह नशे में नहीं था। उसने दो हल्के कश लिए थे। साथियों से विदा लेकर वह अपने घर की ओर बढ़ गया। उसका घर मंदिर के पास से निकलकर दाईं ओर जानेवाली पगडंडी पर एकदम भीतर को था। कितनी ही घटाटोप रात क्यों न रही हो, मार्देमूतू को उस पगडंडी पर कभी भी पत्थरों और गड्ढों की परवाह नहीं रही थी। सभी कुछ उसका जाना हुआ था—सुबह, दोपहर, शाम या रात में—उसके दोनों हाथ अपने आप जुड़ जाने के आदी थे। आज भी उसके हाथ उसी तरह जुड़ गए। पर उसके हाथ जोड़ने

पर जो पहले कभी नहीं हुआ था, वह हो गया। मंदिर का घंटा उस अँधेरी रात में जोर से घनघना उठा।

यून्यों फलाक़ के शक्कर-कारखाने की सभी दैत्याकार मशीनें घड़घड़ा रही थीं। उस भारी शोर में अपनी आवाज किसी दूसरे कर्मचारी तक पहुँचना कठिन होता था। ऐसी हालत में लोग प्रायः सभी बातें इशारे से कर लेते थे। लालमाटी का ब्रज गोविंद अपना काम पूरा कर चुका था। सुबह पाँच बजे का भोंपू चिंघाड़ चुका था। वह दोपहर में जब घर से निकला था, तो उसकी बिटिया ने कहा था—

—मैं तुमसे लोज-लोज बोलती ऊँ लस लाने को ··· तुम नहीं लाते। आज मेले लिए गन्ने का लस नईं लाओगे तो मैं तुमसे बात नहीं कलूँगी।

अपनी बेटी की यह बात गोविंद को रात-भर याद रही थी। उसने भात की टोकरी से वह बोतल बाहर निकाली, जिसमें चाय लाया करता था। उसे पानी से खँगारा। उन भीमकाय यंत्रों के बीच से होकर वह उस ठौर पर गया, जहाँ कड़ाह में रस पककर लोहे के मोटे पाइप से अगले यंत्रों तक पहुँचता था। उसने अपने सामने के दोनों नलों में से उस नल को खोला, जिससे काले रंग का ठंडा रस आता था। फिर उसने बोतल को भरा और नल बंद कर दिया।

उन तमाम मशीनों के बीच से जब वह बाहर आया तो उसे सुबह की ठंड का पहला अहसास हुआ। अपने को ठंड से बचाने के लिए उसने अपने दोनों हाथों को आपस में जकड़कर बाँध लिया। अभी वह कारखाने के अहाते में ही था कि लंबा-तगड़ा मजदूर-निरीक्षक जोजफ उसके सामने आ खड़ा हुआ—

"उवेर तो तांत!"

उसके कहने पर गोविंद ने झिझकते हुए अपनी टोकरी खोल दी।

"यह क्या है? रस चुराकर ले जा रहे हो! मालबार वोलेर!"

"मूसे! मेरी बच्ची को गुड़ खाने की इच्छा हुई है। थोड़ा ले जा रहा हूँ। गुड़ पकाने के लिए।"

बिना कुछ कहे तगड़े जोज़फ ने टोकरी से बोतल निकाल ली, सारे रस को कोने में उँडेलकर खाली बोतल गोविंद के हवाले कर दी और अकड़ता हुआ आगे बढ़ गया। बेशुमार बत्तियों से जगमगाते कारखाने को पीछे छोड़कर गोविंद बाहर आ गया। देखा, साढ़े चार बजे ही काम पर पहुँच जानेवाले मजदूर रास्ते में बाईं ओर जमा हैं। उसकी नजर अपने पड़ोसी धनरजवा पर गई। उसके पास जाकर पूछा—

"सवा पाँच बजने को है और तुम अभी तक यहीं हो?"

"आज काम नहीं होगा।"

"क्यों?"

"तुमने रात में मंदिर का घंटा नहीं सुना?"

"नहीं।"

"आज हड़ताल है।"

"क्या है ?"

"हड़ताल। हड़ताल कर रहे हैं हम लोग। आज कोई भी मजदूर न तो खेतों में जाएगा और न ही कारखाने में। सब लोग यहीं जमा होंगे। तुम्हें भी हमारे साथ रहना होगा।"

हड़ताल ! हड़ताल ! हड़ताल !

आसपास के सभी गाँवों, बस्तियों तथा कोठियों से निकलते हुए मजदूर खाली हाथ इसी एक शब्द को बोलते-सुनते आते रहे। जमा होते रहे। कुछ अब भी डरे हुए थे, पर धीरे-धीरे बढ़ते हुजूम को देखकर निडर होते गए। मजदूरों ने आदेश का पूरा पालन किया था। सूर्योदय होते-होते यून्यों फलाक-कारखाने के सामने हजार से ऊपर लोग जमा हो गए। इलाकाई नेता रामदरस सामने की एक चट्टान पर जा खड़ा हुआ और उसने सभी को संबोधित करते हुए कहा—

"हमें कोई नारा नहीं लगाना है। हमारे बीच की शांति भंग नहीं होनी चाहिए। सेंजूल्यें और बोनाकेई से हमारे कुछ साथी जुलूस बनाकर आ रहे थे। पुलिस उन्हें रोके हुए है। मैं अपने साथ नारायडू और देवकरण को लेकर बोनाकेई जा रहा हूँ। बसगीत और रामपरसाद सेंजूल्यें पहुँच रहे हैं। शायद कुछ ही देर में यहाँ भी पुलिस आ जाएगी। आपमें से कोई डरे नहीं। पुलिस हमारा कुछ नहीं बिगाड़ेगी। जब तक हम लोग लौट नहीं आते, आप लोग शांति से बैठे रहें। कोई किसी के भी भड़काने में नहीं आएगा। हम लोग आधे घंटे के भीतर लौट आएँगे। हम कोई गैरकानूनी काम नहीं कर रहे हैं, क्योंकि हम यहाँ अपने हक के लिए उपस्थित हुए हैं।"

उन लोगों के चले जाने के बाद सभी मजदूर छोटी-छोटी टुकड़ियों में बँटकर कुछ दूर तक फैल गए। जिस आदमी के जिम्मे सारा कुछ छोड़ा गया था, वह घूम-घूमकर लोगों को बैठ जाने को कहता रहा। कुछ लोग बैठे, कुछ खड़े रहे। लोग चारों दिशाओं से आते गए और जन-समूह बढ़ता गया। लोगों के बढ़ जाने से जहाँ-तहाँ टोलियों में जोरों से बातें होती रहीं। कुछ ही देर बाद जब पुलिस की दो लारियाँ आकर रुकीं और उनमें से करीब पचास से अधिक सिपाही हाथों में बंदूकें और लाठियाँ लिए उतरे तो लोगों के बीच एक नई हलचल-सी हुई। कुछ लोग, जिन्होंने अपने डर को उतार फेंका था, फिर से घबरा उठे। घबराए हुए लोगों के बीच खलबली-सी मच गई। पुलिस के सिपाही दूर तक फैलकर लोगों के चारों ओर खड़े हो गए। मजदूरों में यों ही पुलिस से डरनेवाले कई लोग थे और उसे बंदूक और लाठियों से लैस पाकर वे और भी भयभीत हो उठे। लेकिन जो लोग इनमें परिपक्व थे, वे उन्हें हिम्मत बनाए रखने के लिए समझा रहे थे। कुछ देर बाद वहाँ एक तीसरी लारी आकर रुकी। उससे से भी कुछ सिपाही उतरे। उनके साथ दो इन्स्पेक्टर भी थे। जिन मजदूरों की समझ में थोड़ी-बहुत अंग्रेजी आती थी, उन्होंने एक इन्स्पेक्टर को अपने सिपाहियों को यह हिदायत देते सुना—

'डिसिप्लिन! अनुशासन बनाए रखना है। इसके लिए मैं यह नहीं चाहता कि किसी भी आदमी के साथ किसी भी तरह की सख्ती बरती जाए। नो वायलेंस। किसी तरह की हिंसा न होने पाए।"

अपने आदमियों से बात करने के बाद उसने मजदूरों से कहा—

"जब तक आप लोग शांत रहेंगे, पुलिस आपके साथ कोई भी गलत व्यवहार नहीं करेगी। लेकिन अगर आपमें से किसी ने गड़बड़ी करने की कोशिश की तो मुझे अपने सिपाहियों को लाठी-चार्ज का आदेश देने को विवश होना पड़ेगा। आप लोगों के नेता से मुझे बात करनी है।"

जिस आदमी के जिम्मे सभी कुछ छोड़ा गया था, वह आगे बढ़ा। उसने इन्स्पेक्टर को बताया कि हमारे नेता पड़ोस के दो गाँवों में गए हैं, कुछ ही देर में लौट आएँगे।

कोई नौ बजे तक लोगों का आना बना रहा। इन्स्पेक्टर की बातों से कुछ लोगों को तसल्ली हुई थी और कुछ लोग उसे झूठी दिलासा मान रहे थे। नेताओं के लौटने पर लोगों का हौसला कुछ बढ़ा। उनके साथ कोई तीन-चार सौ मजदूर कतारों में चलकर आए थे। हड़ताल के उस ठौर पर करीब ढाई हजार मजदूरों के बैठने या खड़े रहने की जगह नहीं थी, इसलिए लोग दूर तक फैलते गए। पत्थरों की एक ऊँची मुंडेर पर खड़े होकर रामदरस ने मजदूरों से जो बातें कीं, केवल आसपास के लोग ही उन्हें सुन पाए—

"हमें अपनी हड़ताल को सौ प्रतिशत सफल मानना चाहिए। आप सभी को यह जानकर खुशी होगी कि हरि भाई हमारे बीच शीघ्र पहुँचनेवाले हैं। बोनाकेई के पुलिस थाने में वे हमारे साथ थे। फलैक इलाके के सभी खेत सूने पड़े हैं। कहीं भी कटाई नहीं हो रही। आप सभी लोग कारखाने की ओर देखें—धुआँ नहीं उठ रहा, मशीनें नहीं चल रहीं। हम मजदूरों के हाथों के रुक जाने से खेतों और कारखानों में श्मशान का-सा सन्नाटा छा गया है . . . "

इतने में इन्स्पेक्टर उसके पास आ गया। कड़ककर बोला—

"आपको भाषण देने का अधिकार नहीं है।"

"मैं भाषण नहीं कर रहा। मजदूरों को सूचना दे रहा हूँ।"

लोग तालियाँ बजाने लगे। इन्स्पेक्टर उछलकर मुंडेर चर चढ़ गया—

'देखो अगर तुम लोग इस तरह की हरकत करोगे, तो हम भी चुप नहीं रहेंगे।"

तालियाँ बंद हुईं। तभी पीछे से आवाज आई—

"हरि भाई और मूसा भाई आ गए!"

लोग जयजयकार कर उठे। लोगों के बीच से होकर हरि मुंडेर तक आया। इन्स्पेक्टर और रामदरस के बीच खड़े होकर मजदूरों से बोला—

"जयजयकार हमारा नहीं, मजदूरों का होना चाहिए। हम सभी एक साथ बोलें—मजदूर एकता जिंदाबाद!"

हजारों कंठों ने एक साथ यह नारा दोहराया।

आवाज़ के थमते ही हरि ने कहा—

"अब हमें न किसी तरह का कोलाहल करना है और न ही उत्तेजित होना है। हम पूँजीपतियों को अपनी शक्ति दिखा चुके। अब हम देखें कि वे क्या चाहते हैं—हमारी माँगों की पूर्ति या हड़ताल। जरूरी हुआ तो हम महीने-भर चुपचाप उत्तर की प्रतीक्षा करेंगे।"

लोग फिर जयजयकार कर उठे। हरि मुँडेर से नीचे उतर आया। मजदूरों के बीच घूम-घूमकर उनसे बातें करता रहा। पुलिस के सिपाही, जो अब तक अपने-अपने स्थान पर शांत खड़े थे, दोनों इन्स्पेक्टरों का हुक्म पाकर इस ओर से उस ओर तक मार्च करने लगे। उनके वैसा करने से कुछ मजदूरों में फिर से भय व्याप्त हो गया। ठीक बारह बजे जब पास के गिरजाघर के घंटे की आवाज गूँजी तो लोगों ने कारखाने के मालिक की कार को आम सड़क से आते हुए देखा। लोग चुपचाप देखते रहे। काली गाड़ी मजदूरों के पास से गुजरती हुई कारखाने की ओर बढ़ गई। दूसरे ही मिनट मजदूरों के बीच से कुछ लोग एकाएक गाली-गलौज करने लगे। आवाजें कसी जाने लगीं—

—कारखाने का मालिक चोर है!

—गजाधर बेईमान है!

—मजदूरों का हक मारनेवाला मुर्दाबाद!

हरि दौड़कर मुँडेर पर चढ़ गया। उसे हैरानी हुई। समझ नहीं सका कि ये कौन लोग हैं, जो इस तरह के नारे लगा रहे हैं। उसने अपनी आवाज को ऊँचा करके लोगों से चुप रहने की अपील की। लेकिन नारे लगते रहे और उनकी पुनरावृत्ति होती रही। पुलिस लाठियाँ सँभाले आगे बढ़ी। लोगों में अव्यवस्था फैल गई। फिर वे नियंत्रण से बाहर होने लगे। इसी समय काली कमीज पहने एक आदमी ने दूसरी ओर की मुँडेर पर चढ़कर लोगों का ध्यान आकर्षित करते हुए कहा—

"वह देखो, कारखाने से गजाधर की गाड़ी लौट रही है। हम समय बर्बाद क्यों करें। इसी वक्त दूध का दूध और पानी का पानी हो जाना चाहिए। मैं गाड़ी रोकने जा रहा हूँ। आप सभी उस बेईमान मालिक से पूछें कि वह हमारे अधिकारों को कब तक जब्त किए रहेगा?"

मजदूरों में से कोई भी आदमी काली कमीजवाले उस व्यक्ति को पहचानता नहीं था। वह आदमी मालिक की गाड़ी को रोकने के लिए भीड़ से निकलकर सड़क की ओर लपका। हरि ने मूसा, रामदरस तथा अन्य दोस्तों से चिल्लाकर कहा—

"यह आदमी मालिकों का भेजा हुआ भाड़े का टट्टू है। इसे दंगा-फसाद कराने के लिए भेजा गया है। इसे रोकना होगा।"

तीन-चार लोग उसकी ओर दौड़े। मजदूरों में हो रही खलबली को रोकने के लिए कुछ सिपाही लोगों को पीछे ढकेलने लगे। उस कोलाहल में पुलिस इन्स्पेक्टर चिल्लाता रहा—

"बिना कोई प्रहार किए लोगों को रोकना है!"

काली कमीजवाला वह आदमी मालिक की कार के आगे जाकर खड़ा हो गया और

चिल्लाकर बोला—

"लुटेरे, अगर हिम्मत है तो कार से बाहर निकल। बाहर निकल मजदूरों का खून चूसनेवाले शैतान!"

उसके पीछे दौड़ते हुए वे तीन-चार लोग उस तक पहुँचते कि इससे पहले ही कार के दरवाजे खुले और दोनों तरफ से दोनों मालिक बाहर आ गए। मूँछवाले मालिक ने इन्सपेक्टर से आदेश भरे शब्दों में कहा—

"आरेते से जां ला ! आप इन हंगामा करनेवालों को गिरफ्तार क्यों नहीं करते ?"

इन्स्पेक्टर ने आगे आकर कहा—

"ज़े स्वी देज़ोले। मैं ऐसा नहीं कर सकता। ऐसा करने का आदेश मुझे नहीं दिया गया है।"

तभी काली कमीजवाला वह आदमी दूसरे मालिक पर झपट पड़ा। मूँछोंवाले मालिक ने पुलिस को आदेश दिया—

"गोली चलाओ नहीं तो ये सभी लोग हमारी जान ले लेंगे!"

इन्स्पेक्टर ने उस आदेश को भी स्वीकारने से इन्कार कर दिया। मूँछोंवाला मालिक अब मुड़कर कार तक गया और बंदूक निकालकर तानते हुए बोला—

"किसी ने भी अगर आगे बढ़ने की कोशिश की तो गोली मार दूँगा।"

इस बीच दूसरा मालिक भी गाड़ी से बंदूक निकाल लाया। लोग जहाँ थे, वहीं ठिठके रहे, पर काली कमीजवाला वह आदमी नहीं रुका। वह मालिकों पर झपट पड़ा। इतने में ही ठायँ-ठायँ करके गोलियाँ चलीं और काली कमीजवाला वह आदमी देखते ही देखते आँखों से ओझल हो गया। पहली गोली को छाती पर खाकर नूर मुहम्मद नीचे गिरा। हरि उसके निढाल शरीर को थामे घुटनों के बल बैठ गया। दूसरी गोली नंदू को लगी। तीसरी मार्देमूतू के सिर को बेध गई और चौथी गोली खाकर जब ब्रज गोविंद जमीन पर गिरा तो उसकी भात की टोकरी से वह खाली बोतल भी गिरकर चकनाचूर हो गई, जिसमें कुछ घंटे पहले उसने अपनी बिटिया के लिए गन्ने का रस भरा था!

दूसरी हड़ताल

1

अपने सामनेवाली झोंपड़ी के आगे हरि रुका रहा। कुछ क्षण यों ही बीत गए। फिर ब्रज गोविंद के बेटे को आवाज दी। उस दर्दनाक घटना के आठ महीने बाद वह चौथी बार यहाँ पहुँचा था। पिछली बार मूसा भी उसके साथ था। पहले तीनों बार गोविंद की पत्नी उसे देखते ही रो पड़ी थी। पिछली बार जब वह आया था तो अपने साथ एक बोतल गन्ने का रस भी लेता आया था। उसकी बिटिया मुश्किल से ढाई-तीन साल की रही होगी। मूसा के कहने पर उसने यह मान ही लिया था कि वह बोतल उसके बापू ने ही भेजी थी उसके लिए। उस दिन से उससे यही तो कहा जाता था कि उसका बाप परदेश गया हुआ है।

आवाज सुनकर गोविंद का बेटा सामने आ गया। हरि को हाथ जोड़कर उसने नमस्ते की। फिर उसे झोंपड़ी में ले गया। कुछ ही देर बाद गोविंद की पत्नी उसके सामने हाथ जोड़े आकर खड़ी हो गई। इस बार आँखों में आँसू तो थे, पर वह रो नहीं रही थी। होंठों पर मुस्कान लाते हुए उसने पूछा—

"कैसे हो बेटे ?"

'मैं तो ठीक हूँ चाची ! तुम लोग कैसे हो ?"

"हम लोग भी ठीक हैं। रतन कुछ न कुछ कमा लाता है, जिंदगी चल रही है।"

कोने से पीढ़ा उठाकर उसने हरि को बैठने के लिए कहा। बैठने के बाद हरि ने रतन से उसकी नौकरी के बारे में कुछ बातें कीं। इतने में ब्रज की विधवा इमली-पानी लेकर आ गई। उमस भरी दोपहर में इमली के उस शरबत को हरि ने एक ही बार में हलक के नीचे उतार लिया। जिस दिन यून्यों फलाक के मालिक की बेरहम गोली का शिकार होकर ब्रज गोविंद की मृत्यु हुई थी, उस दिन भी हरि इस घर में आया था। इन आठ महीनों में ब्रज की पत्नी बहुत अधिक बदल गई थी। वह पैंतीस की न दिखकर साठ की दिखने लगी थी। चेहरे पर सलवटें, बालों में सफेदी, हाथों में झुर्रियाँ ··! हरि सोचने लगा—मजदूरों के लिए अपनी जान की कुर्बानी देनेवाला तो कुर्बानी दे गया, पर अपने पीछे छोड़े गए परिवार का यह जीवन ··· । ब्रज और उसके तीनों साथियों के बलिदान से मजदूरों की स्थिति में बहुत बड़ा परिवर्तन तो नहीं आया था, लेकिन उनका अपना जीवन थोड़ा बेहतर अवश्य हुआ था। हाँ, इसके साथ ही मरनेवालों के परिवार के दिन भी कुछ बदल पाते तो हरि को बहुत संतोष होता।

अपनी ओर से तो वह इतना ही कर पाया था कि हर दूसरे महीने मजदूर संघ और अपनी ओर से इन परिवारों की थोड़ी-सी मदद का प्रबंध कर जाता था। यून्यों फलाक

कारखाने के सामने हुए उस नृशंस हत्याकांड के बाद उसकी जाँच के लिए बैठे हूपर आयोग की सिफारिशों से जो थोड़ा-सा परिवर्तन मजदूरों के जीवन में आ सका, उसे वह संतोषजनक तो नहीं मानता था लेकिन मूसा की यह सलाह उसने मान ली थी कि भागते भूत की लँगोटी ही भली। मालिकों की मुट्ठी से फूटी कौड़ी भी निकाल पाना कठिन काम था। पूरी तरह संतुष्ट न होकर भी वह इस बात से खुश था कि कोर्वे प्रथा का अंत हो गया था, जिसके तहत थके-माँदे मजदूरों से मालिक लोग अपने लिए मुफ्त काम करवाते थे। आयोग में बयान देते समय हरि ने मजदूरों के वेतन में बीस प्रतिशत वृद्धि की माँग की थी। उसे स्वीकार न करते हुए भी आयोग ने जो दस प्रतिशत की वृद्धि की थी, मजदूर उससे संतुष्ट थे। आयोग ने डॉ. क्यूरे की उस माँग को भी मंजूर किया था कि सड़े-गले तथा कीड़ों से भरे चावल की जगह बेहतर किस्म का चावल दिया जाए। डॉ. क्यूरे की कुछ अन्य माँगों को भी आयोग ने महत्वपूर्ण और सही बताया था।

डॉक्टर क्यूरे ने हरि से कहा था—

—गन्ने के खेत-मजदूरों को कम से कम थोड़ी प्रतिष्ठा तो मिली। अब हम लोगों को यह छूट है कि हम मजदूरों के लिए बने विशेष विभाग से बातचीत जारी रख सकें। जिस औद्योगिक सभा के गठन की माँग आयोग ने की है, उससे भी हमें सहयोग मिल सकता है। सबसे बड़ी बात तो यह है कि आइंदा मजदूरों के दो प्रतिनिधि विधानसभा में मजदूरों का प्रतिनिधित्व कर सकेंगे।

हरि ने ब्रज गोविंद की पत्नी और उसके बेटे से करीब आधे घंटे बातें कीं। यह जानते हुए भी कि वह जो कह रहा है, वे घिसी-पिटी बातें हैं। हर बार की तरह वह इस बार भी स्वयं को यह कहने से नहीं रोक सका—

"चार साहसी मजदूर अपने प्राण देकर मजदूरों को बेहतर दिन दिखाने में सफल हुए। आपको इस बात का गर्व होना चाहिए चाची! और तुम्हें भी रतन!"

उसने जेब से पच्चीस रुपए निकालकर ब्रज गोविंद की पत्नी के हाथों में थमा दिए और फिर से उसी पिटे-पिटाए स्वर में बोला—

"मजदूरों की ओर से हमारी संस्था बस इतना ही कर पा रही है।"

ब्रज गोविंद के यहाँ से हरि सीधे नूर मुहम्मद के घर पहुँचा।

उसकी बीवी और बच्चों की वह दयनीयता तो खैर अब नहीं थी, जो चार-पाँच महीने पहले थी। मूसा के सहयोग से वह उसके दोनों बेटों में से एक को शहर में बनवारी भाई की चाय की दुकान में नौकरी दिला चुका था। तब से उन लोगों की हालत कुछ अच्छी थी। वहाँ भी वह घंटे-भर रहा और उन्हें संयुक्त मजदूर यूनियन की ओर से दी गई राशि दी। इसके बाद जब वह घर लौटा तो अँधेरा छाने लगा था। दो दिन पहले ही वह नंदू और मार्देमूतू के घर हो आया था। वहाँ भी वह उस काले दिन की उन दर्दनाक घड़ियों को भुला नहीं पाया था। फलाक क्षेत्र के मजदूरों से हरि का नियमित मिलना होता रहता था। उसे इस बात का दुख था कि उनमें से अधिकतर उस बलिदान को भुला बैठे हैं।

घर पहुँचते ही देवी ने उसे बताया कि मूसा आया था और यह संदेश छोड़ गया है कि आते ही वह उसके घर पहुँचे। हरि ने थोड़ी-सी चाय पी और मूसा के घर को झपट पड़ा। मूसा उसे घर ही पर मिल गया। हरि ने पूछा—

"क्यों, क्या बात है ?"

"रीयूनियन चीनी कारखाने में पंडित सहदेव को गिरफ्तार कर लिया गया है। तुम्हारे दोस्त आंकचिल को देश से बाहर रोड्रिग भेज दिया गया और डॉक्टर क्यूरे को उन्हीं के घर में नजरबंद कर दिया गया है।"

"यह तो बहुत बुरी खबर है मूसा ! तुम्हें कैसे मिली ?"

"हम लोग तो पंद्रह दिनों से सेंताँ-त्वान कोठी के झंझटों में व्यस्त रहे। कुछ भी जान नहीं पाए। आज जब शहर पहुँचा तो सहदेव चाचा ने सारी बातें बताईं। इधर तीन दिनों में ही यह सबकुछ हुआ है।"

"क्या किया जाए ?"

"इस समय तो हमसे कुछ नहीं हो सकता।"

"सरकार की ओर से चार मजदूर नेताओं पर प्रतिबंध जारी हुआ है। उन चारों में तुम भी एक हो।"

"मुझे अपनी गिरफ्तारी का डर नहीं है।"

"लेकिन हमें तो है। तुम भी अगर हिरासत में ले लिए जाओगे तो उत्तर प्रांत का सारा काम ठप पड़ जाएगा। सेंताँ-त्वान कोठी की समस्याएँ अभी सुलझानी बाकी हैं। तीस मजदूरों को नौकरी से हटाया गया है।"

"कुछ भी हो, हमारा डॉक्टर क्यूरे से मिलना अत्यंत आवश्यक है।"

"सहदेव चाचा ने यह भी बताया कि पुलिस कहीं भी तुम्हारी गिरफ्तारी कर सकती है। उसे सिर्फ कोई छोटा-सा बहाना मिल जाना चाहिए।"

"जो होगा देखा जाएगा। ऐसा करते हैं कि कल सेंताँ-त्वान कोठी के मालिकों से, जैसा कि तय हुआ है, हम मिल लेते हैं। फिर वहाँ से निबटते ही हम क्यूपिंप चलेंगे।"

"इस समय डॉक्टर क्यूरे की आर्थिक स्थिति भी उतनी अच्छी नहीं होगी। पिछले ही सप्ताह जब मैं उससे मिला था तो उसके ड्राइवर से कुछ संकेत मिला था।"

रात को बैठका में रामायण-सत्संग के बाद हरि ने सभा के सभी सदस्यों के सामने डॉक्टर क्यूरे की गिरफ्तारी की चर्चा की। सभी ने हरि की बातों को बड़े ध्यान से सुना। सभा के अध्यक्ष ने तत्काल यह प्रस्ताव रखा कि उन लोगों को डॉक्टर क्यूरे की मदद करनी होगी। उसकी मदद के लिए कुछ पैसे एकत्र किए गए। सभा के प्रधान के सामने गिने—कुल बाईस रुपए जमा हुए थे। यह राशि हरि के सुपुर्द कर दी गई।

दूसरे दिन जब दोनों सेंताँ-त्वान कोठी पहुँचे तो उन्हें फाटक के पास 'त्रेसपास' शब्द मोटे-मोटे अक्षरों में लिखा हुआ दिखाई पड़ा। लेकिन उसकी परवाह किए बिना जब वे दोनों फाटक को पार करने लगे तो इधर-उधर से दो रखवार सामने आ गए। एक ने कहा—

"क्यों, पढ़ना नहीं आता क्या ? आगे जाना मना है।"

"हमारा मालिक से मिलना तय हुआ है। वे इंतजार कर रहे होंगे।"

"कोई इंतजार नहीं कर रहा। हमें हुक्म मिला है कि कोठी के मजदूरों के अलावा किसी भी आदमी को भीतर जाने की इजाजत न दी जाए।"

"हमारा मालिक से रां-दे-वू है।"

"भाड़ में जाए रां-दे-वू! तब था जब था, अब नहीं है।"

एक तीसरा रखवार बंदूक ताने बीच में आ गया और बोला—

"हमें यह भी हुक्म मिला है कि कोई अगर जिद पर उतरे तो उस पर गोलियाँ दागने से न झिझका जाए!"

"क्यों, अभी आठ ही महीने पहले तो चार आदमियों का खून पिया गया है, अभी और प्यास बाकी है क्या ?"

मूसा का यह वाक्य अभी पूरा भी नहीं हुआ था कि उस तीसरे रखवार ने उन दोनों को बंदूक के जरिए पीछे ढकेलना शुरू कर दिया।

दोनों के लिए पीछे हटने के अलावा अब कोई चारा नहीं था। वे पीछे हट आए। मूसा ने कहा—

"लगता है, सरकार के साहस को देखकर इन पूँजीपतियों की भी हिम्मत आसमान छूने लगी है। क्या इन लोगों को बातचीत करने से इस तरह मुकर जाने का अधिकार है ?"

"किस अधिकार की बात करने लगे तुम ? इनकी चले तो हवा से बहने का अधिकार भी छीन लें। जब खुद सरकार को नागरिक अधिकारों की इज्जत करनी नहीं आती तो इन बनियों को क्या आएगी। अब हमारा मजदूर निरीक्षक से मिलना जरूरी हो गया है। ऐसा करते हैं कि सबसे पहले मजदूर दफ्तर चलते हैं, फिर वहीं से क्यूपिंप की ओर बढ़ जाएँगे।"

"और उधर देर हो गई तो ?"

"होती रहे।"

"पर हरि, आज शाम को वे गोखुलावाले लोग देवी को देखने आ रहे हैं।"

"अरे हाँ, आज ही तो। खैर ··· हम इधर से जल्दी ही लौट आने की कोशिश करेंगे। और ··· अगर न लौट पाए तो परकाश भैया तो होंगे ही। सभी कुछ सँभाल लेंगे।"

"लड़केवाले क्या सोचेंगे ?"

"मैंने कहा न, जल्दी लौट आने की पूरी कोशिश करेंगे। यों भी वे अपने इक्के से आएँगे, थोड़ी देर हमारा इंतजार भी तो कर सकते हैं।"

दोनों ने साइकिल ली और शहर का रास्ता पकड़ा। कोई आधे घंटे बाद वे पांप्लेमूस बाग से होते हुए पुलिस-स्टेशन के सामने से गुजरने को हुए कि हरि की नजर थाने के सामने खड़े सिपाही पर पड़ी। उसका हाथ पहले अपनी जेब पर पहुँचा, जिसमें सभा की ओर से तहसील की हुई राशि थी। मूसा को रुकने का संकेत कर वह साइकिल से उतर गया। क्षण-भर सोचता रहा। रास्ते से जाते हुए दो मजदूरों ने पहचानकर उन्हें

नमस्ते की और आगे बढ़ गए। हरि ने कुछ सोचते हुए चारों ओर देखा। पीछे से निकल जाने का एक रास्ता उसे मालूम था, पर वैसा करना उसने ठीक नहीं समझा। इस बीच मूसा की नजर भी सामने खड़ी पुलिस पर गई। हरि ने कहा—

"ये लोग हर हालत में मुझे रोककर पूछताछ करेंगे। तुम एक काम करो · · · "

उसने अपनी जेब से पैसों की थैली निकालकर मूसा को थमाई और बात पूरी की—

"इस पैसे को तुम अपने पास रख लो। अगर ये लोग मुझे गिरफ्तार कर लेते हैं तो तुम्हें अकेले लेबर ऑफिस और डॉ. क्यूरे के यहाँ जाना होगा। हर हालत में डॉक्टर को यह रकम मिल जानी चाहिए।"

"लेकिन हरि · · · ।"

"देखो, यह वक्त बहस का नहीं।" उसने मूसा के हाथ में जबरन थैली रखकर कहा, "इसे जेब के हवाले करो और कालबास के पुल के पास पहुँचकर मेरा इंतजार करना। अगर आधे घंटे के भीतर मैं न पहुँच पाऊँ तो आगे का रास्ता तुम्हें अकेले तय करना होगा।"

दोनों फिर से साइकिल पर सवार हो गए। हरि ने हासन मूसा को जरा आगे निकल जाने दिया, फिर स्वयं आगे बढ़ा। थाने के पास पहुँचते ही एक पुलिस-अफसर सी. आई. डी. इन्स्पेक्टर को साथ लिए बीच रास्ते में आ गया और हरि को रोक लिया। जितना हरि उसे जानता था, उतना ही वह भी हरि को जानता था। साइकिल के हैंडल पर हाथ रखकर उसने सवाल किया—

"कोत ऊ पे आले मिस्ये रामनाऱायण !"

"शहर जा रहे हैं।"

"दूध का धंधा छोड़े तो आपको महीना-भर हो गया।"

"एक रिश्तेदार बीमार है। उसी को देखने जा रहे हैं।"

"और वह जो आगे बढ़ गया ?"

"रास्ते में मिल गया था। कहीं और जा रहा है।"

"लगता है, आप सच नहीं बोल रहे।"

एक दूसरा सी. आई. डी. अफसर, जो दोनों पाँवों को जमीन पर टिकाए अपनी ट्रायंफ मोटर साइकिल पर बैठा हुआ था, जोर से बोला—

"आपको मालूम है कि आपके कुछ साथियों को गिरफ्तार कर लिया गया है।"

"पता नहीं।"

"पता है और इस समय आप अपने गुरु डॉक्टर क्यूरे से मिलने जा रहे हैं !"

"मैंने कहा न, मैं एक बीमार संबंधी को देखने जा रहा हूँ।"

अगला सवाल पुलिस इंस्पेक्टर ने किया—

"और अगर आप डॉ. क्यूरे से मिलने जा रहे होते तो क्या पूछने पर बता देते ?"

"क्यों नहीं बताता ? डॉ. क्यूरे से मिलना कानून के खिलाफ तो नहीं है।"

"डॉक्टर क्यूरे इस समय नजरबंद हैं और उनसे किसी को मिलने की इजाजत नहीं है। उनके रोगियों तक को नहीं।"

दूसरे सी. आई. डी. अफसर ने धीरे से कहा—

"आप गैरकानूनी काम करने जा रहे हैं।"

"किसी बीमार रिश्तेदार को देखने जाना गैरकानूनी है!"

"आप सचमुच बीमार को देखने जा रहे हैं ?"

"कहा न!"

"तो फिर एक काम कीजिए। आप अपनी साइकिल यहाँ छोड़ते जाइए। उधर से लौटकर आप अपनी हाजिरी देते हुए अपनी साइकिल ले सकते हैं।"

"यह तो ज्यादती हुई। आखिर आप लोग ऐसा क्यों कर रहे हैं ?"

"हम लोग ऐसा इसलिए कर रहे हैं, क्योंकि हमें ऊपर से ऐसा ही करने का आदेश आया है।"

"ठीक है, ठीक है। आप अपनी साइकिल पर ही जा सकते हैं, पर याद रहे, लौटते हुए आपको यहाँ से होकर जाना होगा।"

हरि मन ही मन मुस्कुराकर रह गया। वह इस निर्णय को पहले ही जान गया था। वह वहाँ से आधे मील चलकर जब कालबास के पुल पर पहुँचा तो मूसा को इंतजार करते पाया। वहाँ से अब दोनों लेबर ऑफिस की ओर बढ़ गए।

रास्ते में दोनों ने बहुत कम बातें कीं। तेररूज के पुलिस थाने पर भी उन्होंने पुलिस के सिपाहियों को खड़े पाया, पर वहाँ उन्हें किसी ने नहीं रोका। दो बजे वे शहर जा पहुँचे।

लेबर ऑफिस में मजदूर निरीक्षक के साथ घंटे-भर बातें करके दोनों ने सेंताँ-त्वान कोठी मालिकों के रवैए को सामने रखा। निरीक्षक को वे इस बात के लिए राजी कर पाने में सफल हुए कि अगले मंगल को वह उनके साथ कोठी-मालिकों से मिलने पहुँचेगा। वहाँ से चलकर दोनों बनवारी की चाय की दुकान पर पहुँचे। भजिए के साथ एक रोटी खाकर दोनों ने चाय पी। फिर अपनी साइकिलें वहीं छोड़कर वे बस स्टेशन को चल पड़े। चार बजे वे शहर से चले थे और जब क्यूपिंप पहुँचे तो गिरजाघर का घंटा पाँच की सूचना दे रहा था। वहाँ से पाँच ही मिनट के रास्ते पर डॉक्टर क्यूरे का घर था। दोनों पैदल चल पड़े।

इस बार उस घर के सामने वर्दी के अलावा दो अफसर सादे कपड़ों में भी पहरे पर थे। इसलिए पहली बार से भी अधिक सावधानी बरतते हुए दोनों ने बाँसों का झुरमुट पार किया। पतलून को घुटनों तक उठाकर नदी पार की। लेकिन पीछे की ओर भी कुछ अनजान लोगों को चहलकदमी करते हुए देख दोनों ठिठक गए। फिर भी उनसे आँखें बचाकर वे अहाते के पार हो गए। खिड़की से ही डॉ. क्यूरे ने दोनों को देख लिया था। पास आने पर उसने हैरानी जताई—

"तुम लोग कैसे आ पाए। चारों ओर पुलिस का सख्त पहरा है। खैर ··· भीतर चलो। तुम्हें यह खतरा नहीं उठाना चाहिए था।"

हरि ने कोई उत्तर नहीं दिया। मूसा ने पानी माँगकर पिया। उसके जूठे गिलास को खुद दूसरे कमरे में रख आने के बाद डॉक्टर ने पूछा—

"उधर खैरियत तो है ?"

मूसा ने सिर हिलाकर हामी भरी। हरि ने जेब से थैली निकाली।

और जब उसने सभा के सदस्यों से इकट्ठी की गई राशि को डॉ. क्यूरे के हाथ में रखा तो वह चुपचाप हरि को देखता रहा। कुछ बोल नहीं सका। फिर जब बोला, तो स्वर में विह्वलता लिए हुए—

"आज पंद्रहवाँ दिन है। मुझे अपने चिकित्सा के काम तक की इजाजत नहीं है। मुझे रोजी न मिले, कोई बात नहीं, पर मरीजों को तो दवा-दारू से महरूम रखने का अधिकार इन्हें नहीं है।"

सवा छह बजे तक दोनों दोस्तों ने डॉक्टर क्यूरे के साथ आत्मीय रूप से बातें कीं और फिर हरि ने विदा लेने की इच्छा व्यक्त की। लेकिन डॉक्टर क्यूरे ने दोनों को उस वक्त तक घर से बाहर नहीं जाने दिया, जब तक साँझ का धुँधलका न छा गया। फिर जब दोनों घर से निकलने लगे तो डॉक्टर ने करुण स्वर में कहा—

"धन्यवाद !"

"किस बात के लिए ?"

हरि के इस प्रश्न का उत्तर डॉक्टर ने यह कहकर दिया—

"हरि ! तुम्हारे ऊपर भी पुलिस की सख्त नजर है। देखना, सावधानी बरतना।"

दोनों पुलिस की नजर से बचते हुए बस-स्टैंड पर आ पहुँचे। वहाँ पता चला कि पोर्टलुई की आखिरी बस जा चुकी है। कुछ देर तक दोनों असमंजस में रहे, फिर पैदल चल पड़े। कोई घंटे-भर चलते रहने के बाद जब अँधेरा घना होने लगा तो संयोग से फेनिक्स में शहर जाती हुई उन्हें एक टैक्सी मिली। पोर्टलुई पहुँचे तो बनवारी की चाय की दुकान बंद हो चुकी थी। अपनी साइकिलें लेने की इच्छा से कुछ देर इधर-उधर भटककर उन्होंने बनवारी के घर का पता लगाना चाहा, पर नाकामयाब रहे। वहाँ से वे फरीद के घर पहुँचे। वहीं रात बिताने के अलावा अब उनके सामने कोई दूसरा चारा नहीं था। फरीद के घर लोग खाना खा चुके थे। सपूरा और फातमा ने जल्दी-जल्दी कुछ तैयार किया और दोनों खाने बैठे। फरीद मियाँ ने कहा—

"लगता है मुसीबत झेलते रहने में तुम लोगों को मजा आता है।"

मूसा ने रोटी के टुकड़े को आलू-तरकारी के साथ बोरते हुए कहा—

"मजा तो नहीं आता खालू, पर क्या किया जाए।"

जब वे खा चुके तो सहदेव ठाकुर ने हरि से कहा—

"दिसंबर से मैं अखबार निकालने की सोच रहा हूँ। तुम्हें उसके लिए एक अच्छा-सा नाम सोचकर बताना होगा।"

"छापाखाना पहुँच गया क्या ?"

"पहुँच भी गया और फरीद की दुकान के पास में सज भी गया।"

"आप तो बड़ी तेजी से काम करते हैं चाचा !"

"काम तो अब शुरू होना है। अखबार का संपादन तुम्हें करना होगा।"

"आप मुझसे वही करवाएँ, जो मुझसे हो सके।"

"क्यों, इतनी बुलंदी के साथ देश-भर में भाषण देते फिरनेवाले आदमी से एक छोटे-से अखबार का संपादन नहीं हो सकता ?"

"मुझ अनपढ़ से तो नहीं हो सकता।"

"तुम अपने को अनपढ़ क्यों कहते हो ?"

"चाचाजी! जो हूँ वही कह रहा हूँ।"

"तुम जानते हो अनपढ़ किसे कहते हैं ?"

"जो पढ़ा-लिखा न हो।"

"नहीं, अनपढ़ उसे कहते हैं जो बहुत पढ़ा-लिखा होकर भी यह नहीं जान पाता कि आदमी को आदमी के शोषण का कोई अधिकार नहीं।"

हरि हँस पड़ा।

"क्यों, इसमें हँसने की क्या बात है ? तुम्हें अखबार का संपादन करना ही होगा। जो आदमी हजारों लोगों के बीच बोलकर उन्हें प्रभावित कर सकता है, वही अपनी लेखनी से उस प्रभाव को और बढ़ा भी सकता है।"

"मुझे तो बस बोलना ही आता है। अखबार में तो लिखना पड़ता है।"

"बस अखबार के लिए भी तुम्हें बोलना ही है, लिखनेवाला लिख लेगा !"

"संपादन तो आपको करना है।"

"और तुम ?"

"मैं मदद के लिए रहूँगा।"

"एक बात जान लो। तुम्हारे बलबूते पर ही मैं अखबार निकालने जा रहा हूँ।"

"मैं आपके साथ हूँ चाचा! यह वायदा है।"

2

दूध का धंधा छोड़ने की विवशता हरि के सामने इसलिए आ गई थी, क्योंकि कोठियों के मालिकों ने एक ओर जहाँ खेतों में उसका प्रवेश वर्जित किया था, वहीं अपने कोठी-मजदूरों को भी यह हिदायत दे रखी थी कि हरि को कोई भी दूध न बेचे। शुरू में तो मजदूरों ने उस आदेश को गंभीरतापूर्वक नहीं लिया था, लेकिन जब आज्ञा-भंग के लिए मालिक के सरदार और कोठी के रखवार सख्ती से पेश आने लगे तो लोगों को आदेश मानना पड़ा। कई घरों से तो हरि के पहुँचने से पहले ही मालिक के वे दरिंदे बर्तन समेत दूध उठा लाते थे। हरि ने इस बहिष्कार का जमकर सामना तो करना चाहा था, पर वह यह नहीं चाहता था कि उसकी कीमत भोले-भाले गोपालकों को चुकानी पड़े। हरि के वह धंधा छोड़ने से तीन दिन पहले ही संतोष उसके यहाँ आकर अपना

रोना रो गया था।

उसे बेल-वी-आरेल की कोठी से इसलिए हटा दिया गया था, क्योंकि उसने एक सरदार की लात के जवाब में उसके मुँह पर मुक्का जड़ दिया था। उसकी पत्नी साल-भर से बीमार चली आ रही थी। उसके बच्चे का भी वही हाल था। हरि ने अब दूध को खरीदने-बेचने का वह काम उसी को दे दिया था। जिस दिन उसने संतोष से दूध खरीदने-बेचने का काम सौंपने का वायदा किया था, उसी दिन दोपहर को वह प्रभा के घर पहुँचा था और जब उसने प्रभा को अपना धंधा छोड़ने की बात बताई थी तो वह उसे चुपचाप देखती रह गई थी। प्रभा के सौम्य चेहरे को मलिन पाकर उसने कहा था कि दूध न लेने का मतलब यह थोड़े ही है कि वह उससे मिलने नहीं आएगा। प्रभा को इस बात का भारी दुख था कि हरि को अब वह रोज-रोज देखने के अवसर के सुयोग से वंचित रहेगी।

दूध का धंधा छोड़ने के बाद हरि सप्ताह-भर बेकार रहा था। पास-पड़ोस की सभी कोठियों में उसके लिए त्रेसपास था। हर जगह प्रवेश-निषेध। एक मित्र के सहयोग से करीब सात मील दूर सोलीचीद कोठी में उसे काम मिला था। पर वहाँ उसे अभी महीना-भर भी नहीं हुआ था कि निकाल दिया गया। जब उसने गोरे मालिक से कारण जानना चाहा तो कारण बताने से उसने इन्कार कर दिया। बोला कि न तो उसे कारण पूछने का अधिकार है और न ही वह कारण बताने के लिए बाध्य। वह तो हरि के मित्र सीमों ने उसे बताया था कि पिछले सप्ताह कोठी के दफ्तर में पूरे उत्तर प्रांत के मालिकों की जो बैठक हुई थी, उसी में वह निर्णय लिया गया था कि उक्त प्रांत की किसी भी कोठी में उसे नौकरी देना मालिक-संगठन की अवहेलना समझा जाएगा।

उन्हीं दिनों अलग-अलग कोठियों से कई लोगों को नौकरी से हटाया भी गया था। काटेज ही में बीस से अधिक मजदूर बेकार थे। हरि जब परकाश से मिला तो उसने अपने को ही उन तमाम दोस्तों की नौकरी चले जाने का कारण बताया, लेकिन परकाश उसे समझाता रहा कि जिम्मेवार वह नहीं है। 'कुछ हासिल करने के लिए कुछ देना ही पड़ता है'—मूसा ने भी हरि की हताशा तोड़ने के लिए यही कहा। उसी ने यह सूचना भी उसे दी कि दक्षिणी इलाके की बनारस कोठी में मलेरिया से कई मजदूरों के मर जाने से कामगारों का भारी अभाव है। रीव्येर-जी-रांपार के कुछ लोग उधर काम करने जा रहे थे। उन्हीं लोगों से मूसा को इस बात का पता चला था। शाम को मूसा के साथ हरि रीव्येर-जी-रांपार पहुँचा। उसने उस ठेकेदार से बात की, जिसने अपने यहाँ के मजदूरों को बनारस कोठी में नौकरी दिलाई थी। लंबी-लंबी मूँछों और बड़ी-बड़ी आँखोंवाले सोमू ठेकेदार ने शर्त रखी—

"हर सप्ताह हर मजदूर की ओर से एक रुपया देना होगा।"

हरि ने बड़ी नम्रता के साथ पूछा—

"ऐसा क्यों सोमू सरदार ?"

"ऐसा इसलिए कि कोठियों के लिए मजदूर जुटाना मेरा पेशा है। मेरा दादा भी यही करता था और मेरा बाप भी। जब तुम लोग मुफ्त में काम करने को तैयार

नहीं तो फिर मैं क्यों होऊँ ?"

"एक रुपया तो बहुत ज्यादा है सोमू सरदार ! हम आठ आने देने का तैयार हैं।"

"हम आठ आने लेने को तैयार नहीं।"

"लेकिन ···"

"लेकिन-वेकिन कुछ नहीं। हिसाब तो हिसाब होता है, उसमें बाप-बेटा भी नहीं देखा जाता ··· अगर तुम लोग रुपया देने को तैयार हो तो परसों सोमवार है। उसी दिन से तुम्हारा काम वहाँ शुरू हो सकता है। लेकिन उसके लिए घर छोड़ना होगा रविवार की शाम को ही और उधर से शनिवार की शाम को लौटना होगा।"

शर्तें मान ली गईं। मान ही लेनी पड़ीं।

उधर सप्ताह-भर के लिए निकलने से पहले हरि ने जरूरी समझा कि एक बार प्रभा से मिल आए। मूसा के जिम्मे बेकार हुए मजदूरों को जुटाने का काम छोड़कर हरि प्रभा से मिलने पहुँचा। रविवार की उस सुहानी सुबह को अपनी साइकिल पर सवार वह उस समय वहाँ पहुँचा, जब प्रभा अपने आँगन के हनुमान-चौरे पर अर्घ्य दे रही थी। उसके सिर पर सफेद ओढ़नी थी। उसकी पूजा में बाधा न पहुँचाने के लिए वह कुछ दूर खड़ा होकर उसे एकटक देखता रहा। प्रभा अगर तनिक भी अपने सिर को बाईं ओर घुमाती तो हरि को देख लेती, लेकिन वह एकाग्रचित्त होने के कारण उसकी उपस्थिति से अनभिज्ञ रही। हरि रास्ते-भर प्रभा और बनारस, दो ही के बारे में सोचता आया था। बनारस कोठी में काम करने जाने को लेकर हरि को एक पंथ दो काजवाली बात सूझी थी। कुछ ही दिन पहले डॉक्टर क्यूरे ने उससे कहा था कि मजदूर संघ में पश्चिम और दक्षिण के बहुत कम सदस्य हैं। उसने उस दिन हरि से अपने जीवन की सबसे बड़ी आकांक्षा व्यक्त करते हुए कहा था—

"मैं मजदूरों का एक दल बनाना चाहता हूँ —पार्ची त्रावाईस्त नाम से। मैं तुम्हारे मित्र आंकचिल, पंडित सहदेव, जीतू तथा अन्य मित्रों से बात कर चुका हूँ। मैं चाहता हूँ कि हमारा यह मजदूर दल इस देश के आम आदमी की सबसे बड़ी ताकत के रूप में सामने आए। इस काम के लिए मुझे तुम्हारे पूरे सहयोग की जरूरत है। काम के प्रति तुम्हारी निष्ठा, मजदूरों के प्रति आस्था और शोषकों के सामने तुम्हारी निर्भीकता को मैं देख चुका हूँ। पता नहीं, तुम्हें मालूम है या नहीं। तुम्हारे दोस्त परकाश ने कभी मजदूर दल की स्थापना की कोशिश की थी। शहर में एक विराट सभा हुई थी। गाँव-गाँव से लोग उसमें भाग लेने आए थे। परकाश के उस दिन के भाषण से मैं अत्यंत प्रभावित हुआ था। मुझे आज भी उसके चंद शब्द याद हैं। ओजपूर्ण शब्दों में उसने कहा था—इस देश को बनाने में सबसे बड़ा योगदान मजदूरों का रहा है। जिन मजदूरों ने अपनी मेहनत से इस देश को समृद्ध किया है, आज भी उनकी दशा उतनी ही दयनीय है, जितनी शोषण की चरम सीमा के दिनों में थी ··· परकाश ने उस मौके पर यह भी कहा था कि कल तक हमारी जो लड़ाई खेतों और दफ्तरों तक सीमित थी, अब उसे विधानसभा तक ले जाने का समय आ गया है। उस दिन उसने गाँधी जी की बढ़ाई की थी। गाँधी जी की हिदायत और नसीहत को जनता के सामने रखा था। मैं भी

अब तुमसे यही कहता हूँ कि इस मुल्क में राजनीति मुट्ठी-भर धनपतियों की बपौती नहीं रह सकती।"

उस दिन डॉक्टर क्यूरे का यह वाक्य हरि के जहन में गूँजता रहा था कि हमें इस देश के इस छोर से उस छोर तक मजदूरों को एक सूत्र में बाँधना है और उन्हें एक झंडे के नीचे लाना है। बनारस की ओर जाते हुए उसे पूरा विश्वास था कि वह वहाँ के मजदूरों को एक सूत्र में बाँध पाएगा।

रविवार होने के कारण प्रभा के माँ-बाप घर पर ही थे। सुगुनवा को किसी काम से निकलना था, इसलिए उसने अपनी पत्नी से कहा—

'मैं जा रहा हूँ अनु, तुम हरि को खिलाए बिना मत भेजना। प्रभा से कहना कि वह आज बैठका में बच्चों को पढ़ाने न जाए।"

उसने अपना छाता थामा और घर से बाहर निकल गया। अनु ने प्रभा से कहा—

'मैं तब तक आटा रूँधती हूँ, तुम नदी से कच्चू भाजी ले आओ।"

प्रभा जाने लगी तो अनुराधा ने उससे कहा—

"अरी, बाबू को भी तो अपने साथ लेती जा। ये नदी पर घूम आएँगे।"

हरि के लिए यह बिन माँगी मुराद थी। इस घर में तो अब वह कई बार आ-जा चुका था, पर नदी किनारे जाने का उसे आज तक मौका नहीं मिला था। इसलिए चुपचाप, भीतर-ही-भीतर उल्लसित, प्रभा के साथ चल पड़ा। घर के पिछवाड़ेवाला रास्ता अधिक सुगम था। मिट्टी काटकर नदी तक उतरने के लिए सीढ़ियाँ बनी थीं। दोनों तरफ से झाड़ियों के पीछे आम और लीची के घने पेड़ थे। सामने एक डाल पर अकेली लालमुनिया को फुदकते देखकर हरि ठिठक गया, पर जब उसने देखा कि प्रभा नदी तक पहुँच गई है तो वह आगे बढ़ गया। ठीक सामने की काली चट्टानों से टकराकर दूधिया झाग छोड़ती हुई लहरें आगे बढ़ी जा रही थीं। पक्षियों का कलरव था। हवा की सरसराहट थी। पत्तों का झरझर था, और थी नदी की कलकल ध्वनि। उन्हीं आवाजों के साथ हरि ने अपनी आवाज मिलाकर कहा—

"प्रभा! अब मेरा रोज न आना तुम्हें शायद पहले की तरह नहीं खटकता होगा।"

वह चुप रही। हरि ही फिर बोला—

'मैंने कहा था न कि समय सभी कुछ का आदी कर देता है।"

प्रभा ने अपने लहँगे को घुटनों तक उठाकर नदी के भीतर प्रवेश किया और उस जगह पर पहुँची जहाँ कच्चू के घने पौधे थे। उसे उन पौधों के बीच से कोमल पत्तियाँ टूँगते देखकर हरि ने पूछा—

'मैं भी हाथ बढ़ाने आ जाऊँ?"

"नहीं! इन पत्तों से कपड़ों में कभी न छुटनेवाले दाग लग जाते हैं।"

हरि पास की एक सूखी चट्टान पर बैठ गया और सामने ऊँचे पहाड़ों को देखता रहा। दो सप्ताह पहले ही भारी वर्षा हुई थी, जिसके कारण पहाड़ की चट्टानों पर भी घास उग आई थी और जैसे पूरा पहाड़ हरियाली में लिपटा हुआ था। उसकी आँखें उस हरियाली से हटकर नदी की ठंडक फैलाती गतिशील लहरों को देखती रहीं। चक्कर

खाती और अल्हड़ गति से भागती नदी में डुबकियाँ लगाने के लिए उसका मन मचल उठा। उसके अपने गाँव में न तो नदी थी, न पहाड़। ये इस समय करीब दिखनेवाले पहाड़ उसके गाँव से दिखते तो थे, पर इतनी भव्यता के साथ नहीं। अपने दोनों पाँवों को पानी में डालकर वह तंरगों से खेलता रहा। हाथों और पाँवों से छू जानेवाली वह ठंडक दिल और दिमाग दोनों को शीतलता दे रही थी। उसे जतन अहीर के उस निराले बिरहा की पंक्तियाँ याद आ गईं और वह मन ही मन गुनगुनाने लगा—

पहड़वा के गोदिया नदिया के किनरवा
नदिया के किनरवा ओरी मोरी सजनिया
ओरी मोरी सजनिया चलयो मेरे संगवा
चलियो मोरे संगवा जहाँ मीठा-मीठा अमवा-जमुनवा
अमवा-जमुनवा तोहे जी-भर खिलैबों
जी-भर पिलैबों तोहे बिरहा के रसवा ···

बिरहा की अंतिम पंक्ति तक पहुँचते-पहुँचते उसे खुद हैरानी हुई कि वह उन सभी पंक्तियों को बिना भूले कैसे गुनगुना गया! उंसके अपने मित्रों में से कोई भी अगर इस समय उसके साथ होता तो एकटक देखता रह जाता और संभवतः यह भी कह बैठता—वाह यार! मुद्दत बाद आज तुम्हें चहकते हुए देख रहा हूँ!

सामने के पर्वतों का आकर्षण, नदी की शीतलता और हरे-भरे वातावरण में बह रही बयार की मादकता उसे प्रत्यक्ष-अप्रत्यक्ष सभी से काट चुकी थी। अपनी साँसों में सिर्फ वर्तमान को सँजोए उसने प्रभा की ओर देखा। एकटक देखता रहा। प्रभा हरि के मन में उठ रही भावनाओं से एकदम अनभिज्ञ, कच्चू की कोमल पत्तियाँ तोड़ती रही। हरी-भरी वृक्षावलियों, लहरों और पीठ पीछे पर्वतमालाओं—सभी ने मिलकर प्रभा के सुंदर रूप को और भी सुंदर बना दिया था। दो मैनाएँ बोलती हुई उसके तनिक ऊपर से गुजर गईं, जिनके कारण हरि अपने भावाकुल शिकंजे से छूट गया और सोचने लगा—इस सुनहरे वर्तमान को क्यों निकल जाने दिया! पर तभी उसे यह भी खयाल आया —अगर सचमुच ही वर्तमान के चंद सुनहरे पलों को बाँधे रहने की शक्ति आदमी में होती, तो न जाने ऐसे कितने क्षण उसके पास रह जाते। फिर उसने मन-ही-मन सोचा—पर अगर ऐसा नहीं होता है, तो शायद इसलिए ताकि भविष्य जन्मने से न रह जाए!

हरि तो स्वयं बेहतर भविष्य के लिए वर्तमान को नकारनेवालों में था ··· पर शायद वर्तमान-वर्तमान में सदा समानता नहीं हुआ करती। हरि को अपने विचारों पर अचंभा हुआ। पहली ही बार वह जीवन के बारे में उतनी गहराई और रहस्यमय ढंग से सोचने को विवश हुआ था। वह यह भी नहीं समझ सका कि यह विवशता है या कुछ और। वह सोचता रहा और प्रभा को भी देखता रहा। प्रभा की सुंदरता और सौम्यता पर ही वह मोहित हुआ था, लेकिन अब से पहले की वह सारी सुंदरता और सौम्यता इससे भिन्न थी। उसकी आँखों के सामने की यह सुंदरता और सौम्यता आज अपनी पराकाष्ठा पर थी। ऐसी घड़ी और ऐसी अनुभूति के बीच उसके लिए प्रभा को यह सूचित करना

बहुत कठिन था कि कल से वह बहुत दूर जा रहा है। बनारस की दूरी कितनी है, यह भी उसे मालूम नहीं था, पर लोगों से सुनकर इतना जरूर समझ सका था कि वह द्वीप के उस छोर पर है, जहाँ से उसकी याद को प्रभा तक और प्रभा की याद को उस तक आने-जाने में हृदय को न जाने कितनी बार धड़कना होगा! · · · प्रभा को देखते हुए इस सामीप्य के कारण वह अपनी और उसकी धड़कनों की टकराहट से जिस रोमांच का अनुभव कर रहा था, पता नहीं वह उतनी दूर से हो पाएगा या नहीं!

वह दो कदम आगे बढ़ गया। नदी के उस पारवाले पहाड़ पर अनायास ही उसकी दृष्टि चली गई। प्रभा अब भी उसी दूरी पर थी। दो कदम आगे जाने का कोई मतलब नहीं निकला था। उसे लगा कि यह तो एकदम मजदूरों जैसी हालत है! वे हर बार दो कदम आगे बढ़ाकर भी अपने और अधिकार के बीच के फासले को कम नहीं कर सके! हरि दो पग और आगे बढ़ा। प्रभा भी हाथों में भाजी सँभाले दो कदम आगे आई। उसे कुछ करीब पाकर हरि ने कहा—

"प्रभा!"

प्रभा ने आवाज सुनकर उसकी ओर देखा। लेकिन हरि और कुंछ नहीं कह पाया। बस अपने सामने फैले उस विरल वर्तमान को देखता रहा। उसे चुप पाकर प्रभा फिर से कच्चू की पत्तियाँ टूँगने लगी। हरि ने फिर एक बार आज के अपने उद्देश्य के बारे में सोचा। बेशक वह उद्देश्य प्रभा से मिलना था, लेकिन इस उद्देश्य के साथ एक विशेष उद्देश्य भी जुड़ा हुआ था। मन-ही-मन उसने सोचा कि घर पर माँ के सामने कहने पर न जाने प्रभा पर क्या असर पड़े, इसलिए उसने तय किया कि नदी-किनारे ही वह उसे उस बात से अवगत करा दे। अंततः अपने सामने खड़े मनभावन वर्तमान को भूलकर उसने साहस किया और कहा—

"प्रभा! कल से मैं बहुत दूर जा रहा हूँ काम करने।"

प्रभा ने पत्तियाँ तोड़ना छोड़कर उसकी ओर देखा।

"हाँ प्रभा! कल से मैं बनारस कोठी में काम करने जा रहा हूँ।"

प्रभा पंजे के नीचे कच्चू की पत्तियों को जाँते पानी से बाहर आ गई। उदास स्वर में पूछा—

"कहाँ जा रहे हो?"

"बनारस!"

नदी-किनारे के उस ठौर पर ठिठककर, जहाँ हरी घास भी पानी में डूबी हुई थी, उसने धीरे से कहा—

"बनारस तो यहाँ से न जाने कितने गाँव दूर है!"

"इसीलिए तुम्हें यह बताने आया हूँ कि दूर होने के कारण शायद हर सप्ताह तुमसे भेंट न हो।"

"लेकिन · · · "

आगे वह नहीं बोल पाई।

"मैं जानता हूँ इस बात से तुम्हें दुख होगा, पर क्या करूँ। अपने इलाके में तो कोई

भी कोठीवाला मुझे काम देने को तैयार नहीं। कब तक बेकार रहूँगा। कई सारे लोगों का पेट पालना है। देवी का ब्याह भी तय हो गया है।"

प्रभा सूखी चट्टान के पास आकर खड़ी हो गई। कुछ दूर पर कई औरतें कपड़े धो रही थीं। कुछ बच्चे पानी में नहा रहे थे। एकदम पास, पानी के बीच घिरी एक चट्टान पर दो लोग झींगे फँसाने में व्यस्त थे। प्रभा ने हरि की ओर देखा और एक गहरी खामोशी के साथ उसे देखती रही। फिर धीरे से पूछा—

"तुम अकेले जाओगे ?"

"नहीं ! मेरे साथ कोई बीस-पच्चीस साथी होंगे।"

"कहाँ रहोगे उस अनजानी जगह में ?"

"मजदूरों के ठहरने का वहाँ प्रबंध है।"

"खाना कौन पकाएगा वहाँ तुम सभी के लिए ?"

"वह तो हम खुद बारी-बारी से पका लेंगे।"

"कपड़े भी तुम खुद ही धोओगे क्या ?"

"धोने ही होंगे।"

"यहाँ तो इतने पास रहकर भी तुम मिलने में तीन-तीन हफ्ते लगा देते थे, वहाँ . . . "

"वहाँ से मैं तुम्हें अपनी खबर भेजता रहूँगा।"

"कैसे भेजोगे ?"

"तुम्हें चिट्ठी लिखूँगा।"

"मुझसे मिलने कितने दिन बाद आओगे ?"

"कोशिश करूँगा हर दूसरे सप्ताह तुमसे मिलकर जाने की।"

प्रभा फिर उसे चुपचाप देखती रही। अपनी उदासी को एक भीनी मुस्कान से ढाँपकर उसने कहा—

"मैं हर दूसरे सप्ताह तुम्हारी राह देखूँगी।"

"तुम मुझसे इस बात के लिए नाराज तो नहीं ?"

"नहीं। मुझे खुशी है कि तुम अपनी बेकारी को खत्म करने के लिए उतनी दूर जाने में भी नहीं झिझके।"

उसका जो हाथ खाली था, उसे हरि ने थाम लिया। देर तक दोनों शांत खड़े एक-दूसरे की आँखों में देखते रहे। पास बहती नदी और दूर खड़े पहाड़ों की गवाही में हरि ने कहा—

"तुमसे दूर रहकर हर पल तुम्हें अपनी साँसों में बसाए रहूँगा।"

"एक बात पूछूँ ?"

"पूछो।"

"तुम्हारे उधर चले जाने से संघ के कामों को कौन सँभालेगा ?"

"अब तो कई लोग तैयार हो गए हैं। फिर भी इसका यह मतलब नहीं कि उधर जाकर मैं अपने को संघ की गतिविधियों से काट लूँगा। मेरे लिए तो यह

एक अच्छा अवसर भी होगा कि उस प्रांत के मजदूरों के संपर्क में आकर मैं उनकी समस्याओं को जानूँ और उन्हें श्रम संघ के साथ जोड़कर मजदूरों की ताकत और भी बढ़ा सकूँ। अभी तक तो मैंने जो कुछ किया है, वह केवल उत्तरी प्रांत में और थोड़ा-सा पूर्व की ओर · · · श्रम संघ के लिए यह पहला अवसर होगा—उस धुर दक्षिण की ओर भी मजदूरों में एकता और जागरूकता लाने का।

दोनों एक-दूसरे के चेहरे को देखने लगे। हरि की आँखों में प्यार के साथ निरीहता थी और प्रभा की आँखों में प्यार के साथ वेदना। फिर भी वह बोली—

"सच मानो हरि! तुम्हारे दूर जाने का दुख तो है मुझे, पर तुम्हारे संकल्प की खुशी भी है।"

पेड़ों के झुरमुट को दोनों ने एक-दूसरे का हाथ थामे हुए पार किया, लेकिन पहली झोंपड़ी मिलते ही प्रभा ने धीरे से अपने हाथ को छुड़ा लिया। नदी की कलकल ध्वनि पीछे छूट चुकी थी और बस्ती से लोहार के लोहा पीटने की आवाज सुनाई पड़ने लगी थी।

3

पच्चीस मजदूर मिले बनारस कोठी में काम करने के लिए। रविवार की शाम को ही सब लोग अपना-अपना सामान लिए हरि के घर पहुँच गए। उनसे कह दिया गया था कि दूसरे सप्ताह से उन्हें कोठी की लारी मिल जाएगी। पहले सप्ताह के लिए सभी को रेलगाड़ी से यात्रा करने को तैयार होना पड़ा। रीव्येर-दे-जांगी जानेवाली आखिरी गाड़ी साढ़े छह बजे शाम को पूद्रदोर से छूटती थी। काटेज से चलकर सभी छह बजे पूद्रदोर स्टेशन पर पहुँच गए। मजदूरों को कुछ परिवारों ने हँसकर विदा किया था और कुछ ने रोकर। कुछ लोग बनारस की दूरी का अनुमान लगा सकते थे तो कुछ यह जान ही नहीं सकते थे कि वह है कहाँ। इस छोर से उस छोर की यात्रा पर निकले मजदूरों में से किसी ने भी उतनी लंबी यात्रा नहीं की थी। कुछ लोगों के पूछते रहने पर सिर्फ इतना कहा गया था कि वह देश की सबसे लंबी रेलयात्रा है। रेल में बैठते ही हरि को उस पुरानी यात्रा की याद आ जाती। इस बार उसका आना और भी स्वाभाविक था। कल जब वह प्रभा से विदा ले रहा था, तो वह बोली थी—नदी के उस पार एक टीला है, जिस पर खड़े होकर मैं उस रेलगाड़ी को देख सकूँगी, जिसमें तुम बनारस जा रहे होंगे!

साढ़े नौ बजे रात में वे लोग रीव्येर-दे-जांगी पहुँचे। सोमू ठेकेदार उनका स्टेशन पर ही इंतजार कर रहा था। वहाँ से कोठी की पुरानी लारी में सवार होकर वे

बनारस कोठी पहुँचे। पहली रात के लिए उन्हें एक बदबूदार दालान में ठहरने को कहा गया। अपने साथ जो थोड़ा-बहुत खाना वे लाए थे, उसे खाकर उन्होंने जमीन पर अपने-अपने बिस्तर बिछाए। आपस में कुछ बातें कीं। आधी रात के बाद उनमें से कुछ को नई जगह की ठंडक का एहसास हुआ। अपने पाँवों के पास से गोनी के बोरों को खींचकर उन्होंने ओढ़ लिया।

सुबह उसी आसारे में अपने असबाब को छोड़कर वे लोग सोमू ठेकेदार के साथ खेतों में पहुँचे। सूर्योदय में समय था, इसलिए धुँधलके में ही उन्हें काम शुरू करना पड़ा। इस इलाके के गन्नों से हरि को भी हैरानी हुई । उत्तरी प्रांत से एकदम भिन्न थे इधर के ये खेत। वहाँ पैदा होनेवाले गन्नों से अधिक मोटे और लंबे गन्ने; और अधिक घने भी। हरि ने मन-ही-मन सोचा, इसका मतलब तो यह है कि अपने इलाके में जो काम वे एक घंटे में कर पाते थे उसे करने में यहाँ डेढ़ घंटा या उससे भी अधिक लग सकता है। अपने मित्रों को हताशा से बचाने के लिए हरि ने उनसे हिम्मत बनाए रखने को कहा—

'एक बात अच्छी है यहाँ। इधर के गन्ने हमारी ओर के गन्नों की तरह सख्त नहीं हैं। एक ही छेव में कट जाते हैं।' फिर अपने सभी साथियों के देखते-ही-देखते वह खेत के भीतर दाखिल हो गया और छेव पर छेव मारता और कटे हुए गन्नों को पीछे फेंकता हुआ आगे बढ़ता गया। फिर जब उसे लगा कि उसकी इस रफ्तार से उसके दोस्त हताश हो सकते हैं, तो उसने अपनी गति नियंत्रित कर ली और अगल-बगल के साथियों को आगे बढ़ जाने दिया। ठेके का काम था। आधे घंटे की कटाई के बाद उसे मालूम हो गया कि पाँच घंटों में वे अपने ठेके का काम पूरा करके चाहें तो दूसरा ठेका शुरू कर सकते हैं। ऐसा करने से उन्हें थोड़े अधिक पैसे की उम्मीद थी। पूरी ताकत से जुटे होने के कारण सुबह की वह सर्दी सभी को अच्छी लगी।

कोई दस बजे के करीब कोठी का गोरा मालिक मुआइने को आया और उत्तर से यहाँ पहुँचे इन मजदूरों के काम को सरसरी नजर से देखते हुए चला गया। इनमें से कोई पंद्रह लोग करीब एक बजे अपने ठेके को पूरा करके सरदार का इंतजार करने लगे ताकि वह आए और उन्हें दूसरा ठेका दे जाए। मूसा ने जेब से सिगरेट निकाली, चकमक से आग पैदा की और उसे सुलगाकर जोरदार कश खींचते हुए बोला—

"मैंने सोचा था कि साहब हमारे काम में कोई खोट निकालकर रहेगा।"

हरि ने कहा—

"नया-नया जानकर छोड़ दिया है बच्चू !"

सरदार डेढ़ बजे पहुँचा। दूसरे ठेके के लिए इंतजार कर रहे मजदूरों को वह अपने साथ समुद्री क्षेत्र के खेतों में ले गया। उधर गन्ने कुछ कम घने थे। हरि और मूसा को इस बार अगल-बगल की कतारें मिलीं। ईख दूसरी नस्ल की थी, जिसके कारण पत्तियों में रोंएँ ज्यादा थे। हरि की दोनों बाँहें उन सफेद रोंओं से भर आईं। उनकी चुभन घाम की वजह से और अधिक थी, पर कटाई की धुन में हरि ने उसकी परवाह नहीं की। आधा काम पूरा करके और आधे को सुबह

के लिए छोड़कर उन लोगों ने चार बजे छुट्टी की।

थके-मांदे होने पर भी वे लोग किसना के पीछे गाते हुए चल पड़े। गीत की पहली दो-तीन पंक्तियाँ तो सभी को आती थीं, इसलिए उन्हें सभी ने कोरस में गाया। आगे की पंक्तियों को पहले किसना गाता, फिर उसके साथी दोहराते। वह कोई फिल्मी गाना था।

समुद्र-तट से होकर वे लोग कोठी पहुँचे। ठेकेदार ने जिस बेहतर जगह का वायदा किया था, उसका प्रबंध आज भी नहीं हो सका। वह फिर कह गया कि कल तक बेहतर कमरों की व्यवस्था हो जाएगी। आखिर उसी दालान के एक कोने में दो चूल्हे बनाए गए। अपने साथ वे लोग जो देगची और कड़ाही लाए थे, उनमें एक ही बार में पच्चीस जनों का भोजन पकना संभव नहीं था। अतः पहले दोनों चूल्हों पर मटर की दाल चढ़ाई गई, तब तक दो-चार लोग चावल बीनने लग गए। हरि को आलू टुकड़ियाने और भूनने का काम सौंपा गया। उसे अपनी बहन की याद आई, फिर प्रभा की। मन-ही-मन मुस्कुराकर वह काम में लग गया। जिन लोगों की बारी पकाने की नहीं थी, उन्हें बस्ती में घूम आने की छूट दी गई। छूट देनेवाला था टोली का सबसे बुजुर्ग कामगार सुग्रीम।

दालान से कुछ ही दूरी पर एक कुआँ था। उसकी दोनों तरफ जैतन के पेड़ थे। सुग्रीम ने जब दो लड़कों को वहाँ पानी लाने भेजा तो इस हिदायत के साथ कि वे लोग कुएँ पर औरतों के साथ तमीज से पेश आएँ।

'कुछ भी ऐसा मत कर बैठना, जिससे हमारे गाँव की बदनामी हो।' इस बात को उसने दो बार कहा था। काटेज से कुछ अधिक ठंडा होने के बावजूद बनारस उन सभी को अच्छा लगा। अभी तक बस्ती के किसी भी रहनेवाले से उनकी जान-पहचान नहीं हुई थी, फिर भी जिन लोगों को वे देख पाए थे, उससे उन्हें ऐसा लगा था कि बनारस के लोग उत्तरी प्रांत के मजदूरों से कुछ अधिक भोले और कोठी के प्रति आत्मसमर्पित थे। इससे हरि के भीतर यह आशंका पैदा हो गई थी कि ऐसे लोगों को श्रम-संघ का सदस्य बनाने में काफी कठिनाई हो सकती है।

दूसरे दिन उसे बस्ती के कुछ बड़े-बूढ़े और जवानों से बातें करने का अवसर मिला। शाम को बस्ती घूम आने की उसकी बारी थी। चीनी दुकान के पास उसने कुछ लोगों को अंगूरी शराब के नशे में गाते-झूमते सुना।

पोदीना बिना चटनी कैसे बनी !
कैसे बनी कैसे बनी ···
अरे पोदीना बिना चटनी कैसे बनी !
गजक बिना दारू कैसे चली
कैसे चली कैसे चली
अरे बिंदिया बिना गोरी कैसे लगे !
कैसे लगे गोरी कैसे लगे
गोरी तवा बिना रोटिया कैसे पके

कैसे पके कैसे पके
हाय घुँघरू बिना गोरिया कैसे नाचे
कैसे नाचे कैसे नाचे
घघरा बिना गोरिया कैसे छमके
कैसे नाचे कैसे छमके
पोदीना बिना चटनी ···

हरि कुछ फासले पर खड़ा उन्हें गाते-नाचते देखता रहा। करीब पंद्रह लोग थे। कुछ गा रहे थे, कुछ तालियाँ बजा रहे थे और दो कमर पर हाथ रखे नाच रहे थे। शराब की बोतल बारी-बारी से एक हाथ से दूसरे हाथ में पहुँच रही थी। हरि ने उनके उस गाने और नाच को खत्म हो जाने दिया। फिर धीमे-धीमे चलते हुए उन तक पहुँचकर कहा—

"सभी को नमस्ते! मैं आप लोगों के बीच बैठ सकता हूँ।"

किसी ने पूछा—

"तुम उन नए लोगों में हो जो कल आए हैं ?"

"हाँ, मैं काटेज गाँव से आया हूँ।"

"कहाँ है यह गाँव ?"

"यहाँ से बहुत दूर। देश के उस पार।"

"आओ, बैठो।"

हरि उनके बीच बैठ गया। हवा में भी शराब की गंध थी। नशा था। जिस सफेद बालोंवाले ने उसे बैठने को कहा था, उसी ने पूछा—

"चलेगा ?"

"क्या ?"

"अरे दारू भैया, और क्या ?"

हरि ने हाथ जोड़ दिए। दो-तीन लोग हँस पड़े। जो नाच रहे थे, उनमें से एक जनाने हाव-भाववाले दुबले-पतले नौजवान ने जानना चाहा—

"आप कोई अच्छा-सा गाना जानते हैं ?"

"गाना !"

"हाँ, अपने इलाके का ?"

"जानता तो हूँ, पर उससे आप लोग नाचने की रौ में नहीं आ पाएँगे।"

"कोई बात नहीं भैया! तुम सुनाओ तो।"

"मैं तो आप लोगों को सुनने आया हूँ।"

"ऐसी बात है तो अरे बिसुनवा, शुरू हो जाव।"

बिसुनवा जैसे पहले से ही तैयार था। उसने खाँसकर गले को साफ किया और गाना शुरू किया—

मोर सैंया गयल परदेस सखी गभिया न मरियों
ओ सखी ताना न दियहो ···
मोर सैंया ···

औरों को तालियाँ बजाते देखकर हरि भी धीरे-धीरे तालियाँ बजाने लगा। इस बार दोनों में से एक ही नाचने को खड़ा हुआ। हरि जिस मकसद से उनके बीच आया था, उसके लिए उपयुक्त समय न जानकर उसने तय किया कि पहले वह इस तरह की कुछ और मुलाकातों में उन लोगों से हिलमिल ले, तभी अपने उद्देश्य को उनके सामने रखेगा। फिर भी जो आदमी उनमें जरा होश में था, उससे उसने पूछा—

"बस्ती में आप लोगों की कोई बैठका भी है ?"

"क्या ?"

"कोई बैठका ?"

"नाहीं भैया !"

एक दुखद आश्चर्य के साथ हरि उस आदमी को देखता रहा। आगे कोई प्रश्न करने का साहस नहीं हुआ। दिमाग में कौंधते सारे प्रश्नों को दिमाग में ही सँजो लिया। जब कुछ लोग हटे तो उसने अपने गाँव से आए सोहन और सामी को दुकान से सामान खरीदकर जाते हुए देखा। उन्हें आवाज दी और फिर उनके साथ दालान पर लौट आया। देखा कि कोठी-सरदार और सोमू ठेकेदार वहाँ खड़े हुए हैं। वे दोनों मजदूरों को नए स्थान पर ले जाने के लिए आए थे। हरि जब भीतर पहुँचा तो उसके दोस्त चूल्हों को बुझाकर जल्दी-जल्दी अपना असबाब बटोर रहे थे। हरि ने भी अपना सामान बाँधा और सूरज डूबने से पहले सभी के साथ उन दोनों व्यक्तियों के पीछे चल पड़ा। वह नई जगह थोड़ी ही दूर थी। लेकिन वह और कुछ नहीं, दो कमरों का मात्र एक घर था, जिसकी दीवारें पत्थर की थीं और छाजन ईख के सूखे पत्तों से बनी थी।

सबसे पहले हरि उस घर के भीतर गया। भीतर गुमसाईंध थी। दोनों दरवाजे और खिड़कियाँ शायद मुद्दत से नहीं खुले थे। भीतर कोई सामान नहीं था। माटी और गोबर से लिपा हुआ फर्श जहाँ-तहाँ उखड़ गया था। हरि ने चूहों के कुछ बिल भी वहाँ देखे। सोमू की ओर देखकर कहा—

"यह जगह तो पहलेवाली से भी बदतर है।"

"सफाई के बाद बहुत अच्छी निकल आएगी।"

"कुआँ भी दूर है।"

"अब तुम लोगों के लिए वहाँ से कुआँ भी उठा लाएँ क्या ?"

इस प्रश्न का किसी ने उत्तर नहीं दिया। जाते-जाते सरदार ने बताया कि पिछवाड़े पाखाना बना है।

हरि ने अपने मित्रों को आश्वस्त करने के लिए कहा—

"इस घर में कम से कम दरवाजे तो हैं !"

किसना बोला—

"ताला-चाबी भी है !"

सुग्रीम ने कहा—

"पर हमारे पास है ही क्या, जिसके लिए हमें चोरों का डर हो ?"

दूसरे दिन से सभी ने उस घर को अपना घर मान लिया। काम से लौटने पर हरि

ने देखा कि घर की दाईं ओर एक खुला हुआ स्थान है। बीच में कटहल का एक पेड़ है और उस पेड़ से एक गाय बँधी है, जिसकी सभी हड्डियाँ उभरी हुई हैं। उसने देखा, एक आदमी पंजे-भर घास लिए वहाँ पहुँचा और गाय के सामने फेंककर चला गया। मूसा ने अपने हाथों से चाय बनाई थी। पीने के बाद हरि घर से बाहर आकर इमली के पेड़ के नीचे बैठ गया। आज भात पकाने की उसकी बारी थी। दूसरे दिन सुबह उसी भात को लेकर खेतों में जाना होता था, इसलिए उसे देर से पकाया जाता था, ताकि दूसरे दिन तक वह खराब न हो। इस काम के लिए हरि के पास दो घंटे अभी थे। अपनी जगह से उठकर वह टहलने निकल पड़ा। उसकी नजर फिर से उस गाय पर गई और उसने देखा कि इस बार एक दूसरा आदमी उसके सामने थोड़ी-सी घास डालकर आगे बढ़ गया है। हरि गाय तक पहुँचा। उसके नीचे और अगल-बगल सूखी पत्तियों और गोबर आदि को देखकर उसने समझ लिया कि गाय कई दिनों से बँधी हुई है। पर जिस दशा में वह थी, उसे देखकर हरि को दया आ गई। साथ ही अपनी गाय की भी याद आई। पता नहीं विजय हर रोज उसके लिए पूरी घास जुटा रहा होगा या नहीं। अब तो वह स्कूल भी नहीं जाता। बस सप्ताह में दो बार पूद्रदोर के एक अध्यापक के यहाँ पाठ लेने चला जाता है। अपनी रुग्ण देह से ज्यादा मेहनत करने की स्थिति में भी वह नहीं है, इसलिए हरि की चिंता और बढ़ आई। उसे इस बात का भी डर था कि गाय को पूरी खूराक न मिलते देख उसकी माँ भी कहीं घास लेने न निकल पड़े। थोड़ी-सी असावधानी से ही उसकी इधर कुछ कम हुई बीमारी फिर शुरू हो सकती थी।

जुगाली करती उस सफेद गाय की पीठ पर हाथ रखकर उसने उसे सहलाया। पीठ पर भी हड्डियाँ ही हड्डियाँ थीं। हरि कुछ आगे बढ़ गया। ऊँचाई से सामने का समुद्र साफ दिखाई दे रहा था। मौसम कुछ खराब था, शायद इसीलिए समुद्र में भी ज्यादा उथल-पुथल थी। हरि एक और ऊँची चट्टान पर बैठ गया और फिर दूर तक फैले खेतों की ओर देखता रहा। वे उसे अपनी ओर के खेतों से भिन्न दिखाई दे रहे थे। इनमें हरियाली कुछ अधिक थी, लेकिन बीच-बीच में पत्थरों के वे ढूह नहीं थे, जिनके कारण उन खेतों का एक विशेष चरित्र बन गया था। करीब आधे घंटे तक प्रभा के साथ हुई उस मुलाकात की गूँज हरि के अपने कानों में प्रतिध्वनित होती रही।

वहाँ से उठकर वह एक अलसाई चाल चलता हुआ ठिकाने की ओर लौट पड़ा। दूर से ही उसने देखा कि एक तीसरा आदमी उस गाय को एक डोल में पानी पिला रहा है। वह उसके पास पहुँचा। कुछ क्षण खड़ा होकर देखता रहा, फिर जब वह उसकी ओर मुड़ा तो उसने पूछा—

"भैया ! अब तक मैं तीन आदमियों को इस गाय की सेवा करते देख चुका हूँ। पर बात क्या है कि इतनी सेवा के बावजूद यह इतनी दयनीय दशा में है ?"

उस बात का उस आदमी ने कोई जवाब नहीं दिया। डोल के बचे हुए पानी को कटहल के पेड़ की जड़ में उँडेलकर वह हरि के पास आ गया और अपनी झुकी कमर को सीधा करते हुए पूछा—

"सिगरेट बा ?"

हरि ने सिर हिला दिया। आदमी निराश होकर सामने के पत्थर पर बैठ गया। क्षण-भर बाद सिर उठाकर हरि से कहा—

"सौंसे गाँव के लोग ई गाय के देखभाल करत रहेला।"

"फिर भी यह इस हालत में क्यों है ?"

"तीन महीने से ई हैजा पर बँधल पड़ल बा। जब पानी बरसेला त एके हव घर में भीतर कर देवल जा ला।"

उसने अँगुली से उसी घर की ओर संकेत किया, जिसमें हरि अपने साथियों के साथ रह रहा था। हरि ने उसे चुप पाकर अगला प्रश्न किया—

"लेकिन यह गाय है किसकी ?"

"जसोदा चाची के गाय ह भैया जसोदा चाची के !"

"तो यहाँ क्यों छोड़ रखी है ?"

"बहिला गाय है बहिला। गाँव के लोग ओकर से बोलल क बहिला गाय जब न बच्चा मिली न दूध त काहे न बेच देवेला। कईगो कसाई आल गयवा के किन्ने पर जसोदा चाची बेचे के कबो तैयार ना होल। आज ऊ अपन झोंपड़ी में बीमार पड़ल बा। दवा-दारू के पैसा तक नै बा, फिर भी गयवा के बेचे के ऊ तैयार नाहीं। गाँव के सब लोगन से इहे माँग करते रहल बा, कि ओकर जीते जी ई गाय ना मरी, नाही तो ओकर पर बरमहत्या लग जाय। इहे खातिर गाँव के हर आदमी ई गाय के जिंदा रखे खातिर एकर देखभाल बारी-बारी से करते रहेला !"

"कहाँ रहती है यह जसोदा चाची ?"

"उधर समंदर बगल के अई बे तीसरा घर परेला ओकर।"

हरि को तभी खयाल आया कि उसे सभी साथियों के लिए भात पकाना है।

4

बनारस कोठी के दूसरे मजदूरों के साथ मूसा भी शनिवार की रात को साढ़े सात बजे पूद्रदोर स्टेशन पर उतरा। उन लोगों ने चार बजे शाम को रीव्येर-दे-जांगी में रेलगाड़ी पकड़ी थी। उस दिन उनका काम डेढ़ बजे समाप्त हुआ था। कोठी के दफ्तर से तनख्वाह लेने के बाद मकान से अपने मैले कपड़े और दूसरा सामान बटोरने में उन्हें पूरा घंटा लग गया था। तीन बजे सभी लोग रीव्येर-दे-जांगी पहुँच गए थे। साढ़े तीन की गाड़ी चार बजे छूटी थी। सभी मजदूरों की जेबों में अब तक की सबसे अधिक कमाई हुई राशि थी। मूसा की जेब में पूरे तीस रुपए थे। महीने-भर का पैसा उसने हफ्ते-भर में

कमा लिया था और इसके लिए उसने देहतोड़ मेहनत की थी। उस रकम को अपनी बीवी के हाथों पर रखकर वह गर्व का अनुभव करने के लिए बेताब था। और वही क्यों, उसके सभी साथी घर पहुँचने के लिए अधीर थे। उनमें से किसी को भी हर स्टेशन पर गाड़ी देर तक रुके रहना अच्छा नहीं लग रहा था। हाँ, एक धनवा ही था जो नशे में किसी भी विलंब से बेपरवाह था। मूसा ने धनवा का पैसा लेकर सुग्रीम चाचा को दे दिया था और कहा था—

—इसने तो पैसे मिलते ही बारह आने की शराब पी ली। पूद्रदोर स्टेशन से काटेज पहुँचते-पहुँचते और बारह आने की पी जाएगा। इसलिए बेहतर यही होगा चाचा कि यह पूरी रकम आप ही इसकी बीवी को अपने हाथों से दें। वैसे मणिलाल और देवा ने भी दो-दो गुड़कियाँ पी रखी हैं।

उत्तरी प्रांत तक पहुँचते-पहुँचते रेलगाड़ी के सभी डिब्बे लगभग खाली हो चले थे। हरि के साथियों को तीन अलग-अलग डिब्बों में जगह मिली थी। लेकिन रोज़हिल स्टेशन के बाद सभी एक डिब्बे में आ गए थे। वहाँ से किसना के स्वर में स्वर मिलाकर सभी ने गाते-बजाते हुए यात्रा तय की थी।

पूद्रदोर से वे लोग पैदल काटेज पहुँचे। मूसा ने जब घर में प्रवेश किया तो दोनों बच्चे सो चुके थे। जुलेखा उसकी राह देख रही थी। उसने मूसा के कंधे से मैले कपड़ों और सामान की टोकरी उतारकर नीचे रख दी। फिर जल्दी से पानी गरम करके ले आई। खाने के लिए बैठते हुए मूसा ने बच्चों के बारे में पूछा। जुलेखा ने बताया कि वे खा चुके हैं। मूसा ने आते ही उन्हें जगाकर उनसे बातें करनी चाही थीं, पर जुलेखा ने उससे कहा कि वह उनसे सुबह उठकर बात करे। मूसा ने उसकी बात मान ली थी। बहुत कम मौकों पर वह अपनी बीवी की बातें मानता था। खाने के बाद उसने जेब से पैसे निकाले और बड़े फख्र के साथ उन नोटों और चाँदी के सिक्कों को बीवी के हाथों पर रखा। देखते ही उसकी आँखों में आई चमक को देखकर मूसा ने कहा—

"पूरे तीस रुपए हैं !"

"इतना पैसा !"

जुलेखा की हैरानी पर उसने गर्व से सिर हिलाकर हामी भरी। जुलेखा ने कहा—

"बहुत ज्यादा मेहनत करनी पड़ी होगी न ?"

"एक-एक दिन में डेढ़-दो ठेके काम किया है हमने !"

"इतना ज्यादा थकने की क्या जरूरत थी ?"

"अरी थकान तो इतनी है कि मुझे गाड़ी में ही नींद आने लगी थी।"

"चटाई पर लेट जाओ, मैं बदन दबाए देती हूँ।"

"बदन दबाने लगोगी तो मुझे नींद आ जाएगी। इतने दिन हो गए, तुमसे बातें नहीं कीं। कुछ बातें तो कर लें।"

"यह बताओ, वहाँ बहुत तकलीफ तो उठानी नहीं पड़ी ?"

"काहे की तकलीफ ? अरे रहने के लिए ठाठ का घर था !"

"खाना कौन पकाता था ?"

"बारी-बारी से हम सभी पकाते थे।"

"तुम भी ?"

"हाँ, मैं भी।"

जुलेखा मुँह पर हाथ रखकर हँस पड़ी !

"मेरे हाथ की पकी दाल खाती, तो घंटों तक अँगुलियाँ चाटती रह जाती !"

वह फिर से हँस पड़ी। पूछा—

"उसमें नमक डाला था या चीनी !"

"क्यों मुझे क्या इतना बेवकूफ समझती हो ?"

"घर में एक बार चाय में नमक किसने डाला था !"

"अरी वह तो हड़बड़ी में वैसा हो गया था। मेरी पकाई दाल खाकर हरि घंटों शाबाशी देता रहा था।"

"ठीक है, ठीक है। अब तुम लेट जाओ। मैं तुम्हारे हाथ-पाँव दबाए देती हूँ।"

मूसा ने जुलेखा की ओर देखा और चटाई पर पेट के बल लेट गया। जुलेखा ने उसके लाए पैसों को पल्लू के छोर में बाँधकर कमर में खोंस लिया। फिर वह मूसा के पास चटाई पर बैठ गई और उसका बदन दबाने लगी। सोचा, आठ दिन हो गए इनके शरीर को छुए। दूर जाने से एक रात पहले उसने इस बदन की गरमी को जाना था। उस रात दोनों बारह बजे तक जागते रहे थे। जी भरकर बातें की थीं और जी भरकर प्यार··· उसे यह खयाल आते ही शर्म आ गई। पर वह शर्म क्षणिक ही थी। उसकी जगह चाह पैदा होते देर नहीं लगी। कामना की उष्णता को अपने बदन में महसूस करते हुए वह अपने पति के साँवले बदन को देखती रही। उसके ब्याह को आठ साल होने को थे। इतने लंबे समय तक मूसा के घर से बाहर रहने का यह पहला ही मौका था। एक बार जब उसकी सास जीवित थी तो शहर से सवारी न मिलने पर मूसा रिश्तेदारी में रात बिताने को मजबूर हो गया था। वह रात जुलेखा के लिए बहुत लंबी हो गई थी। अब उसे यह सोचकर हैरानी हुई कि यह छह रातें वह उसके बिना कैसे काट सकी ! यों पहली दो रातें जानू नाई की बहन उसके यहाँ सोई थी। अपने उस एकाकीपन को महसूस करते हुए उसने मूसा से पूछा—

"बच्चों की याद नहीं आती थी ?"

"आती क्यों नहीं थी ?"

"और ··· और मेरी ?"

मूसा ने करवट बदलकर अपना मुँह दीवार की ओर कर लिया। मिट्टी के तेल के चिराग की रोशनी में जुलेखा अपनी परछाईं को दीवार पर देखती रही। उसने दोबारा पूछा—

"मेरी याद तुम्हें तनिक भी नहीं आई थी न ?"

अपने सवाल का जवाब पाने के लिए उसने झुककर मूसा के चेहरे की ओर देखा, पर वह तो खर्राटे लेने लगा था ! कुछ देर वह और उसके बदन को दबाती रही और फिर अपनी जगह से उठी। चिराग तक गई। उसे बुझाकर मूसा के पास बिछी दूसरी

चटाई तक पहुँची। उस अँधेरे में अपने दुपट्टे को उतारकर उसने सिरहाने रख लिया और एक लंबी साँस लेकर अपने खाविंद की बगल में लेट गई।

रात के उस गहन अंधकार को अपनी पलकों पर थामे वह देर तक बीते दिनों की यादों में खोई रही।

जब वह इस घर में आई थी तो अपने बाप की दी हुई कुछ निशानियाँ भी लाई थी। उसके बाप ने यह कहते हुए उसे वे चीजें दी थीं कि पसीने की जगह खून बहाकर इन्हें बचाया है ताकि तुम्हारी माँ अंतिम घड़ियों में किसी की मुहताज न रहे, पर वह तो पहले ही विदा हो गई। तुम्हारा एक ही भाई था। वह भी महामारी में चल बसा। ये गहने जो तुम्हें दे रहा हूँ, इनमें तुम्हारी माँ और तुम्हारे भाई की यादें गुँथी हुई हैं। अल्लाह करे ये निशानियाँ अब तुम्हारे खानदान को बारी-बारी से हमारी याद दिलाती रहें।

उन गहनों में कुछ चाँदी के थे, कुछ सोने के। चाँदी के कड़े और हँसुली थी, बाकी सोने के थे। सभी जेवरों को वह कभी पहनती नहीं थी, बस सँजोकर रखे हुए थी। चोरी चले जाने के भय से वह उन्हें मटके में रखकर चारपाई के नीचे पुराने कपड़ों और गुदड़ियों के बीच रखती थी··· लेकिन एक दिन ··· जुलेखा उन सभी को बेच देने को तैयार हो गई, जब मूसा ने उससे कहा था—

—गहने तो फिर कभी न कभी बन जाएँगे पगली! पर इतने अच्छे दाम में जमीन रोज नहीं मिला करती। हम अपने दोनों बच्चों को मैदान में छोड़कर जाएँगे क्या। अगर अभी उनके लिए एक बीघा जमीन नहीं खरीदेंगे तो आगे पता नहीं, ऐसा करना मुमकिन हो पाएगा या नहीं।"

जुलेखा तैयार हो गई थी, लेकिन बच्चों से कहीं अधिक अपने पति के लिए। वह उसे बेहद प्यार करती थी और जानती थी कि मूसा भी उसे उतना ही चाहता है। सोचा था कि आखिर गहनों को मटके में बंद रखकर क्या करेगी। वह तो उन्हें पहनती भी नहीं है। पड़ोस में देवंती चाची की भतीजी के गहने घर से चोरी हो चुके थे। गहने तो कभी भी चोरी हो सकते हैं। उन्हें बेचकर अगर वह एक बीघा जमीन खरीदकर उसमें अपना निजी घर बना लेती है तो अच्छा ही होगा, पर फिर यह खयाल भी आया था कि गहने तो उसके बाप की निशानी हैं ··· इस पर मूसा ने उसे समझाया था। कहा था —निशानी के पैसों से खरीदी हुई चीज भी तो निशानी होती है···। यह बात उसने मान ली थी —निशानी से निशानी के तर्क को मंजूर करके नहीं, बल्कि इसलिए कि वैसा करने से मूसा को खुशी होगी।

रात के शायद आखिरी पहर में जाकर जुलेखा को नींद आई।

लेकिन सुबह, तड़के ही वह फिर उठ खड़ी हुई। चाय बनाने के बाद मूसा के मैले कपड़ों को धोने लगी। जब वह कपड़े धोकर रस्सी पर सूखने के लिए टाँग रही थी, तो मूसा दातुन करता हुआ सामने आ गया। जुलेखा ने पूछा—

"बच्चे अब भी सो रहे हैं ?"

"सो कहाँ रहे हैं। मुझे रौंदते रहे। अब आपस में झगड़ रहे हैं।"

जुलेखा ने आवाज देकर बच्चों को पुकारा और जल्दी से हाथ-मुँह धोने की हिदायत दी। अजीज़ और फजीला दोनों घर से बाहर आए और अमरूद के पेड़ से दातुन के लिए टहनी तोड़ने लपक गए। वैसा करते हुए भी दोनों में देर तक तकरार होती रही। जुलेखा को उन्हें डाँटना पड़ा। चाय पीते हुए वे अपने बाप से बनारस के बारे में सुनने की जिद करते रहे।

शाम चार बजे मूसा को बनारस-कोठी के लिए घर से निकलना था। अपने बीवी-बच्चों के साथ न तो रात उसकी पूरी रही, और न दिन। जुलेखा दिन-भर उसका सामान जुटाने में लगी रही। दो दिन पहले ही वह देवंती के घर से सतुवा पीस लाई थी। सतुवे को उसने कपड़े में बाँधते हुए कहा—

"इसमें हरि भैया का हिस्सा भी है।"

उसने पेड़ से कच्चे आम तोड़े। सिल पर सरसों के दाने पीसे। आमों को छीलकर उन्हें ओढ़े से कूचा। फिर कुच्चे तैयार करके माटी के बर्तन में रखे और फिर मूसा के सामानवाली टोकरी में सावधानी के साथ रखकर कहा—

"देखना, इसे उलटने मत देना, नहीं तो तेल और मसाले से सारे कपड़े खराब हो जाएँगे।"

तभी मूसा को भूली हुई बात याद आ गई। उसका अपना गँडासा भोथरा हो चला था। वह उसकी धार तेज कराने के लिए धानू सरदार के घर की ओर चल दिया। धानू अपनी सान पर गँडासे को तेज करने के लिए पाँच पैसे लेता था। मूसा को बनारस से लौटा जानकर पूछा—

"सुनता हूँ, वहाँ से एक के बदले दो लेकर आए हो तुम लोग ?"

मूसा ने पहले तो इसका जवाब नहीं दिया, लेकिन दोबारा पूछने पर कहा—

"हमें काम ज्यादा करना पड़ा, इसलिए एक-दो पैसे भी ज्यादा मिले।"

"तुम्हें गँडासा चोखा करने का भाव मालूम है न ?"

"पाँच पैसा।"

"वह तो पुरानी कीमत है। अब छह पैसे होती है !"

मूसा घर लौट आया। तीन बजे से पहले ही जुलेखा ने सारी तैयारी पूरी कर दी थी। सोचा था, घंटे-भर आराम से बैठकर अपने पति से कुछ बातें करेगी। मेहमानों के आने पर उसे हमेशा खुशी हुई थी, पर आज उसमान को टपक आया देखकर वह खीज उठी। मन-ही-मन कुढ़कर रह गई —यही वक्त मिला था इसे आने का।

पहुँचते ही उसमान ने चाय की दरख्वास्त की। सिगरेट को चिलम की तरह दोनों हाथों में थामकर लंबा कश लिया और राख को भी उसी अजब अंदाज से झाड़ते हुए मूसा से पूछा—

"कैसा है उधर का काम ?"

"काम तो कहीं भी हो, काम ही होता है खालू ! पसीना न बहाओ तो काम कहाँ ?"

"दाम कैसा है ?"

"काम का अगर सही दाम मिलेगा तो फिर रोना किस बात का। फिर भी इधर से कुछ अच्छा ही है।"

"घर-द्वार छोड़कर इस तरह उतनी दूर काम के लिए जाना मुझसे नहीं हो पाएगा।"

"खालू, आपको कौन-से बीवी-बच्चे पालने हैं। जो कुछ भी किसी तरह कमा लिया, कि बस!"

मूसा ने सिर उठाकर आसमान की ओर देखा। घने बादल छाए हुए थे। बारिश कभी भी हो सकती थी। पर जैसे उसके मन की बात को उसमान ने ताड़ लिया हो। बोला—

"पिछले सात दिनों से ये बादल इसी तरह उमड़-घुमड़कर छँटते रहे हैं। पता नहीं कब तक ऐसा होता रहेगा।"

"मुझे तो लगता है, रात तक भारी बारिश होनेवाली है।"

"परसों तो आसमान इससे भी घना काला हो चला था, पर बूँद नहीं टपकी। सुना है, अगर दो हफ्तों तक पानी नहीं बरसा तो कोठी में कटाई के अलावा दूसरे सारे काम बंद कर दिए जाएँगे।"

"ऐसा पहली बार थोड़े ही होगा।"

"उधर का क्या हाल है?"

"सूखा तो उधर भी थोड़ा-बहुत है, पर उसकी किसी को खास फिकर नहीं है।"

"सुना है उधर की अरबी बहुत अच्छी होती है।"

"पता नहीं।"

"उधर से लौटो तो कुछ अरबी लेते आना।"

"ठीक है खालू!"

"और क्या अच्छा होता है उधर?"

"हमें काम में समय ही कहाँ मिलता है यह सब कुछ जानने का।"

"अमरूद भी बहुत अच्छे होते हैं और · · · "

वह बोलता ही गया, और मूसा ने सुनना बंद कर दिया।

आकाश में बादलों के कारण वातावरण धुँधलके में डूबा हुआ था। सूरज डूब जाने के बाद का-सा माहौल। जुलेखा चाय ले आई। उसमान को गिलास थमाकर वह दूसरा गिलास अपने खाविंद के लिए लाई। उसमान का इस तरह जमकर बैठ जाना उसे अच्छा नहीं लग रहा था। वह चाह रही थी कि वह जल्द से जल्द जाए, ताकि मूसा के घर से निकलने से पहले वह उससे कुछ आत्मीय ढंग से बातें कर सके। उसने सुन रखा था कि अगर कोई घर पर आकर इस तरह जम जाए तो उसे भगाने का बहुत अच्छा तरीका यह है कि थोड़ा-सा नमक उसके पीछे फेंक दिया जाए। जुलेखा अपनी अधीरता में जूठे गिलासों को उठाने आई तो मुट्ठी में थोड़ा-सा नमक भी ले आई और दोनों की नजर बचाकर उसने उसे उसमान के पीछे छिड़क दिया। फिर वह अपने दोनों बच्चों के बीच जाकर उस टोटके के असर का इंतजार करती रही, और उसका कोई असर न होते देख भीतर-ही भीतर कुढ़ती रही।

फजीला कठिनाई से तीन साल की थी और यह जानकर कि उसका बाप फिर दूर जानेवाला है, घंटे-भर से नाक धुन रही थी। अपनी माँ के पल्लू को थामकर वह गिड़गिड़ाती रही—

"अमाँ ··· अब्बा से बोलो वह न जाए ··· अमाँ ··· मैं भी उसके साथ जाऊँगी।"

जुलेखा खीज में तो थी ही। फजीला की बाँहों को पकड़कर झकझोर दिया—

"जाकर रोक ले न उसे !"

फजीला ठुनकती रही। उसमान अपनी फिजूल की बातें करता रहा। उमस भरे माहौल में वक्त का अंदाजा लगाना आसान नहीं था, फिर भी जुलेखा ने अनुमान से जान लिया कि साढ़े तीन तो बज ही गए होंगे। सिर्फ आधा घंटा था मूसा के घर से निकलने में। जुलेखा की कुढ़न अपनी हदें तोड़कर उसमें चिड़चिड़ापन भर चुकी थी। जब उससे रहा नहीं गया तो उसने मूसा को आवाज दी—

"जरा एक मिनट के लिए सुनो तो।"

पर मूसा ने उस तक पहुँचने में दो मिनट ले लिए। उसे आते देख जुलेखा दीवार की ओर चली गई। उस तक जाकर मूसा ने पूछा—

"क्या है ?"

"खालू यहीं बैठा रहेगा क्या ?"

"बैठे रहने दो, इसमें क्या है ?"

"तुम्हारे जाने में सिर्फ आधा घंटा बाकी है।"

"चार बजे जाना है, पर देखना वह लारी पाँच-छह बजे से पहले नहीं पहुँचेगी।"

"जाने से पहले बच्चों से कुछ बातें भी तो ···।"

तभी आम सड़क पर लारी की घड़घड़ाहट सुनाई पड़ी। उसने भोंपू बजाया और दूसरे ही पल हरि आता हुआ दिखाई पड़ा। दूर ही से उसने कहा—

"अभी तक तैयार नहीं हुए क्या ?"

"मैं तो तीन बजे से तैयार बैठा हूँ।"

"तो फिर जल्दी चलो।"

जब वह घर के भीतर सामान लेने गया तो जुलेखा भी अंदर जाने को मुड़ी कि तभी हरि पूछ बैठा—

"कैसी हो भाभी ! बच्चे कैसे हैं ?"

"ठीक हूँ। बच्चे भी ठीक हैं। तुम कैसे हो ?"

"अच्छा हूँ।"

तब तक एक टोकरी कंधे पर लटकाए और दूसरी को हाथ में टाँगे मूसा बाहर आ गया। उसने पहले जुलेखा की ओर देखा, फिर दोनों बच्चों की ओर। तीनों चुपचाप उसे देखते रहे।

फजीला का ठुनकना एकाएक बंद हो गया था। तीनों उसे आँगन से निकलकर पगडंडी पर होते हुए आम सड़क की ओर जाते देखते रहे। जाते हुए उसने दो बार मुड़कर पीछे देखा।

उसके ओझल होते ही फजीला जोर से रो पड़ी। जुलेखा ने भर आई अपनी आँखों के आँसुओं को रोकते हुए बेटी को अंक में समेट लिया।

5

परकाश ने कई बार चाहा था कि वह अतीत की उन भूली-बिसरी घड़ियों को याद न करे, क्योंकि उनमें एक मानसिक यंत्रणा है। और जब कभी उसे अपना वर्तमान भी चुभन दे जाता, तो वह उसे भी बिसार-नकारकर स्वयं को आश्वस्त करने के लिए स्वयं से कहता कि वह जो जी रहा है, न तो उसका अतीत है न वर्तमान, बल्कि है उसका भविष्य। वह भारत से पहुँचा कोई स्वामी था, जो उसे यह मंत्र दे गया था। लेकिन अतीत तो शायद उसके भीतर इस ताक में सोया रहता था कि समय-समय पर अँगड़ाई लेकर जाग उठे। उस दिन जब डॉक्टर क्यूरे के उस विराट आयोजन से वह घर लौट रहा था तो अपनी समूची रेलयात्रा के दौरान बीते दिनों की यादों को अपनी स्मृति में झेलते रहा था। पोर्ट-लुई के सां-दे-मार्स मैदान के उस भारी जुटाव में पहुँचने के लिए जो जुलूस निकल रहा था, उसमें वह भी हरि की बगल में था। हरि और मूसा के हाथों में जो बैनर था, उस पर भी वही लिखा था जो वर्षों पहले उस आयोजन के मंच पर फहराया गया था, जिसमें परकाश ने अपने जीवन का सबसे ओजपूर्ण भाषण दिया था। उस समय पहली बार एक नारे को बुलंद किया गया था। खुद परकाश ने अपनी तकरीर के दौरान करीब तीन-चार बार इस नारे को जनता से दोहरवाया था—हमें वोट का अधिकार चाहिए।

तभी पहले-पहल मजदूर दल की नींव डालने कोशिश की गई थी, पर उसमें कामयाबी नहीं मिली थी।

करीब पंद्रह वर्ष बाद डॉक्टर क्यूरे ने उस आंदोलन को नया रूप दिया था, नई शक्ति दी थी। शां-दे-मार्स के मैदान में हजारों मजदूरों की मौजूदगी में मजदूर पार्टी की नींव डाली गई। उसके कोई चार वर्ष बाद आज परकाश यह अनुभव कर रहा था कि जिस सफलता से वह वंचित रह गया था, वह डॉक्टर क्यूरे को मिलकर रही। अभी दो ही दिन पहले रीव्येर-जी-रांपार में मजदूर पार्टी की जो शानदार और जानदार मीटिंग हुई, उससे परकाश के भीतर लेश मात्र भी संदेह बाकी नहीं रहा। उसने हरि की पीठ थपथपाते हुए कहा था—आज मैं खुश हूँ हरि। बहुत खुश!

और बहुत दिनों बाद उसे पहली बार अपनी जिंदगी के बीते दिनों की यातना का नहीं, बल्कि आनंद का अनुभव हुआ था। दूसरे दिन गुकूला में देवी की वर-रक्षा की रस्मों को पूरा करके लौटने पर वह घंटे-भर तक हरि के घर रुक गया। हरि की माँ

उससे पहले ही पूछ चुकी थी कि उसे लड़का पसंद आया है या नहीं। लेकिन एक बार फिर पूछा—

"लड़का पसंद बा न बेटा ! "

"लड़का मुझे बहुत पसंद है चाची ! मैं तो यह कहनेवाला था कि देवी की बरछिया तो हम लोग कर आए, अब क्यों न हरि की छेंकाई भी एक ही लगे कर लें !"

"पर हरि तैयार हो तब तो ! वह तो आज भी यही टेक लगाए हुए है कि जब तक देवी की शादी नहीं हो जाती, वह किसी भी रस्म के लिए तैयार नहीं है।"

परकाश ने उन लोगों से कुछ देर और बातें कीं। जब हरि उसे चौराहे तक छोड़ने आया तो उसने उससे कहा—

"देवी के ब्याह की सारी जिम्मेदारी तुम मेरे ऊपर छोड़कर अपनी नौकरी और अपने मजदूर आंदोलन में जुटे रहो। आंदोलन में तुम जितना समय दे सकोगे, उतना ही वह दमदार होता जाएगा। डॉ. क्यूरे से अपने संपर्क को भी तुम्हें अधिक घनिष्ठ बनाना है। यह ठीक हुआ कि तुम मजदूर पार्टी के संस्थापकों में आ गए और कार्यवाही समिति के सदस्य भी हो।"

परकाश को चौराहे तक छोड़कर हरि जब घर लौटने लगा तो रास्ते में उसे गाब्रियेल मिल गया। वह चीनी दुकानवाले रास्ते से आ रहा था। इमली का एक बहुत पुराना दरख्त था, जिसके नीचे वे दोनों आ खड़े हुए। गाँव का कोई भी व्यक्ति रात के वक्त इस दरख्त के नीचे खड़े होने का साहस नहीं कर पाता था। यह डर लोगों को आज भी था कि इससे फाँसी लगाकर मरे सुमेरवा और जोगनवा रात में इस पेड़ के नीचे जानेवाले को पागल बना देते हैं, जैसा कि धरमवा के साथ हुआ। इसकी इमलियाँ पककर जमीन पर फैल जाती थीं, फिर भी कोई उन्हें उठाता नहीं था। बच्चे अगर कभी भूल से उठाकर खा लेते और घरवालों को पता चल जाता तो उन्हें लेकर तुरंत चमरू ओझे के पास दौड़ना पड़ता था। घनशाम का बेटा अगर आज भी सत्तरह-अठारह की उम्र में नाक से नेटा और मुँह से लार बहाता हुआ गाँव-भर में घूमता रहता है, तो इसीलिए न कि उसने पेड़ के नीचे से इमली उठाकर खाई थी !

हरि और गाब्रियेल ने बचपन के एक बड़े हिस्से को गाँव के कुछ अन्य साथियों के साथ इस पेड़ के नीचे बिताया था। उसकी घनी छाया में वे उस समय तक कबड्डी खेलते रहते थे, जब तक कि उनके परिजन उन्हें ढूँढ़ते हुए उधर न आ जाते।

हरि ने गाब्रियेल से पूछा—

"आज काम पर नहीं गए क्या ?"

"इस सप्ताह रात में काम पर हूँ।"

"और दिन में मछलियाँ पकड़ रहे होगे। गास्तों का क्या हाल है ?"

"कुछ-कुछ चल लेता है।"

"महीना होने को है, समंदर पर गया ही नहीं। मैं पिछले हफ्ते तुमसे मिलने आया था, लेकिन तुम मिले नहीं।"

"मैं तो सप्ताह में एक ही दिन इधर रहता हूँ।"

"हाँ, तांचीन ने बताया कि तुम बनारस-कोठी में काम कर रहे हो। इतनी दूर · · !"

"इधर तो काम मिलता ही नहीं।"

"आजकल हम कारखाने में काम करनेवालों के साथ भी बड़ी ज्यादती होने लगी हे। कल की बात तुम्हें बता रहा हूँ। रोलो को तो तुम जानते ही हो। उससे रस में कुछ ज्यादा चूना पड़ गया, जिसके कारण चीनी अच्छी नहीं आई। पर यह भूल उसकी अकेले की नहीं थी। पानी मिलानेवाले की भी गलती रही, वरना चीनी बिगड़ती नहीं। उस स्वाभाविक भूल के लिए रोलो को काम से निकाल दिया गया। पिछले सप्ताह दो मजदूरों को लात मारी गई। हमसे इधर कुछ दिनों से दो घंटे अधिक काम करवाया जा रहा है। हम सभी ने बात की है और तय हुआ है कि हम भी यूनियन में भर्ती हों। नू कापाव बिन माम।"

"यह तो अच्छी बात हुई भाई ! देर से ही सही, तुम लोगों की आँखें भी खुलीं तो। आज शाम को तो मैं जा रहा हूँ। उधर से लौटते ही रविवार को मैं तुम्हारे सभी साथियों से मिलना चाहूँगा। तुम लोग जरूर सदस्य बन सकते हो।"

"कहाँ मिलेंगे हम लोग ?"

"बैठका में अधिक अच्छा रहेगा। सुबह नौ बजे।"

"अच्छी बात है, हम लोग इंतजार करेंगे।"

"मैंने सुना है कि आजकल तुम ज्यादा पीने लगे हो।"

"नो ली पा व्रे। एक शोपिन से ज्यादा जीवें मैं पीता ही नहीं।"

"अब भी पीए हुए हो।"

"हाँ, बस वही एक शोपिन।"

"और अभी रात बाकी है।"

"रात में तो काम पर जाऊँगा।"

"रोलो की संगत में तुमने यह आदत बनाई है।"

वह कुछ नहीं बोला, मुस्कुराकर रह गया। हरि के घर मकई की खीर बनी थी। वह गाब्रियेल को साथ लिए घर आ गया। गाब्रियेल ने अँगुलियाँ चाट-चाटकर कटोरे की खीर खत्म की।

पहली बार जब हरि ने बनारस के उस महल को देखा था, तो क्रोध-भरे आश्चर्य के साथ, जबकि उसके साथियों ने सुखद आश्चर्य व्यक्त किया था। हरि को लोगों की उस खुशी पर भी क्रोध आया था। अपने इलाके में भी वह इस खाई को देखता आया था। वहाँ भी झोंपड़ियों के बीच लाबूदोने के महल को देखता रहा था, लेकिन बनारस महल के उस ठाठ को देखकर तो उसका खून खौल उठा था। कुछ ही दूर बनी कोठी बस्ती की उन झोंपड़ियों की ढह आई दीवारें और उखड़ी हुई छतें अगर उसने नहीं देखी होतीं, तो शायद उसे उतना क्रोध नहीं आता। और जब सुना कि उतने बड़े महल में मालिक केवल अपनी पत्नी और बेटे के साथ रहता है, तो वह हतप्रभ हो गया।

समझ नहीं पा रहा था कि वह इसे आदमी का पागलपन समझे, उसकी क्रूरता समझे या अहं। एक झोंपड़ी में बारह-पंद्रह लोग रहते हैं, और बेशुमार कमरोंवाले उस महल में केवल तीन ! उसकी रखवाली के लिए सोलह कुत्ते और सात रखवार थे। तीन आदमियों को सुबह-शाम घंटे-भर सवारी कराने के लिए सात घोड़े थे !

उस दिन मालिक की पत्नी का जन्मदिन था। बनारस महल के विस्तृत आँगन में खुशी के इस अवसर पर बहुत बड़ा आयोजन था। सभी मजदूरों को उस जश्न में हिस्सा लेने के लिए दो घंटे पहले छुट्टी दी गई थी। फुलवारी को रस्से से घेर दिया गया था, ताकि कोई भी मजदूर उसके भीतर न जा सके। बीस भेड़े काटे थे मजदूरों को खिलाने के लिए। शराब के लिए मजदूरों से अपने-अपने घर से गिलास ले आने को कहा गया था। हरि ने जब एक सरदार से पूछा कि इतने बड़े महल में गिलासों की व्यवस्था नहीं है क्या, तो जवाब मिला—

"गिलास तो हजारों हैं।"

"तो मजदूरों से अपने-अपने गिलास लाने को क्यों कहा गया है ? या फिर खाने के लिए भी उनसे अपने-अपने घरों से थाली लाने को कहा जाता।"

"खाना तो केले के पत्तों पर परोसा जाएगा।"

हरि के सभी दोस्तों की भी दावत थी। जब वे लोग पहुँचे तो वह मैदाननुमा आँगन मजदूरों से खचाखच भर चुका था। बीच मैदान में तीस-चालीस फुट लंबा लकड़ी का जो खंबा था, उस पर नीचे से ऊपर तक चर्बी पोत दी गई थी और उसकी चोटी पर एक धोती, एक कमीज, एक बोतल शराब और बीस रुपए एक टोकरी में बाँधकर लटका दिए गए थे। घंटे-भर से कई मजदूर बारी-बारी से उस खंबे पर चढ़कर ऊपर बँधी चीजों को अपनाने की कोशिश कर रहे थे। खंबे की फिसलन के कारण कोई भी उसे आधे से ऊपर नहीं चढ़ पा रहा था। भारी आपाधापी मची हुई थी। कुछ ही दूरी पर दो टोलियों में कुछ लोग गाने-बजाने और नाचने में लगे हुए थे। एक टोली क्रियोली सेगा गाकर नाच रही थी तो दूसरी भोजपुरी बिरहा गाती हुई झूम रही थी। दोनों टोलियों में शराब का दौर जमकर चल रहा था। सेगा नाचनेवाली औरतें भी हाथों में गिलास लिए हुए थीं। उनके स्वरों में अस्पष्टता थी और थिरकते कदम लड़खड़ाने लगे थे।

दोस्तों के बहुत कहने पर हरि उनके साथ हो लिया था। सर-दर्द के कारण वह उस शोरगुल में देर तक नहीं रुक सका। खाना शुरू होने से पहले ही वह वहाँ से लौट आया। लेकिन घर की ओर न जाकर वहाँ से कोई मील-भर दूर समुद्र की ओर बढ़ गया। शाम की घाम तेजी लिए हुए नहीं थी, फिर भी माहौल उष्ण था। कांपेस की कँटीली झाड़ियों से होता हुआ वह समुद्र-किनारे पहुँचा। प्रलयंकर लहरोंवाला वह विद्रोही समुद्र ज्वार-भाटों के झागों से भरा हुआ था। हरि एक चट्टान पर खड़ा होकर उन दहाड़ती लहरों को देखता रहा, जिनकी चपेट में आकर लकड़ी की नाव को उलटने में पल-भर भी न लगता। हरि अपने इलाके और इस समुद्र-तट के अंतर के बारे में सोचने लगा। यहाँ का तट बालूविहीन था, जबकि उसकी ओर के सारे समुद्र-तट दूध-जैसी सफेद बालू से भरे होते हैं। वहाँ का समुद्र

जितना शांत है, सामनेवाला उतना ही अशांत और भयंकर।

हरि ने जब परकाश से बनारस जाकर नौकरी करने की सलाह ली थी, तो परकाश ने कहा था—

—तीर्थ करने जा रहे हो क्या ?

—मैं भारत के बनारस की बात थोड़े ही कर रहा हूँ।

—तुम मॉरिशस के दक्षिणी प्रांत की उस कोठी की बात तो कर रहे हो न जो इस देश की सबसे पुरानी शक्कर-कोठियों में से एक है।

—तो फिर आप तीर्थ की बात क्यों ले बैठे ?

—क्योंकि धार्मिकों के लिए धार्मिक स्थान तीर्थ स्थान होता है, विद्वानों के लिए विद्या धाम और मजदूरों के लिए वह जहाँ मजदूरों का परिश्रम और सहनशीलता अपनी चरम सीमा तक जाता हो। बनारस-कोठी वह कोठी है, जहाँ मजदूरों पर कभी सबसे ज्यादा जुल्म ढाया गया है, जहाँ मजदूरों को सबसे पहले कुत्तों से नुचवाया गया, जहाँ उनके नंगे बदन को ईख के रस में डुबोकर तब तक पेड़ से बाँधे रखा गया जब तक कि लाल चींटियों ने उसे कंकाल में न बदल दिया ! बनारस वह कोठी है जहाँ मजदूरों पर हर किस्म का जुल्म आजमाया गया, सिर्फ यह देखने के लिए कि उनकी सहनशक्ति की सीमा क्या हो सकती है।

चट्टान पर बैठा हुआ हरि यही सब सोचता हुआ उन दृश्यों को जैसे पुनः देखने लगा, जिन्हें कुछ ही देर पहले बनारस-कोठी के सामने देख आया था। वहाँ भी उसे ये तमाम बातें याद आ गई थीं और हैरान हुआ था कि लोग एक बोतल शराब और एक पत्तल खाने के लिए मालिक का हर जुल्म भुला बैठे हैं। अपने सारे अधिकार मालिक को सौंपकर वे लोग उसकी उस दया पर टूटे पड़ रहे थे ! हरि ने अपने आपसे पूछा—क्यों, क्या केवल इसलिए कि मजदूरों की अपनी पहचान नहीं है ? इसलिए कि वे अपने उस पसीने की सही कीमत नहीं जानते, जिससे बनारस-कोठी का मालिक उतना बड़ा महल बनाए बैठा है।

दूसरे दिन शुक्रवार था। मौसम जितना भारी-भारी था, उतना ही उमस-भरा भी। इससे गन्ने के खेतों में जूझ रहे मजदूर अपनी स्फूर्ति खोए हुए थे। वक्त से पहले थकान के कारण काम धीमी गति से आगे बढ़ रहा था। हरि भी इस थकावट से मुक्त न था और अपने दूसरे ठेके को दोपहर दो से पहले शुरू नहीं कर सका था। इस कोठी में छह महीनों के दौरान वह पहली बार अपने पहले ठेके को पूरा करने में लेट हुआ था। वह जिस जगह पर था, वहाँ से शातो-बनारस एकदम सामने था—मजदूरों के ऊपर बरसे कोड़ों और लाठियों की बौछारों का मूक गवाह।

पहली बार जब हरि उस इमारत के पास से गुजरा था, तो उसे वहाँ की भव्यता के ऊपर झिलमिलाती आकृतियों में इतिहास के वे करुण दृश्य भी दिखने लगे थे। उस शाम न तो उससे खाया जा सका था और न ही वह आसानी से सो पाया था।

हरि का काम चार बजे पूरा हुआ। अपने दूसरे साथियों के इंतजार में वह काले पत्थरों की एक मुंडेर पर जा बैठा। प्यास बुझाने के लिए वह एक गन्ने को लेकर खाने

लगा। देखते ही देखते उसने पाँच गुलियोंवाले उस गन्ने से चार गुलियों को चूस लिया। प्यास बुझी। थकान भी कुछ कम हुई। आधा घंटा बाकी लोगों को अपना काम पूरा करने में और लगा। इस तरफ वह अपने आठ साथियों के साथ था। बाकी कारखाने के पीछेवाले खेतों में थे। अपने आठों मित्रों के साथ वह बस्ती की ओर चल पड़ा। सब लोग एक ही शिकायत लिए हुए थे, पर अपने-अपने शब्दों में—

—इस तरह की गरमी !

—इतनी गरमी तो कड़कती धूप में भी नहीं जानी हमने।

—मैं तो बेचैन हो उठा था। ऐसे वक्त पर पानी पिलानेवाला भी न जाने कहाँ गायब था।

—मैं सोचता हूँ, भारी बरसात अगर न हुई तो शायद तूफान आ जाए। ऐसा ही संकेत दे रहा है यह गमसल मौसम।

पहली बस्ती से गुजरते हुए उन सभी ने एक घर के सामने कई लोगों को इकट्ठे देखा। वहीं के कोई बीस-पच्चीस मजदूरों के बीच कोठी का गोरा मालिक अपने दो रखवारों और दो सरदारों के साथ एक बूढ़े मजदूर को खरी-खोटी सुना रहा था। हरि अपने साथियों के साथ आगे बढ़ा और भीड़ के बीच जा पहुँचा। उसने उस बूढ़े मजदूर को हाथ जोड़े गिड़गिड़ाते सुना—

—मालिक ! मैं अपने दोनों बेटों की जगह काम करने को तैयार हूँ।

—व्ये सीको मो पा गारदे दां मो कारो।

—मीस्ये त्रांत बनाने मो फिन त्रावाई। तीस बरस काम किया है साहेब, तीस बरस। अब भी उसी जोश के साथ काम कर सकता हूँ।

—मैंने तुम्हें बोल दिया। अपने खेतों में मैं पुरानी जड़ें नहीं रखता। उन्हें उखाड़कर उनकी जगह नए गन्ने लगाता हूँ। तुम्हारे दोनों बेटे अगर मेरा काम नहीं करेंगे तो मैं तुम्हें बस्ती में नहीं रहने दूँगा।

—मालिक, वे जहाँ काम करते हैं वहाँ उन्हें यहाँ से अच्छी तनख्वाह मिल जाती है।

—वीलें बाचारा ! मुफ्त में मेरे घर में रहेंगे और काम करेंगे कहीं और · · · की तो प्रां म्या एन कूयों ? मुझे इतना बेवकूफ मत समझो ! मीस्ये मोफीन कोज आर ज़ोत—मैंने दोनों को बहुत समझाया, पर वे मेरी बात मानते ही नहीं तो मैं क्या करूँ ?

—नमकहराम, उन कुतिया की औलादों की यह हिम्मत ! तो फिर देखो मैं क्या करता हूँ।

अपनी धुन में गालियाँ देता हुआ मालिक आगे बढ़ा। सामने खड़े एक बच्चे को ढकेलकर अपने रास्ते से हटाया। सरदार को क्रियोली में आदेश दिया और फिर पीछे मुड़कर बूढ़े को एक साथ कई चुनिंदा गालियाँ दे गया।

इतने में हरि बीच में आ गया। उसने धीमे स्वर में मालिक से कहा—

"पता नहीं, आप क्या करना चाहते हैं पर कम से कम इस बूढ़े आदमी को इस तरह गाली तो न दें।"

"वेय तो ज़ाफेर त्वा।"

मालिक ने जैसे ही हरि से कहा कि वह अपना रास्ता ले, एक भीमकाय सरदार आगे बढ़कर उसके सामने खड़ा हो गया। अपने बाकी तीनों आदमियों को गोरे ने आदेश दिया कि वे बूढ़े के घर से उसका सामान बाहर फेंक दें। आदेश पाते ही एक सरदार और दोनों रखवार बूढ़े के घर की ओर बढ़े। हरि ने उन्हें रोकने की कोशिश की—

"ठहरो।"

तीनों अनसुनी करके झोंपड़ी के भीतर चले गए। बूढ़े की पत्नी और दो बेटियाँ रोने लगीं। बूढ़ा गिड़गिड़ाने लगा। उसके पाँवों को पकड़कर बोला—

"हम कहाँ जाएँगे मालिक ! ऐसा न करें। मुझे एक मौका और दें। मैं अपने बेटों से एक बार फिर बात करके उन्हें समझाऊँगा।"

गोरे ने बूढ़े को ठोकर से ढकेला। वह लुढ़क गया। हरि ने आगे बढ़कर उसे उठाना चाहा कि तभी उस भारी-भरकम सरदार ने उसकी बाँह पकड़कर उसे पीछे खींच लिया। यह देखकर मूसा ने उस सरदार की बाँह पकड़कर जोर से खींचा। इससे हरि की बाँह तो उसके बंधन से छूट गई पर मूसा सरदार समेत जमीन पर जा गिरा। सरदार ने क्रियोली में माँ-बहन की गालियाँ देते हुए मूसा को एक जोरदार मुक्का जमा दिया। फिर तो जिस बात का इंतजार किसी को नहीं था, वही होकर रही। हरि के आठों दोस्तों में दो तो सरदार से उलझ गए और तीन उस बूढ़े के घर में जा पहुँचे। मूसा और हरि भी उनके पीछे हो लिए। भीतर मालिक के जो आदमी घुस गए थे, अभी वे एक खाट ही बाहर फेंक पाए थे कि खुद बाहर फेंक दिए गए। लड़खड़ाते सरदार और दोनों रखवारों को उस तरह बाहर आते देख मालिक के चेहरे का रंग उड़ते देर न लगी। बस्ती के बाकी लोग सहमे हुए सभी कुछ चुपचाप देखते रहे। हरि ने अपने दोस्तों से कहा—

"हम किसी को मारेंगे नहीं, सिर्फ इन्हें वह करने से रोकेंगे जो यह करना चाहते हैं।"

इतने में बूढ़े ने हरि का हाथ पकड़कर कहा—

"बेटा, ऐसा मत करो। हम लोगों का यहाँ जीना मुश्किल हो जाएगा।"

"तो अभी कौन-सी शान की जिंदगी जी रहे हो चचा !"

"जाने दो बेटा ! ये हम लोगों का अपना मामला है। तुम लोग तो चले जाओगे, पर हमें यहीं जीना-मरना है।"

इस बीच गोरा मालिक अपनी शेव्रोले में जा बैठा था। गाड़ी के चलने से पहले उसने अपने चारों आदमियों को हिदायत दी—

"तुम लोग लौट जाओ। अब पुलिस ही इन लोगों से निबटेगी।"

मालिक और उसके उन चारों आदमियों के चले जाने के बाद हरि ने बस्ती के सभी लोगों को संबोधित करते हुए कहा—

"अगर आप लोग अपने किसी साथी पर ढाए जा रहे जुल्म को चुपचाप सहते रहेंगे, तो यह जुल्म कभी नहीं रुकेगा। इस तरह के जुल्मों को रोकने के लिए पूर्वी क्षेत्र के

अनेक मजदूरों को अपने प्राणों का बलिदान देना पड़ा है। आज की इस घटना के बाद मुझे नहीं लगता कि हमें अब इस कोठी में काम करने की इजाजत मिलेगी, पर आपको जिंदगी-भर इसी कोठी में काम करना है। आपके सामने दो रास्ते हैं। एक तो वही, जिस पर आप अब तक चलते आए हैं, यानी सारे जुल्मों को चुपचाप सहते रहना, और दूसरा यह कि आप सभी, जैसा कि हम बता चुके हैं, निडर होकर यूनियन के सदस्य बनें। अगर हमें यहाँ नौकरी से नहीं रोका गया तो हम आपसे मिलते रहेंगे, लेकिन अगर वैसा ही हुआ जैसा कि मुझे डर है, तो आप सभी मेरी एक बात का ध्यान रखें। आप जितना डरेंगे, ये लोग आपको उतना ही सताएँगे। मैं आपको अभी सिर्फ एक बात का आश्वासन दे सकता हूँ। वह यह कि बूढ़े चाचा को इस घर से निकालने में ये लोग सफल नहीं होंगे। हम यूनियनवाले देखेंगे कि इन्हें यहाँ से कैसे निकाला जाता है।"

हरि का यह वक्तव्य सभी ने सुना, पर किसी ने कोई प्रतिक्रिया नहीं दिखाई। सब के सब गूँगे बने बैठे रहे।

दूसरे दिन शनिवार था। मजदूरों ने एक बजे तक गन्ने काटे और लादे। पिछली शामवाली घटना को लेकर न तो कोई चर्चा हुई और न ही कोठीवालों की ओर से कोई पाबंदी लगाई गई। लेकिन जो होना था, वह तब हुआ, जब उत्तरी प्रांत के पच्चीस मजदूर कोठी के दफ्तर से सप्ताह-भर की पगार लेने पहुँचे। सात सरदारों और रखवारों के बीच एक सरदार के द्वारा उन्हें कहा गया कि तनख्वाह लेने का समय बारह से एक बजे का था। वे लोग पूरे एक घंटे देर से पहुँचे हैं, इसलिए दफ्तर बंद हो गया है। उनसे यह भी कहा गया कि उन्हें अपने गाँव लौटने के लिए लारी भी नहीं मिलेगी। हरि ने मालिक से मिलने की माँग की, पर उसे मिलने नहीं दिया गया। बनारस महल के सभी रखवार कुत्तों की जंजीरें खोल दी गई थीं। सभी मजदूरों को साढ़े तीन बजे रीव्येर-दे-जांगी स्टेशन पर अपने गाँव की ओर जानेवाली आखिरी गाड़ी पकड़ने पहुँचना था। हर तरह कोशिश करने के बाद जब वे बिना तनख्वाह पाए दफ्तर के अहाते से निकलने लगे तो उसी सरदार ने जिसने पहले बात की थी, उन सभी से कहा—

'पे ऐना त्रावाई पू जोत—सोमवार से तुम लोगों को इस कोठी में न तो नौकरी की इजाजत है और न ही भीतर दाखिल होने की।"

हरि ने मुस्कुराकर कहा—

"हमें मालूम है। पर तुम यह जान लो कि अपने पसीने की कमाई को हम लेकर रहेंगे—जितनी देर से, उतनी शान से।"

और वे लोग अपनी झोंपड़ी से अपना सामान उठाने के लिए आगे बढ़ गए। आधे घंटे बाद वे सभी रीव्येर-दे-जांगी के रास्ते पर थे। किसी की जेब में एक फूटी कौड़ी भी नहीं थी। इस उम्मीद में कि तनख्वाह तो मिलने ही वाली है, सभी ने अपने आखिरी सिक्के को भी खर्च कर दिया था। करीब तीन मील लंबे रास्ते को घंटे-भर में तय करके वे रीव्येर-दे-जांगी पहुँचे। हरि को यूनियन के अपने कुछ दोस्तों के नाम मालूम थे, पर उनके पते नहीं थे। फिर भी लोगों से पूछता हुआ वह मणिलाल गिरधारी के घर जा

पहुँचा। मणिलाल ने तत्काल उन्हें तीस रुपए दिए। पच्चीस रुपए उनके टिकट के लिए और पाँच रुपए जलपान के वास्ते। सभी ने वक्त पर गाड़ी पकड़ी। लेकिन गाड़ी पकड़ पाने की वह खुशी इस खयाल से काफूर हो गई कि घर पहुँचकर वे क्या जवाब देंगे।

रामबरन घर पहुँचते ही अपनी तनख्वाह देवंती के हाथों में न रखकर अपनी छोटी बेटी जशोदा के हाथों में रखता था, फिर लोगों का हालचाल पूछता था। पर आज उसकी पत्नी को हैरानी हुई कि उसका पति अपनी उस आदत को भूलकर खाट पर पसर गया है। उसने किसी का हालचाल भी नहीं पूछा। जशोदा तो गूँगी थी ही; पिता के पास बैठकर टुकुर-टुकुर देखती रही। उसकी आँखों में इस सवाल को देखकर कि पैसा कहाँ है, रामबरन ने आँखें बंद कर लीं। उसकी पत्नी ने जब देखा कि कई मिनट बीत गए हैं और उसका पति एक अनजानी खामोशी अपनाए हुए है तो उसने धीरे से पूछा—

"का भईल ?"

"कुछ नहीं देवंती !"

"सफर में कोई पैसा-वैसा चूरा लेलक का ?"

सँभलकर बैठते हुए उसने देवंती को देखा, फिर जशोदा को और फिर धीरे-से एक लंबी साँस लेकर कहा—

"हममें से किसी को तनख्वाह नहीं मिली। वहाँ की नौकरी भी जाती रही।"

देवंती को झटका-सा लगा। उसे अपना दिमाग घर की हाँडियों की तरह एकदम खाली-सा लगा। उसने घर में चोरी हो जाने का जो सपना देखा था, वही सच हो गया था। जशोदा कुछ नहीं समझ पाई थी। वह इस विश्वास से अपने बाप को अपलक देखती रही कि अब वह उसके हाथों पर पैसे रखने ही वाला है।

6

मजदूर संघ के कुछ सदस्यों को भर्ती कराने के लिए गाब्रियेल हरि के घर पहुँचा था। बनारस की नौकरी से हटाए जाने के बाद यह दूसरा सप्ताह बीत रहा था। दो सप्ताह से बेकार था वह। पिछली तनख्वाह उन पच्चीस मजदूरों को देर से मिली थी। उससे हरि के घर जो अनाज आया था, वह दो-तीन दिनों से अधिक का नहीं था। उसे घरवालों के लिए रोटी और कपड़े-लत्ते की चिंता तो थी ही, इससे भी बड़ी चिंता देवी की थी। परकाश गोबुला के रिश्तेदारों के यहाँ उसके ब्याह का दिन तय कर आया था। डेढ़ महीने से भी कम समय सामने रह गया था। परकाश और उधर से सहदेव ठाकुर भी उसे यह दिलासा दे गए थे कि वह देवी के ब्याह की चिंता न करे। लेकिन

हरि के अपने परिवार में वह पहली शादी थी। वह अपनी बहन की शादी को अपने बलबूते पर करने का संकल्प किए बैठा था। जब उसने सहदेव ठाकुर के सामने अपनी यह इच्छा रखी थी, तो सहदेव ने कहा था—

—ठीक है भई ! हम तुम्हें कर्ज दे देंगे। जब तुम्हारे पास पैसे हो जाएँ तो हमें लौटा देना। यों भी कुछ दिनों में जब तुम हमारे अखबार के लिए अपना सहयोग दोगे, तो उसके लिए तुम्हें कुछ न कुछ पारिश्रमिक तो देना ही पड़ेगा। उसी में धीरे-धीरे काटते रहेंगे।

बहुत दिनों बाद हरि और गाब्रियेल ने इतनी देर तक बातें कीं। दोनों के बीच बचपन की चुहलबाजियों और जवानी के उन पाप-पुण्यों की चर्चा होती रही, जिनमें अन्य मित्रों के साथ दोनों भागीदार रहे थे। संतोष के आ जाने से चर्चा का विषय अपने आप बदल गया। हरि को उदास पाकर गाब्रियेल ने उससे कहा कि क्यों न वह उसके साथ समुद्र-भ्रमण कर आए। हरि ने उसकी बात मान ली। गाब्रियेल के चाचा की ग्राँ-गोब समुद्र में नाव थी। संतोष भी दोनों के साथ हो लिया। चूँकि पूरे दिन समुद्र में रहने की बात थी, इसलिए तीनों ने अपने-अपने लिए कुछ खाने-पीने की व्यवस्था कर ली। हरि ने एक रोटी और दो केले ले लिए। ग्राँ-गोब के रास्ते में हरि ने कहा—

"मैं तो मछली खाता नहीं, पर तुम्हारे साथ मछली के शिकार पर निकल रहा हूँ।"

"क्यों ? डरते हो कि लोग क्या कहेंगे।"

"ऐसी बात तो नहीं है, फिर भी ··· ।"

"यार, मछली हम दोनों फँसाएँगे, तुम नाव सँभालोगे।"

"जो कि मुझे आता नहीं !"

"लहरों के बीच जब नाव डगमगाने लगेगी, तो उसे खेना तुम्हें अपने आप आ जाएगा।"

सुबह के नौ से पहले ही तीनों दोस्त ग्राँ-गोब पहुँच गए। गाब्रियेल तट से बँधी अपने चाचा की नाव खींचकर बालू तक ले आया, ताकि हरि और संतोष उस पर आसानी से चढ़ सकें। उसने नाव को किनारे से बाँधनेवाली रस्सी और उसके साथ बँधे पत्थर को पानी से निकालकर नाव में रख दिया। फिर अपने साथ लाए सामान को उसमें रखा और उछलकर स्वयं भी भीतर पहुँच गया। सुबह की घाम दोपहर जैसी तेजी लिए हुए थी। हरि और संतोष के बैठ जाने के बाद उसने पतवार उठाकर नाव को खेना शुरू किया। उसे आगे-पीछे करके कमर तक पानी में ले गया, फिर हरि को पतवार थमाकर ठीक उसी तरह खेने को कहा। हरि एकदम वैसा ही करता रहा, जैसा गाब्रियेल उसे बताता रहा। नाव जब गहराई में पहुँच गई तो गाब्रियेल ने संतोष की मदद से मस्तूल को खड़ा किया। आसमान में सफेद बदलियाँ छँटकर बिखरने लगी थीं। पाल को सही ढंग से चढ़ाने में उसे दस-पंद्रह मिनट लग गए। नाव जब हवा के सहारे चल पड़ी तो गाब्रियेल ने हरि से पूछा—

"कभी क्वें-दे-मीर तक गए हो ?"

और जब हरि ने नामी भरी तो गाब्रियेल ने आसपास के द्वीपसमूह के सबसे करीबी

द्वीप के लिए नाव की दिशा बदल दी। उसने अपने साथ लाए समुद्री केंचुए और सीपियों से बनी डिबिया को संतोष के सामने बढ़ाते हुए कहा कि वह चारा तैयार करे और खुद बंसी के धागे में काँटे बाँधने लगा। हरि के जिम्मे नाव के छोर पर बैठे-बैठे उस की दिशा को नियंत्रण में रखने का काम था। पानी कहीं एकदम साफ था, कहीं नीचे जमी काई और मूँगों के जंगल के कारण गँदला दिख रहा था। नीले और काले रंगों के बीच पानी के थपेड़ों का सामना करती नाव मध्यम रफ्तार से बढ़ती गई। तट, तट की हरियाली और उस हरियाली के पीछे बने छोटे-बड़े घर सभी पीछे छूटते गए। बीच समुद्र से पीछे छूटते गए उन दृश्यों को हरि देखता रहा। कभी उस हरियाली के ऊपर दूधिया बादलों से लदे आकाश को देखता तो कभी हरियाली और समुद्र के बीच चाँदी की तरह चमकती कपासी बालू को। समंदर भी चमचमाती धूप के टुकड़ों को सँभाले कई जगह शीशे के समान यों चमक रहा था कि उस पर देर तक आँखें टिकाए रहना कठिन था। हरि ने अपने पास रखी टोकरी से पानी की बोतल को निकाला। ऊपर ही ऊपर उससे दो घूँट पानी पीया और फिर उसे गाब्रियेल की ओर बढ़ा दिया। गाब्रियेल ने भी उसी तरह दो घूँट पानी गले से नीचे उतारा और बोतल संतोष को थमा दी। बोतल को लेकर संतोष ने कहा—

"अगर मछली न मिली तो मेरी औरत··· ।"

गाब्रियेल ने उसे बीच ही में टोक दिया—

"चुप रहो।"

"क्यों ?"

"इस तरह की बात किसी मछुवे से करते तो थप्पड़ जड़ देता।"

"पर मैं तो ···"

"मछुवा जब शिकार पर निकल रहा होता है तो न तो उससे सवाल किया जाता है और न मछली की बात की जाती है। कहते हैं ऐसा करने से मछुवे की किस्मत दिन-भर के लिए खोटी हो जाती है। मछली फँसती ही नहीं।"

हरि को हँसी तो आई, पर उसने हँसना जरूरी नहीं समझा।

बस्तियाँ जितनी पीछे छूटती जा रही थीं, उतनी ही मनमोहक दिखाई पड़ रही थीं। कई समुद्री पंछी कलरव करते हुए नाव के ऊपर से निकल गए। धूप तेज होती गई। शरीर से पसीना टपकने लगा। सिर्फ गाब्रियेल के सिर पर चौड़ी टोपी थी। बादबान हरि के चेहरे पर पड़नेवाली धूप को थोड़ा-बहुत रोके हुए था। तट के झावे और नारियल के पेड़ एकदम छोटे दिखाई पड़ने लगे थे। गाब्रियेल ने एक बंसी संतोष को थमाई और दूसरी को खुद लेकर बैठ गया। समुद्र के भीतर द्वीपसमूह पास दिखाई पड़ने लगा, पर हरि जानता था कि वे छोटे-मोटे ज़ज़ीरे जितने करीब दिख रहे हैं, उतने करीब हैं नहीं। सबसे करीबवाले क्वें-दे-मीर की दिशा में थी उन तीनों की नाव। कोई घंटे-भर बाद ही दो ज़ज़ीरों के बीचोबीच गाब्रियेल ने पाल को नीचे उतारते हुए कहा—

"यहाँ कारांग होती हैं। घंटे-भर यहाँ ठहरकर किस्मत आजमाते हैं। पहली कारांग जो फँसेगी, वह हरि की होगी।"

उसके इस मजाक पर संतोष जोर से हँस पड़ा। हरि ने मुस्कुराकर कहा—

"अगर मैं मछली खाता तो तुम ऐसा नहीं कहते।"

"यार, इसलिए कह रहा हूँ कि शायद तुम्हारे भाग्य से कोई बड़ी चीज हाथ लग जाए।"

नाव के भीतर रखे लंगर का काम करनेवाली रस्सी से बँधे पत्थर को गाब्रियेल ने पानी में गिरा दिया।

हरि जानता था कि समुद्र में ऊब का शिकार भी होना पड़ सकता है, इसलिए वह अपने साथ किसनसिंह की किताब ले आया था। जब उसके दोनों साथी बंसी थामे मछलियाँ फँसाने का इंतजार करने लगे तो उसने किताब पढ़नी शुरू कर दी, लेकिन धूप की तेजी के कारण पन्नों पर देर तक आँखें जमाए रखना संभव नहीं था। इसलिए जब आँखें दुखने लगीं तो किताब बंद करके उसने टोकरी में रख ली। कुछ दूरी पर दो अन्य नावों पर बैठे मछुवे उसी तरह पानी में काँटे डाले तरंगों पर हिल-डुल रहे थे। सामने का पानी नीले और हरे रंग के बीच का रंग लिए हुए था। पहली मछली गाब्रियेल के काँटे में फँसी। वह उसे नाव के बीचोबीच खड़े होकर झुलाने लगा। भूरे रंग की कोई डेढ़ फुट लंबी कारांग थी वह। गाब्रियेल ने इस पहली कामयाबी पर खुश होते हुए मछली को काँटे से छुड़ाकर नाव में गिरा दिया। हरि ने अपने जीवन में पहली बार यह दृश्य देखा था। नाव में पड़ी मछली छटपटाती रही। हरि को दया आ गई। मन हुआ कि उसे उठाकर समुद्र में फेंक दे, पर वह वैसा कर न सका। पूरब से आती हुई कुछ बदलियों ने सूरज को ढाँप लिया। हरि ने चाहा कि उस पर वह छाँव उसी तरह टिकी रहे, पर बदलियों को तो आगे जाना ही था। दूसरे ही क्षण धूप फिर से चमचमा उठी।

गाब्रियेल ने चौथी बार के लिए मछली फँसाई तो संतोष ने पूछा—

"मेरी बंसी के चारे को तो मछलियाँ टूँग-टूँगकर चली जा रही हैं, तुम कैसे फँसा रहे हो ?"

"इसमें किस्मत की भी बात होती है और मछली फँसाना सीखना भी पड़ता है। तुम किस्मत आजमाते रहो, जिसे फँसना है वह कब तक भागेगी !"

इसके बाद वह जोर से हँसा। बंसी को एक से दूसरे हाथ में बदला। फिर उसे पीछे ले जाकर जोर से आगे फेंक दिया। हरि ने उसके इस अंदाज को ध्यान से देखा और फिर उन खयालों में खो गया जिनसे बचने के लिए उसने गाब्रियेल की इस दावत को मंजूर कर लिया था। उसे प्रभा की याद आई, फिर देवी की। अपने सभी परिजनों को बारी-बारी से याद करके उसने स्वयं से पूछा कि अगर स्थिति ऐसी ही रही तो उन सब का पालन-पोषण कैसे कर पाएगा। प्रभा पर उसे पूरा विश्वास था। वह जानता था कि अगर पचास साल भी इंतजार करना पड़ा तो प्रभा कर लेगी, लेकिन क्या उसके लिए यही विकल्प छोड़ना मेरा धर्म है ? हरि अपने ही प्रश्न का उत्तर देने में असमर्थ हो उठा। अचानक उसे याद आया, कभी उसने अपनी माँ से कहा था—

—तुम्हें किसी बात की चिंता करने की जरूरत नहीं है माँ ! जब तक मैं हूँ, तब

तक सारी जिम्मेवारी मेरी है।

उसने देवी से भी लगभग यही कहा था—

—जब तक मैं तुम्हारा ब्याह नहीं कर दूँगा, अपने ब्याह की बात सोच ही नहीं सकता।

अपने दूसरे भाई-बहनों से भी वह बार-बार यही कहता आया था कि वह उनका माँ-बाप दोनों है।

आकाश पर इक्के-दुक्के बादल जहाँ-तहाँ स्थिर थे।

दोपहर ढाई-तीन बजे गाब्रियेल के चाचा की वह नाव क्वें-दे-मीर के इर्द-गिर्द चक्कर काटने लगी। हरि को लगा कि वह अपने द्वीप से बहुत दूर किसी दूसरी दुनिया में पहुँच गया है। उस छोटे-से ज़जीरे से लहरें टकराती रहीं। दो बड़े-बड़े समुद्री पक्षी जब उसके सिर के ऊपर से उड़े तो हरि सहम गया। गाब्रियेल ने हँसकर कहा—

"इसे पाय-आँ-के कहते हैं।"

ऊँचे टीले के सामनेवाले उस द्वीप को हरि गौर से देखता रहा। तट की चट्टानों से नाव को बचाते हुए गाब्रियेल उसे खेता रहा। आधे घंटे के इस तट-विहार के बाद उसने नाव को फिर से बीच मझधार में लौटा लिया। साथ लाया गया खाना खत्म हो चुका था। संतोष को जब फिर से भूख लगी तो उसने सोचा कि गाब्रियेल का कहना एकदम सही था कि समुद्र में भूख अधिक लगती है और खुराक दोगुनी हो जाती है। हरि की तरह उसने अगर एक ही रोटी ली होती, तो अब तक तो वह भूख से छटपटा उठता। तीन रोटियाँ खाकर भी उसे लग रहा था कि उसने एक ही रोटी खाई है। पानी भी खत्म हो चुका था। इसलिए उसने लौट चलने को कहा। गाब्रियेल ने एक जगह गँदलाए पानी की ओर संकेत करके कहा कि वहाँ रूजे और कातो बड़ी तादाद में हैं। चार-पाँच घंटे में संतोष सिर्फ दो छोटी मछलियाँ ही फँसा पाया था, इसलिए आगे शिकार करने को उसका मन नहीं हुआ। लेकिन यह जानकर कि गाब्रियेल ने जो तीन-चार किलो मछलियाँ पकड़ी हैं, उनमें से दो हिस्से होनेवाले हैं—एक उसका, दूसरा गाब्रियेल का, और आगे भी जो मछलियाँ हाथ आनेवाली थीं, उनमें भी बराबर का हिस्सा उसे मिलनेवाला है, वह और घंटे दो घंटे शिकार के लिए तैयार हो गया। उसने हरि की ओर देखा। पूछा कि वह घंटे-भर और ठहरने की स्थिति में है या नहीं। हरि ने देखा, जब दो व्यक्ति एक बात के लिए तैयार हैं तो उसने उस प्रस्ताव को मान लिया। हवा को थोड़ी-सी तेज होते देखकर गाब्रियेल ने अपनी खुशी जाहिर की और कहा—

"ऐसे मौसम में मछलियाँ चारे पर अधिक टूटती हैं।"

सूरज हौले-हौले पश्चिमी क्षितिज की ओर बढ़ रहा था। बीच समंदर में लंगर के काम आनेवाले पत्थर को पानी में गिरा दिया गया। संतोष और गाब्रियेल अपनी-अपनी बंसी थामे नाव के दोनों छोरों पर बैठ गए। हल्की-हल्की बह रही उस पुरवाई में शीतलता का आभास तो था, पर गर्मी को मिटाने का दम उसमें नहीं था। हरि माथे पर उभर आई पसीने की बूँदों को पोंछकर दूर रह गए क्वें-दे-मीर को निहारता रहा। उसके किनारे पंछियों के झुंड को मँडराते देखता रहा। और जब उसने एक मच्छीखवे को समुद्र की

सतह पर चोंच मारकर एक मछली पकड़े उड़ते देखा तो अचानक उसके दिमाग में एक खयाल पैदा हो गया—कितनी सुगमता और बिना किसी रोक-टोक के इस पंछी ने अपना चारा हासिल कर लिया। पर क्या कारण है कि आदमी को अपनी इस जरूरत को पूरा करने की इतनी सहज आजादी नहीं मिलती ? खून-पसीना एक करके इज्जत के साथ वह अपने लिए रोटी नहीं जुटा पाता। यह सोचकर उसे लगा कि आदमी और परिंदे में तो परिंदे ही बेहतर हैं। न किसी की गाली, न किसी की धौंस। जब जी चाहा, अपने और अपने बच्चों के लिए आहार जुटा लिया। कुदरत का यह कानून उसकी समझ में नहीं आया कि जब बाकी जीवों को अपनी भूख मिटाने में जिल्लत नहीं सहनी पड़ती, तो फिर आदमी को ही एक रोटी के लिए उतना कुछ क्यों सहना-भुगतना पड़ता है।

उसके सामने झूल आए गाब्रियेल के काँटे में एक हरे रंग की बड़ी-सी मछली फँसी थी। हरि के विचारों ने एक दूसरा मोड़ ले लिया। उसने अपने आपसे कहा—यह एक और बात निकली। आदमी ने तो अपनी चालाकी से अपने लिए चारा जुटा लिया, लेकिन मछली ने चारे की ललक में अपनी जान गवाँ दी ! हरि ने सोचा—अगर यह कुदरती कानून है, तो बड़ा ऊटपटाँग ठहरा।

नाव तरंगों पर लोर-हिलोर लेती रही। उसी की तरह हरि भी अपने खयालों को डगमगाते पाता रहा। पूरब से आकर बादलों की एक मोटी तह ने सूरज को ढाँप लिया। क्षण-भर के लिए नाव पर सुरमई छाया ठिठकी और फिर फिसल गई। बादलों के दूसरे छोटे-मोटे टुकड़ों के कारण समुद्र के रंगों का गहराना और फीका पड़ना जारी रहा। अपने सामने के अछोर फैलाव को निरखते हुए हरि ने प्रभा के बारे में सोचा।

पिछली बार जब वह उससे विदा ले रहा था तो गाँव में सांध्यकालीन नम हवा बह रही थी। प्रभा ने पूछा था—

—पूरे दस दिन बाद आए हो। इस बार कब आओगे ?

हरि ने उसे यह नहीं बताया था कि वह अपने गाँव से पैदल चलकर उस तक पहुँचा है। उसे निर्वाक् पाकर प्रभा ने ही फिर कहा था—

—इस बार इतना लंबा समय मत लेना।

उस दिन घर से निकलते समय प्रभा की माँ ने पूछ लिया था—

—क्यों बाबू, कहीं नौकरी का परबंध हुआ कि नहीं ?

हरि प्रभा की ओर देखने को विवश हो गया था। उसकी आँखों में उसने उस प्रश्न की पीड़ा को देखा था। उसी की ओर देखते हुए उसने इस प्रश्न का उत्तर दिया था—

—ढूँढ़ रहा हूँ। जल्द ही मिल जाएगी।

उसे पगडंडी तक छोड़ने आई प्रभा ने पूछा था—

—तुम्हारी यूनियन की गतिविधियाँ कैसी चल रही हैं ?

—अच्छी चल रही हैं।

—माँ को तुमसे वो सवाल नहीं करना चाहिए था।

—कौन-सा सवाल ?

—नौकरीवाला।

—यह सवाल तो मेरी माँ दिन में दस बार मुझसे करती है।

अपनी जगह ठिठककर प्रभा हरि की आँखों में देखती रह गई थी और जब हरि ने उसकी आँखों में झाँका था तो उनमें अपनी बेबसी को ही झिलमिलाते पाया था।

ख़यालों की उन लड़ियों को पिरोते-पिरोते हरि अपने आपमें इस तरह खोया रहा कि गाब्रियेल कब दो और कातो फँसा बैठा, उसे पता ही नहीं चला। सूरज काफी नीचे उतर आया था। संतोष अब भी अपनी बंसी थामे इसी आस में था कि कोई एक अच्छी-सी मछली उसमें फँस जाए। हरि उसके चेहरे की उदासी को देखता रहा। दूसरी ओर गाब्रियेल के चेहरे पर वही हमेशावाली रौनक बनी हुई थी। एक को वह एकदम हताश पा रहा था, दूसरे को अपनी कामयाबी पर खुश। मन-ही-मन उसने जानना चाहा कि क्या यह महज किस्मत की बात है कि गाब्रियेल के काँटों में दस-बारह मछलियाँ फँसीं और संतोष की बंसी में केवल दो और वह भी छोटी-छोटी ! नहीं, यह महज किस्मत की बात नहीं है। और वह संतोष के चेहरे के असंतोष को देखता रहा।

7

देवी ने गोबर में लाल मिट्टी कम मिलाई थी, इसलिए जब घर लीपने लगी तो उसकी माँ ने उसे रोक लिया। कहा कि गोबर में दो मुट्ठी माटी और मिला ले, ताकि रंग भी कुछ ज्यादा टहकार हो जाए और फर्श में कुछ चिकनाई भी आए। देवी ने जिस गोबर को फर्श पर रखकर पानी के छींटे दिए थे ताकि लेपन सहज हो सके, उसे उठाकर उसने फिर से पात्र में भर लिया। लीपे गए उस थोड़े-से भाग को लाँघकर वह बाहर आई। आम के पेड़ के नीचे माटीकोड़वा से लाई हुई लाल माटी रखी हुई थी। उसने गोबर में दो मुट्ठी माटी मिलाई। फिर डोल से पानी लेकर गोबर और माटी को दोबारा अच्छी तरह फेंटा। जब गोबर का रंग कुछ ललछँव-सा हो गया तो उसने उसे अपनी माँ को बताया। माँ को जब रंग जँच गया तो देवी अधूरे छूटे घर की लिपाई करने के लिए फिर से उकड़ूँ बैठ गई। उसकी माँ उसे चुकुमूकू बैठना कहती थी। पहले लीपी गई जगह को भी फिर से लीपकर ही वह आगे बढ़ी।

गोबर को बाएँ से दाएँ खींचकर लीपने की आदत पर उसकी माँ उसे कई बार डपट चुकी थी, पर देवी कभी भी दाएँ से बाएँ नहीं लीप सकी। एक बार जब उसने अपनी माँ को यह दलील दी थी कि लिपाई चाहे किसी भी ओर से हो, बात तो चिकनाई की है, तो उसकी माँ ने कहा था—

—सास के घर जाकर ऐसा करोगी, तो वह यही कहकर कोसेगी कि घर की आमदनी को घर के भीतर न समेटकर बाहर निकालने में लगी हुई है।

यह बात देवी की समझ में आई ही नहीं थी।

वैसे माँ की और भी कई हिदायतें और नसीहतें देवी की समझ में नहीं आई थीं। जब एक दिन वह दूध की छाली को घी के लिए मथने बैठ गई थी, तो माँ ने झपटकर उसके हाथ से मलाई के पात्र को ले लिया था। बहुत बाद में उसने वैसा करने का कारण देवी को बताया था। उस दिन वह आम का अचार डालने बैठी तो माँ ने उसे रोकते हुए कहा था—

—तुम्हारा हाथ लगने से सारा अचार चार दिन बाद ही खराब हो जाएगा। फफूँद पड़ जाएगी उसमें! ···

और फिर कहा था—

—आइन्दा जब तुम इस हालत में रहोगी, कुछ काम ऐसे हैं जो तुम्हें नहीं करने चाहिए। इन पाँच-छह दिनों में तुम हनुमान जी के चौथरे पर दीया भी नहीं जला पाओगी।

पर उसकी माँ उसे यह नहीं बता पाई थी कि आखिर मासिक धर्म में ऐसी क्या खोट है, जिससे लड़कियाँ उन दिनों में अछूत समझी जाती हैं।

घर की लिपाई के बाद गोबर की आखिरी परत काछकर वह उठी। गोबर और लालमाटी की मिली-जुली गोबरमाटी गंध माहौल में बनी रही। देवी ने घर के दरवाजे पर लकड़ी की पुरानी कुर्सी को इस तरह रख दिया, ताकि घर का कोई भी बच्चा उस वक्त तक भीतर जाने की न सोचे, जब तक कि लिपाई सूख न जाए। दरवाजे पर खड़ी रहकर उसने अपने किए हुए काम का मुआइना किया और संतुष्ट होकर रसोई लीपने चली गई। पहली बार जब उसने घर लीपा था, तो पूरे फर्श पर उसकी अँगुलियों और हाथ के छापे रह गए थे। कई बार के बाद ही उसके हाथ में वह दक्षता आ सकी थी, जिससे अब उसकी लिपाई में चिकनाई और बारीकी के कारण यह बता पाना तक कठिन था कि वह कहाँ से शुरू हुई थी, और कहाँ उसमें एक कछाई के बाद दूसरी कछाई के निशान हैं।

जब से देवी का ब्याह तय हुआ था, उसकी माँ उसके सभी घरेलू कामों को बड़ी बारीकी से परख रही थी। देवी से उसने कहा था—

—हम ना चाहीं ला कि तोर ससूराल से कोई ओरहन लेके आए।

यहाँ तक कि जब देवी लूगाधोवे पर कपड़े धो रही होती तो भी उसकी माँ पास पड़े एक पत्थर पर बैठकर यह देखा करती कि कहीं अधिक साबुन तो खर्च नहीं हो रहा और कपड़ों को वह अच्छी तरह रगड़ और कचाड़ पा रही है या नहीं ? कपड़ों में मैल की हल्की-सी छाप पाकर भी उसकी माँ उन्हें दोबारा साबुन में झपलाने को कहती। अपनी सास से वह इन बातों के लिए काफी खरी-खोटी सुन चुकी थी और यह नहीं चाहती थी कि देवी को भी ऐसा कुछ सुनना पड़े। माँ की उस ज्यादती पर देवी कभी-कभार खीज भी उठती थी, लेकिन उन बातों के पीछे वह माँ की सदाशयता को भी जानती थी, इसलिए उसकी हर बात पर चुपचाप अमल करती थी।

दरवाजे के पास रखी कुर्सी को देखकर, गोया 'जाना मना है' के उस अलिखित पट्ट

को पढ़कर हरि पीछे हट गया। घर के सभी बच्चे आँगन में थे। हरि भी उनके पास जा बैठा। हरीश और वीणा को साथ लिए विजय बाड़े की सफाई करने में लगा हुआ था। अपने भाई-बहनों को देखते हुए हरि मन-ही-मन इस बात पर दुखी होता रहा कि उसने इन सभी के लिए जो कुछ सोचा था, उसके साकार होने की संभावना नहीं दिख रही। उस दिन गाब्रियेल के साथ काँटे में फँसी हुई मछलियों के फिर से समुद्र में चले जाने की छटपटाहट को उसने देखा था, एकदम वैसी ही छटपटाहट वह अपने मन में लिए हुए था। लेकिन जिस तरह उन मछलियों की सारी छटपटाहट बेकार थी, वही हाल उसका भी था। कल शाम कोठी का मारतें सरदार उससे मिलने आया था। कहा था कि अगर अब भी वह ट्रेड यूनियन की गतिविधियों को बंद करने को तैयार हो तो उसके दिन कुछ से कुछ हो सकते हैं, दो सप्ताह पहले जब हरि कुछ मजदूरों के मामले को लेकर आंद्रे रोबियार के सामने गया था, तो उससे भी ऐसी ही बात कही गई थी, बल्कि कोठी के उस मालिक ने यहाँ तक कहा था—

—हम तुम्हें अपने यहाँ हिसाब देखने का काम देने को तैयार हैं।

हरि मुस्कुरा दिया था।

—अपने पाँवों में कुल्हाड़ी क्यों मारना चाहते हो ?

—मुझे तो सिर्फ एक ही हिसाब आता है। जहाँ ज्यादा दिख जाए, वहाँ से निकालना और जहाँ कम दिखे, वहाँ जोड़ देना ! आपको लेने के देने पड़ जाएँगे रोबियार साहब!

—तुम तो मजाक करने लगे। मेरी शर्त मान जाओ और ओहदा मंजूर कर लो।

घर के पीछे जो थोड़ी-सी जमीन थी, उसमें कुआँ था। कभी उस कुएँ से पूरे गाँव को पानी पहुँचता था, पर वक्त के साथ उससे पानी आना बंद हो गया था। हरि की माँ उस कुएँ की बातें करती हुई अपने पति की बातें भी करने लगती थी। जब सभी बच्चे उसके इर्द-गिर्द होते थे तो वह कहती थी कि कुएँ और तुम्हारे पिता की एक ही कहानी है। कभी दोनों पूरे गाँव के काम आते थे, पर बुरा समय आने पर दोनों की एक जैसी हालत हो गई। कुँए के पास अपने ही लिए पानी नहीं था, और हरि के पिता की भी अपने बाल-बच्चों को पालने की ताकत जाती रही थी। आज हरि भी अपने को उसी कुएँ की तरह पा रहा था। उसकी बेकारी का यह तीसरा सप्ताह था। पिछली शाम वह उसी कुएँ की बगल में बैठा था कि देवी आकर उसके पास बैठ गई थी। दोनों लंबे समय तक चुप बैठे रहे थे। आखिर देवी ने ही बात शुरू की थी—

—आटे की हाँडी खाली हो चली है। जो चावल बचे हैं, वे सिर्फ कल तक के लिए हैं। कुछ दिन में गाय भी दूध देना बंद कर देगी। वह गाभिन है। माँ तो पिछले सप्ताह सें ही दूध के कुछ नमकीन हो जाने पर उसे दुहने से मना कर रही है।"

कुएँ की मुंडेर पर दो मैनाएँ आकर बैठ गई थीं। देवी ने आगे कहा था—संतोष भैया शनिवार को महीने-भर के दूध का पछहत्तर रुपया दे गया है। मैं उसी में से अनाज मँगाने जा रही हूँ।

—नहीं देवी !

—घर पर सब लोग अगर भूख से मरने लगें तो भी तुम्हें और माँ को मेरी शादी

की ही चिंता रहेगी। ऐसी बात है तो मुझे नहीं करानी शादी।

—तुम्हारी शादी नहीं हुई तो हम लोगों को मुँह दिखाने लायक नहीं रहेंगे। तुम माँ को जानती हो ···

—अब तक के दूध के इकट्ठे किए गए पैसे साढ़े चार सौ रुपए हैं।

—शादी का खर्च उससे दोगुने का है।

—बाकी आधा कहाँ से आएगा ?

—आ जाएगा।

—कहाँ से आएगा ?

—कहीं न कहीं से तो आएगा ही।

—तो फिर सप्ताह-भर के अनाज के लिए जो दस-पंद्रह खर्च होंगे, वे भी उसी तरह आ सकते हैं।

—बात अगर सप्ताह-भर की ही होती तो मैं तुम्हें वैसा करने की इजाजत दे देता, पर यह बात तो न जाने कब तक की है। आज अगर पाँच निकालेंगे तो कल दस, परसों पंद्रह और यह सिलसिला चलता रहेगा। कल हम लोग फ्लाक गए थे नौकरी ढूँढ़ने। लेकिन वहाँ के मालिकों ने तो हमारे पहुँचने से पहले ही हमारे लिए त्रेसपास लगा दिया था। ऐसे में कहाँ मिलेगी नौकरी ? कोई नया धंधा शुरू करने के लिए भी पैसा चाहिए। एक-दो बार मैंने यह सोचा भी कि दूध के पैसों से कुछ शुरू किया जा सकता है, लेकिन यही सोचकर वैसा नहीं कर पाया कि धंधे का क्या विश्वास—मिला तो मिला, गया तो गया !

—मेरी बात मान लो भैया ! यों ही पड़े इन पैसों का इस्तेमाल तो करके देखें।

—माँ को जाति का मोह नहीं होता तो मैं अंडे-मुर्गियाँ खरीदने-बेचने का काम शुरू करने से भी नहीं झिझकता। माँ को डर है कि लोग कहने लगेंगे, ब्राह्मण का बेटा अंडे-मुर्गियों का धंधा करने लगा। ये जो छोटे किसान हैं, ये तो किसी भी हालत में सप्ताह में एक-दो दिन से अधिक की नौकरी दे नहीं पा रहे। उससे क्या होगा ?"

—पूरा पेट न सही, आधा पेट खाना तो हमें मिल सकेगा।

देवी की इस बात पर मन-ही-मन हरि ने अपने आपसे कहा था कि ऐसा भी करके देख लेते हैं। भूखों मरने से तो यही बेहतर होगा कि आधे पेट खाकर जी लिया जाए। शाम को वह गाँव के दोनों खेतिहरों से मिला। पड़ोस के तीन छोटे किसानों से बातें की, पर सबका यही रोना बना हुआ था कि सात महीनों से बरसात नहीं हुई। खेत सूखे पड़े हैं। सूखे में काम कराने से क्या लाभ ? आज भी एक दूसरे गाँव के एक छोटे किसान से मिलकर वह लौटा था। उसने भी यही कहा कि वह तो बेकार में ही अपने चार-पाँच मजदूरों को काम में लगाए हुए है। उसने भी यही आश्वासन दिया था कि बरसात के बाद उसे अपने खेतों में दो-तीन दिनों का काम जरूर देगा।

आँगन में बैठे हुए हरि ने आकाश की ओर देखा। मेघविहीन उस खुले आकाश से उसने पूछना चाहा कि कब भेज रहा है वह बरसात ? पर पूछने से क्या लाभ ? अभी तो न जाने और कितने महीनों के लिए बरसात की कोई संभावना नहीं थी। जब

संभावना थी, तो भी पानी नहीं बरसा था। उस दिन तो हरि को पूरा विश्वास हो गया था कि एक-दो दिन में बहुत भारी बरसात होकर रहेगी, जब उसने रात में मेंढकों को टर्राते सुना था। दूसरी बार जब अपने आँगन की धूल में गौरैया को नहाते देखा था, तो भी उसे पानी बरसने की उम्मीद हुई थी। फिर जब उसने लाल चींटियों के पर उगते देखे और आकाश में मँडराते पंछियों को उन उड़ती चींटियों पर झपटते देखा था, तो भी सोचा था कि इस बार पानी अवश्य बरसेगा। कुछ घोंघों को दीवार पर काफी ऊपर चढ़ते देखकर भी उसने मूसा से कहा था कि देखना, दो दिन के भीतर मूसलाधार बारिश होकर रहेगी। लेकिन मूसलाधार बारिश तो दूर, झीसी तक नहीं पड़ी और न ही वह घाम पानी आया, जिसे देखकर बच्चे गा उठते थे—

घाम पानी आवत बा
बांदर के सादी होवत बा।

रसोई लीप चुकने के बाद देवी जब हरि के ठीक सामने अपने हाथ-पाँव धोने लगी, तो वह उसे देखता रहा। सोचने लगा कि इस घर में वही तो एक है, जो दिन-रात सभी जनों के लिए सबसे अधिक काम करती है। जब वह जन्मी थी, तो परिवार की अपनी एक हैसियत थी। घोड़ागाड़ी थी, सुख-समृद्धि थी, हँसी-खुशी थी। लेकिन देवी ने तो उस ठाठ को चंद वर्षों तक ही जाना। फिर तो एक दिन एकाएक खुशियों का वह घरौंदा इस तरह चकनाचूर होकर बिखर गया कि अब उसके उस अस्तित्व का आसानी से विश्वास ही नहीं होता। संपत्ति के बीच जनमकर भी देवी ने उसका सुख नहीं जाना। हरि सोचता रहा—पता नहीं शादी के बाद भी वह अच्छे दिन देख पाएगी या इसी तरह दिन-रात किसी मशीन की तरह काम में लगी रहेगी। हरि को आज पहली बार ऐसा लगा कि यह इस समाज की ही विडंबना है कि मर्द पाँच-सात घंटे काम करके स्वयं को परिवार का पालन-पोषण करनेवाला मान लेता है, लेकिन घर में जो औरत पंद्रह-बीस घंटे काम करती है, वह उस मेहनत के लिए एक पैसे की भी हकदार नहीं समझी जाती! मर्द काम से लौटने के बाद थका-माँदा माना जाता है, उसके लिए आराम और सेवा जरूरी हो जाती है, लेकिन घर में काम करके औरत जैसे कभी थकती ही नहीं ! अगर उसे भी थकान के एहसास का अधिकार मिला होता तो फिर मर्द के हाथ-पाँव दबाने का फर्ज कौन निभाता ! हरि ने पहली बार अपने को इतने पेचीदा सवाल के रू-ब-रू पाया। कहाँ तो वह मर्दों के जीवन को बेहतर बनाने के लिए प्रतिबद्ध था और कहाँ औरत को उसी हालत में रहने देने की विवशता से भरा था। कुछ औरतें तो खेतों और घरों, दोनों जगह काम करके भी मर्द को प्राप्त सुविधाओं से वंचित थीं। मजदूरों के लिए तो हरि जमींदारों, मिल-मालिकों और सरकार—सभी से झगड़ने को तैयार था, पर आज पहली बार उसने अपने आपसे पूछा—

—औरतों के बेहतर दिनों के लिए किससे लड़ा जाय।?

अपने इस अनुत्तरित प्रश्न को मस्तिष्क में लिए हरि उठकर चहलकदमी करने लगा। ओड़ियानी के नीचे गेंदे के पौधे पानी के अभाव में मुर्झाए-से थे। घर के पिछवाड़ेवाली झाड़ियों के बीच जो पतली-सी पगडंडी थी, उससे होकर हरि उस जगह पहुँच गया,

जहाँ उन लोगों का आधा बीघा खेत खत्म होता था। उसके पिता की मृत्यु के पहले से यह जमीन सुग्रीम के ससुर के पास गिरवी थी। इधर कई वर्षों से हरि की माँ सिर्फ सूद की ही रकम हर साल दे सकी थी। यहाँ तक कि पिछले साल के सूद का पचहत्तर रुपए अब भी बाकी था। साहूकार की ओर से दो बार तकाजा किया जा चुका था। हरि खुद सुग्रीम चाचा को साथ लिए उसके ससुर से मिला आया था और उससे और दो साल की मोहलत माँग ली थी। उसके बाप ने जायदाद बचाने को मुकदमा लड़ने के लिए बारह सौ का कर्ज लिया था। पहले भी हरि इस रकम को भरने के लिए दो वर्षों की मुहलत ले चुका था। शुरू में उसकी माँ जो मुहलत लेती रही थी, वह अलग थी। वह तो सुग्रीम चाचा के कारण उसे मुहलत मिलती आ रही थी, नहीं तो वह जमीन घर-द्वार समेत चली गई होती।

फ्रीआर्पे के पेड़ के नीचे पहुँचकर हरि उसके फलों को देखता रहा। फल तो खूब लदे थे, पर शायद अभी तैयार नहीं हुए थे। उसका पिता इस फल को विलायती कटहल कहता था, पर वह कटहल की तरह आकार में लंबा न होकर एकदम गोल था। हरि इस पेड़ को अन्नदाता कहता था। इस देश में मजदूरों के सौ वर्षों के अपने इतिहास में फ्रीआर्पे, जिसका अर्थ रोटीफल है, लोगों को उसी तरह भूख से मरने से बचाता आया था जिस तरह श्वेत कंद, मान्योक और मकई। मजदूरों के अपने आँगनों में अगर कंद, मान्योक, मकई और रोटीफल के पेड़-पौधे नहीं होते, तो चावल-आटे के अभाव में कितने ही लोग मर गए होते। हरि के अपने घर में भी कंद, सफेद कंद, मकई और रोटीफल को कभी उबालकर, तो कभी उनकी रोटियाँ पकाकर खाया था। चावल की जगह मकई का भात तो कभी रोज का आहार था। उसी तरह उसके घर रोटीफल के पराँठे भी बनते और उसी की तरकारी भी।

देवी कब उसके पास आकर खड़ी हो गई, इसका पता उसे तब चला जब रोटीफल के पेड़ के फलों को देखते पाकर उससे उसने कहा—

"लगता है अभी फल तैयार नहीं हुए ?"

देवी को देखकर हरि ने फिर से पेड़ की ओर देखा और अंगुली से संकेत करते हुए कहा—

"एक-दो गोटा गए हैं। वह देखो, उस पीले पत्ते के नीचेवाला फल अपना हरापन खो चुका है।"

देवी ने उस ओर न देखकर धीरे से कहा—

"दिन का खाना तैयार हो चुका, पर रात के लिए कुछ भी शेष नहीं।"

हरि कुछ नहीं बोला। उसने अपनी बहन की ओर देखा और किसी कसूरवार की तरह पलकें झुका लीं। देवी ने एक झिझक भरे स्वर में पूछा—

"मैं दूध के पैसों से पाँच रुपए लेकर विजय को दुकान भेज दूँ ?"

"नहीं।"

"रात में खाने को कुछ भी नहीं होगा। दुकान से उधार नहीं मिलेगा। हमें उसी पैसे से कुछ खर्च करना होगा।"

हरि चुप रहा। देवी ने फिर कहा—

'मैंने माँ से कहा तो वह बोली कि तुमसे पूछ लूँ।"

हरि फिर भी चुप रहा।

घर से माँ ने आवाज देकर देवी को बुलाया। जाते-जाते उसने अपने भाई से एक बार और पूछा—

"मँगवा लूँ दुकान से कुछ ?"

और हरि से बिना कोई उत्तर पाए वह घर लौट गई। हरि अपनी जगह पर खड़ा रहा। अपने सामने फैले बंजर हालात में वह अपनी बेबसी पर सोचता रहा। उसे परकाश की पिछली नसीहत याद आ गई। उसने कहा था—कहीं ऐसा न हो कि सारी दुनिया के लिए दौड़-धूप करनेवाला खुद अपने परिवार के लिए स्वयं को निहत्था और बेबस पाने लगे।

हरि आँखें उठाकर पेड़ पर लगे रोटीफलों को देखता रहा। फिर जरा आगे बढ़ा और पेड़ के करीब पहुँचकर उसके ऊपर चढ़ने लगा।

मूसा के घर की हालत भी लगभग वही हो रही थी, जो हरि के घर की थी। मजदूरों की एक मीटिंग से लौटते हुए उसने हरि से कहा—

"इस तरह नहीं जिया जा सकता यार !"

"तुम कह रहे हो कि तुम्हारा तीन दिन मान्योक पर गुजारा हुआ। मेरे अपने तीन दिन लगातार फ्रीआपें खाकर बीते हैं !"

"ठीक है, हम तो खा लेते हैं, चाहे सफेद कंद हो या रोटीफल लेकिन बच्चों को तो डाँट-डपटकर खिलाना पड़ता है। तुम्हारी भाभी उसे गुनाह कहती है और मैं कुर्बानी। साली हद हो गई कुर्बानी की ! तुम जानते हो ये छोटे किसान भी हमें नौकरी देने को तैयार क्यों नहीं होते ? ये सुखारीवाली बात तो बस उनका बहाना है। मैंने तो यह सुना है कि ये लोग मालिकों की हिदायत पर ऐसा कर रहे हैं। उनसे कहा गया है कि अगर वे हमें अपने खेतों में नौकरी देंगे तो उनके गन्ने का वजन कम बताया जाएगा और उन्हें फैक्टरी की ओर से न तो किसी तरह की खाद दी जायेगी और न ही कोई सहूलियत। देश के इस छोर से उस छोर तक गोया यह कानून बना दिया गया है कि जो भी आदमी यूनियन की नेतागिरी करेगा, उसे न तो खेतों में काम दिया जाएगा और न ही चीनी-कारखानों में।"

कुछ देर खामोशी में चलते रहने के बाद मूसा ने फिर कहना शुरू किया—

"अब तो ट्रेड यूनियन जड़ पकड़ चुकी है। देश-भर में दो-तिहाई से अधिक मजदूर श्रम संघ के सदस्य बनकर नियमित रूप से चंदा चुका रहे हैं। हम इधर वर्षों से निःशुल्क काम करते रहे लेकिन अब, जबकि संघ के पास एक अच्छा कोष हो चला है, तो क्यों न हमारे लिए उस राशि से छोटी-मोटी तनख्वाह का बंदोबस्त किया जाए ? मुझे लगता है कि अब हमें डॉ. मोरिस क्यूरे से इस मामले में खुलकर बात कर लेनी चाहिए।

आदमी घर का आटा गीला करके तो औरों के लिए मर नहीं सकता।"

कुछ देर चुप रहकर हरि ने कहा—

"एक बात तुमसे पूछूँ ?"

'कि यह सबकुछ किसने कहने को कहा है ?"

"नहीं। मैं तुमसे सिर्फ ये पूछना चाहता हूँ कि हम लोग डॉक्टर से इस विषय पर बातें करते हैं और वह सभी कुछ सुनने के बाद यह कह दे कि मजदूरों के उगाहे पैसे से नेताओं को अपने पेट भरने की इजाजत वह नहीं दे सकता, तो ? तो क्या ऐसी हालत में तुम स्वयं को आंदोलन से हटा लोगे ?"

वे चुपचाप चलते रहे। मूसा से अपने प्रश्न का उत्तर न पाकर हरि ने फिर कहा—

'मैं तुम्हारा जवाब सुनना चाहता हूँ।"

"आंदोलन तो हमारा पैदा किया हुआ है।"

"हाँ, तो स्वयं को उससे काट लोगे ?"

"जिस आंदोलन के लिए हम इतना कुछ भुगतते रहे, उससे अपने को काट कैसे सकते हैं ?"

"तो फिर ठीक है, कुछ और भुगत लें।"

"लेकिन हरि, कब तक ? सुबह घर से निकल रहा था तो बीवी तो चुप रही, पर बच्चे पूछते रहे कि लौटूँगा तो चावल-दाल तो लाऊँगा न ? मुझे तो कभी-कभी लगता है कि बाहर हम मसीहाई करते फिर रहे हैं और घर में हत्यारे हैं।"

"नहीं भाई, नहीं।"

"क्या नहीं ?"

'मैं तो कहूँगा, हम अपने परिवारों को मुसीबतों का सामना करना सिखा रहे हैं। उन्हें सिखा रहे हैं कि वे अभाव और भूख में भी जीने की आदत डाल लें। अभी तो पिछले ही सप्ताह सुनने को मिला न कि दुनिया-भर में लड़ाई छिड़ चुकी है। कल यहाँ भी उसका न जाने क्या प्रभाव होगा। उस दिन डॉक्टर क्यूरे बता रहे थे कि कई देशों में अभी से अनाज पहुँचना बंद हो चुका है।"

गाँव अभी बहुत दूर था। दोनों रास्ते में एक नदी-किनारे रुके। पुरइन के पत्तों के बीच से एक स्रोत फूटता दिखाई पड़ा। दोनों उसके ठंडे पानी को भर पेट पीकर फिर आगे बढ़ने के लिए उठ खड़े हुए।

सुग्रीम ने बैठका में मजदूरों को जुटाया था। काटेज के बीस चुने हुए मजदूर उस जुटाव में उपस्थित हुए थे। सुग्रीम ने बिना किसी लंबी-चौड़ी भूमिका के सीधे उस बैठक के मकसद को सभी के सामने रखा था। पहले हरि और मूसा के घर की हालत की चर्चा की थी, फिर लोगों से कहा था—

—ई दूनों नौजवान हम लोगन के एक साथ जोड़े के खातिर अपन घर-बार तक के खयाल रखे के भूल गयलन स !

उसने उन सभी परिस्थितियों की लोगों को याद दिलाई थी, जिनकी वजह से देश-भर के गोरे और काले पूँजीपति उन दोनों का बहिष्कार किए हुए थे। उसने यह भी बताया था कि इस बैठक की कोई जानकारी उन दोनों में से किसी को नहीं है और उसने केवल रामबरन के कहने पर यह किया है। इसके बाद रामबरन ने और भी विस्तार से लोगों को सारी बातें बताई थीं और सही मकसद को सामने रखा था—

—दोनों हमारी यूनियन के प्रधान और मंत्री हैं। सारे खतरे को मोलते हुए आज ऐसी हालत में पहुँच गए हैं कि इस छोटे-से गाँव का गरीब से गरीब भी उस स्थिति में नहीं होगा। इसलिए हमारा यह फर्ज हो जाता है कि हम उनकी मदद करें। कुछ भी तय नहीं है। जो भी हो, हमें उनकी मदद करनी होगी। वे हमसे पैसे लेने को तैयार नहीं होंगे। हमारी ओर से ऐसा करना ठीक भी नहीं रहेगा। इसलिए हम ऐसा कर सकते हैं कि गाँव-भर के मजदूरों से तहसील करें और जब तक उनकी हालत में सुधार न आ जाए, हर सप्ताह उनके यहाँ अनाज पहुँचाते रहें।

सभी ने यह बात मान ली थी। उसी शाम जहाँ तक संभव हो सका था, कुछ लोगों ने पैसे उगाहे थे। एक से पाँच पैसों के बीच जिससे जो बन पड़ा, दिया था। सुग्रीम और रामबरन गाँव के दो नौजवानों के साथ कुछ सामान लिए पहले हरि के घर पहुँचे थे। वह सामान देखकर हरि अपनी जगह खड़ा हो गया था—

—नहीं चाचा ! आप लोग मुझे क्षमा करें। मैं इन चीजों को लेने की स्थिति में नहीं हूँ।

—क्यों ? तुम्हें हमारा खयाल नहीं ?

—बात यह है कि मेरे लिए यह हाथ फैलाना होगा।

—जब तुम हमारे लिए कुछ कर पाने में सफल हुए थे, तो हम सबने तुम्हारे सामने हाथ फैलाए थे क्या ?

—मजदूरों को उनका हक दिलाना मेरा फर्ज था।

उनके साथ पहुँचे एक नौजवान ने बड़ी नम्रता के साथ कहा था—

—हरि भैया, हमारा भी तो फर्ज बन जाता है कि जिसने हम सभी के लिए इतना कुछ किया, हम भी उसके लिए कुछ कर सकें।

रामबरन ने उसे बिठाते हुए अपने हाथ को उसके कंधे पर रखकर कहा था—

—यह किसी एक आदमी की ओर से नहीं, गाँव के सभी लोगों का सहयोग है इसमें। इससे इन्कार का मतलब होगा, सभी का अपमान करना। और फिर हरि, एक बात क्यों भूल रहे हो। अभी तो आगे भी तुम्हें हमारे लिए लड़ना है। हम तुम्हारी नहीं, अपनी ही रक्षा के लिए ऐसा कर रहे हैं।

उन चारों व्यक्तियों को पूरा घंटा लग गया था हरि को मना पाने में। हरि, जो अपने पिता की मृत्यु पर नहीं रोया था, आँसुओं को नहीं रोक सका था उन व्यक्तियों के सामने। पूरे आठ दिन बाद उस शाम को उसके घर भात बना था। आज दो सप्ताह बाद तीसरी बार वे लोग उसके यहाँ अनाज पहुँचा गए थे। वह घर पर नहीं था। एक दूसरी टोकरी में परकाश के यहाँ से आई हुई सब्जियाँ भी थीं। दो सप्ताह पहले से हरि

उस एहसान से बचाव के लिए गाँव में बिना दक्षिणा लिए पूजा-पाठ और रामायण का पाठ शुरू कर चुका था। जब मूसा ने उससे इस निर्णय के बारे में पूछा था तो उसने जवाब दिया था—

—केवल ब्राह्मण को दान लेने का अधिकार होता है।

—मैं भी दान पर जी रहा हूँ। मुझे क्या बनना होगा ?

—इमाम बन जाओ।

इस मजाक पर मूसा को हँसी नहीं आई थी। पुरोहिताई शुरू करते ही छोटे से बड़े—सभी लोग हरि को पंडितजी कहकर पुकारने लगे थे। तीन दिन पहले जब उसे सोलिचीद कोठी के दो मजदूरों के एक मुकदमे में कारखाना मालिक के खिलाफ पांप्लेमूस की अदालत में खड़ा होना पड़ा, तो कोठीवालों के वकील ने उससे पहला प्रश्न भी यही किया था—

—आपको लोग पंडित क्यों कहते हैं?

—क्योंकि पंडिताई करता हूँ।

—आपका काम पूजा-पाठ करना है या मजदूरों को मालिकों के खिलाफ भड़काना?

—मेरा काम पूजा-पाठ भी है और यूनियन के मंत्री की हैसियत से मजदूरों के हित में उनके हकों की रक्षा भी।

परकाश ने पहले ही उससे कहा था कि इस क्षेत्र में उसका अदालतों में आना-जाना प्रायः होता रहेगा, इसलिए कानूनी, विशेषकर श्रम संबधी कानूनी ज्ञान उसके लिए जरूरी है। परकाश ने उसे यह भी बताया था कि मालिकों के वकील श्रम-कानून की अच्छी जानकारी रखते हैं, पर जिन वकीलों की सेवा मजदूर या उसके संघ को लेनी पड़ेगी, वे श्रम-कानून की कोई विशेष जानकारी नहीं रखते। ऐसी हालत में मुकदमों के दौरान उसे अपनी वकालत के लिए खुद तैयार रहना जरूरी होगा। तभी डॉक्टर क्यूरे की मदद से हरि अपने को विश्व-श्रम-संघ की गतिविधियों और श्रम-कानून के सभी पहलुओं से अवगत कराता रहा था। एक बार अदालत में उसके कुछ जवाबों से हैरान होकर मुकदमे के बाद सरकारी वकील ने उससे कहा था—

—तुम्हें तो वकालत सीखनी चाहिए थी। तुम वकील क्यों नहीं बने ?

शुरू-शुरू में यह 'पंडितजी' संबोधन हरि को अपने ऊपर व्यंग्य-सा प्रतीत हुआ था, पर दो ही तीन दिन बाद उसने उसे सहर्ष स्वीकार लिया था। यहाँ तक कि संतोष और मूसा भी उसे उसी संबोधन से पुकारने लगे थे। घर के भीतर खाली बैठे रहने की ऊब से राहत पाने के लिए वह कागज पर मजदूरों के रेखाचित्र बनाता रहा। एक चित्र में उसने एक बैलगाड़ी पर कोठी-मालिक को बिठाया था और बैल की जगह एक दुबला-पतला मजदूर जुता हुआ था। एक सरदार चाबुक लिए मजदूर की नंगी पीठ पर वार कर रहा था। उन चित्रों का कथा संकेत हरि कभी फ्रेंच में लिख देता, कभी हिंदी में, कभी भोजपुरी में। संवाद अगर साहब का होता था तो फ्रेंच में लिखता था या क्रियोली में। एक बार उसके मन में आया था कि उन तमाम चित्रों को वह कोठियों

और उनके दफ्तरों की दीवारों पर चिपका आए, पर फिर यह सोचकर रुक गया था कि अगर उन्हें चिपकाना ही है तो एक-एक चित्र की सैकड़ों प्रतियाँ होनी चाहिए।

तभी उसे ठाकुर के छापाखाने की याद आई। सोचा, अगर अखबार निकलने लगे तो इन तस्वीरों को वह उसमें दे सकता है। एक-एक तस्वीर का असर एक लेख से कहीं अधिक होने की उम्मीद थी। वह अपने खयालों में ही था कि किसी ने बाहर से आवाज दी—

"पंडितजी, आपसे कोई मिलने आए हैं।"

हरि तुरंत बाहर निकला। गाँव के दादिबल के पास एक मजदूर निरीक्षक सहित एक अंग्रेज को खड़े देखकर उसे हैरानी हुई। वह अंग्रेज अफसर मुस्कुराता हुआ आगे बढ़ा और हरि के सामने अपना हाथ बढ़ा दिया। हरि ने उससे हाथ मिलाया। अफसर ने अंग्रेजी में अपना परिचय दिया—

"मेरा नाम जॉन क्लार्क है। मैं इस देश में लेबर-कमिश्नर नियुक्त होकर इंग्लैंड से आया हूँ।"

हरि को डॉ. क्यूरे के साथ तीन-चार दिन पहले हुई बात याद आ गई। उसी ने बताया था कि यह उन लोगों के आंदोलन का ही परिणाम है कि एक हफ्ते पहले इंग्लैंड से एक अंग्रेज अफसर मजदूरों के हितों की देख-रेख करने आया है। हरि अपने सामने खड़े उस अधिकारी को बैठाने के लिए इधर-उधर देखने लगा कि तभी जॉन क्लार्क ने कहा—

"बड़ी गरमी है। हम इसी पेड़ के नीचे बैठते हैं।"

आम के पेड़ के नीचे जो पत्थर थे, वे तीनों उन्हीं पर बैठ गए। दादिबल अब तक जा चुका था। हरि ने कहा—

"आपके बारे में सुन चुका था। मिलकर खुशी हुई।"

"मैं भी आपके बारे में बहुत कुछ सुन चुका हूँ। मुझे भी आपसे मिलकर खुशी हुई। कल मैं डॉक्टर क्यूरे से मिला। वह आपकी बहुत तारीफ कर रहे थे।"

श्रम-आयुक्त के साथ आए उस मजदूर-निरीक्षक को हरि जानता था। उससे कई बार मिल चुका था। एकाध बार उसके साथ लंबी बहस भी हुई थी। श्रम-आयुक्त की ओर देखते हुए वह अफसर उसे हरि के बारे में बताने लगा—

"पंडित हरिपरसाद रामनारायण इस देश के सबसे सक्रिय मजदूर नेता हैं। मजदूर इनकी बहुत इज्जत करते हैं।"

जॉन क्लार्क ने सिर हिलाकर हरि के प्रति उस प्रशंसा को स्वीकारते हुए कहा—

"सुना है आप इस छोर से उस छोर तक कोठियों का पैदल दौरा कर लेते हैं?"

हरि ने मुस्कुराकर कहा—

"कभी कर लेता था।"

"कभी के क्या मायने ?"

"अब तो कोठियों में दाखिल होने की इजाजत ही नहीं है।"

"ऐसा क्यों ?"

"कोठीवाले जानें।"

"पर यह तो श्रम-कानून के खिलाफ है।"

"यहाँ तो वही कानून है, जो पूँजीपति चाहते हैं। वे तो ··· "

बोलते-बोलते हरि रुक गया। फिर बोला—

"मैं शर्मिंदा हूँ। ये सब बातें मुझें आपसे नहीं करनी चाहिए थीं।"

"क्यों ? मैं तो यहाँ यही सब जानने-सुनने आया हूँ। मुझे यहाँ काम शुरू किए हुए अभी दस दिन भी नहीं हुए और मैं दफ्तर में न बैठकर गाँव-गाँव, कोठी-कोठी घूम रहा हूँ, ताकि मजदूरों की हालत को अच्छी तरह जान सकूँ। मेरे लिए दफ्तर की फाइलों में जो जानकारियाँ बंद हैं, उनसे कहीं अधिक महत्व मैं आप जैसे मजदूर-नेताओं से बात करने को देता हूँ।"

"यह तो आपकी नेकनीयती है।"

"मैं इस इलाके की दो कोठियों से होकर आपके पास पहुँचा हूँ। आप नहीं जानते, उन कोठियों के मालिकों से विदा होने से पहले मैंने उनसे कौन-सा आखिरी सवाल किया ? पूछो इंस्पेक्टर से।"

मजदूर-निरीक्षक ने तुरंत कहा—

"साहब ने पूछा, आखिर कारण क्या है कि आपको उन कोठियों में नौकरी नहीं दी जा रही।"

हरि ने आयुक्त की ओर देखकर पूछा—

"आपको यह कैसे मालूम ?"

"मुझे यह भी मालूम है कि अगर आपके मजदूर दोस्तों की ओर से मदद न आती तो आपको परिवार सहित भूखे मरने को छोड़ दिया था।"

"मुझे एक बात पर बड़ा आश्चर्य हो रहा है।"

"मेरी इन जानकारियों पर ?"

"नहीं, इस बात पर कि एक श्रम-आयुक्त इस छोटे-से गाँव में मुझसे मिलने आया।"

"इसमें आश्चर्य की क्या बात है ? आप मजदूरों के हित में लड़-मर रहे हैं और मुझे भी मजदूरों के हितों के लिए नियुक्त किया गया है। अगर मैं आपसे मिलने नहीं आऊँगा तो फिर किससे मिलूँगा ?"

"आप मुझे अपने दफ्तर में भी बुला सकते थे।"

"आपको दफ्तर में भी बुलाएँगे, पर पहले तो मुझे आपसे आपके ही कुरुक्षेत्र में मिलना था।"

"आप हिंदी जानते हैं ?"

"नहीं, पर सीख लूँगा।"

"तो फिर यह कुरुक्षेत्र शब्द जो आप कह गए !"

"मैंने अंग्रेज़ी में पढ़ा है।"

"महाभारत में ?"

"रामायण भी। आप बहुत अच्छा ज्ञान रखते हैं रामायण का !"

"यह भी · · · "

"हाँ, यह भी मैंने जान लिया है। कभी इन पुस्तकों पर बातें करेंगे।"

"आपके लिए कुछ शरबत या चाय-पानी का प्रबंध · · · "

"नहीं, धन्यवाद। कार में मेरी कॉफी का थार्मस है। यहाँ आने से पहले ही पी है।"

हरि ने इंस्पेक्टर की ओर देखा। पूछा कि वह क्या पीना चाहेगा ? उसने भी बस धन्यवाद कह दिया। संयोग ही था कि उसी समय मूसा आ गया। हरि ने जैसे ही उसका नाम लिया, जॉन क्लार्क ने आगे उसका परिचय नहीं देने दिया। बोला—

"इनके बारे में भी जानता हूँ।"

हरि ने मूसा को श्रम-आयुक्त का परिचय दिया। उन लोगों में करीब आधे घंटे तक और बातें हुईं। हरि और मूसा उन दोनों को गाड़ी तक छोड़ने आए। जॉन क्लार्क ने बारी-बारी दोनों से हाथ मिलाते हुए कहा—

"यह तो बस पहली जान-पहचान है। अगली बार मिलेंगे तो जमकर बातें होंगी।"

हरि और मूसा श्रमायुक्त की काली गाड़ी को जाते हुए देखते रहे। उसके आँखों से ओझल होने तक रास्ते पर ही खड़े रहे। जब दोनों घर की ओर लौटने लगे तो हरि ने कहा—

"यह आदमी तो बड़ा लायक लग रहा है।"

हरि फिर भी एक बात पर हैरान होता रहा। हमारे बारे में इतनी सारी जानकारियाँ इस आदमी ने कैसे हासिल कर लीं ?

यह बात हरि को एकदम मालूम नहीं थी। मूसा के सूचना देनें पर बोला—

"अजोदा चाचा की बीमारी का तो मुझे पता ही नहीं था।"

"कोई खास बीमारी नहीं थी। मशीन में हाथ आ जाने के बाद से ही उसका स्वास्थ्य कभी अच्छा नहीं रहा।"

"तुम रात में जा सके ?"

"मुझे तो खबर ही सुबह को मिली।"

"शायद रात में देर से मृत्यु हुई होगी।"

मूसा को आँगन में बैठा छोड़कर हरि ने हाथ-पाँव धोए। उसे जब अपने बदन के मैले कपड़ों का ध्यान आया, तो इस बात की शर्म भी आई कि इन्हीं कपड़ों में वह श्रम-आयुक्त से बात करता रहा। पर इसके लिए उसने स्वयं को ही जिम्मेदार माना। सुबह से देवी उसके पीछे लगी हुई थी कि वह कपड़े बदल ले, पर वही था कि ठहरो-ठहरो कहकर टालता रहा। अब उसने जल्दी से कपड़े बदले। आगे की ओर कमीज में पैबंद भी लगा हुआ था।

कोई आधे घंटे बाद हरि अजोदा की अर्थी को कंधा दिए चला जा रहा था।

8

पूरे एक महीने बाद हरि प्रभा से मिल सका था। नोत्रदाम बस्ती के मजदूरों का एक मुकदमा अदालत में था। अगर उस मुकदमे में हरि की ओर से हस्तक्षेप नहीं होता, तो उल्टे चोर कोतवाल को डाँटनेवाली बात होकर रह जाती। कोठी के मजदूरों ने मालिक और एक सरदार पर इस बात के लिए मुकदमा दायर किया था कि वे दोनों बात-बात पर मजदूरों को गालियाँ देते रहते थे और उन पर लात-मुक्के तक चलाते रहते थे। पुलिस की साँठ-गाँठ के कारण मुकदमे को दूसरा रंग दे दिया गया था। हरि ने मजदूर संघ की ओर से बैरिस्टर बुधन को बतौर वकील लिया था, लेकिन वह हरि की ओर से दी गई गवाही और परिस्थितियों का दिलेरी से स्पष्टीकरण करने का ही परिणाम था कि मजदूर कोठीवालों और पुलिस की साजिश में नहीं फँसे तथा मालिक और सरदार को जुर्माना भुगतना पड़ा।

पांप्लेमूस की अदालत से प्रभा का घर बहुत दूर नहीं था। कोई पंद्रह मिनट की पैदल यात्रा के बाद हरि वहाँ पहुँचा था। प्रभा मटर की दाल की बड़ियों को घाम में सुखा रही थी। गौरैयों और मैनाओं से उन्हें बचाए रखने के लिए वह वहीं बैठी हरि द्वारा दी गई एक पुस्तक पढ़ रही थी। आज प्रभा से मिलने का वह एक विशेष उद्देश्य भी लिए हुए था। उसने सोच रखा था कि अदालत में अगर देर भी होगी, तो भी वह उससे मिलने जरूर जाएगा। तीन हफ्ते पहले अनुराधा उसके घर पहुँची थी और हरि की माँ से प्रभा और हरि के ब्याह के बारे में जानना चाहा था। हरि को, और उसकी माँ को भी यही लगा था कि अधिक आग्रह न करते हुए भी प्रभा की माँ यही चाह रही है कि छह-सात महीनों में दोनों का ब्याह हो जाए। हरि जानता था कि यह असंभव है। महीना-भर ही तो रह गया था उसकी बहन की शादी को। फिर दूसरी शादी के लिए उतनी जल्दी तैयार होना संभव नहीं था और वह भी ऐसी हालत में जब हरि के घर का गुजारा औरों की मदद से हो रहा हो।

मूसा, संतोष और कुछ दूसरे दोस्तों ने हरि को यह परामर्श दिया था कि क्यों न वह अपनी ओर से किए जा रहे पूजा-पाठ के लिए दक्षिणा लेना आरंभ कर दे, लेकिन हरि इसके लिए तैयार नहीं हुआ था। उसने कहा था कि वह पैसे के लिए पुरोहिताई नहीं करना चाहता। प्रभा से मिलने के पीछे उसका यही विशेष उद्देश्य था कि वह उसे अपनी स्थिति-परिस्थिति से अवगत करा दे, ताकि वह अपने माँ-बाप को समझाए कि वे ब्याह के लिए ऐसा तकाजा न करें। लेकिन प्रभा के सामने घंटे-भर रहकर भी वह उससे वह बात नहीं कह सका। वह तो प्रभा का ही एक प्रश्न था, जिसके बहाने उसे पहले देवी के ब्याह से बात शुरू करने का अवसर मिला। उसने कहा—

"कोई खास तैयारी करनी भी तो नहीं है। उसका ब्याह तो बड़े ही सादे ढंग से करना पड़ रहा है। वर्ष-भर पहले मैं कुछ और ही सोचता आ रहा था, पर करना कुछ

और ही पड़ रहा है।"

"मैं तुम्हारी पीड़ा को समझ सकती हूँ।"

हरि को लगा कि अब वह अपनी बात कह पाएगा, इसलिए उसने तुरंत कहा—

"तुम नहीं समझोगी तो और कौन समझेगा ? मैं ··· मैं एक बात कहूँ प्रभा ! तुम जानती हो कि तुम्हें अपने घर ले जाने की मुझे कितनी बेसब्री है। बीस-पच्चीस दिनों में देवी ससुराल चली जाएगी। उसके बिना हमारा घर कितना सूना-सूना लगेगा। ऐसे में केवल तुम्हारी उपस्थिति ही उस घर का सूनापन खत्म कर सकती थी। पर तुम तो जानती हो कि ··· "

प्रभा ने उसे रोक लिया—

"जानती हूँ कि माँ तुम्हारे यहाँ तकाजा कर आई है। उसके इस तकाजे का कारण बताऊँ ? बात यह है हरि कि माँ को इस बात से रह-रहकर डर लगता है कि कहीं तुम्हारी ओर से यह रिश्ता ··· "

"क्या कह रही हो !"

"रिश्ते के टूटने का माँ को बहुत डर बना हुआ है।"

"पर क्यों ?"

"कहीं ऐसा न हो कि पहले उठा जाति-भेद का सवाल फिर से न उठ जाए।"

"क्या बात कर रही हो !"

"मेरे पिता की ओर के कुछ रिश्तेदार माँ के कान भरते रहते हैं।"

"ऐसा नहीं होगा प्रभा !"

"माँ से यह भी कहा गया है कि तुम्हारा एक चाचा अब भी इस कोशिश में है कि यह रिश्ता टूट जाए।"

"मैं तुम्हें प्यार करता हूँ। मेरी माँ ने तुम्हें पसंद कर लिया है। परकाश भैया ने माँ से कहा है कि हाथ में चिराग लेकर ढूँढ़ने पर भी उसे तुम जैसी बहू नहीं मिलेगी। हम अभी बस अपनी परिस्थिति से मजबूर हैं।"

"एक बात मैं भी कह दूँ हरि ! तुम जिस परिस्थिति की बात कर रहे हो न, तो मैं भी उसी परिस्थिति के कारण जल्द से जल्द तुम्हारे घर पहुँचने के लिए छटपटा रही हूँ। मैं तुम्हारी कठिन परिस्थिति में तुम्हारे साथ रहना चाहती हूँ। तुम्हारी बगल में। याद है तुम एक बार कह रहे थे कि परकाश भैया से किसी ने कहा है कि इस बस्ती में न तो कभी कोई बारात आई है और न कभी गई है। मेरे घर के सभी लोगों को अब इस बस्ती और इस घर में बारात देखने की इच्छा हो रही है। चाहे वह बारात पैदल आए, बैलगाड़ी में आए या मोटरगाड़ी में।"

"तुम जानती हो कि यह बारात इस घर में साल-भर से पहले नहीं पहुँच सकती।"

"मैं जानती हूँ, पर मेरी माँ और पिता दोनों को यह डर है कि अगर बात साल-भर की है तो फिर शायद वह बारात कभी पहुँचेगी ही नहीं।"

"तुम्हें उन लोगों को समझाना होगा।"

"मुझे अपने पिता को भी तो समझाना है। तुम्हें तो मालूम है कि इस बस्ती की मैं

अकेली लड़की हूँ, जिसे पढ़ना-लिखना आता है। मुझे हिंदी के साथ-साथ अंग्रेजी और फ्रेंच का थोड़ा-बहुत ज्ञान है, सभी माँ के कारण है। मेरी माँ ने परकाश चाचा से अंग्रेजी-फ्रेंच का ज्ञान पाया था। पिताजी हर महीने शहर से मेरे लिए कोई न कोई पुस्तक खरीद लाते हैं। उन पुस्तकों से प्राप्त ज्ञान के बल पर मैं अपने को कभी एकदम तुम्हारे निर्णय पर छोड़ देती हूँ, लेकिन उन्हीं पुस्तकों का ज्ञान कई बार मुझे तुम्हारे करीब से करीब पहुँचने के लिए बेताब कर देता है। लड़कियाँ जिसे प्यार करती हैं, उसे पत्र लिख भेजती हैं और मैं हूँ कि हर दूसरे-तीसरे दिन तुम्हें एक लंबा पत्र लिखती हूँ पर उसे अपने ही पास रखे रह जाती हूँ।"

"तुम मुझे पत्र लिखती हो ?"

"अब तक न जाने कितने लिख डाले !"

"पर ··· कहाँ हैं वे पत्र ?"

"उन सभी पत्रों को पढ़ने में तुम्हें पूरा दिन और पूरी रात लग जाएगी !"

"हैं कहाँ ?"

"संदूक में बंद हैं।"

"जो पत्र तुमने मुझे लिखे, वे मेरे हो गए। अब तुम उन्हें अपने पास कैसे रख सकती हो ?"

"विवश होकर।"

"किस बात से ?"

"कि कहीं मेरी बेसब्री और बेताबी को जानकर तुम अपने निर्णय से डगमगा न जाओ।"

"प्रभा ! मैं तुमसे सिर्फ एक साल की मुहलत चाहता हूँ।"

"तुम्हें एक बात बताना चाहती हूँ, पर डरती हूँ कि कहीं उससे तुम्हें दुख न हो।"

"तुम बताओ तो सही।"

"मेरी एक चाची है जो किसी धनी घर में मेरी शादी के लिए मेरे माँ-बाप के पीछे पड़ी हुई है। जिस दिन मेरी माँ तुम्हारे घर से लौटी थी, उस दिन मेरी चाची भी आई हुई थी। रात काफी देर तक दोनों ने उसी बारे में बातें कीं। मेरी माँ उससे कह चुकी है कि अगर छह महीनों के भीतर हम दोनों का ब्याह नहीं हुआ, तो मेरी शादी चाची के देखे हुए लड़के से करने को वे तैयार हो जाएँगे।"

प्रभा ने सारी बातें एक ही साँस में कहकर हरि की ओर देखा। उसकी आँखों में आ गई उदासी को देखकर वह भीतर ही भीतर तिलमिला उठी। हरि ने अपनी उस उदासी के बावजूद मुस्कुराकर कहा—

"मेरा भी एक चाचा है प्रभा, जो मेरा ब्याह अपनी पसंद की लड़की से करना चाहता है।"

और इस बार उदासी प्रभा के चेहरे पर पसर गई।

9

बेल-वी-आरेल कोठी-मजदूरों में भारी अस्तव्यस्तता शुरू हो गई थी। करीब दस लोगों का एक प्रतिनिधि मंडल हरि से मिलने पहुँचा था। एक दिन पहले ही परकाश ने हरि से बातें करते हुए कहा था कि देश-भर के मजदूरों की बिगड़ती दशा का पहला कारण तो कोठी और कारखाना-मालिकों का मजदूरों के प्रति अमानवीय व्यवहार ही है, पर द्वितीय विश्वयुद्ध का परिणाम भी है। जहाजों के बंदरगाह तक न आने से कपड़े और अनाज का भारी अभाव। दवा-दारू की कमी। इससे मजदूरों को पूरी खुराक न मिल पाने के कारण उनकी शक्ति दिन-ब-दिन क्षीण हो रही थी। ऊपर से बेरहम मालिकों और सरदारों का दुर्व्यवहार। आधे पेट खाकर उन्हें दिन-भर काम करना पड़ता था। प्रतिनिधि मंडल की अगवानी मूनस्वामी ने की। उसी ने हरि से कहा—

"महँगाई इतनी ज्यादा बढ़ गई है कि सप्ताह-भर की तनख्वाह रसोई के आधे सामान में खत्म हो जाती है।"

लोग अपने साथ वे चावल भी लाए थे, जो इधर तीन-चार सप्ताह से मजदूरों को राशन में मिल रहे थे। हरि तो खुद खदखद कीड़ों से भरे उन चावलों को देख चुका था। उनकी गंध से ही घर में बच्चे नाक सिकोड़ने लगते थे। सड़े हुए अनाज के कारण गाँव-गाँव में बीमारी बढ़ती जा रही थी। एक सप्ताह पहले ही हरि ने अपने साथियों के साथ देश-भर की पदयात्रा करने की योजना बनाई थी, लेकिन मूसा के अस्वस्थ हो जाने से वह उसे निर्धारित समय पर शुरू नहीं कर सका था। बेल-वी-आरेल से पहुँचे उन लोगों की तकलीफें सुनकर उसने तय किया कि पदयात्रा दूसरे ही दिन शुरू हो जानी चाहिए। साथियों से कहा—

"हमें इस छोर से उस छोर तक जाना होगा।"

महादेव ने पूछा—

"इससे क्या होगा ?"

"सरकार को आगाह किया जाएगा। गाँव-गाँव से हम यह आवाज उठाएँगे कि मजदूर एक ओर तो शोषण और जुल्म से तंग हैं, दूसरी ओर अनाज के अभाव में भूखों मर रहे हैं। शुद्ध अनाज की व्यवस्था और उसका सही वितरण अगर वक्त से न हुआ, तो मजदूरों के बीच फैल रही बीमारियों को रोक पाना कठिन होगा।"

ताम्बी ने कहा—

"सरकार तो पूँजीपतियों का साथ देती है। वह हमारी क्या सुनेगी ?"

"हम उसे सुनने को मजबूर कर सकते हैं।"

"कैसे ?"

"एक स्वर से आवाज उठाकर। कल ही मैं श्रम-आयुक्त से मिलकर आया हूँ। जॉन क्लार्क साहब ने मुझे आश्वासन दिया है कि उनका आयोग मजदूरों की ओर से सरकार

से बात करेगा और उसे मजदूरों की सभी कठिनाइयों से अवगत कराने तथा तमाम माँगों को उसके सामने रखने में हमारी मदद करेगा। मैंने जॉन क्लार्क साहब से कहा कि हम लोग देश के लिए दौलत, शक्कर के रूप में सफेद सोना पैदा करके भी भूखे मर रहे हैं, जबकि धनी लोग और धनी होते चले जा रहे हैं। हम लोग गाय पालकर, दूध पैदा करके भी अपने बच्चों को एक गिलास दूध नहीं पिला पाते, जबकि धनपतियों के बच्चे दूध से बनी चॉकलेट और मिठाइयाँ खाते हैं। गाँवों में हमारे बीमार बच्चे दूध की बूँद-बूँद के लिए तड़पते हैं और उधर कुत्तों को दूध पिलाकर उनसे शिकार कराया जाता है।"

दूसरे दिन से विभिन्न क्षेत्रों के मजदूर प्रतिनिधियों की पदयात्रा शुरू हुई। हरि के पास ढंग के कपड़े नहीं थे। जो दो पतलूनें और कमीजे थीं, उनमें आगे-पीछे पैबंद आ गए थे। हरि को बिना बताए उसकी माँ एक बकरे को बेचकर उसके लिए कपड़ों की व्यवस्था कर चुकी थी। उसने जब पदयात्रा से पूर्व उसके सामने नए कपड़े रखे तो वह नहाने के बाद अपना बदन पोंछना छोड़कर माँ की ओर देखता रह गया था। उसकी आँखें भर आई थीं। चलने से पहले माँ के पाँव छूकर आशीर्वाद लेने के बाद उसने अत्यंत धीमे स्वर में सिर्फ इतना कहा—

"माँ, ये बकरियाँ और गाय देवी के ब्याह के लिए हैं।"

"ब्याह के अभी पंद्रह दिन हैं।"

हरि चुपचाप माँ को देखता रहा था। उसकी बगल में खड़ी देवी के होंठों पर मुस्कान खेल रही थी।

आठ बजे सुबह जब वह पदयात्रा काटेज की बैठका से शुरू हुई थी तो केवल आठ लोग थे। हरि पतलून की जगह धोती पहने हुए था। उसकी कमीज भी सफेद रंग की थी। बेल-वी-आरेल के मजदूरों से की गई बातचीत के तुरंत बाद कल ही तीन-चार लोगों को पड़ोस के उन गाँवों को दौड़ा दिया गया था, जहाँ से पदयात्रियों को गुजरना था। इसलिए आठ आदमियों का वह छोटा जुलूस जब पूद्रदोर पहुँचा तो वहाँ नौ आदमी उसका इंतजार कर रहे थे। वहाँ से शरबत पीकर वे लोग आगे बढ़े। रास्ते में और लोग मिलते गए। संतोष और तांबी के जिम्मे यह था कि वे आगे के गाँवों-कोठियों में पहले ही पहुँचकर लोगों को पदयात्रा की सूचना दे दें। वैसे भी एक सप्ताह पहले फलाक की एक मीटिंग में इस यात्रा के बारे में लोगों को बताया जा चुका था और हरि को पूरा विश्वास था कि यात्रा के तीसरे ही दिन जुलूस में इतने अधिक लोग हो जाएँगे, जिससे उसका असर सरकार पर पड़कर रहेगा।

कल शाम जब हरि परकाश से आशीर्वाद लेने पहुँचा था तो परकाश ने उससे कहा था कि वह खुद नहीं समझ पा रहा कि जिस समय को हरि ने पदयात्रा के लिए चुना है, उसके लिए वह उसे दाद दे या उसकी भर्त्सना करे। उसकी बहन की शादी के केवल पंद्रह दिन बाकी थे। वह अपनी पारिवारिक आवश्यकता को छोड़कर पूरे मजदूर समाज की आवश्यकताओं की पूर्ति के लिए निकल रहा था। उसकी यह बात सुनकर हरि ने एक हल्की-सी मुस्कान के साथ केवल इतना कहा था कि देवी का बड़ा भाई तो परकाश

खुद है। हरि के लौट जाने पर परकाश सीता और सीमा के बीच जा बैठा था। माँ से देवी के ब्याह के बारे में लंबे परामर्श के बाद उसने सीमा से पूछा था—

—तुम्हारे कलश में कितने हैं सीमा ?

सीमा को मालूम नहीं था, इसलिए वह घर के पूर्वी कोने में बनी पूजा-वेदी की बगल से माटी के उस घड़े को उठा लाई थी। जब वह ब्याह के बाद इस घर में आई थी तो इस कलश को चाँदी के सिक्कों से भरकर लाई थी। वक्त के साथ जब उसमें केवल कुछ सिक्के बचे रह गए थे तो उसने उन्हें यह कहकर हमेशा के लिए उसी में छोड़ दिया था कि किसी बहुत बड़ी आवश्यकता पर ही उन्हें निकाला जाएगा। कलश के ऊपर पिछली पूजा के समय बाँधा गया पीला कलावा अब भी वैसे ही बँधा हुआ था। उसने भूमि पर कपड़े के एक टुकड़े को बिछाकर कलश को उसके ऊपर उँडेल दिया था। खनखनाते हुए सफेद और मटियाले रंग के सिक्के कपड़े पर बिखर गए थे। सीमा ने उनके बीच से उस चितकबरी कौड़ी को उठाकर फिर से कलश में रख दिया था जो शुभ और बरकत का प्रतीत थी। उसने उन बिखरे सिक्कों को अलग-अलग रखना शुरू किया था। पहले पाँच सेंट के सिक्कों को अलग किया था, फिर दस सेंट के छोटे लेकिन सफेद सिक्कों को, और अंत में चवन्नियों को। उन्हें गिनने के बाद उसने कहा था—

—एक सौ दस रुपये दस आने।

परकाश ने अपनी माँ की ओर देखा था और फिर सीमा से पूछा था—

—इनमें से कुछ रखना चाहोगी ?

—किसलिए ?

—वह जो तुम कहती हो न, उसके लिए।

—अब अगर दही जमाना हुआ तो हम बिना जामन के जमाएँगे। यों भी उस दिन के सब्जी के चौदह रुपए उधर पड़े हुए हैं।

—लेकिन एक बात है। हरि किसी भी हालत में इस मदद के लिए तैयार नहीं होगा। बड़ा स्वाभिमानी है। मैं तो यह कहूँगा कि तुम और माँ कल ही उसके यहाँ पहुँच जाओ और यह रकम हरि की माँ की गोद में डाल आओ।

फिर कुछ सोचकर उसने कहा था—

—नहीं, ऐसा करना भी अच्छा नहीं होगा। अच्छा यह होगा कि इन पैसों से देवी के लिए शादी का पहला जोड़ा तैयार करके दे आओ।

परकाश की माँ और पत्नी दोनों को यह बात अधिक पसंद आई थी।

जुलूस जब फलाक पहुँचा तो पदयात्रियों की संख्या कोई तीन सौ से अधिक हो गई थी। वहाँ हरि के भाषण के बाद तय हुआ कि आगे की पदयात्रा चार बजे शुरू होगी। पहला पड़ाव बेल-एर में डालने का निश्चय हुआ। रात बिताने के बाद वहाँ से सीधे मायापुर पहुँचना था। संतोष ने जो गीत लिखा था, उसे उसी के पीछे-पीछे पदयात्री दोहराते हुए चलते रहे—

हम चुप रहे सोते रहे जुल्मों को सब सहते रहे
मजदूरो, लेकिन अब तो नींद से जागना है
उठो ! अब नहीं सहेंगे अब नहीं डरेंगे
बढ़ो हर जुल्मों से अब टकराना है
हम माटी के बेटे खेतों में खेलते
चट्टानों की छाती से गन्ने हम उगाते हैं
फिर नंगे हम क्यों रहें भूखे हम क्यों मरें
खेतों के हित मरते हैं देश के हित जीना है।

संतोष क़भी अपने लिखे प्रेम-गीतों को मजदूरों के बीच सुरीले कंठ से सुनाया करता था। एक दिन हरि ने हीं उससे कहा था कि वह मजदूरों के दुख-सुख और संघर्ष के बारे में भी कुछ लिखे और तभी से अब उसके सभी गीत खेतों और मजदूर-समस्याओं के बारे में होते हैं। शादी-ब्याह के मौकों पर पंडालों तक में भी अब वह मजदूरों के ही गीत गाता है। छह बजे बेल-एर पहुँचकर जुलूस ने अपना पहला पड़ाव डाला। सबसे अधिक लोग आर्यसमाज मंदिर के प्रांगण में ठहरे। वहाँ उनके लिए मोहनभोग और चाय की व्यवस्था थी। उन्हें सोने के लिए चटाइयाँ दी गईं। हरि अन्य तीन बैठकाओं का दौरा करके वहाँ के प्रबंधों को भी देख आया। रात में आगे के लिए योजनाएँ बनाई गईं। सुबह चार बजे ही बेल-एर छोड़कर निकल जाना था और सीधे मायापुर पहुँचकर ही दूसरी रात बितानी थी। दिन में विश्राम के लिए पहले से कोई स्थान तय नहीं किया गया। खाने-पीने तथा कुछ कीर्तन-भजन के बाद जब पदयात्री सो गए, तो भी हरि जागता रहा। वह पहली बार अपने घर से बाहर रात नहीं बिता रहा था, लेकिन पहली बार उसे घर की उतनी चिंता अवश्य हो रही थी। वह सोचता रहा—देवी के ब्याह के दस-पंद्रह दिन बाकी थे। न शादी का कोई सामान जुटाया गया था और न ही दुल्हन के कपड़े-लत्ते की कोई व्यवस्था हो पाई थी। यह जरूर था कि कल-परसों उसके यहाँ गाय-बकरियाँ खरीदनेवाला करीब सात सौ रुपए दे जाएगा और तीन दिन बाद जब वह घर लौटेगा तो परकाश भैया भाभी के साथ मिलकर सारा कुछ जुटा चुका होगा। परकाश ने उसे आश्वासन दिया था कि सभी प्रबंध समय पर हो जाएगा। फिर भी हरि एकदम निश्चिंत नहीं हो पाया था। उसे आशंका थी कि कहीं वे बातें न हो जाएँ जिन्हें नहीं होना चाहिए। हो सकता है गाय-बकरियों को खरीदनेवाला अंतिम समय में कह दे कि वह सारा पैसा नहीं जुटा पाया ··· और अगर पैसे नहीं आए तो ··· पर नहीं, हरि ने अपने आपसे कहा कि वह नाहक बुरी संभावनाओं के बारे में सोच रहा है। पर अगर ऐसा हो भी गया तो ··· सहदेव ठाकुर भी तो यह आश्वासन दिए हुए है कि चिंता की कोई बात नहीं, सभी कुछ सँभाल लिया जाएगा।

लेकिन औरों की मदद से बहन की शादी करना हरि को अपनी ही नजर से गिराना था। वह ऐसे ही खयालों की कशमकश में पड़ा रहा। चटाई पर उसे बार-बार करवटें बदलते देखकर संतोष ने पूछा—

"पंडित जी ! नींद नहीं आ रही ?"

"आ जाएगी। तुम मेरी चिंता मत करो। सो जाओ। सुबह सवेरे उठना है।"

देवी की याद से मुक्त होकर हरि प्रभा के बारे में सोचने लगा। पिछली मुलाकात की बातें उसे रह-रहकर विचलित कर जाती थीं। इधर कई रातों से हरि इसी खयाल के मकड़जाल में फँसा रहा था कि क्या यह संभव है कि अगर वर्ष-भर के भीतर उसका और प्रभा का विवाह नहीं हुआ तो प्रभा के माँ-बाप उसे उस धनवान लड़के से ब्याह देंगे। क्या प्रभा किसी दूसरे की बनने को तैयार हो जाएगी ? उस दिन वहाँ से चलने से पहले हरि ने दो-तीन बार प्रभा से कहा था कि जो पत्र उसने उसके नाम लिखे हैं वे उसे मिल जाएँ, पर प्रभा देने को तैयार नहीं हुई थी। केवल यही कहती रही थी कि कभी-न-कभी वे पत्र उस तक पहुँचेंगे जरूर। इस बात से हरि और भी आशंकित हो उठा था। कहीं प्रभा के कभी-न-कभी कहने का मतलब यह तो नहीं था कि उससे विवाह न होने पर वह उन चिट्ठियों को उस तक भेज देने की सोचे बैठी है। अंततः प्रभा के ही बारे में सोचते हुए उसे नींद आई।

सुबह उसकी नींद ठीक समय पर नहीं टूट पाई। महादेव ने उसे जगाया। ठीक चार बजे के उस धुँधलके में वे लोग बेल-एर को रवाना हुए। दक्षिण-पूर्वी महानदी तक पहुँचते-पहुँचते चारों ओर उजाला छा चुका था। हवा में ठंडक थी। छोटी-सी बस्ती के छोटे-छोटे घरों से मजदूर अपने-अपने काम पर जाने के लिए निकल रहे थे। जिन्हें पदयात्रा की जानकारी थी वे रास्ते में इंतजार करते मिलते गए। जुलूस में जुड़ते गए। ग्रैंड रीवर से आगे की यात्रा समुद्र-किनारे की लंबी यात्रा थी। कात्र-सेर पहुँचने पर उस गाँव के कई मजदूरों ने हरि को घेर लिया। उनके साथ चार-पाँच औरतें भी थीं। उनमें एक औरत माथे पर पट्टी बाँधे हुए थी। हरि को बताया गया कि कार्चिए कोठी में काम करनेवाली इस औरत के साथ दो कोठी-सरदारों ने बलात्कार किया और उसे तथा उसके पति को यह धमकी दी कि अगर वे मामले को पुलिस में ले गए तो दोनों को नौकरी से हाथ धोना पड़ेगा। इस डर से दोनों ने ही मामले को पुलिस में नहीं दिया। लेकिन गाँववाले चुप नहीं रहे। परिणाम यह हुआ कि दोनों को नौकरी से हटा दिया गया। आदमी ने जब मालिक के पास पहुँचकर सारी बातें उसके सामने रखने की कोशिश की तो उसे उसके घर और कोठी दफ्तर के बीच रोककर सरदारों ने इतनी पिटाई की कि इधर सप्ताह-भर से वह मायापुर के अस्पताल में पड़ा है।

हरि ने लोगों से बात करके दोनों सरदारों के नाम अपनी बही में लिखे। औरत को धीरज बँधाते हुए हरि ने उसे तीन दिन बाद फलाक के मजदूर-दफ्तर में आने को कहा। वहाँ के लोगों ने हरि के सामने एक गठरी खोलकर रख दी। हरि ने देखा, सिर पर बाँधनेवाले उस फूलदार रूमाल में जो किलो-भर चावल थे, उनमें चावल ही के रंग के कीड़े भरे हुए थे।

"महीने से ज्यादा हो गया, जब से हमें यह चावल मिल रहा है।"

"हम लोग आपके इस दर्द को जानते हैं। प्रत्येक गाँव से हम इन चावलों के नमूने ले रहे हैं। हम इन्हें सरकार के सामने रखकर पूछेंगे कि यह चावल, जिन्हें कुत्ता भी मुँह से लगाने को तैयार नहीं होगा, आदमी को कब तक खिलाया जाता रहेगा ?"

मायापुर तक की पदयात्रा समुद्र के किनारे-किनारे रही। जब करीब सात सौ मजदूर-प्रतिनिधियों का वह जुलूस मेबर्ग की अदालत के सामने पहुँचा तो सूरज के अस्त होने में घंटे-भर का समय शेष था। पदयात्रियों को इस बात का पता तो था कि वहाँ एक भारी हुजूम उन लोगों का इंतजार कर रहा होगा। लेकिन जिस बात के लिए वे लोग तनिक भी तैयार नहीं थे, वही सामने आ गई। कोई तीस-चालीस हथियारबंद पुलिस-सिपाही अदालत के सामने तैनात मिले। हरि ने तुरंत एक ऊँची जगह पर चढ़कर लोगों को अपनी ओर आकर्षित करते हुए कहा कि डरने या घबराने की जरूरत नहीं है। उसने यह भी कहा कि किसी भी हालत में कोई पदयात्री उत्तेजित न होने पाए।

तीन दिन लंबी पदयात्रा से अखिल मॉरिशस का चक्कर काटने के बाद हरि काटेज पहुँचा, लेकिन सीधे अपने घर न जाकर मूसा के घर चला गया। उसकी सेहत में सुधार देखकर उसे खुशी हुई। उसका बुखार बिलकुल जा चुका था। हरि ने पदयात्रा की कामयाबी की चर्चा के साथ उसके अपने साथ में न होने पर पछतावा व्यक्त किया। उम्मीद से अधिक कामयाबी पर मूसा ने भी खुशी जाहिर करते हुए जानना चाहा कि पूरी यात्रा में कुल कितने मजदूर प्रतिनिधियों ने भाग लिया। हरि ने बताया कि करीब सात सौ प्रतिनिधि हर समय साथ चलते रहे थे। कुछ लोग आते गए तो कुछ दो-तीन गाँवों तक साथ चलकर लौटते गए। इस हिसाब से बारह सौ से अधिक प्रतिनिधियों ने उस यात्रा में भाग लिया। उसने मायापुर के बाद ठौर-ठौर पर तैनात पुलिस के बारे में भी बताया। पूरी निर्भीकता, शांति तथा अनुशासन के साथ पूरी हुई उस यात्रा की एक बड़ी सफलता यह थी कि उससे सरकार को सचेत होना पड़ा था। अपने साथ वह जो अखबार ले आया था, उसे उसने मूसा के सामने रख दिया। मूसा ने देखा कि उसमें पदयात्रा का लंबा विवरण छपा था।

मूसा के यहाँ से जब हरि अपने घर पहुँचा तो माँ ने उसकी आरती उतारी। घर के सभी लोगों से एक-एक, दो-दो बातें करके हरि नहाने चला गया। देवी ने उसे आराम से बैठकर खाना खा लेने दिया और तब उसके हाथ में वह पत्र दिया, जिस पर सरकारी मुहर थी। हरि ने अपने सभी भाई-बहनों के बीच बैठे हुए उस पत्र को खोला। श्रम आयुक्त जॉन क्लार्क ने उसे यह पत्र लिखा था। उससे दरख्वास्त की गई थी कि वह शुक्रवार को दस बजे उसके दफ्तर में उससे मिले। अगले ही दिन शुक्रवार था। हरि की उस दिन पूद्रदोर में एक जरूरी बैठक तय थी, लगभग उसी वक्त। फिर भी हरि ने यही तय किया कि शाम को वह प्रांत के सदस्यों से मिलेगा और उस बैठक को दोपहर तक के लिए स्थगित करके पहले श्रम-आयुक्त से मिल आएगा। उसे यों भी उससे मिलना आवश्यक था। जिस औरत पर बलात्कार हुआ था और जिसके पति को पीटा गया था, उनके मामले को उसके सामने रखना था।

आसपास के अनेक लोग हरि से मिलने आए। लोगों का आना-जाना देर रात तक बना रहा। कुछ लोगों की नजर में हरि बहुत बड़ा काम करके लौटा था और कुछ लोग

उसकी पदयात्रा को महज पागलपन बता रहे थे। रात में जब वह अपने परिवार के साथ बैठा तो उसने माँ से देवी के ब्याह की बात छेड़ी। उसे इस बात से खुशी हुई कि गाय-बकरियों को खरीदनेवाला एक दिन पहले ही पशुओं को ले गया था और पूरी रकम हरि की माँ को दे गया था।

सीमा और सीता की ओर से देवी के लिए एक जोड़ा कपड़े दिए जाने की बात उसकी माँ ने सबसे बाद में बताई। हरि को उससे खुशी तो हुई, पर दुख भी हुआ। दुख इस बात का कि देवी का सगा भाई होकर, जोकि उसके पिता के समान भी था, वह उसे अपनी ओर से एक जोड़ा तो क्या, एक साड़ी तक देने की स्थिति में नहीं था। उसकी माँ जब सोने चली गई तो देवी उसी के पास बैठी रही। हरि उसे एकटक देखता रहा। इसमें कोई संदेह नहीं कि इन चंद दिनों में देवी और भी अधिक सुंदर दिखाई पड़ने लगी थी। हरि ने उससे कहा—

'मैं यह तो नहीं जानता देवी कि उस घर में पहुँचना तुम्हारे लिए कहाँ तक सौभाग्य की बात होगी, लेकिन इतना जरूर जानता हूँ कि तुम्हें पाकर वह घर निश्चय ही सौभाग्यशाली हो उठेगा।"

देवी ने पलकें झुका लीं।

"कितना कंगाल भाई हूँ मैं ! रिश्ते का एक भाई तो तुम्हारे लिए शादी का जोड़ा दे गया लेकिन मैं · ·"

देवी ने अपना हाथ उसके मुँह पर रख दिया। हरि ने भी अपने पश्चात्ताप की अभिव्यक्ति को अधूरा छोड़ बहन के हाथ को अपने हाथों में ले लिया। दोनों चुप रहे और उनके बीच कुछ देर तक सिर्फ चुप्पी बोलती रही। देवी ने अपनी जगह से उठते हुए कहा—

"तुम बहुत थके हुए हो भैया ! सो जाओ।"

हरि को लगा, जैसे देवी ने यह हिदायत किसी और को दी हो। वह चली गई और हरि दीए के धुँधले प्रकाश में दीवार पर रेंगती दो छिपकलियों को कीट-पतंगों पर झपटते हुए देखता रहा। थकान से उसका शरीर चूर-चूर था, नींद के लिए उसे संघर्ष नहीं करना पड़ा। सुबह वह देर से जागा। छोटे भाई-बहनों का शोरगुल पराकाष्ठा पर नहीं पहुँचता तो वह कुछ देर और सोया रहता। वह धनेश और वीणा की आवाजें थीं, जो किसी बात पर असहमत थे। कोई घंटे - भर बाद वीणा ही उसके लिए चाय लेकर आई ! उसके हाथ से चाय लेकर हरि ने उससे कहा कि वह अब बड़ी हो गई है और बड़ी होती लड़कियों की आवाज में कोमलता आती रहनी चाहिए। यह बात उससे डाँट के रूप में नहीं कही गई थी, फिर भी वीणा के चेहरे से लगा कि उसे डाँटा गया है। उसके चेहरे के इस भाव को देखकर हरि मुस्कुराने को मजबूर हो गया। आठ से पहले ही हरि शहर जाने के लिए तैयार हो गया। उसकी माँ ने उसके हाथ में गाय-बकरियों के बेचने से मिले रुपए रखते हुए कहा—

"मैं तो कल से लोगों को न्यौता देने निकलूँगी। सारा सामान जुटाने का काम तुम्हारा रहेगा।"

"पर पैसे तो तुम अपने पास रखो। आवश्यकतानुसार मैं लेता रहूँगा।"

माँ ने फिर से उन रुपयों को संदूक में बंद कर दिया। स्टेशन जाने से पहले हरि खाली पड़ी गोशाला तक पहुँचा। वहाँ जितना भारी सन्नाटा था, उतनी ही बोझिल उदासी भी थी। वह बाड़े के भीतर खाली खूँटों को देख ही रहा था कि देवी उसकी बगल में आकर खड़ी हो गई। हरि ने उसकी ओर देखा। उसकी आँखों में आँसू थे। हरि ने उसके दाएँ कंधे को थपथपाया। उसे बनारस बस्ती की उस बुढ़िया की गाय याद आ गई जो बेची नहीं गई थी और जो हर गाँववाले की गाय बनकर पेड़ से बँधी रहती थी और हर आदमी उसकी देख-रेख में लगा रहता था। कितनी बड़ी विडंबना है यह—हरि ने सोचा—दुधियार गाय बेच देनेवाली यह विवशता ! वह गाय जो उसके घर-आँगन की रौनक थी, अब न जाने किस बाड़े में बँधी किस तरह का व्यवहार पा रही होगी। देवी को बाड़े के ही सामने छोड़कर वह पैदल ही पूद्रदोर के लिए निकल पड़ा। उसकी जेब में केवल आठ आने थे। उन्हीं से उसे शहर जाकर लौटना था। अगर शहर में कुछ खाने के लालच को रोक सका तो लौट आने पर भी उसकी जेब में दस सेंट बचे रहने की आशा थी। गाड़ी पकड़ने से पहले वह दो मील से अधिक लंबे रास्ते पर चल पड़ा। मौसम ठंडा होने के कारण सुबह की धूप प्यारी लग रही थी और तेज चलने पर भी पसीने से तर होने की संभावना नहीं।

नौ की गाड़ी छूटने से पहले ही हरि स्टेशन पहुँच गया। टिकट लेकर डिब्बे में जा बैठा। गाड़ी अधभरी ही थी जब सीटी बजी और उसने छकपक-छकपक करना शुरू किया। फिर एक झटके के साथ वह द्वीप के इस छोर से उस छोर पर बसे लेस्कालिए गाँव की ओर चल पड़ी। डिब्बे में जो दस-बारह यात्री थे, उनमें ज्यादातर अफसर-जैसे दिखनेवाले लोग ही थे। सिगरेट के धुएँ से डिब्बे में एक घुटन-सी थी, जो गाड़ी चल पड़ने पर थोड़ी-सी कम हो गई थी। मूँगफली और चने बेचनेवाला लड़का सिर पर बाँस की टोकरी रखे 'पिसतास-ग्राम !' 'पिसतास-ग्राम !' चिल्लाता हुआ उस वक्त तक गाड़ी के साथ दौड़ता रहा, जब तक कि उसकी रफ्तार उसकी पकड़ से बाहर न हो गई। गाड़ी ने अभी मील-भर का फासला भी तय नहीं किया था कि हरि की नजर डिब्बे में एक ऐसे यात्री पर पड़ी जो उसे बड़े ध्यान से देख रहा था। उसकी आँखों में हरि को पहचानने का प्रयास था। वह व्यक्ति दुबला-पतला था और सफेद पतलून और कुर्ता पहने हरि का हमउम्र दिख रहा था। हरि ने भी उसे ध्यान से देखा और फिर अपनी नजर खिड़की से पीछे छूटते जा रहे हरे-भरे खेतों में उलझा ली।

पहले स्टेशन पर गाड़ी के रुकते ही वह आदमी अपनी जगह से उठकर हरि के पास आ गया और एक यात्री के उतरने से हरि के पास जो खाली जगह बनी, उस पर आ बैठा। हरि ने जब उसकी ओर देखा तो वह मुस्कुरा उठा। इस बीच दो-तीन लोग और डिब्बे में आ गए। हरि एक मोटे आदमी को बड़ी कठिनाई से डिब्बे में घुसते देख रहा था कि तभी उस सफेद लिबासवाले व्यक्ति ने उससे पूछा—

"आप पंडित हरिप्रसाद हैं न ?"

हरि ने उसकी ओर देखा और कहा—

"हाँ ! आप मुझे पहचानते हैं ?"

"एक-दो बार आपके भाषण सुने हैं, पर उससे ज्यादा आपके चर्चे सुनता रहा हूँ।"

"कहाँ रहते हैं आप ?"

उस आदमी ने पते से पहले अपना नाम बताते हुए कहा—

"मेरा नाम रामसुंदर बाबूलाल है। मैं आजकल शहर में रह रहा हूँ।"

"आप काम भी शहर ही में करते हैं क्या ?"

"शहर की एक हिंदी पाठशाला में बच्चों को पढ़ाता हूँ। आप पंडित विष्णुदयाल को तो जानते होंगे ?"

"उन्हीं से प्रेरित होकर मैं शहर के लोगों के बीच कुछ सांस्कृतिक-सामाजिक कार्य करता रहता हूँ। मैंने सुना है कि आप रामचरितमानस का पाठ बहुत अच्छा करते हैं और भोजपुरी में उसकी बहुत अच्छी व्याख्या भी करते हैं।"

"बस थोड़ी-बहुत, जैसी आती है कर लेता हूँ। गाँव के भोले-भाले लोग उसे मेरी पंडिताई समझ लेते हैं।"

"हम लोग भी शहर में घर-घर रामायण का सत्संग करने की कोशिश कर रहे हैं। कभी आप भी आइएगा।"

"समय मिला तो अवश्य आऊँगा।"

गाड़ी फिर से अपने सफर पर चल पड़ी थी। हरि रामसुंदर बाबूलाल के प्रश्नों के उत्तर देता और उससे प्रश्न करता रहा। दूसरे स्टेशन तक पहुँचते-पहुँचते दोनों एक-दूसरे के बारे में जानकर स्वयं को एक-दूसरे के करीब पाने लगे। दोनों ने अपनी बातचीत भोजपुरी में शुरू की थी, जोकि अब हिंदी में बदल चुकी थी। रामसुंदर की हिंदी से हरि बहुत प्रभावित हुआ। उसने उससे कहा—

'मैंने तो शायद ही किसी से इतनी अच्छी हिंदी सुनी हो।"

"पंडित वासुदेव विष्णुदयाल के संपर्क में आने से पहले मैं हिंदू महासभा के संपर्क में था। कुछ वर्षों तक उस संस्था का मंत्री भी रहा। भारत से आती रहनेवाली हिंदी की कई पत्र-पत्रिकाएँ और पुस्तकें पढ़ते रहने का अच्छा अवसर मिलता रहा है। आपके आंदोलन के बारे में जानकर अब आपके संपर्क में भी आने की इच्छा है।"

"यह तो नेकी और पूछ-पूछवाली बात हुई। हमें तो आप जैसे विद्वानों का सहयोग यों भी चाहिए। आंदोलन को दमदार बनाने के लिए विद्वानों की भारी जरूरत है।"

"आप मुझे विद्वान् समझने की गलती क्यों कर रहे हैं ?"

"आपकी विद्वत्ता भरी बातों से।"

"अभी कुछ ही वर्ष पहले मेरे लिए काला अक्षर भैंस बराबर था। विद्वान् तो देश-देशांतर से पढ़कर लौटे हुए लोग होते हैं।"

"होते तो नहीं, हाँ, समझे जरूर जाते हैं !"

10

हरि को श्रम-आयुक्त का दफ्तर ढूँढ़ने में बहुत अधिक परेशानी नहीं हुई। वक्त गुजरने के साथ-साथ पोर्ट-लुई शहर उसके लिए उतना ही जाना-पहचाना हो गया था, जितना कि उत्तर प्रांत के गाँव और बस्तियाँ। श्रम-आयुक्त जॉन क्लार्क खुद अपनी कुर्सी छोड़कर उसे दरवाजे पर लेने आया। हरि के कुर्सी पर बैठते ही उसने पूछा—

"लेमोनेड या चाय ?"

"जी मैं ··· घर से सीधे चाय पीकर आ रहा हूँ।"

"डेढ़-दो घंटे तो लग ही गए होंगे। आज इधर हवा बड़ी तेज है। चाय ही अच्छी रहेगी।"

हरि से मना नहीं किया गया। जॉन क्लार्क ने चपरासी को बुलाकर चाय लाने का आदेश दिया। हरि से पहले गाँव की बातें पूछीं, फिर कोठी के मजदूरों के हालात पर चर्चा होती रही। तब तक चाय आ गई। उसने पहले हरि से चुस्की लेने का आग्रह किया, फिर खुद अपना कप होंठों तक ले गया। इसके बाद उसने हरि को बुलाने के सही मकसद को उसके सामने रखा—

"हमने जब आपको पत्र भेजा था, हमें आपकी पदयात्रा के बारे में कुछ भी मालूम नहीं था। कल शाम यह जानकर खुशी हुई कि देश-भर का आपका वह दौरा शांति और सफलता के साथ संपन्न हुआ। हरिप्रसाद जी, मैं आपसे और आपकी गतिविधियों से तो प्रभावित हूँ ही, आपकी एक खासियत के सामने तो नतमस्तक हूँ। आप खुद भूखे रहकर और अपने परिवार को भी कष्टों में डालकर मजदूरों की भलाई में लगे हुए हैं। मैंने आपके बारे में बहुत सोचा, कुछ लोगों से बातें भी कीं और इस नतीजे पर पहुँचा कि आपको ऐसी हालत में छोड़ देना अच्छा नहीं है।"

स्टेशन की ओर लपकते हुए हरि दो मिनट के लिए हासन मूसा के घर भी गया था। उसकी तबीयत फिर से खराब हो गई थी। जब उसने उसे श्रम-आयुक्त से मिले पत्र के बारे में बताया था तो मूसा ने अपनी कमजोर आवाज में कहा था कि देखना, कहीं उससे कोई गलत सौदा न कर आना ! हमारी जरूरत इन लोगों को यों ही नहीं पड़ती।

इसलिए जब वह आदमी बोल रहा था तो हरि उसे उतने ही ध्यान से देख रहा था, जितने ध्यान से उसकी बातों को सुन रहा था। लेकिन उसकी नीली आँखों में कोई ऐसी झलक या ऐसा संकेत नहीं मिल रहा था, जिससे वह उसके इरादे को परख पाता। आयुक्त ने चाय की एक और चुस्की ली, कप को नीचे रखा और सामने रखे कारावान-ए के उस चपटे डिब्बे को खोला। हरि के सामने बढ़ाया। हरि ने कहा कि वह सिगरेट नहीं पीता। आयुक्त ने डिब्बे से सिगरेट उठाई और होंठों से लगा ली। फिर उसने लाइटर को मेज से उठाया और सिगरेट जलाने से पहले कहा—

"मेरा और आपका काम मजदूरों की हालत में सुधार लाना है। उनके हित में कानून बनाना है। उनके हकों की रक्षा करना है। इसलिए मुझे आपका सहयोग चाहिए और आपको मेरा।"

यह कहकर उसने सिगरेट सुलगाई और कश लगाया। चाय की चुस्की ली और बात को फिर आगे बढ़ाता हुआ बोला—

"लेकिन मैं यह नहीं चाहता कि आप इतनी दयनीय दशा में रहकर मेरी मदद करें।"

उसकी बातों के दौरान अंग्रेजी के एक-दो ऐसे कठिन शब्द आ जाते थे, जिन्हें समझने में हरि को कठिनाई होती थी, पर आगे-पीछे के शब्दों से वह उनका अर्थ निकाल लेता था।

"अगर आप पारिवारिक जिम्मेदारी के सामने अपने को असहाय और असमर्थ नहीं पाएँगे और अगर सही ढंग से उनकी देखभाल कर पाने में सफल होंगे तो मुझे यकीन है कि मजदूरों के हित में आप और भी समर्पण और उत्साह से काम कर पाएँगे।" उसने कहा फिर अपने कप से चाय को समाप्त किया। इस बीच हरि का कप भी खाली हो चुका था। जॉन क्लार्क ने सिगरेट की राख को राखदान में झाड़ते हुए फिर कुछ कहना चाहा। लेकिन चुप रहा। कुछ देर बार बोला—

"मैंने आपके लिए एक सरकारी नौकरी का बंदोबस्त किया है।"

हरि के चेहरे पर खुशी की एक लहर उभरी, लेकिन तुरंत मिट भी गई। करीब आधे घंटे तक हरि क्लार्क के सामने बैठा अपनी संभावित नौकरी के बारे में सुनता रहा, मजदूरों के पक्ष में उसकी योजनाओं के बारे में भी सुनता रहा। फिर उसके कुर्सी से उठने से पहले जॉन क्लार्क ने पूछा—

"तो कब से आप काम शुरू करने को तैयार हैं ?"

कुर्सी छोड़कर उठते हुए हरि ने कहा—

"मुझे सोचने का वक्त दीजिए।"

"तीन दिन ?"

"ठीक है, मैं तीन दिन बाद आपसे मिलने आऊँगा।"

"ओके, मैं इंतज़ार करूँगा।"

हरि को छोड़ने वह दरवाजे तक आ गया।

बाहर नगरपालिका की घड़ी में ग्यारह बजने में पाँच मिनट थे। हरि अब सीधे देफोर्ज गली से होते हुए डॉक्टर क्यूरे के दफ्तर पहुँचा। पता चला कि वह विदेश से आए एक सरकारी प्रतिनिधि मंडल से मिलने राज्यपाल के यहाँ गया हुआ है। वहाँ से हरि फरीद मियाँ के घर की ओर चला। संयोग से फरीद मियाँ के घर से कुछ ही पहले उसे सहदेव ठाकुर मिल गया। वह बाजार से सामान लेकर लौट रहा था। हरि से मिलते ही उसने पहली बात यह बताई कि सरकार की ओर से प्रेस तथा अखबार की सभी औपचारिकताएँ पूरी हो चुकी हैं, और महीने-दो महीने में अखबार का निकलना निश्चित है। दोनों साथ ही घर पहुँचे। दीवारों से घिरे आँगन में सपूरा कपड़े धो रही थी और उसकी दो बेटियाँ उन्हें निचोड़कर रस्सी पर पसार रही थीं। फातमा रसोई में थी। फाटक

की क्वींक-क्वींक कर खुलने की आवाज सुनकर उसने खिड़की से झाँका। ठाकुर के साथ हरि को भी आते देखकर वह बाहर आ गई। तब तक उसकी माँ भी हाथ के भीगे कपड़ों को बालटी में छोड़कर सामने आ गई। हरि ने उसे अभिवादन किया और फातमा की नमस्ते का जवाब दिया। दोनों बच्चियों से उनके हाल-चाल पूछे और ठाकुर के पीछे चलते हुए उसके कमरे में भीतर पहुँचा। वही हमेशा जैसी सफाई, वही सुबह-सुबह जलाई गई अगरबत्तियों की सुगंध।

सामान की टोकरी को ठाकुर भूल से कमरे में लिए हुए आ गया था। उसकी याद आते ही उसने फातमा को आवाज दी। बेसन-सनी अँगुलियों सहित वह भीतर आई। सहदेव ठाकुर ने जब टोकरी की ओर संकेत किया तो फातमा ने बिन कुछ कहे अपने दोनों हाथों को आगे कर दिया। उन्हें बेसन में लिथड़े पाकर हरि ने सब्जियों की उस टोकरी को फातमा की दोनों बाँहों के बीच फँसा दिया। फातमा चली गई तो हरि कमरे में बिछे नए सोफे पर बैठ गया। वह चार बड़ी गद्दियोंवाला नीले रंग का सोफा था। अपने अँगोछे को उतारकर एक गद्दी पर रखने के बाद ठाकुर दूसरे सोफे पर बैठ गया। हरि ने पूछा—

"डॉक्टर क्यूरे से मिलने आए थे क्या ?"

"नए नियुक्त हुए श्रम-आयुक्त से मिलने आया था।"

"कैसा आदमी है ?"

"देखने-सुनने में तो अच्छा है। उसी ने मुझे पत्र लिखकर बुलाया था।"

"अच्छा !"

"कुछ दिन पहले मुझसे मिलने गाँव में भी गया था।"

"तब तो दिलचस्प आदमी होगा।"

"वक्त ही बताएगा। उसी को लेकर मैं आपकी राय जानने आया हूँ।"

"मैं तो उसे जानता ही नहीं · · ·"

"मैं आपसे उसके बारे में राय नहीं माँग रहा, बल्कि उसके उस प्रस्ताव पर सलाह चाहता हूँ जो आज उसने मेरे सामने रखा।"

"कैसा प्रस्ताव ?"

"मेरी स्थिति की उसे पूरी जानकारी है। आज अपने दफ्तर में बुलाकर उसने मेरे सामने सरकारी नौकरी का प्रस्ताव रखा है।"

"यानी कि वह तुम्हें सरकारी नौकरी दिला रहा है ?"

"हाँ।"

"यह तो बिन माँगी मुराद पूरी हो रही है भाई ! इसमें किसी की राय-वाय लेने की क्या जरूरत ?"

"मुझे एक बात का डर है।"

"किस बात का ?"

"कि कहीं यह मुझे अपने साथ मिला लेने का तरीका तो नहीं !"

"कौन-सी नौकरी तुम्हें दी जा रही है ?"

"सूचना विभाग में।"

"कौन-सा काम ?"

"सूचना-अधिकारी का। इसीलिए तो मैं अजीब उधेड़बुन में हूँ कि मुझसे किस तरह का काम करवाया जाएगा।"

"मेरी बात मानो। सरकारी नौकरी यों ही नहीं मिला करती। तुम उसे ठुकराओ मत। आगे चलकर तुम्हें ऐसा लगे कि वहाँ कुछ गड़बड़ है, तो छोड़ देना। इसमें क्या है ?"

हरि चुप रहा। बाहर से आनेवाली हवा के कारण खिड़की का एक पल्ला रह-रहकर खुल और बंद हो रहा था। ठाकुर ने उठकर उसे बंद कर दिया। फातमा दो गिलासों में पानी लिए आ गई। ठाकुर ने हरि से कहा—

"बस, भोजन कर लेते हैं।"

फातमा के हाथ से गिलास लेकर वह हाथ-मुँह धोने बाहर निकला। हरि ने भी वैसा ही किया। दूसरी बार जब फातमा आई तो दो थालियों के साथ, जिनमें भात, दाल, चटनी और भजिए थे। दोनों नीचे बिछी दरी पर बैठ गए। फातमा ने जब दोनों के सामने थालियाँ रखीं तो हरि बोल उठा—

"भात बहुत ज्यादा है।"

सहदेव ठाकुर ने बनावटी डाँट के साथ कहा—

"बिलकुल ज्यादा नहीं है। पूरी थाली साफ करके ही उठोगे।"

फातमा चली गई। सहदेव ठाकुर ने उसे आवाज दी—

"मिर्च ला देना।"

वे लोग अभी पहला कौर मुँह तक भी नहीं ले गए थे कि फातमा छोटी-सी तश्तरी में हरी मिर्च ले आई। हरि ने उनमें से केवल एक मिर्च उठाई। दोनों चुपचाप खाते रहे। बीच में सहदेव ठाकुर ने बात छेड़ी—

"फरीद बता रहा था कि तुम पूरे देश का दौरा कर आए ?"

"गाँवों में मजदूरों को अनाज नहीं मिल रहा, ऊपर से कोठी-मालिकों का जुल्म बढ़ रहा है।"

"कुछ बात बनी ?"

"बनने की उम्मीद है।"

"तुम्हारे साथ एक बात बहुत अच्छी है। तुम उम्मीद कभी नहीं छोड़ते।"

हरि ने मुस्कुराकर कौर मुँह में रख लिया। फातमा ने आकर पूछा कि उन्हें किसी और चीज की जरूरत तो नहीं है। ठाकुर ने अपने लिए थोड़ी-सी दाल मँगवाते हुए हरि से पूछा। हरि ने सिर हिला दिया। फातमा जब दाल देकर चली गई तो सहदेव ठाकुर ने कहा—

"जो बात तुमसे पहले ही पूछ लेनी चाहिए थी, उसे तो पूछा ही नहीं। देवी के ब्याह की तैयारी कहाँ तक पहुँची ?"

"सभी कुछ ठीक चल रहा है।"

"यानी कि तुम्हें मेरी मदद की कोई जरूरत नहीं ?"

"आपका तो आशीर्वाद ही बहुत है चाचाजी !"

भोजन का आखिरी कौर खा चुकने के बाद ठाकुर ने अपनी जगह से उठते हुए कहा—

"आशीर्वाद शादी के बाद दिया जाता है बेटे, शादी से पहले नहीं। मैं शादी से पहले की बात कर रहा हूँ। अगर देवी की शादी ···"

सपूरा ने आते ही कहा—

"देवी की शादी की दावत तो हमें मिली ही नहीं। क्या बात है ? तुम्हारी माँ का इरादा सारी पूरियाँ अकेले ही खाने का है क्या ?"

"चाची, ऐसी बात नहीं है। यह काम मुझे ही करना चाहिए था पर क्या करूँ ··· कल नहीं तो परसों, माँ न्यौता लेकर पहुँच रही है।"

"फातमा तो कह रही थी कि तुम दावत न भी दोगे तो भी वह अपने खालू के साथ पहुँच जाएगी।"

"यह क्या बात हुई चाची ? शहर में तो आप ही लोग अपने हैं।"

जूठे बरतन उठाकर रख आने पर सपूरा ने सहदेव ठाकुर से पूछा—

"भाई जान, उनके लिए खाना टोकरी में रख दूँ क्या ?"

"अरे हाँ, आज तो अनवर लेने नहीं आ पाएगा न ! तुम रखो, मैं लिए जाता हूँ।"

जब वह चली गई तो ठाकुर ने हरि से कहा—

"फरीद मियाँ का खाना दुकान पर छोड़ने जाना है। तुम भी साथ चलो। प्रेस देख लोगे।"

हरि ने वक्त का अनुमान लगाया और सहदेव ठाकुर के साथ छापाखाना देख आने के लिए तैयार हो गया। सपूरा जब अपने ख्वामिंद का खाना लिए आई तो हरि ने उसे मूसा के बीमार होने की बात बताई। बीमारी की बात सुनते ही सपूरा ने जानना चाहा कि उसे हुआ क्या है।

"दस दिन से ज्यादा ही होने को है। बुखार कभी छुटता है, कभी फिर जकड़ लेता है। कल जब मैंने उसे तीन दिन बाद देखा था तो उसका बुखार कुछ कम था, लेकिन आज सुबह जब गया तो पाया कि उसका बदन गरम तवे की तरह तप रहा था।"

ठाकुर ने उससे पूछा—

"दवा-दारू हो रही है या नहीं ?"

"अस्पताल तो ले जाया गया था। दवा-दारू हो रही है पर ··· हालत सुधर-सुधरकर बिगड़ती रहती है।"

"तो तुम उसे शहर के डाक्टरों के पास क्यों नहीं लाते ? एक बार डॉक्टर क्यूरे को भी दिखा देते।"

"सोचता हूँ अगर उसकी यही हालत रही तो कल मैं उसे शहर ले जाऊँगा।"

फरीद के लिए खाने की टोकरी कंधे पर लटकाए सहदेव ठाकुर हरि के साथ रास्ते पर आ गया। उनके पीछे-पीछे आकर फातमा ने दरवाजे को भीतर से बंद कर लिया।

कठिनाई से पंद्रह मिनट चलने के बाद दोनों कोर्परी गली में फरीद मियाँ की दुकान पर पहुँच गए। हरि ने शहर की गलियों को कभी सूनी नहीं देखा था। आज भी हमेशा जैसी भीड़ के बीच से दोनों दुकान के भीतर पहुँचे। फरीद मियाँ को हाल-चाल सुनाकर हरि सहदेव ठाकुर के साथ दुकान के बाएँ हिस्से में पहुँचा। कमरा कोई दस फुट चौड़ा और पंद्रह-सोलह फुट लंबा था और एकदम पीछे की ओर था वह छोटा-सा छापाखाना। उसके पास अक्षरों के तीन-चार डिब्बे यों ही बिना खुले पड़े थे। एक लड़का मशीन की सफाई करने में लगा हुआ था। प्रेस को ध्यान से देखने के बाद हरि ने ठाकुर चाचा से पूछा—

"अच्छा, एक बात बताइए। उस दिन आप कह रहे थे कि हम इस अखबार से मजदूरों के अधिकारों का स्वर बुलंद करेंगे। यह बात तो खैर मेरी समझ में आ गई, पर आपने यह भी कहा था कि हमें मजदूरों को सही इतिहास की जानकारी भी देनी है। यह बात मेरी समझ में नहीं आई।"

"मैंने मजदूरों के सही इतिहास की बात की थी।"

"उनके सही इतिहास से क्या मतलब ?"

"इधर जब से गाँव-गाँव भटकना छोड़कर यहाँ के कुछ विशेष लोगों से मिलने लगा हूँ तो उनसे बार-बार यही सुन रहा हूँ कि इस देश में जो इतिहास लिखे जाते रहे हैं, उनमें पक्षपात ही पक्षपात है। इतिहास लिखनेवाले या तो किसी के निर्देशन पर लिखते रहे हैं या खुद इतिहास की सच्चाई पर झूठ की परतें चढ़ाते रहे हैं। इधर मैं पंडित विष्णुदयाल बंधुओं से मिलता रहा। डॉक्टर शिवसागर रामगुलाम से भी मिला। डॉक्टर क्यूरे और पंडित सहदेव से भी लंबी बातें करने के कई अवसर मिले। सभी इस बात को मानते हैं कि इतिहास में भारतीय मजदूरों की सही तस्वीर सामने नहीं लाई गई है।"

"ऐसा क्यों हुआ ?"

"पूँजीवादी साजिश के तहत ही ऐसा हुआ होगा। यहाँ के इतिहास की पुस्तकें तो प्रायः फ्रेंच में हैं। उन्हें मैं पढ़ तो नहीं पाया पर उनमें से कुछ बातें सुनता रहा। जो पुस्तकें अंग्रेजी में हैं, उन्हें पढ़ सका और उनमें भी भारतीय मजदूरों के प्रति वही दृष्टिकोण नजर आया जो उधर है। शायद ही ऐसी एक-दो पुस्तकें हों, जिनमें मजदूरों के शोषण का सही जिक्र हो। प्रायः सभी में पूँजीपतियों, सरकारों, व्यापारियों तथा राज्यपालों की दुनिया का ही वर्णन मिलता है। अब मैं तुमसे पूछता हूँ, क्या इसे ही तुम इतिहास की संपूर्णता मानते हो ?"

"पता नहीं।"

"पता क्यों नहीं। किसी एक पुस्तक में किसी एक इतिहासकार ने कोई सुनी-सुनाई बात लिख दी, जैसे उसने कहीं लिख दिया कि भारत में आए हुए ये मजदूर फूहड़ और कामचोर थे। इसके बाद एक दूसरे इतिहासकार ने भी उसी बात को दोहराया। और किसी ने अगर उससे यह पूछने की हिम्मत की कि क्यों भाई, इतना बड़ा झूठ तुम कैसे लिख गए तो उसने जवाब दिया कि मेरे पास प्रमाण है। पूछा गया, बताओ कहाँ है

प्रमाण तो उसने वह पहली पुस्तक के पन्नों को ही खोलकर सामने रखा !"

"यह तो बकवास हुई !"

"यही नहीं, उसके बाद जब तीसरे ने लिखा तो उसने कहा कि इस बात के प्रमाण स्वरूप एक नहीं, दो पुस्तकें मिलती हैं। फिर तो वही सबसे बड़ा प्रमाण बन गया। उनसे जब पूछा गया कि आपकी पुस्तक में मजदूरों पर कोड़े बरसाए जाने की चर्चा कहीं नहीं है तो कहा गया कि उसकी चर्चा या प्रमाण किसी भी इतिहास की पुस्तक में नहीं मिलता। तो इतिहास उपलब्ध पुस्तकों और दस्तावेजों के आधार पर लिखा जाता रहा, बंद कमरों में आरामकुर्सी पर बैठे झूठी पुस्तकों और पक्षपातपूर्ण दस्तावेजों के आधार पर ! "

"अगर ऐसी बात है तो इन पुस्तकों को जला देना चाहिए।"

"पुस्तकें जलाई भी गई हैं, पर वही पुस्तकें, जिनमें मजदूरों की संघर्ष-कथा पूरी ईमानदारी से लिखी गई। दरअसल हमें पुस्तकें जलाने की जरूरत नहीं है। हम तो उन गलत इतिहासों का उत्तर इतिहास जीनेवाले लोगों के बयानों से देंगे।"

"यानी कि मजदूर अखबार मजदूरों का इतिहास लिखेगा ?"

"हमारी कोशिश तो यही होनी चाहिए।"

"एक बात पूछूँ ?" हरि ने यह प्रश्न एकदम किसी बच्चे के-से लहजे में किया था।

ठाकुर ने मुस्कुराकर कहा—

"पूछो।"

"इस प्रेस से कितने अखबार निकाले जा सकते हैं ?"

"हजारों की संख्या में।"

"क्या इसके जरिए फोटो भी छापी जा सकती है ?"

"ब्लाक बनवाना पड़ेगा।"

"यह क्या होता है ?"

"ठीक-ठीक तो मुझे भी मालूम नहीं।"

"मैंने आपको जो व्यंग्य चित्र दिखाए थे, क्या उन्हें भी इसमें छापा जा सकता है ?"

"यह तो रोलाँ ही बता सकेगा।"

"यह रोलाँ कौन है ?"

"पहली तारीख से काम शुरू करेगा। मशीनमैन है। काफी अनुभवी। मुझे तो उम्मीद है कि तुम्हारे बनाए उन चित्रों को हम अपने अखबार में जरूर छाप सकेंगे।"

"अखबार का नाम आपने तय किया ?"

"उस दिनवाला वह नाम मुझे पसंद नहीं। हम इसका बस छोटा-सा नाम रखेंगे। 'मजदूर।' क्यों, ठीक रहेगा ?"

"एकदम ठीक रहेगा।"

ठाकुर से विदा लेने से पूर्व हरि ने एक बार फिर क्लार्क द्वारा प्रस्तावित नौकरी के बारे में उसकी राय जाननी चाही। ठाकुर ने वही कहा, जो पहले कहा था।

साढ़े-चार बजे हरि काटेज लौट सका। घर जाने से पहले एक बार फिर मूसा को

देखने पहुँचा। बुखार तनिक भी नहीं उतरा था। हरि ने उसकी बीवी से पूछा कि दवाइयाँ अब भी हैं या खत्म हो चुकी हैं। उसने बताया कि बस, दो-तीन दिन के लिए बाकी हैं।

"देखो भाभी, अगर कल सुबह भी भाई जान की यही हालत रही तो मैं इन्हें शहर ले जाऊँगा।"

"मगर हरि · · · "

"पैसे नहीं हैं, यही कहोगी न ? वह तो मेरे पास भी नहीं हैं, पर तुम फिकर मत करो। कोई न कोई बंदोबस्त हो ही जाएगा।"

घर के आगे जो छोटी-सी कुटिया थी, उसके भीतर से खाँसता हुआ हनीफ हरि के पास आ गया। अपने बेटे की हालत पर उसने चिंता व्यक्त की। हरि ने उसे समझाया। दोनों की बातें सुनकर जब मूसा ने आँखें खोलीं, तो हरि पर नज़र पड़ते ही पूछ बैठा—

"शहर से आ गए ?"

"हाँ, अभी-अभी आ रहा हूँ। तुम्हारी तबीयत कैसी है ?"

"ठीक है।"

"पर तुम्हारा यह बुखार तो उतर ही नहीं पा रहा।"

"उतरता है, फिर चढ़ जाता है। उसकी इस आँख-मिचौली का अब आदी होने लगा हूँ। अच्छा, यह बताओ कि क्यों बुलाया गया था तुम्हें ?"

"क्लार्क साहब मुझे सरकारी नौकरी दिलाना चाहते हैं।"

"अरे यार, यह तो बहुत बड़ी बात हुई !"

"यह मुझे अपने खेमे में शामिल करने की बात भी तो हो सकती है।"

"वह मजदूरों का रक्षक है, तुम मजदूरों के नेता हो। तुम्हारा और उसका खेमा तो एक ही है।"

"देखने में तो ऐसा ही लगता है।"

"देखो हरि, तुम कभी-कभार बड़े सनकी हो जाते हो। अगर सरकारी नौकरी मिल रही है तो आँख मूँदकर मंजूर कर लो।"

यह कहकर वह खाट से कुछ उठा और पीछे खिसककर दीवार के सहारे बैठने लगा। हरि ने उसकी मदद करते हुए कहा—

"चाहे आंदोलन भाड़ में जाए ?"

"आंदोलन भाड़ में क्यों जाने लगा ? तुम काम भी करोगे और आंदोलन भी चलता रहेगा।"

"खैर, मैंने तीन दिनों की मुहलत ली है—सोचने के लिए।"

"इसमें सोचना क्या है ?"

"सोचना न भी सही, पर अपने लोगों की राय तो लेनी है।"

"मैं तो तुम्हें अपनी राय दे चुका।"

"ठीक है, ठीक है। तुम अधिक बातें मत करो। कुछ खाया-पीया या नहीं ?"

मूसा की बीवी ने बताया कि बस, दुकान की रोटी का टुकड़ा ही खाया है।

"देखो भाई, बिना खाए रोगी ठीक नहीं होते।"

"कल कह रहे थे कि बिना दवा पीए रोगी ठीक नहीं होते!"

"कल तुमने दवा पीने से इन्कार किया था न!"

मूसा के सूखे होंठों पर एक सूखी मुस्कान थिरककर गायब हो गई। वह फिर से खाट पर नीचे की ओर खिसककर लेट गया। उसके पास कोई आधे घंटे तक बैठे रहने के बाद हरि अपने घर को चल पड़ा। उसे क्लार्क के नौकरीवाले प्रस्ताव पर परकाश की राय जानने की जल्दी थी।

11

हरि की माँ जासो मौसी के साथ पास-पड़ोस में देवी के ब्याह का न्यौता देने निकली हुई थी। घर लौटते हुए हरि को रास्ते ही में मिली। उसने बताया कि गाँव में जहाँ तक दावत देनी थी, वह दे आई है। परकाश के यहाँ भी वह आज ही जाकर उस दायित्व को पूरा कर लेना चाहती थी, क्योंकि हरि ने अन्य कुछ लोगों को तो स्वयं निमंत्रण पहुँचाने की बात मान ली थी, पर जहाँ तक परकाश और शहर में फरीद मियाँ के घर की बात थी, उसके लिए माँ को भेजना ही उचित समझा था। रास्ते में उसकी माँ ने उससे कहा कि क्यों न वे दोनों इसी समय परकाश के यहाँ से हो आएँ। सूरज अभी ऊपर है, घंटे-डेढ़ घंटे में उस काम को पूरा किया जा सकता है, यह सोचकर हरि ने उसकी बात मान ली। वे लोग गाँव के जिस छोर पर थे, वहाँ से परकाश का घर अधिक दूर नहीं था। पच्चीस-तीस मिनट का पैदल रास्ता था। हरि ने पहले अपनी माँ से यह जान लेना चाहा कि वह थक तो नहीं गई है। उसकी माँ ने जब उसे बताया कि हर घर में पाँच-दस मिनट बैठकर आ रही है, तो हरि उसी समय उसके साथ परकाश के घर को निकल पड़ा। यों भी हरि को परकाश से मिलना ही था।

कालिमाई के पास उन्हें महादेव मिल गया। हरि ने उसे भी साथ ले लिया। जब वे लोग परकाश के गाँव पहुँचे तो भी सूरज काफी ऊपर था, पर अधिक देर के लिए नहीं। औरतें कुएँ से पानी निकालती हुई गाँव-भर की बातें कर रही थीं। उन तक पहुँचकर उनसे आगे निकलने तक हरि इतना ही सुन सका —

—झूलना त सबके बहू-बेटी पीछे पड़त रहल, पर अपने बेटी के ना सकल सँभाले।

—अरी मुनिया, ई में छोकरी के का कसूर। बीस बरीस पार कर गईल, कब तलक अपन के सम्भालत!"

—हमार सादी त ग्यारह बरस ही में गईल रहल।

—अच्छा होईल भौजी, नै त तू त बारह ही बरस में भाग निकलते !

—अरे चुप, अपन देख, बहुत सीता-पारबती बनत बानी ! लखन के देख के हय उमीर में लाइ टपका बैठे ले !

हरि की माँ और जासो मौसी आगे-आगे चल रही थीं। हरि ने मन-ही-मन सोचा कि माँ और जासो मौसी उन बातों को नहीं सुन पाई होंगी। परकाश के घर के सामने पहुँचकर उन्होंने देखा, सीता मुर्गियों को पेड़ों पर भेजने से पहले मकई के दाने छींटकर खिला रही है। परकाश को अपनी माँ के साथ देखकर वह अपने खोंइचे के सभी दानों को मुर्गियों के बीच बिखेरकर दौड़ी आई और तीनों को लिए घर में चली गई। सीमा और परकाश पीछे खेत में थे। सीता ने खिड़की से आवाज देकर दोनों को मेहमानों के आने की सूचना दी। तभी हरि बोल उठा—

"माँ और मौसी जब तक आप लोगों से बातें करती हैं, तब तक मैं और महादेव भैया उनसे खेत ही में मिल आते हैं।"

उसके यह कहते ही महादेव भी उसके पीछे घर से बाहर आ गया। पिछवाड़े की ओर बाल्टी के पानी से हाथ-पाँव धोती मीरा उन्हें मिली। दोनों ने उसे नमस्ते की और खेत के बीचोंबीच एक पतली मेंड़ पर सावधानी से पाँव रखते हुए उस ओर बढ़ गए, जहाँ परकाश अब भी सब्जी के पौधों के बीच काम में लगा हुआ था। दूर से उसका कंधे से ऊपर का ही भाग दिखाई पड़ रहा था। महादेव पहली बार परकाश के खेत को देख रहा था। मौसम कुछ खास बारिशवाला नहीं था, इसके बावजूद वह लहलहाते खेतों की हरियाली को देखकर चकित था। जिस पतली मेंड़ पर वह चल रहे थे, उसकी दोनों ओर खड़े पौधों पर लदे बैंगनों के भड़कीले रंग को देखकर उसे कहना ही पड़ा—

"ये बैंगन तो मखमल में लिपटे प्रतीत हो रहे हैं हरि !"

"परकाश भैया और सीमा भौजी के हाथों का जादू है यह !"

खेत बहुत बड़ा तो नहीं था, पर जहाँ तक था, खूब हरियाली लिए हुए था। बेलें और पौधे फलों से लदे थे। यहाँ की संपन्नता देखकर हरि के मन में कभी यह खयाल आया था कि काश, उसके घर के पीछेवाली जमीन चट्टानों-भरी न होती ! पर बाद में सोचा था कि अगर वैसा होता भी तो शायद इतना हरा-भरा खेत उससे नहीं बना पाता। वह तो इस लहलहाती गरिमा को परकाश और सीमा के ही हाथों का जादू मानता था। दोनों परकाश के पास पहुँच गए। हरि ने उसके पाँव को छूकर माथे से लगा लिया। महादेव ने भी नमस्ते की। परकाश पूछ बैठा—

"न्यौता देने आ गए ?"

"वह तो माँ का काम है। मैं तो आपसे बहुत ही जरूरी बात करने आया हूँ।"

"तुम तो बिना जरूरी बात के कभी आए ही नहीं !"

"कुएँ के पास तो प्यासा ही पहुँचता है।"

"क्यों महादेव, तुम भी पानी ही पीने आए हो क्या ?"

महादेव हँस पड़ा। परकाश बैंगन के पौधों के पके हुए पत्तों को अलगा रहा था।

काम को छोड़कर उठने लगा तो हरि ने उसे रोका—

"आप काम करते रहें, बातें भी करते रहेंगे।"

हरि ने भी अपने सामने के पौधों से कुछ पीले और कीड़े लगे पत्ते तोड़े और उन्हें नीचे रखते हुए फिर कहा—

"मुझे कमिश्नर साहब ने बुलाया था।"

"पुलिस कमिश्नर ने ?"

"नहीं, लेबर कमिश्नर ने। वह मुझे सरकारी नौकरी देना चाहते हैं।"

"यह तो अच्छी बात हुई।"

"आप तो वैसे ही बोल गए, जैसे अब तक सब बोलते रहे हैं।"

"सरकारी नौकरी मिलना बड़ी बात होती है हरि!"

"वह तो कभी आपको भी मिली थी।"

"वह परिस्थिति कुछ और थी।"

"वही कल मेरी भी तो हो सकती है। लेकिन परकाश भैया, मुझे तो उस परिस्थिति से भी खतरनाक एक और बात लग रही है।"

"कौन-सी ?"

"मुझे नौकरी देने के पीछे कहीं कोई बहुत बड़ी साजिश तो नहीं है ?"

"आदमी अगर यह सोचकर घर से निकले कि रास्ते में कहीं गड्ढे तो नहीं होंगे, फिर तो वह जीवन में एक भी कदम आगे नहीं बढ़ा सकता।"

"आँख मूँदकर भी तो नहीं चला जा सकता। मैं इस बात से डर रहा हूँ कि कहीं यह नौकरी में फँसाकर मुझे ट्रेड यूनियन से अलग रखने की चेष्टा तो नहीं है। जिस विभाग में मुझे काम दिया जा रहा है, वह भी संदेह से परे नहीं। सूचना विभाग में सूचना-अधिकारी बनाने की बात है। किसकी सूचना ? कैसी सूचना ? इस तरह के कई सवाल मेरे दिमाग को मथ रहे हैं।"

"तुमसे एक बात पूछूँ ? इस समय तुम्हारी सबसे बड़ी जरूरत क्या है ?"

हरि चुप रहा। परकाश ने आगे कहा—

"इस समय तुम्हारी सबसे बड़ी जरूरत है नौकरी। अपने सम्मान के लिए नौकरी, अपने और अपने परिवार के हित के लिए नौकरी।"

"तो क्या इसके लिए आगे-पीछे न सोचूँ ?"

"आगे-पीछे तब सोचा जाता है, जब आदमी के पास वक्त हो, विकल्प हो।"

"आप भी यही कहना चाहते हैं कि मैं नौकरी स्वीकार कर लूँ ?"

"और नहीं तो क्या ?"

"पर अगर यह मुझे मजदूर आंदोलन से अलगाने की साजिश हुई तो ?"

"तो नौकरी छोड़ी जा सकती है। तुम उन लोगों में तो नहीं हो हरि, जिन्हें खरीदा जा सकता है। फिर जो होगा, उससे इतने आशंकित क्यों हो ? तुम अपने ऊपर विश्वास बनाए रखकर उस नौकरी को स्वीकार लो। वह भेड़-बकरियाँ होती हैं, जिनकी इच्छा और इजाजत के बिना हम उन्हें बेच देते हैं। आदमी तो जब तक स्वयं बिक जाने को

तैयार न हो, उसे कोई नहीं बेच सकता। मैं जानता हूँ तुम बिकनेवालों में नहीं हो। इसलिए मेरी बात मानो और यह नौकरी जो तुम्हें मिल रही है, इसे स्वीकार कर लो।"

महादेव, जो हरि की देखा-देखी स्वयं भी पौधों से पीले पत्ते टूँगने लगा था, झट बोल उठा—

"मैं भी तो इससे यही कह रहा हूँ।"

और हरि याद करने लगा कि महादेव ने उससे वैसा कब कहा था!

परकाश के यहाँ से लौटते समय चारों ओर धुँधलका फैलने लगा था। पक्षी अपने-अपने घोंसलों को लौटने लगे थे। रास्ते में उन्हें घनश्याम की गाड़ी मिल गई थी। गाड़ी लगभग घास से भरी हुई थी, फिर भी उसने चारों व्यक्तियों को बिठाने के लिए गाड़ी रोक ली थी। लेकिन हरि की माँ उस अधलदी गाड़ी पर सवार होने को तैयार नहीं हुई, इसलिए हरि और महादेव ने भी गाड़ी को आगे बढ़ जाने दिया। परकाश से बात करके हरि ने मन ही मन यह तय कर लिया था कि उसे उस नौकरी को मंजूर कर लेना है। उसकी माँ और जासो मौसी कुछ कदम आगे चल रही थीं। हरि महादेव की बगल में चल रहा था। रास्ते-भर महादेव ही सारी बातें करता रहा। हरि उसकी बातों में से कुछ को तो सुन रहा था और कुछ यों ही अनसुनी चली जा रही थीं। महादेव उसे बेल-वी-आरेल कोठी में शुरू हो चुकी धाँधलियों के बारे में बता रहा था। वैसे भी हरि उन सारी समस्याओं से अवगत था। लेबर-कमिश्नर को भी वह एक लंबे पत्र में सारी बातों से अवगत करा चुका था, इसलिए महादेव की बातों के प्रति उसकी कोई खास दिलचस्पी नहीं थी।

हरि और महादेव को दोनों महिलाओं की धीमी चाल से कदम मिलाकर चलना पड़ रहा था। उसी रफ्तार से हरि नौकरी के बारे में भी सोच रहा था। परकाश के सामने हाँ करके भी वह कुछ आशंकाओं से मुक्त नहीं हो पा रहा था। वह लगातार यह सोचे जा रहा था कि अगर उस सरकारी काम को करने लग जाए, अफसर बन जाए, सूचना-अधिकारी का ओहदा प्राप्त कर ले तो कहीं जनता उसे गलत तो नहीं समझ बैठेगी? उसका ऐसा समझ लेना अस्वाभाविक भी नहीं होगा। उसे गाब्रियेल की याद आ गई। अभी कुछ ही दिन पहले गाब्रियेल उसके घर उसे यह खुशखबरी सुनाने आया था कि सेताँ-त्वान के चीनी-कारखाने में उसे भारी तरक्की मिली है। उसे उत्पादन विभाग का अधिकारी बना दिया गया है। उसकी उस तरक्की से हरि को खुशी हुई थी, लेकिन जब गाब्रियेल चला गया था, और हरि अपने घर के पिछवाड़े एक चट्टान पर अकेला बैठा रह गया था तो उसके मस्तिष्क में एक साथ कई प्रश्न पैदा हो आए थे—

—गाब्रियेल की तरक्की के पीछे कहीं मालिकों का कोई बहुत बड़ा स्वार्थ तो नहीं छिपा हुआ है? कहीं यह कारखाने के अन्य मुलाजिमों के खिलाफ कोई साजिश तो नहीं है?

फिर उसने अपने आपको स्वयं ही आश्वासन दिया था कि संभव है मालिकों ने

गाब्रियेल के बेटे गास्तों के विकलांग हो जाने के कारण उसे यह तरक्की दी हो ··· शायद अपनी आत्मा को पाप-बोध से मुक्त करने के लिए ··· पर इस आश्वासन के बावजूद उसके मन में प्रश्न पैदा होते रहे थे—

—यह भी तो हो सकता है कि गाब्रियेल, जो इधर कुछ दिनों से यूनियन की गतिविधियों में अपनी सक्रियता दिखाने लगा था, उससे उसे रोकने के लिए वैसा किया गया हो। क्या यह मालिकों की ओर से मुलाजिम को खरीद लेने की प्रक्रिया तो नहीं है ? अगर है तो हरि को भी अपने बारे में यही भय है। कहीं उसे भी पूँजीपतियों और सरकार की मिली-जुली साजिश के तहत खरीदा तो नहीं जा रहा ?

इन सारी बातों की व्यग्रता जहन में लिए हरि चलता रहा। एक खरगोश इस ओर के खेत से निकलकर दूसरी ओर गन्ने के खेत में दौड़ गया। हरि महादेव की ओर देखकर मुस्कुराया। अगर वह साथ न होता तो महादेव उस खरगोश के पीछे दौड़ जाता। गहराते धुँधलके के साथ-साथ झींगुरों की आवाजें ऊपर उठती गईं। जब वे तीनों गाँव में दाखिल हुए तो अँधेरा घना हो चुका था। चाँद दिखाई देने में अभी समय था। गाँव के पहले घर से मक्की भूने जाने की सोंधी गंध आई। महादेव के मुँह में पानी भर आया। कहा—

"अब तुम लोग जाओ। मैं जरा महावीर चाचा के यहाँ से होकर आता हूँ।"

हरि ने पूछा—

"कल मिल रहे हो न ?"

"हाँ, रात में सात बजे।"

अपनी माँ के साथ हरि जब जासो मौसी को छोड़कर अपने घर पहुँचा तो सभी लोग खाने पर बैठे थे। देवी परोस रही थी और वीणा उसके पास इस तरह खड़ी थी, गोया देवी के बाद घर की सारी जिम्मेवारियों की आखिरी सीख ले रही हो ! हरि बारी-बारी से देवी और वीणा को देखता रहा। देवी को देखते हुए उसे फिर वही पछतावा-सा हुआ, जो इधर चंद दिनों से उसे होने लगा था। उसे लगता कि वह अपने भाई-बहनों के प्रति बड़ा बेरहम रहा है। उन सभी से बातें करने का उसे समय ही नहीं मिल पाया। अब जब देवी को इस घर से जाने में कुछ ही दिन शेष रह गए थे, तो हर वक्त उसे इसी बात का पछतावा हो रहा था कि बहुत कम मौकों पर उसने अपनी बहन को अपने पास बिठाकर बातें की थीं। अब उसका जी चाहता था कि बाकी दिनों में वह उसी के पास बैठा रहे और दिल खोलकर वे तमाम बातें कर ले जो अब तक नहीं कर पाया था।

उसने वीणा की ओर देखा। पहली बार उसे ऐसा लगा कि अब तो वह भी बड़ी हो चली है। वीणा और देवी को साथ-साथ खड़े देखकर यह बताना कठिन था कि देवी बड़ी है या वीणा ? वीणा तो एकदम देवी के बराबर हो रही थी। अब उसे लगा कि रामबरन चाचा और देवंती चाची उसकी माँ से यह कहती रहती थीं कि क्यों न वह एक ही लगे दोनों बेटियों के ब्याह की बात सोचे। पर उसकी माँ ने बात नहीं मानी थी और हरि भी वैसा करने को तैयार नहीं था।

खाने के बाद हरि ने अपनी दोनों बहनों को अपने पास बुलाया। वीणा के लिए तो वह एकदम पहला ही अवसर था, जब अपने भाई के एक ओर वह बैठी थी और दूसरी ओर उसकी बड़ी बहन। हरि कुछ देर दोनों के हाथों को अपने हाथों में लिए चुपचाप बैठा रहा और जब बोला तो भर्राई हुई आवाज में—

"मैंने तुम दोनों का बहुत कम खयाल रखा।"

देवी का अपना गला भी रुँध आया। उसने कहा—

"ऐसा क्यों कहते हो भैया ?"

"कभी यह सोचने का अवसर ही नहीं मिला कि एक दिन तुम इस घर को छोड़ जाओगी। और तुम्हारे बाद वीणा भी। अगर इस सच्चाई को जानने के लिए पहले से समय निकाला होता तो अब तक तुम दोनों को इतना प्यार कर लिया होता कि ··· कि इस तरह पछताने की नौबत नहीं आती। तुम दोनों के लिए ही क्या, सभी के लिए अजनबी-सा, पराया-सा बना रहा मैं।"

देवी अपने रुँधे स्वर पर अधिकार पाने के बाद बोली—

"तुम कभी एक पल के लिए भी हमें अजनबी या पराए नहीं लगे भैया !"

रात को बहुत देर तक हरि अपनी बहनों से बातें करता रहा। कभी तीनों रो देते, कभी हँस देते। हरि कभी देवी का आभार जताने लगता, कभी हिदायतें देता, कभी नसीहतें।

पहले तो डॉक्टर ने मूसा के बुखार को मलेरिया कहा, पर बाद में टाइफायड बताया था। डॉ. मोरिस क्यूरे ने दो बार काटेज पहुँचकर उसका मुआइना किया था और दवा दे गया था। उसकी हालत में सुधार देखकर हरि ने वहीं बैठे हनीफ से कहा था कि मूसा की बिगड़ी हालत को देखते हुए जैसे उसके अपने दाएँ बाजू को लकवा मार गया था। उसकी सुधरती हालत देखकर उसे राहत मिली।

हरि को सरकारी नौकरी शुरू किए पाँचवाँ दिन था। उसे सूचना-अधिकारी के ओहदे पर सूचना विभाग में रखा गया था, पर इन पाँच दिनों में भी जब उसे अपने काम के बारे में कुछ भी समझ नहीं आया था, तो उसने सूचना विभाग के निदेशक डॉक्टर लखनसिंह से पूछा था—

—साहब, आखिर मेरी ड्यूटी क्या है ?

—सवाल उसने क्रियोली में किया था, पर जवाब डॉक्टर लखनसिंह ने भोजपुरी में दिया था—

—बस उहे काम जोन तोहर दोस्त बनवारी, इब्राहिम, और मार्सेल करेलन स !

पर हरि तो यह भी नहीं जान सका था कि उससे बहुत पहले से उस विभाग के साथ जुड़े वे तीनों आदमी करते क्या हैं। जब उसने पूछा तो इब्राहिम ने अपनी मेज पर से एक कागज उठाकर हरि को थमा दिया। वह अंग्रेजी में था। हरि ने उसे पढ़ा—

'सूचना विभाग के अधिकारियों द्वारा गाँवों में गतिविधियाँ।'

6 दिसंबर को ठीक दस बजे दिन में श्री बनवारी द्वारा सावान में रवींद्रनाथ ठाकुर पर भाषण, 9 दिसंबर की शाम चार बजे रिव्येर-जी-रांपार में जनाब इब्राहिम द्वारा इकबाल पर तकरीर, 15 दिसंबर की शाम पाँच बजे मेस्ये मार्सेल द्वारा रीव्येर न्वार के लोगों के बीच कंद और मकई के विभिन्न उपयोगों पर सुझाव।

कार्यक्रम के अंत में हरि का नाम भी था।

21 दिसंबर को दिन के दस बजे पंडित हरिपरसाद द्वारा फलाक में रामायण संबंधी भाषण।

इब्राहिम को वह पर्चा लौटाते हुए हरि ने अपने तीनों मित्रों की ओर बारी-बारी से देखा। फिर कहा—

"मैं तो बस गाँव के भोले-भाले लोगों के बीच रामायण का पाठ और थोड़ी-बहुत चर्चा कर लेता हूँ। यह भाषण देने की बात तो मेरी समझ में नहीं आ रही।"

बनवारी ने हँसकर कहा—

"शुरू में हम भी तुम्हारी ही तरह कुछ नहीं समझ पाए थे, पर आज कुछ भी बोलकर काम निकाल लेते हैं। मार्सेल तो लोगों को मक्की की चपाती पकाना सिखाते-सिखाते मक्की की लीटी पका बैठता है।"

तीनों हँस पड़े, पर हरि गंभीर बना रहा।

बहन के ब्याह का सप्ताह-भर बाकी रह गया था। करीब छह बजे जब वह दफ्तर से घर लौटा तो बैठका के प्रधान महेंदरसिंह को घर बैठे पाया। माँ ने बताया कि वे सभी की ओर से देवी की शादी के लिए तीस रुपए देने आए हैं। दो दिन पहले जब संतोष की माँ आधा बोरा आटा लिए आई थी, तो हरि घर ही पर था। वह इस बात पर मन-ही-मन लज्जित हो रहा था कि अभी तीन ही महीने पहले जब संतोष की बहन की शादी हुई थी तो हरि ऐसा कोई भी सहयोग उन्हें नहीं दे पाया था। तब तो मान्योक और फ्री-आ-पें खाकर गुजारा हो रहा था। विवाह के अभी सात दिन बाकी थे, पर गाँव के दो-तीन लोग रोज कुछ न कुछ लिए आ जाते थे, यहाँ तक कि लूला गाड़ीवान घनश्याम भी टोकरी-भर आलू दे गया था। जानू नाई ने अपनी बीवी के हाथों अपने ही खेत से पंद्रह किलो प्याज भिजवा दी थी। हरि की माँ ने महेंदरसिंह से कहा—

"पंचों ने तो इतना कुछ दे दिया है कि सब मेहमानों को खिला-पिलाकर भी चावल-आटा-दाल खत्म नहीं हो पाएगा !"

"तुम एक बात क्यों भूल रही हो पंडिताइन ! तुमने भी तो दोनों हाथों से बाँटा है। यह कैसे भूल सकते हैं गाँववाले ?"

जतन शाव के बेटे उमदत्त ने रास्ते ही में हरि से कह दिया था कि टमाटर और कच्चू के लिए उसे कोई चिंता नहीं करनी है।

"हल्दी के मौके पर सनीचर को पकाना होगा, इसलिए मैं सुकरवार को ही ये दोनों चीजें ला दूँगा।"

हरि की माँ को तो गाय-बेचे पैसों से केवल दुल्हन के कपड़े और गहने हीं खरीदने

पड़े। बाकी कोई ऐसी चीज नहीं थी तो लोग दे नहीं गए। उसी शाम हरि परकाश के घर पहुँचा। घर पर उसने कह दिया था कि वह देर से लौटेगा। परकाश के सामने पहुँचते ही उसने कहा—

"परकाश भैया, प्यासा फिर कुएँ के पास पहुँचा है।"

सूर्यास्त होने में कुछ ही मिनटों की देरी थी। परकाश ने अपने हाथ की कुदाली नीचे रखकर बैसाखी उठा ली। हरि के साथ घर तक पहुँचा और बाल्टी से पानी लेकर हाथ-पाँव धोने लगा। हरि ने कहा—

"आज मैं तुमसे पच्चीस रुपए उधार लेने आया हूँ परकाश भैया!"

परकाश हाथ-पाँव धोना छोड़कर हरि को देखने लगा। अपने कानों पर उसे विश्वास नहीं हुआ। जो आदमी हाथ में कुछ रख देने पर भी लेने को कभी तैयार नहीं हुआ, वह मुँह खोलकर कैसे माँग रहा है! परकाश को उस तरह अपनी ओर देखते हुए हरि ने कहा—

"तुम्हें हैरानी हो रही है?"

परकाश ने उसके प्रश्न का उत्तर न देकर अपने हाथों की माटी छुड़ाते हुए कहा—

"पिछले सप्ताह जब तुम यहाँ आए थे तो मैंने चाहा था कि तुम्हारे हाथ में दस-बीस रुपए रख दूँ। तुम्हारी भौजी ने भी यही चाहा था, पर तुम्हारे स्वभाव को जानते हुए मैं वैसा नहीं कर सका, क्योंकि तनिक भी यह उम्मीद नहीं थी कि तुम स्वीकार कर लोगे। मैं तुम्हें इसलिए दस-बीस रुपए देना चाहता था, ताकि तुम अपनी नई नौकरी पर आने-जाने का रेल-भाड़ा पूरा कर पाते। खैर, मुझे अपनी उस भूल का दुख बिल्कुल नहीं है, क्योंकि कम-से-कम वैसा करके तुम्हें अपनों से माँग लेने का मौका तो दे सका। मैं पहले ही से जानता था कि तुम गाय-बेचे पैसों में से एक भी पैसा अपने खर्च के लिए नहीं लोगे।"

हरि कुछ नहीं बोला। परकाश के हाथ-मुँह धो लेने के बाद दोनों जैसे ही घर के भीतर पहुँचे, सीता दो कटोरों में चाय लिए आ गई। चाय पीने के बाद हरि बोला—

"मुझे ये पैसे अपने रेल-खर्च के लिए नहीं चाहिए।"

"तुम्हें किसलिए चाहिए, यह तुम जानो, पर पैसा तुम्हें मिलना जरूर चाहिए। मेरे पास नहीं होता तो नहीं देता, पर चूँकि है इसलिए देने में एक पल की भी देर नहीं होगी।"

परकाश ने सीमा को आवाज देनी चाही पर हरि ने उसे रोक लिया और कहा—

"भौजी को बाद में बुलाना। पहले मेरी एक बात सुन लो।"

जब तक परकाश उसकी बात सुनने को रौ में नहीं आ गया, तब तक उसने बात शुरू नहीं की। परकाश ने कहा —"कहो, मैं सुन रहा हूँ।"

हरि ने कहा—

"देवी का ब्याह, लगता है मैं या मेरी माँ नहीं कर रहे बल्कि गाँववाले मिलकर कर रहे हैं। इस घर से तथा सहदेव चाचा से मिली मदद को तो मैं पराए घर की मदद बिल्कुल नहीं मान सकता। पर एक बात है परकाश भैया! गाँव का प्रायः हर आदमी

इन पाँच-सात दिनों में कुछ न कुछ हमारे घर जरूर पहुँचा गया है ··· लेकिन एक आदमी जो हमारी मदद के लिए हरदम आमादा रहा है, आज ··· आज वह आदमी ऐसी हालत में है कि घर में चूल्हा जलने की तो बात ही दूर रही, अपनी दवा-दारू का प्रबंध करने में भी असमर्थ है।"

हरि के चुप होते ही परकाश ने कहा—

"तुम मूसा की बात कर रहे हो ?"

"हाँ, मैं जो ये पच्चीस रुपए माँग रहा हूँ, उन्हें मैं हनीफ चाचा के जरिए जुलेखा भाभी और मूसा तक पहुँचाना चाहता हूँ।"

"तुम खुद उसे क्यों नहीं देना चाहते ?"

"मूसा जानता है कि देवी के ब्याह के लिए गाँववाले किस तरह अपना सहयोग दे रहे हैं। इस संदर्भ में एक दिन वह जुलेखा भाभी के सामने अपनी असमर्थता व्यक्त करते हुए रो पड़ा था। इस समय जो भी रुपया उसके हाथ पड़ेगा, वह उसे देवी के ब्याह के लिए भिजवा देगा—यह मुझे मालूम है। इसीलिए यह पैसा मैं उसे अपने हाथों से न देकर हनीफ चाचा की मार्फत पहुँचाना चाहता हूँ, ताकि वह उसे अपना पैसा माने और उसका कोई भी एक हिस्सा जुलेखा भाभी के हाथ पर रखकर कह सके—'ले जाओ जूले! हमारी ओर से देवी की शादी में यह छोटी-सी सौगात है।' तुम्हें यह बड़ा अजीब लग रहा होगा परकाश भैया!"

परकाश अवाक् रह गया और सामने संदूक पर बैठे हरि को एकटक देखता रहा।

दूसरे दिन रविवार होने के कारण दोपहर को हरि घर ही पर था, जब जुलेखा अंजलि के साथ उसके घर पहुँची। अंजलि की बच्ची ढाई साल की होनेवाली थी, फिर भी वह हर वक्त उसे बाएँ कूल्हे पर सँभाले रहती थी। उसके दूसरे हाथ में एक डोल था, जिसमें आम और मिर्च का अचार भरा था। उस भारी डोल को हरि की माँ के हाथ में थमाते हुए अंजलि ने कहा—

"अगे मौसी, हमर से ई हे बन पड़ल।"

तभी कुछ याद आने पर उसने हरि की ओर पीठ करके अपनी चोली से लाल रंग का सिंदरौटा निकालकर हरि की माँ के हाथों में रख दिया। बच्ची उसकी कमर से नीचे खिसक आई थी। उसे ऊपर करते हुए उसने फिर कहा—

"सुनले बानी कि देवी के ससूर आर्यसमाजी ह। ऊ खातिर ऊ लोग त सिंदूर नैं अनयन स। पर मौसी बेटी के माँग में सिंदूर डाले बिना बिदाई नै दीए।"

अंजलि और जुलेखा के बैठ जाने के बाद देवी चाय लिए भीतर आई। पहली दोनों कटोरियों को वह अंजलि और जुलेखा को थमाकर दो कटोरियों में फिर चाय ले आई। एक को उसने अपनी माँ के हाथों में रखा और दूसरी को हरि के हाथों में। उसकी माँ ने सिंदरौटे को सँभालते हुए अचारवाले डोल की ओर संकेत करते हुए देवी से कहा—

"अचार को किसी बरतन में उँडेलकर अंजलि का डोल वापस ले आओ।"

"उस इसी में रहने दो। खाली हो जाने पर मैं खुद ले जाऊँगी। हाँ, किसी चीज से ढाँपना मत भूलना।"

देवी डोल लिए चली गई।

चाय पी लेने के बाद जुलेखा ने अपनी ओढ़नी के सिरे पर लगी गाँठ को खोला। उसमें से दस-दस रुपए के तीन नोट निकाले और हरि की माँ की ओर बढ़ाते हुए कहा—

"चाची, इन तीस रुपयों से तुम देवी के लिए एक साड़ी और एक जोड़ा चप्पल खरीद लेना। तालेब के बाप खुद आनेवाले थे, पर कमजोरी के कारण उनसे चलना नहीं हो पा रहा।"

हरि को थोड़ी हैरानी हुई, क्योंकि सुबह हनीफ के हाथों में उसने केवल पच्चीस रुपए रखे थे और कहा था—

—चाचा, किसी भी सूरत में तुम मूसा और भाभी को यह मत जानने देना कि ये पैसे मैंने तुम्हें दिए हैं। तुम कोई भी बहाना ढूँढ़ लेना।

हरि ने परकाश से सिर्फ पच्चीस रुपए लिए थे। बढ़े हुए पाँच रुपयों के बारे में वह अभी सोच ही रहा था कि जुलेखा ने कहा—

"चाची, इनमें मेरे ससुर के भी पाँच रुपए हैं।"

हरि और उसकी माँ, दोनों की आँखें छलछला आई थीं। हरि वहाँ से उठकर बाहर आ गया। आँगन में उसके दोनों सबसे छोटे भाई—जीवन और राजन गुलमोहर की पंखुड़ियों के बीच से पराग सँजोए रखनेवाले अंकुशों से एक दूसरे के अंकुश को लपेट-खींचकर तोड़ने का खेल खेल रहे थे। वह उन्हीं के पास बैठकर उन दोनों का खेल देखता रहा। जीवन की किसी शरारत पर सबसे छोटा राजन खीज उठा—

"भैया, यह चोरी से खेल रहा है। जोर से खींच लेता है।"

हरि ने उसके हाथ के टूटे अंकुश को लेकर फेंक दिया और उसके दूसरे हाथ से अंकुशों के झोंपे को लेकर कहा—

"लाओ मुझे दो। मैं तुम्हारी ओर से खेलकर इसे हराता हूँ।"

और जब हरि ने सचमुच ही जीवन के दो अंकुशों को एक के बाद एक तोड़ गिराया तो राजन तालियाँ बजाता हुआ उछल पड़ा। कुछ देर बाद हरि ने अपने हाथ की पंखुड़ी के बचे अंकुशों को राजन को देते हुए कहा—

"लो, अब तुम खेलो। तुम जीवन भैया से सात खेल आगे हो।"

राजन ने खुशी-खुशी हरि के हाथ से पंखुड़ी लेकर खेल को आगे बढ़ाया। हरि टहलता हुआ रास्ते तक पहुँच गया। जानू भाई और अंजलि का पति सोंद्रों चीनी दुकान की ओर बढ़ते हुए उसे मिल गए। हरि को देखकर दोनों ठिठक गए। बातचीत हुई। हरि ने यह जानने क़ी जरूरत नहीं समझी कि ये कहाँ जा रहे हैं, पर उस धमाधम दोपहर का खयाल करके दोनों से कहा—

"इतनी धूप में!"

जानू ने दाँत निपोरकर कहा—

"हम लोग शराब पीने थोड़े ही जा रहे हैं !"

हरि हँस पड़ा। फिर जब जानू सोंद्रों के साथ आगे बढ़ गया तो हरि ने राहत की साँस ली। यह पहला अवसर था कि रास्ता चलते मिलने पर जानू ने उसे दुनिया-भर की बातें नहीं बताईं। हरि उसे भूलकर सोंद्रों के बारे में सोचने लगा। अंजलि रोती फिरती है कि उसका पति खुद की कमाई को तो पी ही जाता है, अंजलि की तनख्वाह भी उससे नहीं बचती। सात-आठ साल शादी को हो गए, पर कोई बच्चा नहीं हुआ। सोंद्रों चिल्ला-चिल्लाकर लोगों को बताता था कि इसकी वजह अंजलि है। एक दिन उसने अपनी माँ तक की पिटाई यह कहकर कर दी थी कि उसी ने उसके गले में एक बाँझ स्त्री को बाँध दिया है। उस समय हरि वहीं था। सोंद्रों की माँ मार खाकर भी चुप होने को तैयार नहीं थी। चिल्ला-चिल्लाकर अपने बेटे को कोसने लगी थी कि वही खुद नामर्द है और अपनी पत्नी पर झूठा आरोप लगा रहा है। इस घटना के कुछ ही दिनों बाद सोंद्रों की माँ सेंताँ-त्वान की कोठी में ब्याही गई अपनी बेटी की सातवीं बच्ची को उठा लाई थी। उस समय बच्ची कठिनाई से महीने-भर की थी। अंजलि आज गाँव-भर में किसी को यह अधिकार देने को तैयार नहीं है कि कोई उस बच्ची को उसकी बच्ची न कहकर ननद की बच्ची कहे।

कुछ ही देर बाद हरि ने जुलेखा के साथ अंजलि को आँगन से निकलते देखा। वह हमेशा की तरह उस बच्ची को अपने साथ चिपकाए हुए थी। वह चुपचाप उसे जाते हुए देखता रहा।

12

बहुत कुछ सोचने के बाद परकाश ने हरि और उसकी माँ को फिर से समझाया था कि देवी के ब्याह में उसके एकमात्र चाचा की उपस्थिति अति आवश्यक है। हरि की माँ ने बात मान ली थी, पर हरि ने कहा था कि मुर्गे की बाँग के बिना क्या सुबह नहीं होगी ?

हरि की माँ अब कई दिनों से हरि के पीछे पड़ी हुई थी कि वह उसके साथ चाचा के घर चले। आखिर हरि के बार-बार इन्कार करने पर रो पड़ी—

"बिन बाप की बेटी है मेरी देवी ! अगर उसका सगा चाचा ही न खड़ा हुआ तो लोग क्या कहेंगे ! समधियाना के लोगन के सामने कैसे मुँह देखावब बेटा ! लोग जाने चाहीं कि लड़की में कौन ऐसन एब बा जेकर खातिर ओकर अपन चाचा तक कन्यादान के लिए तैयार ना होवल !"

"लेकिन माँ, हम तो चाचा को निमंत्रण दे आए हैं। अब भी अगर वह न आना

चाहे तो हम क्या कर सकते हैं।"

"उसे मना सकते हैं।"

"उस दिन तो तुम उसके सामने हाथ जोड़ चुकी हो। उसने तो तभी तुमसे कह दिया था कि वह इस ब्याह में भाग नहीं लेगा।"

"तुम्हरे खातिर। तू अगर ओकर बात मान जयते और सुगुनवा की छोकरी से ब्याह के जिद ना करते त ऊ इधर से कभी मुँह ना मोड़त।"

"तुम इस बार उसके पाँव पकड़ना चाह रही हो क्या ?"

अपनी माँ के हठ के सामने हरि को मजबूरन उसके साथ चाचा के घर पूद्रदोर जाना पड़ा। उसका चाचा घर पर नहीं था। हरि की चाची ने बताया कि वह भी रोज अपने पति को मनाकर देवी के ब्याह में जाने का अनुरोध करती आ रही है, पर वह है कि टस से मस नहीं हो रहा। कोई दो घंटे बाद उसका चाचा दोपहर की धूप को काले छाते से रोके पगडंडी से आता दिखाई पड़ा। हरि के प्रणाम को उसने बड़े रूखेपन से स्वीकारते हुए कहा—

"जीते रहो।"

हरि की माँ ने उसे कुछ सुस्ता लेने का समय दिया। फिर बात की—

"देवी के ब्याह का बस पाँच ही दिन बाकी है।"

हरि के चाचा ने सुना, पर कहा कुछ नहीं। उसे चुप पाकर हरि की चाची बोली—

"आप ही को कन्यादान देना है।"

'मैं जब उस शादी में पहुँच ही नहीं रहा, तो कन्यादान कैसे दूँगा ?"

"क्यों नहीं पहुँचेंगे ?"

"कारण नहीं जानते हो क्या ?"

"वह कोई कारण नहीं।"

"क्या कह रही हो तुम ? अपने इस सपूत की शादी उस चमार की बेटी से कर रही हो और चाहती हो कि ···"

"वह लड़की अनुराधा की भी तो बेटी है।"

"इससे कुछ नहीं होता। लोग उसे अनुराधा की नहीं, सुगुनवा की बेटी कहेंगे।"

इस पर हरि की माँ ने हाथ जोड़कर कहा—

"आपके बिना देवी की डोली नहीं उठेगी।"

"तो मैं क्या करूँ ? अपनी पगड़ी को सिर से उतारकर सुगुनवा के पाँव पर तो नहीं रख सकता।"

"इतनी छोटी बात की इतनी बड़ी सजा आप हमें न दें। देवी का कन्यादान आप को ही करना है।"

"असंभव !"

"मैं आपकी हर शर्त मानने को तैयार हूँ।"

"वह तो एक ही है।"

"मैं हरि को उस लड़की से शादी करने से रोक लूँगी।"

"माँ, यह क्या कह रही हो तुम ?"

"मेरा भी तो कोई अधिकार होता है तुम्हारे ऊपर। अपनी बहन का तो खयाल करो।"

हरि ने अपनी माँ की दयनीयता को देखकर चुप्पी साध ली। उसकी माँ ने इस बार अपनी ओढ़नी के पल्लू को दोनों हाथों में लेकर हरि के चाचा के सामने फैला दिया—

"आप लोगों को कल ही हमारे यहाँ पहुँचना है। हमें आपकी शर्त मंजूर है। हरि वहीं शादी करेगा, जहाँ आप चाहेंगे।"

हरि उसकी उस गिड़गिड़ाहट को नहीं सुन रहा था, सिर्फ देख रहा था उसकी आँखों से बहते आँसुओं की धाराओं को।

सभा के सदस्य शाम के समय आकर तीन दिन में घर के आगे पंडाल और माड़ो बना गए थे। माड़ो के लिए बाँस और अन्य जरूरी सामान महादेव के जिम्मे था, क्योंकि उसे ही पुरोहित जी के सारे काम सँभालने थे। हरि के पिता के ब्याह के समय महादेव का बाप नाई था। पाँच दिन पहले ही से हरि के घर महिलाओं के गाने-बजाने की रस्म शुरू हो चुकी थी। यह गाना-बजाना रात को देर तक चलता रहता था, जिसके कारण हरि का सोना नहीं हो पा रहा था। शनिवार की सुबह जब हल्दी की रस्म के लिए महादेव आम की एक डाल काटकर माड़ो में हरीश तैयार कर रहा था तो उसकी मदद करते हरि को झपकियाँ आ रही थीं।

गाँव के कोई आठ-दस लोग पंडाल सजाने और मिठाइयाँ बनाने में लगे थे और रात के खाने में पूड़ियों के लिए आटा भी रुँधने लगा था।

अंजलि चार औरतों को साथ लिए कच्चू की पत्तियों के छिलके उतारकर उन्हें टुकड़ियाने के बाद अब आलू, कुम्हड़े और लौकू को लिए बैठ गई थी। दूर गाँवों के कुछ संबंधी परिवार दो दिन पहले ही से पहुँचने शुरू हो गए थे। उनके बच्चों के भारी कोलाहल के कारण हरि ने उन्हें रास्ते के उस पार मैदान में खेलने भेज दिया था, पर उनमें से कुछ बच्चे बार-बार आकर लोगों को तंग कर ही जाते थे।

लौकूँ से कँटीले छिलके उतारते हुए अंजलि ने देवंती को छेड़ते हुए कहा—

"चाची, कल रात तो तुमने जवान औरतों के भी दाँत खट्टे कर दिए !"

"अरी भोंसरी, चूप। लोग सुन लेंगे !"

"तो क्या होगा ?"

"तुम्हारा चाचा घर से बाहर कर देगा।"

"अरे चाची, तू अगर चाचा के सामने कल रात की तरह एक बार कमर मटका दे न, तो चाचा तो तुम्हारे ऊपर लट्टू हो जाएँगे !"

"तुम अपने सोंद्रों को लट्टू करना।"

"चाची, तुम्हारी जैसी कमर हो तब तो !"

संतोष की पत्नी ने अंजलि की बात की पुष्टि करते हुए कहा—

"पर चाची, सचमुच, इस उमर में भी तुमने क्या कमर पाई है! ढोलक बजाते-बजाते मेरे हाथ जवाब देने लगे थे, गाते-गाते कोसिला भौजी का गला बैठ गया है, पर तुम पूरी रात नाचने के बाद भी ताजगी लिए हुए हो!"

"अरी तुम्हारी नजर को मिर्च लगे!"

"चाची, एक बात पूछूँ?"

"क्या?"

"जवानी में तुम कितना नाचती होगी?"

"जितना भी नाचती थी, तुम्हारी सास से कम ही नाचती थी।"

इसी तरह हँसी-मजाक में औरतें सब्जियाँ तैयार करती रहीं। उधर मर्दों ने भी बड़े-से चूल्हे पर बड़ी-सी कड़ाही चढ़ा रखी थी। मर्दों में दो तरह के विचारोंवाले लोग थे। कुछ लोगों का कहना था कि पूड़ियाँ उतारने में अभी जल्दी है। खाने के समय तक वे ठंडी हो जाएँगी, लेकिन सुग्रीम चाचा का कहना था कि वह उन्हें इस तरह रखेगा कि नौ बजे रात तक गरम की गरम रहेंगी। उसी की बात मानकर पूड़ियाँ उतारने की क्रिया शुरू हो चुकी थी। कुछ लड़के पंडाल के एक हिस्से को नारियल के हरे पत्तों से घेरने में व्यस्त थे। संतोष पूद्रदोरवाले अपने अध्यापक मामा के यहाँ से ग्रामोफोन ले आया था। जोहरा बाई की आवाज की मस्ती में उसके गानों को गुनगुनाता हुआ संतोष सभी कामों की इस तरह देख-रेख कर रहा था, गोया वही वहाँ का प्रमुख सरदार हो। रात में हल्दी के बाद मर्दों के गाने-बजाने का जो कार्यक्रम था, उसके लिए भी वही पड़ोस के गाँवों से चार गायकों को बुलाए हुए था। उनके लिए उसे दूध और गाँजे की व्यवस्था अभी करनी थी। सुग्रीम उससे कह चुका था कि गाँजे की चिंता वह न करे।

"अरे हम सबसे बढ़िया चीज ला देवब बेटा! काहे के फिकिर करत हवे। सब ठीक हो जाय।"

ठीक दो बजे तिलक के लिए निकलना था। लड़के का परिवार आर्यसमाजी होने के कारण तिलक और हल्दी-जैसी विधियों के लिए तैयार नहीं हो रहा था। हरि की माँ की बहुत आजीजी के बाद वे इसके लिए तैयार हुए थे। तिलक चढ़ाकर हरि अपने साथ गए बारह आत्मीय जनों के साथ साढ़े-चार बजे घर लौटा। उसके चाचा ने लड़की के बाप के रूप में लड़के को धोती और नकद पच्चीस रुपए का तिलक चढ़ाया था। उधर से लौटकर वे लोग हल्दी की तैयारी में लग गए।

शाम की सबसे पहली रस्म माटी कोड़ाई थी। वीणा गाँव की सात महिलाओं के साथ सिर पर डलिया रखे माटी-कोड़वा की ओर बढ़ गई। सभी औरतें समूह-स्वर में माटी-कोड़ाई के गाने को गाती हुई जब तक उस रस्म को पूरा करके नहीं लौटीं, पुरोहित ने हल्दी की रस्म शुरू नहीं की। हल्दी की रस्म शुरू होने से पहले ही लोग केले के पत्तों के सामने चटाई पर भोजन के लिए बैठने शुरू हो गए थे।

हरि ने ही ऐसा करने का आदेश दिया था, ताकि सभी लोग समय पर भोजन कर लें। हल्दी चढ़ाने से पहले पंडित ने सत्यनारायण स्वामी की कथा बाँची, फिर उसने परिवार के पाँच मर्दों द्वारा हरीश-रोपण किया। सबसे पहले अपने हाथों कन्या को हल्दी

चढ़ाई। पंडित जी के बाद परिवार-प्रमुख के नाते हरि का चाचा उठा और घूँघट में सिर झुकाए बैठी देवी के सामने पहुँचा। लोटे से कुश उठाई। उसे कटोरे में रखी हल्दी में डुबोया और माथे से पाँवों तक हल्दी का स्पर्श देकर देवी को आशीर्वाद दिया। इसके बाद बारी-बारी से अन्य मर्दों ने हल्दी चढ़ाई। अविवाहित होते हुए भी हरि को हल्दी चढ़ाने का अधिकार इसलिए मिल गया, क्योंकि वह जनेऊधारी था। महिलाएँ इस रस्म के गाने गाती रहीं और लोग हल्दी चढ़ाते रहे। महिलाओं में जो देवी की भाभियाँ लगती थीं, उन्होंने इस दौरान छेड़खानियाँ भी कीं। फिर थाली में चावल लाए गए और चावलों से चूमकर देवी को माड़ो से उठाया गया। उसे घर के पूर्वी कोने में ले जाकर बिठाया गया और उसके हाथ में कुश की पत्तियों के साथ बँधी एक छुरी थमा दी गई, ताकि इधर-उधर का कोई टोना-टोटका ना लगे। हल्दी के रंग में रँगी देवी इतनी सुंदर दिखने लगी थी कि उपस्थित औरतों के खयाल में किसी की नजर लग जाना कोई अनहोनी बात न होती।

पंडाल के एक ओर खाना परोसा जाता रहा और दूसरी ओर गाने की महफिल जमाने की तैयारी होती रही। बीच पंडाल में गैस से जलनेवाली लालटेन रखी थी, जो हवा कम हो जाने से मंद हो चली थी। संतोष ने उसमें हवा भरी और वह दहक-सी उठी। दूसरी ओर मशालें जल रही थीं। इन मशालों की तैयारी भी संतोष ही ने की थीं। खाली बोतलों के मुँह पर गीला आटा चढ़ाकर उसने बीच से बत्ती को ऊपर निकाला था। संतोष ने हरि से भी भोजन कर लेने का आग्रह किया तो उसने कहा कि सभी मेहमानों के खा लेने के बाद वह खा लेगा। गाने-बजाने का कार्यक्रम जोर पकड़ चुका था। संतोष ने हरि को एक कोने में ले जाकर पूछा—

"हरि भैया, इन गायकों के लिए कुछ प्रबंध हुआ या नहीं ?"

"तुम रसोई में देख लो। दूध होगा ···"

"हरि भैया, वह दूसरी चीज ···"

"अच्छा-अच्छा ! तुम ऐसा करो कि सुग्रीम चाचा से बात कर लो।"

सुग्रीम अपने वायदे के मुताबिक गायकों के लिए बढ़िया गाँजा ले आया था। संतोष को थमाते हुए बोला—

"एकदम कली ले आया हूँ।"

सभी मेहमानों के खाना खा लेने के बाद संतोष अपने सभी साथियों सहित केले के पत्तों के सामने चटाई पर जा बैठा, तभी उसे खयाल आया कि हरि ने भी अभी खाना नहीं खाया है। वह अपनी जगह से उठकर उसके पास गया। हरि ने कहा कि खाने के लिए अभी उसका मन नहीं है, पर संतोष उसे चटाई पर बिठाकर ही माना। गाने-बजाने का सिलसिला रात को बहुत देर तक चलता रहा। घर के एक कोने में चटाई पर बैठी देवी को हरि दो बार देख आया था। चिराग की धूमिल रोशनी में वह उसे हमेशा से अधिक सुंदर दिखी थी। पंडाल में पहुँचकर हरि पीछे की ओर वहाँ जा बैठा जहाँ रोशनी बहुत कम थी। उसे अपनी बहन के बिछड़ जाने का दुख तो था ही, उससे भी बड़ी चिंता इस बात की थी कि प्रभा के माँ-बाप में से कोई भी हल्दी की

रस्म में हिस्सा लेने नहीं पहुँचा था।

हरि जब अपनी माँ के साथ प्रभा के घर निमंत्रण देने गया था तो प्रभा की माँ ने एक से अधिक बार कहा था कि वे लोग शनिवार की सुबह ही उनके यहाँ पहुँच जाएँगे। हरि की माँ ने तो यह भी कहा था कि वे प्रभा को भी लेते आएँ। प्रभा की माँ हँसते हुए बोली थी—

—अगर लड़की को ब्याह से पहले ससुराल जाने की इजाजत होती तो हम उसे जरूर लाते।

हरि जब प्रभा से अकेले में मिला था तो पूछा था—

—यह कौन-सा कानून है कि लड़के को तो शादी से पहले ससुराल पहुँचने की पूरी छूट है पर लड़की को नहीं। चलो, हम दोनों मिलकर इस कानून तोड़ दें।

—हम तो कानून तोड़ सकते हैं, पर · · ·

—पर क्या ?

—कानून बनानेवाले हमारे बनाए संबंध को तोड़ देंगे।

फिर उसने हँसकर कहा था—

—मेरी माँ और मेरे पिता, दोनों हल्दीवाले दिन सुबह ही पहुँच रहे हैं। समझ लेना कि उनके साथ मैं भी देवी के ब्याह में मौजूद हूँ।

हरि उस नीम अँधेरे में बैठा, गाने-बजाने की उस महफिल से भी निःसंग-सा अपने आपसे केवल यही पूछता रहा कि आखिर क्या कारण है जो प्रभा के माँ-बाप नहीं पहुँचे ? एक अजीब-सी बेचैनी उसे दबोचे हुए थी। वह अपने आपसे पूछता रहा—कहीं मेरे चाचा ने तो उन तक इधर-उधर की कोई बात नहीं पहुँचा दी ? या खुद प्रभा के परिवारवाले ही तो कहीं उस दूसरे संबंध की ओर नहीं लपक गए। संतोष उसके पास आकर बैठ गया। उसके एक ही साथ कई सवालों के जवाब देते हुए हरि अपने को अपने ही भीतर उठ रहे नुकीले प्रश्नों से बमुश्किल कुछ देर के लिए बचाए रख सका।

महफिल खत्म हो जाने पर भी हरि पंडाल के उसी कोने में बैठा रहा और बैठे-बैठे लेट गया। सुबह होने तक शायद ही वह घंटे-आध घंटे के लिए सो सका। उठा तो सबसे पहले देवी के पास पहुँचा। उसके चारों ओर दूर-दूर से आए परिवारों की सात-आठ लड़कियाँ अब भी चटाइयों पर सोई हुई थीं, जिसके कारण हरि अपनी बहन के एकदम करीब नहीं जा सका। उधर से देवी चुपचाप अपने भाई को देखती रही। एक हल्की-सी मुस्कान के साथ हरि वहाँ से लौट आया। पंडाल में कुछ मर्द भी अभी तक सो रहे थे। जो जाग गए थे, वे दैनिक आवश्यकताओं को पूरा करने में लगे रहे। पास-पड़ोस के सभी लोग अपने-अपने घर लौट चुके थे। विजय को कुछ आदेश देकर हरि रसोई में चला गया। उसने जानना चाहा कि दिन में पहुँचनेवाले पास-पड़ोस के लोगों और परिवारों के लिए पर्याप्त आटा-चावल और सब्जियाँ बची हैं या नहीं। अंजलि अपने घर नहीं लौटी थी। हरि ने उसी से पूछा, क्योंकि उसी के जिम्मे उसने रसोई की सारी देखभाल छोड़ रखी थी। अंजलि ने बताया कि रात में जितने लोगों ने खाना खाया था,

उससे तीन गुने लोग भी खाने बैठ जाएँ तो भी सामान की कमी नहीं होगी। ठीक आठ बजे फरीद अपने पूरे परिवार और सहदेव ठाकुर के साथ सजा-धजा पहुँचा। हरि खुश हो उठा, पर यह खुशी भी प्रभा के माँ-बाप की अनुपस्थिति के दुख को कम नहीं कर पाई।

करीब नौ-साढ़े नौ बजे से चहल-पहल और दौड़-धूप शुरू हो गई। बारात को ठीक डेढ़ बजे पहुँचना था। कुछ लड़के संतोष की देखरेख में नारियल के हरे पत्तों से घिरे पंडाल को फूलों और रंगीन कागजों के तोरणों से सजाने लगे थे। हरि हर जगह आ-जाकर सभी कामों का मुआइना करते हुए भी रह-रहकर रास्ते की ओर देख लेता था। बचे-कुचे परिवार एक-एक करके आते जा रहे थे, लेकिन उसकी आँखें जिन दो जनों के लिए टकटकी लगाए हुए थीं, वे कहीं दिखाई नहीं पड़ रहे थे। दस बजनेवाले थे। माड़ो में देवी को हरीश के सामने कुँवरपत रस्म के लिए बैठाया जा चुका था। आसपास पाँच अविवाहित लड़कियों को भी उसके साथ खीर खाने बैठाया गया। करीब आधा घंटा रस्म को पूरा होने में लगा, क्योंकि महिलाएँ उसके साथ जो गीत गा रही थीं, वह रस्म से भी लंबा था। उसके बाद देवी की नाते की एक भौजाई उसे नहलाने ले गई। नहलाते हुए नाते की सभी भाभियाँ देवी के साथ मजाक और छेड़खानी करती रहीं।

तेजी से दौड़ते वक्त के साथ बढ़ती नाउम्मीदी के बावजूद हरि ने स्वयं को आश्वासन देते हुए कहा कि शायद सवारी की कठिनाई हो गई हो, पर देर-सवेर प्रभा के माँ-बाप आएँगे जरूर। बारात के पहुँचने में शायद आधे घंटे से भी कम समय रह गया था, पर उसके भावी सास-ससुर नदारद थे। हरि से जब नहीं रहा गया तो उसने मूसा से बात की। मूसा ने भी उनके अब तक न पहुँचने पर हैरान होते हुए सवाल किया—

"उनके घर कोई बीमार तो नहीं पड़ गया ?"

"ऐसा हुआ होता तो उधर से कोई सूचना जरूर आती।"

कुछ बच्चे दौड़े हुए आए और बारात पहुँचने की सूचना दे गए। द्वार-पूजा के लिए सबसे आगे हरि का चाचा चला, फिर सहदेव ठाकुर, परकाश, फरीद मियाँ और गाँव के अन्य कुछ लोग।

प्रभा के माँ-बाप की प्रतीक्षा हरि को तब तक भी रही जब तक माड़ो में देवी के माथे पर पटमवरी बाँधी गई। लावा घोंटाने की रस्म होने लगी। हरि हाथ से बनी बाँस की मौनी सुपली से लावा निकालकर बहन के हाथों में रखे जा रहा था। अचानक उसकी नजर पंडाल में प्रवेश-द्वार की ओर उठ जाने से उसकी मौनी से कुछ लावे नीचे बिखर गए थे। बारात पहुँचने से पहले जब खीर-खवाई पूरी हुई थी, और उसके चाचा-चाची तथा मामा-मामी माड़ो में इमली-घोंटाई की रीत पूरा कर रहे थे, तब दूर से दो रिश्तेदारों को आते देखकर हरि की धड़कनें बढ़ गई थीं, पर उनके पास आने पर फिर दुखी हो उठा था। भाँवरों के बाद तो हरि की बची-कुची आशा अपने आप जाती रही थी। ब्याह के दूसरे दिन नवविवाहिता देवी अपने दूल्हे के साथ साढ़े ग्यारह बजे चौथारी के लिए आनेवाली थी। हरि ने परकाश से कहा—

"साढ़े-आठ बजे हैं। अभी तीन घंटे बाकी हैं। मैं एक बार नोत्रदाम हो आता हूँ। जब तक मैं यह नहीं जान लूँगा कि प्रभा के माँ-बाप शादी में क्यों नहीं आए, तब तक मुझे चैन नहीं पड़ेगा।"

"तुम्हारा इस समय कहीं भी जाना ठीक नहीं होगा। अगर जाना है तो इस अहूर-बहूर के बाद ही जाना।"

सीमा भी वहीं थी। उसने भी हरि से यही कहा कि वह देवी और उसके ससुरालवालों को लौट जाने दे, फिर घर से बाहर जाए। देवी अपने ससुरालवालों के साथ करीब आधे घंटे देर से पहुँची। घर के भीतर प्रवेश करते ही देवी के भंसूर ने हरि से कहा—

"पंडित जी ने कहा है कि हमें यहाँ से ठीक डेढ़ बजे निकल जाना चाहिए, क्योंकि ढाई बजे से पहले हमें घर पहुँचना होगा। ढाई के बाद शुभघड़ी नहीं रहेगी।"

यह जानकर कि देवी के ससुरालवाले डेढ़ बजे ही चले जाएँगे, हरि को संतोष-सा हुआ। रसोई में दालपूरियाँ पक रही थीं। हरि वहाँ पहुँचा और सीमा से बोला—

"भौजी, ऐसा करो कि बारह से पहले खाना तैयार हो जाए।"

"तुम चिंता मत करो, तैयार हो जाएगा।"

यह कहकर वह मुस्कुरा उठी और उसकी वह मुस्कान हरि के चेहरे की रंगत को बदल गई। कल शाम विदाई के समय जब देवी अपने भाई के पाँव छूकर उससे लिपट गई थी, तो हरि, जिसने स्वयं अपनी माँ को रोने से रोका था, खुद सिसकियाँ लेने लगा था। जिस बहन के बिछुड़ने के खयाल से ही वह दुखी हो जाया करता था, आज उसी को जल्द से जल्द भेज देने की अधीरता लिए हुए था। दो घंटे का वह समय उसे बहुत लंबा प्रतीत हुआ। उसने पहले ही संतोष के यहाँ से साइकिल मँगवा ली थी। बस या रेल पकड़ने में उसे काफी समय लग सकता था, इसलिए रात ही में उसने तय कर लिया था कि वह साइकिल से ही प्रभा के घर पहुँच जाएगा। शादी की मिठाइयाँ भी अलग से प्रभा के लिए बाँध ली थीं।

बहन को विदा करके दस-पंद्रह मिनट बाद ही हरि ने साइकिल उठाई और नोत्रदाम के लिए चला। माँ से कुछ न बोलकर उसने वीणा से कह दिया था कि अगर माँ पूछे तो बता देना कि उसे यूनियन के किसी काम से निकलना पड़ा है। पर अभी वह साइकिल को आँगन से ठेलकर रास्ते तक ला ही रहा था कि अजोदा चार व्यक्तियों के साथ सामने आ खड़ा हुआ। हरि उन चारों को भी अच्छी तरह जानता था। वे बेल-वी-आरेल कोठी के मजदूर थे। अजोदा ने पूछा—

"कहीं निकल रहे हो क्या ?"

हरि ने उसके प्रश्न का छोटा-सा उत्तर दिया—"हाँ।"

"हमें तुमसे एक काम था।"

"शाम को नहीं आ सकते ?"

"हम पाँचों और हमारे संग के दूसरे दस मजदूरों को नौकरी से हटा दिया गया है।"

"क्यों ?"

"हम सभी की दो दिनों की तनख्वाह काट ली गई थी। हम लोग शनिवार को ही

आनेवाले थे, पर हमने ब्याह की वजह से तुम्हें परेशान करना नहीं चाहा। अब सभी लोग तुम्हारे पास आ रहे थे, पर मैंने उन्हें रोक दिया। वे सभी इस समय कोठी में हमारा और तुम्हारा इंतजार कर रहे हैं।"

"इस समय तो मैं जल्दी में हूँ। कल शाम को मैं तुमसे मिलने आ जाऊँगा।"

"मामला कुछ बेहद संगीन है। तुम उस्मान चाचा को तो जानते हो न ? उसने अपनी बीवी को कोठी में काम करने से रोक लिया। इस पर उसे आव्रियों साहब के सामने उपस्थित किया गया। उससे कहा गया कि वह अपनी बीवी को नौकरी करने से नहीं रोक सकता। उससे पहले हमने भी अपनी-अपनी पत्नी को नौकरी करने से रोक लिया था। हमें भी साहब के सामने खड़ा किया गया और हमसे भी यही कहा गया कि हम अपनी-अपनी गायों को बेचकर अपनी पत्नियों को गन्ने के खेतों में फिर से काम करने भेजें। हममें से जब कोई भी गाय बेचने को तैयार नहीं हुआ, तो हमें नौकरी से हटा दिया गया। उस्मान चाचा के बेटे की तो सरदारों ने पिटाई भी की।"

"तुम लोग कहाँ थे ?"

"हममें से कुछ लोग वहीं थे।"

"तुम सभी लूले थे क्या ?"

"याकूब पर तो पुलिस में मामला दर्ज कर दिया गया है।"

"किसने किया है ?"

"तीनों सरदारों ने।"

"आरोप क्या है ?"

"उन लोगों का कहना है कि याकूब कोठी के गोदाम से न जाने क्या चुरा रहा था। आज सुबह पुलिस आई थी उससे बयान लेने। उसने अभी तक बयान नहीं दिया है। ढाई बजे पुलिस फिर आ रही है। हम चाहते हैं, इससे पहले कि वह पुलिस को बयान दे, तुम उससे मिलकर उसे बता दो कि बयान में उसे क्या कहना चाहिए।"

हरि ने अपने सामने खड़े गुलमोहर के पेड़ के ऊपर सूरज को ठिठके पाया। एक लंबी साँस लेकर कहा—

"ढाई तो बजने को है।"

"अभी कुछ समय बाकी है।"

हरि ने सोचा कि उसने वीणा से अपनी माँ को जो झूठी सूचना देने के लिए कहा था, वह झूठ न रहकर सच में बदल गई है। झूठ बोले जाने का उसे पछतावा हुआ। इस बीच लोगों से बातें करते देख परकाश भी उसके पास आ गया था। हरि ने उसकी ओर देखा, पर चुप रहा। अजोदा की ओर देखकर धीरे से कहा—

"चलो।"

परकाश उसे उन पाँच व्यक्तियों के साथ जाते हुए देखता रहा।

दूसरे दिन नौकरी पर जाने के लिए हरि छह बजे ही निकल पड़ा। वीणा ने जल्दी से

चाय लाकर देते हुए पूछा—

"आज इतने सवेरे ?"

हरि ने सिर्फ सिर हिलाकर हामी भर दी।

करीब साढ़े-सात बजे वह नोत्रदाम पहुँचा। हल्की बारिश भी हो रही थी। भीग जाने की परवाह किए बिना हरि पगडंडी से होता हुआ प्रभा के घर की ओर बढ़ा। प्रभा के माँ-बाप दोनों घर पर ही थे। सुगुनवा के हाथ में छाता देखकर हरि को यह समझते देर नहीं लगी कि वह कहीं जाने के लिए निकल रहा है। छाता खोलकर उसके बीच के छेद से झाँकने के बाद बंद करते हुए उसने हरि से कहा—

"हम लोग तुम्हारे यहाँ नहीं आ सके।"

अनुराधा चाय लिए आ गई। हरि को कटोरा थमा चुकने के बाद बोली—

"सभी कुछ अच्छी तरह बीता न ?"

हरि ने गरम कटोरे को एक हाथ से दूसरे हाथ में सँभालते हुए कहा—

"हम लोग अंतिम घड़ी तक आप लोगों की राह देखते रहे। आखिर ··· "

सुगुनवा ने बीच में बात काटते हुए कहा—

"ऐसा है कि मेरे एकाएक बीमार हो जाने से अनु भी नहीं जा सकी।"

सुगुनवा का यह वाक्य सुनकर अनुराधा भीतर लौट गई। हरि को लगा कि बताया जा रहा कारण सही नहीं है।

घर के भीतर खामोशी बनी रही। हरि के हाथ की चाय ठंडी होती गई। सुगुनवा ने अपने पुराने छाते को कंधे पर लटकाकर कहा—

"मैं तो निकल रहा हूँ। अनुराधा तुमसे बात करेगी।"

करीब पंद्रह-बीस मिनट बीत गए। न तो किसी ने अब तक प्रभा का नाम लिया, और न ही वह सामने आई। हरि की नजर रावेनाल की दीवार से कई बार उस दूसरे कमरे की ओर जा चुकी थी। इधर-उधर भी वह झाँक चुका था। प्रभा के बाप का इस तरह घर से निकल जाना उसे अच्छा नहीं लगा था। पहले भी वह इस तरह निकला था, पर तब बात कुछ और थी। तब उसके बाहर जाने पर हरि मन-ही-मन खुश हुआ करता था, पर आज उसका इस तरह चले जाना हरि को बड़ा विचित्र लगा।

दूसरे कमरे से अनुराधा हरि के सामने आई। हाथ की चाय को ज्यों-का-त्यों देखकर उसने कहा—

"तुम्हारी चाय ठंडी हो रही है।"

हरि ने चाय की ओर देखा। फिर चुस्की लेने के बजाय दो घूँट मारने के बाद कटोरी को नीचे रख दिया। अनुराधा की ओर देखा और पूछा—

"आप लोग शादी में क्यों नहीं आए ?"

"घर पर सभी लोग ठीक हैं न ?"

"माता जी, मैं आपसे शादी में न आने का कारण जानना चाहता हूँ। सही कारण।"

"प्रभा के बाप बीमार ··· "

"यह सही कारण नहीं हो सकता। आप मुझे सही कारण बताइए।"

वह चुप रही। हरि ने दूसरा प्रश्न किया—

"प्रभा दिखाई नहीं पड़ रही। नदी पर गई है क्या ?"

"वह यहाँ नहीं है।"

"क्या ?"

"कुछ दिनों के लिए अपने चाचा-चाची के यहाँ चली गई है।"

"कब से ?"

"पिछले बुधवार से।"

हरि के दिमाग में पिछली कुछ बातें स्पष्ट हो आईं। प्रभा ने जब-जब अपने चाचा की बात छेड़ी थी, हरि ने ऊब-सी महसूस की थी। पता नहीं क्यों, प्रभा के चाचा से ही उसे हर बार खीज-सी पैदा हो आती थी। हरि ने जान-बूझकर अनुराधा से एक टेढ़ा प्रश्न किया—

"प्रभा अब वहीं रहेगी क्या ?"

और उसे अपने इस प्रश्न का जो उत्तर मिला, उसका तो उसे सपने में भी खयाल नहीं था। उत्तर सुनकर उसे लगा कि उसने गलत सुना है। अपने को सँभालने के बाद ही उसने फिर पूछा—

"वहीं रहेगी ?"

"हाँ।"

वही एक उत्तर दूसरी बार सुनकर भी हरि को अपने कानों पर विश्वास नहीं हुआ। वह चुपचाप अपनी जगह बैठा रहा। अनुराधा चाय के उस अधखाली कटोरे को उठाकर दूसरे कमरे में रख आई। उसे अपने सामने खड़े पाकर हरि बोला—

"मेरी समझ में बात नहीं आ रही।"

"बात यह है कि उसके चाचा-चाची उसकी शादी अपने यहाँ रखकर करना चाहते हैं।"

"पर शादी में तो अभी समय है।"

"नहीं।"

"क्या ?"

"वे लोग अगले ही महीने उसका ब्याह कर रहे हैं।"

"क्या कह रही हैं आप · · · । हमें तो अभी इस शादी के खर्च से उबरने में कम से कम वर्ष-भर लग जाएगा।"

प्रभा की माँ ने धीरे से कहा—

"हमने तो तुम्हारे घर पर तुम्हारी माँ से पहले ही कह दिया था कि हम इतने लंबे समय तक इंतजार नहीं कर पाएँगे। मेरी लड़की की उम्र कम नहीं हो रही, बढ़ रही है और · · · "

"लेकिन माताजी · · · "

"जो कुछ हो रहा है बेटे, मुझे उससे खुशी नहीं, पर क्या करें, सवाल सिर्फ मेरी और प्रभा की ही खुशी का नहीं है। मेरे भसुर ने प्रभा के लिए जो लड़का देखा है, वह

उसके परिवार का है। उनका तकाजा है कि शादी जल्द से जल्द हो।"

"आप ··· मुझसे मजाक करने लगीं।"

"नहीं, मैं मजाक नहीं कर रही।"

"और प्रभा ? वह भी मान गई ?"

"बेबस थी।"

"कैसी बेबसी ? नहीं, यह नहीं हो सकता।"

और जब उसने आँखें उठाकर प्रभा की माँ की ओर देखा, तो पाया कि उसकी आँखों में भी एक बेबसी है। हरि को परकाश के उस मित्र की वह बात याद आ गई, जो उसने उससे तब कही थी, जब परकाश पहली बार प्रभा के घर पहुँचा था—इस गाँव में न तो कभी कोई बारात आई और न ही यहाँ से कभी कोई बारात निकली ··· और फिर उसे अपना वह प्रण भी याद आया—इस बस्ती में बारात लेकर पहुँचनेवाला पहला आदमी मैं होऊँगा !

13

जब शराबखाने में लोगों ने सोंद्रों से वह बात सुनी तो उसकी काफी हँसी उड़ाई गई। यहाँ तक कि उसके सबसे जिगरी दोस्त जानू नाई ने भी उसकी मजाक उड़ाते हुए कहा था कि अगर सचमुच उसकी पत्नी को लड़का जनमा, तो वह जिंदगी-भर मुफ्त उसकी हजामत करता रहेगा और अगर लड़की हुई तो वह उसके ब्याह में शहर से नाचनेवालियों को अपने खर्च पर बुलाकर महफिल जमाएगा ! वैसे तो शुरू-शुरू में सोंद्रों को भी उस बात का विश्वास नहीं हुआ था। अंजलि ने उस रात जब उसके कान में वह बात बताई थी तो सोंद्रों एक बोतल अंगूरी के नशे में था। सुबह अंजलि ने उससे फिर कहा था—

—मै पाँव से भारी हूँ।

और वह हँसकर घर से निकल गया था। उसी शाम नौकरी से लौटकर जब अंजलि ने उससे फिर कहा था कि वह पाँच महीने के पेट से है, तो सोंद्रों ने उसके पेट की ओर गौर से देखा था। पर उसे कुछ भी नजर नहीं आया था और बात उसने हवा में उड़ा दी थी। एक सप्ताह बाद जब उसकी माँ की मौजूदगी में जासो मौसी ने भी उससे कहा तो सोंद्रों को गंभीर होते देर नहीं लगी और फिर गाँव-भर में उसका ढिंढोरा पीटता फिरा। पर गाँववालों को तो तब विश्वास हुआ जब अंजलि का पेट गवाही देने लगा। देवी के विवाह से तीन दिन पहले हरि ने सोंद्रों से कहा था कि कम-से-कम अब तो वह पीने की लत से बाज आ जाए। जानू नाई ने चिकोटी काटते हुए कहा था कि वह

तो अपने पहले बच्चे के जनमते ही दो बच्चों का बाप हो जाएगा ! बात सही थी, पर सोंद्रों की समझ में नहीं आई थी, इसलिए वह तपाक से पूछ बैठा था—

—क्यों, मेरी औरत को जुड़वाँ होने जा रहा है क्या ?

—यार, एक तो पहले से ही उसकी गोद में है।

—अरे मैं अपने बच्चे का बाप होऊँगा, उधार के बच्चे का नहीं।

घर पहुँचकर सोंद्रों ने यही बात अपनी पत्नी से भी कही थी, लेकिन अंजलि ने बड़ी गंभीरता के साथ कहा था—

—अगर दूजा भाव रखोगे तो मैं अपने पेट के बच्चे को जनम ही नहीं दूँगी।

सोंद्रों डर गया था।

सुबह जब अंजलि काम पर जाने के लिए निकलने लगी तो गोद की बच्ची को सास को थमा दिया। सास ने कहा—

"देखिए बहुआ, काम में ढेर बोझ ना उठाइए।"

पर इधर तो महीने-भर से बेल-वी-आरेल की कोठी में काम करनेवाली औरतों को बोझ उठाने-ढोने का ही काम करना पड़ रहा था। वह भी निराई के दाम में। लेकिन बच्ची के गाल को चूमकर जाते-जाते अंजलि ने अपनी सास से कहा—

"आप फिकिर न करें।"

ठंड का मौसम इस बार देर तक बना रहा, पर सितंबर के आखिरी सप्ताह में गरमी एकाएक आ धमकी। मजदूरों की बातों के दौरान किसी को यह कहते सुना गया कि लगता है सूरज नीचे उतर गया है। सुबह की धूप में चुभन तो नहीं, पर अकुलाहट थी। अपने बदन के पसीने को देखकर संतोष ने कहा—

"अगर बारह महीने इसी तरह पसीना बहे, तो खेतों को सिंचाई की जरूरत ही नहीं पड़ेगी।"

—संतोष के काटे हुए गन्नों को अंजलि ने अँकवार से उठाया और कंधे तक पहुँचाकर मेंड़ों को पार करती हुई पटरी की ओर बढ़ गई।

वह अपने चौथे खेवे पर थी। रेल के डिब्बे तक पहुँचते-पहुँचते उसे चक्कर आ गया और इससे पहले कि वह लुढ़क जाती, उसने अपने कंधे के बोझ को नीचे गिरा दिया और मेंड़ पर बैठ गई। इलाके के पाँच सरदारों में सबसे पुराना सरदार मारतें झपटकर अंजलि तक आ गया और कड़ककर बोला—

"मूलें पे एना कान पू क्राजे ज़ोत पे फेर जोत लाफ़ाम।"

इससे पहले दूसरी औरतों को भी वह यही कह गया था कि कारखानों में पेरने के लिए गन्ने नहीं, और वे नखरे कर रही हैं।

अंजलि चुप रही, पर पास ही के खेत में गन्ने काट रहे महादेव ने अपने स्थान से कहा—

"तुम देख नहीं रहे, यह बीमार है।"

"उधर भी एक औरत बीमारी का ढोंग किए बैठी है।"

"अंजलि ढोंग नहीं कर रही। वह गर्भवती है।"

"फेरमे त्वा ? यह गर्भवती कैसे होने लगी ? इसका पति तो खेत में भी नामर्द, घर में भी नामर्द !"

अंजलि जैसे रो पड़ी। महादेव अपने हाथ के गँड़ासे सहित मेंड़ फाँदकर अंजलि और मारतें के बीच आ गया—

"मारतें, तुम अपना मुँह सँभालकर बातें किया करो !"

"कि तो फिन जीर फाली तो मामाँ !"

"देखो, माँ पर मत उतरो !"

"क्या कर लोगे ?"

"गन्ने की जगह तुम्हें काटकर डिब्बे में लाद दूँगा !"

इतने ही मारतें ने अपने हाथ की लाठी महादेव के दाएँ हाथ पर दे मारी। महादेव के हाथ का गँड़ासा छूटकर नीचे गिर गया। वह इस परिस्थिति को समझ पाता कि मारतें ने दो वार उस पर और कर दिए। अंजलि चिल्ला उठी। कई मजदूर इधर-उधर से दौड़े आए। मारतें ने अपने चारों ओर देखा और विपरीत दिशा में दौड़ गया। दौड़कर आए सभी मजदूर महादेव को लगी चोट देखने लगे।

आसमान पर दहकता सूरज मजदूरों के ठीक सिर पर चमक रहा था।

शाम को करीब छह बजे अंजलि और महादेव के साथ पाँच और मजदूर हरि के घर पहुँचे। हरि घर पर नहीं था। कोई सात बजे के करीब वह परकाश के यहाँ से लौटा। उसका सिर बोझिल तो पहले ही था, पाँच और मजदूरों को बैठे देखकर तो जैसे वह पूरी तरह झनझना उठा। फिर भी अपने मनोभावों को उन पर जाहिर किए बिना उसने महादेव से पूछा—

"क्या बात है ?"

परकाश और सीमा ने हरि को विदा करते हुए बारी-बारी से कहा था कि वह अपना धैर्य बनाए रखे। इसलिए बड़े धैर्य के साथ उसने वह छोटा-सा प्रश्न किया, जिसके उत्तर में महादेव ने उसे पूरी बात बताई। सबकुछ सुनकर भी हरि ने अपना धैर्य उसी तरह बनाए रखा। उसने वीणा को पुकारा और कहा कि वह सभी के लिए चाय का प्रबंध किया करे। वीणा ने जल्दी-जल्दी चाय बनाई। अपने ही हाथों सबको चाय पिलाई। इसके बाद हरि ने उनसे अनुरोध किया कि बिना सोचे-समझे कोई भी कदम न उठाया जाए। हम इन लोगों को सबक सिखाकर रहेंगे, पर इसके लिए जरूरी है कि कुछ भी करने से पहले हम अच्छी तरह सोच लें। उन लोगों को किसी तरह का बहाना नहीं मिलना चाहिए। कोई साढ़े-आठ बजे वे लोग अपने-अपने घर लौटे।

माँ और वीणा ने हरि से कहा कि वह खाना खा ले, पर हरि ने यही कहा कि उसे भूख नहीं है, भूख लगने पर वह खुद अपने लिए खाना निकाल लेगा। हरि के इस आश्वासन पर उसकी माँ और बहन दोनों सोने चली गईं। हरि संदूक पर बैठे-बैठे जब थक गया तो बाहर चहलकदमी करता रहा। फिर वह खाट पर जा लेटा। उसे न तो

भूख थी और न ही नींद। पर चूँकि परकाश और सीमा दोनों ने उससे धैर्य की माँग की थी, इसलिए वह उसे जुटाए रखने के लिए करवटें बदलता रहा। रात लंबी थी। उमस से भरी हुई। हरि को यह खयाल आता रहा कि पहली बार परकाश उसकी आंतरिक पीड़ा को नहीं समझ पाया है। वह केवल सीमा थी जो उसके साथ सहानुभूति जता पाई थी। परकाश तो बस जैसे फतवे देता रहा था। उसकी वे नसीहतें हरि को बड़ी ही सतही प्रतीत हुई थीं। सारी बातों से हरि यही अर्थ निकाल पाया था कि प्रभा न सही, सैकड़ों और हैं। उसने तो जैसे प्रभा की माँ के ही स्वर में स्वर मिलाकर कहा था कि बेहतर हो, प्रभा से मिलने की कोशिश न करे।

सीमा ने अपने पति की उस हिदायत का विरोध करते हुए कहा था—

—मैं तो कहती हूँ कि हरि का प्रभा से मिलकर सही बातें जानना जरूरी है। हो सकता है, उसे विवश किया गया हो। प्रभा अब भी हरि को बेहद प्यार करती है।

परकाश पूछ बैठा—

—तुम इतने विश्वास के साथ कैसे कह सकती हो ?

—क्योंकि मैं औरत हूँ।

उसने तो यहाँ तक कह दिया था कि अगर हरि प्रभा का पता लगाकर उसके पास जाना चाहे तो वह भी उसके साथ उससे मिलने जा सकती है।

उस अँधेरी रात के सन्नाटे में हरि अपने आपसे ही बातें करता रहा—ऐसा भी हो सकता है, मैंने तो कभी सोचा ही नहीं था · · · प्रभा तो कहती थी कि मैं उससे जितना प्यार करता हूँ, उससे दोगुना प्यार वह मुझसे करती है · · · तो फिर अपने परिवार के दबाव में वह विवश कैसे हो गई · · · क्या वह सचमुच उस अजनबी से शादी के लिए अपनी सहमति दे चुकी · · · अगर ऐसा है तो क्या वह मुझसे मिलना चाहेगी · · ·

यह पहला अवसर था जब हरि मजदूरों की समस्या को एकदम भुलाकर अपने ही बारे में सोचे जा रहा था। घर पर यह बात किसी को मालूम नहीं थी। शाम को उसके काम से लौटते ही माँ ने पूछा था कि आखिर प्रभा के परिवार से कोई क्यों नहीं आया। हरि को देवी की अनुपस्थिति इस वक्त और ज्यादा खटकी। अगर वह होती तो हरि उसे अपना यह दुख बता सकता था। उसने तय किया—कुछ भी हो, मैं प्रभा की राय जानकर रहूँगा।

पर कैसे ? उसके परिवारवालों से तो उसके चाचा का पता मिलना असंभव है। · · · तभी हरि को मूसा का खयाल आ गया। मूसा का एक रिश्तेदार प्रभा का पड़ोसी है।

दूसरे दिन सुबह दफ्तर जाने से पहले हरि मूसा से मिला। मूसा ने उसकी बात मान ली और उससे कहा कि वह उसे दो-तीन दिनों की मुहलत दे, वह प्रभा के चाचा का पता लगाकर रहेगा। हरि अपनी सारी उमंग, सारा उल्लास, सारी लगन जैसे खो बैठा था। वह ड्यूटी पर पहुँच तो गया, लेकिन उसके सहकर्मियों ने भी देखा कि वह अपने आप में नहीं है। उसके सारे हाव-भाव, उठना-बैठना सभी कुछ अनचाहे हो रहा था। हरि को सूचना विभाग से जुड़े बहुत दिन नहीं हुए थे, पर वहाँ के सभी कर्मचारी उसके

मधुर स्वभाव के कारण उसके दोस्त बन गए थे। छह अधिकारियों की मेजें एक-दूसरे से सटी हुई थीं। हरि को अभी तक अपनी मेज नहीं मिली थी। पर जो भी अधिकारी बाहर होता था, उसी की मेज हरि की अपनी मेज हो जाती थी। हरि बनवारी की मेज के सामने बैठा हुआ कुछ कागजात देख रहा था कि चपरासी ने आकर कहा कि विभागीय निदेशक किसुनसिंह ने उसे अपने कक्ष में बुलाया है।

हरि जब निदेशक के सामने पहुँचा तो उसने सदा की तरह आत्मीयता जताने के लिए भोजपुरी में हरि से पूछा—

"का होल हो पंडित ? तबीयत ओतना अच्छा नैं बा का ?"

"कोई ऐसी बात नहीं !"

"त एतना उदास काहे दिखत बानी ? खैर बैठो। फलाक में उस दिन तुमने रामायण पर जो भाषण दिया, वह लोगों को बहुत पसंद आया !"

कोई दूसरा अवसर होता तो हरि उस प्रशंसा से खुश हो जाता। सिर झुकाए वह अपने ही खयालों में खोया रहा। किसुनसिंह हमेशा की तरह अपनी ही धुन में बोलता गया और हमेशा की ही तरह अनौपचारिकता के बाद उसने काम की बात की—

"मायापूर से हमारे पास यह माँग आई है कि उन लोगों के बीच धरम-करम की बातें बताने के लिए हम अपने यहाँ से कुछ अधिकारियों को उनके बीच भेजें। मैंने सोचा है कि इसके लिए हमारे पास तुमसे बेहतर कोई दूसरा आदमी नहीं। मैं चाहता हूँ कि सप्ताह-भर के लिए तुम उस इलाके में ठहरकर मजदूर परिवारों को धरम-करम की बातें बताओ। तुम्हारे लिए वहाँ ठहरने का प्रबंध किया जा चुका है !"

"लेकिन सर, मैं तो खुद धरम-करम की बातें ..."

"देखो, तुम अनपढ़ लोगों के बीच जा रहे हो और अनपढ़ लोगों के सामने जो भी बातें तुम धरम-करम के नाम पर करोगे, उन्हीं पर विश्वास करके लोग अपना धरम-करम मान लेंगे। इसलिए यह जरूरी नहीं कि कोई धरम-करम का पंडित ही उनके बीच बात करे !"

"लेकिन सर !"

"लेकिन क्या ?"

"यह तो विश्वासघात हुआ, बेईमानी हुई !"

"कुछ भी हो, यह तो इस दफ्तर का आदेश है और तुम्हारा काम इस दफ्तर के आदेश का पालन करना है !"

यह सुनकर हरि ने कुछ नहीं कहा और उसकी उस चुप्पी को सूचना निदेशक ने उसकी स्वीकृति मान लिया।

शाम को हरि जब घर पहुँचा तो सूरज को धरती से विदा हुए कुछ ही मिनट हुए होंगे। उसके घर के सामने पचास से अधिक लोगों की भीड़ जमा थी। वे सभी बेल-वी-आरेल के मजदूर थे। उनमें कोई दस-बारह औरतें भी थीं। हरि को देखते ही सभी ने उसे घेर लिया। वे उत्तेजित थे। अंजलि और महादेव ने बारी-बारी से दिन में बीती घटनाओं को उसके सामने पूरी बारीकी से रखा। हरि ने भी उन्हें पूरे ध्यान से

सुना। महादेव को जब अपनी ज्यादती का भान हुआ तो उसने हरि से कहा कि वह घर जाकर चाय पी आए, फिर कुछ कहे। हरि चाय पीने को तैयार नहीं हुआ। उसने बारी-बारी से सात-आठ लोगों की बातें सुनीं और फिर उन लोगों से सवाल किया—

"ठीक है, मैं आप सभी को सुन चुका, पर अब आप सभी मुझे सुनने को तैयार हैं ?"

सभी ने एक स्वर से कहा—"हाँ, हम आपको सुनने को तैयार हैं।"

"तो फिर सबसे पहले आप मेरे एक प्रश्न का उत्तर दें। जिस समय तूफान आता है तो क्या उस समय उसके मुकाबले के लिए आप भी तूफान का रूप लेते हैं या दिमाग से काम लेकर अपने घर-द्वार को मजबूत करने में जुट जाते हैं ?"

उत्तर आने में कुछ समय लग गया। उत्तर मिलने के बाद हरि ने दूसरा सवाल किया—

"अगर तूफान के समय आप तूफान न बनकर अपने घर-द्वार को धराशायी होने से बचाने के उपाय ढूँढ़ने में लग जाते हैं तो फिर क्या कारण है कि इस तूफान का सामना भी आप लोग आक्रमण के बजाय अपनी संगठन-शक्ति से नहीं करना चाहते? आपके पास जो सबसे बड़ा हथियार है, वह है आपकी एकता और उसके बल पर आपकी हड़ताल, और हड़ताल भी बिना किसी उत्तेजना के। अंधे कानून को न मानने का यह मतलब नहीं कि आप कानून बनानेवालों पर हमला कर दें। उसे न मानने का सबसे आसान तरीका है कि हम उसे कानून मानने से इनकार कर दें— और वह भी शांति के साथ। आप सभी ने महात्मा गाँधी का नाम तो सुना ही होगा। आज से तीस-चालीस वर्ष पहले वे हमारे बीच आए थे। हमें कुछ सीख दे गए थे। आज वे भारत में अपने देश की आजादी के लिए लड़ रहे हैं, पर किसी बंदूक और तलवार से नहीं, खून के बदले खून बहाकर नहीं, बल्कि तलवार और बंदूक से भी ताकतवर हथियार से और उस हथियार का नाम है सत्याग्रह। इसलिए हमें भी सारे जुल्मों का सामना सत्याग्रह से करना है। आप सभी सरदारों और मालिकों के जुल्मों का जवाब कुदाली और गँड़ासों से नहीं देंगे, बल्कि अपने खेतों में जाने के बजाय अपने इलाके की बैठका में इकट्ठे होकर देंगे। जब तक उधर से संतोषजनक उत्तर न आ जाए, सभी इकट्ठे होकर पूजा-पाठ में जुटे रहेंगे। यही हमारा सत्याग्रह होगा। यही हमारी अपने ढंग की अहिंसात्मक हड़ताल होगी। मेरी इस बात को माननेवाले अपने-अपने हाथ ऊपर उठाएँगे।"

नौकरी पर जाने से पहले भी हरि मूसा से मिला था और लौटने के बाद भी। शाम को भी उसने उन्हीं सुबहवाले दोनों प्रश्नों को दोहराया। मूसा ने उसे बताया कि संभवतः कल तक उसे प्रभा के चाचा के घर का पता लग जाएगा। हरि ने कहा—

"यार, तुम समझते क्यों नहीं! मेरा मन किसी भी चीज में नहीं लग रहा।"

"मैं समझता हूँ..."

"तुम कुछ नहीं समझते!"

मूसा ने दूसरे सवाल का जवाब देते हुए कहा कि मजदूरों के साथ दे-रोबियार और

उसके सरदारों का जुल्म बढ़ता ही जा रहा है। चार और लोगों को भी नौकरी और बस्ती से हट जाने का हुक्म सुना दिया गया है। हरि ने मूसा से कहा कि वह आधे घंटे बाद उससे घर आकर मिले। घर पहुँचकर हरि ने स्नान किया और चाय पीने ही बैठा था कि मूसा पहुँच गया। ठीक छह बजे दोनों बेल-वी-आरेल कोठी जा पहुँचे। मालिक की शैव्रोले दफ्तर के सामने खड़ी मिली। हरि और मूसा कोठी मजदूरों से मिलने आए थे। पर इतनी देर तक मालिक को दफ्तर में बैठे देखकर हरि ने मूसा से कहा—

"अच्छा ही हुआ, दे-रोबियार भी हमें मिल गया। इससे हम सीधी अँगुली घी निकालने की चेष्टा करके देख लें।"

उसकी बात अभी समाप्त भी नहीं हुई थी कि दे-रोबियार अपने दो लठैतों के साथ बाहर आया। उसने भीतर ही से हरि और मूसा को देख लिया था। दूर ही से बोला—

"तुम लोग त्रेसपास़ पार कर रहे हो। चले जाओ यहाँ से।"

"हम मजदूरों की ओर से समझौते के लिए आए हैं।"

"तुम्हें यह हक नहीं है।"

"क्यों ?"

"तुम मजदूर नेता नहीं रहे। सरकारी नौकरी करते हो।"

तभी मूसा बोल उठा—

"मुझे तो है ? मैं तो सरकारी नौकरी नहीं करता। हम आपसे कुछ सीधी-सादी बातें करने आए हैं, मजदूरों और कोठी—दोनों के फायदे के लिए।"

"पर मेरे पास बात करने का समय नहीं है; और फिर अपनी कोठी के हित की बात मैं अपने खजांची से करता हूँ, नत्थू-खैरों से नहीं।"

"हम नत्थू-खैरे नहीं, मजदूरों के नेता हैं।"

"प्रूव म्वा ली। प्रमाणित करके बताओ।"

हरि अब तक चुप था। अब उसने कहा—

"क्या मतलब ··· ?"

"मैं तुमसे बात नहीं कर रहा। तुम्हें मुझसे प्रश्न करने का कोई अधिकार भी नहीं है।"

मूसा फिर बीच में आ गया—

"मुझे तो है। क्या प्रमाण चाहते हैं आप ?"

"मेरी इस कोठी में इस समय साढ़े-चार सौ मजदूर काम करते हैं। सुना है तुम उन्हें हड़ताल के लिए भड़का रहे हो। उनमें से अगर आधे मजदूरों से भी तुम हड़ताल करवा सको तो हम तुम्हारी नेतागिरी का लोहा मान लेंगे।"

"यह चुनौती है ?"

"चुनौती नहीं, अवसर दे रहा हूँ तुम्हें। जानते हो अगर आधे से कम मजदूर तुम्हारे आदेश का पालन करेंगे तो उसका मतलब क्या होगा ? उसका मतलब होगा कि मेरी कोठी में मजदूर खुश हैं। एक बात और। तुम लोग पंद्रह मिनट पहले आए होते तो मेरे दोनों कानूनी सलाहकार भी तुम्हें मिल जाते और वे तुम्हें बताते कि इस बार

गैरकानूनी हड़ताल का नेतृत्व करने पर तुम्हें दो वर्ष की सजा बड़ी आसानी से मिल सकती है।"

"धमकी दे रहे हो ?"

"नहीं, आगाह कर रहा हूँ। और हाँ, एक सलाह भी देना चाहूँगा। तुम दोनों जहाँ तक आ गए हो, उससे आगे बढ़ने का साहस न करना।" इतना कहते ही उसके दोनों लठैत उसके एकदम बराबर आकर खड़े हो गए।

दो दिन बाद भी बेल-वी-आरेल के मजदूरों और कोठी-मालिकों के बीच तनातनी बनी रही। आधे से कुछ कम मजदूर अपने अधिकार और अपने साथ अच्छे व्यवहार की माँग पर अड़े रहे। आधे से कुछ अधिक मजदूर धमकियों से भयभीत होकर बाकी लोगों का साथ देने में पीछे रह गए। दोनों पक्षों के मजदूरों में एक-दो अवसरों पर आपस में गरमागरमी भी रही। साथ न देनेवाले कुछ मजदूरों से बड़े ही प्रयत्न के बाद हरि और मूसा बात कर पाए। उनमें से वे तीन ऐसे व्यक्तियों को समझा पाने में सफल हुए जिन पर दोनों को यकीन था कि अपने अन्य साथियों के भीतरी डर को मिटा सकते हैं। काटेज की बैठका में एक बैठक बुलाई गई, जिसमें कुछ ऐसे लोग आ गए जिनके आ जाने से यह उम्मीद बँधी कि आधे से अधिक उन भयभीत मजदूरों में बहुत-से लोग उनकी बात मानकर अधिकार माँगनेवालों का साथ देने को तैयार हो जाएँगे। तीन-चौथाई से अधिक मजदूरों को निर्भीक पाकर मजदूर श्रम-संघ ने कोठीवालों को सात दिन का नोटिस देते हुए हड़ताल की घोषणा कर दी।

दूसरे दिन हरि जैसे ही दफ्तर पहुँचा, उससे कहा गया कि निदेशक अपने कमरे में उसकी प्रतीक्षा कर रहा है। हरि को हैरानी हुई। उसने दीवार-घड़ी की ओर देखा। नौ बजने में बीस मिनट थे। किसुनसिंह को तो उसने कभी भी दस से पहले दफ्तर पहुँचते नहीं देखा था। अपने हाथ के सामान को बनवारी की मेज पर रखकर वह सीधे निदेशक के कक्ष में पहुँचा। उसके अभिवादन का धीरे-से उत्तर देकर निदेशक ने उसे सामने की कुर्सी पर बैठ जाने का इशारा किया। उसे चुप पाकर हरि ने पूछा—

"सर, आपने मुझे बुलाया था ?"

"हाँ, मुझे तुमसे कुछ जरूरी बातें जाननी हैं।"

निदेशक ने अपने हाथ को पतलून की जेब में डालकर कुछ देर अपनी जाँघ को खुजाया और फिर कहा—

"तुम्हारे घर पर कितने लोग हैं ?"

"मुझ समेत नौ। बहन का ब्याह हो जाने पर अब आठ जने हैं।"

"उसमें कौन-कौन से काम करते हैं ?"

"मैं अकेला। मेरा छोटा भाई नौकरी तलाश रहा है।"

"इसी एक नौकरी से तुम आठ जनों का पेट पालते हो ?"

"हाँ।"

"और अगर तुम्हारी यह अच्छी-खासी नौकरी चली गई तो ?"

'मैं समझा नहीं।"

"पूछ रहा हूँ। वैसी हालत में क्या तुम्हारे घरवाले रोटी-कपड़े को मोहताज नहीं हो जाएँगे ?"

"जरूर हो जाएँगे।"

"तो फिर तुम ऐसा क्यों चाहते हो कि तुम्हारी नौकरी चली जाए ? यह सरकारी नौकरी जो तुम्हें मिली है, यह मैट्रिक पास लोगों को भी कठिनाई से मिलती है। तुम अपनी ही थाली में माटी डाल रहे हो। तुम एक सरकारी नौकर हो और सरकारी नौकर को यह अधिकार नहीं है कि वह गैर-कानूनी आंदोलनों में हिस्सा लेता फिरे। तुम अच्छी तरह जानते हो कि मजदूरों को भड़काना गैर-कानूनी हरकत है, फिर भी तुमने उन्हें भड़काया। देखो हरि, मैं तुम्हारा हमदर्द हूँ। मैं नहीं चाहता कि तुम किसी भी तरह की मुसीबत में नाहक अपने को फँसा बैठो। मैं तुम्हें कोस नहीं रहा हूँ। अपने परिवार का खयाल रखते हुए चुपचाप अपना काम किए जाओ। इस विभाग में तरक्की बहुत जल्दी मिलती रहती है। यही नहीं, कल तुम मेरी जगह पर भी बैठ सकते हो। पर इसके लिए जरूरी है कि तुम अपने काम पर ध्यान दो और बेकार के झंझटों से अपने को बचाए रखो।"

तभी मेज पर रखा फोन घनघना उठा। किसुनसिंह ने एक हाथ की अँगुली को अपनी नाक में घुसेड़ते हुए दूसरे से फोन का चोंगा उठाया—

"हैलो ! व्ही. कि पार्ल ? हाँ ठीक है। तुम लोग चिंता मत करो। वैसा फिर कभी नहीं होगा ··· हाँ, मैंने उससे बात कर ली है। ठीक है, कोई बात नहीं ··· हिरन के शिकार पर कब निकल रहे हो ? ··· ठीक है, मुझे बुला लेना।"

कुछ देर वह और उधर की बातें सुनता रहा और अंत में 'सावा ओरे-व्वार' कहकर उसने चोंगे को यथास्थान रख दिया। हरि की ओर देखा और फिर कहा—

"ठीक है, तुम अपने काम में जुट सकते हो, पर मेरे सुझावों को याद रखना।"

हरि ने सिर हिलाकर हामी भरी और उस दफ्तर में लौट आया, जहाँ अब भी उसकी अपनी मेज नहीं थी। एक कुर्सी पर बैठ गया। जो बातें वह किसुनसिंह के आगे नहीं कर पाया, उन्हें अपने आपसे करता रहा। सूचना-विभाग से जुड़ते हुए उसे जिस बात का भय था, वही होता लग रहा है। उसे लग रहा था कि मजदूरों से दूर करने के लिए ही उसे सुदूर गाँवों में धार्मिक सत्संगों के लिए भेजा जाता है, और आज कितनी रहमदिली के साथ उसे मजदूरों के पक्ष में आवाज बुलंद करने से रोका गया है ! उसने यह सवाल भी अपने आपसे किया कि क्या अब, जब घर पर न गाय-बकरी है और न देवी के ब्याह के बाद घर कोई ऐसी रकम बची है, जिससे नौकरी छूटने के बाद कुछ दिनों गुजारा हो सके, तो उसे क्या करना चाहिए ?

और यह प्रश्न उसके जहन में देर तक प्रश्न ही बना रहा।

14

बेल-वी-आरेल कोठी के सामने करीब तीन सौ मजदूर खेतों में जाने से इन्कार किए बैठे हुए थे। करीब बारह बजे कोठी के तीनों मालिक अपनी-अपनी कारों में वहाँ पहुँचे। उनके साथ कोठी के तीन-चार सरदार और सात-आठ लठैत भी थे। मजदूरों से बिना कुछ कहे वे दफ्तर में चले गए। कोई आधे घंटे बाद एक सरकारी लारी वहाँ पहुँची, जिससे करीब दस-बारह पुलिस सिपाही उतरकर मजदूरों के चारों ओर फैल गए। पुलिस को आया देखकर तीनों मालिक भी अपने लठैतों और सरदारों के साथ सामने आ गए। दे-रोबियार ने मजदूरों से कहा—

"तुम लोग अगर काम करना नहीं चाहते, तो अपने-अपने घर लौट जाओ। यहाँ किसी को भी बैठने की इजाजत मैं नहीं देता। अगर तीन मिनट में यह जगह खाली नहीं हुई तो पुलिस धक्के देकर तुम्हें हटाएगी।"

मजदूर चुप रहे। एक मिनट बीत जाने के बाद महादेव ने कहा—

"हम लोग चुपचाप बैठे हैं . . . "

"फेर्म तो लाबूस फू म्वा ले काँ।"

दूसरे मालिक ने भी उस हुक्म को दोहराया—

"मुँह बंद रखो, और यहाँ से नौ-दो-ग्यारह हो जाओ।"

पुलिस के सिपाहियों के हाथों में लाठियाँ थीं। लठैतों और सरदारों के कंधों पर बंदूकें। मजदूर निहत्थे थे। औरतों ने मर्दों से अनुरोध किया—

"चलो, चलें यहाँ से।"

दो-तीन मर्दों ने भी सुझाव दिया —"और भी जगह है।"

लोग एक-एक करके उठने लगे। पूरे पाँच मिनट उस जगह को खाली होने में लगे।

करीब पंद्रह दिन पहले से बेल-वी-आरेल तथा उत्तरी प्रांत की कई कोठियों में मजदूरों का शोषण अपनी पराकाष्ठा पर पहुँच गया था। मजदूर नेताओं ने धमकियों की परवाह किए बिना मालिकों को चेतावनी दी थी। मजदूरों की माँगें पूँजीपति मालिकों और कानून निर्धारित करनेवाली सरकार दोनों के सामने रखी जाती रहीं, पर उन पर कोई असर नहीं हुआ था। हरि की अध्यक्षता में हुई एक बैठक में तय किया गया था कि मजदूर अप्रत्यक्ष रूप में हड़ताल शुरू करें। उस आदेश का भी दिलेरी के साथ पालन हुआ था और करीब सात दिनों से खेतों की सारी चहल-पहल जाती रही थी। कारखानों से धुआँ उठना बंद हो गया था। सरकार और मालिक दोनों विचलित थे। मजदूरों के दृढ़ संकल्प से मालिकों में तहलका मचा हुआ था।

हरि ने उस दिन बैठक में यह चेतावनी भी दी थी कि विरोध शांति और सावधानी

से करना चाहिए, क्योंकि पूँजीपति आसानी से हार माननेवाले नहीं होते।

और हरि का वह कहना सही निकला था, क्योंकि धमकियों के बेकार चले जाने पर पूँजीपतियों ने दूसरा षड्यंत्र शुरू कर दिया था। मजदूरों पर कई तरह के आरोप लगाए जाते रहे। साजिशों पर साजिशें होती रहीं, ताकि मजदूर अधीर होकर अपने संकल्प को तोड़ दें। महादेव और उसके साथियों पर चोरी के आरोप लगाए गए। परकाश ने भी मजदूरों से बात की थी और उन्हें बताया था कि यह तो मालिकों का बहुत पुराना तरीका है। खुद उस पर भी उसी तरह के इल्जाम लगाए गए थे। पुलिस ने भी गलत तरीकों से मजदूरों को सताना शुरू किया था।

उन्हीं सारे जुल्मों के बाद यह तय हुआ था कि अब प्रत्यक्ष रूप से हड़ताल होनी चाहिए।

दूसरे दिन महादेव की अगवानी में सभी मजदूर बस्ती की बैठका में जुटे। रात में हरि और मूसा यह हिदायत दे गए थे कि वे बस्ती की बैठका में रामायण-पाठ और हवन के लिए इकट्ठे हों और शांतिपूर्वक वहाँ बैठे रहें। लोगों ने उस आदेश का पालन किया। सुबह आठ से दस बजे तक सभी ने रामायण के सत्संग में हिस्सा लिया। कोई एक बजे वे लोग हवन-कुंड के इर्दगिर्द बैठ गए। गरमी का दूसरा ही महीना था, फिर भी तेज धूप के कारण बैठका में उष्णता थी। बैठका के भीतर साठ व्यक्ति जगह पा सके थे। वे सभी चटाइयों पर बैठे। बाकी लोग बैठका के प्रांगण में बैठे हुए थे। मंत्रों का उच्चारण अपनी पराकाष्ठा पर था, जब पीतों से आनेवाले रास्ते से दो लारियाँ बैठका के सामने आ खड़ी हुईं। देखते ही देखते कोई चालीस सिपाही लाठियों और बंदूकों से लैस लारी से उतरे और बैठका को घेरकर खड़े हो गए। एक पुलिस अधिकारी ने बैठका के आँगन में बैठे मजदूरों को कड़े शब्दों में जगह छोड़ने का आदेश दिया। लोग बैठे रहे। तब तक एक पुलिस-जीप भी आकर खड़ी हो गई थी। उससे उतरकर एक पुलिस इन्स्पेक्टर लोगों के बीच पहुँचा। बैठका के भीतर से मंत्रों के उच्चारण के साथ हवन-कुंड में जल रही सामग्री की सुगंध भी आ रही थी। उस इन्स्पेक्टर ने अपने से पहले पहुँचे अधिकारी से बातें कीं। फिर मजदूरों से पूछा—

"कौन है तुम्हारा नेता ?"

महादेव आगे आ गया—

"मैं हूँ।"

"यह जमघट गैर-कानूनी है।"

"यह जमघट नहीं है।"

"पाँच से अधिक लोगों की भीड़ गैर-कानूनी है। भीड़ जुटाने के लिए पहले से इजाजत लेनी होती है।"

"हम लोग पूजा-पाठ कर रहे हैं।"

"मैं यह कुछ नहीं जानता। जितनी जल्दी हो सके, आप लोग यहाँ से रफूचक्कर हो जाइए।"

"हम अपनी बैठका में हैं।"

"मैं विवाद में पड़ना नहीं चाहता।"

उसने दो सिपाहियों को आदेश दिया कि वे बैठका में जाकर सभी को बाहर निकाल लाएँ। आज्ञा पाते ही दोनों सिपाही भीतर जाने लगे।

महादेव आगे आ गया। उसने कहा—

"ये दोनों बैठका के भीतर नहीं जा सकते।"

"क्यों ?"

"इनके पाँवों में जूते हैं। भीतर हवन हो रहा है।"

"यू शट अप ! चलो तुम दोनों।"

दोनों सिपाही अपने जूतों समेत बैठका के भीतर दाखिल होने लगे। महादेव और उसके दो साथियों ने लगभग एक ही साथ कहा—

"आप लोग जूतों समेत भीतर नहीं जा सकते।"

दोनों सिपाही, जिन्हें इन्स्पेक्टर का आदेश था, बिना किसी की परवाह किए भीतर घुस गए। फिर तो सबकुछ एकाएक बिजली की कौंध की तरह हुआ। बाहर से कई मजदूर एक साथ भीतर पहुँचे और दोनों पुलिस सिपाहियों को घसीटकर बाहर ले आए। पुलिस-सिपाहियों को घसीटे जाने पर पुलिस-अधिकारी ने चारों तरफ खड़े सिपाहियों को आगे बढ़ने का आदेश दिया। आगे के सिपाहियों के हाथों में लाठियाँ थीं। दूसरी कतार में खड़े सिपाहियों के कंधों की बंदूकें उनके हाथों में आ गई थीं। मजदूर, जिनमें औरतें भी थीं, पुलिस द्वारा ढकेले जाने लगे। मर्दों ने जब अपनी-अपनी स्त्रियों को पीछे चले जाने को कहा, तो अंजलि सामने आ गई। उसने अपनी साथिनों को संबोधित करके कहा—

"हमें भी देखना है कि पुलिस हमें कहाँ तक ढकेलकर पीछे ले जा सकती है।"

औरतें आगे बढ़ीं और पुलिस उन्हें बड़ी बेरहमी से ढकेलकर पीछे करने लगी। लेकिन जब एक ही साथ चार-पाँच औरतें पुलिस की लाठियाँ खाकर गिरीं, तो करीब पचास से भी ज्यादा मजदूर बिखयाई मधुमक्खियों की तरह सिपाहियों पर टूट पड़े। पुलिस इन्सपेक्टर घबरा गया। और जब उसे लगा कि वे सभी मजदूर सिपाहियों को रौंदते हुए उस तक पहुँचनेवाले हैं, तो उसने चिल्लाकर हुक्म दिया—

"फायर !"

गोली दागने का आदेश पाते ही कई सिपाहियों ने एक साथ गोलियाँ दागीं।

15

वह एक खूनी दोपहर थी।

बंदूकों से लैस पुलिस सिपाहियों ने अपने सामनेवाले मजदूरों पर इस तरह गोलियाँ दागीं, गोया खरगोशों या हिरनों पर निशाना साध रहे हों। अनगिन खूँख्वार गोलियाँ अनेक पीठों और छातियों से टकराईं। धराशायी होनेवाला पहला आदमी था महादेव। अपनी छाती पर तीन गोलियाँ खाकर वह जमीन पर लुढ़क गया। उन खूनी गोलियों ने अंजलि को भी नहीं बख्शा। अपनी कोख में अपने पहले बच्चे को लिए हुए ही वह जमीन पर छटपटाते हुए दम तोड़ गई। तांबी को पीठ पर गोली लगी और मरने से पहले वह करीब दस मिनट तक पाँवों से रौंदा जाता रहा। मूनसामी को भी पीठ में गोली लगी। दो घंटे बाद वह अस्पताल पहुँचाया गया। अगर पहले पहुँच पाता तो डॉक्टरों की राय में उसके बचने की संभावना थी। अठारह मजदूरों के जख़्म इतने गहरे थे कि उन्हें बेहोशी की हालत में अस्पताल पहुँचाया गया।

उस समय हरि सूचना-विभाग के दफ्तर में ही था, जब उसे इस हत्याकांड की सूचना मिली। अपने काम को अधूरा छोड़कर वह बिना किसी से कुछ कहे दफ्तर से बाहर हो गया और लपककर एक सवारी पकड़ी। कोई दो घंटे बाद ही वह बेल-वी-आरेल पहुँच सका। बैठका के सामने खून के धब्बे अब भी ताज़ा थे। बेल-वी-आरेल से काटेज तक मातम छाया हुआ था। हर दूसरे कदम पर कोई न कोई अब भी उस हत्याकांड के भय को आँखों में लिए खड़ा था। हरि के साथ लिपटकर रोनेवाला पहला आदमी था सोंद्रों। अंजलि की सास भी सिर धुन रही थी। लाबूर्दोने की कोठी से काटेज बस्ती तक बहाए गए खून पर आँसू बह रहे थे।

शहादत पानेवाले उन मजदूर परिवारों से मिलकर जब हरि घर लौटा तो उसकी एक आँख में आँसू थे, और दूसरी में आक्रोश। तुरंत उसने एक सफेद कागज लिया और सूचना विभाग की सरकारी नौकरी से त्यागपत्र लिखने बैठा। पत्र लिखने के बाद उसने लिफांफे पर निदेशक का नाम-पता लिखा और उसी समय उसे अपने हाथों डाक में डाल आया। उसने उस पत्र की अंतिम पंक्तियाँ इस तरह लिखी थीं—

'इन मजदूरों की मौत के लिए मैं सरकार और पुलिस के साथ-साथ अपने को भी जिम्मेवार मानता हूँ। इसलिए कि अगर मैं सरकारी नौकरी पर नहीं होता, तो मजदूरों के साथ होता और मेरी छाती इतनी चौड़ी है कि उन कातिलों की गोलियों को अपनी छाती पर रोक पाता। मैं इसी वक्त अपने को इस नौकरी से अलग कर रहा हूँ, ताकि एक बार फिर मजदूरों के संघर्ष से पल-भर के लिए भी दूर न रह सकूँ और भविष्य में जब भी मजदूरों पर गोलियाँ चलें, पहले वे मेरे सीने से होकर गुजरें ···'

अस्पताल में अन्य घायलों सहित वह मूनसामी को भी देख आया जो अब आखिरी साँसें ले रहा था। उधर से लौटा तो तीनों लाशों को एक जगह लाकर रखा जा चुका था। अपने को नेता, वकील और मजदूरों का हमदर्द बतानेवाले बारी-बारी आए और अपनी हमदर्दी दिखा-दिखाकर चले गए। मूसा ने हरि से कहा कि कितनी खोखली, कितनी छलपूर्ण थीं वे सारी हमदर्दियाँ। अर्थियाँ उठाकर जब श्मशान को ले जाई जाने लगीं, तो लोगों को बताया गया कि कोठी के श्मशान पर पहरा लगा हुआ है। लाशों को वहाँ जलाने की इजाजत देने से कोठीवालों ने इन्कार कर दिया है। हरि ने सभी

को रोककर कहा—

"ठीक है, हमें नहीं चाहिए वह जगह जहाँ हमारे इन शहीदों को चिता चढ़ाने पर भी आपत्ति हो रही है। जीते-जी भी इन्हें शांति से नहीं जीने दिया गया, और अब मौत के बाद भी सताया जा रहा है। यही है इस देश में मजदूरों की रक्षा का कानून। खैर, हम अपने मुर्दों को समंदर में नहीं फेंक सकते। इस गाँव में कई छोटे किसान हैं। उनमें से एक भी हमदर्द अगर एक बित्ता जमीन देने को तैयार हो जाए, तो हम शहादत पानेवाले इन मजदूरों की अंत्येष्टि कर सकेंगे।"

अर्थियों के सामने खड़े तमाम लोगों ने हरि की बात सुनी। उसके अनुरोध को सुना। मजदूर तो बेबस थे। उनके पास अपनी जमीन नहीं थी। छोटे किसानों ने सुनकर अनसुनी कर दी। उन्हें डर था कि अगर मालिकों की इच्छा के विरुद्ध वे इन शवों को जलाने के लिए जगह देंगे तो उन्हें कोठी और कारखाने से मिलनेवाली सारी सहूलियतों से वंचित कर दिया जाएगा। उनमें से भजनलाल ने कहा भी—

'मैं तो जमीन देने को तैयार हूँ लेकिन ··· "

हरि ने पूछा—"लेकिन क्या ?"

'मैंने अपनी जमीन पर मालिक से कर्ज लिया है, वह ··· "

"ठीक है, आप हमें अपनी जमीन न दें।"

कोई तैयार नहीं था—सरकार और पूँजीपतियों के खिलाफ आवाज बुलंद करके मरनेवालों की चिता के लिए जमीन का टुकड़ा देने को। हरि ने कहा—

"इन्हें जमीन नहीं मिलेगी, चिता नहीं जलेगी। पर मैं यहाँ तब तक बैठा रहूँगा, जब तक कि सूरज की किरणों से जलकर ये शव राख में न बदल जाएँ!"

सोंद्रों तनिक भी नशे में नहीं था। वह अंजलि की अर्थी के पास बैठकर रोने लगा—

"तू मुझसे रूठती थी और मैं तुझे मना लेता था ··· पर अब तो तू हमेशा के लिए रूठ गई! मेरे बच्चे को भी साथ लिए जा रही है रे अंजले! ··· अंजले !"

हरि ने कंधा थामकर उसे उठाया और मूसा को सौंप दिया।

लाबूर्दोने बेल-वी-आरेल के मालिकों ने मजदूरों को शव-यात्रा में भाग लेने के लिए छुट्टी देने से इन्कार कर दिया था, फिर भी लोग धीरे-धीरे जमा होते गए। यहाँ तक कि इतनी बड़ी भीड़ लोगों ने पहले किसी भी शव-यात्रा में नहीं देखी थी।

हरि ने कई छोटे किसानों से अनुरोध किया कि वे जरा-सी जगह इन मुर्दों को जलाने के लिए दें। उसने कहा—

"अंजलि के साथ एक अजन्मा बच्चा भी मरा है। आप लोग इतने निष्ठुर न हों।"

दिन के आखिरी पहर में लाबूर्दोने कोठी का बाबूराम रामकिसुन सामने आया और बोला—

"पंडित जी, मेरी छोटी-सी जमीन है काटेज में। आप लोग लाशों को उठाइए।"

वहाँ जो चार-पाँच सिपाही थे, उन्होंने कहा कि कोठी के मालिक लाश उठाने की इजाजत नहीं देते। इस पर लोग जब आवेश में आ गए तो हरि ने उन्हें शांत किया।

आखिर दूसरे दिन पंडित विष्णुदयाल तथा रेंगानादेन सीनिवासेन के सहयोग से ही, जो कि वकालत पढ़कर हाल ही में देश लौटे थे, हरि अर्थियों को उठाने की इजाजत पा सका। उन तीन लाशों के साथ एक अजन्मी देह को भी चिता पर जलाया गया। एक और व्यक्ति अस्पताल में दम तोड़ रहा था। नाम था किसनस्वामी मूनसामी। अस्पताल की चारपाई पर उसने तीसरे दिन अंतिम साँस ली।

उसी शाम गुड लैंड्स मंदिर में हरि ने इस हत्याकांड के खिलाफ भूख-हड़ताल शुरू कर दी। उसने माँग रखी कि जब तक सरकार बेल-वी-आरेल की नरहत्या की जाँच-पड़ताल का आदेश नहीं देती, वह अपना अनशन जारी रखेगा। उसने जो पत्र पुलिस-कमिश्नर और राज्यपाल को लिखे, उनमें कहा—

"मैं सरकारी नौकरी से अलग एक स्वतंत्र मजदूर-नेता हूँ। इस हैसियत से मेरी यह माँग है कि इस नरसंहार के लिए जिम्मेवार पुलिस-कर्मियों को कड़ी सजा मिले, जिन्होंने बैठका के भीतर, जोकि हमारे मंदिर हैं, चमड़े के जूतों सहित प्रवेश किया और हवनकुंड के इर्द-गिर्द बैठे लोगों पर लाठियाँ बरसाईं और शांतिपूर्वक पूजा कर रहे मजदूरों की हत्या की।"

और जब बड़ी तादाद में मजदूर हरि से मिलने मंदिर पहुँचने लगे तो वह उन सभी से यह कहता रहा कि जिस दिन हमारे साथियों का खून बहा है, उसे हम बलिदान-दिवस करार दे रहे हैं। जिन चार मजदूरों ने अपनी जानें दी हैं, उनका बलिदान व्यर्थ नहीं होना चाहिए। मॉरिशस के इतिहास में यों तो कई बार मजदूरों को गोलियों से भूना गया है, पर पुलिस-अधिकारियों की आँखों के सामने और उनकी साजिश से यह दूसरी बार है। वक्त का तकाजा है कि अब मजदूर पूरी तरह एक हों।

हरि के इस आवाहन से गाँव-गाँव में मजदूरों की बैठकें शुरू हो गईं। प्रांत-प्रांत के नेता एक जगह मिलकर भावी योजनाएँ बनाने लगे। मजदूरों की सक्रियता, उनकी जागरूकता और एकता को देखकर पूँजीपति तो काँपे ही, सरकार भी दहल उठी। हरि की भूख-हड़ताल जारी रही। उसके इस अभियान में जहाँ एक ओर मजदूर शामिल हुए, वहीं महिलाओं ने भी भाग लिया। सरकार को जब लगा कि मजदूरों का आंदोलन भीषण रूप धारण करनेवाला है, तो उसने तुरंत एक आयोग की घोषणा कर दी। नाम था मूडी आयोग। उसे यह काम सौंपा गया कि वह बेल-वी आरेल के मजदूरों की नृशंस हत्या की पूरी जाँच-पड़ताल करे और साथ ही मजदूरों की हालत में सुधार लाने के सुझाव भी दे। आयोग की अध्यक्षता एस. मूडी को सौंपी गई, जो उस समय द्वीप के औपनिवेशिक सचिव थे। उनकी सहायता के लिए सर्वोच्च न्यायालय के न्यायाधीश नोएल, तत्कालीन मजिस्ट्रेट निरंजन और विधानसभा के नामजद सदस्य डॉ. लोराँ को सदस्य नियुक्त किया गया। आयोग का जाँच-कार्य तीन महीने तक चला। इने-गिने गवाहों में हरि ने स्वयं मूसा और जगदंबी के साथ आयोग के सामने बयान दिया। तीनों ने पूरी निर्भीकता के साथ अपने बयान में कहा कि चारों मजदूरों और एक अजन्मे बच्चे की हत्या की जिम्मेदारी पुलिस और इलाके के कोठी मालिकों पर है।

मूडी आयोग ने अपने निर्णय में मजदूर और पुलिस दोनों पक्षों को कसूरवार ठहराया,

लेकिन यह भी कहा कि पुलिस की गोलियों से मजदूरों की मौत एक संगीन जुर्म है। हरि के हस्तक्षेप और दिलेरी का ही यह परिणाम रहा कि मूडी आयोग ने सरकार के सामने यह प्रस्ताव रखा कि मजदूरों की अवकाश-प्राप्ति पर उन्हें कोठी की ओर से अनुदान की व्यवस्था हो, उनके बच्चों के लिए स्कूलों में निःशुल्क भोजन का प्रबंध किया जाए। रिपोर्ट में यह भी माँग की गई कि बालिग मजदूर को मतदान का अधिकार दिया जाए और यह भी कहा गया कि निर्धारित समय से अधिक काम करने पर मजदूरों को अलग से पारिश्रमिक मिले।

मूडी आयोग की रिपोर्ट के साथ जब हरि घर पहुँचा तो देवी को अपने पति के साथ बैठे पाया। उसने अपने बहनोई से, जोकि हाथ जोड़े उठ खड़ा हुआ था, हँसकर हाथ मिलाया। पाँवों पर झुक आई बहन को कंधों से पकड़कर उठाया। रसोई से निकलती हुई माँ ने हरि को देखते ही पूछा—

"क्या बात है बेटे, आज सुबह से गाँव-भर में तुम्हारी ही चर्चा हो रही है ? सुग्रीम भाई तुम्हारी प्रशंसा करते थक ही नहीं रहे !"

"बात सिर्फ इतनी है माँ कि सुग्रीम चाचा को, जिन्हें अब तक महीने-भर की मजूरी के अठारह-बीस रुपए मिलते थे, अब उन्हें अस्सी-नब्बे रुपए मिलेंगे। खैर, छोड़ो इन बातों को। तुम्हारे दामाद और बेटी आज पूरे चार महीने बाद आए हैं। मेरा जी तो देवी के हाथ से बने पराठे खाने को मचल उठा है।"

देवी का पति कह उठा—

"यह तो उलटी बात हो गई !"

"उलटी बात ?"

"हाँ। इधर तीन दिनों से देवी यह रट लगाए हुए थी कि उसका मन माताजी के हाथों से पका खाना खाने का हो रहा है।"

इस पर हरि जोर से हँस पड़ा। हरि की माँ अपने बेटे को एकटक देखती रही। बहुत दिनों बाद हरि को इस तरह खुलकर हँसते पाया था। अपने बहनोई का हाथ थामे हरि घर के भीतर पहुँचा। माँ जब हरि के लिए चाय ले आई, तो कटोरे को हाथ में लेते हुए उसने पूछा —"और इन दोनों के लिए ?"

देवी के पति ने कहा —"हम दोनों तो चाय पी ही रहे थे कि हरीश ने आपके आने की सूचना दी और हम बाहर निकल आए।"

हरि ने दो ही घूँट में कटोरी को खाली कर दिया। उसके हाथ से वह जूठी कटोरी ले जाते हुए देवी ने कहा—

'मैं तुम्हारे लिए अपने हाथों पराठे बनाने जा रही हूँ।"

देवी के चले जाने के बाद हरि ने अपने बहनोई से बातें शुरू कीं। पूछा—

"सुना था कि तुम पुलिस में भर्ती होना चाह रहे थे ?"

"दो बरस से लगातार कोशिश करके असफल रहा हूँ।"

"पर तुम तो काफी पढ़े-लिखे हो ?"

"यहाँ सरकारी नौकरी और वह भी पुलिस की नौकरी के लिए केवल प्रमाणपत्र ही काफी नहीं होते।"

"तुम्हारे पास तो शारीरिक योग्यता भी है। शरीर से तुम पूरी तरह सुगठित हो पुलिस के काम के लिए।"

"हाँ, पर नाम मेरा कुछ और होना चाहिए था।"

"यह दिन बदलेंगे भाई! हिम्मत नहीं हारनी चाहिए। यह नाम, जात और मजहब देखकर नौकरी दिए जाने का रिवाज बंद होकर रहेगा।"

"वैसे तो घरवाले नहीं चाहते कि मैं नौकरी करूँ।"

"मैं भी यही चाहता हूँ। अपनी खेती-बाड़ी छोड़कर सरकार की गुलामी क्यों की जाए ?"

कुछ देर की बातचीत के बाद हरि के बहनोई ने पूछा—

"इस गाँव में आर्यसमाज के एक पंडित हैं। आप जानते हैं उन्हें ?"

"दो हैं। मुझे लेकर तीन।"

"आप ?"

"हाँ। जब गोरों ने चारों तरफ से मेरे लिए त्रेसपास डाल रखा था, कहीं नौकरी नहीं थी तो मुझे भी पंडिताई करनी पड़ी। सनातनी और आर्यसमाजी, दोनों पद्धतियों से मैं पूजा-हवन और शादी-ब्याह करा दिया करता था।"

"मैं तो पंडितों से चिढ़ता हूँ। पर पिताजी ने कहा कि आपके यहाँ चूरामन शास्त्री नाम के जो पुजारी हैं, उनसे मिलकर उनकी भक्तिदर्पण नामक पुस्तक ले आऊँ।"

"अच्छा तो तुम्हें चूरामन शास्त्री के यहाँ जाना है।"

"आप तो उनको अच्छी तरह जानते होंगे ?"

"बहुत अच्छी तरह। जब मैं पंडिताई-पुरोहिताई करने लगा था तो वह मुझसे काफी चिढ़ा हुआ रहता था। मैं हरीश को तुम्हारे साथ भेज देता हूँ। वह तुम्हें घर बता देगा।"

देवी के पति के उधर चले जाने पर हरि रसोई में चला गया। रसोई में देवी आटा रूँध रही थी और उसकी माँ आलू को टुकड़िया रही थी। रूँधे हुए आटे को एक थाली से ढाँपकर देवी रसोई से बाहर होते हुए बोली—

"भैया, मुझे तुमसे कुछ बात करनी है।"

हरि उसके पीछे चला। देवी वहाँ से सीधे फ्री-आ-पें के पेड़ के नीचे पहुँची। उसके पीछे हरि भी जब उसके सामने आ खड़ा हुआ तो देवी ने कहा—

"तुमने ऐसा क्यों होने दिया भैया ?"

प्रश्न का मतलब समझकर हरि चुप रहा। देवी उसके चेहरे के उस भाव को पढ़ती रही, जिससे वह अपने चेहरे का असली रंग छुपाने की कोशिश में था।

"मुझे तो कल पता चला। तुमने ऐसा क्यों होने दिया ?"

"मैं कर ही क्या सकता था ?"

"तुम दोनों एक-दूसरे से प्यार करते थे।"

"बस प्यार ही तो करते थे, और क्या ?"

"इस तरह कह रहे हो जैसे प्यार ··· "

"देवी, छोड़ो उन बातों को !"

"सीमा भौजी हमारे यहाँ आई थी। उसने सारी बातें बताईं ···"

"तो फिर इतना भी जरूर बताया होगा कि जब वह प्रभा से मिलने गई थी, तो प्रभा उससे मिलने नहीं आई थी !"

"ऐसा नहीं हुआ था। उसके चाचा-चाची ने उसे तुमसे मिलने से रोके रखा !"

"और वह रुकी रही ?"

"जब तुम कुछ नहीं कर पाए, तो वह क्या कर सकती थी ? तुम भी उतने ही बेबस हो गए थे भैया ! आखिर चाचा की ही जीत होकर रही !"

"नहीं देवी, हम सभी की हार हुई है। जीता कोई नहीं !"

"इसका मतलब है, तुम अब ब्याह नहीं करोगे ? प्रभा के ब्याह को तो दो महीने हो गए। कब तक उसकी याद को लिए बैठे रहोगे ?"

"जब तक उसे भुला न पाऊँ !"

प्रभा के विवाह की सूचना से हरि दुखी तो बहुत अधिक हुआ था, लेकिन अपने सारे दुख को वह अपने ही में समेटे रह गया था। संघ की गतिविधियाँ, मजदूरों के साथ नियमित मुलाकातें और अखिल मॉरिशस के दौरे करते हुए उसे उस दुख को भुलाने में सुविधा हुई थी। परकाश ने कहा कि हर अँधेरे के भीतर एक अदृश्य रोशनी होती है और दुख के भीतर सुख को ढूँढ निकालने में ही जीवन की सार्थकता है। हरि को अपने दुख के भीतर से सुख ढूँढ पाने के लिए बहुत दूर नहीं जाना पड़ा। मन-ही-मन यह सोचकर कि जो भी होता है, अच्छा ही होता है, उसने स्वयं को आश्वस्त कर लिया था। सरकारी नौकरी से इस्तीफा देने के बाद घर की हालत एक बार फिर दयनीय हो उठी थी। वैसी हालत में प्रभा का उसके घर न आना ही अच्छा रहा। प्रभा भी उस अभावग्रस्त जिंदगी से बच गई और हरि के यहाँ भी एक और पेट की बढ़ोतरी नहीं हुई।

लेकिन इन सारे आत्म-आश्वासनों के बावजूद हरि अक्सर ही प्रभा की याद में छटपटाता रहा। इधर मजदूरों के जीवन में थोड़ा-सा सुधार आ जाने के कारण हरि को जो खुशी हासिल हुई थी, कभी-कभार वही प्रभा से बिछुड़ने की पीड़ा पर हावी हो जाती थी। परकाश ने इसी मुद्दे को लेकर उससे घंटों बातें की थीं, तब कहीं जाकर हरि को यह विश्वास हो पाया था कि उसका पूरा जीवन असफल नहीं है। मजदूरों को एक बेहतर दिन दिखा पाना कम बड़ी बात नहीं है। परकाश की बातों को याद करके भी उसे खुशी का एहसास होता कि 1922 के अंधे कानून के तहत कोठियों में काम करनेवाले भारतीय मूल के मजदूरों का जीवन अब जानवरों से बेहतर है। पहला बलिदान मजदूरों ने 1937 में दिया था, जब यूनीते कोठी के हत्याकांड के बाद हूपर आयोग के सुझावों के बल पर सरकार मजदूरों की हालत में कुछ सुधार लाने को तैयार हुई थी। इधर पिछले दिनों बेल-वी-आरेल के मजदूरों को एक दूसरे परिवर्तन के लिए फिर खून बहाना

पड़ा। इन बलिदानों का ही यह नतीजा था कि और कुछ न सही, मजदूर एक बदतर जिंदगी से मुक्त हो गए थे।

हरि जब भी बारी-बारी से महादेव, अंजलि, तांबी और मूनसामी के घर पहुँचता, तो उन्हें आश्वासन देने और उनमें अपने परिजनों के बलिदान के प्रति गौरव जगाने के लिए वह यही कहता—

—अगर इन लोगों ने अपना खून नहीं बहाया होता तो मजदूर आज भी उसी तरह अभावग्रस्त और दारुण जीवन बिताने को बाध्य रहते। बलिदान होने थे और वे आपके घरों से हुए, इसके लिए आपको गर्व होना चाहिए।

सोंद्रों ने उसे टोका था—

—लेकिन पंडितजी, आपने अपनी सरकारी नौकरी क्यों छोड़ी ?

—जब अंजलि मजदूरों के हित में अपने प्राण छोड़ सकती है, तो नौकरी छोड़ना कौन बड़ी बात हुई ?

—आपको अपने घर का भी खयाल होना चाहिए था।

—अपने घर का खयाल न तो अंजलि ने किया न महादेव ने और न ही तांबी और मूनसामी ने।

16

अंजलि के बलिदान के परिणामस्वरूप एक बात की हरि को बहुत खुशी हुई थी। यों वह जानता था कि दुखदाई स्थिति में आदमी गम गलत करने के लिए शराब की ओर अधिक झुक जाते हैं लेकिन सोंद्रों के साथ उलटा हुआ था। अब हरि के घर के सामने से जानू नाई अकेले गुड़की लेने जाता है। सोंद्रों ने शराब एकदम बंद कर दी थी। इस बात की पूरे गाँव को हैरानी थी। लेकिन जहाँ एक ओर सोंद्रों ने शराब छोड़ दी थी, वहीं ज्यादातर मजदूर दो पैसे अधिक पाने पर शराब पीने लगे थे।

हरि और मूसा के साथ अब सोंद्रों भी देश-भर के दौरे पर निकलने लगा था। वे जहाँ भी जाते, मजदूर औरतों को यही शिकायत होती कि उनका घरवाला कमाई का आधा पैसा चीनी दुकान के शराबखाने में छोड़ आता है। इससे मजदूरों के घरों में फिर से तंगी शुरू होने लगी थी। हरि ने देश-भर के यूनियन नेताओं के एक विराट जुटाव का आयोजन किया। मजदूरों की तनख्वाह में जब फिर से बढ़ोतरी की बात की गई तो सरकारी अधिकारियों ने उस तंगी का कारण मजदूरों में बढ़ रही शराब की लत को बताया। हरि और उसके साथी भी इस बात को जानते थे, लेकिन विश्वयुद्ध के कारण जो महँगाई बढ़ी थी, उससे तनख्वाह में पिछली वृद्धि बहुत कम रह गई थी।

हरि ने संयुक्त मजदूर संघ की ओर से यह दलील दी कि महँगाई के कारण तनख्वाह नगण्य और जीवन महँगा हो गया है। सरकारी अधिकारी ने इसका उत्तर पहले से तैयार कर रखा था। उन्होंने कहा कि मजदूरों के घर अब मुर्गियाँ और भेड़-बकरियाँ पाली जाती हैं। थोड़ी-बहुत रोपाई भी हो जाती है। अगर मजदूर बचाकर रखना जानते और शराब की लत को छोड़ पाते तो उन्हें अभावग्रस्त नहीं होना पड़ता।

श्रम-संघों की एक दूसरी बैठक में हरि ने घोषणा की—

"हमें शराब-विरोधी आंदोलन शुरू करना होगा। शराब मजदूरों के लिए जहर है।"

कुछ नेताओं ने इसे बेकार का काम बताते हुए कहा—

"हमारा काम मजदूरों की दशा में सुधार और उनकी तनख्वाह में बढ़ोतरी की लड़ाई लड़ना है न कि उनको जीवन जीने की सीख देना।"

हरि ने उन्हें बताया—

"ट्रेड यूनियन का यह भी कर्तव्य होता है कि वह अपने मजदूर सदस्यों को अपना चरित्र खो देने से रोके। यह हमारा फर्ज है कि हम मजदूर के हाथों से जहर का प्याला छीनकर फेंक दें।"

"लेकिन थका-माँदा मजदूर दूसरे दिन के लिए थोड़ी-सी ताकत जुटाने को थोड़ी-सी शराब पीता है। शराब उसे सहारा देती है।"

"नहीं, यह शराब मजदूर को उसी तरह सहारा देती है, जिस तरह फाँसी का फंदा फाँसी पर लटकनेवाले को सहारा देता है।"

कुछ मजदूर-नेताओं के विरोध के बावजूद शराब आंदोलन की तैयारियाँ जोरों से शुरू हुईं। शराब के खिलाफ गाने लिखे जाने लगे। लोग गाने लगे। इश्तिहार निकाले गए। हरि ने व्यंग्य चित्रों द्वारा शराब के परिणामों को बताना शुरू किया। ठौर-ठौर मीटिंगें होने लगीं और पूरी तैयारी के बाद हरि ने शराब विरोधी आंदोलन के लिए देश-भर की पदयात्रा करने की योजना बनाई। बहुमत से यह तय हुआ कि बीस दिन बाद, ठीक पहली तारीख से एक जुलूस रोशतेर से चलकर काटेज पहुँचेगा और वहाँ से पूरे देश की पैदल यात्रा शुरू होगी।

अपने घर अपने चाचा को देखकर हरि को आश्चर्य तो हुआ, पर उसके आने के मकसद का खयाल आते ही वह अपने आप में सिकुड़ गया। उसकी धारणा गलत नहीं निकली। उसका चाचा उसकी शादी की बात तय कर आया था। बोला—

"लड़की पढ़ी-लिखी है। अच्छी सिलाई कर लेती है। माँ-बाप की इकलौती बेटी है। जमीन-जायदादवाला परिवार है। तिलक में ही पाँच सौ से ऊपर मिलने की उम्मीद है। सुंदर तो इतनी है कि हमारी देवी भी उसके आगे कुछ नहीं। सुशील है . . ."

अपने चाचा की किसी भी बात पर हरि ने कोई आपत्ति नहीं की। जब वह जाने लगा तो उसने राहत की लंबी साँस ली। लेकिन चाचा के जाते ही उसकी माँ ने बोलना शुरू कर दिया—

"शादी की बात को अब तुम हमेशा की तरह टालते नहीं रह सकते। अपने चाचा की पसंद के तीन घरों की बात तुम पहले ही ठुकरा चुके हो। इस बार जो परिवार मिला है, वैसा चिराग लेकर ढूँढ़ने से भी नहीं मिलनेवाला। मैंने तुम्हारे चाचा से कह दिया है कि वह इसी वर्ष के अंत तक शादी की बात तय कर ले।"

"मेरी अनुमति के बिना ?"

"बहुत ले चुके तुम्हारी अनुमति हम सब। अब तुम्हें हमारी अनुमति पर चलना होगा।"

माँ का स्वर सख्त था। लेकिन कुछ ही देर बाद अपने स्वाभाविक स्वर में उसकी माँ ने कहा—

"बेटे, तुम तो पराए फिकिर में यह भी भूल जाते हो कि तुम्हारे घर तुम्हारी माँ है, भाई है, बहन है। अगर इसी तरह चलता रहा तो हम लोग जीएँगे कैसे ?"

"अभी तो यह हाल है माँ, शादी के बाद जब जिम्मेवारी बढ़ जाएगी, तब तो और भी मुश्किल होगी।"

"वह लड़की कंगालों की तरह इस घर में नहीं आ रही।"

"तुम यह कहना तो नहीं चाहती हो कि हमें अपने को उसके सहारे छोड़ देना है · · · !"

"उसका बाप तुम्हारे लिए अपने ही कारोबार में बहुत अच्छा काम देने को तैयार है।"

"यह तो रिश्ता नहीं, सौदा हुआ माँ ! तब तो शादी भी तुम उन्हीं लोगों के पैसों से करने की सोचे बैठी होगी ?"

"कल परकाश और सहदेव भैया घर आए थे। वे करेंगे तुम्हारी शादी।"

"माँ, तुम मेरी स्वीकृति की प्रतीक्षा करो।"

"तुम भी तो मेरी उमर का खयाल करो हरि! तुम्हारी भी उम्र बढ़ती जा रही है। दो-तीन वर्षों में तुम तीस साल के हो जाओगे। जब लोग तुम्हें पंडित जी कहकर पुकारते हैं, तो लगता है कि मेरा बेटा क्या इतना बूढ़ा हो गया ?"

माँ की यह बात हरि को भीतर तक छू गई। एक बार उसे फिर ऐसा एहसास हुआ कि वह अपने परिवार के साथ न्याय नहीं कर पा रहा । दो दिन पहले जब सुग्रीम चाचा का ससुर कर्ज चुकाने के लिए एक बार फिर तकाजा कर गया था तो हरि की माँ ने कहा था—

"मुझे तो लगता है हरि कि तुम्हारे बाप की यह निशानी डूबकर रहेगी। यही तो जमीन का एक टुकड़ा बचा है।"

शराब-विरोधी आंदोलन जोर पकड़ता गया।

उत्तरी प्रांत से निकला पदयात्रियों का जुलूस प्रत्येक गाँव से गुजरता हुआ अपनी संख्या में सौ-डेढ़ सौ आदमियों की वृद्धि करता रहा। संतोष हरि के साथ मिलकर बैनर

उठाए हुए था। वह शराब-विरोधी गाने गाता हुआ चलता, और उसके पीछे चलते लोग उस गाने को दोहराते जाते। त्रिओले से लेकर लालमाटी और फलाक तक हर पड़ाव पर उन पदयात्रियों के स्वागत होते रहे। कहीं जल-पान की व्यवस्था, कहीं ठहरने-रहने का बंदोबस्त। सभी कुछ इतनी निर्भीकता और स्नेह के साथ होता था कि पदयात्री पीछे की सारी थकान भूल जाते थे।

हरि की थकान चलने से कहीं अधिक बोलने के कारण थी। ठौर-ठौर उसे ही भाषण देने पड़ते थे। जहाँ वह अपने को बोलने से रोकना चाहता, वहाँ लोग पुकार उठते—

—हम पंडित हरिपरसाद जी को सुनेंगे।

फलाक की एक सभा में हरि के सामने करीब बीस ऐसे व्यक्तियों को प्रस्तुत किया गया, जिन्होंने बारी-बारी से हरि को मालाएँ पहनाई और सबके सामने वचन दिया कि आज से वे शराब को छुएँगे भी नहीं। हरि करीब दो हजार पदयात्रियों के साथ जब फलाक से विदा होकर बेल-एर पहुँचा तो वहाँ आसपास के सात-आठ गाँवों के हजार से भी ऊपर आदमी उसका इंतजार कर रहे थे। जुलूस के पास आते ही सभी नारे लगाने लगे—

"शराबखोरी मुर्दाबाद, पंडित हरिपरसाद जिंदाबाद!"

बेल-एर में कोई सौ से ऊपर शराब की बोतलें फोड़ी गईं। इलाके के लिए पचास स्वयंसेवक इस प्रतिज्ञा के साथ सामने आए कि वे अपने-अपने गाँव की शराब की दुकानों पर पहरा देंगे और किसी भी मजदूर को शराब की दुकान में नहीं जाने देंगे।

दो दिन बाद पदयात्री मायापुर पहुँचे। समुद्र-किनारे एक पंडाल में उनके ठहरने की व्यवस्था थी। वहाँ जन-समूह इतना अधिक था कि हरि को सभी तक अपनी आवाज पहुँचा पाने में कठिनाई हुई। हर आदमी हरि को करीब से देखने और पास से सुनने के लिए धक्का देता हुआ आगे बढ़ा आ रहा था। वहाँ औरतों की भी बड़ी संख्या थी। इतने लोगों के बावजूद पूँजीपतियों के दो ठेकेदार मंच तक पहुँचकर हरि से बात करने की हिम्मत कर सके—

"हम लोग अपने पैसे की पीते हैं। हमें रोकने का अधिकार किसी को नहीं है।"

भीड़ उन दोनों पर टूट पड़ी। यह देखते ही हरि ने जोरदार आवाज में लोगों को हिदायत दी—

"आप लोग इनके भड़कावे में न आएँ। ये लोग भाड़े के टट्टू हैं। इन्हें पूँजीपतियों ने इसी मकसद से भेजा है कि ये लोग हमारे अब तक के शान्तिपूर्ण अभियान में बाधा डालें। हमें संयम को बनाए रखना है। आप इन दोनों को चुपचाप निकल जाने दीजिए। सरकार भी यही चाहती है कि हमारे इस आंदोलन से थोड़ी-सी भी अशांति पैदा हो तो वह इस पर प्रतिबंध लगा दे। मेरा दोस्त संतोष आपके सामने एक गीत प्रस्तुत करने जा रहा है। मैं चाहूँगा कि आप सभी उसके पीछे-पीछे गीत की पंक्तियों को दोहराएँ।"

संतोष ने गाना शुरू किया और लोग उन पंक्तियों को समूहगान के रूप में दोहराने लगे—

छोड़ो भाई छोड़ो भाई छोड़ो शराब का पीना

छोड़ो भाई छोड़ो भाई छोड़ो शराब का पीना

शराब पीना है शराबी बनना छोड़ो भाई शराब पीना
बाल-बच्चे भूखे रो रहे हैं भाई छोड़ो शराब का पीना
छोड़ो भाई छोड़ो भाई छोड़ो शराब का पीना

शराब पीना है जहर पीना, हाँ भाई जहर पीना
छोड़ो भाई इस जहर से छोड़ो जीते जी मरना
शराब पीना समझो भाई है बाल-बच्चों का खून पीना
छोड़ो भाई छोड़ो भाई छोड़ो शराब का पीना।

पदयात्रियों के मायापुर से आगे निकल जाने के बाद भी इस गीत की प्रतिध्वनि चारों तरफ गूँजती रही। स्वयंसेवक इसे दुकानों के सामने खड़े होकर गाते रहे। यह स्वर जंगल की आग की तरह इस छोर से उस छोर तक गूँजता रहा। पदयात्रियों का अगला पड़ाव न्यू-ग्रोव में था। पहला भाषण वहाँ पर वहीं के एक मजदूर नेता ने किया। उसने लोगों से कहा—

"भाइयो, आप लोगों ने इन पैसों को बड़े परिश्रम से कमाया है, जिन्हें आप शराब की दुकान में छोड़ आते हैं। आप अपनी कमाई को, जिस पर आपके बाल-बच्चों का अधिकार है, पानी की तरह बहा रहे हैं और सिर्फ इसलिए कि आपको दो-तीन घंटे की बेहोशी मिल सके। कितना गलत तरीका है यह। यह तो अपने ही परिवार के हक को खुदगर्जी में आकर चुराना हुआ। इधर पिछले दिनों आपको अपनी तनख्वाह में जो भी चार-पाँच पैसे ज्यादा मिले हैं, वे यों ही नहीं मिलें। उसके लिए पंडित हरिपरसाद को एक बड़ी लड़ाई लड़नी पड़ी है। यही नहीं, दो बार मजदूरों ने इस अधिकार के लिए अपनी जान गंवाई है। इतनी बड़ी कीमत चुकाकर मिल रही पसीने की कमाई को आप शराब में न गँवाकर अपने बच्चों के लिए एक गिलास दूध खरीद लीजिए।"

जब वे लोग रोज़-बेल पहुँचे तो वहाँ मजदूरों के हमदर्द एक पुलिस इन्स्पेक्टर ने हरि और उसके कुछ साथियों को एक ओर ले जाकर बताया कि उनके आंदोलन को इतनी बड़ी सफलता मिलेगी, सरकार ने यह सपने में भी नहीं सोचा था। उसने कहा—

"सभी लोग विचलित हो उठे हैं। सरकार परेशान है, क्योंकि लाइसेंस से बिकनेवाली इस मौत से उसे भारी आमदनी होती है। उधर शराब-उत्पादक, कोठियों के पूँजीपति मालिक और दुकानदार सभी बहुत नाराज हैं। कल उनका एक प्रतिनिधि-मंडल राज्यपाल से मिलकर आया है। एक ओर आप लोगों को रोकने के लिए किराए के गुंडों को तैयार किया जा रहा है और दूसरी ओर आपको हिरासत में लेने की तैयारी है।"

हरि ने इन्स्पेक्टर के कंधे पर हाथ रखकर कहा—

"भाई रघुनंदन, हम आपका आभार मानते हैं कि आपने हमें यह सारी सूचनाएँ दीं। हम तो बस इतना ही कहेंगे कि हम किसी भी धमकी से पीछे नहीं हटनेवाले।"

उस रात जब रोज़-बेल में भाषण हो रहा था तो कुछ गुंडों ने लोगों के बीच पैसे

बाँटे, ताकि वे पास-पड़ोस की दुकानों में जाकर शराब पी सकें। कुछ श्रोताओं और पदयात्रियों को मार-पीटकर भगाने की भी कोशिशें की गईं। लेकिन रोज़-बेल की पुलिस ने बड़ी ही दिलेरी के साथ उन गुंडों को हटाकर जुलूस को आगे बढ़ने दिया। उस रात हरि का भाषण सबसे अंत में था। अपने भाषण को समाप्त करते हुए उसने कहा—

"सरकार जनता की रक्षा के लिए होती है। उसे अपने नागरिकों के स्वास्थ्य का खयाल रखना होता है, लेकिन यह सरकार नपुंसक सरकार है, जोकि पूँजीपतियों के हाथों कठपुतली की तरह नाच रही है। यह अजीब बात है कि इस देश में गाँजा पीनेवाले की सजा कैद है, लेकिन परमिट पर बिक रही शराब पीने की पूरी आजादी है। अभी पिछले दिनों डॉक्टर क्यूरे ने कहा भी था कि शराब से आदमी को सिर्फ धन की ही हानि नहीं होती, स्वास्थ्य की भी होती है। यह सरकार जान-बूझकर जनता को मौत की खाई में धकेल रही है। यह पूँजीपतियों की साजिश है, ताकि गरीब हमेशा गरीब और कमजोर रहे और वह उसका मनमाना शोषण करता रहे। यह पूँजीपतियों की सरकार है, खूनी सरकार है ··· "

हरि पूरे एक घंटे तक बोला था और पहली बार पिंजड़े से छूटे शेर की तरह आपे से बाहर होकर बोला था। पंडाल जयजयकार से गूँज उठा था। सुबह हरि ने दूर-दूर से आए पदयात्रियों को भावी खतरे की बात समझाते हुए अपने-अपने गाँव लौट जाने का आदेश दिया। न चाहते हुए भी हजार से ज्यादा लोग लौट गए। हरि केवल उत्तरी प्रांत के करीब तीन सौ पदयात्रियों के साथ आगे बढ़ा। रात के भाषण में उसने यह भी कहा था कि शनिवार को वे लोग पोर्ट-लुई पहुँच रहे हैं और उसने माँग की थी कि लोग बहुत बड़ी संख्या में वहाँ राजकीय उद्यान में पहुँचें, ताकि शहर से उत्तरी प्रांत के लिए निकलनेवाला जुलूस दस हजार लोगों से अधिक का हो। ये लोग रोज़-बेल छोड़ने ही वाले थे कि लाफ़्लोरा से पहुँचे कुछ प्रतिनिधियों ने उन्हें घेरकर कहा—

"पंडित जी, हम जानते हैं कि आप यहाँ से सीधे क्यूपिंप पहुँचनेवाले हैं, लेकिन हमारा आपसे अनुरोध है कि आप हमारे साथ आज की रात लाफ़्लोरा में बिताएँ। वहाँ के लोग शराब में डूबे जा रहे हैं।"

कुछ क्षण सोचने के बाद हरि ने उस प्रतिनिधिमंडल की बात मान ली। वहाँ भी हरि ने अपने भाषण में सरकार को ही शराबखोरी का सबसे ज्यादा जिम्मेदार बताया—

"इस देश में हर जगह सात बजे दुकानें बंद हो जाती हैं। सात के बाद आपको अगर घर का कोई जरूरी सामान खरीदना पड़े और अगर पुलिस आपको पकड़ ले तो उसके लिए भारी जुर्माना भुगतना पड़ता है। सात के बाद आम दुकानों को दवा-दारू या खाने-पीने की कोई भी चीज बेचने का अधिकार नहीं, लेकिन शराब की दुकानें रात दस-बारह बजे तक शराब बेचती रहती हैं, लोग उनके भीतर-बाहर खड़े पीते रहते हैं और सरकार और पुलिस आँखें बंद किए रहती है। सिर्फ इसलिए कि गरीब जनता कभी ऊपर न उठ सके, सिर्फ इसलिए कि सरकार के चहेते शराब-उत्पादक मजदूरों का अधिक से अधिक खून पी सकें।"

उत्तरी प्रांत के कुछ पदयात्रियों ने रात आर्यसभा की एक बैठका में बिताई और कुछ लोग इधर-उधर जगह पाकर सोए। हरि सुबह पाँच बजे चटाई छोड़कर बाहर निकला। सामान्य रूप से तो मौसम ठंडा था ही, लाफ़्लोरा में वह और अधिक ठंडा था। अपने सात साथियों सहित हरि नहाने के लिए नदी की ओर चला। रात में यह तय हुआ था कि सूर्योदय से पहले ही उन्हें क्यूपिंप के लिए निकल जाना है। रास्ता पार करके वे पगडंडी पर पहुँचे और फिर नदी की ओर बढ़े। नदी तक पहुँचने के लिए उन्हें एक और रास्ता पार करना था। हरि ने साथियों समेत जैसे ही रास्ता पार करना चाहा, कि पुलिस की दो लारियाँ उनके सामने आकर खड़ी हो गईं। दूसरी तरफ से दो पुलिस जीपों ने आकर रास्ता रोक लिया। अलग-अलग जीप से दो पुलिस-इन्स्पेक्टर उतरे। लेकिन लारियों में भरे सिपाही उनसे भी पहले उतरकर चारों तरफ घेरा बना चुके थे। हरि को मामला समझते देर नहीं लगी। उसने अपने साथियों से कहा कि वे बगल से निकल जाएँ। पर कुछ ही निकल पाए। बाकी को पुलिस ने रोक लिया। हरि ने कहा—

"आप मेरी गिरफ्तारी के लिए आए हैं ?"

"हाँ।"

"वजह ?"

"यह बताना मेरा काम नहीं।"

"मुझे अपनी गिरफ्तारी पर कोई आपत्ति नहीं, पर पहले आप वजह बताएँ।"

"सरकार के विरुद्ध भाषण ··· जनता को सरकार के खिलाफ भड़काना।"

"यानी शराब-विरोधी आंदोलन के जुर्म में मुझे हिरासत में नहीं लिया जा रहा ?"

इंस्पेक्टर ने बिना कुछ कहे अपने पास खड़े दो सिपाहियों को संकेत किया और उन दोनों ने हरि के हाथों में हथकड़ियाँ डाल दीं।

17

हरिपरसाद रामनारायण की गिरफ्तारी की खबर रातों-रात द्वीप के इस छोर से उस छोर तक फैल गई। लगभग सभी गाँवों की बैठकों में जुटाव हुए। हरि के दोस्त जगदंबी ने ठौर-ठौर पहुँचकर मजदूरों से बातें कीं। सभी मजदूर एक स्वर में चिल्ला उठे—हम पंडित जी की रिहाई चाहते हैं।

हरि की रिहाई के लिए लोग गाँव-गाँव से निकलकर जुलूस की शक्ल में वाक्वा की सैनिक छावनी पहुँचने की तैयारी करने लगे, जहाँ हरि को बंद रखा गया था। देश के कुछ राजनीतिक नेताओं ने भी इस गिरफ्तारी के खिलाफ आवाज उठाई। विक्रम रामलाला

को जब पता चला कि हरि को बदतर हालत में रखा गया है तो उन्होंने सरकार से अपील की। हरि को पहले दो दिन तो कुछ भी खाने को नहीं दिया गया। तीसरे दिन उसके सामने गो-मांस रखकर कहा गया कि सैनिक छावनी में आज बस यही पका है। विक्रम रामलाला उसी क्षण हरि से मिलने सैनिक-बैरक्स में पहुँचे। उन्होंने अधिकारियों से माँग की कि हरि के लिए शाकाहारी भोजन का प्रबंध किया जाय। उसे एक बेहतर कोठरी दी जाए तथा कैदी के लिबास से मुक्त रखा जाय। रामलाला के बाद डॉ. शिवसागर तथा दूसरे बहुत-से प्रतिष्ठित लोग उससे जेल में मिलने गए।

पंडित जगदंबी अभी हर जगह के मजदूरों को जुटाने में लगा हुआ था कि उसकी गिरफ्तारी का वारंट भी निकल गया। पुलिस तथा खुफिया पुलिस उसके पीछे पड़ गई थी। मॉरिशस के हर कोने से हजारों लोग तेररूज़ पहुँचे, ताकि वहाँ से एक विराट जुलूस आगे बढ़े। काटेज की करीब सौ से ऊपर महिलाएँ पहले ही से तेररूज़ रेलवे स्टेशन पर धरना दिए बैठी थीं। सुनने में आया था कि पुलिस कमिश्नर वहाँ किसी उद्‌घाटन के लिए पहुँचनेवाले हैं। सोचा गया कि पहला विरोध-प्रदर्शन पुलिस कमिश्नर के सामने ही किया जाय। दूसरे गाँवों की मजदूर औरतों को जब काटेज की औरतों के संकल्प का पता चला तो वे भी अपने-अपने प्रांतों से निकलकर तेररूज़ पहुँचने लगीं। तेररूज़ के रेलवे स्टेशन पर हजारों की संख्या में लोग नेताओं के आदेश का इंतजार करते रहे।

एकाएक ठीक ग्यारह बजे लोगों ने देखा कि शहर की ओर से करीब तीस लारियाँ आईं। उनमें से बंदूकधारी सिपाही उतरे। सिपाहियों की एक दूसरी टोली रेलगाड़ी से वहाँ पहुँची। जब उन लोगों ने प्रदर्शनकारियों को चारों तरफ से अच्छी तरह घेर लिया तब उन्हें लाठीचार्ज और फायरिंग का आदेश मिला। गोलियाँ तो ऊपर हवा में छोड़ी गईं, लेकिन पहले लोगों को अश्रुगैस के कुहासे में फाँसा गया और फिर उन पर अंधाधुंध लाठियों की बौछार शुरू कर दी। इस अचानक आक्रमण के लिए कोई भी तैयार नहीं था। सैकड़ों लोग घायल हुए और सैकड़ों की गिरफ्तारी हुई, जिनमें जगदंबी, मूसा और सोंद्रों भी थे। कुछ औरतों को भी पुलिस की लारियों में ढकेलकर चढ़ाया गया।

पुलिस के इस जंगली रवैए से देश-भर में तहलका मच गया। प्रत्येक गाँव और प्रत्येक घर से औरत और मर्द एक साथ रास्तों पर निकल आए। सभी अपने हाथों को आगे किए गिरफ्तारी के लिए बढ़ते रहे। करीब एक सप्ताह बाद अखबारों ने लिखा—

"तीन दिन के भीतर इतने लोगों की गिरफ्तारियाँ हुई हैं कि सरकार के तीनों कैदखानों में अब जगह नहीं रही ···"

हरि और जगदंबी को विद्रोही नेता करार देकर उन्हें केंद्रीय कारागार में भेज दिया गया। वहाँ जब उन्होंने भूख-हड़ताल की, तब कहीं जाकर उन्हें खुद पकाने-खाने की इजाजत दी गई और पूजा-पाठ की भी। जब उन्होंने कैदी लिबास पहनने से इन्कार कर दिया तो रामलाला और उनके कुछ पत्रकार साथी उन दोनों के लिए धोती-कुर्ता लिए कैदखाने पहुँचे। दूसरे दिन नहाने के बाद हरि जब धोती-कुर्ता पहनकर पूजा पर बैठा तो एक सिपाही ने उसे सूचना दी कि दो व्यक्ति उससे मिलने आए हैं। पूजा के बाद हरि उठा। सिपाही के साथ वह वहाँ पहुँचा जहाँ कैदियों का लोगों से मिलना होता

था। हरि अपने सामने खड़े परकाश और सीमा को देखकर यह तय नहीं कर सका कि उसके हृदय में उमड़ रहे भावों में हैरानी कितनी है, प्रसन्नता कितनी है और दुःख कितना है। उसने सलाखों के पीछे से हाथ जोड़े। परकाश उदास था और सीमा की आँखों में आँसू थे। हरि के होंठों पर मुस्कान थी। उसने सीमा से पूछा—

"कैसी हो भाभी ?"

पूरा एक मिनट लग गया सीमा को उत्तर देने में—

"मैं ठीक हूँ।"

हरि ने परकाश की ओर देखा—

"क्यों भैया, आप यह तो नहीं कहेंगे कि आपकी आगाही और सुझावों को न मानने का ही यह परिणाम है ?"

"छोड़ो इन बातों को। तुम्हारे साथ यहाँ बुरा बर्ताव तो नहीं होता न ?"

"उतना नहीं होता, जितना कोठियों के मालिकों की ओर से हुआ करता था। खैर, माँ कैसी है ? और मेरे भाई-बहन ?"

"सब ठीक हैं। माँ भी आना चाहती थीं, मैंने समझा-बुझाकर रोक दिया।"

"यहाँ तो मुझे भर-पेट खाना मिल रहा है। घरवाले, पता नहीं, दोनों वक्त खा-पी रहे होंगे या नहीं ?"

"ऐसी दशा कभी नहीं होगी ! तुम्हारे गाँव के मजदूर तुम्हें अपना सर्वस्व मानते हैं। वे लोग तो हमसे पहले तुम्हारे घर पहुँच जाते हैं।"

कुछ क्षण चुप रहकर उसने कहा—

"तुम्हें एक खुशखबरी सुनाऊँ ?"

"खुशखबरी ?"

"हाँ। सहदेव ठाकुर ने 'मजदूर' पत्र का पहला अंक निकाल दिया है।"

"सच ?"

"हाँ। तुम्हारा दोस्त जिसे लेकर कभी तुम उसके पास गए थे, वही अखबार का संपादक है।"

"रामसुंदर बाबूलाल ?"

"हाँ। अखबार का पहला अंक कल ही निकला है। अब हर शुक्रवार को निकलता रहेगा। यह भी जान लो कि उसमें पहला लेख तुम्हारा ही है और तुम्हारे बनाए दो व्यंग्यचित्र भी हैं।"

"सचमुच ! यह तो वाकई खुशखबरी है भैया !"

"देखो, तुम्हारी प्रति भी ले आया हूँ।"

उसने हरि के हाथ पर 'मजदूर' की वह प्रति रख दी। हरि ने उसे देखा और माथे से लगा लिया। परकाश बोला—

"बाबूलाल ने तुम्हारी गिरफ्तारी पर ही संपादकीय लिखा है।"

सीमा ने अपने आँचल के नीचे से एक दोना निकालकर हरि की ओर बढ़ा दिया।

"क्या है भाभी ?"

"मेरे हाथ की पकाई हुई मक्की की लीटी।"

"वाह!"

"हरि!"

"क्या बात है भौजी?"

हरि खुद नहीं जानता था कि उसके मुँह से सीमा के लिए कब भाभी संबोधन निकलता था और कब भौजी।

"इस अखबार में एक खबर और है। पर अभी उसे मत देखो। हमारे चले जाने के बाद पढ़ना।"

"क्यों, कौन-सी ऐसी खबर है?"

यह कहकर जब वह उस छोटे-से अखबार को उलटने-पलटने लगा तो सीमा ने कहा—

"नहीं हरि, तुम उसे अभी नहीं पढ़ोगे।"

"कोई ··· मेरे किसी मित्र को कुछ हो गया है क्या?"

"नहीं, ऐसी कोई बात नहीं है।"

"ठीक है। फिर मैं बाद में पढ़ लूँगा।" हरि ने कहा।

"पूरा देश, पूरा मजदूर-जगत तुम्हारे साथ है।" परकाश बोला।

"जानता हूँ भैया, इसीलिए मैंने सरकार को पत्र लिखा है कि अगर वह मेरे बाद गिरफ्तार मेरे सभी साथियों को रिहा नहीं करती है, तो मैं भूख-हड़ताल शुरू कर दूँगा।"

"अरे नहीं भैया! तुमने आज का फ्रेंच अखबार नहीं देखा क्या?"

"यहाँ तो हमें बासी अखबार मिलते हैं और वह भी नियमित नहीं।"

"तुम्हारे दोस्त रामलाला और उनके साथियों की अर्जी और तुम्हारा पत्र मिलने के बाद सरकार आज ही से उन मजदूरों की रिहाई शुरू कर रही है, जो तुम्हारे बाद गिरफ्तार किए गए हैं। तुम्हारे गाँव की जासो मौसी को भी हिरासत में लिया गया है। पर उसे तीन दिन बाद ही छोड़ दिया गया था। जानते हो क्यों? अन्य महिलाओं के साथ वह रात-रात-भर इतने ऊँचे स्वर से रामायण की चौपाइयाँ गाती थी कि जेल-अधिकारी तंग आ गए थे।"

वे लोग कुछ ही देर और बात कर पाए थे कि एक सिपाही ने आकर कहा—"समय हो गया।"

हरि अपनी कोठरी में लौट आया।

सलाखों के उस पार जगदंबी अपने घरवालों को पत्र लिखने में तल्लीन था। हरि के छड़दार दरवाजे के बंद होने की खनखनाहट को सुनकर उसने आँखें उठाकर दाईं ओर देखा और फिर लिखने में जुट गया। पत्र लिखने की इजाजत भी इन्हें तीन दिन पहले ही मिली थी, वह भी एक बार। फिर रामलाला, जयनारायण राय और अन्य लोगों की अर्जी के बल पर।

हरि की कोठरी में लोहे की एक चारपाई थी, जिस पर उसका बैठना और सोना, दोनों होते थे। चारपाई पर बैठकर उसने अखबार खोला। पहले पृष्ठ पर उसका वह व्यंग्य-चित्र छपा था, जिसके चार भागों में उसने एक शराबी की अंतिम परिणति को दिखाया था। यह रेखाचित्र पदयात्रा शुरू होने के तीन-चार दिन पहले ही हरि ने सहदेव को सौंपा था। एक सरसरी नजर संपादकीय और अन्य लेखों पर डालने के बाद वह उस खबर को तलाशने लगा, जिसकी चर्चा सीमा कर गई थी। वह पन्ने पलटता रहा, पर कोई भी ऐसी खबर उसे दिखाई नहीं दी, जो उतने महत्व की होती जितने की उत्सुकता सीमा जगा गई थी। अखबार कुल आठ पन्नों का था। वह दोबारा उस पाँचवें पन्ने को देख रहा था कि तभी उसकी आँखें पूरी-की-पूरी खुलकर एक खबर पर अटक गईं। उसने अपने तन-मन में एक कंपन लिए उस खबर को पढ़ना शुरू किया।

'पंडित हरिपरसाद की रिहाई के लिए प्रभा देवी की भूख-हड़ताल', यह शीर्षक था। पूरी खबर इस प्रकार थी—

"मोंताई लोंग गाँव के छोटे-से मंदिर में करीब सात दिनों से प्रभा नामक एक बीस वर्षीय शादी-शुदा स्त्री भूख-हड़ताल कर रही है। इस महिला की शादी कोई पाँच-छह महीने पहले एक धनी परिवार में हुई थी। पति को शराब की बुरी लत थी। इसलिए इस स्त्री ने ससुराल में आत्महत्या करने की कोशिश की, पर पड़ोसियों ने बचा लिया था। अंत में पति के द्वारा मार-पीटकर घर से निकाल दिए जाने पर वह स्त्री अपने मायके लौटने को विवश हो गई। नोत्रदाम की रहनेवाली यह परित्यक्ता स्त्री, जिसका पूरा नाम प्रभा सुगुनवा है, इसलिए भूख-हड़ताल कर रही है ताकि सरकार शराब-विरोधी आंदोलन के नेता और उसके साथियों को रिहा कर दे। प्रभा देवी की भूख-हड़ताल के कारण आजकल मोंताई लोंग मंदिर में भारी भीड़ लगी रहती है। इन सात दिनों से उस महिला ने न तो मुँह में एक दाना रखा है और न पानी की एक बूँद। हम सरकार का ध्यान इस ओर आकर्षित करना चाहते हैं कि अगर प्रभा देवी को कुछ हो गया तो उसकी पूरी जिम्मेदारी सरकार पर होगी।'

खबर पढ़कर हरि हतप्रभ बैठा रह गया। वह समझ नहीं पा रहा था कि उसने इस अखबार में क्या पढ़ लिया। उसे एकदम काठ-सा मार गया था। वह अपने आपसे पूछता रहा—अब क्या होगा ? अभी कल ही जो वकील आया था, उसी ने कहा था कि जगदंबी को शायद अगले सप्ताह तक आजाद कर दिया जायेगा, पर सरकार के विरुद्ध भाषण करने के आरोप में उसके अपने जल्दी छूटने की तो कोई संभावना नहीं है। उसके मुकदमे को भी इस महीने से उस महीने पर टाला जा रहा है। हरि पहले प्रभा के उस तरह ससुराल छोड़ने की बात सोचता रहा। खबर की एक-एक बात पर उसने सोचा और दुखी हुआ। फिर उसने अपने आपसे पूछा—ऐसी हालत में प्रभा की भूख-हड़ताल क्या उस हद तक जाएगी ? क्या उसके अपने मित्रों में कोई ऐसा नहीं जो प्रभा को इस पागलपन से रोके ले ? परकाश, मूसा, सहदेव ठाकुर—ये सब चुप क्यों हैं—ये कुछ कर क्यों नहीं रहे ? परकाश आकर चला गया। अगर उसके जाने से पहले हरि को यह खबर मिल जाती तो वह उससे कहता कि प्रभा को इस नादानी से

तुरंत रोके। पर अब करे तो क्या ?

पत्र को पूरा लिख लेने के बाद जगदंबी ने हरि को बेसुध-सा देखकर पूछा—

"क्यों, क्या बात है ?"

हरि ने सिर्फ घूरकर उसकी ओर देखा, पर कुछ बोला नहीं। जगदंबी ने जब दोबारा प्रश्न किया तो उसने सलाखों के बीच से अपने हाथ के अखबार को उसकी ओर बढ़ा दिया। जगदंबी ने पहले अखबार के प्रथम पृष्ठ की ओर देखा, फिर बोला—

"तुम्हारे इस अखबार को हमारी अनुपस्थिति में ही निकलना था ?" कुछ देर चुप रहकर फिर बोला—

"पर निकला अच्छा है।"

हरि ने उसकी ओर देखे बिना ही कहा—

"तुम जरा पाँचवें पृष्ठ की वह खबर देखना ··· भूख-हड़तालवाली ···"

जगदंबी ने अखबार के पन्ने पलटे। पाँचवें पन्ने पर नजर दौड़ाई और संबद्ध खबर को गौर से पढ़ने लगा। हरि अपने खयालों में खोया रहा। कोई दो मिनट बाद जगदंबी की आवाज हरि के कानों में आई—

"भाई, यह तो वही लड़की है न ?"

हरि ने सिर हिलाकर हामी भर दी।

'मैंने तो पहले ही तुमसे कहा था कि उसे अपने परिवार के लिए बलि चढ़ना पड़ा होगा।"

हरि के कानों में कई लोगों की बातें गूँजने लगीं—

'माँ-बाप, चाचा-चाची, इन सभी के सामने वह कर ही क्या सकती है ?' यह स्वर परकाश का था।

'लड़कियों को बेबस ही नहीं किया जाता, धमकियाँ भी दी जाती हैं। मेरी माँ ने तो मुझसे यहाँ तक कह दिया था कि अगर मैं उसकी बात नहीं मानती तो वह समंदर में जान दे देगी।' यह सीमा ने कहा था।

'भूल तुम्हारी है हरि, तुम्हारी । जब तुम्हारी भी कोई बेबसी हो सकती है तो एक लड़की की क्यों नहीं होगी ?' यह स्वर मूसा का था।

देवी ने भी लगभग ऐसी ही बात कही थी। सहदेव ठाकुर ने भी।

हरि जब अपने पूरे होशो-हवास में आया तो उसने दोनों मुट्ठियों से सलाखों को थामकर जगदंबी से पूछा—

"अब क्या करें ?"

"उसे जान देने से बचाना होगा।"

"इस कटघरे में पड़े रहकर ?"

वह रात कैदखाने में हरि की सबसे काली, सबसे लंबी और सबसे अकुलाहट-भरी रात थी। सूरज की पहली किरण के आते ही हरि ने दीवार के ऊपर की सलाखों से उचककर जगदंबी को देखा और फिर तब तक चहलकदमी करता रहा, जब तक वह जाग नहीं गया। नौ बजे के करीब दो सिपाही आए और जगदंबी को अपने साथ ले

गए। आधे घंटे बाद जगदंबी लौटा। फिर अपनी तथा हरि की कोठरी के बीचवाली सलाखों से अपने दोनों हाथों को हरि की ओर बढ़ाते हुए बोला—

"करीब पंद्रह मिनट बाद मेरी रिहाई हो रही है।"

"सच!"

"हाँ। मैं जेलर से मिलकर आ रहा हूँ। मैंने जब पूछा कि तुम्हें भी मेरे साथ क्यों नहीं छोड़ा जा रहा, तो उसने कहा कि यह उसके बस की बात नहीं है। लेकिन भैया, मैं अकेले रिहाई नहीं चाहता।"

"अरे भाई, अभी परसों ही तो हमारा यह समझौता हुआ है कि रिहाई के बाद तुम्हें गाँवों में मेरे हिस्से के भी काम करने हैं।"

"अगर इतना मालूम हो जाता कि तुम्हारी रिहाई कब तक हो सकेगी, तो मुझे सब्र आ जाता।"

"देखो दोस्त, तुम्हारी रिहाई मेरे लिए अब एक भारी महत्व रखती है। अगर तुम मेरे लिए यह काम कर सको तो मैं जिंदगी-भर तुम्हारा एहसान मानूँगा। तुम घर पहुँचते ही वहाँ से सीधे मोंताई लोंग के मंदिर पहुँचो। यदि तुम प्रभा से उसकी भूख-हड़ताल तुड़वाने में सफल हो गए, तो मैं इस चारदीवारी के भीतर भी अपने को उतना ही आजाद समझूँगा जितना कि तुम स्वयं को बाहर रहकर समझोगे।"

जगदंबी ने अपनी मित्रता के दौरान दो ही बार हरि को इतना भावुक होकर बात करते सुना था। पहला अवसर वह था जब दोनों रोश-न्तेर और गुडलेंड्स के मजदूरों की मीटिंग के बाद ग्रां-गोब पहुँचे थे। वहाँ समुद्र-किनारे हरि ने जगदंबी को अपनी प्रेम-कहानी और प्रभा के ब्याह की बात सुनाई थी।

ठीक पंद्रह मिनट बाद ही दो सिपाही कोठरी के सामने आ खड़े हुए। एक ने फाटक का मोब ताला खोला और जगदंबी से कहा—

"चलो!"

जगदंबी अपने स्थान से उठा। बीच की सलाखोंवाली दीवार तक आया और एक बार फिर अपने दोनों हाथों को सलाखों के बीच से हरि तक ले गया। हरि ने उसके दोनों हाथों को अपने हाथों में लेकर चूम लिया।

अगले ही क्षण हरि अपनी कोठरी की सलाखों को थामे जगदंबी को बाहर जाते हुए देखता रहा।

चारदीवारी के भीतर हरि को जब अखबारों में शराब-विरोधी आंदोलन की सफलता के विवरण पढ़ने को मिले, तो उसे भारी आत्मसंतोष मिला। अखबारों में यह खबर आई थी कि शराब-कारखानों के मालिकों और उससे जुड़े व्यापारियों का एक प्रतिनिधि मंडल सरकार के उच्चाधिकारियों से मिलने पहुँचा था। सरकार को अर्जी भी लिखी थी। उसमें कहा गया था कि इस आंदोलन के कारण शराब की बिक्री एकदम घट गई है। जिस दुकान से रोजाना पचास बोतलें बड़ी आसानी से बिक जाती थीं, अब कठिनाई से पाँच बिक रही हैं। शराब-कारखाने की ओर से सरकार को यह धमकी भी दी गई है कि अगर यही रवैया रहा, तो फैक्टरियाँ बंद करनी पड़ेंगी। दुकानदारों ने माँग की

है कि परमिट का शुल्क घटाया जाए। सरकार भी इस बात से चिंतित हो उठी है कि शराब की कम खपत का मतलब है उसकी अपनी आसान आमदनी में कमी आ जाना।

ये तमाम बातें पढ़कर हरि को खुशी हुई।

लेकिन उसमें छपी एक खबर ने हरि की इस खुशी को फिर से दुख और भारी उदासी में बदल दिया। खबर थी—

'प्रभा देवी की हड़ताल का अठारहवाँ दिन! ··· नोत्रदाम की प्रभा देवी, जोकि पंडित हरिपरसाद और उनके साथियों की रिहाई के लिए मोंताई-लोंग में भूख-हड़ताल कर रही है, एकदम कमजोर हो गई है। उसकी हालत नाजुक हो चली है। कल शाम दो डॉक्टरों ने उसका मुआइना किया और वे इस निष्कर्ष पर पहुँचे हैं कि अगर प्रभा देवी अपनी भूख-हड़ताल नहीं छोड़ती है तो उसकी जान जाने का डर है। आज हड़ताल का अठारहवाँ दिन है। कई लोग प्रभा देवी से यह माँग कर चुके हैं कि वह अपनी भूख-हड़ताल छोड़ दे, पर वह किसी की भी बात सुनने को तैयार नहीं है। हम सरकार से पूछते हैं ···'

हरि इससे आगे नहीं पढ़ सका। घुप्प अंधकार में जैसे वह कोई राह टटोलता रहा ··· अठारहवाँ दिन! और कितने दिन मौत से जूझ सकेगी वह? क्या जगदंबी की कोशिश भी बेकार गई? प्रभा अगर मेरे कारण मर गई तो मैं ···

पहली बार हरि के मन में यह खयाल आया कि वह खाना लानेवाले सिपाही की गरदन मरोड़ दे। उसकी चाबी छीन ले और दरवाजा खोलकर भाग निकले। ··· शाम को जब वह भारी मानसिक तनाव के बीच अपनी कोठरी में चहलकदमी कर रहा था, तो जेल का परिचारक एक चिट्ठी लेकर आया। चिट्ठी के ऊपर डाक की जो मुहर थी, वह गुडलेंड्स की थी। हरि का हाथ काँप उठा। उसने मनौती की कि वह जगदंबी का पत्र हो। लिफाफे को खोला। जगदंबी का ही पत्र था। हिंदी में लिखा था—

प्रिय भाई हरि,

भारी कोशिश की प्रभा को मनाने की। तुम्हारी इच्छा भी बताई, पर वह टस से मस होने को तैयार नहीं। आज उसकी भूख-हड़ताल का बीसवाँ दिन था। सुबह दस बजे सैकड़ों लोगों की उपस्थिति में वह अचेत हो गई। डॉक्टर उपस्थित था। प्रभा को उसी क्षण उठाकर पोर्ट लुई के सिविल अस्पताल पहुँचाया गया। मैं यह पत्र तुम्हें अस्पताल से ही लिख रहा हूँ। इस समय ढाई बजने को हैं। तीन घंटे में तीन-तीन डॉक्टरों ने उसे देखा है और अभी-अभी एक डॉक्टर ने मुझे बताया है कि अब कोई खतरा नहीं है, उस सेरम दी जा रही है। अब जबकि वह अस्पताल में ले आई गई है, मुझे विश्वास है कि हम उसे दोबारा भूख-हड़ताल पर नहीं जाने देंगे। तुम निश्चिंत रहो। तुम्हारी रिहाई का प्रयास जारी है। प्रभा सही-सलामत है।

परसों तुमसे मिलने की इजाजत माँगी थी। नहीं मिली। पर दूसरे मित्र तुमसे मिलने आ रहे हैं।

तुम्हारा मित्र,
जगदंबी

पत्र पढ़ने के बाद हरि ने आँखें मूँद लीं। उसने अपने आपसे कहा—अब अगर जीवन-भर इस काली कोठरी में रहना पड़े तो भी कोई बात नहीं।

संयुक्त मजदूर श्रमिक संघ के वृहद् जुटाव में शेमें-ग्रेनिएँ के प्रतिनिधि बसगीत और फलाक के प्रतिनिधि रामदास के प्रस्ताव को एक सौ तीस उपस्थित सदस्यों ने एक स्वर से स्वीकार किया। प्रस्ताव यह था कि हरि की रिहाई की अर्जी देश के राज्यपाल, इंग्लैंड की महारानी और विश्व ट्रेड यूनियन को भी भेजी जाए और उस अर्जी के साथ देश-भर के सभी मजदूरों के हस्ताक्षर या अंगूठे के निशान लिए जाएँ। सभी सदस्यों को सात दिन का समय दिया गया। उस जुटाव की अध्यक्षता डॉक्टर क्यूरे ने की थी। उसने कहा था कि अगर पंद्रह दिन के भीतर हम अपने दोस्त हरि को रिहा नहीं करा सके, तो इस ट्रेड यूनियन आंदोलन को बेकार का आंदोलन समझना चाहिए। डॉक्टर क्यूरे की इस बात ने उपस्थित प्रतिनिधियों पर भीगे चाबुक का काम किया। उसी शाम अपने-अपने इलाकों में मजदूरों के हस्ताक्षर कराने का काम शुरू हो गया, जिसमें महिलाएँ भी पूरा सहयोग कर रही थीं।

आखिर सरकार झुकी। हरिपरसाद के साथ अधिकारियों ने जब उसकी रिहाई की बात छेड़ी और चंद शर्तें रखनी चाहीं, तो हरि कोई भी शर्त मानने को तैयार नहीं हुआ। उलटे उसने यह शर्त रखी कि गिरफ्तार किए गए उसके सभी साथियों को जब तक आजाद नहीं किया जाएगा, तब तक अपनी रिहाई की बात वह किसी भी शर्त पर नहीं स्वीकारेगा। करीब सात दिन बात उसे सूचना मिली कि धीरे-धीरे उसके सभी साथियों की रिहाई का सिलसिला शुरू हो चुका है।

प्रभा को अस्पताल से घर लौटे चौथा दिन था, जब सीमा और परकाश उसे देखने पहुँचे। प्रभा के माँ-बाप घर ही पर थे। सुगुनवा परकाश के हाथ से उसकी बैसाखी लेकर उसे अपने कंधे के सहारे घर के भीतर ले गया। प्रभा चारपाई पर थी। अब भी उसे अपनी खोई हुई रौनक और शक्ति वापस नहीं मिली थी। फिर भी परकाश और सीमा को देखकर वह चारपाई पर उठ बैठी।

उसके पास बैठते हुए सीमा ने पूछा—

"कैसी हो ?"

प्रभा ने हौले-से मुस्कुरा दिया। उस मुसकान में अब भी वही पीड़ा थी, जिसे सीमा मोंताई-लोंग के मंदिर और सिविल अस्पताल में देख आई थी। सीमा ने अब अनुराधा की ओर देखा। उसे लगा कि उस पश्चात्ताप और शर्मिंदगी का भाव अब भी उसकी आँखों में है, जिसे उसने उनमें पिछले सप्ताह देखा था। सीमा ने पूछा—

"तुम कैसी हो अनु दीदी ?"

"मैं तो ठीक हूँ, तुम कैसी हो ?"

"हमने कहा था न कि हम आज आएँगे। बस आ गए।"

अपने साथ लाई एक टोकरी अनुराधा को थमाकर सीमा बोली—

"इसमें कुछ केले और कुछ सब्जियाँ हैं।"

प्रभा की माँ से कुछ बोला नहीं गया। सुगुनवा ने कहा—

"उतनी दूर से यह बोझ लाने की तकलीफ क्यों की !"

परकाश ने जब सुगुनवा को पहली बार देखा था तो वह बड़े भद्दे ढंग से बातें करने का आदी था। अब उसे इस तरह बातें करते सुना तो वह समझ गया कि यह परिवर्तन अनुराधा का ही कमाल है।

कोई पंद्रह-बीस मिनट बाद जब सुगुनवा और परकाश बाहर आ गए तो अनुराधा ने सीमा से पूछा—

"हरि का क्या हाल है ?"

"हम लोग परसों गए थे। अच्छा है।"

"हमें बहुत कोसता होगा।"

"क्यों ?"

"जो कुछ हम लोगों ने उसके साथ किया।"

"यही तो रोना है दीदी, कि तुम और जीजाजी हरि को पहचानने में चूक गए।"

"मैं क्या करती सीमा, हुकुम तो मर्दों का चलता है। ये भी अब खुद पछता रहे हैं। इस बात की जानकारी तो इन्हें भी नहीं थी कि लड़के की पहले ही से कोई रखैल है।"

"पर इतना तो तुम लोग जानते ही थे कि वह शराबी है। तुमने तो दीदी, एक बार इनसे कहा भी था कि किसी रिश्तेदार ने तुम्हें इस बात से अवगत कराया है।"

"मैं उस रिश्ते के लिए तैयार ही कहाँ थी।"

प्रभा चुपचाप दोनों की बातें सुन रही थी। दोनों इस तरह बातें किए जा रही थीं, जैसे उन्हें प्रभा की उपस्थिति का भान ही न हो।

"पर दीदी, तुमने उसे रोकने की कोशिश भी कहाँ की ?"

"तुम ठीक कहती हो। मैं अपनी ही कहानी भूल बैठी। अपने ही हाथों मैंने अपनी बच्ची के जीवन को तबाह कर दिया।"

अपनी माँ के इस वाक्य पर प्रभा बोल उठी—

"नहीं माँ ! मेरी जिंदगी तबाह नहीं हुई। तबाह तब होगी, अगर फिर से तुम लोग मुझे बोलने और करने से रोकोगे।"

"नहीं प्रभा, न तो मैं तुम्हें रोकूँगी और न ही तुम्हारे पिता रोकेंगे।"

"अनु दीदी, याद रखना, यह बात तुम मेरे सामने कह रही हो।"

"प्रभा बीस दिनों तक उस मंदिर में भूख-हड़ताल करती रही। मैंने और इसके पिता ने एक बार भी इससे यह नहीं कहा कि बस करो।"

"प्रभा कहती है कि अब वह शादी नहीं करेगी, पर क्या तुम लोग उसे घर बिठाए रख सकोगी ? लोग कहेंगे, ससुराल से छूटी लड़की को घर बिठाए हुए हो।"

"मेरी बेटी छुटी हुई नहीं है, वह खुद घर छोड़कर आई है। और फिर लोग जो चाहें

कहें, हमें अब किसी की परवाह नहीं।"

सीमा मन-ही-मन मुस्कुरा उठी। यही सुनने के लिए तो उसने यह सवाल किया था। अनुराधा के भीतर इस परिवर्तन से उसे भारी खुशी हुई। अपने अगले प्रश्न के लिए उसे अच्छा अवसर मिला। धीरे से पूछा—

"दीदी, और अगर प्रभा खुद शादी करना चाहे तो ?"

"हम उसकी पसंद को अपनी पसंद मानेंगे।"

"जीजाजी भी ?"

"क्यों नहीं ?"

"मान लो, हरि ही बारात लेकर आना चाहे तो ··· ?"

यह प्रश्न सुनने के लिए अनु तैयार नहीं थी। एकटक सीमा को ताकने लगी। सीमा ने पूछा—

"क्यों दीदी, इस तरह क्यों घूर रही हो ?"

इस पर भी वह कुछ नहीं बोली। सीमा ने प्रभा की ओर देखा। प्रभा की आँखों में उदासी के सिवाय कुछ भी नहीं था। सीमा ने अनुराधा की ओर देखा और अपने प्रश्न को दोहराया—

"बोलो दीदी, हरि ही अगर बारात लेकर आ जाय तो ?"

अनुराधा ने अपनी बेटी की ओर देखा। प्रभा ने अपने भावहीन चेहरे और उदास आँखों से शून्य में देखते हुए कहा—

"इस गाँव में कभी कोई बारात नहीं आई !"

18

तीन महीने, ग्यारह दिन की हिरासत के बाद जिस दिन हरि की रिहाई होने को थी, उस दिन सुबह से ही कैदखाने के सामने गाँव-गाँव से आए औरतों और मर्दों का जुटाव शुरू हो गया था। ग्यारह बजे दिन में उसकी रिहाई होनेवाली थी और दस बजे तक भीड़ इतनी ज्यादा बढ़ गई कि वाहनों के लिए रास्ता रोक देना पड़ा। चारों ओर नारे गूँजने लगे थे—

—पंडित हरिपरसाद की जय ! मजदूर आंदोलन जिंदाबाद ! शराब खराब है !

रिहाई से पंद्रह मिनट पहले मजदूर नेताओं की अगल-बगल कई राजनेता भी आ खड़े हुए थे। ठीक ग्यारह बजे सफेद धोती, सफेद कुर्ता पहने दुबला-पतला हरि लोगों के सामने आ खड़ा हुआ। देखते ही देखते फूल-मालाओं से उसके चेहरे तक को ढाँप दिया गया। जो दूर थे, वे फूलों की बौछार करते रहे। कोई एक आदमी नारा लगाता

और सैकड़ों लोग उसे दोहराते—मजदूर नेता पंडित हरिपरसाद की जय ! ...

बड़ी कठिनाई से हरि अपने गले से हारों को उतार पाया। अपने सभी मित्रों से गले मिलता हुआ जब वह अपनी माँ तक पहुँचा, तो उसके पाँवों पर झुक गया। जय-जयकार होती रही। कोई डेढ़ घंटे बाद ही हरि काटेज पहुँच सका, जहाँ शिवसागर रामगुलाम अपने दो-तीन साथियों सहित हाथों में फूल-मालाएँ लिए उसकी प्रतीक्षा कर रहे थे। हरि को माला पहनाकर वह उससे गले मिले। करीब हजार से ऊपर लोग वहाँ इकट्ठे हो गए थे। रामगुलाम ने पहला भाषण किया, जिसमें उन्होंने कहा—

"पंडित हरिपरसाद एक ऐसा शेर है, जिसे लंबे समय के लिए किसी भी पिंजरे में रख पाना असंभव है। समय से पहले इनकी रिहाई मजदूरों की शक्ति का सबूत है।"

करीब आधे घंटे के उनके भाषण के बाद कुछ और लोग बोले और अंत में जब हरि के बोलने की बारी आई तो उसने सबसे छोटी तकरीर में कहा—

'मैं उन सभी नेताओं, मित्रों, विद्वानों और तमाम मजदूर दोस्तों का आभार मानता हूँ जिनके प्रयास से आज मैं समय से पहले रिहा हो सका। शराब-विरोधी आंदोलन की सफलता के पीछे मजदूरों की एकता ही सबसे बड़ा कारण है। इस देश के मजदूरों के लिए अगर बार-बार जेल जाने के अवसर आए, तो भी मैं नहीं चूकूँगा। कैदखाने का खाना मुझे रास आ गया है, इसलिए मैं कितनी भी लंबी कैद के लिए तैयार हूँ। आप मेरे साथ पूरी ताकत से नारा लगाएँ—

मजदूर आंदोलन जिंदाबाद !

मजदूर-शक्ति की जय हो !

सभी ने इन नारों को दोहराया।

हजारों कंठों से उठे स्वरों की अनुगूँज दूर तक फैले हरे-भरे खेतों और चट्टानों से टकराकर देर तक प्रतिध्वनित होती रही।

एक फ्रेंच अखबार ने लिखा कि सारे दमनचक्र के बाद भी आंदोलन अगर जीवित रहता है, तो अपने नेता के सतत संघर्ष, नेतृत्व के पैनेपन, अथक जुझारूपन और उसके घोर परिश्रम के ही कारण।

परकाश और सहदेव ठाकुर ने हरि से कहा—

"हरि, तुम्हारा आंदोलन सभी अड़चनों, सभी बाधाओं, सभी दारुण दंडों के बाद भी अगर आत्मसमर्पण और पराजय से बचा रहा, तो इसीलिए कि खुद हताश होकर बैठ जाने के लिए तुम कभी तैयार नहीं हुए। किसी लड़ाई में मात खाकर तुमने मैदान नहीं छोड़ा, बल्कि तत्काल एक नया मोर्चा खोल लिया।"

इन निश्छल बधाइयों से हरि ने अपनी धमनियों में नए खून का संचार होते पाया। घर पहुँचकर वह एक-एक कर अपनी माँ, बहन और भाइयों से मिला। उनसे जमकर बातें कीं।

लेकिन हरि यह क्या जानता था कि उसकी जीत को पूँजीपति वर्ग यों ही स्वीकार करने को तैयार नहीं है। हरि ने अभी दो दिन भी अपने परिवार में आजादी और खुशी के साथ नहीं बिताए थे कि उन ताकतों ने नया षड्यंत्र शुरू कर दिया। हरि को इस

बात की खुशी थी कि मूडी आयोग की सिफारिशों से मजदूरों की तनख्वाह में जो वृद्धि हुई थी, उसके कारण कई मजदूरों ने अपनी-अपनी पत्नी को नौकरी करने से रोक लिया था। संतोष ने हरि से कहा था कि जब अपनी कमाई से गुजारा हो जाता है तो क्यों पत्नी को भी उस नर्क में झुलसने के लिए भेजें। गाय-बकरियाँ पालकर वह भी तो दो-चार पैसे कमा ही लेती है। इधर जब मजदूरों की शराब की लत छूटी, तो भी औरतों को नौकरी से छुटकारा मिला। इस बात से देश-भर के पूँजीपति विचलित थे। कोठी-कोठी में उन लोगों की बैठकें होनी शुरू हुईं। मूसा उत्तरी प्रांत की ऐसी ही एक बैठक का ब्यौरा लिए हुए हरि के पास पहुँचा। उस समय परकाश और सीमा हरि के पास बैठे हुए थे। हरि की माँ भी वहीं थी। कुछ ही मिनट हुए होंगे प्रभा के माँ-बाप को वहाँ से गए हुए, और अब भी प्रभा को ही लेकर बातें हो रही थीं। मूसा के पहुँच जाने पर भी कुछ देर उसी विषय पर बातें होती रहीं। फिर जब हरि की माँ सीमा के साथ रसोई में चली गई तो मूसा ने वह बात शुरू की—

"सैंताँन्त्वान कोठी में जमा उत्तरी प्रांत के चौदह जमींदारों ने यह तय किया है कि इस सप्ताह से किसी भी आदमी को कोठियों में घास काटने की इजाजत नहीं होगी। हर जगह दो-दो, चार-चार रखवार तैनात किए जा चुके हैं।"

मूसा के चुप होते ही परकाश बोल उठा—

"मुझे पहले ही से डर था कि ये लोग कोई न कोई नई साजिश शुरू करके रहेंगे। आखिर वही हुआ, जो मैं सोच रहा था।"

मूसा ने फिर कहा—

"उनका कहना है कि घास काटने और ईख की पत्तियों पर उन्हीं औरतों का अधिकार होगा जो कोठी में काम करती हैं। कुछ कोठीवाले तो इस हद तक चले गए हैं कि जो औरत कोठी में काम नहीं करती, उसे एक ही शर्त पर चारा बटोरने का अधिकार होगा कि उसके लिए उसका पति मुफ्त में कोठियों में काम करे, यानी कि मजदूरी का पारिश्रमिक पैसे के बजाय चारे के रूप में दिया जाय।"

"ऐसा कभी नहीं हो सकता।"

"उन्होंने अपना कानून खुद बना लिया है हरि!"

"यह तो बहुत बड़ा षड्यंत्र है औरतों को फिर से गन्ने के खेतों में घसीट लाने का।"

"उन तमाम गाय-बकरियों का क्या होगा ? वे तो चारा न मिलने पर भूखी मर जाएँगी।"

"और अगर औरतें शर्त मानकर खेतों में लौट गईं तो वे उस दोगुने काम से तो मरेंगी ही, साथ ही साथ ···"

"औरतों को गन्ने के खेतों में लौटने का विरोध हम नहीं करते, हमारा विरोध तो उन पर ढाये जानेवाले जुल्मों के खिलाफ है। लेकिन उन जुल्मों को मिटाना बहुत कठिन है। कानून बना-बनाकर हम थक जाएँगे, पर कोठियों में औरतों का शोषण कभी नहीं रुकेगा। अपने घर गाय-बकरियाँ पालकर ये लोग जब इज्जत के साथ दो पैसे कमा

सकती हैं तो फिर उन्हें यह अवसर क्यों न दिया जाय। हमने मजदूरों को शराब की बाढ़ में डूबने से तो रोका पर दूध की धारा में अपने बच्चों को पलने से क्यों रोकें ? गो-पालन नहीं रोका जा सकता। दूध का उत्पादन घटाकर हम शराब के उत्पादन और बिक्री को ही बढ़ावा देंगे।"

सीमा और वीणा चाय लिए आ गईं। परकाश ने गरम चाय की छोटी-सी चुस्की लेकर धीरे से कहा—

"मुझे तो लगता है कि औरतों को दोबारा गन्ने के खेतों में खींच लेने के लिए ये लोग कुछ भी शेष नहीं छोड़ेंगे। औरतों के इस तरह खेतों से हट जाने पर जमींदार हतप्रभ हैं। जो काम वे औरतों से एक रुपए में करवाने के आदी थे, उसी काम के लिए उन्हें मर्दों को ढाई रुपए देने पड़ते हैं। इतना बड़ा नुकसान उठाना उन्हें गवारा नहीं।"

"लगता है, मालिकों को मजदूरी करने की नौबत आ गई है ! अगर हम इस स्थिति को बनाए रख सके तो मालिकों को मजदूरों से की जानेवाली ज्यादती को बंद करना पड़ेगा।"

"इसीलिए तो मैं कह रहा हूँ कि वे हाथ बाँधे चुपचाप नहीं बैठे रहेंगे। आज उन्हें मजदूरों के लिए गिड़गिड़ाना पड़ रहा है, पर वे इसका उलटा चाहते हैं। औरतों को खेतों में वापस लाकर ही वे दोनों का शोषण आसानी से कर सकेंगे। मजदूरों के अभाव में तो इस समय वे किसी भी मजदूर को छोटी-छोटी बातों के कारण नौकरी से हटाने में असमर्थ हैं। अभी तो उनके सरदार मजदूरों की चिरौरी करते फिर रहे हैं।"

वे लोग अभी चाय पी रहे थे। वीणा ने आकर बताया कि कोई आदमी हरि से मिलने आया है। हरि चाय की आखिरी चुस्की लेकर बाहर निकला। साइकिल थामे जिस व्यक्ति को उसने आँगन में खड़े पाया, उसे वह अच्छी तरह पहचानता था। सूखू महाशय ने शराब-विरोधी आंदोलन में उसके साथ पूरे देश की परिक्रमा की थी। इससे पहले कि सूखू हाथ जोड़कर नमस्ते करता, हरि ने अपने दोनों हाथ जोड़ दिए—

"आइए-आइए, सूखू भाई ! कहिए कैसे आना हुआ।"

"बहुत जरूरी काम से आया हूँ।"

'मैं मोर्सेल्माँ आने की सोच ही रहा था। खैर, आप भीतर आइए।"

सूखू अपनी पुरानी साइकिल पेड़ के सहारे टिकाकर हरि के साथ घर के भीतर पहुँचा, जहाँ पहले ही से लोग बैठे हुए थे। हरि ने सभी लोगों से सूखू महाशय का परिचय कराते हुए कहा—

"सूखू भाई मोर्सेल्माँ सेताँद्रे के आर्यसमाज के प्रधान हैं। ये पहले से ही शराब के विरोधी रहे हैं।"

फिर हरि ने अन्य लोगों का परिचय दिया। परकाश का परिचय पाते ही सूखू ने कहा कि वह उसके कई भाषणों को सुन चुका है। परकाश को यह भी याद दिलाया कि उसने जब मोर्सेल्माँ में मजदूर संगठन बनाने का अभियान चलाया था तो लोगों को एक ठौर पर जुटाना सूखू के ही जिम्मे हुआ करता था। सूखू के लिए चाय मँगवाई

गई। चाय आने से पहले ही हरि ने उसके आने के मकसद के बारे में जानना चाहा। सूखू ने बताया—

"हमारे इलाके की कुछ औरतें मोंस्वाज़ी की कोठी में घास काटने गई थीं। उन्हें पता नहीं था कि घास के बीच कोठीवाले ने लकड़ी के टुकड़ों में कीलें गाड़कर उन्हें चारों ओर फैला दिया है। दो औरतों के पाँवों में एक ही साथ कई कीलें चुभ जाने से उन्हें अस्पताल में दाखिल होना पड़ा है।"

परकाश बोल उठा—"यह तो हद हो गई!"

"यही नहीं, उन औरतों के रोने-चिल्लाने पर दो सरदार मालिक के साथ आ पहुँचे और उन्होंने उनमें से कई औरतों के हँसुवे छीन लिए। मालिक ने सरदारों को आदेश दिया कि वे घास की गठरियों पर पेशाब कर दें और सरदारों ने उन औरतों के सामने ही पेशाब किया।"

हरि यह सबकुछ सुनकर चुप रहा, पर उसे अच्छी तरह जाननेवाले मूसा ने उसकी आँखों में जिस भाव और जिस रंग को देखा, उन्हें सामान्य नहीं कहा जा सकता।

19

दूसरे ही दिन से इस तरह की शिकायतों के साथ अनेक गाँवों-कोठियों से लोग हरि के पास पहुँचने लगे। हरि ने एक-एक दिन में चार-चार, पाँच-पाँच कोठियों का दौरा करना शुरू किया। एक दिन सुबह को वह पेची ज़ीली की कालिफोर्निया कोठी में दो-तीन साथियों के साथ, जिनमें मूसा भी था, हाथ में हँसिया लिए जा पहुँचा। सूरज चढ़ने में अभी समय था। औरतें पहले ही से तैयार उनका इंतजार कर रही थीं। हरि ने उन सभी की अगुवाई की। कोठी के कँटीले तारों को तोड़कर वे सभी हरी-भरी घास के बीच पहुँचे। गायों को बेहद पसंद लाकासिया और बूआज़ोज़ो की कोमल पत्तियों का झुरमुट सामने था। हरि का संकेत पाते ही सभी ने अपने-अपने कंधों से हँसुवे उतारे और घास काटने लगे।

लगभग पैंतालीस औरतों और बीस मर्दों ने एक साथ घास काटना शुरू किया और अभी उन्हें कुछ ही देर हुई थी कि कोठी-मालिक अपने सरदारों और लठैतों के साथ सामने आ खड़ा हुआ। यह देखकर हरि भी उनके सामने जा पहुँचा। एक सरदार ने माँ-बहन पर उतरते हुए पूछा कि किसके हुक्म से ये लोग इस सुरक्षित इलाके में घास काट रहे हैं? जवाब हरि ने दिया—

"इस देश में पालतू जानवरों के लिए कोई चरागाह नहीं है। इस देश में कोई ऐसा कानून भी नहीं है कि गोपालकों को घास काटने से रोका जा सके। यह जंगल और

घास किसी की निजी मिल्कियत नहीं है। गाएँ यहाँ इसलिए पाली जाती हैं ताकि रईसों और शहरी बाबुओं को सुबह-शाम की चाय के लिए दूध मिल सके, ताकि दूध पैदा करनेवाले मजदूर अपने बच्चों को दूध न पिलाकर अपने शोषकों के बच्चों के लिए चॉकलेट और टाफियों की संभावनाएँ जुटा सकें।"

हरि ने एक ही साँस में ये तमाम बातें फ्रेंच में कह डालीं।

सरदारों और लठैतों ने मालिक की ओर देखा। मालिक ने अपने लठैतों और सरदारों की ओर देखा और फिर हरि की ओर। हरि ने अपने चारों ओर खड़े गोपालकों की ओर देखा। सभी उसके एकदम करीब आ गए थे। सभी की बगलों में लाकासिया और बूआज़ोज़ो की कोमल हरी पत्तियाँ थीं और दूसरे हाथ में हँसुवे। पैने और चमकदार हँसुवे !

इस नए संघर्ष से जुड़े हरि को तीसवाँ दिन था।

इस बीच वह करीब डेढ़ सौ से अधिक कोठियों का दौरा कर चुका था। दो बार अदालत में भी उपस्थित हो चुका था। घास काटने के मामले में वह खुद अपना भी वकील बना और अपने चार सौ से ऊपर उन साथियों का भी, जिन पर यह आरोप था कि उन्होंने कोठियों में घास काटी। हरि ने वकील के लहजे में धीमे स्वर में न्यायाधीश से कहा—

—इन सभी पर घास काटने का आरोप है, घास चुराने का नहीं। तो क्या घास काटना और पशुओं को पालना, ताकि इस देश में दूध का उत्पादन हो सके, गुनाह है ?

और यह पाँचवाँ दिन था, जब हरि ने इस नए अभियान में प्रभा को अपने साथ पाया। सेंताँ-त्वान कोठी में साइकिल के जरिए पहुँचकर हरि ने देखा कि प्रभा वहाँ पहले ही उपस्थित है। संतोष ने सूचना दी थी कि उस कोठी में एक गर्भवती औरत को मालिक ने झोंटा पकड़कर घसीटते हुए खेत से निकाला है। मालिक के जूतों के प्रहार से वह औरत बेसुध होकर कुश के झुरमुट में लुढ़क गई थी। प्रभा की मदद से हरि उस औरत को लेकर सबसे पहले अस्पताल पहुँचा था और फिर उसके होश में आने के बाद रीव्येर जी-रांपार के पुलिस स्टेशन। पुलिस ने पहले तो बयान लेने में आनाकानी की थी, पर जब हरि ने चौकी इंचार्ज से अंग्रेजी और फ्रेंच में बातें शुरू कीं तो उसने आदेश दिया कि औरत का बयान लिया जाये।

इसके सात दिन बाद हरि को पता चला कि उस औरत के पेट में जो बच्चा था, गोरे मालिक की लातों की चोट से वह गर्भ में ही मर गया और उस स्त्री को भी बड़ी कठिनाई से बचाया जा सका है।

मों-त्वाज़ीर कोठी में चालीस औरतों को रोका गया। सरदारों ने उनके सामने अनुचित प्रस्ताव रखे, ताकि वे अपने-अपने घरों को बिना किसी विरोध के लौट सकें। पर जब उन्होंने न तो उस घिनौने प्रस्ताव को माना और न वापस गईं तो उन्हें आगे बढ़ने से

रोक दिया गया। आधे घंटे से भी कम समय में हरि वहाँ पहुँच गया। इस बार प्रभा उसके पहुँचने के बाद पहुँची थी। हरि ने पहले की तरह एक बार फिर उससे कहा कि वह घर रहकर भी उसका साथ दे सकती है। प्रभा चुपचाप हरि को देखती रही थी। इसके बाद हरि ने सातों सरदारों और रखवारों से पूछा—

"किस जुर्म में आप लोग इनके हँसुवे जब्त करना चाहते हैं ?"

सबसे बड़े डीलडौलवाले सरदार ने जवाब दिया—

"यहाँ घास काटना मना है। ये लोग गैर-कानूनी ढंग से घास काट रहे हैं।"

"वह कानून बताइए, जिसके तहत इन स्थानों पर घास काटना जुर्म है।"

सरदारों और रखवारों ने जिद की कि घास काटनेवाली औरतें अपने-अपने हँसुवे उनके हवाले कर दें। ऐसा वे शायद इसलिए चाहते थे, ताकि अदालत में उन हँसुओं को प्रमाणस्वरूप प्रस्तुत किया जा सके। हरि ने कहा—

"कोई भी माई का लाल इन लोगों के कंधों से इनके हँसुवों को नहीं उतार सकता। आप चाहें तो घास की गठरियों को जब्त कर सकते हैं।"

किसी ने हँसुवे नहीं दिए।

घास काटनेवाली औरतों पर हो रहे जुल्मों को हरि ने तीन व्यंग्य-चित्रों में प्रस्तुत किया। उन्हीं व्यंग्य-चित्रों के अनुरूप उसने एक लंबा लेख भी लिखा, जिसमें उसने सरकार से माँग की कि या तो वह गोपालकों पर हो रहे अन्याय को तत्काल रोके या उनके पशुओं के लिए चरागाह की व्यवस्था करे। 'मजदूर' के जिस अंक में तीनों व्यंग्य-चित्रों सहित वह लेख छपा, उस अंक के उस पृष्ठ को मजदूरों ने कोठी के दफ्तरों की दीवारों पर भी चिपका दिया। बोसेजूर कोठी के दो मजदूरों को ऐसा करते देखकर सरदारों ने मालिक से उनकी शिकायत की। दोनों मजदूरों को दफ्तर में बुलाया गया। मालिक ने उनसे सीधा सवाल किया—

"यह हरकत तुम दोनों की है ?"

दोनों ने एक साथ जवाब दिया—"हाँ।"

"उसे अपने हाथों से इसी समय उखाड़ फेंको।"

"...."

दोनों जानते थे कि नौकरी से हटाने का तो सवाल ही नहीं, क्योंकि मजदूरों की भारी कमी थी। अंततः कुछ देर खड़े रहकर वे मुस्कुराकर दफ्तर से निकले और दो सरदारों तथा मालिक की आँखों के सामने उस पन्ने को दीवार से उखाड़ दिया।

लेकिन दूसरे दिन सुबह जब मालिक कोठी पर पहुँचा तो उसने दफ्तर की पूरी दीवार पर करीब सौ से भी ऊपर पन्ने चिपके हुए पाए। चूँकि किसी ने किसी को उन्हें चिपकाते हुए नहीं देखा था, इसलिए मालिक ने अपने चारों सरदारों को आदेश दिया—

"मैं चाहता हूँ कि तुम चारों इसी वक्त दीवार को साफ करो।"

जिस गर्भवती औरत को गोरे मालिक ने लातें मारी थीं और पेट में ही जिसके बच्चे की मृत्यु हो गई थी, उसे लेकर प्रभा ने पुलिस-थाने के सामने कोई पचहत्तर औरतों के साथ धरना दिया था और यह माँग की थी कि उस बच्चे की मृत्यु के लिए कोठी-मालिक पर मुकदमा चलाया जाए। लेकिन पुलिस ने आश्वासन देकर भी उस पर मुकदमा नहीं चलाया था। इसके बाद हरि ने 'मजदूर' तथा दो अन्य अखबारों के माध्यम से पूरे उत्तर प्रांत के कोठी-मालिकों को लंबी हड़ताल की चेतावनी देते हुए कहा था—

—इस समय संयुक्त श्रम-संघ के पास इतनी क्षमता है कि वह महीने-भर से भी अधिक की हड़ताल करवा सकता है।

जमींदारों के लिए इस हड़ताल का मतलब होता तबाही, इसलिए उन्होंने पुलिस को अपनी कार्रवाई के लिए रोका नहीं। पांप्लेमूस की अदालत ने उस गोरे जमींदार को सिर्फ जुर्माना भुगतने की ही सजा नहीं सुनाई, बल्कि उस औरत को आठ सौ रुपए का हर्जाना भी दिलवाया। प्रभा को अदालत से घर छोड़ते हुए रास्ते में हरि ने कहा—

"ऐसा बहुत कम हुआ है।"

"गोरे जमींदार का जुर्माना चुकाना ?"

"हाँ।"

"एक बच्चे की जान की कीमत सिर्फ आठ सौ रुपए !"

"इससे पहले तो हमारे लोग कुत्ते की मौत मरते रहे हैं। हम लोग तो परिवर्तन चाहते हैं। भले ही वह थोड़ा-थोड़ा करके आए, पर आए तो। अपने को ही लो, तुम्हारे इस तरह मजदूर-संघर्ष के साथ जुड़ने को कई लोग हैरानी से देखते हैं।"

"यानी कि यह भी परिवर्तन है ?"

"बहुत बड़ा परिवर्तन।"

प्रभा हँस पड़ी।

आम सड़क से हटकर गन्ने के खेतों के बीच का वही रास्ता दोनों ने चुना था, जो छोटा पड़ता था। गन्ने की फसल समाप्त हो चुकी थी। कटे हुए गन्नों के अंकुर जहाँ-तहाँ घुटनों तक उठ आए थे। दूर तक फैली हरियाली और सामने खड़े पहाड़ों को देखते हुए दोनों इस तरह आगे बढ़ रहे थे, गोया बड़े आराम से घूमने निकले हों। हरि ने एक लंबी चुप्पी के बाद कहा—

"जो कुछ होता है, अच्छा ही होता है।"

"मतलब ?"

"हम दोनों के बीच जो कुछ हुआ, अगर वह नहीं हुआ होता तो तुम मेरे जीवन में उसी तरह आतीं, जिस तरह गाँव की सभी औरतें शादी के बाद ससुराल पहुँचती हैं। केवल पत्नी बनकर। पर अब तुम मेरी पत्नी बनकर ही मेरे घर नहीं आओगी, बल्कि सहयात्री बनकर भी आओगी।"

"यह सहयात्री क्या होता है ?"

"संघर्षों और आंदोलनों का साथी।"

"मैं तो डरती हूँ।"

"किस बात से ?"

"कि शादी के बाद कहीं तुम यह न कहने लगो कि बस, अब तुम्हें घर ही सँभालना होगा।"

"मेरी वह इच्छा पूरी होने से रह गई।"

"कौन-सी ?"

"मेरी ही नहीं, माँ की भी यह इच्छा थी कि मेरी शादी बड़ी धूमधाम से हो। अब मुझसे बहुत इंतजार नहीं हो पाएगा। तुम्हें दोबारा खो देने को मैं तैयार नहीं हूँ।"

"तुमने कहा था, पिछली बातों के लिए हमारे पास अब कोई समय नहीं। हमें केवल आगे की सोचनी है।"

"पिछली बातें मैं थोड़े ही कर रहा हूँ, आगे की कर रहा हूँ। महीने-भर में हमारी शादी होने को है। छोटी-सी बारात लेकर जाऊँगा और बड़ी सादगी से तुम्हें ब्याह ले आऊँगा। उस सादगी की भी अपनी एक शान होगी। सच कहूँ तो यह महीना वर्ष जैसा लंबा लग रहा है।"

"लगता है पानी बरसेगा।"

हरि ने चारों ओर उमड़ते बादलों को देखा और दोनों के पाँव अपने आप कुछ और तेज हो गए।

20

हरि और प्रभा को देश-भर की कई अदालतों में घास काटने के मामले को लेकर उपस्थित होना पड़ा। कई निषिद्ध ठौरों पर उन्होंने गाँव के गोपालकों के साथ रहकर घास कटवाई। जमींदारों के अत्याचारों को बढ़ते पाकर हरि ने सरकार को लिखा कि अगर जमीन-मालिकों का वही रवैया रहा, तो उसे ऐसे कदम उठाने पड़ेंगे, जिससे पूरा देश दूध का मोहताज हो जाएगा। दूसरी ओर गाँव-गाँव में यह नारा लगाना शुरू हुआ कि हम अपनी गायों का दूध नहीं बेचेंगे। मजदूरों की ओर से भी यह नारा गूँजा—मजदूरी हमें रुपए में मिलनी चाहिए न कि घास के रूप में। जहाँ-जहाँ भी मर्दों की मजदूरी औरतों को घास काटने की इजाजत के रूप में दी जा रही थी, उन सभी जगहों पर लोगों ने संगठित होकर इस जमींदारी कानून का विरोध किया। कई जगहों पर जब सरकार की ओर से जनता के जुटाव और किसी भी तरह की बैठक पर रोक लगाई जाने लगी, तो हरि पुरुष मजदूरों को और प्रभा महिला मजदूरों को मंदिरों में बुलाकर संगठित करते रहे।

महीने-भर में ही देश-भर के गोपालकों को संगठित कर लिया गया। हरि ने देश के

राज्यपाल को पत्र लिखा। कहा कि चारे के अभाव में गाँव-गाँव में गाएँ मर रही हैं, मजदूर औरतों पर जुल्म ढाए जा रहे हैं। सरकार ने अगर शीघ्र ही गोपालकों के लिए चरागाहों का प्रबंध नहीं किया तो वह देश-भर की बीस हजार से भी अधिक गायों को लेकर रास्तों पर निकल आएगा और उन्हें राज्यपाल के ले-रेज्वी निवास के सामने छोड़ देगा।

हरि के कई दोस्त सरकार को दी गई इस चेतावनी से डर गए। यहाँ तक कि कई प्रांतों के मजदूर-नेता उस तक आए और उसे समझाते हुए कहा—

"अभी कुछ ही महीने हुए हैं तुम्हें जेल से बाहर आए। अगर तुम सचमुच गायों और गोपालकों के साथ रेज्वी की ओर बढ़ोगे, तो तुम्हें फिर से गिरफ्तार कर लिया जाएगा।"

"तुम लोगों को मेरे जेल चले जाने का डर है, पर देश-भर की गायों की मौत की तनिक भी चिंता नहीं। गरीब औरतें एक-एक मुट्ठी घास के लिए मार खा रही हैं, जलील की जा रही हैं, इसे तुम क्यों नहीं देखते।"

जो लोग अपने डर को त्याग सके, वह हरि के साथ खड़े हो गए। सरकार की ओर से जब हरि के पत्र का उत्तर नहीं आया तो सातवें दिन उसने यह एलान कर दिया कि अगले मंगलवार को टापू के हर इलाके से गोपालक अपनी-अपनी गायों के साथ सुबह ठीक छह बजे कात्र-बोर्न के पाल्मा रोड पर पहुँच जाएँ। वहाँ से ठीक साढ़े छह बजे चलकर हजारों गायों का वह जुलूस राज्यपाल के निवास ले-रेज्वी पहुँचेगा। 'मजदूर' में मोटे-मोटे अक्षरों में यह एलान छपा। गाँव-गाँव में इश्तेहार चिपका दिए गए। लाउडस्पीकर द्वारा लोगों को सूचना दी गई। मंगलवार से एक रात पहले सभी गाँवों में बैठकें हुईं। लोगों से अनुशासन और शांति के साथ जुलूस में भाग लेने की अपील की गई। दूसरे दिन सुबह सूरज निकलने से पहले ही लोग अपनी-अपनी गायों को लिए अपने-अपने गाँव से निकल पड़े। हरि और उसके साथियों द्वारा दी गई एक-एक हिदायत पर अमल किया गया। छह बजे से पहले ही पाल्मा रोड पर कोई बीस हजार गोपालक अपनी-अपनी गाय का पगहा थामे जमा हो गए।

हरि ने करीब पंद्रह-बीस मिनट तक लाउडस्पीकर के जरिए सभी से बातें कीं और ठीक साढ़े छह बजे यह अद्‌भुत जुलूस ले-रेज्वी के लिए निकल पड़ा। अंग्रेजी सेना में भर्ती की देख-रेख के लिए अफ्रीकी सेना की एक टुकड़ी देश में ठहरी हुई थी, जिसमें ईदी आमीन भी शामिल था। जुलूस के आगे बढ़ने की सूचना पाते ही अफ्रीकी सेना की वह टुकड़ी अपनी छावनी से बाहर आकर कात्र-बोर्न की ओर लपकी। देखते-ही-देखते सैनिकों से भरी कोई बीस-पच्चीस लारियों ने जुलूस का रास्ता रोक लिया। इस बीच जुलूस शांतिपूर्वक कात्र-बोर्न को पीछे छोड़कर सेंज़ाँ गिरजाघर के सामने आ चुका था। करीब आधा मील लंबी कतार थी वह। अफ्रीकी सैनिकों को देखकर बहुत-से लोग घबरा उठे। हरि ने एक ऊँची जगह पर खड़े होकर लोगों को अपनी ओर आकर्षित करते हुए कहा—

"आप लोग घबराइएगा नहीं। हम कोई गैरकानूनी कार्य नहीं कर रहे। यह

अधिकारसम्मत माँग है। जब तक हम शांतिपूर्वक आगे बढ़ेंगे, हमें कोई नहीं रोक सकता। हमने सात दिन पहले इस जुलूस की सूचना सरकार और पुलिस को दे दी थी। अगर यह गैरकानूनी होता तो हमें इसे शुरू करने से पहले ही रोक दिया जाता। अगर ऐसा नहीं हुआ तो इसका यही मतलब है कि हमें सरकार और पुलिस की मौन स्वीकृति मिली हुई है। हम लोग अपने परिजनों और गायों की जिंदगी चाहते हैं। गाय पालनेवाले गाय को अपनी माँ मानते हैं, और गाएँ भूखी मर रही हैं। हम अपने सिर पर मातृहत्या नहीं ले सकते। सरकार को सुबुद्धि आनी चाहिए। अगर वह हमें रोकना चाहती है तो रोका करे, हम आगे बढ़ने से कभी नहीं रुकेंगे। सरकार को यह अधिकार नहीं कि वह हमारे ऊपर होते अन्याय को तमाशबीन की तरह देखती रहे। हम आदमीयत की माँग कर रहे हैं। इन मूक पशुओं को मरते हुए छोड़ देना बहुत बड़ा पाप है . . ."

हरि बोल ही रहा था कि करीब सात-आठ सैनिक और चार पुलिस-अफसरों ने उसे घेर लिया। एक पुलिस अफसर ने दो सैनिकों से अंग्रेजी में कहा—

"आदेश को पूरा करो!"

फिर उसने हरि से कहा —"आपको हिरासत में लेने का आदेश हुआ है!"

ईदी आमीन ने अपने अफ्रीकी सैनिकों के साथ जुलूस को चारों ओर से घेर लिया।

दो हफ्ते की कैद के बाद हरि की रिहाई हुई। यह सजा उसे न तो किसी अदालत ने दी थी और न किसी न्यायाधीश ने। परकाश ने क्रोध से भर उठे उन सैकड़ों मजदूरों और गोपालकों को शांत करते हुए कहा था कि यह सजा तो उसे उन लंबे और गोरे हाथों ने दी थी जो न्यायालय से भी शक्तिशाली हैं और सरकार से भी। लेकिन हरि की वह सजा व्यर्थ नहीं गई थी। मोका फ्लाक तथा दूसरी जिला परिषदों ने गोपालकों की उन तमाम कठिनाइयों को पहचाना और पूरे देश को दूध का मोहताज होने से बचाने के लिए कुछ राजनीतिज्ञों को भी हरि के पक्ष में बयान और दलीलें देनी पड़ीं, जिनमें शिवसागर रामगुलाम और सुखदेव विष्णुदयाल जैसी हस्तियाँ भी थीं। मजदूरों का विश्वास पाने के लिए उन्हें भी आगे आना पड़ा।

कुछ कोठियों में औरतों को घास काटने और अगौरे के गट्ठर बनाने की अनुमति मिली और कइयों में प्रतिबंध लगा रहा। शहरों में कम मात्रा में दूध पहुँचने के कारण वहाँ से भी गोपालकों की समस्याओं पर ध्यान देने की माँग की गई। दो फ्रेंच अखबारों ने भी कुछ लजाते-शरमाते हुए गोपालकों के पक्ष में लिखा। एक ने हरि की लंबी भेंटवार्ता छापने की जरूरत समझी और उसी के जरिए उसने पशुपालन को बढ़ावा देने और चारे के अधिक उत्पादन के लिए सरकार के सामने कई सुझाव रखे।

हरि की गिरफ्तारी से पहले उसके ब्याह की तिथि तय की जा चुकी थी। तय करनेवालों में न तो हरि के परिवार का कोई हाथ था और न ही प्रभा के परिवार का। उसके

ब्याह की तिथि तय करनेवाले दस व्यक्तियों में परकाश, सहदेव ठाकुर, फरीद, गाब्रियेल और मूसा प्रमुख थे। जेल से छूटने के बाद हरि से मूसा ने जो पहली बात की थी, वह शादी से ही संबंधित थी। हँसते हुए उसने कहा था—

—तुम अगर पंद्रह दिन और भीतर रह जाते तो एक बाजी और जीत जाते। शादी का दावतनामा तो जा चुका था। लोग उसमें खाने के लिए आते, पर दूल्हे के अभाव में दुल्हन की किस्मत पर रोते हुए बिना खाए लौट जाते!

हरि ने जैसा चाहा था, उसकी शादी बड़ी ही सादगी से पचास से भी कम लोगों की मौजूदगी में हुई। न किसी तरह का लेना, न किसी तरह का देना। पर हाँ, बारात बड़ी शान के साथ नोत्रदाम पहुँची और उसी शान के साथ लौटी। इस ब्याह में हरि और उसके परिवार, परकाश तथा महादेव के लिए जो सर्वाधिक खुशी का कारण था, वह था हरि के चाचा का ब्याह में खड़ा होना। हरि और प्रभा ने जब उसके पाँवों का स्पर्श किया, तो आशीर्वाद में उसने कहा—

"तुम दोनों को अपने संकल्पों में सफलता मिले!"

हरि ने जैसे चाचा की नहीं, अपने पिता की आवाज सुनी थी।

प्रभा नहीं जान सकी, लेकिन हरि जानता था कि चाचा को मनाने में परकाश और सहदेव ठाकुर को कितना कुछ करना पड़ा है।

ब्याह के तीसरे ही दिन हरि ने प्रभा से कहा—

"हमारी शादी कितनी आसानी से हो गई! काश, हमारी जिंदगी भी इतनी ही आसानी से गुजर पाती! तुम एक ऐसे परिवार की बहू बनकर आई हो, जिसके पास न तो कोई नौकरी है और न ही कोई दूसरी आमदनी। सहदेव चाचा के 'मजदूर' में छपते रहनेवाले मेरे व्यंग्य-चित्रों और कभी-कभार लिखे गए लेखों से जो दस-बीस मिल जाते हैं, वही इस परिवार की आमदनी है।"

प्रभा मुस्कुराकर बोली—

"मेरी माँ को मेरी एक बात पर बहुत गर्व था। वह पूरे गाँव की महिलाओं से कहती फिरती थी कि मेरे हाथ में बरकत ही बरकत है। अगर मैं चार आदमियों के लिए खाना पकाऊँ तो उससे आठ आदमियों का पेट भर जाता है!"

प्रभा ने आठ आदमियों की बात की थी, और हरि और उसके ब्याह को भी अभी आठवाँ ही दिन था, जब मजदूरों को दिए जा रहे घटिया चावल को मुट्ठियों में लिए हरि विधानसभा में चला गया था और राज्यपाल का ध्यान आकर्षित करते हुए उन सड़े चावलों को सामने फेंककर उसने पूछा था—

—क्या आपकी जानकारी में यह बात है कि ये चावल, जो मजदूरों को बेचे जाते हैं, इन्हें आदमी तो क्या कुत्तों तक को नहीं दिया जाना चाहिए।

और शादी के आठवें दिन हरि को फिर तीसरी बार जेल भेज दिया गया। 'मजदूर', 'जनता' और 'जमाना' के अलावा दो-तीन फ्रेंच अखबार भी हरि से संबद्ध सनसनीखेज खबरों को छापने लगे। जब उन अखबारों को यह खबर मिली कि हरि की पत्नी प्रभा देवी एक बार फिर भूख-हड़ताल करने जा रही है, तो इस खबर को प्राथमिकता दी

गई। तीन दिन बाद उन्हीं अखबारों में यह खबर भी आई कि हरि इसी शर्त पर जेल से बाहर आने को तैयार है कि मजदूरों को दिया जा रहा चावल तुरंत बदला जाए। अगले ही दिन अखबारों ने यह खबर छापी कि सरकार ने करीब सात सौ टन चावल समुद्र में फेंककर मजदूरों के लिए अच्छे चावल की व्यवस्था की है।

उसी दिन हरि तीसरी बार जेल से बाहर आया।

शाम को वह गाँव के दो-तीन व्यक्तियों के बीच बैठा बातें कर रहा था कि तभी उसके घर के सामने एक काली गाड़ी आकर रुकी। उससे उतरकर शिवसागर रामगुलाम दो अन्य व्यक्तियों के साथ उसके पास आए। हरि ने उन्हें घर में ले जाना चाहा, पर शिवसागर ने आँगन ही में बैठना पसंद किया। हरि झपटकर भीतर से लकड़ी की कुर्सी ले आया। कुर्सी पर बैठकर शिवसागर ने उससे इधर-उधर की बातें कीं। तीन दिन पहले वह हरि से जेल में मिल चुके थे। वहाँ से निकलते हुए उन्होंने हरि से जो बात कही थी, उसी बात को उन लोगों के बीच फिर से कहा—

"देश के सभी गाँवों में तुम्हारी लोकप्रियता बढ़ गई है। अब तुम्हें हमारे साथ राजनीति में आना ही होगा।" और करीब घंटे-भर इसी एक मुद्दे को लेकर बातचीत होती रही।

रात में खाना खाने के बाद हरि की माँ ने उससे कहा—

"एक बरिस के भीतर तीन हला तू कैद जा चुकले बेटा! ई तोर हिराना मरे विराना फिकिर कब तक चली? कब तक तुम दूसरों के लिए घर का आटा गीला करते रहोगे? अब घर में बहू है, अपने साथ-साथ उसको भी नरक में मत घसीटो।"

माँ की इन बातों से पहले लगभग इसी तरह की बातें उसके अपने मस्तिष्क में भी पैदा हुई थीं। क्षण-भर के लिए उसे अपनी उतनी अच्छी सरकारी नौकरी से हट जाने का दुख भी हुआ था। पर फिर उसे अपने ही आप पर हँसी आ गई थी और उसने स्वयं से कहा था—

—नहीं, यह खयाल मेरा नहीं हो सकता। यह सही है कि प्रभा को सुखी रखने के लिए मैं ऐसा सोच गया, पर शायद प्रभा को भी इससे खुशी नहीं मिलती। उसे यह कभी गवारा नहीं होता कि मैं मजदूरों से कटकर दफ्तरी बाबू बना रहूँ।

रात में जब घर के सभी लोग सो गए, तब हरि ने प्रभा के कान में फुसफुसाया—

"यों तो जेल में घर के सभी लोग याद आते थे, पर तुम्हारी याद सबसे ज्यादा आती थी। अब कभी जेल जाना हुआ तो तुम्हें साथ लेते चलेंगे!"

सहदेव ठाकुर और बाबूलाल ने हरि को यह नहीं बताया कि कोठीवालों के मना करने से मजदूरों के बीच 'मजदूर' की खपत घटकर आधी से भी कम रह गई है। हरि रोज अखबार के दफ्तर में पहुँचता। अपने हिस्से के सभी कामों को सँभालता। कोई नया कार्टून बनाता, नया लेख लिखता और फिर मशीन के पास चला जाता। बाबूलाल या ठाकुर से बात करता तो वह भी हँसकर बातें करते। वह तो एक दिन परकाश ने उसे बताया कि ठाकुर को 'मजदूर' के प्रकाशन से इधर भारी हानि हो रही है। यह सुनकर

उसे इस बात से बड़ी हैरानी हुई कि उसकी तनख्वाह, जो पहले डेढ़ सौ रुपए थी, उसे सहदेव ठाकुर ने बढ़ाकर दो सौ कर दिया है। दूसरे दिन दफ्तर पहुँचते ही सहदेव ठाकुर से उसने पूछा—

"चाचा, यह क्या बात है! 'मजदूर' घाटे में चल रहा है और आपने मुझे कुछ बताया तक नहीं! ऊपर से पचास रुपए मुझे और देने लगे!"

ठाकुर मुस्कुरा दिया। धीरे से बोला—

"तुम्हारा काम 'मजदूर' के संपादन में सहयोग देना है, चित्र बनाना और लिखना है। उसकी लाभ-हानि को देखना तुम्हारा काम नहीं। समझे बेटे!"

"सुनता हूँ बिक्री आधी से भी कम रह गई है ?"

"आज घटी है, कल बढ़ जायगी। अरे भाई, मुझे तो आज तुम्हें बहुत बड़ी खबर सुनानी है और तुम नाहक सवाल पर सवाल किए जा रहे हो। तुम जानते हो, इधर कुछ दिनों से मैं एक ऐसे आदमी के संपर्क में आया हूँ जो ··· पता नहीं तुम मेरी बात पर हैरान होओगे या हँस पड़ोगे, पर सच मानो, मुझे तो हर दिन यह विश्वास होता जा रहा है कि वह आदमी मेरे भाई का बेटा है ··· कल रात यह बात मैंने फातमा को भी बताई।"

पहले तो हरि सहदेव ठाकुर को देखता रहा, फिर पूछा—

"कौन है यह आदमी ?"

"पहले मुझे पक्का विश्वास हो जाने दो, फिर बताऊँगा।"

21

हरि ने अपनी माँ को वीणा से यह कहते सुन लिया था—

—देख बीना, हम नैं चाहीला कि ऐस हालत में तू दूध मथके छाली निकलबे। अचार के बरतन में भी हाथ नैं लगईए।

माँ ने कभी इसी तरह की हिदायत देवी को भी दी थी। पर तब हरि की समझ में पूरी बातें नहीं आई थीं। सुनसान पड़े गन्ने की खेतों की सीधी पगडंडी पर उस ठंडी शाम में टहलते हुए हरि उसी के बारे में सोचने लगा था। पर अब उसे सब कुछ समझते देर नहीं लगी थी। उसकी माँ को तो अपने घी और अचार के बिगड़ जाने की आशंका थी, पर हरि को यह चिंता होने लगी थी कि उसकी दूसरी बहन भी बड़ी हो गई है। दिन-भर हरि बाबूलाल के साथ सात-आठ गाँवों का दौरा करता फिरता रहा। 'मजदूर' अखबार के लिए ग्राहकों की तलाश में निकले थे वे दोनों। दोनों को एकदम निराशा तो नहीं हुई थी, पर जितने ग्राहकों की उम्मीद लेकर उन्होंने यह अभियान शुरू किया

था, उतने नहीं बन पाए थे। जो बन पाए उनकी संख्या केवल डेढ़ सौ थी। हरि को संतोष नहीं हुआ था, पर बाबूलाल ने उसे समझाते हुए कहा था कि यह तो केवल आठ गाँवों और आठ घंटे का ही परिणाम है, और अभी तो उन्हें करीब अस्सी गाँवों का दौरा करना होगा। हरि ने कहा था—

—आठ गाँवों के करीब दो हजार से अधिक मजदूरों में हम केवल डेढ़ सौ को ही ग्राहक बना सके, यह भी तो सोचिए! मैं तो इस परिणाम से हताश हूँ।

ठाकुर चाचा तो कहते हैं कि तुम्हें हताश होना ही नहीं आता।

दिन-भर की थकान को दूर करने के लिए हरि अपनी चारपाई पर पसर गया था, पर माँ जब घर के हालात पर सिर धुनने लगी तो वह घर से बाहर चला गया था। प्रभा भी उसे नहीं रोक पाई थी। इन पगडंडियों के चारों ओर फैली हरियाली का विस्तार उसके जहन को थोड़ा-सा आराम दे सका था, पर एक बात को भुलाकर दूसरी की लपेट में आ जाने से वह अपने को नहीं रोक सका। उसे वीणा की चिंता सता रही थी। वीणा के बारे में उसकी ज्यादा चिंता का एक कारण यह भी था कि विजय की तरह वह भी फेफड़े की कमजोर थी। तीन बार उसे ब्रोंकाईटिस हो चुका था। बहुत थोड़ी-सी मेहनत से ही उसकी साँस फूल जाती थी। हरि ने कभी देवी को बहुत चाहा था, पर वीणा के प्रति उसके भीतर दया का जो भाव था, वह उसे हमेशा चिंतित बनाए रखता था। खयालों की लड़ियाँ पिरोते हुए हरि देर तक घूमता रहा।

गन्ने के खेतों के बीच अकेले टहलते रहने से हरि की शारीरिक थकान तो कम हो गई थी, लेकिन उसकी मानसिक थकान अब भी यथावत बनी हुई थी। सूरज दिन-भर की थकान के बाद जब पश्चिमी समंदर के विस्तार पर जा लेटा तो हरि ने घर का रास्ता लिया। पश्चिमी आकाश लाल हो चला था। उस लाली में गुलमोहर के फूलों और सूरज, दोनों के रंग मिले हुए थे। हरि अभी पगडंडी छोड़कर पक्की सड़क पर पहुँचा ही था कि सोंद्रों और मूसा उसी की ओर आते दिखाई दिए। आकाश में इक्के-दुक्के बादल सूरज की रोशनी के आखिरी स्पर्श के लिए क्षितिज की ओर दौड़े जा रहे थे। क्षितिज पर बिखरी लाली धीरे-धीरे गहराती गई। रतनारी किरणें बादलों के लिए अपने रंग के सिवा और कुछ नहीं छोड़ गईं। अपने सामने की हरियाली के धुंधले पड़ आए अछोर फैलाव के बीच हरि अपने दोनों साथियों को करीब आते देखता रहा। दोनों के एकदम पास आ जाने पर हरि ने पूछा—

"तुम दोनों इधर कैसे?"

जवाब मूसा ने दिया —"तुम्हीं को ढूँढ़ रहे हैं।"

"बात क्या है?"

"डॉक्टर रामगुलाम के भेजे हुए दो आदमी तुमसे मिलने आए हैं।"

"इस समय?"

"हम लोग तो तुम्हें पाँच बजे से ढूँढ़ रहे हैं।"

"कहाँ हैं वे?"

"तुम्हारे घर। कहते हैं कि तुमसे बहुत जरूरी काम है। शायद फिर वही प्रस्ताव लेकर

आए हैं।"

तीनों, जोकि मिलते ही ठिठक गए थे, अपने ऊपर उड़कर जाती चिड़ियों के एक झुंड को देखकर बस्ती की ओर चल पड़े। मूसा ने उन पंछियों को जाते हुए देखकर कहा—"हम तो कहेंगे हरि, तुम उस प्रस्ताव को मान ही लो। परकाश ने उस दिन यह बात हम सभी के सामने स्पष्ट कर दी थी कि यूनियन के कामों को आगे बढ़ाने में सियासती ताकत की मदद लेना जरूरी है।"

"ठीक है, इस बात को हम सभी मानते हैं। विधानसभा में जब तक ट्रेड यूनियन की ओर से आवाज नहीं उठाई जाएगी, तब तक हमारी ताकत जितनी बढ़नी चाहिए, वह नहीं बढ़ पाएगी। लेकिन ···"

पिड़कियों के दो जोड़े थोड़ा-थोड़ा फासला बनाए विपरीत दिशा में उड़ गए। लगा, जैसे फैलते अँधेरे से घबराकर वे अपने घोंसलों की ओर भागे जा रहे हैं। हरि ने अपनी बात को अधूरा छोड़कर मूसा से पूछा—"वे लोग कार से आए हैं क्या ?"

"हाँ।"

पहले हरि ने अपनी चाल तेज की, फिर मूसा और सोंद्रों ने भी अपनी गति बढ़ा दी। मूसा ने पूछा—"जब तुम मानते हो कि हमारे सक्रिय राजनीति में भाग लेने का समय आ गया है, तो फिर झिझक किस बात की ?"

"चुनाव यों ही नहीं लड़े जाते। पैसे की जरूरत होती है।"

"जब रामगुलाम तुम्हें अपने दल की टिकट दे रहे हैं, तो फिर पैसे की चिंता हमें क्यों करनी होगी।"

"मुझे एक दूसरी बात का भी डर है।"

"वह क्या है ?"

"कहीं हमारा राजनीतिक फायदे के लिए तो इस्तेमाल नहीं होने जा रहा ?"

"अगर राजनीति में दाखिल होना तुम्हारे लिए इतना आसान है, तो एक झटके के साथ उससे बाहर निकलना बहुत मुश्किल होगा क्या ?"

जब तीनों घर पहुँचे तो डॉ. रामगुलाम के दोनों आदमी प्रतीक्षा करते मिले। शाम की नम हवा में वे दोनों आँगन में ही बैठे हुए थे। हरि ने चाहा कि वे घर के भीतर चलें, पर दोनों अपनी जगह बैठे रहे।

घर में जलती मिट्टी के तेल की ढिबरी की रोशनी बाहर भी कुछ दूर तक फैली हुई थी। वे लोग एकदम खिड़की के सामने बैठे थे, जिससे बढ़ आए अँधेरे ने कोई खास अड़चन पैदा नहीं की। प्रतीक्षा में बैठे उन दोनों आदमियों में जो अधिक अधेड़ था, उसने इस तरह बात शुरू की जैसे हरि और उसके मित्रों के बीच रास्ते में जो बातें हुई थीं, उन्हें उसने सुन लिया हो—"डॉ. रामगुलाम की ओर से हम लोग एक बार फिर आपसे चुनाव में खड़े होने का अनुरोध करने आए हैं। आपको केवल अपने आपको लेकर खड़ा होना है। हमारा दल चुनाव के पूरे खर्च को स्वयं उठाएगा। कल हमारे दल की अंतिम बैठक होगी, जिसमें सभी उम्मीदवारों का नाम तय होना है। हम लोग दोपहर दो बजे डॉक्टर रामगुलाम के दफ्तर में मिल रहे हैं। आपसे वहाँ पहुँचने की अपील दल

के सभी सदस्यों की ओर से की जा रही है। आपको यह भी गारंटी दी जाएगी कि हमारे दल के साथ जुड़कर भी आप यूनियन के कामों को उसी आजादी के साथ कर सकेंगे, बल्कि शायद अधिक सुविधा के साथ।"

कुछ देर सोचने के बाद हरि बोला—

'मैं तो पहले ही से डॉक्टर क्यूरे के मजदूर दल का सदस्य हूँ · · · "

उस अधेड़ व्यक्ति ने, जिसने अपना नाम जगदीश बताया था, हरि की बात के पूरा होने से पहले ही कहा—"हमें पहले ही डॉक्टर क्यूरे की इजाजत हासिल है।"

"अगर ऐसा है तो आप लोग उन्हीं के मजदूर दल के तहत चुनाव क्यों नहीं लड़ रहे ?" मूसा ने कहा।

"बस एक छोटे-से तकनीकी कारण से। हम सभी को विश्वास है कि उम्मीदवारों के नामों के पंजीकरण तक हम हरि को मना लेंगे।"

दूसरे दिन हरि मूसा के साथ ठीक समय पर शहर पहुँचा। डॉक्टर रामगुलाम के दफ्तर में करीब चालीस लोग पहले ही से मौजूद थे। श्रमिक आंदोलन के अपने तीन-चार मित्रों को भी हरि ने वहाँ उपस्थित पाया। पहले आध घंटे तो कुछ पता ही नहीं चला। लोगों के बीच हो रहे घाँव-माँव और तर्क-वितर्क से कोई भी बात स्पष्ट होकर सामने नहीं आई। कुछ लोगों के बीच प्रस्तावित उम्मीदवारों के नामों को लेकर बहस छिड़ी हुई थी। कोई दल के नाम पर अपनी असहमति जताए जा रहा था, कोई पार्टी द्वारा अपनाए गए लाल रंग और चाबी के चुनाव-चिह्न पर आपत्ति प्रकट करने में लगा हुआ था। करीब आधे घंटे बाद जब डॉ. रामगुलाम ने बातें शुरू कीं तो लोग एक-दूसरे को सुनने को तैयार हुए और करीब एक घंटे बाद ही कोई निर्णय लिया जा सका। जहाँ तक हरि के नाम का सवाल था, उसका किसी ओर से कोई विरोध नहीं हुआ। पर हरि ने अपनी स्वीकृति देने के लिए तीन दिन की मुहलत माँगी। उपस्थित लोगों ने उसकी बात मान ली। बैठक के बाद जगदीश ने बताया कि डॉक्टर रामगुलाम ने चार-पाँच लोगों से रुकने का अनुरोध किया है, ताकि कुछ विशेष बातें की जा सकें। यह सुनकर जब मूसा कुछ लोगों के साथ जाने लगा तो हरि ने उसे रोक लिया। आठ आदमी अलग से एक कमरे में डॉक्टर रामगुलाम के इर्दगिर्द बैठे। सबसे पहले उन्होंने हरि की ही ओर संकेत करते हुए कहा—

"हमें इस बात की बेहद खुशी है कि पंडित जी हमारे साथ हैं। आज इस देश में ग्रामीण मजदूरों के बीच ये जितने सम्मानित हैं, उतना कोई नहीं है। गाँव का एक-एक मजदूर पंडितजी के इशारे पर जान तक देने को तैयार हो जाएगा। जो उद्देश्य हमेशा से पंडितजी का रहा है, वही हमारा भी है। हम इस देश के कुछ घमंडी लोगों का घमंड तोड़ना चाहते हैं। हम चाहते हैं कि मजदूर जाति के साथ न्याय हो, उन्हें उनका अधिकार मिले। इसलिए हम अपनी पार्टी का नाम 'मजदूर पार्टी' रख रहे हैं। यह नाम कभी उत्तरी प्रांत के परकाश ने भी एक पार्टी को दिया था। डॉक्टर क्यूरे ने भी इसी नाम

से मजदूरों की लड़ाई लड़ी और आज हम भी इसी नाम की छत्रछाया में इकट्ठे होकर अपने कार्यों को आगे बढ़ाना चाह रहे हैं। इस बैठक में मौजूद हर व्यक्ति के जिम्मे एक-एक प्रांत है, जहाँ की बागडोर को उसे सँभालना है। इस तरह अलग से यहाँ मिल-बैठकर बातें करने का एक सबसे बड़ा मकसद यह है कि हम एक बार फिर पंडित हरिपरसाद से यह अनुरोध करें कि वे हमारे साथ हों। मतलब, हमारे साथ तो वे हैं ही, पर हम चाहते हैं कि वे चुनाव में खड़े होने की बात मान लें। उनके बिना हम इस लड़ाई को नहीं लड़ सकते। हममें से कुछ लोगों के पास बौद्धिक शक्ति है, पर उस वक्त तक वह किसी काम की नहीं, जब तक हमारे साथ जनता की शक्ति न हो और जनता की शक्ति इस समय एक ही आदमी के पास है, और वह है पंडित हरिपरसाद।

चाय आई। लोगों ने पी। जनता से शक्ति प्राप्त करने की बातें और आधे घंटे तक होती रहीं। वहाँ से छुट्टी पाकर हरि ने रास्ते में मूसा से कहा—

"हम लोग जब तक डॉक्टर क्यूरे से नहीं मिल लेते, उससे बात नहीं कर लेते और उसकी इजाजत नहीं ले लेते, तब तक हम इन्हें कोई भी जवाब नहीं दे सकते।"

दूसरे दिन सुबह ही हरि डॉ. क्यूरे से मिलने निकल गया। उसने रात में जब प्रभा से बातें कीं, तो उसने उसी क्षण कहा कि पहले वह अच्छी तरह यह जान ले कि राजनीति में रहकर भी वह मजदूरों की आवाज बना रह सकता है या नहीं ? तभी वह उस पार्टी में जाए, वरना इनकार कर दे। मूसा किसी जरूरी काम के कारण उसके साथ नहीं जा सका था, इसलिए हरि सोंद्रों को ही अपने साथ लेकर क्यूपिंप पहुँचा। डॉक्टर क्यूरे ने बड़े ध्यान से उसकी सारी बातें सुनीं। उसका अपना स्वास्थ्य इधर कुछ दिनों से बिगड़ा हुआ था। चारपाई पर लेटे ही लेटे उसने उन बातों को सुना। अंत में धीरे से पूछा, "तुम्हें पूरा विश्वास तो है न कि तुम अपने संकल्प से कभी हटोगे नहीं ?"

"मुझे तो पूरा विश्वास है।"

"तो फिर इतना ही कहूँगा कि आज की दुनिया में राजनीति एक बहुत बड़ी शक्ति है। यह भी कहूँगा कि राजनीति से जुड़े हुए कई लोग दुष्चरित्र और दिमागी तौर पर सड़े हुए होते हैं। पर इसका यह मतलब नहीं कि राजनीति में आदमी अगर चाहे तो पूरी तरह ईमानदार, निःस्वार्थ, निश्छल और नेक नहीं हो सकता। तुम जिस पार्टी से जुड़ने जा रहे हो, वह मेरी और तुम्हारी ही बनाई हुई पार्टी है। उसमें जाने का तुम्हें पूरा अधिकार है। मेरी ओर से तुम्हें अनुमति है। हाँ, एक अनुरोध तुमसे अवश्य करना चाहता हूँ . . ."

कुछ ठहरकर उसने आगे कहा—

"अपने इर्दगिर्द के लोगों की चालाकी और स्वार्थ से हमेशा सावधान रहना तथा अपने और मजदूरों के बीच किसी तीसरे को मत आने देना।"

हरि ने मुस्कुराकर कहा—"लेकिन डॉक्टर साहब, अभी मैं डॉक्टर रामगुलाम के साथ रहकर पहले उनकी सारी गतिविधियाँ देख और समझ लेना चाहता हूँ। इसी चुनाव में मैं उम्मीदवार नहीं बनना चाहता। मुझे पहले सभी कुछ जान लेना है।"

यह सुझाव प्रभा ने पिछली रात हरि को दिया था। उस समय हरि प्रभा द्वारा लिखे

गए उन बेशुमार पत्रों में से एक लंबा पत्र पढ़ रहा था, जो ब्याह की दूसरी रात प्रभा ने उसके सामने रखे थे और कहा था—"तुम्हारी ये चिट्ठियाँ··· जो अब तक मेरे पास थीं।"

"इतनी सारी चिट्ठियाँ !"

"जब भी तुम्हारी याद सताती थी, तो मन के तमाम भावों को कागज पर उतारकर हल्का हो लेने के अलावा कोई दूसरा रास्ता भी तो नहीं था।"

उन पत्रों को पहली बार पढ़ते हुए हरि को लगा था कि उनसे अधिक सुखदायी कोई चीज इससे पहले उसने पढ़ी ही नहीं।

डॉक्टर रामगुलाम के उस प्रस्ताव तथा मजदूर दल की उस विशेष बैठक के परिणामस्वरूप हरि ने सबसे पहले परकाश से बात की थी, फिर ठाकुर और बाबूलाल से। लेकिन इस प्रश्न पर सबसे लंबी बातचीत उसकी प्रभा के साथ हुई थी। दिन में शुरू होकर वह चर्चा आधी रात तक चली थी। कभी-कभी तो वह बहस में भी बदल जाती थी। वैसे हरि और प्रभा के विचारों में जमीन-आसमान जैसा अंतर तो था नहीं, फिर भी प्रभा को यह भय बना हुआ था कि कहीं हरि को राजनीति में घसीटने के पीछे धनपतियों का तो कोई षड्यंत्र नहीं है। जहाँ तक चुनाव में डॉ. रामगुलाम के दल को मदद पहुँचाने की बात थी, उसके लिए तो उसने शुरू ही में हरि को सहमति दे रखी थी। अलबत्ता इधर कुछ दिनों से उसे हरि से वह शिकायत होने लगी थी, जो पहले कभी नहीं हुई थी। ट्रेड यूनियन के कामों में भी हरि को घर लौटने में देर हो जाया करती थी, लेकिन इधर राजनीतिक गतिविधियों के कारण तो वह आधी-आधी रात तक घर पहुँच पाता था। प्रभा ने जब पहले दिन प्रश्न किया तो हरि पूछ बैठा था—

—क्यों, इतनी जल्दी ईर्ष्या शुरू हो गई ? भरोसा रखो, अभी तुम-जैसी सुंदर कोई भी दिखाई नहीं दी है !

बादलों भरी रात थी वह। प्रभा कुछ इसलिए अधिक चिंतित थी, क्योंकि हरि ने जाते हुए कहा था कि मजदूर दल की वह अंतरंग बैठक घंटे-भर से अधिक नहीं चलेगी। उसने कहा था कि वह शाम को पाँच से पहले घर पहुँच जाएगा। प्रभा ने समय का अनुमान लगाया। शायद सात बजने को थे। हरि अभी तक नहीं लौटा था। आखिरी बस भी आधे घंटे पहले ही पहुँच चुकी थी। आखिरी रेलगाड़ी भी पूद्रदोर स्टेशन पर आ गई होगी। प्रभा की चिंता बढ़ती ही गई। तभी उसे यह खयाल आया कि पिछली घुड़दौड़ के कारण शहर में भारी भीड़ रही होगी, जिसके कारण सवारी की समस्या पैदा हो गई होगी। अपने को आश्वस्त करने के लिए प्रभा हर संभावना का सहारा लिए जा रही थी। प्रभा के साथ-साथ हरि की माँ भी अपनी चिंता को तीन-चार बार व्यक्त कर चुकी थी—वह तो कह गया था कि छह बजे से पहले ही लौट आएगा।

सास की चिंता दूर करने के लिए प्रभा ने हर बार यही कहा था कि आखिरी घुड़दौड़ के कारण सवारी मिलने में कठिनाई रही होगी। प्रभा ने सभी को खाना परोसकर

खिलाया और खुद हरि के साथ खाने को कहकर उसका इंतजार करती रही। एक लंबी सुखारी के बाद मौसम की पहली वर्षा होनी शुरू हो गई थी। पिछले कई दिनों से काली बदलियों के घिरते रहने के बाद भी बारिश नहीं हुई थी। बादल घुमड़-घुमड़कर फट जाते थे। सूरज डूबने के कोई घंटे-भर पहले से वह मूसलाधार वर्षा शुरू हुई थी जोकि, लगता था, पूरी रात उसी रफ्तार को बनाए रहेगी। उतनी भारी बारिश में भी प्रभा जब हनुमानजी के चबूतरे पर दीया जलाकर लौटी, तो एकदम भीगकर। उसकी सास ने उसी समय कपड़े बदलवाए थे।

करीब आठ बजे हरि डॉ. रामगुलाम की कार से घर लौटा था। कार से निकलकर घर के भीतर पहुँचते-पहुँचते वह भी पूरी तरह भीग गया था। प्रभा उसके कपड़े बदलने का इंतजार करती रही, पर उसकी सास से चुप नहीं रहा गया। पूछ ही बैठी—

"कहाँ था इतनी देर तक ?"

"बात यह है माँ, कि आज घुड़दौड़ के दौरान गाँव से शहर पहुँचे मजदूरों के साथ बहुत ज्यादती हुई, जिसके कारण इससे पहले शहर छोड़ना संभव नहीं हुआ।"

उन घटनाओं के प्रति उसकी माँ ने कोई रुचि नहीं दिखाई, पर हरि को वे घटनाएँ इस कदर बेचैन किए हुए थीं कि बाहर की खुली हवा में दूर तक चहलकदमी करने के बाद भी उसकी वह बेचैनी बनी रही। प्रभा को रसोई में आटा रूँधते छोड़कर वह घर में आ गया। घर में कुछ ज्यादा ही हुड़दंग करते रहनेवाले जीवन और राजन अभी बैठका से लौटे नहीं थे। सुमन और अशोक पड़ोस में अंग्रेजी-फ्रेंच के ट्यूशन पर गए हुए थे। घर पर केवल वीणा और विजय थे। विजय चारपाई पर पड़ा था और वीणा रसोई में प्रभा का हाथ बटा रही थी। कुछ ही देर पहले वीणा घर के उस कक्ष में चिराग जला गई थी। संदूक के सामने बैठकर हरि ने कागज-कलम बाहर निकाला। चिराग की रोशनी में उसने अपने आगे रखे कागज पर मोटे-मोटे अक्षरों में लिखा—

'आखिरी घुड़दौड़ में मजदूरों के बाल-बच्चों की दशा।'

यह वाक्य लिखने के बाद वह शून्य में देखता रहा। उसके दिमाग में जो खयाल आया और उस खयाल से जो तस्वीरें उभर आईं, वह उन्हें अपनी आँखों के सामने अधिक स्पष्ट करता रहा। फिर कुछ मिनट बाद अपने जहन की उस तस्वीर को वह कागज पर उतारने लगा। उस दृश्य को वह दोपहर में देख आया था, शाँ-दे-मार्स की खचाखच भीड़ में चार-साढ़े चार वर्ष की एक छोटी-सी बच्ची अपने माँ-बाप से बिछुड़कर रोती हुई फिर रही थी। हरि पहले तो करीब घंटे-भर उसका हाथ थामे उसके माँ-बाप को ढूँढ़ता रहा था, पर अंत में उसने उस बच्ची को पुलिस को सौंप दिया था। 'मजदूर' के लिए हरि ने उसी लड़की की तस्वीर पहले बनाई। रेखाचित्र के नीचे उसने लिखा—

"पुलिस रिपोर्ट के मुताबिक हर पिछली घुड़दौड़ के अवसर पर अनेक बच्चे अपने माँ-बाप से बिछुड़ जाते रहे हैं।"

प्रभा के तीसरी बार कहने पर वह भोजन के लिए उठा। दिमागी कसरत करते हुए वह कौरों को मुँह तक पहुँचाता रहा। खाना खाने के तुरंत बाद वह फिर संदूक के पास पहुँच गया और अधूरे रेखाचित्र को पूरा करने लगा।

कलम को बिना रखे हरि ने एक दूसरे विचार को भी मन-ही-मन चित्रित किया। वह भी उसका देखा हुआ दृश्य था। पहले उसने नशे में चूर एक मजदूर का चित्र खींचा, फिर गुंडों द्वारा उसकी पत्नी के बेइज्जत होने का। अपने दोनों भाइयों के बैठका से लौट आने तक उसने आँखों देखी पाँच घटनाओं को अलग-अलग चित्रित किया। वह देर तक उन तस्वीरों को देखता रहा। उनके नीचे लिखे वाक्यों को बार-बार पढ़ा। पर न तो उसे उन तस्वीरों से संतोष हुआ और न ही उनके नीचे लिखे गए वाक्यों से। यह पहला अवसर था जब अपनी दिमागी थकान और परेशानी के कारण उसे लगा कि उसके रेखाचित्रों में वह बात नहीं कही जा सकी, जो वह कहना चाहता है। उसने उन चित्रों में से तीन को फाड़ दिया और दो को बाबूलाल को सौंपने के लिए रख लिया। प्रभा जब कोई चीज लेने भीतर आई, तो हरि ने उसे अपने पास बुलाया और दोनों तस्वीरों को उसके सामने रखकर कहा—

"तुम बताओ, क्या इन चित्रों से बात स्पष्ट हो रही है ?"

प्रभा ने बारी-बारी से उन दोनों रेखाचित्रों को देखा और अपने सिर को दाएँ-बाएँ हिलाया। हरि प्रभा के चेहरे और उस पर उभरते भावों को देखता रहा। फिर कहा—

"तो आज तुम वह काम कर ही डालो, जिसकी माँग मैं कई दिनों से तुमसे करता आ रहा हूँ। आज तुम 'मजदूर' का संपादकीय लिख डालो।"

"जो काम मुझसे नहीं हो सकेगा, उसकी आशा क्यों करते हो ? अब मैं चलती हूँ । मेरा जोड़न जल रहा है।"

"सुनो।"

"दाल छौंकने के बाद।"

और वह चली गई।

हरि ने एक बार फिर अपने सामने पड़े दोनों रेखाचित्रों को देखा। आज जो कुछ उसने देखा था और उससे दहलकर जो कुछ वह अपने मजदूर साथियों से कहना चाहता था, वह सब उन चित्रों से स्पष्ट नहीं हो रहा था। हरि को बाबूलाल की वह बात याद आ गई, जो एक दिन उसने उसके चित्रों को देखकर कही थी—

—कुछ बातें जो शब्दों से नहीं कही जा सकतीं उन्हें तुम रेखाओं से कह लेते हो।

लेकिन आज तो हरि को ऐसा लगा कि कुछ बातें जो रेखाओं से नहीं कही जा सकतीं, उन्हें शब्दों के सहारे ही कहना पड़ता है। दो दिन पहले प्रभा ने उससे कुछ बातें कहीं थीं। वही बातें उसके मस्तिष्क में कौंध रही थीं। उसे लग रहा था कि उन्हीं विचारों के सहारे उसे अपनी बात कहनी होगी। रात को जब घर के सभी लोग एक-एक कर सो गए तो हरि फिर से कागज-कलम लेकर बैठ गया। वह अपने हरेक विचार को पहले प्रभा के सामने रखता, फिर उसके विचारों को सुनता और इस तरह जो बात उसे अधिक प्रभावशाली लगती, उसे टिप्पणी के रूप में लिख लेता। फिर जब वह संपादकीय लिखने बैठा तो प्रभा किसुनसिंह की पांडुलिपि लेकर बैठ गई। पढ़ते-पढ़ते उसकी तो पलकें झपकने लगीं, पर हरि सोचता रहा और लिखता रहा। कुछ पूछने के लिए जब उसने प्रभा की ओर देखा, तब तक वह किसुनसिंह की पुस्तक लिए-लिए चारपाई पर

सो गई थी। अपनी जगह से उठकर उसने प्रभा के सिरहाने रखी चादर उठाई और प्रभा को ओढ़ा दी। इसके बाद वह फिर से लिखने लगा। पहली बार हरि इतने सख्त शब्दों में मजदूरों से बातें कर रहा था—

—इस आखिरी घुड़दौड़ में आप सभी लोग इस तरह टूट पड़ते हैं, जैसे कुत्ते मालिकों की फेंकी हड्डी पर टूटते हैं। यह घुड़दौड़ आपको अपमानित करने और कंगाल बना देने के लिए आयोजित की जाती है। हर साल इस मौके पर आपके पैसे लूट लिए जाते हैं, आपकी बेइज्जती की जाती है, आपका मजाक उड़ाया जाता है, आपकी बहनों, बेटियों और पत्नियों के साथ शहर के गुंडे बुरा व्यवहार करते हैं। इस घुड़दौड़ में आपके साथ जो कुछ हुआ, मैं उसका चश्मदीद गवाह हूँ। एक घंटे से भी कम समय में मैंने कई मजदूरों को घोड़ों के पीछे लुट जाते देखा। कई औरतों के साथ गुंडों की छेड़खानी देखी। बच्चों को माँ-बाप से बिछुड़कर बिलखते पाया। गाँव से पहुँचे नौजवानों को शहरी गुंडों के हाथों पिटते देखा। इस अवसर पर जिस तादाद में आप लोग शहर पहुँचते हैं और उससे यातायात की जो कठिनाई आपके सामने आती है, उसके कारण शहर की गलियों में आपको बाल-बच्चों सहित रात बितानी पड़ती है। रात में आप पर जो कुछ गुजरती है, उसके गवाह तो आप खुद हैं। कब तक आप इस तरह अपने परिवार को जलील कराते रहेंगे ? आपकी जलालत का ये धनी लोग तमाशा देखते हैं और ··· आप ···

लिखते-लिखते हरि के दिमाग में फिर से एक व्यंग्यचित्र कौंध गया। उसने उसे अपने दिमाग में सँजोए रखकर संपादकीय पूरा किया और फिर उस रेखाचित्र को मूर्त करने लगा। उसे विश्वास था कि नए रेखाचित्र का मजदूरों पर जबरदस्त प्रभाव पड़ेगा।

मुर्गे ने पहली बाँग दी तो वह उठा और प्रभा की बगलवाली खाट पर जा लेटा। चिराग मंद होते प्रकाश में उसने प्रभा के चेहरे को देखा। हल्का-सा पछतावा भी हुआ कि यह रात भी चली गई। चिराग बुझाकर वह प्रभा के पास जा लेटा। उसे नींद नहीं आ रही थी। मन में आया कि प्रभा को जगा ले। फिर सोचा, वह उसकी क्रूरता होगी। उसने वैसा नहीं किया। पर तभी उसे लगा कि ऐसा न करना भी तो क्रूरता ही है। पिछली दो रातों में एक रात तो प्रभा उसे निहारती हुई उसी की बगल में सो गई थी और दूसरी रात, जब हरि मजदूर संघ के संविधान में संशोधन के लिए नोट तैयार कर रहा था, उसकी नंगी पीठ पर सिर रखे-रखे लुढ़क गई थी।

देर से सोने के कारण हरि सुबह देर तक सोया रहा। उसकी माँ ने दो बार प्रभा से कहा कि सूरज ऊपर आ चुका है, वह हरि को जगा दे। प्रभा ने न चाहते हुए भी सास की बात मानकर दोनों बार उसे जगाने की कोशिश की, पर वह दोनों बार करवट बदलकर सो गया। तीसरी बार जब उसने उसे झकझोरकर जगाया तो उसे जागना ही पड़ा, क्योंकि प्रभा ने कहा था—डॉ. रामगुलाम के आदमी आए हैं।

दो आदमी उसे यह संदेश देने पहुँचे थे कि ठीक ग्यारह बजे डॉ. रामगुलाम के दफ्तर में एक विशेष बैठक होनी है।

डॉ. रामगुलाम ने बहुत चाहा कि हरि उसकी बात मान ले, पर हरि ने इस चुनाव

में खड़े होने के प्रस्ताव को स्वीकार नहीं किया। उसने रामगुलाम के दल के प्रमुख सदस्यों को यह आश्वासन जरूर दिया कि वह उन लोगों के साथ रहकर उनकी मदद अवश्य करेगा। उसने केवल प्रभा के सुझाव पर वैसा नहीं किया था, परकाश ने भी उसे वैसी ही हिदायत दे रखी थी। हरि के घर विदेशों की ट्रेड यूनियनों की गतिविधियों की खबरें नियमित पहुँचती रहती थीं। उसे इस बात का पता था कि विदेशों के ट्रेड यूनियन नेता अपनी शक्ति को दृढ़ करने के लिए राजनीतिक क्षेत्र में प्रवेश करने लगे हैं। उनमें से कुछ, जो हरि के दोस्त हो चले थे, अपने-अपने देश की बागडोर भी सँभाल रहे थे। इन सब बातों पर सोचते रहने के बाद हरि ने अपने आपसे कहा था कि वैसा समय अभी नहीं आया है। राजनीतिक क्षेत्र में डॉ. रामगुलाम के दल को सहायता पहुँचाने के लिए भी वह इसलिए तैयार हुआ था, ताकि आगे चलकर श्रम-संघों को श्रमिक-अधिकारों की लड़ाई में राजनीतिक शक्ति द्वारा सहूलियतें मिल सकें।

22

हरि पूर्वी इलाके की एक चुनाव मीटिंग से लौट रहा था। मजदूर दल की कार उसे छोड़ने आ रही थी। ड्राइवर के साथ बैठे हुए उसने समय का अनुमान लगाया। रात के आठ बज गए होंगे। फिर उसने ड्राइवर से पूछा। उसने भी अनुमान से आठ-सवा आठ ही बताया। तभी पीछे से आती हुई एक काली कार हरि की कार को पार करके बीच रास्ते में रुक गई। जब तक उसका ड्राइवर कार रोकता, तब तक दूसरी कार से एक आदमी उतरा। हरि ने गाड़ी की रोशनी में उसे देखा। वह उसका जाना-पहचाना था और रामगुलाम का करीबी माना जाता था। गाड़ी रुकने पर हरि भी कार से उतरा। उसके पास पहुँचा। दूसरी कार के ड्राइवर ने अब कार को सीधा करके किनारे कर दिया था। उस आदमी के पास पहुँचते हुए हरि ने पूछा—

"क्यों इसाक, क्या बात है ?"

"तुम मेरी कार में आ जाओ। मैं तुम्हें घर छोड़ देता हूँ।" इसाक ने कहा।

"पर यार, यह गाड़ी है किसकी ?"

"एक दोस्त की है।"

"मेरे पास तो डॉक्टर की दी हुई गाड़ी है।"

"मुझे तुमसे बहुत जरूरी काम है। एक साथ सफर करते हुए हम कार में बातें कर सकते हैं।"

"अगर ऐसी बात है तो तुम्हीं मेरीवाली गाड़ी में आ जाओ।"

"अपनी गाड़ी को तुम लौट जाने को कह दो।"

हरि ठिठका रहा। फिर अपनी गाड़ी के पास पहुँचकर ड्राइवर से कहा—

"देखो, मैं इसाक के साथ चला जाता हूँ। तुम लौट सकते हो।"

वह इसाक की गाड़ी में आ गया। ड्राइवर ने कार स्टार्ट कर दी। इसाक ने उससे कहा—"ठहरो, पीछेवाली गाड़ी को आगे निकल जाने दो।"

वैसा ही हुआ। इसके बाद इसाकवाली गाड़ी आगे बढ़ी। थोड़ी दूर जाने के बाद हरि ने कहा—"सुनूँ तो सही, तुम्हारा जरूरी काम क्या है ?"

इसाक ने कहा कुछ नहीं। कार की अगली सीट पर रखा चमड़े का बैग उठाकर पीछे ले आया और उसे हरि की ओर बढ़ाकर बोला—

"इसमें चालीस हजार रुपए हैं। तुम्हारे लिए।"

"मेरे लिए ?"

"हाँ। मजदूर दलवाले तुम्हें चालीस वर्षों में भी इतनी बड़ी रकम नहीं दे सकते।"

"पर तुम भी तो मजदूर दल के ही आदमी हो।"

"परसों तक था, अब नहीं हूँ। इस रकम के बदले में तुम्हें सिर्फ उधर से इधर आ जाना है।"

"उधर से इधर का मतलब ?"

"उधर, जिधर तुम हो और इधर, जिधर मैं हूँ। तुम्हें लोगों से केवल इतना कह देना है कि अपने वोट उधर न देकर इधर दें।"

"यानी कि ?"

"रालीमाँ मारिस्यें को।"

"पहले यह बताओ कि तुम्हें कितना मिला ?"

"जितना तुम्हें मिल रहा है उसका आधा भी नहीं।"

"तो फिर ऐसा करो, गाड़ी रोको और मेरे इस हिस्से को भी अपने पास रखो।"

हरि ने कड़ककर ड्राइवर से गाड़ी रोकने को कहा। ड्राइवर ने कार रोक ली और हरि उससे नीचे उतर गया। इसाक ने कहा—

"यहाँ से तुम्हें घर के लिए सवारी नहीं मिलेगी।"

"पाँव हैं मेरे पास।"

चुनाव के सिर्फ पाँच दिन रह गए थे। हरि ने न तो दिन को दिन जाना और न रात को रात। जिन-जिन चुनाव क्षेत्रों में डॉ. रामगुलामवाले दल के उम्मीदवार थे, वहाँ की प्रायः सभी सभाओं में उसने भाग लिया। हर ठौर पर भाषण दिया। बैठकों-सभाओं में एक-एक करके लोगों से बातें कीं। पूँजीपतियों की ओर से दिए जा रहे सारे प्रलोभनों, सारी सुविधाओं के बावजूद लोगों ने हरि की बातों को माना और डॉ. रामगुलाम के दल को अपने मत दिए।

डॉ. रामगुलाम ने अपने दल की सफलता के बाद कहा कि अगर उन्हें पंडित हरिपरसाद का भारी सहयोग नहीं मिलता तो वे पूँजीपति वर्ग के सामने विजयी नहीं

हो पाते। पर जैसा कि परकाश ने कहा था कि राजनीति में बहुत-सी बातें भुला देने के लिए की जाती हैं, इसलिए हरि के साथ जितने राजनीतिक वायदे किए गए थे, उन्हें भुला दिए जाने में देर नहीं लगी। हरि ने डॉ. रामगुलाम के दोस्तों के सामने बस इतना ही कहा—"कोठी-मजदूरों और निम्न-वर्ग के सरकारी या गैर-सरकारी कर्मचारियों को वोट देने का अधिकार नहीं, इसलिए राजनीतिक नेता और बुद्धिजीवी वर्ग को उनकी इतनी कम चिंता होती है। राजनीतिक नेता तो केवल उनके हित में काम करते हैं, जिनसे उन्हें वोट मिलते हैं। मेरा आपके साथ जुड़ने और मदद करने का उद्देश्य यह था कि मजदूरों को भी वोट का हक दिलाकर इज्जत और ताकत बख्शी जाए'। ऐसा होने पर उन्हें बेकार के जीव नहीं समझा जा सकेगा। मेरा यह भी उद्देश्य था कि ये लोग वोट के अधिकारी हो जाएँ और इनके वोट के बल पर विधानसभा में पहुँचे नेता उनके पक्ष में काम करें ··· पर मेरे साथ विश्वासघात हुआ। मेरे कंधों पर चढ़कर आप सभी ने अपने वायदे भुला दिए। खैर ··· "

उस शाम वह प्रभा के साथ अपने घर से कोई तीन-चार मील दूर समुद्र-किनारे एक काली चट्टान पर बैठा हुआ था, ताकि अपने तनावों से कुछ मुक्ति मिले। कई समुद्री पक्षी आसपास चक्कर काटते हुए तरह-तरह की आवाजें निकाल रहे थे। हरि के हाथों को अपने हाथों में लेकर प्रभा ने कहा—"अब भी तुम्हारी उदासी बनी हुई है।"

'बैठे हुए हैं न, इसलिए। आदमी को हताश होकर बैठ नहीं जाना चाहिए।" उसने कहा और प्रभा का हाथ थामे उठ खड़ा हुआ। इसके बाद दोनों उस समय तक किनारे-किनारे दौड़ते-चलते रहे, जब तक शाम का धुँधलका गहरा नहीं हो गया।

केवल बाबूलाल ही था, जिसने यह नहीं चाहा था कि हरि डॉ. रामगुलाम के साथ जुड़े। उसने कहा था—देखो यार, रामगुलाम फ़ेबीयन समाज का आदमी है। अंग्रेजों के बीच रहकर राजनीति सीखी है। फ़ेबीयन मत का पक्का अनुयायी है और तुम जानते हो कि इस मत के लोग किसी बड़ी क्रांति पर यकीन नहीं करते। इनका कहना है कि जनता के बीच जितनी जल्दी क्रांति लाई जाती है, उतनी ही जल्दी वह दिशाहीन हो जाती है। हमारा काम जनता के बीच क्रांति लाकर उसे सजग करना और अपने अधिकारों के लिए लड़ना सिखाना है। इसलिए अच्छी तरह सोच लो, कहीं तुम गलत तो नहीं जा रहे। सिद्धांत की बात है। तुम्हारा सिद्धांत कुछ और है, उनका कुछ और। तुम आग हो, और वे पानी। तुम उन्हें सुखाने में लंबा समय लोगे, जबकि वे तुम्हें मिनट-भर में बुझा सकते हैं।

हरि अपने दोस्त की बातों से न तो सौ प्रतिशत प्रभावित हुआ था और न ही दोनों सिद्धांतों को आग और पानी मानने को तैयार हुआ था। हाँ, इतना जरूर हुआ कि उसे अपने निर्णय की जल्दबाजी पर पश्चात्ताप था। थोड़ा-बहुत दुख उसे इस बात का भी था कि उसने अपने कई महीने यों ही गँवा दिए। डॉ. रामगुलाम के प्रति जनता का विश्वास जुटाने में उसने पूरी शक्ति लगाई थी, ताकि उन्हें जीत हासिल हो सके।

एक-एक दिन में सात-सात मीटिंगें और एक-एक रात में पाँच-पाँच सभाएँ। प्रभा ने उससे कहा था कि वह अपने को मशीनीमानव में बदलता जा रहा है। समय की बर्बादी से भी अधिक दुख उसे यह सोचकर होने लगा था कि उसके समर्थन से विधानसभा में पहुँचे नेताओं की गैर-जिम्मेदारना हरकतों के कारण कहीं जनता उसे ही जिम्मेवार समझकर उसमें अपना विश्वास न खो दे।

इसी को ध्यान में रखते हुए उसने 'मजदूर' में धारावाही रूप से चार संपादकीय और बीस व्यंग्य-चित्र प्रकाशित किए और जनता के साथ हुए विश्वासघात की जमकर निंदा की। उसके दोस्त जगदंबी ने भी उतना ही संघर्ष किया था और इन दिनों बीमार पड़ा हुआ था। जब कोई उसे देखने तक भी नहीं गया, तो क्षुब्ध होकर हरि ने आम बैठकों में भी उन लोगों की खबर लेनी शुरू की। परिणामस्वरूप डॉ. रामगुलाम के समर्थकों और हरि के दोस्तों के बीच दरार बढ़ती चली गई। उसने रामगुलाम के चुनाव-क्षेत्र में भाषण देते हुए यहाँ तक कह दिया कि जो लोग अंग्रेजों और सरकारी तंत्र के चाटुकार हैं, उनसे जनता की भलाई की उम्मीद नहीं की जा सकती।

हरि ने कुछ दिनों जगदंबी के स्वस्थ होने की प्रतीक्षा की। फिर उसके और बाबूलाल के साथ जुटकर उसने अपने अभियान को और गति दी। 'मजदूर' अखबार को मजदूरों से एकदम प्रतिबद्ध कर आवाज उठानी शुरू की। हरि की कुछ संपादकीय टिप्पणियों और रेखाचित्रों के कारण बार-बार उस पर पुलिस ने मुकदमा दायर किया और जब उसे जनता को भड़काने, अंग्रेज सरकार तथा पूँजीपतियों की निंदा करने के आरोप में अदालत में खड़ा किया गया, तो उसने हिंदी के अलावा किसी अन्य भाषा में बोलने से इन्कार कर दिया। न्यायाधीश से बोला—"अपनी भाषा में अपने विचारों को व्यक्त करना मेरे लिए अधिक आसान है। यह मेरा अधिकार है कि मैं उसी भाषा में बोलूँ, जिसमें गलत बोलने की कोई संभावना न हो।"

दुभाषिए ने हरि की भाषा के बारे में अदालत को बताया कि उसकी भाषा बहुत कठिन है और वह उसका सही-सही अनुवाद नहीं कर सकता।

अंत में अदालत ने हरि को सभी आरोपों से मुक्त कर दिया।

रामसुंदर-बाबूलाल तथा सहदेव ठाकुर से ताकत पाकर हरि के मन में राजनीतिक शक्ति के उपयोग से मजदूरों को बेहतर जिंदगी देने की इच्छा एक बार फिर बलवती हुई। पंडित वासुदेव विष्णुदयाल और उसके बंधु सुखदेव ने हरि के मजदूर-आंदोलन को करीब से देखा था। उसके साथ सहयोग की जरूरत समझकर वे पहले ही बाबूलाल से बात किए हुए थे। अब जब चुनावों के दिन करीब आए तो बाबूलाल हरि को अपने साथ लेकर विष्णुदयाल बंधुओं के यहाँ जा पहुँचा। विष्णुदयाल उन दिनों आखिरी घुड़दौड़ के विरुद्ध आंदोलन में जुटा हुआ था। अपने प्रवचनों में वह अपने हजारों भक्तों से यही माँग कर रहा था कि वे लोग ग्रामीण जनता को अपमानित करनेवाली घुड़दौड़ में जाना बंद करें। चूँकि यही नारा हरि का भी था, इसलिए उसने इसी मुद्दे के

तत्पत विष्णुदयाल बंधुओं के साथ अपने रिश्ते को मजबूत किया। उसने पहली ही मुलाकात में पंडित विष्णुदयाल से कहा—"आप देखते रहिए, इस घुड़दौड़ का यह आखिरी साल होगा।"

आखिरी घुड़दौड़ के विरोध की यह लहर देखते-ही देखते पूरे देश में फैल गई। घुड़दौड़ के दिनों में गाँववालों को शहर जाने से रोकने के लिए गाँव-गाँव में खेल-कूद तथा गाने-बजाने के कार्यक्रम रखे गए। इनकी व्यवस्था स्थानीय ट्रेड यूनियन नेताओं तथा विष्णुदयाल के स्वयंसेवकों द्वारा की गई थी। ठीक घुड़दौड़वाले दिन उत्तरी प्रांत में ही जनता के मनोरंजन के लिए कोई तीस जलसों का आयोजन हुआ। दो दिन बाद अखबारों ने लिखा कि जिस घुड़दौड़ में साठ-सत्तर हजार लोग उपस्थित होते थे, उसमें कठिनाई से सात सौ लोग इकट्ठा हुए। सुखदेव-विष्णुदयाल ने हरि की पीठ थपथपाते हुए कहा—

"हम लोगों की सहयात्रा अब विधिवत शुरू हो गई है।"

हरि ने अपने इलाके के दस-पंद्रह गाँवों में इनाम रखकर बच्चों की दौड़ का आयोजन किया था, ताकि वे अपने माँ-बाप से घुड़दौड़ देखने जाने की हठ न कर सकें। काटेज में करीब पचास से भी ज्यादा लड़कों ने तीन घंटे लंबी दौड़ में हिस्सा लिया था। कइयों को छोटे-बड़े इनाम मिले थे। खेल-कूद के बाद रात में बैठका की ओर से रामायण का जो सत्संग होनेवाला था, उसमें हरि ने कहा था—

—वर्षों बाद आज हमारे गाँव में कोई भी इस बात के लिए दुखी नहीं है कि वह महीने-भर की अपनी कमाई को घोड़ों पर गँवा आया। पिछले साल हमारे ही गाँव के चालीस-पचास लोग सवारी के अभाव में शहर में फँसे रह गए थे। कई घरों में चूल्हे नहीं जले थे। आज न तो किसी का कोई गहना चोरी गया और न ही किसी के साथ किसी तरह का बलात्कार हुआ। जुआ गरीबों के लिए जहर होता है। अब तक घुड़दौड़ के जुए में हमारे लोग बहुत कुछ हारते रहे हैं, लेकिन अब मुझे उम्मीद है कि यह बंद होकर रहेगा।

बैठका प्रधान महेंद्रसिंह ने पूछा था—

—लेकिन अगले साल अगर वही सिलसिला फिर शुरू हो गया तो ?

—घुड़दौड़ की लत जब भी लगेगी और जब भी हमारे लोग सौ के चक्कर में मेहनत से कमाए अपने दस गँवाने शुरू कर देंगे, तो पक्का समझिए कि वे कंगाली के रास्ते पर चल पड़े हैं। पसीने की कमाई पानी में न बहाएँ, प्रत्येक घुड़दौड़ के खिलाफ हमारा यही नारा होगा, लेकिन इस बार का यह बहिष्कार केवल पैसा बहाने के मुद्दे को लेकर नहीं किया गया बल्कि इसके पीछे सबसे बड़ा उद्देश्य है अपने लोगों को बेइज्जत और जलील होने से बचाना। घुड़दौड़ को हम सदा के लिए रोक देंगे, ऐसा यकीन मुझे है।

एक ओर विष्णुदयाल का जन-आंदोलन और हरि का श्रमिक-आंदोलन अपनी बुलंदी को पहुँचता रहा, तो दूसरी ओर डॉ. क्यूरे का मजदूर दल डॉ. रामगुलाम के नेतृत्व में

जोर पकड़ता गया। जब डॉ. क्यूरे के आंदोलन से पैदा मजदूर दल को हरि ने शिवसागर रामगुलाम के पक्ष में खड़े पाया तो अतीत की वे सारी घटनाएँ उसे एक-एक कर याद आती गईं। डॉ. क्यूरे ने जब मजदूर दल की नींव रखी थी, तो देश का कोई भी कोना नहीं बचा था, जिसका दौरा हरि ने न किया हो।

चार साल पहले जब हरि डॉ. रामगुलाम की पार्टी के साथ जुड़ा था, तो उस समय वह पार्टी मजदूरों की नहीं थी। लेकिन अब, जब वह मजदूर दल का नाम हासिल कर चुकी थी, तो हरि को उससे अलग होने का दुख जरूर हुआ। करीब बीस साल पहले जब डॉ. क्यूरे ने शाँ-दे-मार्स के मैदान में मजदूर दल की नींव डाली थी तो हरि भी उसकी कार्यकारिणी में था। पंडित सहदेव ने तब उससे कहा था कि उसके और डॉ. क्यूरे के बाद उसी को मजदूर दल की अगुवाई करनी होगी। अभी दो ही दिन पहले वह 'मजदूर' के दफ्तर में बाबूलाल के साथ बैठा था और उसने उसे 1938 की फाइल से मई दिवस के अवसर पर लिए गए एक फोटो को दिखाते हुए कहा था—

—मजदूर-दिवस के इस जुलूस की अगुवाई करते हुए, देखो, तुम्हारे हाथ में जो वह बैनर है उस पर क्या लिखा हुआ है ?

हरि ने धूमिल पड़ गए उस चित्र को गौर से देखा था। उसके हाथ में जो बैनर था, उस पर लिखा था—'मजदूरों को वोट का अधिकार चाहिए।'

हरि देर तक अतीत की यादों में खोया रहा।

आज जब साक्षरता के बल पर उन्हें वोट का अधिकार मिलनेवाला था, तो हरि का उन यादों में खो जाना स्वाभाविक ही था, जब बीस वर्ष पहले उसने इस अधिकार की माँग की थी। 'मजदूर' की वह पुरानी प्रति हरि घर ले आया था, ताकि प्रभा को भी अपनी उस शुरूआती जनयात्रा की याद दिला सके। प्रभा ने चित्र को देखकर कहा था—तुम तो इसमें बच्चे-से लग रहे हो !

—अठारह साल का गठीला जवान तुम्हें बच्चा लग रहा है !

—गँवार-से लग रहे हो, एकदम डरे-डरे !

हरि ने उसे जोर से चिकोटी काट ली थी और जब प्रभा चिल्लाई थी, तो दूसरे कमरे से उसकी सास ने पूछा था—का होल बहू ?

जवाब हरि ने दिया था—संदूक से टकरा गई है !··· देखकर तो चलती नहीं !

बहुत दिनों बाद आज सहदेव ठाकुर फातमा और उसकी बहनों को फिर से कहानी सुनाने बैठा था। कहानी सुनाने की जिद इस बार फातमा ने नहीं, बल्कि उसकी सबसे छोटी बहन ने की थी। सहदेव ठाकुर जब इस घर में आया था तो फातमा भी बात-बात पर प्रश्न करती रहती थी। अब तो वह भी कुछ ही दिनों के लिए इस घर में थी। फरीद ने उसके लिए एक लड़का देख लिया था, पर पसंद उसे सहदेव ठाकुर को ही करना पड़ा था। फातमा के निकाह के यही कोई छह-सात सप्ताह बाकी थे, फिर भी सहदेव को अभी तक विश्वास नहीं था कि फातमा चली जाएगी और वह स्वयं को

उसकी छोटी बहन के सहारे छोड़ने को विवश हो जाएगा।

सहदेव ने पहले बेलवंती रानी का किस्सा सुनाना शुरू किया था, पर उसके पूरा होने पर जब लड़कियों ने दूसरी कहानी सुनाने का तकाजा किया, तो सहदेव ने उन्हें अपनी और सुंदरी की कहानी सुनानी शुरू कर दी थी। हाँ, इतना जरूर किया था कि अपने को राजकुमार और सुंदरी को राजकुमारी बना दिया था। फातमा की बहन की नाक को अँगुलियों में दबाकर उसने कहा—

"राजकुमारी बहुत सुंदर थी, एकदम तुम्हारी ही तरह। वह अपनी नाक में मोती जड़ी नथ पहनती थी और गले में सोने की तिलरी। कार्तिक मास में जब गूलर में फूल आते थे तो राजकुमार उन्हें अपने हाथों तोड़कर और डलिया में सजाकर राजकुमारी से मिलने जाता था। राजकुमारी का बाप फिरंगियों के अधीन था। वह नहीं चाहता था कि फिरंगियों का दुश्मन उसकी बेटी से ब्याह करे। चारों तरफ कड़ा पहरा लगा दिया गया था। किले के पिछवाड़े देवी मैया का जो मंदिर था, उसमें राजकुमार और राजकुमारी ने एक दूसरे को वचन दिया था। राजकुमारी ने कहा था कि वह राजकुमार को छोड़कर किसी दूसरे से ब्याह नहीं करेगी। राजकुमार ने भी कहा था कि राजकुमारी के अलावा वह भी किसी दूसरी लड़की को अपनी रानी नहीं बनाएगा। लेकिन ···"

सहदेव ठाकुर कहानी रोककर बीच-बीच में कहानी से जुड़ा गाना गाने लगता था। अपनी और सुदंरी की कहानी सुनाते हुए भी बीच-बीच में वह गाना सुनाने लग जाता—

उड़ली चिरैयाँ झूरी झांग बइठलि जैसे
राजकुँवर के नमवा राजकुँवरी गोहराई जैसे
जैसे निचवा जे घूमत होवे पापी रे बहेलिया
वैसे राजकुँवरी के आगे पीछे बाजवा रे मड़राई !···

कहानी सुनाते-सुनाते जब सहदेव का गला भर आया और उसकी आँखें डबडबा आईं, तो फातमा ने अपनी सभी बहनों को वहाँ से विदा कर दिया और सहदेव ठाकुर के कंधे पर सिर रखे तब तक चुप रही, जब तक कि सहदेव ठाकुर ने अपने अतीत को भूलकर स्वयं को सँभाल न लिया। फातमा के इस वत्सल रूप को देखकर उसने उसके माथे को चूम लिया। फातमा उसे देर तक एकटक देखती रही। फिर बोली—

"चाचा, इस घर से चले जाने पर मुझे अम्माँ और अब्बा जान से भी अधिक तुम्हारी याद सताएगी।"

सहदेव कुछ नहीं बोला। उसके होंठों के बीच जो विरल मुस्कान थिरक उठी थी, वह एकाएक गायब हो गई। फातमा ने पूछा—

"चाचा, तुम मुझे उस आदमी के बारे में बतानेवाले थे न ?"

"किस आदमी के ?"

"उसी के, जिसके बारे में उस दिन कह रहे थे।"

"अरे हाँ··· अच्छा, तुम्हारी शादी से पहले बता दूँगा।"

"जब बताना ही है, तो अभी क्यों नहीं बता देते ?"

"इसलिए नहीं बताना चाहता, क्योंकि मुझे अभी पक्का भरोसा नहीं हुआ है। अभी

कुछ बातें और जाननी हैं। फिर भी मेरा दिल कहता है कि वही मेरे भाई का बेटा है। उसने मुझे अपनी जिस मौसी के बारे में बताया है, उससे मैं परसों मिलने जा रहा हूँ। उम्मीद है, उससे कुछ ऐसी बातें जानने को जरूर मिलेंगी जिससे मैं अपने विश्वास को पक्का कर सकूँगा। थोड़ा-सा धीरज रखो, शायद परसों ही बता दूँ।"

"क्या जिस आदमी की बात तुम कर रहे हो, उसे मैं जानती हूँ ?"

"तुम उससे मिली तो जरूर होगी। बस, इससे आगे तुम्हारे किसी भी सवाल का मैं जवाब नहीं दूँगा। समझी !"

"एक सवाल और।"

"नहीं।"

"चाचा !"

"अच्छा एक आखिरी सवाल पूछ सकती हो, पर जरूरी नहीं कि मैं जवाब भी दूँ।"

"तो फिर इतना बता दो कि क्या मैं उससे यहाँ घर पर मिली हूँ या कहीं बाहर ?"

"शायद घर पर। हाँ, घर पर। यानी कि यहीं मिली हो उससे, पर एक ही बार।"

फातमा ने उन सभी लोगों के बारे में बारी-बारी से सोचा, जिनसे वह मिलती रही थी। पर ऐसा कोई व्यक्ति याद नहीं आया, जिसकी ओर ठाकुर का संकेत हो सकता था। सहदेव ठाकुर ने अपनी जगह से उठते हुए पूछा—

"इस सप्ताह के 'मजदूर' के लिए तुम कुछ नहीं लिख रही हो ?"

"सीधे हिंदी में लिखने में तो मुझे घंटों लग जाते हैं।"

"उर्दू में ही सही, मैं उसका उल्टा कर लूँगा।"

"कल दे दूँगी।"

फातमा के साथ-साथ सहदेव ठाकुर भी बाहर आ गया। उसे देखते ही नल के पास हाथ-मुँह खँगाल रहे फरीद मियाँ ने पूछा—"भाई जान, कहीं जा रहे हो क्या ?"

"नहीं तो।"

"तो फिर मेरे साथ चलो।"

"कहाँ ?"

"कुछ घूमघाम आते हैं उधर पहाड़ी की ओर। मुद्दत हो गई है उधर गए।"

करीब पंद्रह मिनट बाद दोनों एक पहाड़ी से सीतादेल के पुराने किले की ओर बढ़ने लगे। बीच पगडंडी पर खड़े होकर सहदेव ने अपनी फूल आई साँसों को कुछ आराम दिया। फिर वह नीचे फैले पड़े शहर का नजारा देखता रहा। एकदम पश्चिम में जा पहुँचा सूरज बंदरगाह के जहाजों के बीच ओझल होने को था। उन जहाजों को देखते हुए सहदेव को वर्षों पहले की अपनी समुद्री यात्रा याद आ गई। लेकिन पीछे से आई फरीद की आवाज ने उसे आगे सोचने ही नहीं दिया—"भाई जान, जहाज के न आने से दुकान में माल नहीं। ग्राहक आ-आकर लौट रहे हैं। काफी पैसे उधार में फँसे हुए हैं। मुसीबतें एक ही साथ सामने आ गई हैं। फातमा की शादी भी सिर पर है।"

"तुम्हारे धंधे का झंझट तुम्हारी अपनी समस्या है। जब मैं कहता था कि पैसे मुझसे ले लो, तो तुम यही कहते थे कि पहला ही कर्जा अभी नहीं चुका। अब तुम जानो

और तुम्हारा काम। हाँ, जहाँ तक फातमा की शादी का सवाल है, उसकी चिंता तुम्हें क्यों होने लगी ?"

"यह तो ठीक है भाई ! शादी का भार तो तुम उठा ही रहे हो, पर ··· "

"पर क्या ?"

"मेरा अपना भी तो कुछ फर्ज बनता है। वैसे भी फातमा की शादी काफी देर से हो रही है।"

"तुम्हारे ही कारण।"

"वह भी तो शादी के नाम से कतराती रहती थी।"

कुछ देर चुप रहकर उसने फिर कहा—"अगर मैं शहर की ही दुकानों से तब तक के लिए कुछ माल उठा सकता तो ··· "

दोनों और ऊपर चढ़ते गए। तेज होने के कारण हवा और अधिक ठंडी लग रही थी। फिर दोनों पत्थर पर बैठकर नीचे के दृश्यों को देखते रहे। सूरज क्षितिज पर अपनी लालिमा छोड़कर जा चुका था। दोनों उस ठौर पर तब तक बैठे रहे, जब तक कि शहर की बत्तियाँ एक-एक करके जगमगा न उठीं। वहाँ से घर लौटने के लिए उठते हुए सहदेव ने पूछा—"दुकान का माल जुटाने के लिए कितना रुपया चाहिए तुम्हें ?"

"दस हजार के करीब।"

'मैं छापाखानेवाली जगह का दस साल का किराया तुम्हें पेशगी दे सकता हूँ।"

नीचे पूरा शहर जगमगा उठा था।

दो दिन बाद सहदेव ठाकुर जब अपने भाई के संभावित बेटे की मौसी से मिलकर लौटा तो फातमा खीर पका रही थी। ठाकुर ने उसे खीर पकाना सिखाया था। सोचा था, शायद फातमा भी वैसी ही खीर तैयार कर सके, जैसे उसकी माँ तैयार किया करती थी। उसने अपनी माँ से सुन रखा था कि उसके पिता का दावा था कि अलग-अलग व्यक्तियों द्वारा पकाई गई खीरों के बीच से वह उसके हाथों पकाई गई खीर को बिना चखे ही केवल सुगंध से पहचान सकता था। फातमा की पकाई खीर बहुत अच्छी होती थी, पर वह वैसी नहीं हो पाती थी, जैसी माँ पकाया करती थी। फिर भी उस खीर में सहदेव के लिए अपनी माँ, सोनपुर तथा पूरे बिहार की याद समाहित होती थी। हाँ, यह जरूर है कि उस याद में ठाकुर के लिए दर्द ज्यादा हुआ करता था और आज वह याद और अधिक दर्द लिए हुए थी।

सहदेव ठाकुर के चेहरे पर उदासी देखते ही फातमा को यह जानते देर नहीं लगी कि उधर से वह निराश लौटा है। इसलिए सवाल करने की हिम्मत उसकी नहीं हुई। सहदेव ठाकुर भी रसोई की ओर न मुड़कर सीधे अपने कमरे में चला गया। करीब पंद्रह-बीस मिनट बाद फातमा जब उसके कमरे में पहुँची, तो बिस्तर पर थके-माँदे पड़े सहदेव ने आँखें उठाकर उसकी ओर देखा और सँभलकर बैठ गया। इससे पहले कि फातमा कुछ पूछती, वह स्वयं पूछ बैठा—"क्यों, खीर नहीं लाई मेरे लिए ?"

फातमा ने झुर्रियों-भरे उसके चेहरे पर बरबस लाई गई मुस्कान को देखा। अपने सर के पल्लू को गले में लपेटकर वह सहदेव के पास बैठ गई। सहदेव ने दोबारा पूछा—

"खीर नहीं लाई मेरे लिए ?"

"खीर तो खुशी में खाई जाती है।"

"तो यह कौन-सी मातमवाली घड़ी है ?"

"अगर यह घड़ी खुशी की होती, तो तुम इधर न आकर सीधे रसोई में आ जाते और मेरे गले में बाँहें डालकर झूमने लगते और फिर एक ही साँस में कहते कि मुझे मेरा भतीजा मिल गया है !"

"मुझे जब अपनी भतीजी मिल गई है, तो फिर भतीजे के लिए क्यों माथापच्ची करूँ ? और सुनो, तुम मेरे भाई की बेटी नहीं, मेरी बेटी और बेटा, दोनों हो।"

"चाचा जान !"

"क्या है ?"

"तुम जिससे मिलने गए थे, वह नहीं मिली ?"

"छोड़ो उन बातों को।"

"मिली या नहीं मिली ?"

"मिली, लेकिन ··· उस हालत में कि बोलने-सुनने का दम भी अब उसमें नहीं है। गाँववाले अब बस उसकी अर्थी उठाने के इंतजार में हैं। मैं आज ही रामसुंदर से कहता हूँ कि कुछ दिनों के लिए वह उसके पास चला जाए।"

"कौन रामसुंदर ?"

"बाबूलाल ! हमारे 'मजदूर' का संपादक ··· उसी की मौसी है वह ···"

"तुम उससे बिलकुल बात नहीं कर पाए ?"

"वह तो जाने की जल्दी में हाँफ रही है। शायद उन रहस्यों का उसी के साथ जाना लिखा हुआ है। खैर, तुम मेरी खीर तो ले आओ।"

"किन बातों से, चाचा जान, तुम्हें ऐसा लगा कि बाबूलाल तुम्हारे भाई का बेटा हो सकता है ?"

"इधर तीन-चार वर्षों में उसके साथ बहुत सारी ऐसी बातें करता, देखता आ रहा हूँ, जो ··· खैर ··· छोड़ो ··· "

"हो सकता है, वह तुम्हारा भतीजा ही हो ?"

"हो भी सकता है, नहीं भी हो सकता।"

"तुम एक बात कहा करते थे।"

"कौन-सी ?"

"शायद हरि भैया की कही हुई ··· यही कि जितने लोग भारत से यहाँ आए हैं, उन सभी के बेटे-बेटियों को तुम अपने बेटे-बेटियाँ समझो।"

"मेरा बेटा और बेटी तो तुम हो। रही समझने की बात, तो वह शुरू से ही समझे बैठा हूँ।"

"मैं खीर ले आऊँ ?"

"नेकी और पूछ-पूछ !"

उठकर जाते-जाते फातमा ठिठक गई। दुपट्टे को गले से खोलकर सिर पर रखा और बोली—"आज से मैं तुम्हें चाचा जान नहीं कहूँगी ··· "

सहदेव ने आँखें बंद कर लीं और फातमा का स्वर उसके कानों में गूँजता रहा—

—अब्बा जान ! अब्बा जान !

23

जिस दिन फातमा की शादी थी, उसी दिन हरि ने अपने चुनाव-क्षेत्र में पहली बार एक बड़ी सभा के बीच अपने दल के कार्यक्रम को प्रस्तुत किया। चुनावी सरगर्मी से पहले ही हरि कुछ प्रांतों के नौजवानों के सहयोग से 'मजदूर' की ग्राहक-संख्या में उल्लेखनीय बढ़ोतरी कराने में सफल हुआ था। अखबार में भी दो पन्ने और बढ़ाए गए। हरि के व्यंग्य-चित्रों की प्रसिद्धि जितनी अधिक बढ़ती गई, उतने ही अधिक कोठी-मालिक विचलित होते रहे। कोठियों में हो रहे श्रमिक-शोषण को ही चुनावों का मुख्य मुद्दा भी बनाया गया था। हरि को जो चुनाव-क्षेत्र मिला, वह उसके अपने ही इलाके से सटा हुआ था। उन सभी गाँवों में हरि की लोकप्रियता पहले ही से अपनी चरमसीमा पर थी। अपने मतदाताओं को संबोधित करते हुए हरि ने 'मजदूर' के अपने लंबे संपादकीय को इन शब्दों के साथ पूरा किया—

—मैं डॉक्टर क्यूरे का आशीर्वाद लेकर आप लोगों के सामने आया हूँ। कानूनों के बनाने-बिगाड़ने में विधानसभा की अपनी विशेष भूमिका होती है। मजदूरों के हक में नए कानून बनाने और चंद गलत कानूनों को खत्म करने में वर्षों लग जाते हैं। इसलिए राजनीति में सक्रिय हिस्सेदारी अब हमारे लिए जरूरी हो गई है। हमारे विपक्षी नेता चुनाव में बेशुमार पैसा खर्च करने की योजना बना चुके हैं। आप जानते हैं कि मेरे पास पैसा है ही नहीं। होता भी तो वोट खरीदने के लिए मैं कभी तैयार नहीं होता। ऐसा करते ही वोट खरीदनेवाले के साथ वोट बेचनेवाला भी भ्रष्ट हो जाता है। वोट को हम मतदान कहते हैं। दान बेचा नहीं जाता। हम आप सभी से, अपने और अपने साथियों के लिए बेचे-खरीदे जानेवाले वोट नहीं चाहते। हमें आप अपना पवित्र वोट दीजिए—बस। हमें अवसर दीजिए कि हम आपके लिए और अधिक काम कर सकें।

देश का वह पहला चुनाव था, जिसमें ग्रामीण जनों को इस नाते वोट देने का अधिकार मिला था कि वे अपनी योग्यता का प्रमाण किसी भी भाषा में अपने हस्ताक्षर करके दें। इससे पहले के चुनावों में मतदान का अधिकार केवल उन्हीं लोगों को दिया था, जिनके पास अपनी धन-संपत्ति थी। गाँवों में अधिक से अधिक मतदाता तैयार

करने के लिए गाँव-गाँव में एक सघन साक्षरता अभियान चलाया गया। लोगों को हिंदी में अपना नाम लिखना सिखाने के लिए गाँव की सभी बैठकाओं में कई सप्ताह तक लगातार बच्चों की जगह बालिगों को पढ़ना-लिखना सिखाया जाता रहा। इस अभियान में पंडित विष्णुदयाल की भूमिका सबसे महत्व की रही। यों हरि ने कोठियों में बैठकाओं के गठन और मजदूरों की शिक्षा का बहुत पहले से खयाल रखना शुरू किया था। सुखदेव विष्णुदयाल भी उससे कहता रहा था कि जितने ज्यादा मजदूर मतदाता होंगे, उतनी ही अधिक उनकी जीत की संभावना बढ़ेगी।

सुखदेव विष्णुदयाल ने नेताजी सुभाषचंद्र बोस के फारवर्ड ब्लाक के नाम पर अपने दल का नामकरण किया। हरि को इंडीपेंडेंट फारवर्ड ब्लाक का सबसे प्रतिष्ठित उम्मीदवार माना जाने लगा था। सुखदेव और हरि, उस दल के पास दो ही ऐसे वक्ता थे जिन्हें सुनने के लिए लोग अधीर रहते थे। सुखदेव अपना भाषण हिंदी और क्रियोली में करता था, जबकि हरि सीधे भोजपुरी में, जिससे लोग उसे धूप और बारिश में भी बिना हिले-डुले सुनते रहते थे। शुरू के भाषणों में हरि ने जनता को रामगुलाम के दल से अलग सुखदेव विष्णुदयाल के दल का उम्मीदवार बनने का कारण समझाया। इसके बाद उसने अपने उस मकसद को सामने रखना शुरू किया, जिससे मजदूरों को एक बेहतर जिंदगी दी जा सकती थी। खुद डॉ. रामगुलाम के चुनावक्षेत्र में उसने कहा—

"हमारे इस फारवर्ड ब्लाक और डॉ. रामगुलाम के दल में जो सबसे बड़ा अंतर है, उसे मैं आपके सामने स्पष्ट करना चाहता हूँ। मजदूरों के अधिकार के लिए हम जिस संविधान की माँग कर रहे हैं, वह कुछ और है, और जिस कानून की माँग उनका मजदूर दल कर रहा है, वह कुछ और है। उस दल के नेताओं को न तो मजदूर-समस्या का सही ज्ञान है और न वे लोग श्रम-कानून के बारे में कुछ जानते हैं। मेरे एक दोस्त एमान्यूएल आंकचील के एक फतवे को वे लोग बस जैसे-तैसे घोटे जा रहे हैं। वे चाहते हैं कि मौजूदा श्रम-संविधान को लागू किया जाए जबकि हमारी माँग है कि मजदूरों के अधिकारों की रक्षा के लिए नया संविधान बनाया जाए। इस देश में दो-तीन बार मजदूरों पर गोलियाँ चल चुकी हैं। कई आयोगों के बैठने के बाद भी श्रम-कानून को मजदूरों के पक्ष में थोड़ा-बहुत ही बदला जा सका है। जिस औद्योगिक श्रम-कानून की माँग हमारे विपक्षी नेता कर रहे हैं, उससे उद्योगपतियों की ही बात अधिक बनती है। लेकिन हम तो ऐसा संविधान चाहते हैं, जिसके तहत मजदूर और उसके हित में लड़नेवाले श्रम-संघ को यह अधिकार मिले कि वह कानूनी ढंग से अपनी समस्याओं और माँगों को उठा सके। और अधिक साफ शब्दों में कहें तो जिस संविधान को लागू करने की वे लोग माँग कर रहे हैं, उससे पूँजीपति-शक्ति ज्यों की त्यों बनी रहती है, लेकिन जो संविधान हम माँग रहे हैं उससे मजदूरों की शक्ति बढ़ जाती है! अब यह निर्णय आप लोगों को करना है कि आप अपनी वास्तविक शक्ति के लिए वोट देना चाहते हैं या पूँजीपतियों की शक्ति को और अधिक बढ़ाने के लिए ?

विपक्षी दल की तुलना में हरि और उसके दल को बहुत कम सुविधाओं, बहुत कम पैसों, बहुत कम एजेंटों और भागदौड़ के लिए बहुत कम मोटरों के साथ मुकाबले को

जारी रखे रहना था। सदा स्फूर्त हरि संघर्ष को आगे बढ़ाता रहा। चुनाव से दो दिन पहले उसने अपने विश्वास को एक भारी जनसमूह के सामने इन शब्दों में रखा—

"एक ओर पैसे और सरकारी तंत्र की ताकत है, दूसरी ओर जनता की ताकत। इसलिए जीत हमारी ही होकर रहेगी। हमारे पास जो शक्ति है, वह पैसे और सरकारी तंत्र की न होकर आपकी अपनी शक्ति है और वोट न तो सरकारी तंत्र देता है, न बैंकों में भरी दौलत देती है, बल्कि आप देते हैं।"

परकाश ने जब हरि को उसकी जीत पर माला पहनानी चाही, तो उससे पहले ही हरि उसके पाँवों पर झुक गया। उसकी जीत पर उसके अपने चुनाव-क्षेत्र में जमकर खुशियाँ मनाई गईं। उसका अपना गाँव भी पीछे नहीं रहा। महेंदरसिंह अपनी बीमारी और कमजोरी की हालत में भी उसे आशीर्वाद देने बैठका में पहुँच गया। हरि को उसकी जीत पर बधाई देते हुए बोला—'किसुनसिंह का सपना साकार हुआ। इस इलाके के तुम पहले मजदूर-प्रतिनिधि हो। मैं तो अस्सी पार करके अब तुम लोगों से विदा होने की प्रतीक्षा कर रहा हूँ। हनुमान जी ने मेरी विनती सुन ली। मैंने सुबह-शाम उनसे यही प्रार्थना की थी कि हरि को मेरी मृत्यु से पहले विधानसभा तक पहुँचा दे। बस, तुमसे एक ही बात कहनी है। आखिरी दम तक इन मजदूर दोस्तों का खयाल रखना।"

मिनट-भर की बात को पूरा करने में महेंदरसिंह ने दस-पंद्रह मिनट ले लिए थे। सबसे अंत में हरि ने अपने सभी मित्रों, सहयोगियों के प्रति अपना आभार प्रकट किया। उसे सबसे बड़ी खुशी अपनी इस जीत की नहीं थी, जितनी कि अपने आगे-पीछे के तूफानों और रुकावटों के सामने सफल होने की। पूरे छह महीने से वह अपने संघर्षशील जीवन में इस अलग तरह के संघर्ष में पड़ा हुआ था। पूँजीपतियों और सरकार, दोनों ने उसे हराने और कुचल देने में कुछ भी बाकी नहीं छोड़ा था। तीन बार तो उस पर गुंडों ने हमला किया था, खरीद लेने की भी कोशिश की थी। उसकी अपनी यूनियन के ही दो-चार लोगों को उसके खिलाफ खड़ा कर दिया गया था। पूँजीपतियों का एक ही मकसद था कि हरि को नीचा दिखाकर मजदूर आंदोलन सहित उसे भी मटियामेट कर दिया जाय। जिस घड़ी हरि ने देश-भर के श्रमसंघों की संयुक्त कमान बनाई थी, उसी क्षण उसे मौत के घाट उतारने की साजिश भी रची गई थी। हरि ने भी तब एक गोरे पूँजीपति की कार को रोककर कहा था—मैं उन लोगों में हूँ जो यह मानते रहे हैं कि जान देनेवाला और जान लेनेवाला, वही ऊपरवाला होता है। अगर तुम लोग मेरी जान लेना चाहते हो, तो तुम्हें भी ऊपर जाना पड़ेगा।

चुनावी आपाधापी के दौरान जो धाँधलियाँ होती रही थीं, उनके सामने भी हरि यही कहते हुए डटा रहा था कि उसे तब तक कोई हताश नहीं कर सकता, तब तक जनता उसके साथ है। विरोधियों ने कुछ इस कदर उसके रास्ते में रुकावटें पैदा की थीं कि मीटिंग के लिए पुलिस-इजाजत पाने में भी लंबा समय लग जाता। कई बार तो इजाजत मिली ही नहीं। अनिरुद्ध जगन्नाथ ने, जिसने फारवर्ड ब्लाक से ही चुनाव लड़ा था,

हताश होकर यहाँ तक कह दिया था कि तुम तो मतदाताओं को पोलिंग बूथ तक पहुँचाने के लिए कार और टैक्सी की बात कर रहे हो, यहाँ तो पूँजीपतियों ने बैलगाड़ियों तक को सप्ताह पहले किराए पर ले लिया है।

हरि ने हँसकर कहा था--

—तुम चिंता मत करो दोस्त! वोट देनेवालों के हाथ-पाँव को किराए पर नहीं लिया गया है। हमारे बीच जासो मौसी और सुग्रीम चाचा जैसे लोग मौजूद हैं, जो मीटिंगों में पहुँचते थे तो जुलूस के साथ दस-दस मील चलकर। तुम देखना, लोग दस-दस मील चलकर हमें वोट देने पहुँचेंगे। और हुआ भी वही था। गाड़ियाँ खाली रह जाती थीं और लोग पैदल पोलिंग बूथ तक जा पहुँचते थे। हरि की जीत बड़े ठाठ से हुई थी। वह अपने इलाके के तीन साथी उम्मीदवारों में तो अव्वल आया ही था, विपक्षी उम्मीदवारों को भी उसने भारी अंतर से पीछे छोड़ा था। जनता को जहाँ उसकी जीत पर बेइंतिहा खुशी हुई थी, वहीं सरकार और उद्योगपति बेहद चिंतित थे। सुना गया कि तीन दिन में उनकी चार-पाँच सामूहिक बैठकें हुईं। वे अब यह सोच रहे थे कि जिस आदमी ने बाहर रहकर नाक में दम कर रखा था, भीतर आने पर तो अब वह कुछ भी कर सकता है। अतः पहला निर्णय जो लिया गया, वह यही था कि हरि को अभी से बाहर रखने की कोशिश की जाए। बस, निर्णय लेने की देर थी, उपाय तो बड़ी आसानी से मिल जाता है।

हरि की मजदूर यूनियन के एक आदमी को पकड़ा गया। जगनी नाम था उसका। हरि ने उस आदमी की कदम-कदम पर मदद की थी। यहाँ तक कि जब कोठीवाले के आदेश पर उसका घर उजाड़ा जा रहा था तो हरि ने ही उसके बाल-बच्चों को बेघर होने से बचाया था।

शाम को मूसा 'एडवांस' की ताजा प्रति लिए हरि के पास पहुँचा और उसे उसमें छपी खबर दिखाते हुए बोला—"यह जगनी का बच्चा भी बिक गया। इसने अदालत में तुम्हारी जीत के खिलाफ अर्जी दी है। दावा यह किया है कि तुम्हें अंग्रेजी अच्छी तरह नहीं आती, इसलिए तुम विधानसभा के सदस्य होने के अधिकारी नहीं हो।"

हरि और उसके दोस्तों को इस बात का तनिक भी खयाल नहीं था कि जगनी की इस अर्जी को अदालत इतना अधिक महत्व देगी कि पंद्रह दिन में ही हरि को अदालत में उपस्थित होना पड़ेगा। मुकदमा लड़ने के लिए हरि को साथियों ने यह सुझाव दिया कि वह कोई वकील कर ले। उसके अपने दल के पास कोई ऐसा वकील नहीं था, जो उसके लिए खड़ा होता। हरि को चुप्पी साधे देख परकाश ने कहा कि यह केवल उसे ही नीचा दिखाने की बात नहीं है, वे लोग अगर उसे विधानसभा में पहुँचने से रोक लेते हैं, तो इसका मतलब होगा पूँजीवादी ताकत की जीत और श्रम-शक्ति का विनाश। परकाश ने उसके सामने गाँधी जी के उस वक्तव्य को रखा जो कि 1901 की अपनी मॉरिशस यात्रा के दौरान उन्होंने भारतीय मूल के लोगों के सामने दिया था। वह 'स्टेंडर्ड' का एक बहुत पुराना अंक था, जिससे हरि ने गाँधी जी की उन हिदायतों को पढ़ा जिसमें इस बात पर विशेष जोर दिया गया था कि भारतीयों को राजनीति में सक्रिय

भाग लेना होगा।

मूसा को साथ लेकर हरि कई वकीलों से मिला। लेकिन कोई उस मुकदमे को लड़ने को तैयार नहीं हुआ। मुकदमा शुरू होने में जब तीन दिन बाकी रह गए, तो सुखदेव के अनुरोध पर हरि आंद्रे नेराक नामक वकील से मिला। वकील ने हरि से कहा—

"तुम्हें विधानसभा के लिए अयोग्य बताकर ये योग्य किसे बताएँगे ? देखो, तुम चिंता मत करो। मैं तुम्हारी योग्यता को बहुत अच्छी तरह जानता हूँ। योग्यता केवल प्रमाणपत्रों से नहीं बनती। प्रमाणपत्रों की आवश्यकता तो उसे होनी चाहिए जिसे अपनी योग्यता का प्रमाण देना हो। तुम तो बेशुमार मौकों पर अपनी योग्यता का प्रमाण दे चुके हो। मैं जानता हूँ, क्योंकि अपने श्रम-संघ के लिए तुम मुझसे भी तो लड़ते रहे हो। मैं करूँगा तुम्हारी वकालत और वह भी निःशुल्क !"

विदेशी नामक एक दूसरे वकील ने भी हरि को अपनी निःशुल्क सेवा अर्पित की। अदालत में हरि को अनपढ़ प्रमाणित करके उसे हराने और विधानसभा में बैठने के अयोग्य साबित करने को विपक्षी दल और पूँजीपति तंत्र ने तीन वकीलों को खड़ा किया था। ये तीनों मजदूर दल के सदस्य थे, और चूँकि सुखदेव विष्णुदयाल के दल ने उनके दाँत खट्टे किए थे, इसलिए उस राजनीतिक गणित से हरि ऐसा राजनीतिज्ञ हो चला था, जिसे ऊपर उठने से पहले झुका देना उनके लिए जरूरी था। अदालत में हरि के भीतर शुरू से ही घबराहट पैदा कर देने के लिए आरोपी के पहले वकील रींगाडू ने अंधाधुंध कई ऐसे सवाल किए, जिनसे उसे हरि के निरुत्तर हो जाने की उम्मीद थी—

"आपने कहा, मिल्कमैन। आपका मतलब मिल्कसेलर से है ?"

"मेरा मतलब मिल्कबायर और मिल्कसेलर दोनों से है, क्योंकि मैं दूध खरीदता भी था और बेचता भी था।"

"उत्तर तुमने अंग्रेजी में नहीं दिया।"

"क्योंकि आपने इसका अनुरोध नहीं किया।"

घंटे-भर की बहस के बाद जगनी के दूसरे वकील वाल्टर ने हरि पर प्रश्नों की बौछार शुरू की—"आपने किस कक्षा तक पढ़ा है ?"

"छठी तक।"

"कालेज भी गए कभी ?"

"नहीं।"

"यानी कि छठी से आगे नहीं पढ़ पाए ?"

"सिर्फ डिग्री के लिए नहीं पढ़ सका।"

"मतलब ?"

"बाकी जिंदगी-भर पढ़ता-सीखता रहा हूँ।"

"कौन-से अखबार पढ़ते हो ?"

"मॉरीशस के या विदेश के ?"

"दोनों ?"

"यहाँ के मजदूर, जनता, जमाना, एडवांस, ले मोरिस्यें, सेरने।"

"विदेश के बताओ ।"

"ट्रेड यूनियन बुलेटिन, फीगारो, टाइम्स · · · ।"

"बस-बस · · · आप इस महीने की सात तारीख से विधानसभा में बैठने जा रहे हैं ?"

"हाँ ।"

"आपको पूरा विश्वास है ?"

"हाँ, पूरा विश्वास है ।"

"अगर मजदूरों की तनख्वाह में वृद्धि कराने की माँग करनी हो, तो कैसे कहेंगे ?"

"कहूँगा कि आज जब महँगाई इतनी अधिक बढ़ गई है और जब दूसरे क्षेत्रों के कामगारों की तनख्वाह में कई बार बढ़ोतरी की गई है तो फिर गन्ना मजदूरों का भी अधिकार है कि उनकी तनख्वाह भी बढ़ाई जाए, क्योंकि · · · "

"आप क्रियोली में बात कर रहे हैं। क्या विधानसभा में भी आप क्रियोली में बात करेंगे ?"

"मैं इस समय विधानसभा में नहीं, बल्कि अदालत में फ्रेंच भाषा में किए गए आपके प्रश्न का उत्तर दे रहा हूँ। अगर आपका प्रश्न अंग्रेजी में होता, तो जवाब भी मैं अंग्रेजी में देता ।" अदालत तालियों की आवाज से गूँज उठी थी।

जगनी का तीसरा वकील ग्लोवर था। वह अपनी जगह खड़ा हुआ और हरि के पास पहुँचा। कुछ क्षण ध्यान से देखते रहने के बाद उसने एकाएक पूछा—

"अंग्रेजी पढ़कर समझ लेते हो ?"

"जी हाँ ।"

ग्लोवर ने अपने हाथ की एक पुस्तक को हरि के सामने बढ़ाते हुए कहा—

"इस पुस्तक का पृष्ठ नंबर दो सौ चार खोलो ।"

हरि ने वैसा ही किया।

"जो दूसरा अनुच्छेद है, उसे अदालत में जोर से पढ़कर समझाओ ।"

हरि ने पूरे अनुच्छेद को पढ़ा और फिर समझाना शुरू किया। एक शब्द जो उसकी समझ में नहीं आया, उसके लिए उसने अदालत की ओर देखकर कहा—

"क्या मुझे अंग्रेजी-फ्रेंच का कोई कोश मिल सकता है ?"

ग्लोवर चिल्ला उठा—"क्यों ?"

"लिबिडो शब्द का अर्थ देखना है ।"

"विधानसभा में भी आप डिक्शनरी की माँग करेंगे क्या ?"

हरि ने न्यायाधीश की ओर देखकर अंग्रेजी में कहा—

"योर ऑनर ! मैं नहीं जानता कि ऐसा भी कोई कानून है जो विधानसभा में कोश खोलने की इजाजत नहीं देता !"

तालियाँ फिर बज उठीं।

चार दिनों तक लगातार चला वह मुकदमा। पहले तीन दिन में हरि के वकील आंद्रे नेराक ने, जिसने कि अभी तक बहुत कम सवाल और हस्तक्षेप किया था, चौथे दिन

पूरे दो घंटे तक दी गई दलीलों के बाद कहा—

"दुनिया में बेशुमार लेखक, दार्शनिक, राजनेता और विद्वान हुए हैं, जिनके पास कोई शैक्षिक प्रमाणपत्र नहीं था, क्योंकि उन्हें प्रमाणपत्रों की फैक्ट्री—कॉलिज और विश्वविद्यालय जाने का कभी अवसर ही नहीं मिला। ऐसे लोगों में शेक्सपीयर भी एक हैं। प्रमाणपत्रों के अभाव में अगर शेक्सपीयर को अनपढ़ कहा जा सकता है, तो फिर मेरे क्लायेंट को भी स्वयं को अनपढ़ मान लेने में कोई दिक्कत नहीं, बल्कि गर्व का एहसास होगा। मेरा यह क्लायेंट, जिसकी योग्यता पर विश्वास करके जनता ने रिकार्ड वोट उसे दिए हैं, कई मौकों पर मजदूरों का पक्ष लेते हुए मुझसे तर्क करके विजयी हुआ है। अगर अदालत मुझे पढ़ा-लिखा मानती है तो फिर इस आदमी को अनपढ़ कैसे मान सकती है जो अपनी दलीलों को मेरी दलीलों से बेहतर प्रमाणित करता रहा हो ? पंडित उस आदमी को कहा जाता है जो विद्वान होता है, न कि अनपढ़ों को। पूरा देश मेरे क्लायेंट को पंडित हरिप्रसाद कहता है। जिस आदमी को पूरा देश विद्वान मानता हो, एक राजनीतिक विरोधी के कहने पर क्या अदालत उसे अनपढ़ मान सकती है ? योर ऑनर, मैं अदालत से अनुरोध करता हूँ कि वह इस छोटे-से प्रश्न का उत्तर दे। यों भी हम कब तक यह चाहते रहेंगे कि हमारी विधानसभा केवल पढ़े-लिखे चालाक लोगों की उक्टापैंची और रस्साकशी का अखाड़ा बनी रहे ? और फिर देश के उज्ज्वल भविष्य, उसके विकास तथा जनता के हितों का खयाल रखने की जिम्मेदारी केवल दिमागी कसरत करनेवालों की ही क्यों हो ? जनता को अगर अपना प्रतिनिधि चुनने का अधिकार देश का कानून देता है तो फिर उस कानून की रक्षा करना भी हमारा फर्ज है। देश की उन्नति के लिए बड़े-बड़े विद्वानों, डाक्टरों, वकीलों, इंजीनियरों तथा धनपतियों से कहीं अधिक आवश्यकता साहसी, निःस्वार्थ और ईमानदार लोगों की होनी चाहिए। मेरा क्लायेंट केवल अपने चुनाव-क्षेत्र का ही नहीं, बल्कि पूरे देश का अत्यंत साहसी, निःस्वार्थ और ईमानदार नेता है।"

अदालत ने अपने फैसले को पाँचवें दिन के लिए सुरक्षित रखा।

हरिप्रसाद ने कटघरे के भीतर से ही दाईं ओर देखा। वहाँ उसके अनेक साथियों के साथ देवी और सीमा के बीच प्रभा भी बैठी हुई थी। हरि ने उसके चेहरे पर आस्था भरी जो मुस्कान देखी, उसमें स्वयं उसके भी मुस्कुरा उठने का संकेत था।

अदालत के बाहर एक विशाल जन-समूह हरि के बाहर आने की राह देख रहा था।

●●●